Timeri N. Murari

Ein Tempel unserer Liebe

Der Tadsch-Mahal-Roman

Aus dem Englischen von
Antoinette Gittinger

Fischer Taschenbuch Verlag

13.–15. Tausend: Februar 1995

Neuausgabe
Veröffentlicht im Fischer Taschenbuch Verlag GmbH,
Frankfurt am Main, April 1994

Lizenzausgabe mit freundlicher Genehmigung der
Diana Verlags AG, Zürich
Die englische Originalausgabe erschien 1984
unter dem Titel »Taj«

Druck und Bindung: Clausen & Bosse, Leck
Printed in Germany
ISBN 3-596-12329-1

Gedruckt auf chlor- und säurefreiem Papier

Meiner wundervollen Frau Maureen
in Liebe gewidmet

Laßt nur diese eine Träne, den Tadsch Mahal, auf der Wange der Zeit für alle Ewigkeit makellos hell glitzern... O König! Ihr versuchtet, die Zeit mit dem Zauber der Schönheit zu betören und einen Kranz zu flechten, der formlosen Tod mit unsterblicher Form verknüpfen würde. Dennoch trägt der Kurier Eurer Liebe, unberührt von der Zeit, unermüdlich und unbewegt vom Aufstieg und Fall von Imperien, gleichgültig gegenüber der Ebbe und Flut des Todes, die zeitlose Botschaft Eurer Liebe von Zeitalter zu Zeitalter. Das Mausoleum steht ruhig und unberührt an seinem Platz. Hier, auf der staubigen Erde, hält es den Tod zärtlich umhüllt im Schrein der Erinnerung.

Rabindranath Tagore

Anmerkung des Autors

Die Vergangenheit ist Prolog der Gegenwart. Die tragischen Geschehnisse, die sich vor über dreihundert Jahren in Indien abspielten, finden auch heute noch ihren Widerhall. Der anhaltende Konflikt zwischen Hindus und Moslems – und die Gründung Pakistans – können auf die Taten Aurangzebs, des Sohnes von Schahdschahan und Ardschumand zurückgeführt werden.

Alle Personen dieses Romans, ausgenommen Murthi, Sita und deren Kinder, lebten vor dreihundert Jahren, aber ich bin davon überzeugt, daß es auch in Wirklichkeit einen Mann wie Murthi gegeben hatte, der – genau wie 22 000 andere – nur für den Bau des Tadsch Mahal lebte und starb.

Ein Mann namens Isa lebte im Schatten des Großen Mughal Schahdschahan. Nur sein Name erinnert noch an ihn.

Als das große Mausoleum in Agra errichtet wurde, nannte man es Mamtaz Mahal, doch im Laufe der Jahrhunderte, als sich Zeit und Erinnerung verflüchtigten, kannte man es nur noch als Tadsch Mahal. Die *jali,* die die Sarkophage von Ardschumand und Schahdschahan umgibt, gilt als eine der schönsten Bildhauerarbeiten Indiens.

Die Kapitel mit ungeraden Zahlen umfassen die Zeit von 1607 bis 1630 und handeln vom Leben Schahdschahans und Ardschumands: ihrer Liebe, Heirat und der Thronbesteigung

Schahdschahans. Die Kapitel mit geraden Zahlen beinhalten die Geschichte von 1632 bis 1666 und beschreiben die späteren Jahre von Schahdschahans Regentschaft; die Errichtung des Tadsch Mahal, die Geschichte von Murthi und Aurangzebs Rebellion gegen seinen Vater. Außerdem werden die Daten der traditionellen islamischen Zeitrechnung, die bei der Hedschra beginnen, entsprechend angegeben.

Taktya taktha? (Thron oder Sarg?)
Mughal-Spruch

Prolog
1150 (a. D. 1740)

Die Welt war in Regen gehüllt, und man wußte nicht, war es Tag oder Nacht. Die Tageszeiten kamen und gingen übergangslos, als ob Mensch und Tier von Blindheit geschlagen wären. Man hörte nur die Geräusche des Flusses, sein Tosen und Brüllen. Er wand sich in seinem Bett wie Shiwas Riesenschlange. Die Erde brach unter seiner Gewalt und verschlang Menschen, Tiere, Bäume und Häuser, fast dankbar, als ob sie ihre Last nicht länger tragen könnte.

Unter dem großen Torbogen stand der alte Affe und starrte auf den Vorhang der fallenden Wasser. Noch nie in seinem Leben hatte er solche Gewalt gesehen, und sein zerfurchtes, spöttisches Gesicht drückte Ehrfurcht aus. Sein Fell lag glatt an, das dunkle Rostbraun war mit Grau gemischt. An einigen Stellen zeigten sich die Folgen von Kämpfen, dunkle Hautstellen ohne Fell; Bißspuren, die inzwischen verheilt waren, ließen die Haut faltig erscheinen. Dicht an die Wand gedrängt kauerte sein Stamm. Es waren fünfzehn Affen. Er gehörte nicht zu ihnen. Sie waren elegant, schlank und silberfarben; er war gedrungen und häßlich, doch er hatte ihren Anführer getötet, und jetzt huldigten sie ihm. Er schaute verächtlich auf sie herunter, und sie akzeptierten unterwürfig seine Autorität. Auf allen vieren schlich er sich heran. Der Regen prasselte auf ihn herunter, als ob er sich über seine Herausforderung ärgerte, aber statt sich zurückzuziehen, ging er die Treppe hinunter, in den verwahrlosten Garten. Sein Stamm, der sich vor dem Sturm fürchtete, aber noch mehr davor, im Stich gelassen zu werden, brüllte und folgte ihm dann widerwillig. Der alte Affe schien das Toben des Sturms nicht zu bemerken. Er musterte die überfluteten Springbrunnen und die Pflasterung, die unter dem dichten Gestrüpp lag. Er zerrte an einem abgesplitterten Teil und warf es in den Brunnen. Seine Gefährten reagierten mit mürrischer Gleichgültigkeit auf ihre Umgebung.

Unter der Mauer kauerte er sich auf seine Hinterbacken und sah auf zu der strahlend weißen Erhebung, die er in der Dunkelheit erblickt hatte. Sie erhob sich wie ein Felsen, trotz der allumhüllenden Nacht. Sie schien nicht nur die Dunkelheit zu durchdringen, sondern sie sogar zu verdrängen, so daß zwischen den Mauern und der Nacht eine Aura der Helligkeit erstrahlte. Er stieg nicht weiter die Treppe hinauf, sondern wanderte umher, argwöhnisch aus alter Gewohnheit. Schließlich war er beruhigt. Er fand einen Halt auf dem Marmorstein und schwang sich auf den Sockel hinauf.

Der Felsen hatte einen Spalt, durch den die Dunkelheit eingedrungen war, und er folgte ihm, wobei er graziös über die auf dem Boden verstreuten Marmorstücke hüpfte. Auch hier war der Regen durchgesickert und hatte Wasserpfützen hinterlassen. Der alte Affe schnupperte Feuchtigkeit und Trostlosigkeit, atmete die betäubende Süße des Weihrauchs ein – er mochte diesen Geruch nicht – und dann Menschengeruch, säuerlich und widerlich. Er war neugierig und furchtlos. Er ging weiter, trat auf raschelndes Laub, und nachdem er entdeckt hatte, daß die Mauer mit Griffen versehen war, kletterte er flink nach oben und umging die Spalten im Gestein.

»Wer ist da?« rief eine Stimme.

Der Affe erstarrte und lauschte dem Geräusch eines tappenden Stocks. Aus dem unteren Raum tauchte ein Mann auf – abgezehrt, alt und blind.

»Ah, du bist's. Ich rieche dich. Komm, du brauchst keine Angst vor mir zu haben.«

Seine Stimme hallte wider. Der Regen konnte die Stille des

Grabmals nicht durchdringen. Der Affe beobachtete den Mann. Er wußte, er war blind und ungefährlich. Seine Gefährten hüpften herum und schüttelten sich das Wasser aus ihrem durchnäßten Fell.

»Es gibt hier keine Nahrung. Nur Steine, und die kann man ja nicht essen. Ich habe alles untersucht, es ist kalt und glatt wie die Oberfläche von Eiswasser. Ich weiß nicht, was das hier für ein Bauwerk ist oder warum es errichtet wurde. Hanuman, kannst du es mir sagen?«

Der Affe kratzte sich an der Brust und würdigte den Mann keines Blickes.

»Du weißt es selbst nicht. Für dich und für mich bedeutet es lediglich Unterschlupf vor dem Regen.«

Grabmal nicht durchdringen. [illegible] Arzt [illegible] den
[illegible] Erwachte, er war [illegible] und [illegible] sich [illegible]
[illegible] das Wasser [illegible] ihrem
[illegible]

[illegible] hatte [illegible] und [illegible]
[illegible] Ich [illegible]
die [illegible] von [illegible] Bracht [illegible]
[illegible] wurde [illegible]
[illegible]

Der Arzt [illegible]
[illegible]

[illegible]
[illegible]

Kapitel I
Die Liebesgeschichte
1017 (a. D. 1607)

Ardschumand

Hatte mich der Donner geweckt? Ich schreckte hoch und lauschte. Es war noch nicht Monsunzeit, doch die Luft war genauso geladen vor Erwartung – die Ruhe vor dem Sturm. Ich hörte nichts, nur das erste Krächzen der Krähen, den bezaubernden Gesang des Bülbül und das schrille Schimpfen der Eichhörnchen. Der Himmel war blaß und hell, am Horizont lösten sich die letzten Schwaden der Nacht auf. Die Mango- und Feigenbäume vor dem Fenster schienen im zarten Morgenlicht durchsichtig.

Vielleicht wurde ich durch meinen Traum geweckt, auch wenn ich mich nicht deutlich daran erinnern konnte. Der Donner hatte mich durchzuckt, und mein Herz schlug immer noch schnell. War das eine Warnung? Ich empfand keine Furcht, wurde nicht niedergedrückt vom Bleigewicht der Ewigkeit, wie vielleicht der Verurteilte bei Anbruch seines letzten Erdentages. Statt dessen fühlte ich zu meiner Überraschung eine Art Leichtigkeit, Freude. Die Spannung lag nicht in der Luft, sondern in mir selbst, in den süßen Erinnerungsfetzen meines Traums.

Unter einem donnernden Himmel hatte ich eine silberne Fläche erblickt, und an der Stelle, wo sich Himmel und Erde trafen, war er mit zartem Rot überzogen. In der Ferne sah ich einen Gegenstand, konnte aber nicht erkennen, was es war.

Ein Felsblock, ein Mensch? Er schimmerte im grellen Licht. Was würde mein Astrologe aus diesem Traum schließen? Reichtum? Glück? Liebe? Die übliche Habgier aller Menschen? Doch auch ohne seine Anleitung erkannte ich, daß der kommende Tag bedeutungsvoll sein würde. Ich war gespannt darauf, erwartete ihn ungeduldig.

Die *zenana* war noch in Dunkelheit gehüllt, doch draußen hatte bereits das geschäftige Treiben des Tages begonnen. Ich hörte die Anpreisungen eines Straßenhändlers, die knirschenden Räder von Ochsenkarren, die süße Stimme eines singenden Kindes. In der Ferne verkündete das Trommeln der *dundhubi* das Erscheinen des Großen Mughal Dschahangir am *jharoka-i-darshan.* Jeden Tag zeigte er sich eine Stunde vor Sonnenaufgang den Edlen und dem Volk oben auf dem Lal Quila. Der Anblick seiner Person beruhigte seine Untertanen. So wußten sie, daß er lebte, daß sein Reich gesichert war. Jeden Tag mußte er von neuem sein Dasein beweisen. Ich konnte mir vorstellen, wie er auf seinem silbernen Thron saß und nach Osten blickte, zu der Stelle, an der sein Reich endete. Eine Karawane benötigte zur Durchquerung seines Reiches von Osten nach Westen, dem Land zwischen Persien und Bengalen, sechzig Tage und weitere sechzig Tage vom Himalaya im Norden bis zur Dekkanfläche im Süden. Das Herz dieses Riesenreiches war der Große Mughal in Agra, aber wohin auch immer er in seinem Reich reiste, dort war der Mittelpunkt.

Das Trommeln der *dundhubi* war auch das Weckzeichen für unser Hauswesen. Es waren vertraute Geräusche, die ich von klein an kannte und unter denen ich mir die jeweilige Tätigkeit vorstellen konnte: das Anzünden des Küchenfeuers durch die Sklaven, das rhythmische Hin und Her der Besen und der Lärm der Männer unseres Haushaltes, der aus den unteren Räumen zu uns hochdrang.

Außerdem hörte ich das Flüstern meiner Mutter, Großmutter und Tante. Heute entdeckte ich in ihren Stimmen eine neue Nuance, einen erregten Unterton, als ob auch sie durch den Donner geweckt worden wären. Ich hatte angenommen, ich sei die einzige gewesen, und es enttäuschte mich, daß die ganze *zenana* von dieser Vorahnung gepackt war.

»Ardschumand, bist du wach?« rief meine Mutter.

Im allgemeinen vollzog sich das Erwachen des Harems sehr langsam, und die Frauen benötigten oft einen halben Tag, bis sie sich gebadet, gesalbt und angekleidet hatten, doch heute herrschte hektische Geschäftigkeit. Bedienstete und Sklaven rannten hin und her, holten irgend etwas, trugen es von einer Ecke zur anderen und ließen es fallen, während meine Tante Mehrunissa eine Anweisung gab, meine Mutter eine andere und meine Großmutter eine dritte und weitere weibliche Verwandte noch einige mehr. Juwelenbesetzte Schatullen, Stoffballen aus Seide und Schmuckkassetten aus Elfenbein, Silber und Jade wurden zusammengetragen, denn heute abend sollte der königliche Meenabasar stattfinden. Wie ein Komet tauchte er nur einmal pro Jahr auf, gegen Frühlingsende, und erregte unter den Damen des Herrscherhofs großes Aufsehen.

»Bist du denn noch nicht fertig?« fragte mich Mehrunissa.

»Soll ich auch mitgehen?«

»Warum nicht? Du bist jetzt alt genug dafür. Vielleicht gibt es einen Mann, der auf dich aufmerksam wird und dir einen Heiratsantrag macht.«

In diesem Jahr 1017 war ich zwölf und fast im heiratsfähigen Alter. Ich war das einzige Kind meiner Eltern und hatte bis jetzt ein streng behütetes, langweiliges Leben geführt. Meine Erziehung – Lesen, Schreiben, Malen, Musik, Geschichte, Beschäftigung mit dem Koran – war so ausgerichtet, daß sie den Anforderungen des begrenzten Lebens als Ehefrau eines hohen Adligen entsprach. Meine arrangierte Ehe würde unvermeidlich eine nüchterne Vereinigung von Körpern und Wohlstand sein. Es gab keine andere Möglichkeit. Natürlich hatte ich meine romantischen Träume, wie die anderen Mädchen auch.

»Vielleicht macht er dir was weiß ich für einen Antrag«, bemerkte eine meiner Verwandten hinterhältig und verursachte großes Gelächter.

»Ich habe nichts zu verkaufen«, sagte ich und tat, als ob ich nichts gehört hätte.

»Du kannst alles verkaufen – Obst, Gewürze, Schnitzarbeiten. Das ist ganz egal. Aber natürlich«, fügte Mehrunissa listig hinzu, »wenn dein Stand kostbare Ware anbietet, ziehst du hohe Herren an, vielleicht sogar den Herrscher.«

»Tante, was verkaufst du?«

»Goldschmuck und meine Seidenarbeiten.« Sie wühlte in einem ihrer Körbe und beförderte Smaragd- und Diamantarmreifen und -ketten zutage, Rubin- und Saphirringe, dann warf sie sie achtlos zurück und runzelte die Stirn.

»Glaubst du, das ist gut genug?«

»Es gibt nichts Besseres.«

Sie zuckte die Schultern, immer noch zweifelnd. Dann betrachtete sie mich forschend, geheimnistuerisch. Mehrunissa war eine sehr beherrschende, doch auch sehr schöne Frau. Wer sich ihren Wünschen nicht fügte, wurde von ihr umgarnt oder tyrannisiert, und sogar ihr Mann, General Sher Afkun, dessen Tapferkeit auf dem Schlachtfeld unbestritten war, verstummte in ihrer Gegenwart. Sie wollte blenden und bezaubern. Am liebsten hätte sie den Mond und die Sterne vom Himmel geholt und sie oben auf den großen Berg von Edelsteinen und Seidenstoffen gesetzt.

»Aber sie kommen doch nicht nur, um zu kaufen, sondern um uns anzustarren. Sie werden starren und starren, aber keinen Mut zeigen.«

»Was für eine Gelegenheit haben sie sonst, uns anzusehen? Die gewöhnlichen Marktfrauen können ihr Gesicht zeigen und gehen, wohin sie wollen, doch wir müssen unser ganzes Leben hinter dem Schleier verbringen.«

»Es ist besser, nicht gesehen zu werden, aber selbst alles zu sehen«, sagte Mehrunissa scharf. »Dadurch regen wir die Phantasie der Männer an und bringen sie zum Träumen.«

»Das ist auch alles, was sie tun können«, preßte ich verzweifelt hervor. »Wer, außer dem Herrscher, besucht den Basar?«

»Männer vom Hochadel.« Sie senkte ihre Stimme, flüsterte verschwörerisch: »Vielleicht sogar ein Prinz Schahdschahan. Man kann nicht wissen, was für wunderbare Dinge sich heute nacht abspielen.«

Sie seufzte erwartungsvoll. Alle Frauen waren wie umgewandelt vor Aufregung, doch Mehrunissa schien ganz besonders entzückt. Heute abend konnte sie ihre Ehe und ihre

Tochter vergessen und so tun, als ob sie wieder ein junges Mädchen wäre, sich romantischen Träumen hingeben und Gedichte für einen unbekannten Geliebten ausdenken, der, wie durch Zauber, ihr Herz stehlen würde. Ich überlegte, ob sie dabei an jemand Bestimmten dachte.

»Was, glaubst du, wird sich heute abend ereignen?« fragte ich.

»Ich habe es gerade gesagt«, sagte sie fröhlich. »Wo ist Ladilli?«

»Sie schläft immer noch.« Ihre Tochter Ladilli war, genau wie ich, ein Einzelkind. Sie war eine enge Vertraute von mir, ein scheues, ruhiges Mädchen, ohne jegliche Koketterie.

Ich hatte an meinem Stand nicht soviel anzubieten wie Mehrunissa. Ich war jung und unverheiratet, und außer einer schweren Goldkette und ein paar Armreifen bestand mein Schmuck hauptsächlich aus Silber. Ich schichtete die Fußspangen, Ohrringe, Armreifen, Ketten und Ringe auf einen Haufen, doch dieser war sehr dürftig. Das Ganze besaß kaum einen Wert – vielleicht tausend Rupien, vielleicht auch weniger.

Als ich den Schmuck betrachtete, fühlte ich wieder dieses Donnern in mir, wie heute morgen. Es war, als ob meine Träume wiederkehrten, mich daran zu erinnern versuchten, daß dieser Tag nicht wie jeder andere wäre. Ich hatte die Farbe Rot gesehen, konnte aber nicht unterscheiden, ob es Blut oder Seide war – im Traum geht alles ineinander über –, und ich hörte eine Stimme, eine Männerstimme, voll sanfter Verwunderung, konnte aber nicht sagen, was sie gesprochen hatte. In meinem Traum konnte ich sein Gesicht nicht erkennen, wußte nur, daß wir aufeinander gewartet hatten.

»Agachi, Ihr wirkt ganz abwesend«, unterbrach Isa meine Gedanken. »Ihr scheint die Aufregung der anderen Begums nicht zu teilen.«

Isa war ein *chokra,* den mein Großvater, Ghiyas Beg, vor drei Jahren gefunden und freigelassen hatte. Obwohl er ein paar Jahre älter war als ich, war er immer noch klein und mager. Isa erzählte uns, daß er schon als kleiner Junge von einem Magier aus einem kleinen Dorf südlich von Golconda geraubt worden war. Zusammen waren die beiden jahrelang umhergezogen. Er hatte versucht, seinem Meister zu entfliehen, wurde aber von diesem immer wieder eingefangen. Als mein Großvater auf ihn stieß, erhielt er gerade von dem Magier eine gehörige Tracht Prügel. Man gewährte ihm Zutritt zum Harem, da er behauptete, ein Eunuch zu sein, und das wurde von Mehrunissas eigenem Eunuchen Muneer bestätigt. Manchmal zweifelte ich an Isas Geschichte, doch er diente mir ergebener als jede Dienerin.

»Isa, ich hatte einen Traum und versuchte, mich daran zu erinnern.«

»Wenn Ihr schlaft, kehrt die Erinnerung wieder«, sagte er.

»Vielleicht. Da, das kannst du tragen.« Ich reichte ihm meinen Silberschmuck, den ich in ein Seidentuch gewickelt hatte. »Sind die anderen fertig?«

»Ja, *Agachi*.«

Der Basar wurde in den Gärten des kaiserlichen Palastes abgehalten. Dieser war tief im Innern des Lal Quila verborgen, der sich wie ein kleiner Felsen aus rotem Sandstein am Ufer des Jumna erhob. Er war vom Vater des Padishah, Akbar dem Großen, erbaut worden. Der gleiche Akbar war so großzügig gewesen, meinen Großvater in seine Dienste zu nehmen, als er von Persien nach Hindustan gekommen war. Sie hatten sich durch den Besitzer einer Kamelkarawane kennengelernt, der meinen Großvater Ghiyas Beg dem Großen Mughal vorstellte. Ohne diese Begegnung wären wir ohne Glück und arm geblieben, wie die vielen Menschen, die sich in den Straßen Agras drängten.

Die Laufbahn meines Großvaters gestaltete sich glänzend – doch enttäuschend kurz. Im Dienste Akbars war er schnell nach oben gekommen, doch in Fehleinschätzung des Herrschers war er bei der Entgegennahme von Bestechungsgeldern zu dreist gewesen. In Persien und Hindustan war es üblich, als Gegenleistung für Gefälligkeiten Geschenke zu empfangen, doch Akbar war der Meinung, seine Minister sollten über solche Praktiken erhaben sein, und entließ meinen Großvater. Seit Akbars Tod vor zwei Jahren bemühte sich mein Großvater, in die Dienste von Dschahangir, Akbars Sohn, zu treten. Es schien so, daß Dschahangir schließlich nachgegeben hatte, denn es bedeutete für uns eine große Gunst, daß wir zum königlichen Meenabasar eingeladen worden waren. Deshalb ist es verständlich, daß dieses Ereignis in unserem Haus soviel Wirbel verursachte.

Unsere Familienprozession von unserem Haus zum Fort – eine Entfernung von zwei Meilen – war klein; sie bestand nur aus drei Sänften. Muneer bahnte sich mit einem Knüppel, den er mit sadistischer Freude nach allen Seiten schwang, den Weg durch die Menge. Ich hatte bei Mehrunissa protestiert, doch auch ihr schien es Vergnügen zu bereiten, wenn der Knüppel auf Fleisch eindrosch.

Ich zog es vor, zu Fuß zu gehen mit Isa einen Schritt hinter mir. Der Staub, die Hitze und die erstaunlichen Eindrücke dieser riesigen Stadt waren mir lieber als die erdrückende Enge der Sänfte. Auf der ganzen Welt gab es keine so große und abwechslungsreiche Stadt. Ich sah hier Männer und Frauen aus Bengalen, Persien, Griechenland, Usbekistan und China, Fremde, die von den westlichen Meeren kamen, Afghanen und Menschen aus allen *subas* Hindustans. In den Basars am Straßenrand wurden alle Reichtümer der Welt verkauft: Porzellan, Gold, Silber, Elfenbein, Seide, Rubine, Diamanten, Gewürze, Sklaven, Pferde und Elefanten. Wir zogen eine eigene kleine Prozession von Bettlern nach uns. Isa gab jedem einen oder 25 *dams,* je nach seiner Bedürftigkeit. Hätte er nach eigenem Gutdünken handeln dürfen, hätte er sie mit Flüchen und Schlägen davongejagt. Die Armen zeigen untereinander kein Erbarmen.

Wir betraten das Lal-Quila-Fort durch das Amar-Singh-Tor. Das Delhi- und das Hathi-Pol-Tor waren der Armee des Mughal vorbehalten, die die halbe Festung mit Beschlag belegte. Wir gingen an den kaiserlichen Soldaten, die scharlachrote Uniformen und polierte Rüstungen trugen und mit Schwert und Schild bewaffnet waren, vorbei. Es eröffnete sich uns eine andere Welt. Das Fort selbst hat die Form eines großen Bogens, dessen »Sehne« sich zum Fluß zu spannt. Die Mauern sind siebzig Fuß hoch und zehn Fuß dick und enden an der Spitze in Zacken wie die Zähne einer Säge. An der Mauer, die eine Meile lange ist, befinden sich in regelmäßigen Abständen Türme, die von kaiserlichen Wachen besetzt sind. Wir warteten eine Zeitlang im Amar-Singh-Hof, zusammen mit zahllosen anderen, bevor man uns gestattete, den engen Tunnel zum Palast zu betreten. Der Befehlshaber der Wachen saß auf einer erhöhten Plattform und prüfte, ob wir wirklich eingeladen waren. Die Straße verlief jetzt schräg nach oben zwischen zwei hohen Mauern. Als der höchste Punkt erreicht war, ging es eben weiter. Vor uns lag der säulengeschmückte *diwan-i-am* mit seinem Holzdach und seiner gehämmerten Silberdecke. Der Palast selbst befand sich hinter dem Garten zu unserer Rechten, an der östlichen Mauer des Forts, mit Blick auf den Fluß. Es war ein exquisites Bauwerk aus rotem Sandstein, die Wände und Säulen bedeckt mit komplizierten Schnitzarbeiten. Trotz seiner Größe schien er zart und zerbrechlich.

Doch der Herrscher hielt sich nur selten hier auf. Er lebte und schlief in dem *bargah,* das im Garten aufgeschlagen wurde. Das ist ein kunstvoll gearbeitetes Riesenzelt, das aus vielen Räumen besteht und mit schönen Teppichen aus Persien und Kaschmir ausgelegt ist, die Wände bedeckt mit Gemälden und Seidentapeten, geschmückt mit Edelsteinen. Tamerlan, der erste mongolische Eroberer, hatte erlassen, daß keiner seiner Nachfahren unter dem Dach eines Gebäudes schlafe, und jeder Herrscher hatte seinem Befehl gehorcht. Der übrige Teil des Forts wurde vom Basar, den Verwaltungsräumen und zahlreichen Werkstätten eingenommen.

Seit den drei Jahren unseres Exils hatte sich wenig verändert, doch heute sah ich alles mit anderen Augen an: den Palast, die Springbrunnen, die Höflinge in ihrer prachtvollen Aufmachung, die Musiker, die Jongleure, die Elefanten und Pferde, sogar die Luft schien von Gesang erfüllt. Das lag weniger an dem Anlaß als an der Nähe der Macht.

Das Reich lebte von einem Herzschlag – Dschahangirs –, und wir befanden uns alle in seiner Nähe. Das geschäftige Treiben, das Durcheinander und die Hitze erregten Schwindel; eine Menge von Sänften, die die Harems der Prinzen und Adligen beförderten, drängte nach vorn, um ihre kostbare Fracht vor den Stufen des Palastes abzuladen. Der Harem des Herrschers nahm den größen Teil dieses Gebäudes ein, das an dieser Stelle nur sehr schwer zugänglich war, denn neben den Frauen beherbergte es auch den unschätzbaren Schatz des Großen Mughal.

Zuerst mußten wir an einer Gruppe kaiserlicher Wachen, die mit Lanzen und Gewehren ausgerüstet waren, vorbeigehen. Die Frauen wurden nicht durchsucht, doch die Bediensteten, die sich in unserer Begleitung befanden, wurden einer strengen Leibesvisitation unterzogen. Die nächste Gruppe bewachte die Gänge im Palast selber, Sklavinnen aus Usbekistan. Sie waren nicht weniger kriegerisch als die kaiserlichen Wachen und ebenfalls gut bewaffnet. Sie waren männlich gebaut, mit starken, breiten Schultern, kräftigen Armen und ohne jeglichen Humor. Sie untersuchten jede einzelne von uns Frauen, manchmal etwas zu intensiv, obwohl einige von uns diese energischen Hände auf ihrem Körper zu genießen schienen. Ich nicht. Der Harem selbst wurde von den Eunuchen bewacht. Ihre einzige Aufgabe bestand darin, dafür zu sorgen, daß kein potenter Mann den Harem betrat. Aber es konnte auch vorkommen, daß sie so beeinflußt wurden, daß sie ihrer Pflicht nur nachlässig nachkamen.

Noch nie hatte ich so viele aufgeregte Frauen an einem Platz versammelt gesehen wie an diesem Tag. Ich wußte nicht, wie viele es waren, doch Isa, der die meisten Dinge zu wissen schien, erzählte mir, es seien mehr als achttausend. Das war möglich: Akbar hatte vierhundert Frauen und fünftausend Konkubinen gehabt, und viele von ihnen lebten noch im Palast. Die meisten seiner Ehen waren rein politische Verbindungen genau wie bei Dschahangir. Diese *Mata*-Ehen endeten nach einer vereinbarten Zeitspanne, und die Frauen kehrten in ihre Heimat zurück, beladen mit Gold, das ihnen der Große Mughal zum Geschenk gemacht hatte. Die Frauen, deren Heirat durch religiösen Ritus vollzogen wurde, blieben ihr Leben lang und erhielten stattliche Apanagen, Ländereien, und erwarben sich noch zusätzlichen Reichtum durch Handel. Hier versammelten sich Frauen vieler Nationen und Sprachen: Frauen aus Rajput, Kaschmir, Persien, Bengalen, der Tatarei, Mongolei, aus Tibet, Rußland und dem Kirgisengebirge.

Der Palast war eine riesige Honigwabe aus Räumen. Ihre

Größe und der Luxus der Ausstattung entsprachen dem Rang der jeweiligen Bewohnerin. Die Luft war stickig und erfüllt von süßem Parfümduft, der den Wänden zu entströmen schien. Ich hatte das Gefühl, als wate ich durch weiches, schwefelhaltiges Fleisch. Wir kamen nur langsam voran, einerseits aufgrund der dichtgedrängten Menschenmenge, andrerseits deshalb, weil Mehrunissa viele der Damen kannte und jedesmal stehenblieb, um sie überschwenglich und liebevoll zu begrüßen, was sie allerdings nicht daran hinderte, später im Flüsterton ein paar abfällige Bemerkungen fallenzulassen. Viele der Damen musterten uns überrascht. Aber die Unaufrichtigkeit, die man Mehrunissa vorwerfen konnte, galt genauso für sie. Bei Hof entspricht der Grad der Zuneigung, die einem zuteil wird, dem Rang, den man beim Herrscher einnimmt. Ich stand in keiner Beziehung zu ihm, war also unbedeutend. Aber aus allen Blicken konnte ich lesen: Warum sind sie eingeladen worden? Hatte der Herrscher meinem Großvater vergeben? Bald hatte ich das Gefühl, nicht mehr atmen zu können, weniger aufgrund der stickigen Luft – vom Jumna wehte eine kühle Brise – als wegen der geheuchelten Freundlichkeit.

Ich flüchtete auf den Balkon und sah auf den Palastgarten hinunter. Es war eine Eigenheit der Mughals, daß sie sich nach diesen Oasen voll blühender Schönheit sehnten. Die Gärten vermittelten ihnen nicht nur ein Gefühl der Beständigkeit, sondern eine Erinnerung an das Nomadenleben ihrer fernen Vorfahren. Damals waren Wasser, Bäume und Blumen ein seltenes Vergnügen. Inmitten dieses üppigen Grüns, durchsetzt mit allen nur vorstellbaren Blumen – Rosen, Jasmin, rote Jasminbäume, Cannas und Veilchen –, umrahmt von schattigen Bäumen, prangte ein Springbrunnen. Das Wasser sprudelte melodisch, da sechsunddreißig Ochsengespanne Tag und Nacht Wasser aus den Ziehbrunnen herbeischleppten. Allein dieser Anblick wirkte in der intensiven Frühlingshitze abkühlend und beruhigend. Die Männer hatten bereits damit begonnen, die Stände für den Basar aufzustellen. An einem würde ich sitzen und meinen nicht sehr üppigen Silberschmuck anbieten. Der Boden dazwischen würde bald unter Teppichen verschwinden.

»Da bist du ja. Ich habe dich überall gesucht.« Mehrunissa zog eine kleine, schüchterne Frau hinter sich her, die so zart und durchsichtig wie ihr Seidensari wirkte.

»Majestät, das ist meine Nichte Ardschumand.«

Ich verneigte mich vor Jodi Bai, Dschahangirs Kaiserin. Sie stand da und wirkte verlegen, ja unglücklich, als ob sie darauf wartete, daß ich redete. Ich wußte nicht, was ich zu dieser ruhigen, traurigen Frau sagen sollte, und beobachtete sie, während Mehrunissa wortreich über den Basar plapperte. Jodi Bai war eine Rajput und eine Hindu, die Mutter von Prinz Schahdschahan. Ich hatte nicht erwartet, daß meine Tante der Herrscherin gegenüber so freundlich wäre, und diese auffällige Gunstbezeugung ließ mich an der Aufrichtigkeit ihrer Gefühle zweifeln. Mehrunissa war in solchen Dingen berechnend wie ein Mathematiker.

»Oh, sie ist ja so strohdumm«, flüsterte Mehrunissa, als Jodi Bai wie ein kleines aufgeschrecktes Tier vor uns floh, das in dem hohen Gras in Deckung ging.

»Warum bist du dann so freundlich?«

»Weil ich zu Dschahangirs Frau nicht unhöflich sein kann.« Sie wandte sich um und betrachtete die Menge. »Außerdem wollte ich einfach herausfinden, was für eine Art Mensch sie ist. Mein Gott, was für eine Kaiserin! Da braucht man sich nicht zu wundern, daß sich Dschahangir zu Tode trinkt.«

»Man sagt, er habe schon vor der Ehe getrunken. Seine beiden Brüder tranken sich zu Tode.«

»Und wenn er bei ihr bleibt, macht er es auch nicht mehr lange.«

»Was willst du dagegen tun?«

»Das ist nicht dein Problem.«

Plötzlich war sie verschwunden, untergetaucht im Gedränge von Fleisch, Gelächter und Gesprächen, wie ein Vogel, der sich vom Wind davontragen läßt. Ich wußte, daß sich hinter der Schönheit meiner Tante eiskalter Ehrgeiz verbarg, doch ich konnte nicht sagen, worauf ihr Ehrgeiz zielte, er war verborgen hinter ihrem geheimnistuerischen Verhalten, das sie vor jedermann verschloß.

Zur festgelegten Zeit, drei Stunden vor Mitternacht, hörten wir die Frauen aus der Ferne rufen: *»Zindabad* Padishah, *Zindabad* Padishah!« Der Lärm nahm immer mehr zu, und als er näher kam, standen alle Frauen auf, um ihn zu grüßen.

Dschahangir schritt über den roten Teppich und unterhielt sich angeregt mit meinem Großvater Ghiyas Beg. Der Padishah trug einen Turban aus purpurroter Seide, der mit einem Busch aus langen Reiherfedern geschmückt war. Auf beiden Seiten dieses Busches wurden ein walnußgroßer Diamant und ein Rubin von massiven Goldklauen gehalten. Die Reiherfedern befestigte in der Mitte eine Brosche mit einem großen funkelnden Smaragd. Um die Taille trug er einen Goldgürtel, der mit Diamanten und Rubinen bestückt war. Auf der linken Seite hing das Humayunschwert, auf der rechten steckte in seiner Schärpe ein ziselierter Dolch mit einem Rubin am Griff. Eine dreireihige Perlenkette schmückte seinen Hals, und an jedem Arm trug er Goldarmbänder, die mit Diamanten verziert waren, einen breiten Armreif über dem Ellbogen und drei an jedem Handgelenk. Auch seine Finger waren überladen von Ringen mit kostbaren Steinen, und seine Füße steckten in gewebten Goldpantoffeln, die mit Perlen bestickt waren. Hinter ihm gingen zwei Männer. Der eine trug einen Köcher mit Pfeilen und einen großen Bogen, der andere ein Buch. Hinter dem Buchträger kam ein abessinischer Boy, der Feder und Tinte trug, denn Dschahangir war leidenschaftlich neugierig auf alles, was in der Welt vor sich ging, und notierte peinlich genau jeden Gedanken und Eindruck.

Mein kleiner Stand befand sich in einiger Entfernung vom Eingang, im Schatten eines *Neem*-Baumes. Mehrunissa hatte sich nahe dem hellsten Licht des Brunnens niedergelassen. Ich versuchte, meinen Schmuck immer wieder anders zu arrangieren, doch es half nichts, keine Anstrengung konnte eine üppigere Schau hervorbringen. Die Schmuckstücke nahmen sich auf dem kleinen blauen Teppich ganz verloren aus.

»Isa, wer wird so etwas kaufen?«

»*Agachi,* irgendein sehr glücklicher Mann. Ich fühle das.«

»Er müßte ja verrückt sein, er würde an jedem anderen Stand besser bedient.«

Die Höflinge schritten jetzt nicht mehr hinter dem Herrscher her, sondern verstreuten sich, um sich an den Ständen umzusehen. In Gegenwart von völlig Fremden fühlte ich mich ohne meinen Schleier etwas unbehaglich, obwohl ich mir insgeheim sehnlichst gewünscht hatte, ihn nicht tragen zu müssen. Doch es war nicht genug, dies nur für einen Abend bewilligt zu bekommen; der Geist schwang sich empor, wie ein Vogel, der sich traurig bewußt wird, daß sein Bein festgebunden ist.

Mein Großvater störte meine Träume.

»Ardschumand, man sieht dich ja gar nicht.«

»Mir wurde dieser Stand zugewiesen. Ich bin ja nur ein Mädchen.«

Er lachte. »Aber was für ein schönes.«

Ich lächelte. Er sagte immer das gleiche. Ich liebte ihn. Er war ein freundlicher, ruhiger Mann, hochgewachsen und schlank. Seine Augen hatten die Farbe des Abendhimmels, wie meine.

»Bitte, kauf mir etwas ab. Sonst kauft niemand etwas bei mir.«

»Nein, das gebührt anderen Männern. Es ist noch früh.«

Dann flüsterte er: »Doch wenn sie alle zu töricht dazu sind, komme ich wieder und kaufe dir alles ab. Denk daran, daß du mir einen guten Preis machst.«

»Ich sah dich mit dem Herrscher reden.«

»Ja. Er war so freundlich, meine bescheidene Gegenwart wahrzunehmen.«

»Worüber habt ihr geredet? Nimmt er dich in seine Dienste?«

»Das erzähle ich dir später.« Er kniff mich verschwörerisch in die Wange.

Dann ging er weiter, und andere Männer schlenderten an meinem Stand vorbei, starrten mich unverblümt an, flüsterten miteinander und lachten, besaßen aber nicht den Mut, sich zu nähern. Die anderen Damen flirteten mit ihnen wie die Damen im Basar und riefen ihnen zu, doch ich konnte mich nicht so dreist benehmen. Statt dessen beobachtete ich das Treiben auf dem Basar; ich sah, wie Dschahangir vor Mehrunissas Stand stehenblieb, etwas kaufte, ihr etwas zuflüsterte und dann weiterschlenderte. Sie sah glücklich und fröhlich aus, wandte dann aber bald wieder ihre Aufmerksamkeit den anderen Edelleuten zu.

Plötzlich fühlte ich Augen auf mich gerichtet. Sie waren beharrlich, wollten mich dazu bringen, ihren Blick zu erwidern. Ich spürte fast ihre Zärtlichkeit. Schwäche stieg in mir auf, und als ich mich umwandte, erblickte ich auf dem Weg hinter dem nächsten Stand den Prinz Schahdschahan.

Durch die enge Öffnung des Standes zwischen uns, wo das flackernde Kerzenlicht dunkle Schatten warf, hielten mich seine Augen fest. Dunkle, sehnsüchtige, einsame Augen, erleuchtet von einem inneren Feuer. Es fehlte ihnen die wilde Glut eines Prinzen, eines Herrschers, eines Mughal; diese Augen gehörten eher einem ängstlichen Jungen. Ich wußte, ich war der Grund seiner Angst, und konnte meinen Blick nicht von ihm wenden. Er war der Donner, der mich in der Nacht geweckt hatte. Er war der rote Traum, es war nicht Blut, sondern der purpurrote Turban des Kronprinzen. Im Traum hatte ich die Hand ausgestreckt, um ihn zu berühren, und er hatte sie ergriffen, da er wußte, daß ich in dem einsamen und glanzvollen Dasein eines Prinzen die einzige Gefährtin war. Er entschwand meinem Blick. Jetzt war ich mit Angst erfüllt, plötzlich eine Hoffnung zu verlieren, von der ich bis vor kurzem noch nichts wußte. Ich drehte mich nach allen Seiten und spähte durch die engen Gassen, in denen sich geschäftige, lachende Frauen und Edelleute drängten. Ich wünschte mir, der Boden verschlinge sie, ja, ich verfluchte sie. Und dann erblickte ich ihn, wie er sich grob durch die Menge drängte. Es sah aus, als laufe er. Hoffnung und friedvolle Ruhe erfaßten mich tief in meinem Inneren, und ich versank in einen sanften, warmen Traum.

Schahdschahan

Ich, Prinz Schahdschahan, bin nicht länger der Knabe namens Khurrum, sondern Herrscher der Welt und Erde Dschahangirs, Padishah von Hindustan. Obwohl ich erst fünfzehn bin, darf ich als der Lieblingssohn meines Vaters den Umhang tragen und wurde eingeladen, den königlichen Meenabasar zu besuchen.

Ich war außer mir vor Begeisterung über dieses Ereignis, denn meine Gegenwart hier war nicht nur ein Zeichen für die Gunst meines Vaters, sondern auch des Hofes. Sie alle gaben mir vor meinen drei Brüdern den Vorzug, Erbe dieses riesigen Reiches zu werden. Der einzige Ehrgeiz eines jungen Prinzen kann es sein, zu herrschen, das Zepter der Macht in den Händen zu halten. Ich spürte, daß dieser Abend ein besonderer sein würde.

Mein Urgroßvater Humayun hatte den königlichen Meenabasar ins Leben gerufen. Das war eine entzückende Idee, denn aufgrund kaiserlichen Erlasses konnten die Frauen vor einem erlesenen Kreis von Männern unverschleiert erscheinen. Einen einzigen Abend lang waren die seidenen Masken, die das ganze Jahr getragen wurden, abgeschafft, die enge Haremswelt für wenige Stunden, in denen wir die schleierlosen Gesichter edler Damen betrachten konnten, nicht mehr hermetisch abgeriegelt.

Trotz der Hitze und der drückenden Luft drängten sich die Menschen bei Einbruch der Nacht im Palast. Im Garten hatten die Arbeiter Stände errichtet, und die Frauen ordneten ihre Waren, die sie zum Kauf anbieten wollten. Man hatte mir berichtet, daß sie wie Marktfrauen feilschten, und daß der Käufer im Glücksfall nicht nur die Waren erwarb, sondern auch die Gunst der Dame. Ich hatte vernommen, wie sich einige begünstigte Hofleute mit ihren Eroberungen brüsteten und sehnsuchtsvoll von den herrlichen Nächten schwärmten, die sie mit einer Dame verbracht hatten. Ich war in diesen Dingen auch nicht unerfahren. Ich hatte bei meinen Sklavinnen gelegen und war manchmal zur Belustigung mit meinen Gefährten zu den Tänzerinnen in den Basars gegangen und hatte für ihren Körper bezahlt. Doch die Erfahrung lehrte mich, daß ich aufgrund meiner Stellung von den Frauen nur fleischliches Vergnügen erwarten konnte. Ich hörte nicht auf ihr Geflüster, denn sie flüsterten nur, um mir zu schmeicheln, Gunstbezeugungen und Reichtum zu erhalten. Die Dichter schrieben und sangen von Liebe, von Männern und Frauen, von dieser seltsamen Krankheit verwüstet und sterbend, doch für mich bedeutete Liebe eine Illusion, der Palast war für mich ein Ort ohne Liebe.

Als ich gebadet und angekleidet wurde, lächelte ich voller Vorfreude. Meine Sklavinnen neckten mich wegen des Abends: Ich würde einer Prinzessin begegnen, o ja. Der Astrologe hatte vorausgesagt, daß der Prinz glücklich sein würde. Er würde sich verlieben und für immer glücklich sein. Ich lachte über ihre Neckereien und glaubte ihnen nicht. Und doch fragte ich mich insgeheim: Warum war ich so aufgeregt? War es die Vorstellung, daß ich die Gesichter der Frauen sehen würde, auf die ich einen Blick geworfen hatte, von denen ich hatte reden hören, aber die kühn anzublicken ich nie gewagt hatte?

War es das vergnügliche Spiel, die Stimme dem Gesicht, die Hände dem Gesicht, die Augen dem Gesicht zuzuordnen? Worauf sonst konnte ich mich freuen – auf eine Nacht oder zwei des Vergnügens, vielleicht sogar eine Woche oder einen Monat? Ich fand diese Aussicht langweilig. Um meine Lust zu befriedigen, konnte ich mir jedes Mädchen in diesem Raum aussuchen. Doch die Luft vibrierte von Donnergrollen. Bedeutete das Gefahr?

Zwei Freunde begleiteten mich, der *Nawab* von Ajmer und der Edelmann Allami Sa'du-lla Khan. Sie waren genauso prachtvoll gekleidet wie ich und obwohl sie älter waren als ich, schienen sie genauso ängstlich und aufgeregt. Auch sie hatten noch nie einen königlichen Basar besucht. Sie begaben sich zum Balkon und blickten auf den Garten hinunter, der hell erleuchtet war. In jeder Ecke flackerten Kerzen, an den Bäumen und Ständen hingen Laternen, eingefangen und widergespiegelt im Wasser des Springbrunnens. Sie entdeckten die Schatten und lauschten dem Gelächter.

»Wir müssen uns beeilen, wir müssen hinuntergehen.«

»Wartet einen Augenblick«, befahl ich. »Trinkt etwas Wein, gönnt euch einen Augenblick der Ruhe und genießt die kommenden Freuden.«

Sie gehorchten, aber nur weil ich das sagte. Sie zogen sich nicht zurück, sondern blieben auf dem Balkon, starrten gierig hinunter, als ob diese Dummköpfe noch nie in ihrem Leben Frauen gesehen hätten. Ich suchte ihre Gesellschaft zum Zeitvertreib, um über Sport und die Jagd zu reden.

»Setzt euch!«

Sie nahmen Platz, widerwillig, auf dem Sprung, wie Geparden. Mir ging es wie ihnen, jedoch ein Prinz muß sich immer unter Kontrolle haben, sonst ist er machtlos. Sie entzogen mir aber ihre Aufmerksamkeit, als wir die *dundhubi* hörten, die ankündigte, daß sich mein Vater Dschahangir näherte. Vom Balkon aus sahen wir, wie er den Garten betrat, seine Höflinge im Schlepptau.

Einen Augenblick lang verstummten alle, huldigten ihm, und dann vernahm man erneut Musik und Stimmengewirr.

»Wartet noch einen Moment, bis mein Vater beschäftigt ist.«

Als ich fand, daß sich unten wieder alles beruhigt hatte, und der Herrscher meinen eigenen Auftritt nicht behindern würde, gingen wir hinunter.

Es war ein Basar im wahrsten Sinne des Wortes: Parfümierte Frauen standen hinter den Tischen ihrer Stände vor Seidenstikkereien, Schmuckkästchen, die mit Gold und Silber eingefaßt waren, Spielzeug, Parfüms, Elfenbeinschnitzereien, kleinen Marmorstatuen. Die Luft war süß von ihren Stimmen und Gelächter und dem sanften Klang von Musik. Mein Erscheinen wurde sofort bemerkt, und die Frauen am Eingang lachten und klatschten mir zu. Ihre Augen blickten keck und einladend, jede rief mir zu, ich solle allein bei ihr kaufen, einige von ihnen zupften mich wie die Marktfrauen in einem echten Basar am Ärmel: Seht Euch meine Waren an, sie sind billig, besonders für Schahdschahan. Schaut auf diese Seide... hier ist eine bengalische Vase. Sie taten, als ob ihr Leben davon abhinge. Ich streifte durch die Gassen und studierte die Gesichter und Körper, schöne und weniger schöne, alte und junge, dünne und dicke. Sie waren alle ausgelassen, derb; wie aus ihren Käfigen befreite Vögel wirbelten und zwitscherten sie durch den Garten. Sie redeten unaufhörlich, eine Qual für mich, und wie zufällig wandte ich mich ab, um einer aufdringlichen Dame zu entkommen.

Wie kann ich die plötzliche Hilflosigkeit, das Aussetzen all meiner Sinne erklären? Sie kniete in einer Gasse auf der anderen Seite, ruhig und allein, abseits vom Trubel. Sicher, es war ihre Schönheit, ihr vollkommenes ovales Gesicht, ihre großen Augen, ihr rosenknospiger Mund und die Jasminblüte in ihrem glänzenden Haar, die meinen Blick fesselte, doch vor allem faszinierte mich ihre Gelassenheit. Sie beobachtete alles und amüsierte sich über die Dinge, die sie sah. Ein Lächeln breitete sich sanft auf ihrem Gesicht aus, kam von innen, ganz ungleich dem lauten Gelächter der anderen Frauen. Ich erblickte etwas, was die anderen nicht hatten: Ehrlichkeit. Ich fühlte, wenn ich spräche, würde sie mir zuhören und nicht dem Prinzen. Mein Herz schmerzte unter seinen Schlägen, und als sie sich umwandte und mich durch die Öffnung erblickte, blieb es stehen. Ich hatte wirklich Angst – und nicht einmal alle Macht dieser Welt, die mir zu Diensten stand, konnte mich vor dieser Angst bewahren –, daß sie sich von mir abwenden würde. Ich fühlte sofort, daß ihr mögliches Desinteresse kein Flirttrick wäre, sondern echte Gleichgültigkeit. Plötzlich verschwand diese Angst. Sie verhielt sich ruhig, betrachtete mich, neugierig, amüsiert und – was geschah da? – mir war, als berührten wir uns.

Ich kann mich nicht erinnern, wie ich zu ihr gelangte. Ich war da und sah, daß sie an ihrem Stand Silberschmuck verkaufte – ein bescheidenes Angebot – und daß ein *chokra* bei ihr war. Ich konnte mich nicht beherrschen; ich barst fast vor Worten und Gefühlen.

»Ich fühlte mich, als hätten wir uns berührt.« Ich sprach laut, schnell, unfähig, meine Zunge, die mehr gewöhnt war zu befehlen, als Gefühle zu enthüllen, unter Kontrolle zu halten. Ich versuchte es erneut. »Doch das war bei dieser Entfernung nicht möglich. Trotzdem fühlte ich die sanfte Berührung Eures Arms auf meinem. Sich auf Anhieb zu verlieben, ist eine Herausforderung an das Leben selber, ein spontanes Vertrauen, als ob man ohne den Schutz der Rüstung ein Schlachtfeld beträte, in dem festen Glauben, daß man nicht getötet werden kann. Doch selbst wenn man getötet würde, wäre das bloße Dasein ohne Euch nichts wert. Ihr müßt mir verraten, wer Ihr seid. Ich muß Eure Stimme hören und wissen, daß Ihr wirklich seid und nicht ein Traum, der verschwinden wird wie Wasser in der Hitze.«

»Hoheit, ich bin Ardschumand Banu.«

Ihre Stimme klang unwillig, sanft, erhob sich leicht in der Luft. Sie fühlte sich unter meinem intensiven Blick unbehaglich, senkte bescheiden den Blick und verneigte sich ehrerbietig. Das genügte, um mir Herzschmerzen zu bereiten, und ich griff schnell nach ihr, um ihr Einhalt zu gebieten, und berührte dabei ihre bloße Schulter. Ich erbebte.

»Eure Haut verbrennt mich, und mein Herz dröhnt wie die Kriegstrommel.«

»Eure Hoheit bestätigen nur das, was ich fühle.« Sie neigte den Kopf und streifte mit ihrer Wange meinen Handrücken. »Wahrscheinlich liegt es an der Hitze.«

»Nein, unmöglich. Sie berührt uns nur von außen, verursacht uns etwas Unbehagen. Doch dies dringt tief ins Fleisch, wühlt mein Herz und meinen Geist auf. Ich weiß nicht einmal, wovon ich spreche.«

»Eure Hoheit, die Worte klingen süß«, erwiderte sie sanft, und meine Hand fiel herab. Ich fühlte immer noch die verführerische Weichheit ihrer Wange wie ein Brandmal auf meiner Haut. »Eure Zunge ist zu gewandt, um beim Anblick eines Mädchens ins Stocken zu geraten.«

»Hier.« Ich streckte ihr meinen Dolch hin. »Wenn sie lügt, schneidet sie ab. Ich kann nichts für ihre süßen Worte, die nur wiedergeben, was mein Herz fühlt. Der einzige Laut, den ich in meinem Kopf vernehme, ist das Brausen meines Blutes, und ich höre nur noch: Ardschumand... Ardschumand. Habt Ihr nicht das gleiche empfunden, als wir uns das erste Mal in die Augen blickten?«

»Ja, Eure Hoheit. Doch es war, als ob ich wieder schliefe und träumte.«

»Was für einen Traum?«

»Ich kann ihn nicht ganz wiedergeben. Doch als ich heute morgen erwachte, durchströmte mich das gleiche Gefühl wie in dem Augenblick, als ich Euch das erste Mal sah.« Sie musterte mein Gesicht sorgfältig, durchdrang mit ihrem Blick Haut und Knochen, versuchte, durch meine Augen mein Innerstes zu erforschen. »Ihr seid wirklich. Das ist kein Traum mehr.«

Ich kniete vor ihr nieder, da auch sie vor ihrem Stand kniete, und streckte eifrig meine Hand aus, um sie zu berühren.

»Fühlt wieder das Fieber in meinem Körper. Ihr seid wach, wie ich.«

Scheu berührte sie meine Hand, und erneut fühlten wir, wie der andere erbebte. Es war, als ob der Blitz, der in der Monsunzeit den Himmel aufflammen ließ, zwischen uns eingeschlagen hätte. Ich wünschte mir, unsere Berührung würde nie enden, doch sie zog sich zurück. Sie war jetzt davon überzeugt, daß wir beisammen waren und nicht getrennt in verschiedenen Träumen.

»Ich werde für immer hier sitzenbleiben und Euch betrachten.«

Sie lachte, und dieser sanfte Laut gab mir das Gefühl, durch die Noten einer fremden und lieblichen Musik zu taumeln.

»Wenn wir uns weiterhin so anstarren, werden wir darüber alt.«

»Könnten wir uns etwas Besseres wünschen? Ich wünschte mir, es wäre Tag und Ihr im vollen Sonnenlicht. Diese Schatten täuschen mich. Sie krümmen Eure Nase, die doch vollkommen ist, sie verdunkeln Eure Augen, und ich weiß, sie sind hell und schön. Doch es gelingt ihnen nicht, die Form Eures Mundes oder die Wölbung Eurer Wangen zu verfälschen.«

»Seht Ihr nur so wenig von mir? In diesem Palast gibt es unzählige Frauen, deren Schönheit bei weitem meine übertrifft.«

»Nein. Keine kann es mit Euch aufnehmen. Was sie bieten, ist nur oberflächlich. Ich sehe hinter Eure Augen und Euer Gesicht. Ich habe das Gefühl, daß ich Euch schon ein Leben lang kenne, und doch weiß ich nichts von Euch. Ich kann dem Himmel nur danken, daß ich Euch heute abend begegnen durfte.«

»Ja«, erwiderte sie, und in ihrer Stimme klang Verwunderung.

»Ich hätte Tag um Tag, Jahr um Jahr auf Euch blicken können, und Ihr hättet keine Ahnung von meiner Existenz gehabt.«

»Doch bestimmt, das hätte ich«, warf ich eifrig ein, bemüht, sie zu überzeugen. »Nicht nur, daß wir uns gesehen haben, hat uns angezogen. Fühlt Ihr nicht auch, daß dies jenseits von Sehen, Berühren und Hören liegt? Aus der Ferne fühlte ich Eure Berührung in meinem Herzen, so wie Ihr meine fühltet. Sogar durch Euren Schleier hindurch hätte ich Eure Liebe erkannt. Es ist doch so, oder?«

»Hoheit, es kann nichts anderes sein.«

Ich wünschte mir, sie hätte diese Worte nicht gesagt. Ich fühlte ein Zittern, ein Vibrieren, das meine ganzen Gefühle durcheinanderbrachte.

»Wenn ich ein Prinz wäre...«, begann ich.

»Wenn Ihr weniger wärt, könnte ich doch nicht weniger empfinden.«

Ich blickte ihr in die Augen. Sie waren weit geöffnet, unerschrocken und ließen mich hinter die Worte, die sie sprach, blicken. Ich fühlte, wie das Zittern nachließ, und konnte meine Freude nicht verbergen. Ich lachte laut auf und hörte, wie sie flüsterte: »Doch wie soll ich Euch anreden?«

»Mein Liebster, meine Freude. Du bist mein Erwählter, mein Geliebter.«

»Mein Geliebter«, wiederholte sie flüsternd, erfüllte mein ganzes Sein mit Freude und erweckte meine Sehnsucht, sie im Arm zu halten.

Wir knieten immer noch und sahen uns in die Augen, um keinen Blick, kein Lächeln, keine Geste des anderen zu versäumen. Wir konnten den Blick nicht voneinander lösen. Ich weiß nicht, wie lange wir so verharrten. Es hätte mir nichts ausgemacht, wenn es ein Leben lang gewesen wäre. Ich spürte eine Berührung an der Schulter, und die weiche Stille unserer Welt zerbrach. Ärgerlich schaute ich auf. Allami Sa'du-lla Khan verneigte sich entschuldigend. Als er meinem unwilligen Blick begegnete, machte er eine hilflose Geste. Die Menge, die sich angesammelt hatte, war verstummt und starrte uns an.

»Laß sie. Ich bin Schahdschahan. Geh jetzt!«

»Eure Hoheit, Ihr solltet Euch auch an den anderen Ständen zeigen. Die Frauen fragen, wo ist Schahdschahan, damit wir ihn segnen können. Ihr könnt ihre Wünsche nicht unberücksichtigt lassen.«

»Ich komme gleich. Nun geh!« Er zog sich zurück, und ich wandte mich wieder meiner Liebsten zu. »Ich werde mit meinem Vater über uns reden.«

Sie verneigte sich zustimmend. »Wenn es sein Wille ist...«

»Es ist *meiner*«, erwiderte ich fest und erhob mich. Sie verharrte kniend, hob jedoch ihr Gesicht zu mir hoch. Wie gerne hätte ich mich zu ihr hinuntergebeugt und ihren Mund geküßt, doch ich beherrschte mich. Sie wußte, was ich wollte, und lächelte schelmisch.

»Es wird andere Zeiten geben, wenn wir nicht so vielen beobachtenden Augen ausgesetzt sind.« Sie nahm ein silbernes Schmuckstück in die Hand und sagte zu mir: »Möchte mein Liebster nicht ein Erinnerungsstück kaufen? Nachdem du so lange hier verweilt hast, kannst du nicht mit leeren Händen von hier weggehen, und ich sollte zumindest eine Rupie oder zwei verdient haben.«

»Und was möchtest du mit einer Rupie machen?«

»Sie den Armen schenken. Sie brauchen sie nötiger als wir.«

»Die Armen.« Ich konnte mein Erstaunen nicht verbergen.

»Hat mein Liebster sie nicht gesehen? Sie leben außerhalb dieses Palastes.«

»Wenn ich bei dir bin, merke ich sonst kaum etwas. Die Welt hört auf zu existieren, und es gibt nur noch uns beide. Wenn es für die Armen ist, kaufe ich alles. Wieviel möchtest du?«

Sie runzelte die Stirn und studierte ihr Schmuckangebot. Dann blickte sie mich mit einem fröhlichen Lächeln an.

»Zehntausend Rupien.«

»Einverstanden.«

Sie fing an zu lachen und blinzelte mich durch die Fülle ihres Haares, das ihr Gesicht halb bedeckte, an. Soviel Glück schien mir unerträglich. Ich wünschte mir, ich könnte sie wie ein Dieb stehlen und mit ihr davonreiten. Statt dessen wandte ich mich an meinen Sklaven und legte den Beutel mit Geld, den er trug, auf ihren kleinen Stand.

»Wir werden uns bald wiedersehen.«

»Wenn du es möchtest.«

Ardschumand

Und dann war er fort. Ich wünschte mir, er hätte bleiben können, für immer, er hätte nicht einmal zu reden brauchen. Allein das Bewußtsein, ihn bei mir zu haben, ihn zu spüren, wäre tröstlich gewesen, Balsam für den Schmerz genug. Ich blickte ihm nach, wie er sich durch die Menge bewegte – und dann war er meinem Blick entschwunden. Er war verschwunden, als ob er nur in meinem Traum existiert hätte, und ich immer noch darauf wartete, daß dieser Traum wahr würde.

Isa räumte meinen kleinen Haufen Schmuck zusammen und sah sich nach einem Stück Tuch um, um ihn einzuwickeln.

»Hier, nehmen wir das.« Ich nahm einen hellgelben Seidenschal mit der Goldstickerei vom Hals und hüllte die Schmucksachen sorgfältig ein, machte vorsichtig einen Knoten und reichte das Bündel dem Sklaven.

»Zählt das Geld!« forderte mich Isa auf. »*Agachi,* was für ein gutes Geschäft für Euch! Zehntausend Rupien! Nur ein Prinz konnte so großzügig sein.«

Ich empfand ein plötzliches Unbehagen und reckte den Hals, um Schahdschahan ausfindig zu machen. Was, wenn noch einem Mädchen an einem anderen Stand dieselbe Gunst widerfuhr? Ich wußte, das konnte nicht sein, doch ich konnte meine Neugier nicht beherrschen.

»Isa, geh und sieh, ob der Prinz noch im Garten ist. Beeil dich!«

Sein Blick sagte mir, daß er wußte, was ich dachte. Meine Begeisterung und Qual konnten nicht verborgen werden. Mir fehlte der Schutz des Schleiers. Er tauchte in der Menge unter, und ich hielt den Beutel mit den Münzen als Symbol des Trostes. Allmählich gewahrte ich die anderen Frauen um mich, den Stand gegenüber, die Stände links und rechts von mir und hinter mir. Ich war umzingelt von ihren Blicken. Die Eifersucht darin war unübersehbar. Der bittere Neid stieg in ihre Augen, und obwohl sie lächelten, wenn sie mich anblickten, spürte ich die Kälte ihrer Herzen. Sie sahen nur den Prinzen Schahdschahan und ihr eigenes Spiegelbild in seinem goldenen Spiegel. Sie konnten nicht hinter die Dinge sehen, da die Habgier sie verzehrte. Er war der Beutel Gold in meiner Hand, die unendlichen Grenzen eines Reiches, er war Schahdschahan, der Herrscher der Welt. Ich fühlte mich durch ihre Blicke beschmutzt. Sie wollten glauben, daß ich wenig zurückhaltend und berechnend sei, wie sie den zuckersüßen Charme, den sie besaßen, eingesetzt und ihn mit einem Zaubertrank umgarnt hätten, um sein Herz zu gewinnen.

»*Agachi,* er ist gegangen, allein.«

»Warum ist er gegangen?«

»*Agachi,* niemand würde die Beweggründe Schahdschahans einem einfachen Sklaven anvertrauen. Ich weiß nur, daß er gegangen ist.« Er zögerte. »Alle wissen, daß er Euren Schmuck für zehntausend Rupien erworben hat. Einige glauben, es seien hunderttausend gewesen. Ich habe so einem Dummkopf weisgemacht, es sei eine Million gewesen.« Er lachte in sich hinein.

»Möchtet Ihr hierbleiben?«

»Wozu? Laß uns nach Hause gehen.«

Ich konnte nicht schlafen. Die Luft war immer noch drükkend, erfüllt von Weihrauch und dem Summen der Stechmükken. Ich fühlte mich wie behext.

Die Liebe ist eine Qual, eine nicht erfüllte Sehnsucht. Die

Welt schrumpft und vergeht, die Menschen verschwinden, und nur *er* bleibt übrig. Man fühlt sich, als ob man in zwei Sphären lebt: Der Körper bleibt begraben in der einen, geschüttelt, geschlagen und verletzt; Herz und Seele treiben fort in eine andere. Liebende führen ein Eigenleben, über das sie keine Kontrolle haben. Dieses Leben ist leicht, doch erfüllt von Angst; es schwebt nach oben, versinkt dann in Dunkelheit; es singt und löst sich dann in bittere Abschiedstränen auf. Hoffnung und noch mal Hoffnung tönt die Stimme des Herzschlags.

Als das Licht einen wassergrauen Schimmer bekam, hörte ich, wie Ladilli hereinkam. Sie schlüpfte in ihr Bett und lag still da. Ich tat so, als ob ich schliefe, spürte aber die Anwesenheit von jemandem an meinem Bett, hörte das leise Klirren eines Fußrings, Seide rascheln. Ich blinzelte kurz und sah, wie sich Mehrunissa über mich beugte und mich intensiv musterte. Es war nicht hell genug, um ihren Gesichtsausdruck deuten zu können, doch ich fühlte mich in ihrer Gegenwart und unter ihren prüfenden Augen unbehaglich. Sie warf Ladilli einen Blick zu, und dann verließ sie den Raum.

Kapitel II
Das Tadsch Mahal
1042 (a. D. 1632)

Als Murthi zum erstenmal einen Blick auf Agra warf, herrschte eine mondlose Nacht. Er verließ seine Frau, die gerade das Nachtmahl zubereitete, ihren drei Jahre alten Sohn und die anderen Reisenden und ging allein durch die undurchdringliche Nacht auf den hellen Schein aus der fernen Stadt zu. Dies war sehr mutig, und er freute sich, daß er soviel Tapferkeit in sich entdeckte. Die Nacht schüchterte ihn ein. Über ihm war das helle, weite Himmelsgewölbe, das jedesmal in ihm ein Gefühl der Ehrfurcht, tiefer Demut erweckte. Er fühlte sich weniger wert als eine Ameise, die durchs Leben taumelte, ohne Bewußtsein für das Tosen des Universums. Doch größere Gefahren lauerten in seiner nächsten Nähe: Banditen, die dem Reisenden wegen ein paar Münzen die Kehle durchschnitten, wilde Tiere, die schon alt oder verwundet waren und sich über eine leichte Beute freuten. Er wandte sich um und sah die Kochfeuer, klein und geschrumpft. Er überlegte, ob er umkehren solle, um bis morgen zu warten, doch er stolperte weiter, wie unter Zwang. Er kletterte eine kleine Steigung hinauf, rutschte im losen Schlamm und Schotter aus, klammerte sich haltsuchend an einem Lantanabusch fest und mühte sich so bis zur Spitze des Hügels weiter. Das Land erstreckte sich zum Jumna hinunter und dahinter breitete sich längs des Horizontes Agra aus.

Murthi seufzte ungläubig. Er ging in die Hocke und stützte die Ellbogen auf die Knie. So verharrte er wie gebannt.

Ich werde mich hier verlaufen, dachte er, wenn ich nur nicht hergekommen wäre.

Er sehnte sich nach Hause, und die fernen Lichter verschwammen, als sich seine Augen mit Tränen füllten. Er erlaubte ihnen, über seine eingefallenen Wangen in seine schmutzige *jiba* zu laufen. Geschickt schneuzte er sich nach einer Seite und putzte Augen und Nase mit dem Fransentuch, das über seiner Schulter hing. Sein Heim war genau wie der Nachthimmel weit entfernt und jetzt nur noch eine Erinnerung. Er wußte, daß es viele Jahre dauern würde, bis er es wieder sehen würde. Er konnte sich nicht vorstellen, daß er nie mehr nach Hause zurückkehren würde – dieser Gedanke erschreckte ihn. Er wußte, er würde in sein Dorf, zu seiner Familie, seinen Freunden zurückkehren. Er lächelte, wenn er sich vorstellte, was für Geschichten er ihnen über seine Reise zur Stadt des Großen Mughal erzählen würde.

Er hatte sein Dorf nicht aus eigenem Antrieb verlassen, sondern war in dieses harte Exil im Norden geschickt worden. Er war ein *Acharya,* der Götterfiguren meißelte, wie es in seiner Familie seit Generationen Brauch war. Dies gab ihm ein Gefühl der Unsterblichkeit, denn dies bedeutete nicht nur körperliche Kontinuität, sondern auch geistige.

Handwerker wie er hatten die großen Grabstätten in Madurai, in Kancheepuram, in Thirukullakundrum errichtet, und er wurde in seinem Dorf wegen seiner Kunst geehrt. Wie sein Vater und seine Vorfahren konnte er Stein in Seide verwandeln, Götter in Granit und Marmor erschauen und sie zum Erstaunen der Menschen herausarbeiten.

Doch eines Tages war sein Lebensfaden gerissen. Er dachte finster an den Verrat der Götter, die er so liebevoll geformt hatte.

Sein Vater war von ihrem Arbeitgeber, dem Radscha von Guntikul, herbeigerufen und auf herablassend freundliche Weise beauftragt worden, nach Agra zu reisen. Der Radscha hatte gehört, daß der Große Mughal, ein entfernter Vetter von ihm, ein Moslem, Handwerker aus allen Teilen des Landes herbeikommen ließ, um ein großes Monument für seine tote Kaiserin, Mumtaz-i-Mahal, zu errichten.

Es war ein moslemischer Brauch, Grabstätten für ihre Toten zu errichten, statt sie einfach in den *ghats* zu verbrennen. Doch würde dieses Monument keine Verehrungsstätte sein. Aus Großzügigkeit sandte der Radscha seine besten Handwerker, damit sie bei der Errichtung des Grabmals mitwirkten.

Murthis Vater hatte dem Radscha für diese Ehre gedankt, doch zu verstehen gegeben, daß er zu alt wäre, um eine so beschwerliche Reise zu unternehmen. Vielleicht könne er dafür einen seiner Söhne empfehlen. Der Radscha war damit einverstanden und hatte Reisegeld und einen Krishna aus Elfenbein als Geschenk für den Großen Mughal Schahdschahan übergeben lassen.

Murthi kniff die Augen zusammen, um die ehrfurchtgebietende Silhouette des Forts erkennen zu können. Es wirkte dunkel und düster; die Lichter auf den Türmen hoch über der Stadt flackerten – ein Hügel am Flußufer. Er war auf seinen Reisen an vielen Festungen vorbeigekommen, aber keine war so gewaltig wie diese.

Am nächsten Tag hob sich die Festung im hellen Sonnenlicht wuchtig gegen den Horizont ab. Ihre hohen roten Wälle, die Farbe des Flußwassers, erschreckten Murthi. Seine schwangere Frau Sita schmiegte sich schutzsuchend an ihn, und sein Sohn Gopi klammerte sich an seine Beine. Seine Reisegefährten, Händler, Handwerker wie er, die alle dazu aufgefordert worden waren, an diesem Monument zu arbeiten, blickten mit der gleichen Ehrfurcht und voller Verwunderung.

»Sogar bei Nacht«, sagte er, »sieht sie furchterregend aus. Hier lebt der Große Mughal.«

»Ist er ein Gott?« fragte Gopi.

»Nein, ein Mensch. Aber viel, viel größer als unser Radscha. Sein Land ist riesig, hat man mir berichtet.« Er hatte keine Vorstellung von dem Ausmaß des Reiches; er wußte nur, daß er in seiner dreimonatigen Reise nur einen kleinen Teil davon durchquert hatte.

»Du kannst ihn sehen, wenn du willst«, sagte einer der Kaufleute. Er war schon oft in der Stadt gewesen und hatte mit ihren Wundern geprahlt.

»Kann man mit ihm reden?«

Der Händler, ein *bunia* aus Gujerat, lachte vor Vergnügen über die Dummheit des Mannes.

»Er würde jemanden wie dich nicht bemerken. Er zeigt sich täglich vor Morgengrauen am *jharoka-i-darshan.*« Er zeigte auf eine Öffnung auf den Zinnen: »Da.«

»Dann werden wir ihn sehen«, sagte Murthi. »Er muß einen wundersamen Anblick bieten.«

Der Fluß schlängelte sich auf die große Festung zu, und als sie näher kamen, entdeckte Murthi ein kleines Gebäude, das die Größe eines gewöhnlichen Hauses hatte, mit einer Kuppel. Es bestand aus Ziegelstein und Gips. Die Tünche war durch den Regen nachgedunkelt, wies Streifen auf, und die Zeichen des Verfalls waren unübersehbar. Es sah vernachlässigt und flüchtig erbaut aus. Die Soldaten, die es bewachten, erregten sein Interesse. Es waren ungefähr zwanzig, einige von ihnen ruhten im Schatten der Lindenbäume, die anderen waren auf Posten. Sie trugen das kaiserliche Rot, und die Sonne glitzerte auf ihren Lanzen und Schildern.

»Was bewachen sie?« fragte Murthi. »Das Haus sieht sehr schäbig aus.«

»Das ist das Grabmal der Kaiserin«, erklärte der Händler.

»Das da? Dann ist es ja schon gebaut.« Murthi war ärgerlich. »Dafür hätten wir nicht den weiten Weg herzukommen brauchen. Jeder Hergelaufene hätte das bauen können. Warum sollte ich hierherkommen?«

»Das ist nur ihre vorübergehende Ruhestätte.«

»Wie war sie?«

»Man sagt, sie sei sehr schön gewesen. Doch wer weiß?«

Murthi betrachtete den Händler und verlor seine Ehrfurcht. Er wußte jetzt, daß der Mann dumm und prahlerisch war. Den ganzen Weg über hatte er die gleiche Frage gestellt: »Wie war sie?« und er hatte immer die gleiche Antwort erhalten: »Wer kann das sagen?« Niemand wußte es, und das störte ihn. Er meißelte Götter in Stein, die von allen gesehen wurden und die alle bewunderten; Tempel, die freudevoll dem Himmel zustrebten und in die Männer und Frauen Blumen, Früchte und ihre Gebete brachten. Wie konnte er an einem Gebäude für eine tote Frau, die niemand je gesehen hatte, arbeiten? Eines Tages würde er jemandem begegnen, der ihm sagen konnte, wie diese Frau ausgesehen hatte.

Kapitel III
Die Liebesgeschichte
1017 (a. D. 1607)

Isa

»Agachi, Ihr seht müde aus.«

»Ich habe schlecht geschlafen«, sagte Ardschumand.

Sie saß im Schatten eines Regenbaums. Obwohl nur ein paar verstohlene Sonnenstrahlen über ihr Gesicht huschten und es schlecht erkennen ließen, entdeckte ich die dunklen Ringe unter ihren Augen.

Sie waren wie schattige Mondsicheln geformt, und das Grau ihrer Augen glich dem der Regenwolken. Seit dieser verzauberten Basarnacht waren ein paar Wochen vergangen, und sie hatte nur vage Gerüchte über Schahdschahans Liebe zu ihr vernommen. Man erzählte sich, er sei verzweifelt und wandle wie ein trostsuchender Geist durch die Palastgänge. Doch von ihm selbst hatte sie nichts gehört und wartete und wartete, ging vor seinen Augen zugrunde. Ein Gedichtband lag geöffnet in ihrem Schoß, aber niemals wendete sie eine Seite.

»Wenn ich schlafe, träume ich, ich sei wach, und wenn ich wach bin, kann ich nur von ihm träumen. Ich träume wieder, wie er mich berührte, mich anblickte, was er sagte, höre den Klang seiner Stimme. Es war wirklich.«

»Ja, *Agachi,* ich war dabei.«

Ich lungerte herum. Ich hatte meine Pflichten, für den Haushalt Besorgungen zu machen, hin und her zu hasten, erfüllt. Als die Familie noch in der Festung lebte, war das Haus kleiner gewesen, doch als Ghiyas Beg in Akbars Diensten war, waren sie in dieses Haus gezogen. Es hatte viel zu viele Räume und befand sich inmitten eines riesigen Gartens. Der Garten war ein Abbild des Palastgartens – jeder Adlige tat es dem Großen Mughal nach –, doch in unserem Springbrunnen war kein Wasser, nur Blätter, Staub und welke Blumen. Es war von einem Adligen gebaut worden, doch aus irgendeinem Grund war er bei Dschahangir in Ungnade gefallen und hatte über Nacht seinen Reichtum und Besitz verloren. Das meiste Land gehörte dem Herrscher direkt. Akbar hatte ein System eingeführt, durch das ein Teil des Einkommens von den Bauern direkt an die Staatskasse abgeführt wurde. Der Rest wurde in Form von großen oder kleinen Ländereien verteilt, als Belohnung für treue Dienste, und die Einkünfte, die von dem Pächter erzielt wurden, besteuerte man anteilmäßig. Der Herrscher konnte je nach Laune aus Bauern Prinzen und aus Prinzen Bauern machen.

»Isa, werde ich ihn wiedersehen?«

Ich bemerkte die Spitzfindigkeit ihrer Frage. Bestimmt sah sie ihn oft hinter dem Gitter des Harems.

»Natürlich.« Das war der einzige Trost, den ich ihr bieten konnte. Es lag mir auf der Zunge zu sagen: »Wenn es das Karma so will«, doch ich beherrschte mich. Ich ziehe das Wort Karma dem moslemischen Begriff Kismet vor. Glück. Karma schließt die verwickelten Strukturen des Universums mit ein, die Bewegung der Kräfte hinter unserer Wahrnehmung.

»*Agachi,* soll ich zu Eurer Unterhaltung ein bißchen zaubern?«

»Das sind billige Tricks, keine Zauberkunst.«

»Die Dorfbewohner glaubten daran. Es hängt alles vom Glauben ab, *Agachi.* Wie könnte Gott überleben, wenn wir keinen Glauben hätten?«

Sie blickte ernst zu mir hoch, dann lächelte sie. Das Lächeln war so, als ob ein einzelnes Blütenblatt in ein ruhiges Wasserbecken hinuntergewirbelt wäre. Noch lange nachdem das Blatt längst verschwunden war, kräuselten sich die Wellen sanft, kaum merklich.

»Ja, Isa, zaubere. Bring mir ... Schahdschahan. Hierher. In

diesen Garten, zu meinen Füßen. Los, Isa. Das ist eine bescheidene Bitte, die ich an den großen Zauberer habe.«

»Ah, *Agachi,* Ihr habt recht. Ich kann nur billige Tricks. Wenn dieser Schurke, der mich meiner Familie entführte, etwas getaugt hätte, wäre es mir möglich, Schahdschahan herbeizuzaubern.«

Sie sah mich traurig an. »Kannst du dich denn gar nicht mehr an deine Familie erinnern?«

Bevor ich antworten konnte, hörten wir einen schrecklichen Schrei aus dem Haus. Es war eine Frauenstimme, hoch und schrill. Selbst als der Schrei verstummt war, schien er in der Luft zu schweben, wie ein Habicht, der nur unwillig zur Erde zurückkehren wollte. Wir rannten so schnell wir konnten und wurden dabei von den anderen Bediensteten und sonstigen Bewohnern des Hauses angerempelt.

Wir waren auf Blut und Tod gefaßt. Statt dessen stießen wir auf Mehrunissa, die wie rasend hin und her lief, aber im Augenblick schwieg. Auf dem Diwan saß ihr Mann, dem es nicht gelungen war, sie zu besänftigen. Wir wußten nicht, was geschehen war, und so warteten wir alle ab. Ladilli hatte sich zu ihrem Vater gesetzt und Schutz vor dem Sturm gesucht.

»Ist das der Dank, den ich bekomme?« schrie Mehrunissa plötzlich, wobei sie sich an niemand Bestimmten wandte, da niemand antwortete.

»Es ist ein wichtiger Posten«, protestierte Sher Afkun. Ganz offensichtlich wiederholte er sich, denn sie würdigte ihn keines Blickes.

»Doch wo soll das sein? Los, erzähl ihnen, wo dieser wichtige Posten sein soll.« Ihr Arm schwenkte in unsere Richtung. »Zeig ihnen, wie großzügig der Herrscher zu uns war. Und das nach allem, was ich getan habe.« Er schwieg, und sie zischte: »Bengalen! Wo ist Bengalen? Einige tausend Meilen entfernt!«

»Aber ich werde Erster Minister sein. Das ist eine sehr bedeutende Position. Bengalen ist ein reiches Land. Wie sonst hätte der Herrscher zeigen sollen, daß er uns vergeben hat?«

Mehrunissa zögerte keine Sekunde. »Indem er dich *hier* als *Mir Saman*... oder dergleichen eingesetzt hätte.« Sie wandte sich von ihm ab, und da sie sich von uns unbeobachtet fühlte (ich stand unsichtbar im Schatten), veränderte sich ihr Gesichtsausdruck. Es war, als ob sie allein nachts, während die anderen schliefen, in ihren Spiegel blickte. In dieser Stunde streifen wir die Enttäuschungen von unserem Leben ab, enthüllen unsere geheimen Gedanken, und Träume werden wie Dämonen Wirklichkeit. Was ich sah, erschreckte mich und bestätigte nur halb die Gerüchte, die mir zu Ohren gekommen waren. Dschahangir stellte ihr nach. In jener Basarnacht hatte auch ihn die Sehnsucht gepackt.

Das war für die Familie tatsächlich ein denkwürdiger Abend gewesen. Dschahangir war in ihr Gesicht und in ihre Augen eingeprägt. Erster Minister, *Mir Saman,* diese Posten waren für den Herrscher lediglich Spielzeug, um unerwünschte Personen aus dem Weg zu räumen. Mehrunissa hatte sich umgesehen, um zu erkennen, wohin die Fäden der Macht führten, und nachdem sie es entdeckt hatte, durchschaute sie plötzlich den Zaubertrick und wußte, wie sie diesen ihrem Willen unterwerfen konnte. Es war ein Augenblick unverhüllter Raserei, doch bevor sie sich umwandte, hatte sie ihre Züge wieder in der Gewalt und lächelte freundlich.

Sie ging auf Sher Afkun zu, küßte ihn auf die Stirn und kniff Ladilli in die Wange, ein schmerzvolles Zeichen der Zuneigung, das einen roten Flecken im Gesicht ihrer Tochter hinterließ. »Es tut mir leid, ich war nur ärgerlich, weil ich mir Sorgen wegen meines Geschäftes machte.«

Sie seufzte pathetisch, als ob sie sich nur über eine Kleinigkeit geärgert hätte, indem sie für die Haremsdamen Kleider entwarf und fertigte. Sie zeichnete sogar die Muster: Früchte, geometrische Figuren, mit Gold- und Silberfäden verwoben.

»Was geschehen ist, ist geschehen. Ich bin sehr stolz auf dich. Natürlich gehen wir.«

Einen Tag vor ihrer Abreise nach Bengalen wurde uns die Ehre von Dschahangirs Besuch zuteil.

Es ist weder eine einfache noch eine billige Angelegenheit, den Großen Mughal zu unterhalten. Abgesehen von der Vorbereitung von Speisen und Unterhaltung herrscht der Brauch, ihm viele Geschenke zu machen. Dem Großen Mughal gebühren Gold und Diamanten, Pferde und Sklaven. Nichts Geringeres kann angeboten werden, nichts Geringeres wird angenommen. Für diejenigen, die er auswählt zu besuchen, bedeutet dies eine riesige Belastung, und ich vermute, er macht dies oft aus reiner Bosheit oder nur aus Vergnügen. Er kann die Geschenke zurückweisen, vielleicht ein Schmuckstück aus Höflichkeit annehmen oder er kann alles nehmen; das hängt davon ab, ob er seinen Spaß hatte oder nicht. Auf diese subtile Weise wurde schon mancher Edelmann in eine recht ärmliche Lage versetzt.

Am Abend seines Besuches bewachte ich die Geschenke, die auf einem kostbaren persischen Teppich ausgebreitet waren. Die Frauen hatten ihren ganzen Schmuck geopfert – Armreifen, Ketten, Ohrringe, Nasenringe, Fußspangen – und jetzt lagen sie wie Stock und Stein, wie gewundene Flüßchen aus Gold, Diamanten, Rubinen und Perlen auf dem Teppich. Die Haremsdamen sahen ohne ihr glitzerndes Gefieder seltsam geschoren aus, wie gerupfte Pfauen. Da gab es außerdem Gold- und Silberteller und Pokale, Kristallkelche und eine Vase aus China, kostbarer in ihrer Seltenheit als der ganze Rest der Geschenke.

Ghiyas Beg war ein Mann, der Dschahangir verstand. Sein Geschenk war schlicht, doch durchdacht. Er hatte es einem Seemann aus Firingi abgekauft, einem betrunkenen Riesen, der den Basar besucht hatte. Es war ein langes Messingrohr mit kleinen Glasplättchen an beiden Enden. Ich wußte nicht, wie es benutzt wurde, bis Ardschumand in den Raum schlich, um wie ein kleines Mädchen vorsichtig ein Fest der Erwachsenen zu belauschen. Sie nahm es auf, untersuchte es, schaute erst durch das eine und dann durch das andere Ende hinein und legte es dann auf mich an, als ob es ein Gewehr wäre. Sie begann zu lachen.

»*Agachi,* was ist los?«

»Es vergrößert und verkleinert die Dinge. Auf der einen Seite siehst du winzig aus, aber auf der anderen kann ich dich kaum sehen, weil du so groß bist. Da, nimm.«

Sie reichte es mir und ging ans andere Ende des Raumes. Sie nahm die Haltung einer Tänzerin ein, eine Hand auf der Hüfte, und wirbelte auf den Zehen herum. Ich konnte das

Glas nicht senken, bis sie sich näherte und durch das andere Ende blickte.

»Isa, du bist sehr töricht, schau doch einmal auch durchs andere Ende.«

»*Agachi,* eines genügt.« Ehrfurchtsvoll legte ich das Instrument auf den Teppich zurück. »Das ist ein Zauber, den nicht einmal mein Meister Lekraj hätte bewirken können. Doch er war ja sowieso ein schlechter Zauberer.«

»Möchtest du ihn dafür, wie er dich behandelt hat, eines Tages bestrafen?«

»Nein, er hat genug gelitten.«

»Isa, du bist ein netter Junge.« Einen kurzen Augenblick verdüsterte sich ihr Gesichtsausdruck. »Dafür ist hier wenig Platz.« Ich wartete darauf, daß sie erklärte, was sie damit meinte. Es war seltsam, denn ihr Leben war erfüllt von Freundlichkeit. Sie war der Liebling der Familie, man mochte sie sogar noch mehr als Ladilli.

»Meine Tante schickt mich, dich zu holen.«

»Ich kann meinen Posten nicht verlassen.«

»Dann gib mir deinen Dolch, und ich werde für dich Wache stehen.«

Es war ein Befehl, und sie streckte ihre Hand aus. Widerstrebend gab ich ihr die Waffe. Ich hatte Angst, es könnte ihr in meiner Abwesenheit etwas passieren.

»Wirst du mir berichten, was sie zu dir sagte?«

»Natürlich, *Agachi.*«

Meine Antwort brachte sie zum Lächeln, als ob ich ihr ein Kompliment gemacht hätte. Als ich mich dann umwandte, lächelte sie immer noch. Sie hatte den Dolch in ihren Gürtel gesteckt.

Mehrunissa saß vor ihrem Spiegel und umrandete ihre Augen mit *Kajal,* während ihre Sklavinnen ihr Haar bürsteten. Als ich den Raum betrat, entließ sie sie. Sie ging zu ihrem verschlossenen Kasten, öffnete ihn und holte ein kleines Elfenbeinkästchen unter den Kleidern hervor.

»Isa, du hütest dies mit deinem Leben.«

»Ja, *Begum.*« Ich streckte die Hand aus, um es entgegenzunehmen und versuchte mutig zu sein. Ganz offensichtlich war es sehr wertvoll.

Sie hielt es fest und starrte mich an: »Du wirst niemandem erzählen, daß ich es dir gegeben habe. Ich lasse dich töten, wenn dem Kästchen etwas geschieht. Hast du verstanden, Dreckstück?«

»Ja, *Begum.*« Ich schwitzte vor Furcht, und meine Stimme zitterte. »Ich verstehe. Was soll ich damit machen?«

»Dummkopf, ich bin noch nicht fertig. Du übergibst dieses Kästchen dem Herrscher persönlich.«

»Hoheit, wie kann ich mich dem Padishah nähern?«

»Du Tölpel, da ich nicht kann, mußt du es tun.« Sorgfältig wählte sie ein reich besticktes Seidentuch und wickelte das Kästchen darin ein. »Es ist versiegelt. Sollte mir zu Ohren kommen, daß das Siegel aufgebrochen wurde, lasse ich dich durch die Elefanten zu Tode trampeln.«

Ich glaubte ihr aufs Wort. Das war eine durchaus übliche Hinrichtungsart, eine Unterhaltung für den Herrscher und das Volk, und ich war ein Sklave, für den es kein Entkommen gab. Neben Furcht empfand ich Haß: Warum ich? Konnten nicht ihr Vater, ihr Gatte oder ihr Bruder dieses wertvolle Geschenk dem Großen Mughal überbringen? Dann erkannte ich durch den Schleier meines Elends, daß sie nichts von diesem Geschenk erfahren sollten. Das erhöhte nur noch die Gefahr, denn ich mußte es äußerst geheimhalten.

Mehrunissa schien meine Gedanken zu lesen. »Du gibst ihm dies ganz offiziell, als ein Geschenk von dir.«

»Vielleicht nimmt er von einem solch armen Menschen wie mir kein Geschenk an.«

»Doch, das tut er«, erwiderte sie zuversichtlich und kehrte zum Spiegel zurück. Ich blieb, wo ich war, umklammerte das Elfenbeinkästchen, wobei mir die scharfen Kanten in die Handflächen schnitten. »Isa, vergiß nicht, daß ich dich im Auge behalten werde.«

Ich betrachtete ihr vom Kerzenlicht überschattetes Spiegelbild, das so hart wie das Glas war. Ihr Bild prägte sich mir in Kopf und Herz, und solange bis ich Dschahangir dieses

Geschenk übergeben hatte, würden mich ihre großen mandelförmigen Augen jagen und verfolgen.

Bevor ich ihren Raum verließ, verbarg ich das Geschenk in den üppigen Falten meines Gewandes und kehrte zu meinem Posten zurück. Ardschumand sah die Schweißperlen auf meiner Stirn.

»Isa, du siehst krank aus. Geht es dir nicht gut?«

»Es ist nichts, *Agachi.*« Ich nahm meinen Dolch zurück, der noch warm von ihrer Hand war, und vermied ihren Blick.

Sie legte mir den Handrücken auf die Stirn, um zu fühlen, ob ich Fieber hatte. Ich war gerührt, weil sie so besorgt war, doch ich konnte ihr immer noch nicht in die Augen blicken. Im Gegensatz zu Mehrunissas drohendem Blick war der Ausdruck ihrer Augen mild.

»Ich werde dich nicht fragen, was meine Tante dir aufgetragen hat. Es hat dich unglücklich gemacht.«

»Ja, *Agachi.* Sie beobachtet uns.« Ich wagte es nicht, aufzublicken, doch Ardschumand blickte nach oben und schüttelte den Kopf. Ich faßte Mut und griff nach dem Elfenbeinkästchen in meinem Gewand. Ardschumand hielt meine Hand fest.

»Nein. Ich kann kein Geheimnis für mich behalten, und wenn du es mir zeigst, erzähle ich es weiter. Dann bekommst du Ärger mit Mehrunissa, und das wird kein Vergnügen.«

»Bestimmt nicht. Ich danke Euch, *Agachi.*«

Ihr Vertrauen zu mir machte meine Qual nur noch größer. Wie kann ein Diener verschiedenen Herren oder Herrinnen dienen und nur einem treu bleiben? Ich wünschte es mir, doch es war nicht möglich.

Schon einmal, am Tag nach dem königlichen Meenabasar war ich von Mehrunissa getadelt worden. Sie saß mit übereinandergeschlagenen Beinen an einem kleinen Elfenbeintisch. Sie hatte den Kopf geneigt, ihr dunkles Haar umrahmte wie zwei dunkle Regenströme ihr Gesicht. Sie war in den *Aini-Akbari* vertieft. Diese langatmige Abhandlung über die Regierung war von Akbars Minister Abul Fazl geschrieben worden. Staatsangelegenheiten faszinierten sie. Zweifellos bereitete sie sich auf eine wichtige Position vor. Schließlich blickte sie auf.

»Erzähl mir alles!«

»Alles, *Begum?*«

»Von gestern abend, du Dummkopf. Jedes Wort, das zwischen ihnen gewechselt wurde.«

»Ich hörte nichts. Ich..«

»Du hast Elefantenohren, und ich lasse sie von deinem einfältigen Kopf schneiden, wenn du mir nicht sofort die Wahrheit berichtest.«

Es fiel mir schwer, Mehrunissa gegenüber tapfer zu sein – unmöglich. Also redete ich. Sie hörte aufmerksam zu, dann entließ sie mich. Ich weinte über meinen Verrat an Ardschumand, hatte aber nicht den Mut, es ihr zu sagen.

Das Nahen des Padishah kündigte sich an: Wir hörten die Trommeln und Hörner und sahen, wie die Soldaten die Straßen räumten. Der *Ahadi,* sein kaiserlicher Leibwächter, ging vor ihm. Er ruhte lässig in seiner silbernen Sänfte, und Sklaven eilten voraus und streuten Rosenblüten und breiteten Kaschmirteppiche aus. Die Männer unseres Hauses eilten hinaus, und als er aus der Sänfte stieg, erwiesen sie ihm *kornish,* indem sie den Kopf in die rechte Handfläche betteten, um dem Herrscher ihre Ergebung zu bezeugen. Dschahangir schien in leutseliger, sogar milder Stimmung zu sein und umarmte Ghiyas Beg sehr herzlich. Genauso tat er es mit noch größerer Wärme mit Mehrunissas Mann. Ardschumands Vater lächelte er zu, ergriff seine Hand und betrat irgendwie schwankend das Haus. Sein Gesicht war aufgedunsen, und wenn er sprach, schien eine andere Stimme in ihm zu flüstern. Dies raubte ihm den Atem, und er hustete.

In angemessenem Abstand folgten ihm sein Schwertträger und Buchträger. Bestimmt sind im Dschahangir-Nama viele Bilder der schönen Mehrunissa, doch bestimmt kein solches, wie ich es auf ihre Anordnung hin dem Herrscher am Abend seines Besuches zeigte.

Wie es Brauch war, besah er sich zuerst all die Geschenke, die vor ihm ausgebreitet waren, aber er wählte nur eines, um sein Wohlwollen gegenüber unserer Familie zu zeigen. Es war das seltsame Instrument, Ghiyas Begs Geschenk. Und als er es ans Auge führte und feststellte, daß er damit den Mond ganz aus der Nähe sehen konnte, lachte er voller Freude.

»Wie nennt man das?«

»Padishah, das weiß ich leider nicht«, erwiderte Ghiyas Beg. »Ich fand es auf dem Basar, und mein einziger Wunsch war, es Euch als bescheidenes Geschenk anzubieten.«

»Es ist einmalig. Ich kann jetzt alles Mögliche beobachten – die Sterne, Tiere, Vögel – ich kann sogar die Gesichter meiner Untertanen in voller Größe sehen und ihre Gedanken lesen.«

Dann gingen sie in die inneren Gemächer, wo dem Herrscher Wein angeboten wurde. Im allgemeinen war er stolz darauf, seinen Appetit mit zwanzig Flakons Wein am Tag anzuregen, jedoch konnte er seine erfreuliche Wirkung nicht verspüren, ohne einige Opiumkügelchen jedem Becher hinzuzufügen. Sein Urgroßvater Babur hatte ihm beigebracht, daß er unter der Wirkung von Wein und Opium »den Anblick märchenhaft schöner Blumenwiesen genießen könne«. Ich servierte den Wein und legte Mehrunissas Geschenk auf das Tablett.

»Was ist das?«

Ich verneigte mich tief. »Padishah, es ist ein bescheidenes Geschenk von mir.«

Dschahangir nahm das Elfenbeinkästchen und erbrach das Siegel, um es zu öffnen. Es enthielt ein Bild von Mehrunissa. Sie lag auf einem Diwan und bot sich in voller Schönheit seinem Auge dar. Er konnte den Blick nicht abwenden vor Vergnügen, das Bild zu betrachten. Ihre Haut war so hell wie Milch, ihr Haar schwarz, lang, fiel geheimnisvoll über ihren Busen bis zu ihren Hüften, und ihr Gesicht war herzförmig.

»Wer gab dir dies?« fragte er mich.

»Nie.... niemand. Es ist ein Geschenk...«

Ich war zu ängstlich, um weitersprechen zu können. Dschahangir hielt es ans Licht, um es aus der Nähe zu betrachten, und das Licht enthüllte offensichtlich noch mehr Reize. Er seufzte laut; ich wußte, er konnte ihr nicht widerstehen. Sie hatte mit ihrer Kühnheit sein Herz erobert. Ghiyas Beg wollte das Geschenk sehen, doch Dschahangir schlug den Deckel des Kästchens zu und hielt es fest.

»Es ist nichts, mein Freund. Ein Rätsel. Ich muß Euren Diener für seine Klugheit belohnen.« Er warf mir einen Smaragdring zu, und ich fing ihn geschickt auf. »Ghiyas, bitte die Frauen, sie sollen sich zu uns gesellen. Ihr Gesang wird unsere Freude erhöhen.«

Ghiyas Beg mußte seinem Befehl gehorchen und holte die Frauen hinter ihrem *jali* hervor, von wo aus sie alles sahen und hörten. Dschahangir erlaubte ihnen, ihre Schleier zu lüften. Er hatte das Recht, ihre Gesichter zu sehen. Gelegentlich gewährte er seinen Freunden die Gunst, das Gesicht ihrer eigenen Frau zu sehen. Zu seiner Enttäuschung war Mehrunissa nicht unter den Frauen. Sie blieb im Harem zurück und wartete. Sie wußte, sie kam – auf seine spezielle Anordnung.

»Sind das alle?«

»Alle, außer meiner Tochter Mehrunissa, Padishah. Sher Afkun, du mußt sie holen.«

Ihr Gatte machte sich widerstrebend auf den Weg, Mehrunissa zu holen. Ich bemerkte sein Unbehagen, doch Dschahangir war ungeduldig. Schließlich teilte sich der Vorhang, und Sher Afkun kehrte mit Mehrunissa zurück. Sie bettete ihr Gesicht in die Handfläche und kniete so lange, bis ihr der Herrscher den Befehl gab, sich zu erheben. Da ich Mehrunissa gut kannte, wußte ich, daß sie unter ihrem Schleier lachte.

»Du darfst ihn abnehmen«, befahl Dschahangir.

Sie tat es nicht sofort. Dann hob sie ganz langsam den Schleier, und der Herrscher war entzückt. Noch am selben Abend wurde Ghiyas Beg zum *Itiam-ud-daulah* erhoben.

Wie schnell sich das Geschick seiner Familie gewandelt hatte!

Kapitel IV
Das Tadsch Mahal
1042 (a. D. 1632)

Ich meißele Götterfiguren«, sagte Murthi.

»Es gibt keine Götter«, erwiderte der Schreiber. Er wühlte in seinen Papieren und sah durch Murthi hindurch. Er bemerkte das dunkle, schmale Gesicht, das noch recht jung war, aber bereits graue Bartstoppeln zeigte, kaum, auch nicht die kräftigen, zerkratzten, zerschundenen Hände, die es gewohnt waren, Werkzeuge zu bedienen.

Hinter Murthi warteten geduldig Männer und Frauen. Es waren Tausende über Tausende, ein fließender, brausender Strom, der die Rinnen füllte, Büsche einebnete und Bäume überflutete. Die Menschen kauerten auf dem Boden oder lagen in dem spärlich vorhandenen Schatten. Kinder betrachteten mit scheuem Blick die riesige Menschenmenge; die Stadtbesitzer erfüllten die Luft mit ihren Schreien und dem Duft ihrer Waren: würziges Gebäck mit Füllung, *bhajis,* Süßigkeiten, *doudh,* Tee und Orangen. Die Luft war von gelbem Staub erfüllt, trocken und drückend, benahm einem den Atem. Man mußte die Luft vorsichtig durch den Mund einatmen.

»Ich bin ein *Acharya*«, wiederholte Murthi.

Der Schreiber konnte damit nichts anfangen, und zwischen den beiden Männern herrschte Schweigen, isolierte sie von dem regen Treiben um sie herum. Fliegen summten – das war zumindest etwas Vertrautes für Murthi. Er würde sich nicht von der Stelle rühren. Er war müde und entmutigt, doch seine Reise war noch nicht zu Ende.

Ihre Unterkunft war die Wiese am Flußufer, in einigem Abstand vom Fort. Mit unzähligen anderen Menschen schliefen, kochten und aßen sie im Freien, und im Morgengrauen, während die anderen zum Herrscher hochblickten, badete Murthi im Jumna und betete. Täglich trafen mehr Arbeiter ein, und langsam entstand, ungeplant und aus eigenem Antrieb, eine kleine Stadt für sich. Vorüberziehende Händler blieben und errichteten kleine Stände, untermauerten somit den ständigen Aufenthalt dieser Menschen. Kleine, ärmliche, baufällige Strohhütten entstanden aus dem Nebel, die zumindest vor der Sonne und dem Nachtfrost Schutz boten. Murthis Hütte bestand nur aus einem kleinen Raum, mit einer kleinen Feuerstelle in der Ecke zum Kochen. Sitas Besitz bildeten drei Tonkrüge und eine Schöpfkelle aus Holz. Eine Ecke war dem Gebet vorbehalten: Eine Öllampe flackerte bei Tagesanbruch und Dämmerung vor dem Bild von Lakshmi. Sie hatten ihren wertvollsten Besitz, Murthis Werkzeuge – Meißel, Hammer und Blasebalg –, in einem Loch unter dem Götterbild verborgen.

Agra hatte ihn verwirrt und erregt. Tagelang war er mit Sita und Gopi durch die Straßen gestreift und hatte mit scheuem Blick die Menge beobachtet, die in ständiger und verwirrender Bewegung war. Sie hörten viele Sprachen, die sie nicht verstanden, sahen Menschen aus Ländern, von deren Existenz sie nichts wußten, und beobachteten Stunde um Stunde die großen Kamelkarawanen, die kamen und gingen und mit Waren aus Persien, Bengalen, Samarkand, Kaschmir, Rajputana beladen waren. Personen von hohem Stand und Prinzen gingen an ihnen vorüber, blickten von ihrer *howdah* auf den Elefanten auf sie herunter, mit ihrem Gefolge von Soldaten, Frauen in Sänften und Dienern.

Auch betrachteten sie argwöhnisch die große Festung, seufzten vor Ehrfurcht beim Anblick ihrer Größe und ihrer Pracht, konnten sich nicht vorstellen, was sie beherbergte oder wen sie bewachte. Die wild blickenden Soldaten in ihrer roten Uniform und ihrer blinkenden Rüstung boten ein Schauspiel, wenn sie sich stündlich beim Trommelschlag ablösten. Eines Morgens, eine Stunde vor Tagesanbruch, als das blasse graue Licht gerade den dünnen Spalt zwischen Himmel und Erde enthüllte, gesellten sie sich zu den großen Menschenmengen, die sich auf der Wiese zwischen dem Fluß und der Festung versammelt hatten, um einen Blick auf den Großen Mughal Schahdschahan im *jharoka-i-darshan* zu erhaschen. Eine Glocke läutete, und eine goldene Kette wurde heruntergelassen.

»Was ist das?« fragte Murthi.

»Für die Gerechtigkeit. Man befestigt sein Bittgesuch an der Kette. Man sagte mir, der Padishah prüfe es und handle entsprechend. Wer weiß?«

Murthi hob Gopi auf seine Schultern, und als er zu dem schemenhaften Herrscher emporblickte, wartete er auf irgendein Zeichen von Größe. Die Menschen hatten die Hände gefaltet und hofften, ihr Flüstern würde zu der Öffnung in der hohen Mauer emporgetragen. Sie wollten, daß er sie segnete, sie mit seiner Macht beschütze.

»Ist er Gott?« fragte Gopi vor Ehrfurcht.

»Nein, er ist ein Mensch. Doch für uns«, fuhr Murthi fort, »ist es das gleiche.«

Sie warteten; der Herrscher wartete, starr wie eine Statue. Der Abstand, der sie voneinander trennte, war das Universum. Nur ein Mensch konnte diesen überwinden, doch er verhielt sich leblos und ruhig. Schließlich, als die Sonne voll durchgedrungen und der letzte Hauch der Nacht verschwunden war, stand der Herrscher auf und verschwand. Die Kette wurde hochgezogen.

»Machen die Leute Gebrauch davon?« fragte Murthi und starrte nach oben.

»Manchmal.«

»Wer hat Dienst?« fragte Murthi ungeduldig.

Der Schreiber spuckte zur Seite. Er machte eine Bewegung zur Festung und zu den marmorfarbenen Pavillons hin, die sich hinter den hohen Wällen erhoben. »Er«, erwiderte er und lachte.

»Also noch mal. Du möchtest Arbeit....«

»Ich wurde hierhergeschickt. Ich gab Euch das Geschenk des Radschas für den Padishah.«

»Er bekommt es, ich werde es ihm persönlich übergeben. Also, du bist ein Steinhauer?«

»Nein, ich bin ein Handwerker, ein *Acharya.* Ich mache Götterfiguren.«

»Hier gibt es keine Götter. Du mußt Marmor behauen oder gehen. Es warten andere.«

Murthi ging nicht. Hinter dem Schreiber standen mehrere hellfarbige Zelte, Beamte gingen hin und her, trugen Zeichnungen und Federn und flüsterten besorgt. Manchmal gingen sie hinaus, um auf den Felsen und das Gebüsch zu starren und das Wäldchen von Limonenbäumen hinter den Zelten. Sie zeigten auf ihre Zeichnungen, gestikulierten und verschwanden wieder.

»Ich möchte mit ihnen reden«, sagte Murthi.

»Wenn du es möchtest, bitte.«

Doch Murthi bewegte sich nicht von der Stelle, sondern verharrte bestürzt an Ort und Stelle. Er hatte seinen Stolz. Er konnte nicht die Geschicklichkeit von Generationen verraten, um auf Marmor herumzuhacken. Er konnte nicht umkehren, konnte aber auch nicht bleiben. Er war hin- und hergerissen vor Elend und Unentschlossenheit. Der Schreiber hatte sich wieder seinen Papieren zugewandt, tat so, als ob Murthi nicht mehr existierte.

»Wird in diesem Gebäude gebetet?«

»Nein«, bequemte sich der Schreiber zu antworten. »Es ist ein Grabmal.«

»Ah, dann möchte man ein Bild von der *Rani.*«

»Nein. Der Koran verbietet den Menschen, ihr Bild in oder an ihrem Heim anzubringen. Und Allah hat ja auch keine Gestalt.«

Murthi nickte, als ob er verstünde, doch der Schreiber wußte, er konnte damit nichts anfangen.

»Wie war sie?«

»Wie soll ich das wissen? Geh jetzt, wenn du keine Steine behauen möchtest. Die anderen warten.«

Ein Mann kam aus einem Zelt. Er war hochgewachsen und

schlank, sein Bart war anziehend grau und gut gepflegt. Durch die Falten seines Gewandes konnte man erkennen, daß er feines und teures Musselin trug. Seine Finger waren mit Ringen geschmückt, und er trug Goldreifen am Arm.

Isa sah auf die Menge hinunter. Tausende von Männern und Frauen, es mochten wohl mehr als zwanzigtausend sein, überlegte Isa, warteten geduldig. Die Schreiber, die die Arbeiter einstellten, saßen an kleinen, niedrigen Tischen und registrierten jedes Merkmal an Männern und Frauen: eine Narbe, Pockennarben, wulstige Lippen, Warzen oder ein schielendes Auge. An jedem Zahltag wurde die Beschreibung überprüft, bevor das Geld ausgehändigt wurde. Akbar hatte diesen Brauch für seine Soldaten eingeführt, so daß keine Unbefugten Geld erhielten.

Isa beobachtete einen Mann, der störrisch vor einem Schreiber ausharrte, der ihn keines Blickes würdigte. Eine Zeitlang wurde kein Wort gewechselt. Der Mann schaute zu ihm auf, starrte ihn an und senkte dann wieder den Blick. Isa kehrte ins Zelt zurück und sandte nach dem Schreiber.

»Wer ist dieser Mann?«

»Ein Verrückter. Er sagt, er mache Götterfiguren. Ich sagte ihm, wir hätten keine Götter, doch er weicht nicht von der Stelle.« Er zuckte die Schultern.

»Ich fragte, wer er ist. Finde heraus, woher er kommt, dann komm zurück und berichte es mir.«

Der Schreiber kehrte an seinen Platz zurück und griff nach seiner Feder. Er konnte sich Isas Interesse für den Mann nicht erklären, doch er gehorchte und stellte Murthi die entsprechenden Fragen. Als er alles erfragt hatte, was er wissen wollte, kehrte er zu Isa zurück.

»Er kommt von Guntikul, das ist südlich von...«

»Ich weiß, wo das liegt.«

»Er ist ein *Acharya,* sein Name ist Murthi. Sein Vater ist Krishnan, sein Großvater Lakshman. Der Radscha hat ihn geschickt. Ich bot ihm Arbeit als Steinhauer, doch er ist damit nicht einverstanden.«

»Gib ihm Arbeit«, sagte Isa.

»Aber es gibt hier nichts für ihn zu tun.«

»Seine Fertigkeit kann für andere Dinge eingesetzt werden, doch schweig darüber. Beobachte ihn und berichte mir direkt, wie er lebt.«

Kapitel V
Die Liebesgeschichte
1017 (a. D. 1607)

Schahdschahan

Hoheit, Ihr träumt.«

»Dürfen Prinzen nicht träumen?«

»Nicht auf dem Schlachtfeld. Ich hätte Euch inzwischen schon dreimal töten können – hier, dort und da.« General Mahabat Khans Schwert berührte meine Kehle, mein Herz und meinen Leib.

»Im Krieg ist der Herrscher der Mittelpunkt. Wenn er getötet wird, ist die Niederlage unvermeidlich. Wenn Ihr Herrscher werdet, denkt an den Rat Eures Großvaters Akbar: ›Ein Monarch sollte immer bereit sein zu erobern, sonst erheben seine Nachbarn die Waffen gegen ihn.‹«

»Noch bin ich nicht Herrscher und darf träumen, wie ich will. Ich habe genug für heute.«

Ein Soldat nahm mir das Schwert und den Schild ab. Der Staub unseres Kampfes hing in der Luft, und der Sand war feucht von unserem Schweiß. Der General gesellte sich zu mir, als wir zum Bad gingen. Er hatte fast denselben Gang wie Akbar, mit dem zusammen er viele Kämpfe ausgetragen hatte. Er war stark, gedrungen, und sein Gesicht war mit Narben übersät.

»Ihr denkt zuviel an dieses Mädchen Ardschumand.«

»Meine Träume lindern meine trostlose Einsamkeit. Anscheinend führen Generäle ein Leben ohne Traum.«

»Das sollte für Prinzen und Kaiser auch gelten.«

Ardschumand. Ich war hilflos meinen Träumen ausgeliefert, mein Körper war wie ein verlassener Palast, in dem ihr Geist spukte. Sie war da eingedrungen, wo nie zuvor jemand eingedrungen war und nie eindringen würde. Ich war zu ihrem Reich, ihrem Königreich, ihrem Untertan geworden. Das Joch war schwer, niederdrückend und lastete wie Stein auf meinem Herzen. Sie allein konnte mich von meiner Qual befreien, aus dieser traumähnlichen Existenz, in der ich nicht wußte, ob ich lebte oder mich in einer anderen Welt befand.

»Was soll ich tun?«

Die größte Zeit meines Lebens, von dem Augenblick an, da ich die Kraft besaß, ein Schwert zu halten, war der General mein persönlicher Betreuer gewesen. Er hatte mich die prinzliche Weise gelehrt, wie man mit dem Schwert umgeht, die Reitkunst, das Ringen, und unterrichtete mich in den Schlachtfeldstrategien. Wie alle meine Ahnen, wurde ich mutig geboren. Anders konnte es gar nicht sein.

»Vergeßt sie!« schrie er barsch durch das Plätschern des Wassers zu mir herüber. Er genoß den Luxus bei Hof, liebte es, wenn ihn die Sklavinnen badeten, ihn massierten, kicherten, wenn er plump mit seinen groben Händen nach ihren Brüsten griff. »Schahdschahan, ich weiß, ich geb Euch den falschen Rat, aber ich war noch nie ein guter Höfling. Ich weiß, daß es an diesem Hof heißt: Wenn der König mittags sagt, es sei Nacht, hat man zu sagen: Seht da den Mond und die Sterne. Doch Ihr habt mich gefragt, und ich habe Euch geantwortet. Macht daraus, was Ihr wollt. Vergeßt sie!«

»Das kann ich nicht. Seit ich sie gesehen habe, sind Monate vergangen. Doch mir kommt es wie gestern vor, als wir miteinander redeten und uns in die Augen blickten. Selbst wenn ich ein Bild von ihr besäße, könnte die Erinnerung nicht deutlicher sein. Meine einzige Freude ist, die Erinnerung aufleben zu lassen. Ich pflege sie, als wäre sie der große Diamant, den Humayun Babur geschenkt hatte. Es wird von ihm gesagt, er könne die ganze Welt zwei

Tage lang ernähren. Sie besitzt für mich denselben Wert. Immer wenn ich träume, sehe ich sie von neuem vor mir, ihr seidiges Haar, das Elfenbein ihrer Haut im Lampenlicht. Wie würde sie sein im Licht des Tages, frage ich mich. Ich bin eifersüchtig, eifersüchtig auf jeden, den Gott in ihrer Nähe sein läßt. Ihre Sklaven, Diener, ihre Mutter, ihren Vater, ihre Tante und ihren Onkel. Sie sind unsagbar glücklicher dran als ich.«

»Werdet ein *sunyasi* und durchstreift in Sack und Asche das Land und tragt ihr Bild mit Euch herum. Liebe ist nichts für Prinzen. Ihr seid kein Soldat oder Dorfbewohner. Ihr seid Schahdschahan. Ihr werdet die Frau heiraten, die Euch bestimmt ist. Nicht aus Liebe, sondern aus politischen Gründen. Hat Babur aus Liebe geheiratet? Oder Humayun?«

»Doch, Humayun heiratete aus Liebe.«

»Und welches Unglück brachte ihm das.«

Mahabat Khan übersah geflissentlich die Tatsache, daß mein Urgroßvater dummerweise den Anweisungen seines Vaters blind gehorcht hatte.

»Tu deinen Brüdern nichts, auch wenn sie es verdienten«, und damit Unheil über sein Haupt gebracht hatte. Das hatte nichts mit seiner Liebe zu Hamida zu tun. Ich würde keinen solchen Fehler begehen.

»Oder Akbar oder Dschahangir?«

»Man sagt mir, mein Vater sei ganz verrückt nach Mehrunissa.«

Mahabat Khan sah mich scharf an, dann wanderte sein Blick zu den Frauen, die uns bedienten. Er war klug genug, sich nicht aushorchen zu lassen und warnte auch mich. Der Herrscher hatte noch ein langes Leben vor sich und hörte das leiseste Getuschel bei Hof. Eine falsche Betonung ihres Namens und unser Leben war in Gefahr.

Mehrunissa! Sie war ein Rätsel, eine verwickelte Rolle, die ich in der stillen, geheimen Welt meines eigenen Geistes entwirren mußte. Ah, wenn ich nur mit jemandem reden könnte, dem ich trauen könnte, der nicht auf dem schnellsten Wege zu meinem Vater eilen würde, um ihm meine Worte, entstellt zu seinen eigenen Gunsten, zu Gehör zu bringen. Was hatte Mehrunissa vor? Man hatte mir hinterbracht, ihre ehrgeizigen Pläne seien so grenzenlos wie das Reich selber. Herrscherin konnte sie nicht werden, da meine Mutter, Jodi Bai, die erste Frau meines Vaters war. Zudem war Mehrunissa ja bereits verheiratet und konnte sich nicht scheiden lassen; die wachsamen Mullahs würden es nicht zulassen, daß mein Vater eine geschiedene Frau heiratete. Ich zweifelte daran, daß sie sich nur mit der Rolle einer Konkubine, verloren im Harem, zufriedengeben würde, inmitten von anderen Frauen und tödlicher Langeweile. Das würde sie weit vom Thron fernhalten. Ich überlegte: Wenn mein Vater verrückt nach ihr war, würde er versuchen, sie in seine Nähe zu ziehen und auf ihre Einflüsterungen hören. Sie könnte so meine Verbündete werden, das Echo meines eigenen Geflüsters: Ardschumand, Ardschumand.

»Ich habe meinen Vater um eine Audienz ersucht, doch er vertröstet mich.«

»Er hofft bestimmt, daß Eure Leidenschaft für dieses Mädchen vorübergeht und Ihr wieder zu Sinnen kommt. Erst dann wird er Euch vorlassen.«

»Anscheinend denkt er, ich habe sie vergessen, denn er möchte mich morgen empfangen. Doch das Feuer brennt immer noch in mir. Ich werde ihn bitten ...«

»Sprecht sanft mit Eurem Vater. In diesem Land kann außer ihm niemand bitten oder befehlen. Und sei es über Euren eigenen Kopf.«

Er zeigte auf ein Mädchen aus Kaschmir und drängte sie zu mir.

»Nehmt eine von diesen, um Euer Feuer zu löschen. Es ist nur die Begierde, die Euch quält.«

»Nein, es ist Liebe.« Ich gab dem Mädchen einen Wink zu verschwinden.

»Denkt an meinen Rat. Überlegt sorgfältig, bevor Ihr mit dem Padishah redet. Oft bringen sich die Männer mit ihrer eigenen Zunge um den Kopf. Ich kann nur wiederholen, denkt daran, daß Ihr Prinz Schahdschahan seid.«

Mein Palast befand sich weiter oben am Fluß. Ich hatte ihn selber entworfen, und er wurde unter der Anleitung der Baumeister und Künstler meines Vaters fertiggestellt. Ich war oft lange mit ihnen zusammen und beobachtete, wie sie Nachbildungen der Gebäude, die mein Vater in Agra und Delhi hatte bauen lassen, herstellten. Es faszinierte mich, daß der harte, unnachgiebige Stein geschmeidig wie Lehm geformt werden konnte, dazu verwandt, schwierige Entwürfe zu verwirklichen. Die Hindus, die die größten Baumeister der Welt waren, hatten herausgefunden, wie durch das Gewicht allein riesige Dächer und große Wälle gehalten werden konnten. Ihre Tempel und Paläste, wie zum Beispiel der in Gwalior, in dem die wunderschönen Torbögen durch die Balance ihres Eigengewichts gehalten werden, sind Beispiele, von denen wir gelernt haben. Sie waren es, die im Auftrag meines Großvaters den Palast in Fatehpur-Sikri, der jetzt leersteht, gebaut haben. Ich habe mich oft gefragt, wie dank ihrer Geschicklichkeit Stein wie Holz aussehen konnte und wie es ihnen gelungen war, ein Bausystem zu vervollkommnen, das ein Gebäude für die Ewigkeit errichtete.

Mein eigener Palast war einfacher. Er glich einem Wasserfall. Das Gebäude führte in Stufen bis zum Wasser; der Eingang befand sich auf der höchsten Stufe. Außen, auf den Dächern aller Terrassen, hatte ich Gärten angelegt und sie mit verschiedenen Arten von blühenden Büschen bepflanzt.

Dieser Palast, der einst meine ganze Freude war, konnte mich jetzt auch nicht trösten. Er war nur das Echo der Leere meines Herzens. Bei Einbruch der Dämmerung blickte ich zu ihrem Haus, das gerade zwischen den Bäumen erkennbar war. Ich stellte mir vor, wie sie nach mir ausschaute oder mich ein anderes Mal beobachtete, wie ich in Staatsangelegenheiten durch die Stadt ritt. Wenn ich nur einen Blick von ihr erhaschen könnte... doch sie war wohlverborgen hinter den verwünschten Wandschirmen der Reinheit.

Ich befahl meinen Dienern. »Macht eine Frau bereit und bringt sie mir.«

Die Nacht war kühl und der Blumenduft so süß wie gelber Wein. Ich würde mich fleischlichen Genüssen hingeben und vergessen, daß ich Herz und Verstand besaß, und so tun, als ob ich nur einen Körper besäße. Die Musiker, die hinter den

Büschen verborgen waren, spielten eine Abendmelodie. Sie war sanft, melancholisch, beklagte das Vergehen eines weiteren Tages. Vergiß, vergiß, vergiß. Es war leichter, das Auge zu blenden als den Geist, denn es gab nicht nur einen Punkt der Erinnerung, sondern eine ganze Welt.

Die Frau, die man mir brachte, war jung und wohlgerundet und hatte schwere, feste Brüste. Sie trug nur Fuß- und Armspangen, und die Haare fielen ihr bis zur Hüfte. Ihre Haut war hell und weich, sie zu berühren, war, als streichle man Gold. Sie roch betörend nach Parfüm. Ihre Begleiterinnen lösten meinen Turban und mein Gewand und begannen, mich überall zu streicheln und zu berühren. Sie benutzten Öl und ihre wissenden Finger, um mich aus meiner durch Liebe und Wein hervorgerufenen Benommenheit zu entreißen.

Sie flüsterten mir ins Ohr, versprachen mir ungekannte Freuden, lobten die Länge meines Phallus, sein Aussehen, seine Stärke. Meine Gespielin zitterte. Ich glänzte vor Öl und war berauscht von ihren Zungen. Es verlangte mich danach, sie zu bitten, meiner süßen Qual ein Ende zu bereiten. Als sie sahen, daß ich bereit war, wandten sie sich meiner Gefährtin zu, rieben ihre Brüste ein und ließen ihre geschickten Finger in alle ihre Öffnungen gleiten, um ihr ihre Süße zu entlocken. Sie bissen und leckten ihre Brustwarzen, und bald war sie so ermattet, daß sie nicht mehr stehen konnte, sondern in ihre offenen Arme sank.

Ihr Lachen klang wie Musik, denn sie hatten an diesen Vorbereitungen genausoviel Genuß wie die Frau. Sie öffneten ihre Beine, hoben sie hoch und hielten diesen warmen, nachgiebigen Körper über mich. Über ihrem Kopf schimmerte der Mond wie eine abgenutzte Silbermünze. Am Himmel trieben dünne Wolken, und die hellen, kalten Sterne waren wie Silbertupfer.

In diesem Augenblick fühlte ich, wie die Sklavinnen das Mädchen sachte auf mich niederließen, sanft ihre Schamlippen öffneten und meinem Blick feilboten, so daß ich mich an der feuchten Pforte ergötzen konnte. Ihre Glut erfaßte mich, ihre Hitze rann meine Schenkel empor in meinen Leib. Sie hielten sie immer noch so und streichelten ihre Brüste, während sie sich hin und her wand, da sie wünschte, daß man sie ganz herniederlasse. Gradweise, sanft, langsam, mit erstauntem Geflüster, Geflüster über das Vergnügen, das ich empfinden würde, ließen sie sie nieder, bis ich vollständig von ihrer Hitze umgeben war. Doch sie ließen sie noch nicht mit vollem Gewicht auf mir ruhen. Sie hob sich leicht, senkte sich dann wieder langsam auf mich.

»Der Elefantenbulle hat sich mit der Elefantenkuh vereinigt«, hörte ich es neben mir flüstern und ich fühlte den warmen Körper einer anderen Frau, die sich neben mich gelegt hatte und meinen Körper streichelte. »Spürt sie... dringt in sie ein... sie kann Euch nicht entkommen... sie ist auf Eurer Lanze aufgespießt... Herr, seht ihr Entzücken... betrachtet Eure eigene Stärke.«

Sie hob und senkte sich, hob und senkte sich und auch ich fühlte mich emporgehoben, hinaufgesogen, und endlich, unfähig, meine Leidenschaft zu kontrollieren, explodierte ich in ihr. Unsere Schreie vermischten sich mit der Musik und brachten für einen Augenblick das geschäftige nächtliche Gezirpe der Grillen zum Verstummen. Oh, Ardschumand!

Der Soldat, der den Eingang zum *diwand-i-khas* bewachte, nahm meinen mit Gold und Rubinen eingefaßten Dolch entgegen. Nicht einmal ich durfte mich meinem Vater mit einer Waffe nähern. Der Padishah saß auf dem Thron, seine Minister standen um ihn herum, unter ihnen Ghiyas Beg, der Großvater meiner Angebeteten. Ich verneigte mich, und mein Vater grüßte mich flüchtig. Bis er mich aufforderte, Platz zu nehmen, blieb auch ich stehen.

Die Minister redeten einer nach dem anderen mit meinem Vater, und er hörte ihnen aufmerksam zu. Zu Beginn seiner Regentschaft waren sie alle über seine Aufmerksamkeit überrascht, denn sie hatten auf Akbar gehört, der glaubte, mein Vater gäbe nie einen verantwortungsbewußten Herrscher ab. Akbar hatte einst kurz erwogen, meinen Bruder Khusrav zum neuen Herrscher zu machen, hatte aber auf dem Totenbett seine Meinung zugunsten meines Vaters geändert, der die Verwaltung mit Eifer übernahm und schnell die Vielschichtigkeit des Reiches und seine Aufgabe begriff. Akbar hatte uns einen geordneten Staat hinterlassen, eine volle Schatzkammer und Gesetze, die unserem Volk Sicherheit und Gerechtigkeit gaben. Gegen den Protest der Mullahs schaffte er die *jizya,* eine Steuer für Nicht-Moslems, ab, und da die meisten unserer Untertanen Hindus waren, hatten sie damit die Gewähr, gleichberechtigt mit den Moslems behandelt zu werden. Er reformierte die Steuergesetze für die Bauern, die jetzt statt in jedem Mondjahr nur noch in jedem Sonnenjahr ihre Abgabe leisten mußten, und unterstützte sie finanziell in schlechten Zeiten. Er verbot die Heirat unter Kindern und versuchte den grausamen indischen Brauch, die Witwen bei lebendigem Leibe mit ihrem verstorbenen Ehegatten zu verbrennen, abzuschaffen, allerdings ohne großen Erfolg. Er hatte unzählige Gesetze eingeführt, einschließlich des derzeitigen Systems, das Land durch vier Minister regieren zu lassen.

Es war nach Mittag, als die Regierungsgeschäfte beendet waren und die Minister sich entfernten. Der Padishah sah müde aus. Seine Augen hatten die Farbe hellroter Kirschen, nicht vor Erschöpfung, sondern vor übermäßiger Nachsicht.

»Khurrum!« Er nannte mich bei meinem Kindernamen. »Komm näher.«

Er umarmte mich. Ich roch den vertrauten Geruch von Sandelholz. Ich erinnerte mich an meine entfernte Kindheit, als er mit mir gespielt hatte, wenn es ihm die Zeit erlaubte und er Lust dazu verspürte. Er erhob sich, gähnte, und wir begaben uns in seine Räume, er zog mich an sich, als ob er wünschte, ich hinterließe meinen Abdruck auf seinem Körper. Seit der Rebellion meines Bruders Khusrav und seinem Versuch, ihn zu ermorden, hatte ich in seinen Augen an Ansehen gewonnen. Neben meinem Namen und Titel hatte ich auch den großen Landbesitz von Hissan-Feroz erhalten. Vor vielen Jahren hatte Akbar meinem Vater den gleichen Landbesitz zum Geschenk gemacht. Doch ich glaube, seine Zuneigung für mich war darauf zurückzuführen, daß Akbar ihm keinerlei Zuneigung entgegengebracht hatte. Mein Vater wollte einen Ausgleich schaffen, er wünschte nicht, daß ich so öde und ungeliebt wie er aufwachsen müsse.

»Khurrum, was ist dein Wunsch?«

Obwohl er den Grund kannte, der mich ihn aufsuchen ließ, zeigte er nur herrscherliche Höflichkeit, als ob er mich warnen wollte, daß sein Wissen nicht vorausgesetzt werden dürfe. Ich mußt die Angelegenheit innerhalb der empfindlichen Grenzen des Protokolls behandeln.

»Warum sollte ich etwas auf dem Herzen haben?«

»Du wirst noch lernen, daß man nur dann beim Padishah vorgelassen werden möchte, wenn er etwas gewähren soll, was nur in seiner Macht liegt.«

Wir betraten seine Gemächer und blickten auf den Jumna hinunter. Die roten Sandsteinwände hatten kunstvolle Verzierungen, entsprachen aber keineswegs meiner Vorstellung von der prachtvollen Residenz eines Monarchen. Sklaven kamen heran und nahmen ihm seinen Turban ab, seinen goldenen Gürtel und seine Schärpe und den goldenen Dolch mit dem großen Diamanten im Griff. Er trank einen Becher kühlen Weins.

»Wir haben wieder Ärger mit den Rajputs. Mewar lehnt es ab, seine Ehrerbietung zu erweisen. Er wird erst dann zufrieden sein, wenn wir ihn vernichtet haben. Ich dachte, Akbars Zerstörung von Chitor hätte ihm als Lehre gedient.« Er ließ sich auf den Diwan gleiten, grübelte vor sich hin. Dann erinnerte er sich meiner Anwesenheit und lächelte mich an: »Los, erzähl mir, was dich bekümmert. Wenn ich kann, helfe ich dir.«

Ich wußte, ich mußte meine ganze Beredsamkeit aufwenden; ich betete, daß meine Zunge meine Sehnsucht in Worte kleiden konnte. Wenn es mir nicht gelang, ihn jetzt zu überzeugen, waren Ardschumand und ich verloren. Mein Vater leerte seinen Becher voll Wein und verlangte nach mehr. Sein Gesicht war gezeichnet von der Lasterhaftigkeit seiner Jugend. Seine Augen wirkten verschleiert, doch verhangen in der bekannten Weise, die zeigte, daß er aufmerksam zuhörte. Ich wußte nicht, in welcher Stimmung er sich befand. Großzügig und freundlich? Barsch und grausam? Seine Gesichtszüge wirkten streng – die Maske des Herrschers.

»Padishah, Herrscher von Hindustan, Beherrscher der

Welt, Verteidiger des Glaubens, Geißel Gottes, mein Vater, Ihr seht gut aus.«

»Ich sähe noch besser aus«, sagte er freundlich, »wenn sich mein Sohn nicht wie ein kriecherischer Höfling benähme. Du bist mein Lieblingssohn, mein am meisten geliebter Sohn, und es ist überflüssig, daß du dich mir gegenüber so formell benimmst.«

Er kniff mich in die Wange und streichelte mein Gesicht; seine übliche Zärtlichkeitsbezeugung. Ich verneigte mich vor seiner Freundlichkeit, glaubte ihm aber nicht ganz. Wenn ich mich nicht so formell benommen hätte, wäre er verärgert gewesen. Im Augenblick stand ich in Gunst, denn er hatte mir gestattet, neben ihm Platz zu nehmen. Seine Hand ruhte auf meinem Arm.

»Rede schon«, forderte er mich auf und trank aus seinem Becher. Noch zwei Becher voll Wein und seine Aufmerksamkeit würde getrübt sein.

»Ich war beim königlichen Meenabasar...«

»Was für ein Gedränge! Ich glaube, ich sollte ihn öfter stattfinden lassen. Monatlich, statt nur einmal pro Jahr. Die Damen genießen ihn so sehr. Was meinst du?«

»Wenn sich die Damen amüsieren, sollte er öfter abgehalten werden.«

»Ich muß das einmal überdenken.« Seine Aufmerksamkeit wurde durch den Sklaven, der seinen Nacken massierte, abgelenkt.

»Nein, hier, du Dummkopf... ah.«

»Ich weiß, die Zeit, da meine Vermählung stattfinden soll, rückt näher...«

Seine Aufmerksamkeit kehrte ruckartig zurück. Plötzlich war er wachsam.

»Mein Glück und die Wahl meiner Braut liegen in Eurer Hand, und ich werde jede Gemahlin akzeptieren, die Ihr für mich und das Reich für gut erachtet. Auf dem Basar sah ich ein Mädchen, das ich wunderschön fand. Sie verkaufte Silberschmuck. Vielleicht habt Ihr sie auch gesehen. Sie stammt aus einer sehr guten Familie. Ihr Großvater ist Ghiyas Beg, Euer *Itiam-ud-daulah.*«

Ich hielt einen Moment inne und versuchte die Wirkung meiner Worte zu erforschen. Der Padishah sagte nichts, als ob er wüßte, was folgen würde.

»Ihre Tante ist Mehrunissa, Tochter von Ghiyas Beg. Sie ist die Gattin von ...«

»Ich kenne ihren Gemahl«, unterbrach er mich schroff, wobei er ungeduldig mit den Fingern auf meinen Arm trommelte. »Ich habe das Mädchen Ardschumand gesehen, sie ist hübsch.«

»Sie ist schön«, widersprach ich vorsichtig meinem Vater. »Mein Sinn und mein Herz sind erfüllt von meinen Gefühlen für sie.« Ich holte Atem, konnte aber meine Zunge nicht unter Kontrolle halten. »Ich liebe sie.«

»Das geht aber schnell. Ein paar Augenblicke mit ihr zusammen, und du behauptest, sie zu lieben.«

Ich hörte ein Echo, leise und neidisch. Als er in meinem Alter gewesen war, lebte er trostlos und allein, stand im Schatten Akbars. Sein Leben, seine Hoffnungen, seine Träume, alles wurde von meinem mächtigen Großvater beherrscht. Es war unmöglich, solch ein Liebesbedürfnis in Worte zu kleiden. Akbar konnte seinen Söhnen keine Liebe geben. Mein Vater hatte geheiratet, da Akbar eine enge Verbindung mit dem Rajputfürsten wünschte, dem *Rana* von Malwar. Wenn Dschahangir eine andere Frau geliebt hatte, hatte er es aus Angst vor Akbar verschwiegen. Ich hoffte, er würde sich bei seiner Entscheidung durch seine Erinnerungen leiten lassen, daß er mir das Glück schenken würde, das ihm verweigert worden war. Aus dem leichten Druck seiner Finger, die zu trommeln aufgehört hatten, schöpfte ich Hoffnung. Ich suchte ein Zeichen in seinem Gesicht, in seinen Augen, in seiner Haltung, den Falten seines seidenen Gewands, den Goldknöpfen, den mit Perlen und Diamanten besetzten Stickereien, sogar im Schein des fahlen Sonnenlichts auf einer Silbertruhe in einer Ecke des Raumes.

Und mein Vater musterte mich. Sein Blick verriet Neugier, als ob er in seinem Sohn eine ganz andere Person entdeckte. Ich glaubte, Freundlichkeit und Mitleid in seinem Blick zu lesen. Er würde meine Sehnsucht, meinen Schmerz begreifen, denn er erlebte ja wohl die gleiche Verwirrung der Gefühle durch Mehrunissa. Als junger Mann hatte er sie einmal gesehen, als ihr Vater in Akbars Dienste trat. Es war möglich, daß er sie damals schon geliebt hatte, aber nicht gewagt hatte, mit Akbar darüber zu sprechen. Eine seiner Lieblingssklavinnen hatte mir von seiner Vernarrtheit in Mehrunissa berichtet, doch er selbst sprach nicht über solch intime Dinge mit mir. Er hatte seine Liebe aufgegeben, um seinem Vater Gehorsam zu leisten; ich war davon überzeugt, daß er mir meine Liebe nicht mißgönnen würde.

»Akbar«, begann er sanft, als ob er meine Gedanken lesen könnte, »belehrte mich oft über die Pflichten eines Prinzen. Es ist unser Schicksal, zu herrschen. Gott hat uns allein für diesen Zweck ausgewählt. Wir sind keine Banditen oder Straßenräuber, die das Reich an sich gerissen haben. Wir sind die Nachkommen von Dschingis-Khan und Tamerlan, und das Reich, das wir von Hindustan abgetrennt haben, haben wir unseren Fähigkeiten als Herrscher zu verdanken. Ein Prinz darf nur das im Auge behalten, was seinem Reich von Nutzen ist. Wenn er zuerst an sich denkt und dann erst an sein Reich, ist es verloren. Du solltest den *Arthasastra* von Kautiliya lesen. Dieser Hindu schrieb voller Weisheit über die Pflichten eines Prinzen. Bei allem, was ich tue, überlege ich zuerst, wie es dem Reich nützt und welche Bedeutung es für mein Reich hat. Wenn du den Thron besteigst, mußt du lernen, genauso zu denken. Nun zu diesem Mädchen Ardschumand. Ich betrachte die Angelegenheit nicht als Vater des geliebten Sohnes, sondern aus der Sicht des Herrschers, der seinem Kronprinzen gegenübersteht. Mein Sohn, unser Leben gehört nicht uns, es gehört dem Reich. Wie soll diese Heirat mit Ardschumand das Reich festigen? Betrachte es aus diesem Blickwinkel.«

Ich wußte bereits, daß ich verloren war, und ich konnte nicht klar denken, denn mein Herz pochte zum Zerspringen. In meiner Verzweiflung stieß ich hervor: »Diese Heirat wird mich glücklich machen.«

»Ah, Dummkopf, du hast mir nicht zugehört.« Er versetzte mir einen leichten Klaps. »Diese Heirat macht dich glücklich? Ich sagte dir, unser Leben gehört nicht uns. Ein Bauer kann sagen: ›Ich mache das‹, und tut es. Wen berührt es? Nur ihn selbst, vielleicht seine unmittelbare Familie. Doch wenn Schahdschahan sagt: ›Ich mache das, da es mich glücklich macht‹, betrifft es das ganze Reich. Was bringt Ardschumand mit ein? Reichtum? Macht? Ein Königreich? Ein politisches Bündnis? Bedeutet die Heirat mit ihr, daß ein Feind zum Freund wird, wie Akbar immer riet? Wird diese Heirat Vergrößerung des Reiches bedeuten? Wenn du auf jede Frage mit ja antworten kannst, dann hast du meine Erlaubnis, sie zu heiraten.«

Seine Augen blickten immer noch freundlich, doch dahinter sah ich den Glanz der Macht.

»Ihr wißt bereits, daß die Antworten nein lauten.«

»Dann ist die Sache entschieden.« Er drückte mich zärtlich an sich, und ich roch den sauren Geschmack des Weins in seinem Atem.

»Nach deiner Heirat für das Reich kannst du sie ja als zweite Frau nehmen, wenn du immer noch die gleiche Liebe für sie empfindest. Du bist jung, du wirst diese Leidenschaft vergessen.«

»Ich möchte sie als erste und einzige Gemahlin«, erwiderte ich störrisch. »Ich möchte nicht ...«

»Unterlaß es, in meiner Gegenwart zu befehlen.« Er zog die Augenbrauen zusammen, und sein Blick wurde wild, verdrängte die Freundlichkeit. »Du tust, was ich dir befehle. Genieße die Lust mit anderen Frauen. Es gibt so viele. Wähle, wen du willst, für dein Vergnügen, und hör auf, an dieses Mädchen zu denken. Geh jetzt, ich bin müde.«

»Ich bitte ...«

»Geh!«

Ich zögerte einen Augenblick zu lange, seinem Befehl nachzukommen, und sah, wie mein Vater ärgerlich wurde. Ich wollte ihn nicht weiter aufbringen. Ich stand auf und verneigte mich, doch als ich bereits an der Schwelle war, rief er mir hinterher: »Ich habe deine Frau bereits gewählt!«

Ich blieb nicht, um von seiner Wahl zu hören.

Kapitel VI
Das Tadsch Mahal
1043 (a. D. 1633)

Murthi war bitter enttäuscht. Durch den schwachen Lichtschein betrachtete er seine Frau. Die Lampe bestand aus einem kleinen Lehmgefäß, das mit Öl gefüllt war, der Docht darin war aus mehreren gedrehten Strängen Baumwollfaden; ein kleines Stück davon ragte über den Rand hinaus. Er seufzte und blies in die Flamme. Die Schatten tanzten auf und ab. Sita glänzte, ihr durchnäßter Sari klebte an ihrem schmalen, zerbrechlichen Körper, als ob sie in den Fluß getaucht worden wäre. Neben ihr kauerte Lakshmi, die Frau des Nachbarn, und wiegte ihr Baby Lika Sita im Arm. Es schlief. Murthi schlurfte zum Eingang und kauerte sich davor.

Er hatte sich einen Sohn gewünscht. Jeden Tag hatte er bei Tagesanbruch gebetet, sein Kind möge ein Sohn sein. Vor Gopi hatte er zwei Söhne gehabt; der eine war bei der Geburt gestorben, der zweite mit acht Monaten.

Ram, Ram, flüsterte er, warum bin ich mit diesem Mädchen geplagt? Von welchem Nutzen ist es? Ich habe um Söhne gefleht. Söhne, die mein Handwerk lernen, für mich sorgen, wenn ich alt bin. Einer ist nicht genug.

Er suchte Gopi, der mit den anderen Jungen spielte. Murthi erhob sich und ging die Straße hinunter zu dem Stand an der Ecke. Ein paar Männer lungerten um den Eingang herum und tranken Arrak aus Tonbechern. Auf der Wiese war eine Stadt erwachsen, ohne Planung und chaotisch. Sie breitete sich aus, schwoll an mit dem Atemzug jeden neuen Tages. Die meisten Wohnstätten waren Hütten, wie er eine hatte, aber es gab auch ein paar Ziegelhäuser, die für die Beamten gebaut worden waren. Es gab vier große Gebäude, in denen die Schreibräume untergebracht waren, in denen ihr Leben verwaltet und das Voranschreiten der Arbeiten am Monument festgehalten wurden. Die Stadt wurde Mumtazabad genannt.

Murthi leerte einen Becher von dem starken Arrak und hielt sich von den anderen fern. Die anderen Männer waren Landarbeiter: ungehobelt, derb, wollten sich nur betrinken, ihre Erschöpfung vergessen. Sie waren Panjabs: größer und kräftiger als er. Er hatte zwei Familien aus seinem Land entdeckt. Sie sprachen Telggu, und auch wenn sie nicht seiner Kaste angehörten, waren sie doch eine gewisse Verbindung zu seiner Heimat. Der eine Mann war ein Steinhauer, der andere ein Maurer. Im Gegensatz zu Murthi hatten sie die lange Reise in den Norden zurückgelegt, um Arbeit zu suchen. Kein Radscha hatte sie ins Exil befohlen. Es waren auch ein paar Tamilen und Nairs unter den Leuten, und obwohl sie kaum dieselbe Sprache beherrschten, fühlten sie sich zumindest etwas zugehörig zueinander.

Alle, außer Murthi, arbeiteten. Das befremdete und beunruhigte ihn. Er wurde täglich ausgezahlt, stand mit zahllosen anderen aufgereiht, um seinen Lohn in Empfang zu nehmen, doch jedesmal, wenn er nachfragte, sagte man ihm: »Wart ab!« Warum warten? Andere Männer, die nicht arbeiteten, erhielten keinen Lohn. Warum ich? überlegte er immer wieder. Er fand keine Antwort.

Er wagte nicht, den Mann, der den Lohn auszahlte, zu fragen, aus Angst, nichts mehr zu erhalten. Bis zwei Tage bevor das Baby geboren wurde, hatte auch Sita gearbeitet. Morgen würde sie die Arbeit wiederaufnehmen; sie konnten nicht von seinem Geld allein leben.

Sita hatte mit unzähligen anderen Frauen den Lauf des Flusses reguliert. Niemand wußte, warum er geändert werden mußte, doch so lautete der Befehl. Während die Männer einen neuen Kanal aushoben, trug Sita langsam und voller Schmerzen frische Erde in einem Weidenkorb und leerte ihn ins Wasser. Die Frauen wurden beaufsichtigt, sie konnten sich keine Pause gönnen oder trödeln. Einige Männer arbeiteten mit Eispickeln, andere schaufelten die Erde in die unendliche Reihe der Gefäße, die von den Frauen geschleppt wurden. Tag um Tag, Monat um Monat wurde der Kanal größer und der Fluß allmählich aufgestaut. Sita gab es auf, darüber nachzudenken, sie wartete nur auf ihren Lohn am Tagesende. Und bei Einbruch der Nacht übernahmen andere Frauen ihre Arbeit und arbeiteten beim Schein von tausend Lampen.

Siebenunddreißig Männer standen schweigend in der Dämmerung und warteten auf das Erscheinen des Herrschers auf der Marmorterrasse des Forts. Isa stand abseits und beobachtete wie sie das geschäftige Treiben am Fluß, die schmalen Gestalten, die sich im Schatten bewegten, erdrückt von ihren Lasten.

Eine Sklavin zündete die Lampen an und stellte Kerzen in die Nischen. Das Licht flackerte auf den Gesichtern der Männer. Sie waren aus allen Teilen der Welt gekommen, auf Befehl des Großen Mughal. Ismail Afandi, ein stämmiger, geselliger Türke, der Kuppeln entwarf; Qazim Khan aus Persien, der Gold- und Silberschmied; Amarat Khan, auch ein Perser, ein mürrischer Mann mit schwachen Augen, der Meisterkalligraph; Chiranji Lal, ein Hindu aus Delhi, der Edelsteinschneider; Mir Abdul Karin, der für Dschahangir gearbeitet hatte und verschwenderisch mit achthundert Sklaven und vierhundert Pferden beschenkt worden war. Er war zusammen mit Markarrinat Khan, auch einem Perser, der Verwalter des Denkmals. Alle diese Männer waren Meister ihres Fachs, die besten Juweliere, Maler, Baumeister aus Hindustan und China, Samarkand und Shiraz. Auf Befehl von Schahdschahan hatte Isa nach ihnen allen geschickt und ihnen im Austausch für ihre Kunst großen Reichtum versprochen.

Das Monument, aus Holz geschnitzt und bemalt, stand immer noch unvollendet hinter ihnen auf dem Marmorboden. Es war das Gespenst, das in ihrem Leben spukte. Sie sahen daran vorbei, blickten über den Fluß und versuchten es sich umgewandelt vorzustellen, wie es die Landschaft überragte, doch niemandem gelang es. Es war nicht wirklich, nur ein Traum. Als die verschiedenen Meister das Grabmal erwogen, sahen sie darin Vertrautes und Fremdes. Es glich dem Guri Amir, dem Grabmal Tamerlans in Samarkand, aber auch wieder nicht; Akbars Grabstätte in Sikander, doch die Linien waren klarer, schärfer, oder dem Grabmal von Ghiays Beg, dem *Itiam-ud-daulah,* doch dies war im Vergleich riesig.

Isa erklärte, Schahdschahan sei es im Traum erschienen, und sie verstanden. Als große Künstler hatten auch sie Träume und sahen Formen und Bilder vor sich, die ihre Hände dann in Stein verwandelten. Es war emporgetaucht aus dem Geist des Herrschers, Teil für Teil, ein Stück hier, ein Stück da, und, gefangengenommen, hatte er es übersetzt in Zeichnungen. Er wurde wütend, wenn seine Künstler etwas nicht so herstellen konnten, wie er es ihnen sagte, aber er überschüttete sie mit Lob und Geschenken, wenn sie seine Worte verstanden und das Bild verwirklichten, das ihm vorschwebte. Es hatte zwei Jahre gebraucht, bis der Traum aus den Schatten seines Geistes Gestalt angenommen hatte und zum hölzernen Modell auf dem Boden geworden war.

Doch es war immer noch unvollkommen. Sie hatten unzählige Vorschläge gemacht, doch alle wurden von dem zornigen Herrscher verworfen. Er verfluchte sie, bedachte sie mit allen erdenklichen Namen, und sie erzitterten, denn sein Gesicht und sein Geist waren von Gewalt beherrscht; der Tod konnte in der Unvernunft seines Zornes lauern. Isa betrachtete das Modell, aber er sah keinen Fehler. Er hatte solange damit gelebt, so daß er es sich gar nicht anders vorstellen konnte. Das Grabmal stand im Mittelpunkt, erhob sich über den Marmorsockel, auf beiden Seiten waren die Moscheen. Es wirkte feierlich einsam, schlicht, und Isa liebte diese Abgeschiedenheit.

In den Werkstätten, die sich an den Palast anschlossen, beugten sich Tag und Nacht Hunderte von Männern über ihre Pläne und entwarfen die kompliziertesten Muster und Figuren für die inneren Mauern. Der Herrscher packte sie hart an, lehnte die meisten Vorschläge ab, verlangte Verfeinerung, noch mehr Schönheit, bis die ursprünglichen Ideen und Pläne unzählige Male überholt wurden. Es sollte alles und nichts nachgebildet werden. Es war, als ob Schahdschahan in der Reinheit der ziselierten Blumen seine Machtfülle läutern wollte.

Der Herrscher focht mit sich selbst einen schweren Kampf aus, der sich in dem Monument widerspiegelte. Er versuchte, die erdrückende und gezierte Pracht des Großen Mughal mit der Einfachheit seiner besessenen Liebe zu seiner Kaiserin zu vereinen. Er wurde von diesen gegensätzlichen Kräften hin und her gerissen. Kuppeln, Minarette, Silberkuppeln, rubinbesetzte Wände und Böden aus Diamanten, Strebepfeiler aus Sandstein und Terrassen aus schwarzem Marmor, goldene Treppen und Smaragdpfeiler und Perlenbalkone. Was konnte solch überwältigender Reichtum nicht hervorbringen?

Der Große Mughal stellte sich vor, so müßte das Paradies sein. Doch dann sah er plötzlich Ardschumands einfache Schönheit vor sich, den schmalen Bogen ihrer Augenbraue, die Linie ihrer Wange, die gerade Nase und ihr Lächeln, daß ihr Gesicht nicht verzerrte, sondern ihre reine Haut erstrahlen ließ. Und auf diesen Gesichtszügen lag scheinbar – wie ein Trick seiner Phantasie – ein unendlich ruhiges Universum. Wenn er an all das dachte, wollte er am liebsten das Grabmal aller reichen Verzierungen berauben, wünschte sich, daß es nur ihre Schönheit in all ihren Ausmaßen widerspiegle. Am liebsten hätte er eine Statue errichtet oder ein Bild gemalt, das ihre Nase, ihren Mund und ihre Augen in Türen, Fenster und Kuppeln verwandelte. Weiß war die Farbe der Trauer. Wenn er sein Werk betrachtete, würden er und das ganze Land daran erinnert werden, daß sie trauerten, daß der Schmerz in seinem Herzen zu groß war, um ertragen zu werden. O Gott, weinte er in sich hinein, was habe ich ihr angetan?

Während er Tränen vergoß, verhielt sich Isa ruhig und ausdruckslos, unbeindruckt von den Tränen. Langsam überquerte Schahdschahan die Terrasse, sein weißes Gewand streifte den Marmorboden. Er schenkte den Männern, die versammelt waren, keinen Blick, tauschte kein Wort mit ihnen, sondern umschritt gemessenen Schrittes sein Modell. Die Männer verblieben in gebückter Haltung, obwohl Schahdschahan angeordnet hatte, daß man ihm keine solche Ehrerbietungen darzubringen brauche. Er spürte ihre Angst.

»Macht Licht!« befahl er.

»Ja, Padishah«, antworteten sie im Chor.

Sie holten Fackeln, griffen die Kerzen aus den Nischen, so daß es auf der Terrasse dunkel wurde und nur noch das Modell von Licht bestrahlt war, außer da, wo der schwarze Schatten von Schahdschahan darauf fiel.

Er überlegte, daß das Grabmal in diesem Licht zu einsam, zu isoliert wirkte. Er mußte zugeben, daß die Schlichtheit der drei Gebäude ihm zusagte; die Moscheen waren klein und niedrig, als ob sie Gott für seine Grausamkeit demütigen wollten. Er runzelte die Stirn. Er wollte die Einsamkeit aufheben, ohne die Ruhe zu stören. Etwas fehlte.

Er ging zum Gelände, und die Männer versammelten sich erneut hinter seinem Rücken. Die Nacht war hereingebrochen, doch er konnte die Schatten der Arbeiter in den Lichtstreifen erkennen. Er machte sich keine Gedanken über diese kleinen Gestalten, die endlos damit beschäftigt waren, den Lauf des Jumna zu regulieren, die nur auf seinen Befehl hin arbeiteten. Das Wasser würde sein Monument widerspiegeln, und er blickte in das stille, dunkle Wasser und versuchte sich vorzustellen, wie die Spiegelung aussehen würde.

Mir Abdul Karim, groß und schwer, näherte sich und verneigte sich tief.

»Padishah, es gibt ein Problem.«

Er wartete auf ein Zeichen, fortfahren zu dürfen. Schahdschahan beobachtete ihn. Abdul Karim schwitzte. Als der Prinz noch kleiner war, erinnerte ihn sein eisiger Blick an den eines Milans. Jetzt war dieser Blick von Alter und Macht verschleiert, erinnerte an einen alten Adler, weise, aber unbarmherzig.

»Der Fluß«, fuhr Mir Abdul Karim fort und räusperte sich, bevor er weitersprach. »Padishah, durch die Regulierung des Kanals sickert Wasser in den Sockel des Monuments. Die Erde wird seinem Druck nicht standhalten können. Wir sollten es . . .«

»Zieht das Wasser wieder ab. Belästigt mich nicht mit solchen Problemen. Ihr seid die Baumeister, nicht ich.«

»Ja, Padishah. Es wird gemacht. Aber es gibt keinen Eisenstein, um das Fundament aufzufüllen, damit später nicht erneut Wasser eindringt.«

»Dann kauf ihn«, befahl er unnachgiebig. »Warum hat man mit dem Bau noch nicht begonnen?« Er erhielt keine Antwort.

Schließlich ergriff Isa das Wort: »Padishah, das Modell ist noch nicht vollständig. Der Koran verbietet jegliche Änderung, nachdem mit dem Bau begonnen wurde. Die Baumeister warten nur auf Euren Befehl.«

»Ich muß mich um alles kümmern«, brummte Schahdschahan.

»Du bereitest die Pläne für einen Anbau, der die Schlichtheit der Grabstätte wahrt.«

Die Männer wandten sich dem Modell zu, auf dem die Lichter spielten. Sie starrten darauf, hofften, von ihm eine Antwort zu erhalten, doch es blieb stumm. Und doch schien es mit Leben erfüllt zu sein, schien bereits angefangen zu haben, Gestalt anzunehmen.

»Entfernt euch. Morgen erwarte ich eure Antworten. Isa!«

Isa blieb zurück. Die Männer wurden von der Dunkelheit des Gartens verschlungen. Man hörte nur noch ihr Gemurmel. Schahdschahan trat vom Geländer zurück.

»Isa, wie war sie?« Die Stimme des Großen Mughal klang wie die eines Kindes, das eine bekannte Geschichte hören wollte. Auch Akbar ließ sich immer von seinem Sklaven vorlesen.

Murthi blickte vom Hügel aus nach Osten. Er kauerte geduldig neben Gopi, und neben ihm spielte Savitri im Sand. Das Baby war am Leben geblieben und gewachsen, hatte sich als robust, gesund und gutmütig erwiesen. Es ärgerte ihn, daß er sich um das Mädchen kümmern mußte. Das war Frauenarbeit, aber da er keine Beschäftigung hatte, überließ ihm Sita die Kleine. Wenn sie gestillt werden mußte, brachte er sie ihr, und sie unterbrach eilig ihre Arbeit, um dem Baby die Brust zu geben.

Unten hatte sich eine Menge gebildet. Astrologen hatten die genaue Zeit berechnet, in der der Grund ausgehoben werden mußte, um mit dem Bau des Monuments zu beginnen. Die Mullahs hatten sich versammelt, sahen in ihren schwarzen Gewändern aus wie Krähen, um die Zeremonie vorzunehmen. Alle Arbeit war eingestellt worden. Murthi wartete. Er hörte die Trommeln und Hörner, und weiter oben am Fluß entdeckte er die Prozession, die vom Lal Quila kam. Der Herrscher wurde in der Sänfte getragen, gefolgt von Soldaten, Edlen und Beamten. Es dauerte eine Weile, bis sie die Stätte erreicht hatten, und als die Sonne um die Mittagszeit ihren höchsten Punkt erreicht hatte, wurden Gebete gen Himmel gerichtet. Er sah den Weihrauch. Dann kniete der Herrscher nieder, küßte den Boden, und damit war die Zeremonie beendet. Er war überrascht, wie schnell und einfach das vonstatten gegangen war. Wenn ein Tempel errichtet wurde, dauerte die Zeremonie tagelang: Unzählige Opfer wurden gebracht, von früh bis spät die Veden gesungen, über dem Feuer Orangen mit Butter und Milch zubereitet, Almosen an die Armen verteilt. Er war enttäuscht von diesem geringen Aufwand.

Murthi verbrachte seine Tage rastlos und gelangweilt. Er packte von Zeit zu Zeit sein Werkzeug aus: neun Meißel verschiedener Größe, der kleinste so zart wie ein Zweig. Er sah aus, als würde er in seiner kräftigen Hand zerbrechen. Mit einem lauten Seufzer wickelte er sie dann wieder in ihr Sacktuch. Er hatte Gopi die Anfangsgründe beigebracht, wie man diese Werkzeuge pflegte und schärfte.

Vor ihrer Hütte hatte er eine flache Grube ausgehoben und auf der einen Seite einen engen Tunnel gegraben, der sich unterhalb der Grube öffnete. Er legte die lange Seite seiner Blasebälge in die Tunnelöffnung. Wenn er pumpte, wurde der Staub aufgewirbelt. Er ließ die Grube einen Tag erhärten, dann füllte er sie mit glühenden Kohlen. Während Gopi die Blasebälge bearbeitete, legte Murthi die Spitzen seiner Meißel in die Kohlen, und wenn sie glühten, nahm er sie mit Zangen heraus und schlug sie mit seinem Hammer auf einem glatten Eisenstein scharf. Schließlich tauchte er sie in einen Wasserkessel, damit sie erhärteten. Dann erlaubte er Gopi, mit ihnen zu hantieren, und damit vertrieben sie sich einen Großteil ihrer Zeit.

Eines Abends, als Murthi vor seiner Hütte saß, erblickte er eine Gruppe von Männern, die näher kam. Einen oder zwei der Männer kannte er, die anderen waren Fremde. Alle waren reich gekleidet. Ihr Anführer war Mohan Lal, ein Gewürzhändler. Im allgemeinen war er schäbig gekleidet, weil er nicht erkennen lassen wollte, daß er mit seinem Handel gute Geschäfte machte, doch heute abend trug er saubere, neue Gewänder.

Murthi erhob sich eilig und entbot ihnen seinen Gruß. Es gab keine Sitzgelegenheit, außer auf dem Boden. Die Männer kauerten nieder oder saßen im Schneidersitz. Murthi befahl Sita, Tee zu bringen. Die Männer protestierten und warteten, bis der Tee serviert wurde, aber nur aus Höflichkeit.

»Ich bin Chiranji Lal«, sprach ein kleiner, gedrungener Mann. »Ich bin aus Delhi gekommen, um als Edelsteinschneider an diesem Monument zu arbeiten. Ich habe gehört, du bist ein Acharya.«

Murthi lachte vergnügt. »Ja, ja, das bin ich, doch dieses Denkmal kann auf meine Fertigkeiten verzichten, so muß ich irgend etwas anderes tun. Seid Ihr ein Beamter?«

Plötzlich fühlte er sich unbehaglich. Sie waren gekommen, um ihm mitzuteilen, daß er keinen Lohn mehr erhalten würde. Sie wußten, daß er nicht arbeitete.

»Nein«, erwiderte Chiranji Lal. »Unser Anliegen hat nichts mit dem Grabmal zu tun. Viele von uns hier sind Hindus, doch wir haben keinen Tempel, wo wir unseren Gottesdienst abhalten können. Wir wissen nicht, ob wir die Erlaubnis erhalten, einen zu errichten. Wir beabsichtigen, uns in dieser Angelegenheit an den Padishah zu wenden.«

Murthi wartete. Er fühlte ihr Unbehagen, und als er ihre Gesichter studierte, sah er, wie ihr Mut schwand, wenn sie an ihr Gesuch dachten. Im Laufe der Jahrhunderte waren die großen Hindutempel zerstört und an ihrer Stelle Moscheen errichtet worden. Die nachfolgenden moslemischen Eroberer hatten ihren Glauben unterdrückt, doch jetzt zeichnete sich eine Wende ab. Akbar hatte sie mit seiner *din-i-illah,* einer freigeistigen Religion, die alle Götter mit einschloß, eingeleitet. Es war möglich, daß ihnen der Bau eines kleinen Tempels gewährt wurde, doch es bestand eine Gefahr.

»Ich kann keinen Tempel bauen«, sagte Murthi. »Meine Familie...«

»Keine Sorge. Wir erwarten von dir nicht, daß du einen Tempel baust. Du mußt uns die Göttin Durga in Stein hauen, damit wir ihr huldigen können. Willst du das machen?«

Murthi war glücklich. Er lehnte sich auf seine Fersen zurück und nickte zustimmend.

»Ja, gern. Doch ich brauche Zeit dafür. Ich kann nicht mit der Arbeit beginnen, bevor ich nicht eine Vorstellung davon habe.«

Sie verstanden ihn. Es konnte Jahre dauern, bis er seine Vision hatte. Durga, die achtarmige Schwester Kalis, die auf dem Löwen ritt, war eine vertraute Gestalt. Sie existierte, doch Murthi benötigte die Vision von ihr, damit er sie mit Phantasie und Feingefühl in Stein meißeln konnte, ohne daß er sie beleidigte.

»Was für einen Stein soll ich nehmen?«

»Marmor. Sonst haben wir nichts. Wir werden dem Händler, der den Marmor für das Grabmal liefert, einen Block abkaufen.«

Die Männer blieben noch eine Weile und sprachen mit Murthi über die Zahlungsbedingungen. Als sie gegangen waren, ging er hinein zu Sita, um ihr die Neuigkeit zu berichten. Sein Schicksal änderte sich.

Eine Woche später änderte es sich erneut. Murthi wurde von dem Schreiber, der ihn angestellt hatte, vorgeladen. Er zitterte, da er glaubte, man habe entdeckt, daß er Lohn empfing, ohne zu arbeiten. Jetzt mußte er wohl alles zurückbezahlen oder er wurde bestraft.

Kapitel VII
Die Liebesgeschichte
1018 (a. D. 1608)

Ardschumand

Trippel, trappel, trippel, trappel. Die Hufe meines Pferdes, durch den Staub gedämpft, berührten den Boden im dumpfen Rhythmus meines Herzens. Ich war am Ersticken. Schuld daran war nicht die staubige Luft, sondern die Qual meines Herzens. Wie schnell war die Kunde an mein Ohr gedrungen. Die Frauen, die Eunuchen, die Soldaten, Sklaven und Diener, alle wußten, was sich ereignet hatte, als ob sie im selben Raum mit Dschahangir und Schahdschahan gewesen wären und jedes Wort, das zwischen Vater und Sohn gewechselt worden war, gehört hätten.

Wie oft hörte ich die Geschichte – mit geheuchelter Anteilnahme, hämischer Traurigkeit, vorgetäuschtem Mitleid –, und jeder, der mir die Geschichte hinterbrachte, schmückte sie noch etwas aus. Ich blieb am Leben und hoffte tapfer weiter, nur deshalb, weil ich wußte, daß er mich liebte. Er hatte seine Liebe kühn in Worte gefaßt – mir gegenüber und seinem Vater gegenüber. Ich träumte von seinen Worten, flüsterte sie leise vor mich hin, stellte mir vor, wie er sie formte, malte mir aus, wie er, seiner prinzlichen Macht beraubt, dem Schutzmantel, seine Verletzlichkeit mir preisgab.

»*Agachi,* Ihr solltet die Sänfte benutzen.«

»Die Luft darin ist so knapp.« Ich ritt einen Braunen, während Isa, bewaffnet mit einem *lathi* mit silberner Spitze, neben mir herschritt. Er mißbilligte meine Keckheit, die eine Beleidigung seiner Würde war. Hofdamen ruhten in den verhüllten Sänften, schwatzten, spielten Karten, nahmen Getränke zu sich, amüsierten sich sogar manchmal ganz diskret mit Männern. Nur Soldaten, Sklaven und Hausmädchen pflegten zu reiten.

»Aber der Staub ist hier draußen viel unerträglicher. In der Sänfte ist es sauberer ...«

»Isa, schweig!« befahl ich ihm in barschem Ton. Obwohl ich mich unbehaglich fühlte, lehnte ich es ab, seinen Rat anzunehmen. Rötlicher, feiner Staub ballte sich in einer glühenden Wolke von Horizont zu Horizont. Er verzerrte die Sonne, senkte sich über Bäume und Büsche und dämpfte ihr leuchtendes Grün.

Dschahangir befand sich auf Reisen und das ganze Reich mit ihm. Zwei Tage waren wir von Agra entfernt. Am dritten Tag würde sich meine Gruppe vom königlichen Zug entfernen und sich nach Süden Richtung Bengalen wenden. Ich wollte Mehrunissa besuchen und war froh, eine Weile Agra und die erdrückenden Hofformalitäten hinter mir lassen zu können. Da, wo ich ritt, konnte ich weder den Anfang noch das Ende des Zuges erkennen. Irgendwo in der Ferne ritt Schahdschahan neben seinem Vater. Zwischen uns lag der riesige Strom von Menschen und Tieren.

Ich befahl Isa an meine Seite und beugte mich zu ihm hinunter, um ihm zuzuflüstern: »Er soll erfahren, daß ich weit hinter ihm reite. Wenn er nicht bald zu mir kommt, dann mußt du zu ihm reiten und ihm dies geben.« Ich nahm einen Silberring vom Finger, und Isa verbarg ihn in den Falten seines Gewandes.

»Verlier ihn nicht!«

»Ich hüte ihn wie mein Leben.«

Reiter jagten die Kolonne hinauf und hinunter, doch keiner näherte sich uns.

An der Spitze des Zuges ritten Dschahangir und Schahdschahan. Vor ihnen gingen neun Elefanten, jeder von ihnen war mit der königlichen Standarte geschmückt, auf der ein kauernder Löwe vor der aufgehenden Sonne abgebildet war.

Vier weitere Elefanten trugen grüne Flaggen, die die Sonne darstellten. Als nächstes kamen neun reiterlose weiße Hengste mit Goldsätteln, Steigbügeln und Gebißstangen und hinter ihnen zwei Reiter. Der eine hielt ein Banner mit Dschahangirs Titel »Beherrscher der Welt«, der andere schlug die Trommel, um anzukündigen, daß sich der Große Mughal näherte. Dreißig Mann gingen zu Fuß voran und verspritzten Duftwasser, so daß der Herrscher in einer duftenden, staublosen Atmosphäre vorüberziehen konnte. Auf jeder Seite von ihm ritten tausend Soldaten mit ihren eigenen Standarten.

In angemessenem Abstand hinter Dschahangir ritten vier Schreiber, beladen mit Papieren. Diese Papiere enthielten alle erforderlichen Informationen über das Land, das der Herrscher durchquerte. Sollte er fragen, konnten sie ihm sagen, um welches Dorf es sich handelte, wer der Vorsteher war, sein Einkommen, was hier für Getreide, Obst und was für Blumen gediehen.

Da Dschahangir ein wissensdurstiger Mann war, waren sie ständig in Bewegung, um ihm die gewünschten Informationen für sein *Dschahangir-nama* zu überbringen. In einigem Abstand von diesen Männern gingen zwei andere. Sie trugen ein Seil, mit dem sie ab den Toren des Lal Quila die Entfernung gemessen hatten, die Dschahangir bis jetzt zurückgelegt hatte. Der Vordermann machte sein Zeichen, während der hintere Mann sich zu der Stelle begab und sein Seilende an die Markierung hielt, während der erste wieder weiterging. Hinter diesen beiden Männern kam ein dritter mit seinem Buch, in das er die Entfernung eintrug. Wenn Dschahangir fragen sollte: »Wie weit sind wir gereist?« konnte er es ihm sagen. Der vierte Mann trug ein Stundenglas und einen Gong aus Bronze. Zu jeder vollen Stunde schlug er den Gong.

Ein paar Meilen hinter Dschahangir folgten zwei Reiter mit Falken auf der Hand. Dann folgten zehn Reiter; vier trugen königliche Gewehre, die in goldenen Tuchtaschen steckten. Der fünfte trug Dschahangirs Speer, der sechste sein Schwert, der siebte seinen Schild, der achte seinen Dolch, der neunte seinen Bogen und der zehnte seinen Köcher mit den Pfeilen. Nach den Waffenträgern folgten die Ahadi, Soldaten, die direkt dem Padishah unterstanden. Dann kamen die drei kaiserlichen Sänften, jede aus Silber und kunstvoll mit Perlen bestickt. Dahinter kamen vierundzwanzig Reiter, acht trugen Trompeten, acht Pfeifen und acht Trommeln. Es folgten die fünf kaiserlichen Elefanten, die Gold- und Silber*howdahs* trugen. Das sanfte Schaukeln der *howdahs* versetzte den Herrscher von Zeit zu Zeit in Schlaf, er fühlte sich wie in einer Wiege.

Neben diesen prachtvoll geschmückten Elefanten gingen noch drei weitere. Das mittlere Tier trug drei Hände aus feinstem Silber, die an der Spitze einer Silberstange angebracht und mit Samt bedeckt waren. Das sollte bedeuten, daß Dschahangir ein Anhänger des mohammedanischen Glaubens war. Ein anderer Elefant trug ein ähnliches Zeichen, das ihn zum Glaubensverbreiter und -bewahrer erklärte. Der dritte stellte eine Kupferplatte zur Schau, auf der eingraviert war »Gott ist eins mit Mohammed«.

Vier weitere Elefanten folgten. Ihre *howdahs* waren mit ähnlich bedeutenden Symbolen geschmückt. Der eine trug zwei Waagschalen, das bedeutete, daß der König die Justiz darstellte, ein anderer eine große Flagge, die durch den Wind gebläht, das auf dem feinen weißen Tuch eingestickte Krokodil lebendig scheinen ließ; es krümmte sich und riß das Maul auf. Dies bedeutete, daß Dschahangir der Herr der Flüsse war. Ein anderer Elefant war mit einer ähnlichen Flagge geschmückt, auf der ein Fischkopf eingestickt war und ihn zum Herr der Meere erklärte. Ein Elefant trug einen goldenen Speer, das Zeichen des Eroberers. Diesen Elefanten folgten zwölf weitere, die Musiker trugen.

All diese Entfaltung der Staatsmacht stand zwischen mir und meinem Geliebten. Es schien, als ob er auf der einen Seite der Erde und ich auf der anderen war. Ich konnte die Last seines Schweigens nicht länger ertragen. Es war längst Mittag vorbei, und ich stieg von meinem Pferd.

»Isa, nimm mein Pferd und reite zu Schahdschahan. Sag meinem...« Ich konnte es nicht aussprechen, es blieb mir im

Halse stecken, vor lauter Furcht. »... Liebsten, daß ich hier bin. Er muß zu mir kommen. Ich muß wissen, was los ist. Liebt er mich nicht mehr? Muß ich warten? Ich werde warten, wenn er es mir befiehlt. Ich hasse die Frau, die seine Braut wird, mit einer Bitterkeit, die so groß wie meine Liebe ist.«

»*Agachi,* ich kann ihm dies nicht sagen.«

»Hol ihn mir her, und ich sage es ihm selber. Steig auf!«

Isa blickte vor sich hin auf seine Füße und dann furchtsam auf das geduldige Pferd. Menschen und Tiere strömten an uns vorbei wie ein Fluß heftig um Felsen strömt.

»*Agachi,* ich kann nicht reiten, ich werde laufen.«

»Die Entfernung ist zu weit, und ich kann nicht solange warten. Steig auf und halte dich an den Zügeln fest. Es trägt dich eilends zu meinem Geliebten und genauso schnell wieder zurück, mit seiner Antwort.«

Isa kam meinem Befehl ungeschickt nach, obwohl sich sein Gesicht bei der Aussicht, auf diesem Pferd zu galoppieren, unglücklich verzog. Ich wartete, bis er fest im Sattel saß, wendete den Kopf des Tieres in die richtige Richtung und hieb ihm scharf über den Leib. Sogleich verfiel es in Galopp, und Isa krallte sich an seinem Nacken fest. Er würde das Reiten notgedrungen lernen. Bei anderer Gelegenheit hätte mich seine Not gerührt oder amüsiert, doch jetzt war ich ganz unberührt von beidem.

Eine Sänfte wartete auf mich, und ich nahm gerne darin Zuflucht, um meine Tränen vor den vielen neugierigen Blicken zu verbergen. Ich ritt mit dem Harem, hinter dem Gefolge der Herrscherin Jodi Bai. Sie saß auf einem Elefanten in einem *pitambar,* einem überdachten Thron aus getriebenem Gold, eingelegt mit kostbaren Edelsteinen. Sie litt an einer seltsamen, unheilbaren Krankheit und wäre lieber am Hof zurückgeblieben, doch Dschahangir bestand darauf, daß sie ihn auf seiner Reise begleitete. Hinter ihrem Elefanten gingen hundertfünfzig Kriegerinnen aus Usbekistan, die mit Speeren bewaffnet waren. Sie waren an allen Seiten umgeben von Eunuchen, die mit *lathis* mit silbernen Spitzen jeden Mann vertrieben, der dumm genug war, sich zu nähern. Dann kamen unzählige Elefanten und Sänften mit Dschahangirs Nebenfrauen. Jede besaß ihr eigenes Gefolge von Sklaven, Dienern und Eunuchen.

Natürlich durften die Staatsgeschäfte nicht vergessen oder ignoriert werden, wenn sich der Herrscher von Agra nach Ajmer begab oder wohin immer er sich entschloß zu reisen. Uns folgten achtzig Kamele, dreißig Elefanten und zwanzig Wagen, die die königlichen Dokumente enthielten. Weitere fünfzig Kamele transportierten hundert Kisten, die Dschahangirs Umhänge enthielten. Dreißig Elefanten trugen Juwelen, die als Geschenke an die Glücklichen verteilt wurden, die seine Gunst errangen. Zweihundert Kamele folgten mit Silberrupien beladen, hundert mit Goldrupien, und hundertfünfzig Kamele waren mit Netzen bepackt, um Tiger, Jungwild oder Geparden zu fangen. Fünfzig Kamele schleppten Wasser zum Trinken oder Baden, während große und buntbemalte Wagen die Badezelte beförderten, in denen der Herrscher und die Frauen ungestört baden konnten. Den Abschluß dieses langes Zuges bildete der Rajputprinz Jai Singh, der achttausend Reiter befehligte.

Eine halbe Meile vor dem Zug ritt ein Mann auf einem Kamel und trug einen Ballen feinsten weißen Linnens. Wenn er an einem toten Tier oder einem toten Menschen vorbeikam, bedeckte er den Körper mit dem Leinen und beschwerte es mit Steinen. Dies geschah zu dem Zweck, daß das Auge des Herrschers nicht beleidigt wurde. Doch es kam vor, daß seine Neugier geweckt wurde und er seinen Männern befahl, das Tuch zu entfernen, damit er sehen konnte, was es verbarg.

Der Nachmittag verstrich langsam. Ich blickte in die Ferne, beobachtete die Schatten der Hügel und Bäume, die sich über das Land erstreckten. Kein Zeichen von Isa. Ich wünschte mir jetzt, ich wäre nicht so ungeduldig gewesen. Vielleicht war er vom Pferd gefallen und war tot, und meine Botschaft wäre für immer verloren. Selbstsüchtig betete ich, daß er am Leben sei und zu meinem Geliebten gelangen möge. Als die Dämmerung einbrach und die Lichter des Lagers angezündet wurden, betete ich noch inbrünstiger.

Einen ganzen Tagesmarsch vor unserem Zug zog sich eine weitere lange Prozession dahin, die von dem Großmeister des königlichen Haushalts befehligt wurde. Seine Tiere beförderten die Reisezelte, Kochutensilien, Nahrungen und alle anderen Dinge, die für die Bequemlichkeit des Herrschers und seines Gefolges erforderlich waren. Der Großmeister würde einen hübschen Platz, wenn möglich in der Nähe des Flusses, auswählen, und dort würde seine kleine Armee von Bediensteten eine Zeltstadt errichten. In ihrem Mittelpunkt würde das Quartier des Herrschers aufgeschlagen werden. Sein zweistökkiges Zelt enthielt verschiedene Räume, die in ihrer Pracht dem Palast selbst entsprachen, eingeschlossen ein Empfangsraum für die Öffentlichkeit und einer für private Angelegenheiten. Dahinter befand sich der königliche Harem, der zusammen mit dem königlichen Quartier von einem Behang aus rotem Tuch eingeschlossen war. Seit den Tagen Tamerlans hatte sich der Plan dieser Stadt nicht verändert. Jeder wußte, wo er die Nacht zu verbringen hatte, wo er essen, baden und die Tiere unterbringen konnte. Dies verhinderte ein Chaos, wenn das Gefolge bei Nacht hier anlangte. In Wahrheit gab es zwei solcher Städte. Während die eine zur Benutzung gedacht war, zog die andere weiter, um am folgenden Abend für die Ankunft des Herrschers bereit zu sein. Da es sich diesmal nur um eine Jagdreise handelte, war die Armee des Mughal in Agra geblieben. Man hatte festgestellt, daß das Gefolge des Herrschers ohne die Armee einen halben Tag weniger Zeit benötigte, um einen festen Punkt zu erreichen.

Mein Quartier befand sich im Zelt des Harems. Die Frauen genossen solche Ausflüge und lachten und schwatzten, als sie sich für die abendliche Unterhaltung vorbereiteten. Ich zog mich zurück. Als ich gebadet und mich umgekleidet hatte, wollte ich mich niederlegen. Mich verlangte weder nach Essen noch nach Gesellschaft. Ich benötigte nichts, mein Elend war Speise und Gesellschaft genug.

Isa fand mich mit dem Gesicht zur Wand, die Augen fest geschlossen.

»*Agachi,* ich konnte den Prinzen nicht finden. Jeder, den ich fragte, schickte mich weiter. Ich schäme mich.«

»Du hast es immerhin versucht. Laß mich allein. Geh jetzt.«

Ich hatte nicht die Kraft, mich ihm zuzuwenden, hörte nur,

wie er davonschlich. Ein neues Gefühl erfaßte mich. Ärger. Wie kann er es wagen, mich zu vernachlässigen? Selbst wenn er jetzt zu mir käme, würde ich ihn verschmähen, ihn entlassen, wie ich Isa entlassen hatte.

Viel später hörte ich, wie Isa zurückkehrte und leise flüsterte.

»*Agachi,* ein Bote wartet draußen.«

»Von wem?« Ich spielte die Unwissende, wollte nicht hoffen.

»Vom Prinzen. Kommt.«

Ich würde mich nicht von der Stelle rühren, drehte ihm nach wie vor den Rücken zu.

»Nimm die Botschaft entgegen. Sag ihm, ich antworte in ein paar Tagen.« Isa machte keine Anstalten zu gehen, also richtete ich mich auf. »Ich habe dir gesagt, du sollst gehen.«

»*Agachi,* ich verstehe Euren Ärger, doch er gibt mir die Botschaft nicht. Bitte, kommt. Vielleicht bereut Ihr es nachher, wenn Ihr jetzt nicht kommt.«

Er war halb verborgen durch den Schatten, doch ich konnte die Kratzer und Schrammen auf seinem Gesicht und seinen Armen erkennen.

»Es tut mir leid, daß ich dir befahl zu reiten.«

»Das war eine Möglichkeit, es zu lernen.«

Ich stand widerstrebend auf. »Ich will diesen Boten sehen und hoffe, er bringt bessere Nachrichten als du.«

Wir gingen hinaus in die kühle Nacht. Die improvisierte Stadt erstreckte sich so weit das Auge reichte, bedeckte Hügel und Täler. Gelbe Laternen und offene Feuerstellen flackerten in der samtschwarzen Nacht. Morgen würde alles so schnell wieder verschwunden sein, wie es entstanden war.

Der Bote wartete im tiefsten Schatten des Zeltes, gut verborgen vor den patrouillierenden Soldaten und Kriegerinnen aus Usbekistan. Er sah erbärmlich aus, war in eine schäbige Decke gehüllt und verdeckte mit dem Ende seines Turbans das Gesicht.

»Du hast eine Botschaft für mich?« Er nickte. »Von wem?«

»Von mir selbst, Liebste«, flüsterte Schahdschahan.

»Warum müssen wir uns immer in der Dunkelheit treffen?«

»Vielleicht kann es Eure Hoheit nicht ertragen, mich bei Tageslicht zu betrachten.«

»Warum bist du böse auf mich?«

»Kannst du mir verraten, wie mir zumute sein sollte?« sprach ich eisig, wünschte mir nur, ich könnte seinem Blick entfliehen, vergessen, daß es ihn und mich gab. »Seit Monaten warte ich. Ein Wort, ein Flüstern, ein kleines Zeichen hätten den Schmerz meines Herzens gelindert. Während ich die Worte und Lügen der anderen anhören mußte, bekam ich von dir keine andere Botschaft als Schweigen.«

»Ich habe mein Leben aufs Spiel gesetzt, um in dieser Verkleidung zu dir zu kommen. Wenn man mich fängt, wird es mir schlimmer als dem ärmsten Bettler ergehen.« Als ein Eunuch vorüberging, trat er zur Seite, und ich trat mit ihm tiefer in den Schatten. »Ich konnte mich nicht von meines Vaters Seite stehlen, meine Geliebte. Ich mußte den ganzen Tag neben ihm reiten, und nachts saß ich neben ihm und mußte mir seine Gedichte anhören. Glaub mir, mein einziger Wunsch war, zu dir zu eilen.«

Ich fühlte mich besänftigt, konnte jedoch nicht sofort den Ärger unterdrücken, der mich erfüllt hatte.

»Warum hast du keine Boten geschickt?«

»Wer könnte die Botschaft besser überbringen als ich selbst?«

Er kniete vor mir nieder und senkte den Kopf. »Vergib mir, vergib mir.«

Mein Herz wurde weich. »Soviel Demut kann ich nicht widerstehen. Ich vergebe dir und kann nur die Liebe für meinen Ärger verantwortlich machen. Das ist ein Hunger, den ich nicht in der Gewalt habe. Wenn die Liebe Essen und Trinken wäre, wäre ich ein Vielfraß und würde mich unaufhörlich daran laben.«

Er nahm meine Hand und legte sie auf seine Stirn. Dann erhob er sich.

»Ich muß mir den Vorwurf machen, daß ich soviel prinzliche Kontrolle über mein Herz gezeigt habe.«

Plötzlich fühlte ich eine Woge von Schüchternheit in mir aufsteigen. Noch nie zuvor war ich mit meinem Liebsten oder einem anderen Mann allein gewesen, und meine Gedanken und Träume schreckten jetzt davor zurück, sich zu enthüllen. Doch selbst wenn ich sagte: »Ich liebe dich«, was könnte er mir antworten, um mich zu trösten?

»Du hast es erfahren?«

»Ja.«

»Ich konnte nicht weiter Widerstand leisten, ohne seinen Zorn zu entfachen. Ich muß der gehorsame Sohn bleiben, und es ist grausam, daß wir beide die Last meiner Verantwortung tragen müssen.«

»Wird er seine Meinung nicht ändern?«

»Nicht er, sondern ich, Schahdschahan, werde sie nicht ändern. Ich könnte dich als meine zweite Frau nehmen...«

»Wenn dies dein Wunsch ist«, flüsterte ich. »Ich wäre sogar bereit, deine Konkubine zu werden. Mein Glück liegt an deiner Seite.«

»Nein, ich möchte es nicht. Eines Tages werde ich Herrscher sein, und es wird unser Sohn sein, der den Thron besteigt.«

Er beugte sich vor und seine Lippen berührten zart meinen Mund.

»Wie süß du bist, wie ein Rosenblatt.«

»Nur für dich. Ein anderer würde meine Lippen bitter finden.«

»Und eine andere die meinen.«

Isas Schrei schreckte uns hoch: *»Agachi«*.

Der Eunuch, der an uns vorübergegangen war, starrte jetzt zu uns herüber. Er hatte seinen *lathi* drohend erhoben, und ich spürte, wie mein Liebster sich an seinem Dolch unter der Decke zu schaffen machte. Ich hielt seine Hand fest.

»Wer ist das?« fragte die Fistelstimme des Eunuchen.

»Mein Diener. Er muß für mich einen Botengang machen. Geh!«

»Ich geleite ihn hinaus. Komm mit mir.«

Er stieß meinen Prinzen rauh vor sich her, und wohl oder übel mußte ihm Schahdschahan aus der Umfriedung folgen. Ich ließ ihn nicht aus den Augen, bis er außer Sicht war. Ich hoffte, er würde sich noch einmal umdrehen – doch er war verschwunden.

Die ganze Nacht und den ganzen nächsten Tag fühlte ich seine Lippen auf meinen. Sie waren kühl und sanft, doch kein Balsam für meine Einsamkeit. Ich würde warten, wie er es befohlen hatte, doch Prinzen können die Versprechungen, die sie in einem Augenblick der Leidenschaft gemacht haben, schnell vergessen.

Es war eine Erleichterung, dem Durcheinander so vieler Menschen und Tiere zu entgehen. Wir setzten unseren Weg schneller fort, wählten unsere eigene Route und nicht die vom Protokoll und den Launen des Dschahangir vorgeschriebene. Fünfhundert Reiter und ein Dutzend Dienerinnen und Isa bildeten meine Eskorte. Doch ich hielt mich so gut wie möglich abseits. Ich wollte keine höfliche Konversation machen müssen oder so tun, als ob ich glücklich sei. Ich fühlte mich sehr einsam. Mal war ich traurig, mal war ich ärgerlich, und sogar Isa hatte genug von meinen Launen.

Jeden Abend kampierten wir in *Serails,* kleinen befestigten Einfriedungen, die für den Gebrauch der Reisenden über das Reich verstreut waren. Soldaten waren in ihren Mauern nicht zugelassen, und da ich ihren Schutz dem von Fremden vorzog, schlief ich in einem Zelt. Es war hier auch kühler. Die heimtükkische Hitze lauerte hinter den Schatten der Dunkelheit, wurde von der kühlen Nacht in Zaum gehalten, nahm aber kurz nach Sonnenaufgang wieder voll von uns Besitz.

Ich lag im Zelt und warb um den Schlaf, wie ich mir wünschte, daß mein Liebster um mich warb, doch er floh mich jede Nacht. Am liebsten hätte ich im Freien geschlafen und zum weiten, klaren Himmel hochgeblickt. Das konnte ablenken, es machte mich staunen über das riesige Universum, das sich so weit über die eigene Vorstellungskraft hinaus erstreckte. Der Himmel stellte einen Widerhall Gottes dar und ließ uns, selbst den Großen Mughal, zu armseligen Kreaturen werden.

Er hätte mir Trost und Hoffnung geben können. Ich hätte durch den Himmel von Stern zu Stern segeln mögen und mir vorstellen, daß ihre glänzenden Bewegungen tatsächlich das Geschick der Menschen bestimmten, sie hierher und dorthin drängten, den Lauf ihres Lebens änderten. Aber was war, wenn nichts dergleichen geschah? Wenn die Sterne nicht unser Leben bestimmten, was dann? Mein Leben war erbärmlich durch seine Nutzlosigkeit. Ich wünschte mir, ich könnte die Zeichen der Macht und des Reichtums abstreifen und als *sunyasi* durchs Land ziehen.

Wer war sie? Dschahangirs letzte Worte an meinen Geliebten lauteten: »Ich habe deine Frau schon gewählt.« Ich hatte mich diskret und voller Qual danach erkundigt. Niemand kannte sie, oder man wollte es mir nicht sagen. Gab es sie wirklich? Welche Prinzessin wurde für würdig befunden, den Kronprinzen zu heiraten? War sie eine Hindu, eine Moslem? Als ich zur Decke des Zeltes starrte, versuchte ich, sie mir vorzustellen. Der Weihrauchgeruch, der mich einhüllte, war betäubend. Meine Mädchen um mich schliefen alle, und Isa lag vor dem Eingang ausgestreckt. Draußen in der Nacht wachten Soldaten über meine Sicherheit, doch keiner von ihnen konnte meine dunklen Gedanken verscheuchen.

Ich hörte, wie sich einige Reiter unserem Lager näherten und von den Wachen angerufen wurden. Dann hörte ich das leise Gemurmel von Stimmen, die sich näherten. Isa wachte auf und flüsterte mit den Männern, bevor er leise nach mir rief: »*Agachi.*«

Ich tat so, als schliefe ich, und wartete, daß er nochmals riefe.

»*Agachi,* der Padishah hat einen Boten gesandt. Er darf nur mit Euch reden.«

Eine Dienerin brachte mir mein Gewand, eine andere entzündete die Lampe. Ich trat zum Eingang und spähte durch das Gitter. Im Schatten stand ein Mann. Isa hob die Lampe, so daß ich sein Gesicht erkennen konnte. Der Bote war bewaffnet. Über seine Stirn lief eine Narbe, die sich in seinem Turban verlor. Unter seiner Rüstung war er unauffällig gekleidet.

»Wer bist du?« fragte ich und stellte mich so, daß er mich nicht sehen, sondern nur meine Stimme hören konnte. Er sah sich nach allen Seiten um.

»Ich bin der Bote des Herrschers, *Begum*. Ich gehöre zu seiner militärischen Eskorte.«

»Doch du trägst nicht die Uniform des Herrschers.«

»Seine Majestät wollte nicht, daß mein Botengang bekannt würde«, flüsterte er unbehaglich.

Ich fühlte mich angesichts von soviel Geheimnistuerei auch unbehaglich. Der Soldat hätte das kaiserliche Rot tragen müssen, statt dessen sah er wie ein Bandit aus.

»Was hast du mitgebracht? Gib es Isa, er reicht es an mich weiter.«

Isa ließ zwei Päckchen durch die Öffnung gleiten. Das eine war flach, in Seide gehüllt, das andere steckte in einem Samtbeutel. Es war eine kleine Goldschatulle, in die tanzende Figuren einziseliert waren. Beide waren sie mit dem *Muhr Uzak* versiegelt. »Sie sind für die Begum Mehrunissa und müssen ihr von Euch persönlich übergeben werden. Es sind Geschenke des Herrschers.«

Welch grausame Zweckmäßigkeit. Wie es mich verletzte. Ich war Dschahangir nur als Kurier etwas wert. Ich konnte seinen Sohn nicht heiraten, da ich unbedeutend war, doch ich durfte seine Liebesgaben nach Bengalen bringen, zu Mehrunissa. War er sich dieser Ironie nicht bewußt? Die Geschenke, die ich in Händen hielt, verrieten das Fieber seiner Leidenschaft für Mehrunissa, ich konnte sie förmlich spüren. Konnte er denn meinen Schmerz nicht verstehen? Er hatte Schahdschahan befohlen, mich zu vergessen. Konnte der Befehl eines Herrschers die Erinnerung auslöschen, die Liebe zum Erlöschen bringen? Doch er hatte mir nicht befohlen, Schahdschahan zu vergessen. Ich konnte ihn weiterlieben, während mein Liebster mich vergessen sollte.

Der Soldat schickte sich an, zu gehen.

»Halt. Wie geht es der Kaiserin?«

»Sie ist... es geht ihr nicht besser, *Begum*.«

Bevor ich die Kolonne verließ, erfuhr ich, daß sich Jodi Bais Zustand verschlechtert hatte. Sie konnte weder essen noch trinken, alles, was sie aß, gab sie sofort wieder von sich. Es war eine Krankheit, die der *Hakim* trotz all seiner Kräutertränke nicht mehr heilen konnte. Sie wurde täglich schwächer. Der *Hakim* hatte ihr geraten, die Reise nicht fortzusetzen. Die Reise nach Ajmer würde ihre Kräfte nur noch mehr aufbrauchen, doch seltsamerweise hatte Dschahangir darauf bestanden, daß sie die Reise mit ihm fortsetzte. Er behauptete, er würde sich noch mehr Sorge machen, wenn er sie nicht ständig bei sich hätte.

»Und Prinz Schahdschahan?« Ich überwand mich, seinen Namen laut auszusprechen, meine Sorge um ihn offen preiszugeben.

»*Begum,* er ist wohlauf.«

Ich wartete und hielt den Atem an. Er fügte nichts hinzu, sondern verharrte in dumpfer Erschöpfung. Keine Botschaft, kein Wort. Schahdschahan war weiterhin der pflichtbewußte Sohn.

»Wann kehrst du zurück?«

»Erst viel später. Der Herrscher hat mir befohlen, mit Eurem Gefolge nach Bengalen zu reiten.« Er wandte den Blick ab, aber nicht schnell genug. Er hatte noch ein Geheimnis auf der Seele.

»Ich habe fünfhundert Reiter. Wieviel hast du gebracht?«

»Zweihundert.«

»Alles *Ahadi?*«

Er gab keine Antwort, und sein Mund wurde schmal und verzerrt. Er verneigte sich, wandte sich brüsk ab und verschwand in der Dunkelheit.

»Isa, finde heraus, wieso sie mit uns reiten. Doch sei vorsichtig.«

»*Agachi,* ich werde vorsichtig sein, obwohl es möglich ist, daß es mir nicht gelingt. Der persönliche Leibwächter des Herrschers wird sich bestimmt nicht mit einem einfachen Diener über seine Mission unterhalten.«

Isa bemühte sich redlich, erreichte aber nichts. Die Ahadi-Reiter hielten sich von uns fern, ritten eine halbe Meile hinter uns und behielten uns im Auge, gesellten sich aber nie zu uns. Alle Soldaten trugen die gleiche unauffällige Uniform, sie sahen aus wie heruntergekommene Banditen und nicht wie Dschahangirs erlesene Leibwächter.

Der Führer meiner Eskorte fühlte sich in ihrer Gegenwart ebenfalls unbehaglich. Er war ein junger, gutaussehender Rajput, ein jüngerer Sohn des Rana von Jaipur. Seit der Zeit von Babur und Humyan hatten die Jaipurprinzen in der Armee des

Mughal gedient, und Fateh Singh tat es seinen Vorfahren nach. Von Zeit zu Zeit ritt er neben mir, um mich auf besonders reizvolle Landstreifen aufmerksam zu machen, und oft drehte er sich um, um einen Blick auf die Ahadis zu werfen, die sich immer in angemessenem Abstand hinter uns hielten.

Die Landschaft war hügelig und veränderte sich unmerklich. Die Vegetation wurde üppiger, je mehr wir nach Süden kamen. Wir durchquerten einen Dschungel, der grün und angenehm war, voller bunter Vögel und Tiere. Hier schien der Boden nicht so hart und unfruchtbar zu sein, und jedes kleine Dorf war umgeben von Weizen- und Paprikafeldern, deren leuchtendes Rot einen deutlichen Kontrast zu dem kräftigen Gelb der Senffrüchte bildete.

Meistens verbargen sich die Dorfbewohner vor uns, und nur die Kinder spähten hinter Türen und Büschen hervor und betrachteten uns mit großen Augen. Die Dörfer hatten Schlammauern, Strohdächer und waren durch Dornendraht geschützt. Ich sah keine Frauen, nur manchmal das schnelle Vorbeihuschen eines hellen Saris. Nicht nur die Landschaft veränderte sich, sondern auch die Sprache, die Bräuche, die Kleidung. Alles blieb vertraut – Leute, Vögel, Tiere –, und doch reisten wir, als ob wir ein aufgerolltes Garn hielten, das sich in Farbe und Beschaffenheit veränderte, während wir ihm folgten.

Eines Morgens, bevor wir unsere Reise fortsetzten, schlug mir Fateh Singh vor, daß ich mir vielleicht nach einem Abstecher von wenigen Meilen in Khajuraho die Tempel ansehen sollte.

»Sie haben wunderschöne Skulpturen«, sagte er mit einem kleinen, angedeuteten Lächeln. »Sie würden Euch gefallen.«

Ich wollte nicht, daß uns die ganze Armee begleitete. Ihr Anblick erschreckte oft die Dorfbewohner. Ich unternahm die Reise im Morgengrauen mit Isa, ein paar Dienerinnen und einem Dutzend Soldaten unter der Führung von Fateh Singh. In dem sanften Morgenlicht hoben sich die großen Tempel vom Himmel wie eine Filigranarbeit ab, glänzten in zartem Braun. Vier Tempel bildeten eine Gruppe, und etwas weiter entfernt entdeckte ich hinter einer Bodensenke noch viele andere.

Insgesamt waren es ungefähr dreißig. Sie hatten ein breites Fundament und erhoben sich ungefähr hundert Fuß über der Erde. Ein kurzer Ritt führte uns an einer riesigen Buddhastatue vorbei und an Weizenfeldern, die sich zur Bodensenke hin erstreckten. Schließlich gelangten wir zum Dorf. Es lebten hier bestimmt nicht mehr als hundert Menschen, und es war seltsam, daß so großartige Monumente für so wenig Menschen erbaut worden waren. Eine Gruppe von Frauen schritt auf einen der Tempel zu. Als die Frauen uns erblickten, zögerten sie, setzten dann aber, sich aneinanderklammernd, zaghaft ihren Weg fort, allerdings ohne jemals die Soldaten aus den Augen zu lassen. Sie trugen Blumen und Kokosnüsse und Plantainbananen auf Messingtellern, und vom Tempel her hörte man das schwache Läuten einer Glocke.

»Die Tempel sind siebenhundert Jahre alt«, erklärte Fateh Singh. Er konnte seinen Stolz darüber nicht verbergen. Sie waren erstaunlich gut erhalten. »Das war das Hindukönigreich von Jijhoti. Achtet darauf, wie tolerant es war.« Er deutete nach links und nach rechts. »Hier hielten die Buddhisten ihren Gottesdienst ab und hier die Jains.«

Als ich mich näherte, entdeckte ich viele Skulpturen, jede in eine Tafel eingelassen wie Stufen, die zum Himmel führten. Wir stiegen ab und gingen zu den Tempeln hinauf, während die Soldaten immer wachsam blieben.

Die Skulpturen waren atemberaubend schön; Männer und Frauen voller Anmut und Lieblichkeit, verflochten in allen möglichen sinnlichen Positionen. Irgendwie schien der Meißel den Stein in Fleisch verwandelt zu haben, das von Leidenschaft erfüllt war. Die Frauen hatten volle Brüste und lange Beine; die Männer waren stattlich; ihre muskulösen Körper waren angespannt, als ob sie den Atem anhielten, bis wir vorüber wären. Die Arbeit war so subtil, daß sogar die Gewänder wie Seide schimmerten. Eine Skulptur zeigte eine Frau beim Entkleiden. Nur der untere Teil ihres Körpers war in ein Tuch gehüllt, ihre volle Brust war unverhüllt. Auf der Wade hatte sie einen Skorpion aus Stein. Es gab so viele Figuren, gefangen in ihren verschiedenen Posen, daß sie vor meinen Augen wirbelten und tanzten, bis ich Stein mit Fleisch verwechselte.

Ihre laszive Sinnlichkeit erregte meine unerfahrene Leidenschaft. Ich stellte mir vor, wie ich mit Schahdschahan an diesen wilden sexuellen Tänzen teilnahm, zusammen erstarrt in diesem erlesenen Stein – unsere Körper für immer in Ekstase vereint. Ich fühlte, wie die Hitze meine Wangen rötete, und war dankbar, daß der Schleier meine lüsternen Gedanken verbarg.

»Es ist seltsam, daß die Hindus solche Dinge an ihren Betstätten enthüllen.«

»Nur deshalb, weil dies alles die Anmut und Schönheit des Göttlichen darstellt«, erläuterte Fateh Singh. Er zeigte auf eine der Statuen, die grausam verstümmelt worden war, und sprach ärgerlich: »Seht, sogar die *ghazi,* die Geißeln Gottes, wehrten seiner eigenen Hand, diese Schönheit völlig zu zerstören.«

Es stimmte, denn es konnte keine andere Erklärung dafür geben, daß diese Tempel nicht von Eindringlingen zerstört worden waren. Sie hatten diese Figuren gesehen und waren gerührt von der Leidenschaft und Schönheit, die sie verkörperten. In anderen Teilen des Landes waren viele Tempel zerstört und statt ihrer Moscheen errichtet worden. Der Islam bedeckte das Gesicht Hindustans wie der Schleier mein Gesicht. In Agra hatte ich, da ich durch den Hof eingeengt war, nur einen Blick auf dieses Leben geworfen, doch sobald ich einmal diesen Machtkreis verlassen hatte, enthüllte es sich mir. Zum erstenmal spürte ich, was es bedeutete, in diesem Land ein Fremder zu sein. Es lag wie ein Tier zu unseren Füßen, drehte und wand sich, nur halb wach und sich unserer Gegenwart nicht richtig bewußt.

Die Frauen hatten ihren Gottesdienst beendet. Als sie sich vergewissert hatten, daß die Soldaten in einiger Entfernung waren, gingen sie auf mich zu, um mich zu betrachten. Sie standen schweigend da, scheu, doch unverhüllt neugierig. Ich sprach sie auf persisch an, dann versuchte es Fateh Singh mit Rajasthani. Sie verstanden uns nicht, doch sie kicherten, verbargen ihr Gesicht hinter ihrem Sari und eilten in ihr Dorf zurück.

Der Priester beobachtete uns vom Absatz der Tempelstufen. Er war barbrüstig und hatte sich ein weißes Tuch um die Taille geschlungen, das zwischen den Beinen gerafft war. Er trug den heiligen Faden um den Hals, und seine Brauen war mit den drei horizontalen Streifen des Shiwa markiert. Ich stieg zu ihm hoch, doch er verwehrte mir den Eintritt in den Tempel. In dem flackernden Licht hinter ihm konnte ich den geschmückten Gott erkennen.

Eine halbe Stunde später gesellte sich Isa zu uns. Er sagte, er sei zurückgeblieben, um die Figuren noch näher zu betrachten, doch ich entdeckte, daß seine Braue noch mit Farbe verschmiert war. Wir redeten nie mehr darüber.

Dreißig Tage später gelangten wir nach Gaur. Irgendwo im Gewirr der Straßen verloren wir die Ahadi-Reiter aus den Augen, und Fateh Singh vermutete, daß sie zum *Mir Bakshi* gegangen waren, um Bericht zu erstatten. Als erstes vertrautes Gesicht erblickte ich das von Muneer. Er umarmte mich, und während er das Entladen des Gepäcks überwachte, beklagte er sich unaufhörlich über Gaur. Ich fand es hier sehr schön. Die Stadt lag vierzehn halbe Meilen am Ufer des Ganges, und jeder Regent hatte seine Spuren hinterlassen. Es war eine heilige Stadt; der *Kadam Rasul* bewahrte die Fußspur des Propheten. Gaur war auch die Kornkammer des Reiches, und die Bewohner waren wohlhabend.

Meine Tante Mehrunissa bewohnte einen der größeren Paläste, ein luftiges, geräumiges Gebäude, das von einer Terrasse umgeben war und einem traumhaften Garten voller Mangobäume und vielen anderen Früchten. Es war ein prächtiger Wohnsitz, der der einträglichen und bedeutenden Position meines Onkels als Diwan von Bengalen angemessen war.

Sobald ich gebadet und angekleidet war, kam Mehrunissa herein. Sie sah strahlend und fröhlich aus. Ich vermutete, daß nicht ich der Anlaß ihrer Freude war, sondern die Goldschatulle, die ich ihr bringen sollte. Um den Hals trug sie einen goldenen Schlüssel. Ladilli folgte ihr wie ein Geist und umarmte mich stürmisch. Sie war gewachsen, war aber immer noch die gleiche. Für mich würde sie immer das schüchterne kleine Mädchen bleiben, egal wie alt sie war.

Sobald ich Mehrunissa Dschahangirs Geschenke übergeben

hatte, befahl sie ihrem Eunuchen Muneer, sie in ihr Gemach zu tragen. Ich überlegte, daß der Umschlag wohl ein Gedicht enthielte, denn Dschahangir hielt sich für einen begnadeten Dichter. Ich wußte nicht, was die Goldschatulle barg.

»Möchtest du mir nicht zeigen, was sie enthält?« fragte ich Mehrunissa.

»Nein, ich bin froh, daß du nicht alles öffnen kannst, was du in die Hände bekommst«, sagte sie. Dann küßte sie mich und flüsterte: »Sag nichts von diesen Geschenken zu deinem Onkel. Er könnte sie mißverstehen.«

Sie trat einen Schritt zurück und richtete zum erstenmal ihre Aufmerksamkeit auf mein Aussehen. Ich wußte, daß ich ungewöhnlich blaß war und an Gewicht verloren hatte, doch ich brauchte ihr den Grund hierfür nicht zu sagen. Trotz der großen Entfernung wußte Mehrunissa alles.

»Mein Armes«, sie tätschelte meine Wange. »Du bist noch so jung, du wirst ihn vergessen.«

»Nein, das werde ich nicht, das weiß ich.«

»Wir werden Zerstreuung für dich finden. Er ist nicht der einzige junge Mann auf der Welt.«

»Ich möchte keinen anderen.«

Sie seufzte verzweifelt. »Liebst du ihn, weil er der Kronprinz ist?«

»Natürlich nicht deshalb«, erwiderte ich ärgerlich.

Sie betrachtete mich aus der Nähe, versuchte die Bedeutung meiner Antwort zu enträtseln.

»Schahdschahan ist mein Liebster, nicht der Kronprinz. Auch wenn er ein Bettler wäre, würde ich ihn lieben.«

»Was sagt deine Mutter dazu?«

»Das gleiche wie du, das gleiche wie der Herrscher: ›Vergiß ihn.‹ Als ob die bloßen Worte die Gefühle meines Herzens vernichten könnten.«

Ich holte tief Atem und blickte sie an. »Tante, hilf mir.«

»Wie?«

»Sprich mit dem Herrscher. Schreib ihm. Erzähl ihm von...«

»Doch warum sollte Dschahangir auf mich hören? Ich bin nur eine Freundin und besitze keine Macht.« Sie zögerte, als ob sie noch etwas hinzufügen wollte, doch sie besann sich anders und lächelte statt dessen mild. »Ich will versuchen, dir zu helfen. Das ist alles, was ich versprechen kann. Nun muß ich dich so gut wie möglich ablenken.«

Was auch immer die Schatulle enthalten mochte, sie machte Mehrunissa sehr glücklich. Ich bestürmte sie, es mir zu sagen, doch sie schüttelte nur den Kopf, lachte und nahm mich am Arm, damit wir die Stadt besichtigten. Ihre Freude war anstekkend, und sie behandelte Sher Afkun liebevoll und aufmerksam. Er zeigte eine zufriedene Miene. Ganz offensichtlich genoß er seine bedeutende Stellung hier in Bengalen, die nicht von den Erfolgen von Mehrunissas Vater überschattet war. Mehrunissas überschwengliche Zurschaustellung ihrer Zuneigung für ihren Gatten, die übertriebene Art, ständig sein Gesicht und seinen Körper zu streicheln und ihm Kosenamen zu geben, die ihm so gefiel, erweckten mein Unbehagen. Ich konnte ihre Gedanken lesen, besser als ihr eigener Mann. Man sagt nicht umsonst, Männer lassen sich leicht durch einen Kuß oder eine zärtliche Geste umgarnen, und Mehrunissa beherrschte diese Kunst aufs vortrefflichste.

»Du mußt für immer hierbleiben«, sagte mein Onkel. »Du hast meine Mehrunissa so glücklich gemacht. Bis jetzt fühlte sie sich elend – die Hitze, die Langeweile –, und obwohl ich mein Bestes getan habe, sie aufzuheitern, gelang es mir nicht. Nun bist du gekommen und hast uns große Freude mitgebracht...«

»Ja, du mußt bei uns bleiben«, sagte Mehrunissa und lachte mit ihm. Sie wußte, daß ich den Grund ihres Stimmungsumschwungs kannte. »Lieber Mann, möchtest du nächste Woche für Ardschumands Unterhaltung eine *qamargah* veranstalten? Es ist schon so lange her, daß ich an einer Jagd teilnahm. Das letzte Mal war ich auch mit Ardschumand auf der Jagd, als wir Akbar begleiteten. Jetzt, da sie weiß, wie man mit einem Gewehr umgeht, wollen wir ihr erlauben, einen Tiger zu töten. Sie sind hier größer als sonstwo. Ardschumand, es wird dir gefallen.«

»Bitte, mach dir keine Umstände«, sagte ich. »Solche Vergnügungen gefallen mir nicht mehr.«

»Unsinn. Du kümmerst dich doch darum, oder?«

»Natürlich«, stimmte mein Onkel zu.

Die *qamargah* ist eine Form der Jagd, die zuerst von Tamerlan eingeführt worden war. Tausende von Reitern bilden über Meilen hinweg einen großen Halbmond und bewegen sich langsam aufeinander zu, so daß sich ein Ring bildet. Unzählige Tiere können darin gefangen werden: Tiger, Leoparden, Jungwild, junge Affen und Hirsche. Die Jäger betreten entsprechend ihrem Rang die Einzäunung und töten die Tiere mit der Waffe ihrer Wahl: Gewehr, Speer, Schwert, Pfeil und Bogen. Eines Tages betrat Akbar den Ring zu Fuß und wurde vom Geweih eines Jungwildes an den Hoden verletzt und benötigte viele Monate, bis er sich davon erholte.

Für diese *qamargah* hatte mein Onkel den Dschungel im Osten von Gaur gewählt. Hier gab es viele Tiger, und er wollte den zahlreichen Beamten und ihren Familien, die uns begleiten würden, Mehrunissas Jagdkünste zeigen.

Es war eine festliche Gesellschaft, die die Nacht zuvor ihr Lager aufschlug. Die Zelte waren um einen hübschen See verteilt, und es gab üppige Speisen und Getränke. Die Männer versammelten sich in Sher Afkuns Zelt, die Frauen in Mehrunissas. Unser Vergnügen war nicht weniger lärmend als das der Männer, denn Mehrunissa liebte solche Feste und hatte Sänger und Tänzerinnen zu unserer Unterhaltung bestellt. Wir tranken Wein und versuchten uns an der Wasserpfeife. Stundenlang lauschten wir dem Gesang über Liebe, gebrochene Herzen und Glück. Die Jagd sollte viele Tage dauern, und die Reiter waren bereits vorausgesandt worden, um die Tiere in die ausgewählte Lichtung zu treiben. Da mein Onkel als Diwan das Vorrecht hatte, als erster in die Einfriedung vorzudringen, beabsichtigte Mehrunissa, ihn zu begleiten, und ich erhielt als sein Ehrengast die gleiche Ehre. Wir würden jeder auf unserem eigenen Elefanten reiten.

Obwohl wir am nächsten Morgen früh aufbrechen wollten, dauerte die Feier bis Mitternacht. Trotzdem, als wir uns zur Ruhe begaben, konnten wir immer noch den fröhlichen Lärm der Männer hören. Am nächsten Tag würden nur noch wenige fähig sein zu jagen, wenn sie sich, wie geplant, im Morgengrauen erheben wollten. Einige der Frauen äußerten sich schläfrig über diese dummen Männer, und ich schlief über ihrem Gelächter ein. Aus der Ferne hörte ich das Röhren eines Hirsches.

Zur Stunde, wenn das Licht keine Schatten mehr wirft, wenn weder Tag noch Nacht herrschen, wurde ich von Schreien und dem Klirren von Schwertern geweckt. In der Dunkelheit konnten wir zuerst nicht erkennen, aus welcher Richtung der Kampf kam, doch dann konnten wir ausmachen, daß der Lärm über die Lichtung aus dem Zelt meines Onkels drang.

»Was ist das, was ist los?« Die Frauen fürchteten sich und kauerten sich zusammen.

Der Lärm schwoll an und vermischte sich mit den Schreien sterbender Männer. Aufgeschreckte Elefanten trompeteten, Männer rannten in alle Richtungen. Ein Gewehr wurde abgefeuert, ein Schwert klirrte gegen einen Schild. Als ich aus dem Zelt trat, stolperte ich über eine zusammengekauerte Frau. Plötzlich spürte ich, wie ich heftig am Arm gepackt wurde.

»Wohin gehst du?« flüsterte mir Mehrunissa zu.

»Ich möchte sehen, was los ist.«

»Bleib hier.«

Ihre Augen funkelten im blassen Licht, und ihr Körper war gespannt, als sie lauschte, um zu erfahren, was los war. Ich stellte fest, daß sie keine Angst hatte, und noch schlimmer, sie schien nicht einmal überrascht zu sein. Sie schien genau zu wissen, was vor sich ging.

Der Lärm war genauso schnell vorüber, wie er begonnen hatte. Schweigen erfüllte gespenstisch die Luft, lauerte wie ein Falke, der herunterstürzt, um zu töten. Langsam lockerte Mehrunissa ihren Griff um meinen Arm. Nach einer Weile hörten wir, wie Pferde in die Nacht hineingaloppierten. Als ich hinausging, zitterte ich vor Kälte. Die Sterne versanken, und ein rosaroter Streifen, der aussah wie Blut, das mit Wasser vermischt war, zeigte sich am dunklen Himmel. Das Gras fühlte sich feucht unter unseren Füßen an. Um das Zelt meines Onkels hatte sich eine Menge Männer geschart. Ich bahnte mir meinen Weg und erblickte meinen Onkel auf der Erde. Er hatte den friedlichen, gelösten Blick eines Toten. Ein Schwert steckte tief in seiner Seite. Sein Geist bewegte sich jetzt in einer anderen Welt, und wir blickten auf die leere Hülle hinunter. Ich kniete auf dem blutigen Gras nieder und küßte ihn, atmete seinen schwachen, vertrauten Duft ein, dieses aromatische Gemisch aus Schweiß und Parfüm, doch jetzt noch vermischt mit dem süßen Dunst des Blutes. Dann fing ich an zu weinen. Ich hatte immer tiefe Zuneigung für ihn empfunden. Er war ein freundlicher, sanfter Mann gewesen. Seine Tapferkeit als Soldat ließ ihn etwas rauh und lärmend erscheinen, was der Umgang mit Soldaten zwangsläufig mit sich brachte, und doch besaß er eine gewisse liebenswerte Scheu.

Fünf andere Männer lagen in verzerrter Haltung um ihn herum. Ein abgetrennter Arm lag vor mir. Die Finger waren zusammengekrallt, als ob sie zu ihrem Körper zurückkriechen wollten.

»Hebt die Lampen hoch«, befahl ich.

Das Licht beleuchtete die Gesichter der anderen toten Männer. Einer der nächsten Männer hatte seinen Turban verloren. Über seine Stirn lief eine Narbe, die sich in seinem dichten schwarzen Haar verlor. Es war Dschahangirs Bote. Als ich mich wieder erhob, zuckte der *Mir Bakshi* fast unmerklich mit den Schultern. Seine Stimme war leise, die rotumränderten schwarzen Augen ausdruckslos.

»Banditen«, murmelte er.

Mehrunissa schluchzte laut und ausdauernd. Ich konnte sie nicht trösten, es lag mir wie ein Stein auf dem Herzen. Ladilli war durch den Tod ihres Vaters am meisten betroffen. Sie weinte still und unaufhörlich in sich hinein. Ich hielt mich an ihrer Seite so gut ich konnte, und sie umklammerte fest meine Hand. Ihr Vater war ihr bester Freund gewesen, und jetzt schien sie verlorener denn je.

Der *Mir Bakshi* sandte Dschahangir seinen Bericht: Banditen hatten Sher Afkun getötet, und er würde Himmel und Erde in Bewegung setzen, um sie zu finden. Ein Bote kam vom Herrscher mit Beileidsbezeugungen für Mehrunissa und teilte ihr mit, der Herrscher habe sie zur Hofdame bei Salima, einer Witwe Akbars, ernannt. Bevor Mehrunissa Gaur verließ, setzte sie ihren ganzen Eifer daran, ein Grabmal für ihren Gemahl zu planen. Es sollte an einem See außerhalb der Stadt entstehen, mit Blick nach Osten zu dem Dschungel, in dem er ermordet worden war. Es sollte ein schlichtes und nicht sehr kostspieliges Monument werden.

Den letzten Abend in Gaur verbrachte ich mit Ladilli. Ich bemerkte, daß die Goldschatulle, die ich Mehrunissa überbracht hatte, auf dem Elfenbeintisch lag. Ladilli, die immer noch ganz ihrem Schmerz hingegeben war, achtete nicht auf mich. Der Schlüssel steckte. Ich öffnete die Schatulle und sah hinein. Inmitten von Smaragden lag ein Diamant, der so groß wie meine geballte Faust war. Ich wußte, das war der Stein, den Babur Humayun zurückgegeben hatte. Immer ging der Tod Hand in Hand mit einem solchen Geschenk.

Kapitel VIII
Das Tadsch Mahal
1044 (a. D. 1634)

Ich bin, überlegte Sita, wie Sita, die Frau Ramas. Auch sie folgte ihrem Gatten ins Exil. Sie hätte zu Hause in der Bequemlichkeit bleiben können, doch sie bestand darauf, mit Rama in den Dschungel zu gehen, denn es war ihr Karma als Gattin. Als wir von zu Hause fortgingen, weinte ich, wollte daß Murthi die Reise allein mache: Ramas Sita war tapfer in ihrer Einsamkeit, ich nicht.

Sita hatte großes Heimweh nach ihrer Familie, ihrer Mutter, Großmutter, ihrem Vater, ihren Geschwistern, Cousins und Tanten. Sie vermißte das einfache Dorf inmitten der glänzenden grünen Reisfelder, von denen zwei bescheidene Felder der Familie gehörten. Zahllose Tage ihres Lebens hatte sie damit verbracht, zu pflanzen, das Land zu bestellen und zu ernten. Sie vermißte es, mit den anderen Frauen zu der Wasserstelle vor der Stadt zu gehen, wo sie ihre Wäsche wuschen, badeten und Klatsch austauschten. Sie sehnte sich nach dem kleinen Tempel auf dem Felsen, eine halbe Tagesreise entfernt.

In Agra gab es keine Tempel; sie hatte nur die kleine Götterfigur in der Hütte.

Als sie ganz mechanisch ihre Lasten schleppte, kam ihr dies alles in den Sinn. Sie war klein, elastisch und schmal, ihr Körper bestand nur aus Muskeln und Knochen. Sie bewegte sich flink und balancierte geschickt ihren Korb auf dem Kopf, zu dessen Schutz sie ein Tuch unter den Korb gelegt hatte. Sie hatte ein hübsches, ovales Gesicht mit hohen Wangenknochen, ruhigen braunen Augen und einem großzügigen Mund. Sie trug als Schmuck lediglich ihren Ehering. Den Rest ihres kleinen Besitzes, Goldspangen, Nasenringe und Ohrringe, hatte sie drinnen in der Hütte im Boden vergraben.

Sita hatte sich geduldig angestellt, um die nächste Ladung Erde in Empfang zu nehmen. In Agra herrschte Winter, und sie hatte noch nie so eine Kälte erlebt. Die vorangegangenen Winter waren mild gewesen, doch dieser war tödlich – die Alten, die Schwachen, die Jungen, die Nutzlosen, alle starben. Es erschreckte sie, wenn sie nachts aufwachte und den feuchten, eisigen Nebel spürte, der ruhig und bedrohlich in der Luft hing. Sie trug nicht länger den Sari, sondern war im Panjab-Stil gekleidet, der *kurta,* einem langen Hemd und Pumphosen, Sachen, die jetzt unsauber waren, denn wegen der Kälte konnte sie nicht regelmäßig baden. In ihrem Dorf hatte sie täglich gebadet und empfand jetzt ihre Unsauberkeit besonders stark. Das erhöhte noch ihr Elend.

Die Männer kämpften mit dem Boden. Er war hart, trocken und grausam, widerstand den einfachen eisernen Werkzeugen, wirbelte als bräunlicher, gelber Staub hoch und fiel in bleischweren Brocken zu Boden. Die anderen Frauen um sie herum schwatzten, doch Sita verstand kein Wort. Die fremde Sprache verstärkte ihre Einsamkeit und machte sie unbeholfen. Nun war sie wieder an der Reihe. Sie reichte ihren Korb dem Mann, der unter ihr stand. Er warf ihn in die gähnende Tiefe, die 688 Fuß tief war, und bekam von einer Schlange von Männern aus dem dunklen Abgrund einen vollen hochgereicht.

Es würde Jahre benötigen, bis das Fundament gelegt wäre. Der Plan für das Grabmal sah eine Reihe von Pfeilern vor, die eine Reihe von Brunnen überspannten, die schließlich durch starke Bogen verbunden würden. Das Innere dieser Brunnen würde mit Geröll ausgefüllt werden und dann der Zwischenraum mit festem Mauerwerk. Die Pfeiler würden das schwere Gewicht des Grabmals tragen, während die Brunnen dafür sorgen würden, daß der Jumna nicht durchsickerte. Die Ziegel wurden in heißes Fett getaucht, damit sie für die kommenden Jahrhunderte wasserdicht wären. Der Mörtel bestand aus einem speziellen Gemisch: Löschkalk und Diamanten, Rohzucker, Linsen und Linsenmehl, zerkleinerte Muschelschalen und Eierschalen und Kautschuk.

Sita ging in die Knie und ergriff einen Henkel des Korbes, während der Mann den anderen ergriff. Gemeinsam hoben sie ihn hoch und setzten ihn auf ihren Kopf. Sie richtete das Gleichgewicht aus und erhob sich langsam voller Anmut. Es war eine Anstrengung. Als sie aufrecht stand, suchte sie sich vorsichtig ihren Weg durch das Durcheinander. Die Erde lag in unordentlichen Hügeln, und Sita folgte einem schmalen Pfad, breit wie ein bloßer Fuß, bis zur Böschung.

Dies war der Beginn eines Straßendammes. Noch war er erst einen Fuß hoch, doch er würde langsam immer höher und höher werden, würde Schritt halten mit der Höhe des Gebäudes. Elefanten und Ochsen würden den leicht kurvenreichen Hang der Böschung hinaufklettern und Ziegel und Steine transportieren. Sita stellte ihren Korb ab, und die Männer schlugen die frische Erde mit schweren Holzblöcken, bis sie hart wurde.

Sie ging zurück, schlug aber diesmal einen anderen Weg ein. Im Schatten eines staubigen *Banyan*-Baumes spielte eine Gruppe von Kindern. Die jüngsten waren noch Babys, die ältesten vier- bis fünfjährige Mädchen, die die Kleinen hüteten. Sita suchte Savitri. Sie saß zufrieden in einem Sandhaufen. Sie drückte ihre Tochter an sich, putzte ihr die Nase, ordnete ihre Kleider und eilte dann zurück, um sich wieder einzureihen. Sie drehte sich um; Savitri weinte, streckte die Arme nach ihr aus, doch man konnte nichts daran ändern.

In der Ferne sah sie, wie sich eine Gruppe von prachtvoll gekleideten Männern näherte und hörte, wie die anderen flüsterten: der Padishah, der Padishah. Sie blieb stehen und gaffte mit den anderen, als ob ein Gott zur Erde herabgestiegen wäre. Der Herrscher brauste über die Erde wie ein Sturm, Männer und Frauen lagen vor ihm am Boden. Die Soldaten bahnten ihm einen Weg durch die Arbeiter hindurch. Es hatte nicht den Anschein, als ob er sie bemerkte. Er stieg die

Böschung hinauf, hob sich gegen den blauen Himmel ab, isoliert von seiner Umgebung, und betrachtete die aufgewühlte Erde. Dann blickte er einen langen stillen Augenblick zum Himmel auf und sah etwas, zumindest hatte Sita den Eindruck, etwas, das über ihm war, und das niemand sonst erkennen konnte. Dann kehrte er zur Festung zurück.

Müde kauerte Sita am Dungfeuer. Der Rauch brannte ihr in den Augen, und sie rieb sie ständig mit dem Zipfel ihres Hemdes. Die Tonkrüge brodelten. Einer enthielt Reis, ein anderer *dhal* und ein weiterer *Grinjal,* genug Nahrung für einen Tag. Jeden Morgen packte sie das kalte Essen in Blätter ein, machte für sich, Murthi, Gopi und Savitri kleine Päckchen.

Sie fühlte sich nicht wohl; diese Krankheit war ihr wohlbekannt. Ihre Periode war längst überfällig, und sie wußte unglücklich, daß sie wieder schwanger war. Sie flüsterte ein Gebet: Ein Sohn, Shiwa, Wischnu, Lakshmi, schenkt mir einen Sohn. Wäre in der Nähe ein Tempel gewesen, hätte Sita ein Bad genommen, sich in einen sauberen Sari gewickelt, ihr Haar mit Jasmin geschmückt und den Göttern einfache Opfergaben gebracht. Sie hätte dem Priester ein paar Münzen geschenkt, damit er einen besonderen Ritus für das Kind in ihrem Schoß vollführe, und sie hätte darum gebeten, daß es ein Junge werden möge.

Schnell, schnell, schnell.

Die Worte hämmerten, als ob sie laut gesprochen worden wären; sein Herzschlag raste in ihrem Rhythmus. Schahdschahan saß in den Kissen und betrachtete das Modell. Seine Hand, die Hand eines Herrschers, weich, blaß, geschmückt mit Gold und Diamanten, streichelte die Kuppel. Dieses Grabmal lastete auf ihm, schmerzte, als ob seine Knochen auch aus weißem Marmor wären, fraß ins Fleisch wie eine unheilbare Wunde. Erst, wenn es vollendet wäre, würde der Schmerz vergehen, die Wunde sich schließen, der Stein nicht mehr auf ihm lasten.

»Etwas stimmt nicht«, flüsterte er. »Isa, hol mir Isamail Afandi.«

»Wie Ihr wünscht, Padishah.«

Schahdschahans Hand fuhr in ihrer Liebkosung fort, suchte den Fehler. Seine Minister – der Erste Minister, der *Mir Saman,* der *Mir Bakshi* – verharrten still und unbeweglich, niemand wollte die Gedanken des Herrschers stören.

Schließlich ergriff der Erste Minister das Wort: »Padishah.«

»Was wollt Ihr?«

Der Erste Minister raschelte mit seinen Papieren.

»Wenn Ihr geruht, möchte ich Euch ein paar Dinge vortragen. Dieses Jahr kommt der Regen spät, und die Bauern haben viel von ihren Ernten verloren. Ich benötige Eure Erlaubnis, die Steuern zu senken, wie Akbar es erlassen hat. Doch ich finde, es ist nicht möglich. Der Schatzmeister benötigt viele Gelder für das Grabmal Ihrer Majestät Mumtaz-i-Mahal. Was soll geschehen, Padishah?«

»Später, später.«

»Padishah«, meldete sich der *Mir Bakshi* zu Wort. »Die Dekkan-Fürsten zeigen offene Rebellion. Wir müssen eine Armee schicken, um sie zu unterwerfen. Wer soll sie anführen?«

»Sie sind immer ein Ärgernis«, erwiderte Schahdschahan. »Was können wir dort erreichen? Ich versuchte es, Akbar versuchte es, mein Vater versuchte es. Die Angelegenheit kann warten.«

»Ja, Padishah.«

»Nun entfernt euch. Kommt später wieder.«

Seine Minister verneigten sich und zogen sich zurück. Wie das ganze Reich, hielten sie den Atem an. Der Große Mughal schien seine Hand auf die Erde gelegt zu haben, schien Menschen und Tiere zu ersticken, jede Bewegung zu unterbinden. Er schien nur den ungenannten Tausenden von Arbeitern am Fluß zu erlauben, ihre verzweifelte Arbeit Tag für Tag fortzusetzen.

Isamail Afandi, der Gestalter von Kuppeln, wartete darauf, daß Schahdschahan seine unbedeutende Anwesenheit bemerkte. Die Hand des Herrschers verharrte auf der Kuppel. Das Kohlenbecken neben ihm, das mit glühenden Kohlen gefüllt war, strahlte parfümierte Hitze aus.

»Afandi, es ist nicht vollkommen.«

»Ja, Padishah.«

Er verharrte stillschweigend und untertänig, seine Antwort war doppeldeutig. Die Kuppel war vollkommen. Hatte er nicht die Kuppel für die große Moschee in Shiraz, die Kuppel für das Grabmal des türkischen Kaisers gebaut? Seine Kunst war noch nie in Zweifel gestellt worden, und diese Kuppel glich den anderen. Doch aus politischen Gründen mußte man dem Herrscher zustimmen.

»Sie ist flach ...«

»Ja, Padishah.«

»... wie die Kuppel von Humayuns Grabmal. Dieser darf nichts gleichen, was Ihr je geschaffen habt. Versteht Ihr mich?«

»Eine Kuppel kann nur eine Form haben, Padishah.«

Schahdschahans Blick war wie der Schnitt eines Schwertes, ein Hieb. Afandi zuckte zusammen. Sein Gesicht war schweißgebadet. Warum nur hatte er den Mund aufgemacht? Törichter Stolz hatte ihn angestachelt, weil ihn dieser Herrscher in seiner Kunst unterweisen wollte. Die Aufgabe eines Herrschers war es zu regieren, seine zu bauen: eine klare und entschiedene Trennung der Fertigkeiten. Er hätte diesen Auftrag nicht angenommen, wenn er hätte voraussehen können, daß sich der Herrscher ständig einmischen würde.

»Diese Kuppel wird anders als die anderen«, sagte Schahdschahan versonnen. »Rund, hochgezogen, als ob sie davonschweben wollte.«

Der Herrscher hielt die Hand hoch, als ob er einen unsichtbaren Ball hielte. Er wußte, was er wollte, auch, wenn Afandi ihn nicht verstand. Sein Blick fiel auf die Sklavinnen, und er gab einer ein Zeichen, zu ihm zu treten. Sie kniete vor ihm nieder. Er entblößte ihre Brust, sie war klein und fest mit dunklen Brustwarzen. Er umfaßte sie, doch das konnte ihn nicht befriedigen, also winkte er einem anderen Mädchen. Ihre Brüste waren größer, rund und fest. Die Kälte straffte ihre Brustwarzen. Er hielt eine Brust, drückte und formte sie.

»Afandi, genauso, versteht Ihr?«

»Ja, Padishah.«

Er konnte seine Bestürzung nicht verbergen. Eine weibliche

Brust auf einem Grabmal? Er mußte seine ganze Kunst vergessen, um lediglich Fleisch nachzuahmen.

»Nehmt Maß von ihrer Brust.«

Afandi griff nach seinem Meßband und legte es gereizt an die Brust des Mädchens an. Es verhielt sich passiv, blickte in die Ferne, als Afandi die Maße aufschrieb.

»Doch der Sockel soll so sein – wie ihre Taille.«

»Ja, Padishah.«

Das Fleisch ist immer gleich, dachte Schahdschahan. Es bietet seine Freuden in anmutiger Weise dar, doch es ist nur ein Gefäß. Was ich in der Hand hielt, war nicht anders als die Brust anderer Frauen, und doch unterschied sie sich stark von allen anderen. Sogar in der Dunkelheit konnte ich Ardschumand von anderen unterscheiden. Auch wenn die Erinnerung etwas verblaßt, brennen ihre Form, ihr Duft, ihre Weichheit in meinen Sinnen. Doch, was ich liebte, war nicht sichtbar, sondern im Innern verborgen. Das Flüstern, das nicht gefaßt werden kann, das Lachen, das sich in die Ewigkeit verflüchtigte, um nur von Gott vernommen zu werden, ein Blick, der nur für mich Bedeutung hatte – all das erfüllte mich mit großer Freude.

O Gott, so kurz nur waren wir zusammen, nicht einmal die Ewigkeit hätte uns genügt.

Kapitel IX
Die Liebesgeschichte
1020 (a. D. 1610)

Ardschumand

Sie kommt, sie kommt!«

Die Frauen des Harems drängten sich auf dem Balkon, hingen an den vergitterten Wänden, schubsten und drängelten, drängten sich in die Ecken, blickten über die Schulter, kletterten auf Stühle und Tische. Sie spähten in den Palasthof hinunter und flatterten gierig wie Raubvögel. Ich saß allein in dem leeren Gemach und blickte aus dem Fenster, auf den Jumna hinunter. Er floß unbeirrt dahin, in der Farbe brennenden Metalls, unberührt von Freude und Schmerz. Wie das Land und der Himmel besaß er die feste Würde der Ewigkeit. Ich spürte Isas Nähe, sein Mitleid, es verschlang mich. Ich war unfähig, mich ihm zuzuwenden, ich wußte, wenn ich in sein Gesicht blickte, würde ich in Tränen ausbrechen.

»Sie kommt ...«

Die aufgeregten Schreie von der anderen Seite des Palastes erfüllten mich mit Schrecken und unerträglichem Schmerz. In den letzten beiden Jahren war die Hoffnung in die grausame Stille des Wartens eingekerkert gewesen. Jetzt kniete sie, den Kopf auf dem Richterblock, und wußte, daß das Beil des Henkers sie nicht verfehlen würde – tack – und der Kopf würde hilflos und leblos gegen den Tumult der Menge rollen. Es war viel besser, diesen Tod zu erleben, die

Faust zu öffnen und die Sehnsucht zu begraben. Doch trotz all des Schmerzes lebte ich immer noch.

»Sehen wir uns an, wie Schahdschahans Braut aussieht.«

Isa folgte mir auf den Balkon, und die Frauen bemerkten meine Anwesenheit. Da gab es manchen Ausdruck von Mitgefühl, einige triumphierten, andere konnten kaum jene Freude unterdrücken, die aufkommt, wenn jemand verwundet ist. Ich bahnte mir den Weg zur Brüstung.

Die Kavalkade hielt unter uns, und Sklaven halfen einem Mädchen, aus der Sänfte zu steigen. Sie wurde von den älteren Frauen, die am Eingang warteten, umarmt und willkommen geheißen.

Hinter ihr kam die große Karawane von Geschenken, die ihr Onkel, der Schahinschah von Persien, dem Großen Mughal Dschahangir sandte. Der Zug erstreckte sich vom Palast bis in die Straßen der Festung. Fünfzig Araberhengste und Stuten, vierhundert Sklaven, Gold, Silber, Edelsteine und das wichtigste von allen – das Geschenk der Freundschaft des Schahinschah, das in Form einer Frau überreicht wurde. Ihre Reise hatte viele Monate gedauert. Die persische Armee hatte sie bis Kandahar geleitet und von dort wurde sie von den Soldaten des Mughal eskortiert.

Kandahar war der Kernpunkt zwischen den beiden Reichen, das Zentrum der Handelswege, eine reiche und blühende Stadt. Im Laufe der Jahre war sie abwechselnd im Besitz des einen und dann wieder des anderen Reiches, je nachdem wie mächtig die jeweilige Armee war. Im Augenblick unterstand sie Dschahangir. Die Beziehungen zwischen den beiden Ländern waren bestenfalls wechselhaft. Jedes belauerte das andere aus dem gleichen Blickwinkel des Neids und des Argwohns. Kandahar bildete das Symbol ihrer jeweiligen Macht. Sogar in Friedenszeiten war ihre Freundschaft unbeständig. Vor vielen Jahren, als Humayun Delhi an Sherschah verlor, floh er unter die Obhut des Schahinschah. Der persische Herrscher kümmerte sich mehrere Jahre um ihn, aber erst nachdem Jumayun sich vom Sunni-Glauben der Mughals zum Shia-Glauben bekehrt hatte. Der Herrscher stattete ihn dann mit einer Armee aus und stellte ihm die Hilfe seines jüngsten Sohnes zur

Verfügung, der auf dem langen Weg, Delhi zurückzuerobern, starb.

Die Ankunft der Schah-Nichte in Agra war ein Zeichen dafür, daß eine neue Zeit der Freundschaft anbrach. Beide Herrscher hatten sich für ein auffallendes Zeichen des Friedens entschieden, da dies in ihrem beiderseitigen Interesse lag. Dschahangir hatte seine Künstler beauftragt, ein Bild zu malen, das den Löwen des Mughal zeigte, zur Hälfte im persischen Reich ruhend.

Prinzessin Gulbadan war in meinem Alter, noch etwas zarter von Gestalt, und bewegte sich mit der abstoßenden Steifheit starker Scheu. Es schien um sie herum zu wogen, als sie sich vor den vielen Frauen, die sie begrüßten, verneigte. Hinter ihr stand eine gedrungene Frau, ihre Mutter, und dann kamen die vielen Hofdamen.

Obwohl Mehrunissa immer noch die Hofdame von Salima war, benahm sie sich, als wäre sie die Herrscherin, die die Braut ihres Sohnes begrüßte. Niemand wußte, was Mehrunissa bewog, Dschahangir bei der Stange zu halten. Man erzählte sich, er sei unsterblich in sie verliebt. Ich hatte kein Mitleid mit ihm, da er mich in tiefste Verzweiflung gestürzt hatte. Jetzt stand nur noch Mehrunissa selbst einer Heirat im Wege, denn, obwohl die Kaiserin Jodi Bai sich eine Zeitlang wieder von ihrer Krankheit erholt hatte, war sie auf sehr mysteriöse Weise erneut krank geworden, hatte Speisen und Blut erbrochen und war eine Woche nachdem die neue Krankheit ausgebrochen war, gestorben. Dschahangir hatte in seinem Schmerz einen Monat Hoftrauer befohlen, was von allen befolgt wurde, doch unter der Hand flüsterte man sich zu, die Kaiserin sei vergiftet worden.

Der Liebe wegen werden solche Ungeheuerlichkeiten begangen. Wenn man sterben konnte, weil man etwas wollte, konnte man dann nicht auch töten, um es zu erreichen? Männer vollbrachten solche Taten, Frauen genauso. Doch ich besaß nicht die Macht des Großen Mughal, mein Ende herbeizuführen.

Als Mehrunissa mit der Prinzessin auf mich zukam, lächelte sie. Sie wußte, wie es mich schmerzen würde, aber da ich aus eigenem Antrieb gekommen war, um die Prinzessin willkommen zu heißen, wußte sie, daß ich gut vorbereitet war. Ich spürte die Blicke der anderen Frauen, die mich beobachteten. Sie hofften vergeblich, daß ich, verrückt vor Wut, dem armen Mädchen das Gesicht zerkratzen würde. Doch ich lächelte und verneigte mich, als sie vor mir stehenblieb.

»Meine Nichte, die Begum Ardschumand Banu.«

»Ich habe viel von Eurer Schönheit gehört.«

»Hoheit, Ihr seid zu gütig. Ich kann mir nicht vorstellen, daß eine solche Nebensächlichkeit bis zu Euch nach Ishfahan gedrungen ist.«

Einen Augenblick lang traf sich unser Blick, und ich entdeckte in ihren Augen ein schwaches, trauriges Lächeln, das nicht mir, sondern ihr selbst galt. Ihre Augen waren braun, groß und hübsch und mißtrauisch, wie die einer Hirschkuh, die argwöhnisch nach Gefahr wittert. Ich konnte mir nicht erklären, warum sie sich hätte vor mir fürchten sollen. Sie sollte heiraten, nicht ich. Hatte sie vielleicht vernommen, Schahdschahan liebe mich immer noch? Der Gedanke konnte mich auch nicht trösten.

»Das ist nicht so nebensächlich.« Anscheinend wollte sie noch etwas hinzufügen, doch Mehrunissa drängte sie weiter.

»Ich wünsche Eurer Hoheit Glück für die bevorstehende Heirat.«

Wenn sie es gehört hatte, reagierte sie nicht und war bald in der Menge der Frauen verschwunden. Ihr verblieb nur wenig Zeit, sich zu erholen, denn in drei Tagen würde sie Schahdschahan heiraten.

Ich wünschte mir so sehr, ich könnte verschwinden, meine Pflicht sei vorbei und meine Tapferkeit nicht mehr nötig, doch ich mußte bleiben, lächeln, nicken und reden. Die Begum Ardschumand Banu war eine fremde Person, die sich wie im Opiumrausch durch den Palast bewegte, als wandele sie durch einen Alptraum, und ich war in ihr verschlossen, zusammengerollt mit geschlossenen Augen. Ich wünschte mir nichts sehnlicher als Einsamkeit, eine stille Ecke im Garten, in dem lieblichen Hain der Limonenbäume, wo ich meine Gedichte schreiben konnte, mit Worten, die in Traurigkeit getaucht waren.

»*Agachi,* auf dem Balkon ist es kühler«, flüsterte Isa.

»Ich brauche keine frische Luft. Ich möchte weit weg sein... vergessen. Ich würde gerne in die Berge gehen. Möchtest du mit mir kommen?« fragte ich Isa.

»Natürlich, *Agachi.* Ich lebe, um Euch zu dienen. Doch wird das weit genug sein?«

»Nein, das ist nur ein Wunsch. Ich werde immer an ihn denken, mich nach ihm sehnen. Da gibt es kein Entkommen. Bitte, bring mir etwas Wein.«

Es gab eine kurze Unterbrechung der Feierlichkeiten, als die Prinzessin weggeführt wurde, um gebadet zu werden. Mit ihrem Wiedererscheinen würden sie sich bis tief in die Nacht fortsetzen, den Damen Abwechslung von ihrem Haremsalltag bringen. Sie hatten jetzt Gelegenheit, ihren besten Schmuck zu zeigen und neue Seidengewänder vorzuführen. Jetzt lagen sie auf den Diwans, flüsterten und kicherten, und ich hatte den Eindruck, daß jeder Blick, jedes Wort mir galt.

Ich folgte Isas Rat und ging auf den Balkon, der zum Jumna zeigte. Als ich zur Halle hinunterging, hielt eine flüchtige Bewegung meinen Blick gefangen.

In einem Alkoven, der nicht von den Blicken durch den feinen Musselinvorhang abgeschirmt war, lagen drei Frauen auf einem Diwan. Zwei kamen aus Kaschmir, hatten helle Haut und langes Haar. Sanft streichelten sie das türkische Mädchen, das zwischen ihnen ruhte. Es hatte ein ovales Gesicht und einen roten vollen Mund und hielt die Augen in Ekstase geschlossen. Seine Hände erwiderten jede Liebkosung mit der gleichen sanften Streichelbewegung, wanderten den Körper ihrer Liebhaberinnen hinauf und hinunter. Seine Wohligkeit verriet, daß sie unendlich Zeit hatten. Sie flüsterten, seufzten und küßten sich oft, mit ihren sensiblen und gefräßigen Zungen prüfte jede der anderen Mund.

Mein Blick wurde von der lustvollen Vertrautheit dieser Frauen gebannt. Andere Frauen gingen an dem Alkoven vorbei, doch sie schenkten den unverhüllten Liebesspielen keinen Blick. Das erste Mal wurde ich mir meines eigenen Körpers bewußt, wußte, daß es hier wunderbare Empfindungen gab, die noch zu erforschen und zu erleben waren.

Die Frauen empfanden ihre Kleidung als störend und befreiten einander zärtlich davon. Ihre Leiber glänzten vor Schweiß, zum Teil von der Hitze, aber auch von innerlicher Glut. Jede der Frauen hatte ihre Brustwarzen anders gefärbt, und sie hatten sich die Haare zwischen den Beinen entfernt, so daß sich ihre Schönheit unverhüllt ihren Fingern und meinen Blicken darbot. Die Bemühungen des türkischen Mädchens, die Liebkosungen zu erwidern, wurden träge und matt, während das Streicheln der beiden anderen Mädchen immer drängender wurde. Sie streichelten seine Brüste, küßten die Brustwarzen und saugten daran und drangen mit ihren Fingern in seinen Körper. Das türkische Mädchen bebte und jammerte vor angenehmer Lust, und der Schweiß rann über seinen Körper, als ob es aus dem Wasser gezogen wäre. Während eine der Frauen fortfuhr, es zu küssen und zu bedrängen, griff die andere unters Kissen und zog einen langen, dunklen Gegenstand hervor, der den Umfang einer Faust hatte. Das Ding bestand aus Holz und war so glatt wie Elfenbein.

Die Frau tauchte ihre Finger in eine Schale mit Öl, und langsam und liebevoll verteilte sie es über das Holz, so daß es im gedämpften Licht glänzte. Sie beobachtete, wie ihre Gefährtin die Brüste, den Leib des Mädchens küßte, den Kopf zwischen ihre Schenkel beugte, ihre Zunge vor- und zurückschnellen ließ. Schließlich kniete sie nieder, und ihre langen Haare breiteten sich über die geöffneten Schenkel des türkischen Mädchens, dessen Mund einen tonlosen Schrei ausstieß, der es gelähmt und atemlos zurückließ.

Die Liebe, die sie füreinander zu empfinden schienen, entführte sie in eine eigene Welt, wo nichts sie stören konnte.

Das eine Kaschmir-Mädchen beschrieb mit dem Holzinstrument Kreise um ihre Brüste und auf dem Leib, die Kreise wurden immer intensiver, bis sie ihrer Gefährtin das Holzinstrument reichte. Dann bettete sie das türkische Mädchen so, daß sein Kopf in ihrem Schoß ruhte, und setzte ihre Liebkosungen mit der Hand fort.

Die andere Frau erhob sich aus ihrer knienden Stellung, schüttelte das Haar aus dem Gesicht, und sanft schob sie das Instrument zwischen die Beine des türkischen Mädchens, bis es kaum mehr zu sehen war, dann zog sie es heraus und stieß es wieder zurück, jedesmal stärker und stärker, bis das Mädchen sich aufbäumte und die Muskeln seines Leibes wogten, wie ein Strom über den Felsen. Dann verebbte alle Ekstase, und es lag da, gestrandet und atemlos.

Ich schreckte auf, als ob ich aus einem Traum erwachte, und eilte zur Abgeschiedenheit des Balkons. Die kühle Brise vom Fluß her ließ mich frösteln, meine Kleider waren schweißnaß, meine Knie zitterten, und mein Herz raste. Ich hatte entdeckt, daß in mir, in meinem eigenen Körper, die Lust aus der gleichen Quelle entsprang wie das Blut. Diese Erkenntnis erfreute und ängstigte mich zugleich. Die Figuren, die ich in Khajuraho gesehen hatte, konnten mit ihrer kalten Schönheit meine Lust nicht wecken, doch die Frauen da unten, lüstern, die nach Schweiß und Öl dufteten, hatten die Geheimnisse meines Körpers geweckt. Ich konnte ihnen keinen Vorwurf daraus machen. Nur ein tollkühner oder törichter Mann konnte an den Haremswachen vorbeischlüpfen, so blieb den Frauen nichts anderes übrig, als sich gegenseitig Genuß zu verschaffen.

Wieviel größer mußte wohl das Lusterlebnis mit einem Mann sein! Und wie unendlich groß wäre wohl der Genuß gewesen, den ich mit Schahdschahan hätte erleben können!

Schahdschahan

Ich hörte den Lärm und wußte, daß meine Braut eingetroffen war. Der *Itiam-ud-daulah* hatte sie vor den Toren Agras willkommen geheißen und war ihrem Zug gefolgt.

»Wie ist sie?« fragte ich Allami Sa'du-lla Khan.

Er stand am Fenster und blickte hinunter. Er wirkte gelangweilt, rastlos; ich wußte, daß er gerne diesem Grab entkommen wäre.

»Hoheit, was kann man da berichten? Sie ist klein und zartgliedrig, hat hübsche Hände. Das übrige bleibt ein Geheimnis, das nur Ihr lüften könnt.«

»Dann ist es zu spät.«

Ich schwieg. Ich war dieser Tage keine angenehme Gesellschaft, denn ich verschmähte die Jagd und die Falkenbeize, wollte weder reiten, noch kämpfen und hatte auch kein Verlangen nach meinen Frauen. Ich trank, suchte Vergessen im Wein.

»Geh.«

Allami Sa'du-lla Khan betrachtete mich zweifelnd, konnte aber nicht verbergen, wie gern er sich meiner Gegenwart entledigte. Ich gab ihm einen Wink, zu gehen. Er machte eine Verbeugung und eilte aus dem Raum. Ich nahm seinen Platz am Fenster ein, um angestrengt zum Harem hinüberzublicken. Ardschumand konnte dort sein, in meinem Blickwinkel. Ich zeigte mich in voller Größe, in der Hoffnung, sie würde mich sehen. Aber was hatte das für einen Sinn? Uns anzublicken und nicht einmal mit den Fingern berühren zu dürfen? Ich nahm das Gedicht, das ich für Ardschumand gemacht hatte, heraus. Im Gegensatz zu meinem Vater war ich kein Dichter.

Die liebliche Brise der Morgendämmerung weht den Duft der Rose hinweg.
Wohlgeruch entsteigt der Erde, auf die meine Geliebte ihren Fuß setzt.
Alle weltlichen Freuden vergehen. Erhebt euch, die ihr schlaft!
Ihre Karawane bricht auf; beeilt euch, bevor der süße Wohlgeruch verhaucht.

Wem konnte ich vertrauen, daß er es sicher überbrachte? Wenn ich doch nur mit ihr reden könnte. Die Jahre des Schweigens hatten in meiner Kehle einen überquellenden Fluß von Worten hinterlassen, der mich am Atmen hinderte. Ich wünschte mir, ich könnte sie wie eine große Flut heraussprudeln, doch konnte ich nur diese paar armseligen Worte von mir geben.

»Hoheit, der Padishah wünscht Euch zu sehen«, unterbrach

der Erste Minister meine Gedanken. Ich verbarg das Gesicht in den Falten meines Gewandes.

Das Aussehen meines Vaters hatte sich verändert. Er war still und grüblerisch geworden, sein Gesicht war stark aufgedunsen, und er wirkte verdrießlich. Der ganzen Welt konnte er befehlen, doch nicht seiner Mehrunissa. Er zupfte sorgenvoll an seinem Bart, der seine Pracht verloren hatte. Sogar sein Umhang und seine Juwelen schienen ihren Glanz verloren zu haben. Wenn ich nicht selbst in so trübsinniger Stimmung gewesen wäre, hätte ich über solche Ironie des Schicksals gelächelt. Wir verzehrten uns vor Liebe und hatten beide kein Glück. Allah war tatsächlich gerecht, aber seine Gerechtigkeit war vermischt mit Grausamkeit.

»Was möchtest du?« fragte er kurz angebunden. Er blickte zu mir hoch, wünschte vielleicht, ich wäre lieber nicht gekommen, da er spürte, wie ich der Widerschein seiner eigenen Situation war. Ich erinnerte ihn an unerfüllte Liebe, wie ihn mein Bruder Khusrav an Verrat erinnerte. Er ging uns beiden aus dem Weg, als ob er es nicht ertragen konnte, seiner eigenen Schwäche zu begegnen.

Doch ich war nicht so bedrohlich wie Khusrav. Er hatte durch seine Habgier seine Chancen zerstört. Sie war ihm von meinem Großvater Akbar eingepflanzt worden, der unsinnigerweise ihn und nicht meinen Vater zum Erben des Reiches bestimmt hatte. Akbar hatte auf dem Totenbett seine Meinung wieder geändert, doch er konnte nicht das Geschick abwenden, das Khusrav für sich gewählt hatte.

Ich erinnerte mich, daß sich Khusrav natürlich nicht über die Thronbesteigung meines Vaters gefreut hatte. Einen kurzen Augenblick war der Thron dank Akbar in seine Reichweite gerückt, und nachdem diese Besessenheit von ihm Besitz ergriffen hatte, sollte sie ihn nicht mehr loslassen. Dschahangir, der erkannte, welcher Versuchung sein Sohn ausgesetzt war, hielt ihn bei Hof, bis er entkam und eine Rebellion anführte. Sie war kurzlebig, und zwei der Verschwörer wurden von meinem Vater hingerichtet. Das Mißtrauen, das ab da zwischen Vater und Sohn herrschte, wirkte bald wie Gift, und zuletzt faßte Khusrav den Plan, meinen Vater bei der Jagd zu ermorden.

Mein Vater sollte während der *qamargah* getötet werden. In dem Durcheinander von Tieren und Menschen, dem Gebrüll und den Schreien sterbender Tiere konnte die Tat unauffällig geschehen. Ein Dolch würde schnell gezückt werden, zustechen, herausgezogen und abgewischt werden. Khusrav würde sich für die Tat großzügig erweisen. Doch der *diwan-i-qasi-i-mamalik* belauschte Khrusavs Worte, die er mit den Verschwörern wechselte. Selbst wenn der Plan noch nicht zu Dschahangirs Ohren gedrungen wäre, hätte ich ihn seinen Bewachern zugeflüstert, denn mein eigenes Leben wäre wertlos gewesen, wenn Khusravs Plan gelungen wäre. Denn hätte der Große Mughal einen Bruder wie mich am Leben lassen können?

Für die darauffolgenden Ereignisse kann ich meinem Vater keinen Vorwurf machen. Ich hätte auch schnell und energisch gehandelt, aber da Khusrav mein Bruder war, machte es mich traurig. Er war der engste Vertraute meiner Kindheit, und obwohl wir nicht die gleiche Mutter hatten, waren wir sogar in der kriecherischen Welt der Prinzen Freunde. Zusammen lernten wir die Kriegskunst, Reiten und Ringen und wir lasen zusammen – ein solches Band kann zur Last werden. Ich hatte noch einen jüngeren Bruder, Parwez, doch wir standen uns nicht nahe. Und da gab es noch einen außerehelichen Knaben, den *Na-Shudari,* Shahriya, dessen Mutter eine Sklavin aus dem Pandschab war. Er hatte keinen Anspruch auf den Thron. Für eines war ich dankbar: daß Akbar mein Leben nicht vergiftet hatte. Wie bei allen Herrschern war seine Umarmung verderblich.

Bis zum Tag der Jagd unternahm mein Vater nichts. Dann pflückte er Khusrav wie eine reife Frucht aus der Mitte der Edlen. Viele von ihnen sympathisierten im geheimen mit Khusrav, und mein Vater wußte dies, beschloß aber in weiser Voraussicht, sie nicht zu beschuldigen. Khusrav allein sollte für seinen Verrat büßen.

Eine Stunde nach Morgengrauen wurden wir in den *diwan-i-am* beordert. Es war eine düstere Versammlung, man wagte kaum zu flüstern. Khusrav und ich standen direkt hinter dem Thron innerhalb der Goldschranke. Hinter uns standen innerhalb der Silberschranke der Sekretär und andere hohe Beamte und der Träger des goldenen Amtsstabs. Eine Stufe tiefer, hinter der zinnoberroten Holzschranke, standen die übrigen Adligen und der Träger des silbernen Amtsstabs.

Ich hielt mich so weit wie möglich von Khusrav entfernt. Von uns allen wirkte er am sorglosesten und leichtherzig. Er lächelte und scherzte, verstummte aber, als die Henker mit ihren schwarzen Mützen den Saal betraten und sich an der Wand unter dem Thron aufreihten. Jeder trug sein eigenes Hinrichtungsinstrument. Oberhalb von ihnen hörten wir das leichte Rascheln von Frauenkleidern, erhaschten kurze Blicke auf ihre Gesichter, die im Schatten lagen und uns durch die Öffnungen anblickten.

Mein Vater trat ein, stieg die Stufen zum Alkoven hinauf und setzte sich auf den Thron. Soldaten bewachten die Stufen, und niemand, nicht einmal ich, sein Khurrum, konnte sich dem Herrscher nähern. Unterhalb von ihm wartete ein Schreiber, um alles aufzuschreiben.

Auf das Zeichen meines Vaters näherte sich der Amtsstabträger und berührte Khusrav mit dem goldenen Stab. Khusrav trat einen Schritt vor, als Zeichen des Mutes, vielleicht glaubte er in seiner Besessenheit, Akbars Geist beschütze ihn, und blickte zum Herrscher hoch.

»Khusrav, Khusrav, was soll ich mit dir machen?« sprach Dschahangir sanft. »Es trifft mich tief, zu erfahren, daß du meinen Tod wolltest. Hat Akbar dich gelehrt, deinen eigenen Vater zu ermorden? Mit Sicherheit nicht. Es lag nicht in seiner Natur, eine solch üble Tat zu begehen. Doch was soll ich tun? Akbar krönte mich zum Padishah. Ich sitze rechtmäßig auf diesem Thron. Du hast keinen Anspruch darauf. Frag meine Adligen, ob ich recht habe.«

Die Adligen traten unbehaglich von einem Bein aufs andere. Der Herrscher lehnte sich mit einem schmerzlichen, verwunderten Blick vor. Khusrav schwieg.

»Was trage ich hier in meiner Hand?« fuhr der Herrscher im gleichen freundlichen Tonfall fort. »Ist das nicht das Schwert von Humayun? Akbar gab es mir auf dem Totenbett. Er nahm seinen Turban ab, setzte ihn auf mein Haupt und entschied, daß ich sein Nachfolger werde. Warum weigerst du dich, seine Verfügungen anzuerkennen?«

»Weil...«

»Weil...« Dschahangirs Gebrüll scheuchte die Sperlinge hoch, die davonflatterten. »Weil was? Ist es ein Anflug von Irrsinn, der dich dazu treibt, deinen Vater zu töten? Was kann ich tun, um dich zur Vernunft zu bringen?«

»Töte mich!«

Khusravs Verrücktheit setzte uns alle in Erstaunen. Wir sahen, wie die Frauen ihre rotlackierten, mit Ringen geschmückten Finger durch das Gitter preßten, als ob sie versuchten, Khusrav zu erreichen, um ihm den Mund zu verschließen.

»Taktya takhta«, spottete Dschahangir. »Thron oder Sarg, heißt es, und jetzt, da du den Thron verloren hast, möchtest du den Sarg.« Er schüttelte verwundert den Kopf. »Doch wie kann ich das tun? Du bist mein Sohn. Humayun vergab seinen Brüdern, weil Babur es befahl. Ich kann dich nicht hinrichten. Dein Blut wird sich nie mehr von meiner Hand waschen lassen, es wird nur unter den Thron fließen und den Sockel, auf dem er steht, aushöhlen. Ah, du lächelst, weil du weißt, ich werde dich nicht töten. Du kannst in meinen Gedanken lesen, denn ich möchte nicht der erste sein, der Tamerlans Gesetz bricht – töte nicht dein eigen Fleisch und Blut. Was dann, Khusrav? Exil? Dein Gesicht leuchtet bei der Vorstellung auf. Kannst du wirklich annehmen, daß ich dich freilasse, damit du den Schutz meines erbärmlichen Cousins, des Schahinschah, suchen und mit der persischen Armee zurückkehren wirst? Nein. Ich könnte keine Sekunde in Ruhe schlafen. Doch, wenn du hier bleibst, fühle ich mich ständig unter deinen neidischen Blicken unbehaglich. Täglich würde ich erleben, wie deine Augen gierig nach dem kaiserlichen Schwert und dem Turban schielten. Deshalb habe ich beschlossen...« Er blickte fest auf den Schreiber und sprach laut und deutlich, damit ihn alle verstanden. »Du wirst für immer am Hof bleiben und wirst an einen Soldaten angekettet. Und um dich vor deinem eigenen Neid zu schützen, wirst du geblendet.«

Niemand gab einen Laut von sich. Khusravs Keckheit sank

in sich zusammen, seine Beine gaben unter ihm nach. Die Soldaten hoben ihn auf und schleiften ihn hinaus. Die Finger der Frauen hingen jetzt schlaff durchs Gitter, wie feuchte Blätter nach einem Sturm. Sie verzichteten darauf, den Herrscher anzuflehen, wie es ihr Recht war. Nur ihre erhobenen Stimmen konnten Khusrav jetzt noch retten, doch auch sie zogen es vor, zu schweigen. Der Schreiber setzte den Urteilsspruch auf und reichte ihn dem Herrscher. Er versah ihn mit dem *Muhr Uzak*. Nun konnte niemand im Land, nicht einmal der Herrscher selbst, Khusrav retten.

Khusrav wurde zu Boden geworfen. Die Henker fielen über ihn her, hielten seine Beine und Arme nieder, einer setzte sich auf seine Brust, während ein anderer seinen Kopf hielt. Die langen dünnen Speere wurden in die Glut gelegt, und als sie kirschrot waren, öffnete einer der Henker Khusravs Augen. Was hat er als letztes gesehen? Nicht die Bäume, Vögel, den blauen Himmel, sondern nur die häßlichen Gesichter seiner Peiniger. Der heiße Speer wurde zuerst in das eine Auge und dann ins andere gestoßen. Bei jedem Stich brüllte Khusrav auf. Er drehte und wand sich, und sein Mund war ein gähnender Abgrund. Blut und Tränen rannen seine Wangen hinab, in den Schmutz. Die Männer erhoben sich, und er lag weinend am Boden, bedeckte die blutenden Öffnungen mit seinen Händen. Der *Hakim* kniete nieder, reinigte die Wunden und legte Kräuter auf die blutigen Schlitze, bevor er sie verband.

Ich mache weder Khusrav noch meinem Vater einen Vorwurf wegen dieser Vorfälle. Es war ihr Kismet. Doch ich kann Dschahangir seine Nachsicht nicht vergeben. Khusrav lebt, ein Geist an Ketten, und genauso sein Ehrgeiz. Mein Vater mag wohl glauben, er sei aus Khusrav hinausgetrieben worden, ich glaube das nicht. Sein Schatten wird sich über meinen legen, wenn ich die Stufen zum Thron besteige.

Wenn mein Vater Khusrav erblickte, wie er mit seiner Kette durch den Palast wanderte und sich mit seinen blinden Augen durch die glänzenden Gänge tastete, befahl er der Wache, Khusrav wegzubringen.

»Jeder wünscht sich etwas. Was ich mir wünsche, kann mir niemand geben.«

»Vater, das ist nicht meine Schuld.«

»Was verlangt sie denn noch von mir, was ich nicht schon getan hätte?«

Diese Frage schien ihn ständig zu beschäftigen. Ich hätte ihm die Antwort geben können, behielt sie jedoch für mich. Sie hätte gelautet: Den Thron. Er war ganz in ihrer Hand, und je länger sie ihn warten ließ, desto sicherer war sie seiner Liebe. Sie nahm ihm die Hoffnung nicht, denn sie wußte, wie er sich danach sehnte, der Einsamkeit seiner Macht zu entfliehen.

Seine Einsamkeit ließ mich kalt, ich war mit meiner eigenen beschäftigt. Konnte ich Mehrunissa trauen? Würde sie seine Meinung in bezug auf Ardschumand, in bezug auf mich ändern? Ich wußte sehr wohl, wie schwankend die Zuneigung eines Herrschers gegenüber seinem Sohn sein kann, konnte aber daran nicht viel ändern.

»Sicherlich hat ihr ihr Astrologe geraten, auf den richtigen Augenblick zu warten.«

»Ja, ja«, sagte er eifrig. »Das denke ich auch. Wer ist ihr Astrologe?«

»Ich weiß nicht. Du hast die Macht, jedes Geheimnis aufzuspüren. Erkundige dich und zahl ihn gut, damit er seine Voraussage ändert.«

»Was ist, wenn es nicht seine Schuld, sondern die ihre ist? Schau, ich habe ein Gedicht für sie gemacht.«

Er nahm von dem Tisch neben dem Diwan ein Stück Papier. Ich sah, daß im Vergleich dazu mein Versuch für Ardschumand erbärmlich war. Einen Augenblick erwog er, es mir laut vorzulesen, doch dann änderte er seine Meinung und starrte statt dessen die Worte an, als ob er ihr Gesicht anstarrte. Die Worte wirkten beruhigend auf ihn, denn, nachdem er das Gedicht auf den Tisch zurückgelegt hatte, lächelte er mich an.

»Du bist wahrscheinlich neugierig darauf, deine Braut zu sehen. Hast du die Pferde gesehen, die sie mitgebracht hat? Wunderschön. Dieser Schurke glaubt wohl, er sei der Bessere von uns, indem er seine Nichte statt seiner Tochter schickt. Glaubt er wirklich, wir seien nicht gut genug für sein miserables Reich?«

»Genau darüber wollte ich mit dir reden.«

Ich sprach vorsichtig. Es gibt nichts Schlimmeres – weder Pest, Hungersnot, ein wilder Tiger, ein wütender Elefant, nicht einmal die tobenden Elemente – als einen verwundeten Monarchen. Sein Schnappen und Knurren konnten weit über die Palastmauern und die Festung reichen, um zu verwüsten und zu zerstören. Seine Wunde war keine Fleischwunde, die ihm durch einen Säbel oder einen Dolch zugefügt worden war, sondern unsichtbar, tief im Inneren – es war ein Herzbluten.

»Was gibt es hier zu besprechen?« Ich hörte nicht seine Stimme, sondern das Flüstern hinter ihm.

»Sollen wir ihm erlauben, uns dermaßen zu beleidigen? Ich bin Schahdschahan, der Kronprinz dieses Reiches, das so groß wie das persische ist. Er hätte seine Tochter und nicht eine unbedeutende Nichte schicken sollen. Welche Bedeutung hat sie für ihn? Akbar heiratete die Töchter der Rajput-Ranas, nicht Nichten oder Neffen.«

»Es stimmt, was du sagst, doch es ist zu spät. Ich habe sie als deine Braut akzeptiert. Wenn ich sie zurückschicke, bedeutet das Krieg.« Er lächelte freundlich. »Ich weiß, daß dein Herz Ardschumand gehört. Mach sie zu deiner zweiten Frau. Ich gebe dir die Erlaubnis hierfür.«

»Ich möchte sie nicht als zweite Frau. Warum sollte ich ihr einen niedrigeren Rang zuweisen als dieser anderen Frau? Ardschumand wird mir meine Söhne gebären.«

»Bist du genauso stur wie dumm? Ich befehle dir zu heiraten, und du streitest mit mir. Dein Verstand ist umnebelt. Die Liebe geht vorüber. Du bist kein gewöhnlicher Mann.«

»Und du?«

»Was?«

»Ich sagte ...«

»... ich hörte es. Ich habe bereits Söhne gezeugt, was auch immer sie wert sind – du bist mein Lieblingssohn, und schau auf die Sorgen, die du mir machst –, und was ich jetzt tue, berührt nicht das Schicksal des Reiches. Ich werde Mehrunissa zur Frau nehmen, als Gefährtin meiner späten Jahre. Sie wird sich nicht in die Wahl eines Erben einmischen – ich habe dich gewählt.« Sein Ton wurde mißmutig: »Warum gönnst du mir nicht diese Liebe? Du hast das Glück zu lieben und geliebt zu werden. Das ist nicht das übliche Geschick von Prinzen. Ich liebte meinen Vater, bekam aber von ihm keine Liebe. Ich gehorchte ihm auch in Heiratsangelegenheiten, im Gegensatz zu dir. Ich liebe dich, mein Sohn. Ich sage es dir auch. Akbar brachte nie solche Worte über die Lippen. Statt dessen sprach er mit dem Schurken, mit Khusrav, und was kam dabei heraus? Sein Geist wurde verwirrt. Jetzt, in meinem hohen Alter, liebe ich.«

Er seufzte dramatisch.

Es war sein Kismet, sein Schicksal, sein Glück, und das freute ihn. Er hatte den Garten der Lust gefunden. Er sah meinen Unmut. »Ich hörte, Prinzessin Gulbadan sei schön. Ein Frauenkörper ist wie der andere. Genieße sie.«

»Wie kannst du das sagen, wenn du dich nach Mehrunissa verzehrst?«

»Unsinn. Hör auf, dein Spiegelbild in mir zu sehen. Ich bin der Herrscher. Was du tust, ist für unser aller Wohl, nicht nur für dein eigenes. Geh jetzt.«

Er wandte sich ab und nahm den kaiserlichen Turban ab. Ein Sklave nahm ihn entgegen und legte ihn ehrfurchtsvoll auf den Silbertisch. Die Haare meines Vaters waren mit grauen Strähnen vermischt. Obwohl er sein Alter hoch nannte, war er erst vierzig. Der Alkohol und die Ungeduld, so lange auf die Thronbesteigung warten zu müssen, hatten ihn vorzeitig altern lassen.

Zwielicht, das absurde Muster warf, erhellte nur spärlich den *diwan-i-khas*. Der rote Stein verschluckte es, so daß der Raum düster erschien, wie die Kerker hinter den Wällen der Festung. Ich mochte dieses Gefühl von Gewichtigkeit nicht; es mußte sich unweigerlich auf das Temperament eines Herrschers auswirken, an einem so trostlosen Ort eingesperrt zu sein. Obwohl Kerzen und Lampen angezündet worden waren, warfen sie schwarze, flackernde Schatten über die Mauern. Ich hätte gerne diesen Zufluchtsort gegen einen helleren

Raum eingetauscht, erhellt von dem leuchtenden Rosa der Morgenröte und des Zwielichts.

Mein Vater übersah mich. Er hatte sich wieder seinem Gedicht zugewandt, und der Erste Minister geleitete mich hinaus. Ich verneigte mich, doch mein Vater bemerkte es gar nicht.

Isa

Bin ich vertrauenswürdig? Vertrauen ist eine schwere Bürde für die Schultern eines Dieners. Durch die Art unserer Stellung können wir von unseren Herren leicht manipuliert und eingeschüchtert werden. Ich wälzte diesen Gedanken in meinem Kopf, als ich durch die pechschwarze Nacht zu Schahdschahans Palast trottete. Kein Mond stand am Himmel, und dünne Wolken verdunkelten die Sterne, so daß ich nicht die Hand vor den Augen erkennen konnte, geschweige denn den Pfad.

Ich war von einer verschleierten Gestalt geweckt worden. Ich atmete den Duft von Parfüm ein – eine Frau, doch ihr Gesicht war verborgen.

»Du bist Isa?«

»Ja.«

»Seine Hoheit, Schahdschahan, möchte dich sprechen. Komm.«

Und sie war verschwunden. Ein dünner Nebel erhob sich wie Rauch über dem Jumna. Ich hüllte mich fest in meine Decke, bedeckte sogar mein Gesicht. Der Turban wärmte meinen Kopf, doch meine Beine waren kalt. Der Palast war dunkel. Ich überlegte gerade, daß der Auftrag wohl ein Trick war, als sich plötzlich die Tür öffnete, und eine andere Frau mich hineinzog. Sie kannte den Weg, ich nicht. Ich folgte ihrer schattigen Gestalt so gut ich konnte, stolperte über Diwane, Kissen, Teppiche und Tische. Ungeduldig ergriff sie meine Hand. Wir durchquerten einen Garten und gingen ein paar Stufen hinunter, in die Nähe der Rosenbüsche, gelangten in einen anderen Garten, und dann ging es noch weiter hinunter.

Dort wartete Schahdschahan, in eine Decke gehüllt. Er saß auf einem Diwan und starrte auf den Fluß hinaus.

Neben ihm auf dem Gras stand ein goldener Weinkrug. Er griff nach dem goldenen Pokal, leerte ihn und füllte ihn mit zittriger Hand wieder auf. Er schwankte, versuchte etwas zu sehen und gab mir einen Wink vorzutreten. Die Frau löste sich auf wie Nebel.

»Du bist Isa, ihr Sklave?«

»Ja, Hoheit. Diener, nicht Sklave.« Würde ein Prinz den Unterschied verstehen? Vielleicht hatte er es auch nicht gehört; Prinzen können ihr Gehör einstellen.

»Morgen heirate ich.«

»Ich weiß.«

»Still! Ich möchte nicht. Ich möchte nicht diese .... Perserin. Ich bin unglücklich. Das ist ein Rätsel. Ein Prinz sollte nicht unglücklich sein. Ich habe alles auf der Welt, nur nicht Ardschumand. Verstehst du?«

Er beugte sich vor und verschüttete den Wein. Ich sagte nichts, und er wandte sich ruckartig ab, wie ein Falke. Ich sah noch das Funkeln in seinen Augen.

»Dummkopf. Ich sagte, verstehst du mich?«

»Ja, Hoheit.«

»Hör zu. Keine Frau hatte mich je so beeindruckt. Ardschumand! Isa, hast du schon einmal so empfunden?«

Ich konnte nicht die Wahrheit sagen.

»Ich fragte, hast du schon einmal so empfunden?«

»Nein, Hoheit.«

»Du fragst dich wohl, warum ich mit dir über solche Dinge rede. Wen gibt es hier sonst, der ihr sagen kann, wie ich fühle, ohne meine Worte zu seinem eigenen Nutzen zu mißbrauchen? Bei Hof versteht niemand etwas von Liebe. Hier spricht man nur von Politik und Zweckmäßigkeit. Wie geht es ihr?«

»Traurig.«

»Ah, das genügt. Traurig wie ich. Traurigkeit, die die Sonne und den Mond verdunkelt. Traurig. Weint sie?«

»Ja, Hoheit.«

»Ich auch, ich auch.« Er griff erneut nach dem Pokal, doch er war leer.

»Wein, Wein, bringt mir mehr Wein.«

Ein Sklave kam herbei und stellte den Krug ab; der Tau hatte sich glitzernd auf ihm gesammelt. Ich goß ihm Wein ein, da er es selbst jetzt nicht mehr konnte. »Isa, du hast Glück. Du bist tausendmal glücklicher als ich. Weißt du warum? Du siehst sie jeden Tag. Du siehst, wie sich ihre Augen öffnen, wie sie ihr Haar aus dem Gesicht kämmt, du siehst die Bewegung ihrer Finger, die Art, wie sie geht. Du siehst ihr Lächeln... dieses Lächeln, das sich langsam über ihr Gesicht ausbreitet, wie das Mondlicht auf dem Wasser.«

»Sehr selten, Hoheit.«

»Erzähl mir, wie sie die Zeit verbringt.« Er blickte mich durchdringend an.

»Hoheit, sie starrt ins Leere. Sie steht auf, badet, kleidet sich an, nimmt etwas Nahrung zu sich, dann sitzt sie den ganzen Tag mit einem Gedichtband im Schoß da, den sie nur selten aufschlägt. Manchmal reitet sie weit vor die Stadt, manchmal kümmern wir uns nachmittags um die Armen. Das lenkt sie ab von...«

»Nein, Isa. Nichts darf sie von mir ablenken. Bitte, sag ihr das. Ich bitte dich darum. Ich belohne dich großzügig.«

»Ich brauche keine Belohnung. Doch von welchem Nutzen ist das für sie?« sagte ich bitter.

Er murmelte vor sich hin. »Wen könnte ich jemals finden, der mir so den Atem raubt wie sie? Nicht einmal für einen Prinzen ist diese Erde mit Menschen erfüllt, sondern nur mit einer. Ardschumand.« Er packte meinen Ärmel und zog mich heftig zu sich her. »Wenn sie einen anderen heiratet, bin ich verloren. Ich kann entkommen. Ich werde entkommen. Sie darf mich nicht aufgeben.«

»Ihr habt sie aufgegeben.« Ich machte eine Pause. »Hoheit.«

»Du bist böse auf mich. Sie auch?«

»Nein.«

»Sie versteht das besser. Ich habe es versucht, doch ich konnte meinen Vater nicht überreden. Er befahl, und ich gehorchte. War das Schwäche? Ich hoffe, daß ich ihr durch meine Geduld meine Stärke zeigen kann. Was für ein Recht habe ich, sie um ihre Geduld zu bitten? Nur das Recht der Liebe. Du wirst ihr das in meinen eigenen Worten wiedergeben.«

»Hoheit, wie lange wird sie warten müssen?«

Er gab keine Antwort.

»Immer?«

»Nein, nicht für immer«, flüsterte er. »Das würde auch mir das Herz brechen. Nicht lange.« Er schüttelte den Kopf, versuchte ihn klarzubekommen. »Nicht lange.« Er holte unter seiner Schärpe ein zerknülltes Päckchen hervor, das in Seide gewickelt war. »Hier, gib ihr das; ein Gedicht, es ist nicht besonders, denn ich bin kein Dichter. Da ist auch ein Brief für sie. Wird sie bei der Hochzeit dabeisein?«

»Nein, Hoheit. Das ist zuviel für sie.«

Er schwieg jetzt, verloren in Träumerei, verfolgte schwer faßbare Gedanken und Gefühle. Der Nebel vom Fluß begann über ihn zu kriechen, fiel auf seine Schultern und hüllte ihn nach und nach in seine feuchten Windungen. Er merkte nicht, daß ich mich zurückzog.

Die Straßen waren immer noch dunkel und ausgestorben, und ich ging schnell, wollte keine Aufmerksamkeit erregen. Während des Gehens wiederholte ich immer wieder die Worte des Prinzen, damit ich sie vor Ardschumand wörtlich wiederholen konnte. Plötzlich umringten mich drei Schatten. Sie kamen zu schnell. Ich wurde gepackt und von hinten niedergeschlagen.

Schahdschahan

Meine Hochzeit war dieses Namens nicht würdig. Ich erwachte aus meiner trunkenen Benommenheit durch das Trommeln der *dundhubi,* die das Erscheinen meines Vaters am *jharoka-i-darshan* ankündigte. Die Morgendämmerung, deren Licht ich wegen ihrer zarten Liebkosung des Himmels liebte, kam zu schnell. Allami Sa'du-lla Khan, Diener, Adlige und zahllose andere Personen holten mich ab, um mich ins Bad zu führen. Danach legte man mir den *sarapa* um, der mit Gold und Diamanten verziert war. Der riesige Rubin in meinem Turban leuchtete wie ein drittes Auge, und der zeremonielle Dolch, der mit Diamanten und Smaragden besetzt war, wurde in den Goldgürtel, den man um meine Taille legte, gesteckt. Ich fühlte mich unter der Last erdrückt.

Ein weißer Hengst wartete. Der Goldsattel leuchtete, die Gebißstange, der Zaum, die Steigbügel. Daneben stand ein Sklave, der einen goldenen Schirm trug. Die Prozession setzte sich in Bewegung. Die Trommeln, Flöten und Trompetenschnecken dröhnten in meinem schmerzenden Kopf. Viele Menschen säumten die Straße: »Lang lebe Schahdschahan. Lang lebe er!« Wofür brauchte ich ein langes Leben?

Reiter sprengten nach links und nach rechts, nach vorn und nach hinten; es gab kein Entkommen. Wir machten unseren Weg zur Festung; mein Vater wartete vor dem Palast. Die Reiherfeder in seinem Turban bewegte sich im Windhauch. Er kam herauf und stand neben mir, sah in meinem Gesicht die Spuren des Weins und der schlaflosen Nacht. »Es wird nicht weh tun«, beruhigte er mich, da er sich ja in diesen Dingen auskannte, auch wenn er auf dem Gebiet der Liebe wie neugeboren war.

Wir ritten zusammen. Vor uns streuten Sklavinnen Rosenblätter im Überfluß, Mädchen tanzten, und die Trommeln schlugen immer lauter, als wir uns dem Harem des Palastes näherten. Ich bemerkte die Frauen, die zu uns herunterblickten; andere warteten, um uns in Empfang zu nehmen. Auch die

Mullahs, die Symbole der Heiligkeit, der Formalität, der Zeremonie, warteten. Im Palast war ein Gold-*pandal* errichtet worden. Ich wurde dorthin geführt, nahm Platz. Dann kam die Braut, um ihren Platz vor mir einzunehmen. Ich hatte ihr Gesicht noch nicht gesehen; es war noch verschleiert. Ich empfand keine Neugier, und ich fühlte, daß sie trotz des Getümmels um uns herum meine Distanziertheit spürte. Als sie sich niederließ, schien sie zu seufzen. Im Gegensatz zur Hinduzeremonie ist unsere moslemische Heiratszeremonie kurz. Ein Mullah las aus dem Koran, wir murmelten unsere Versprechen, dann erhoben wir uns und nahmen den Segen des Herrschers, meines Vaters, entgegen.

Es war ein Tag der Musik, des Tanzes, lustigen Feierns. Tausende von Menschen erlebten ein großes Fest, die Armen erhielten Gold- und Silbermünzen. Ununterbrochen kamen Adlige, die alle vorstellbaren Geschenke darbrachten: Golddolche, Diamantschatullen, Perlen, Smaragde, Sklaven, Pferde, Elefanten und Tiger wurden endlos an mir vorbeigeführt.

Meine Braut verhielt sich still, sie hatte den Kopf gesenkt, als ob sie trauerte. Ich redete sie nicht an. Zwischen Mann und Frau hatte sich bereits Kälte ausgebreitet, und ich konnte es nicht ändern. Im Zwielicht entführten sie die lachenden, errötenden Frauen von meiner Seite, um sie für das Brautbett vorzubereiten.

Als sie gebadet, parfümiert und unterwiesen worden war und im Schatten lag, holten die Frauen mich. Ich wurde in das Gemach geführt, entkleidet und neben sie gebettet. Ihr Körper war jung und fest, ihre Brüste hoch, gerundet, mit dunklen Brustwarzen.

Ich wußte, bei Tagesanbruch würden die Frauen hereineilen, um das Laken zu untersuchen.

Kapitel X
Das Tadsch Mahal
1045 (a. D. 1635)

Tap, tap, tap. Es war ein trockener Laut, melodisch mit tausend Echos. Unter dem Schatten der Bäume und zerrissenen Notbehelfsplanen, die vor der gnadenlosen Sonne schützten, verrichteten die Steinhauer ihre Arbeit. Die Erde war grau von den verstreuten Splittern, die Luft weiß von dem dünnen Staub, der sich auf den gebeugten Schultern und in den hageren Gesichtern der Männer und Jungen festsetzte. Die glühenden Kohlen der zahllosen Feuerstellen verstärkten noch die Hitze, so daß der Staub sich über den Gruben ballte und die Sonne verschleierte.

Murthi kauerte vor einer Marmorplatte. Er wußte, sie hatte einen weiten Weg zurückgelegt, von den Steinbrüchen in Rajputana. Täglich schleppten Gespanne von Ochsen und Büffeln die riesigen Steinblöcke. Das war eine derbe Platte, die zweimal so hoch wie ein Mann war und so dick wie zwei Handspannen. Seine Werkzeuge lagen zu seinen Füßen, wie das schon seit Tagen so war. Gopi löschte das Feuer, achtete aber darauf, daß die Kohlen heiß blieben, sofern man sie wieder benötigte. Murthi streichelte den Stein, berührte ihn mit einem Finger – dies wiederholte er täglich –, um Zugang zum Herzen zu finden. Stunde um Stunde würde er ihn beobachten, die Schnittlinien und die zarten Muster, die im Stein eingraviert waren, betrachten. Oft wühlte er in seinem kleinen Beutel und zog die Zeichnung, die man ihm gegeben hatte, heraus. Die Maße der *jali,* die er meißeln sollte, waren genau. Das war es nicht, was ihn bekümmerte. Er war unglücklich über die Zeichnung selber. Sie war geometrisch, phantasielos, bestand aus verfeinerten vertikalen und horizontalen Linien. Das mißfiel ihm, das Ganze war ohne Schönheit. Wie konnte er gerade Linien meißeln? Seine Hände waren für kompliziertere Formen geschaffen: Kurven, Windungen, Verschlingungen wie die Figuren der tanzenden Götter.

Er dachte an den Tag zurück, als er gerufen worden war. Zitternd hatte er sich zu dem Schreiber geschleppt und mit dem Schlimmsten gerechnet, da er vermutete, man habe jetzt entdeckt, daß er nicht arbeitete. Sie würden fordern, daß er das Geld zurückgebe; zwei Rupien pro Tag war nicht viel, doch für ihn viel zuviel, um es zurückzuzahlen. Statt dessen wurde er zu einer *shamiyana* geleitet, in dem sich zahlreiche Beamte über Zeichnungen beugten. Er war stehengeblieben, unterwürfig, bis man ihn bemerkt hatte.

»Ich bin Murthi, der *Acharya.*«

»Komm her.«

Sie freuten sich, ihn zu sehen, und der Mann, der gesprochen hatte, machte neben sich Platz. Er war hochgewachsen, ziemlich mager, schielte auf einem Auge und hatte Hände wie Murthi, stark und voller Schwielen. Er hieß Baldeodas und kam aus Multan.

»Wir sind gleich«, sagte er. »Steinhauer. Man sagte mir, du würdest Götter aus Stein hauen.«

»Ja«, erwiderte Murthi eifrig. »Aber hier gibt es keine.«

»Es gibt hier etwas genauso Wertvolles zu machen. Verstehst du etwas von Plänen?«

»Natürlich«, erwiderte Murthi stolz. »Und ich kann Maße lesen.«

»Um so besser. Schau! Das ist die *jali,* die um das Grabmal der Kaiserin errichtet werden soll.«

Murthi studierte den Plan lange Zeit und nahm alle Einzelheiten in sich auf. Seine starken, kurzen Finger zeichneten die Linien nach, während er sich im Geiste die Maße vorzustellen versuchte.

»Das braucht Zeit«, sagte er schließlich. »Eine Menge Zeit.«

»Natürlich. Und das Muster?«

»Es ist sehr einfach.«

»Die Moslems«, flüsterte ihm Baldeodas zu, »möchten diese Dinge einfach haben. Kannst du etwas Besseres entwerfen?«

»Ja«, erwiderte Murthi. »Wem soll ich es zeigen?«

»Mir. Doch denk daran, keine menschlichen Gestalten. Ihre Religion verbietet es. Blumen und Blätter, das mögen sie auf ihren Monumenten.«

Murthi war traurig, weil sie auf soviel Schlichtheit beschränkt waren. Welche Bedeutung haben Blumen, außer daß sie eine prächtige Dekoration abgeben? Sie konnten nicht den komplexen Rhythmus der kosmischen Welt wiedergeben. Er verhielt sich ruhig und verwandte keinen Blick mehr an den Plan. Baldeodas fühlte, daß Murthi allen Mut aufraffte, um eine Bitte hervorzubringen. Der Mann besaß eine Art störrischer Geduld, die wie ein Fels war, die er dem Stein, den er formte, entnahm.

»Was hast du auf dem Herzen?«

Murthi blickte auf seine bloßen, staubigen Füße hinunter; die Sohlen waren rissig und hart. Sie erinnerten ihn an seine niedrige Stellung. Dann, als er sich vorstellte, was er schaffen würde, schöpfte er Mut.

»Wenn ich dieses riesige Werk schaffen soll, frage ich mich, ob es nicht bedeutend genug ist, daß ich besser bezahlt werde?«

»Wieviel bekommst du?«

»Zwei Rupien pro Tag. Das reicht nicht für meine Familie. Meine Frau muß ebenfalls arbeiten, und das bedeutet, daß meine Kinder leiden.«

»Ich will mit dem *Bakshi* darüber reden. Nur er kann über Gelddinge entscheiden. Was hast du bis jetzt gemacht?«

Murthi hatte sich vor dieser Frage gefürchtet: »Dies und das«, erwiderte er. Dann erhob er sich schnell, verbeugte sich und zog sich zurück, bevor Baldeodas eine weitere unangenehme Frage stellen konnte.

Wie im Traum fuhr Murthi fort, die Platte zu seinen Füßen zu betrachten. Neben ihm kauerte Gopi und zeigte die gleiche Geduld und Ausdauer. Er hätte gerne mit seinen Freunden gespielt, doch es war seine Pflicht, seinem Vater zu helfen und die Kunstfertigkeit zu lernen, die von Generation zu Generation weitergegeben wurde. Er begriff, daß Visionen nur durch Gebet und Meditation kamen und daß dies Zeit benötigte. Das Leben war nicht einfach.

Sein Vater stand plötzlich auf und befahl ihm, den Boden um ihn herum sauberzumachen. Er gehorchte. Als er eine Fläche gereinigt hatte, die der Größe der Marmorplatte entsprach, zog Murthi einen Rahmen und setzte anscheinend wahllos Punkte innerhalb dieser Grenze. Er benutzte pulverisierten Kalkstein, wie es Sita machte, wenn sie, wie jeden Tag nach dem Putzen und Waschen die Muster außen an ihre Hütte zeichnete. Ein anderer Mann hätte vielleicht eine Bürste benutzt, doch Murthi zeichnete sein Muster schnell mit Kalkstaub und formte zwischen Daumen und Zeigefinger dünne Linien. Er arbeitete eine Stunde lang und nachdem er die Punkte am Rand miteinander verbunden hatte, zeichnete er Äste, Blumen und Blätter, wie ein Baumläufer, der sich nach oben wand und drehte. Von einem mittleren schlanken Stiel wand und drehte sich die Pflanze zum Rahmen hin. Alle Linien führten zum Stiel zurück, schienen aber ganz getrennt zu sein. Als das Muster vollendet war, trat er einen Schritt zurück und war zutiefst zufrieden.

»Ich hole Baldeodas. Paß darauf auf.«

Als Baldeodas sah, was Murthi gezeichnet hatte, war er begeistert. Er umkreiste es, betrachtete es von allen Seiten und holte dann die anderen, um sie nach ihrer Meinung zu fragen. Allen gefiel das Muster, doch bevor Murthi es in Stein hauen konnte, mußte der Plan dem Herrscher vorgelegt werden. Sie konnten nicht den Großen Mughal hier an diesen staubigen Ort führen, also mußte ein Künstler geholt werden, der das Muster auf Pergament zeichnete.

Als sich alle wieder beruhigt hatten, zog Baldeodas Murthi zur Seite.

»Der *Bakshi* zahlt dir vier Rupien pro Tag, wenn du mit der Arbeit beginnst.«

Das machte Murthi glücklich. Er hatte eigentlich noch an mehr gedacht, aber fand es am klügsten, geduldig zu sein. Er wußte, daß Baldeodas pro Tag zweiundzwanzig Rupien bekam, aber er hatte ja auch eine bedeutende Position inne.

»Sahib«, sagte Murthi. »Ihr kennt Euch doch hier aus. Habt Ihr schon einmal die Kaiserin Mumtaz-i-Mahal gesehen?«

»Nein«, erwiderte Baldeodas. Er hatte gehört, sie sei sehr schön gewesen. Hatte sie überhaupt je existiert?

Isa und Mir Abdul Karim legten Schahdschahan den Plan vor. Er saß in dem *ghusl-khana,* einem kühlen, prachtvollen Gemach, das an den Harem grenzte. Es bestand aus kühlem weißen Marmor und war mit juwelenbesetzten Blumen geschmückt. Nach dem Bad würde der Herrscher seine Ratgeber zu sich zitieren, während die Sklaven seine Haare trockneten und einölten. Weitere Sklaven standen bereit, um ihn anzukleiden und ihm den kaiserlichen Turban auf den Kopf zu setzen. Lange studierte er die Zeichnung der *jali,* die den Sarkophag seiner geliebten Ardschumand umgeben würde. Schließlich bezeugte er durch sein Nicken seine Zustimmung und gab die Zeichnung Abdul Karim zurück.

»Wer hat das entworfen?« fragte er.

»Majestät, es war Baldeodas.«

»Schön, sehr schön.«

Karim zog sich nicht sofort zurück. Die Minister warteten, beladen mit ihren Papieren, doch Karim wußte, er hatte den Vortritt.

»Was gibt's noch?«

»Padishah, die Arbeit geht gut voran. Die Fundamente sind fast fertig. Doch es gibt ein Problem, das gelöst werden muß. Der Baumeister teilt uns mit, daß kein Holz für das Gerüst vorhanden sei.«

»Nirgendwo?«

»Das Holz reicht für ein so hohes Gebäude nicht aus. Der Monsun hat die Wälder heimgesucht. Nierenbäume gibt es nur wenige, und die Leute fällen sie für ihr Feuerholz. Der Baumeister hat überall gesucht.«

Sie warteten, während Schahdschahan angekleidet wurde. Der *Mir Bakshi* zupfte verärgert an seinen Papieren herum. Die Dekkan-Angelegenheit lastete auf ihm. Die Informationen von seinen Geheimdiensten beinhalteten, daß die kleinen Fürsten, die von Schahdschahans Besessenheit für das Grabmal wußten, einen Aufruhr planten. Noch schlimmer, sie knabberten wie Mäuse an den südlichen Teilen des Reiches. Die Armee des Mughal mußte eingreifen, doch er selbst besaß nicht die Macht, dies zu befehlen. Der *Mir Saman* hatte sein Dauerproblem mit dem schlechten Monsun. Die Ernte war schlecht, der Handel mäßig und das Einkommen niedrig.

»Ziegelsteine«, verkündete Schahdschahan, als der kaiserliche Turban auf sein Haupt gesetzt wurde, und seine Minister dem Symbol der Macht huldigten. »Baut das Gerüst aus Ziegelsteinen. Das ist doch möglich, oder?«

»Ja, Padishah, aber die Kosten?« Die Ausgaben nahmen ihnen den Atem.

»Ihr braucht nicht zu sparen. Die Schatzkammer ist voll. Ich befahl, daß nicht gespart werden solle, und nun kommt ihr mit so einem unbedeutenden Problem zu mir.«

Abdul Karim zog sich schnell zurück. Ziegelsteine! Die Kosten verursachten ihm Schwindel. Das kam so teuer, als ob man Marmor verwendete.

Isa wollte sich ebenfalls zurückziehen, doch Schahdschahan bedeutete ihm zu bleiben. Zuvor wollte er sich dem *Mir Bakshi* zuwenden. Er konzentrierte seine Gedanken auf das Problem und wünschte sich, Ardschumand wäre an seiner Seite. Wie oft hatte sie ihn in Staatsangelegenheiten gut beraten. Hatte er ihr nicht das höchste Machtsymbol, den *Muhr Uzak*, gegeben?

»Ich habe über das Dekkan-Problem gründlich nachgedacht. Wir müssen diese aufsässigen Fürsten unterwerfen. Ich werde Aurangzeb das Kommando über die Armee geben. Das ist eine gute Übung für ihn. Kümmert Euch um die Einzelheiten und beratet Euch mit ihm. Was kann ich in bezug auf den Monsun machen? Ich bin nicht Gott.«

»Padishah, die Getreidekammern sind voll.«

»Dann ist es noch kein ernsthaftes Problem. Der nächste Monsun wird besser, ich weiß es.«

Er verhandelte mit seinen Ministern reihum die Staatsprobleme. Als sie sich zurückgezogen hatten, ging er mit Isa auf die Terrasse, um die Geschäftigkeit am Fluß zu beobachten. Eine ganze Armee war dort bei der Arbeit: Männer, Frauen, Elefanten, Ochsen und Wagen schufen eine ständig fließende Bewegung durch den Staub und die Hitze.

Kapitel XI
Die Liebesgeschichte
1021 (a. D. 1611)

Ardschumand

Zuerst zeigte meine Mutter Mitleid. Sie tröstete mich und drückte mich an sich, sie sprach mit Sympathie, doch sie verstand mein Elend nicht wirklich. Die Liebe kam sanft, langsam, sie hat mich nicht getroffen wie der Blitz. Die Liebe ist Kismet. Kommt sie zu einem, ist man glücklich. Wenn nicht, sinkt ein liebeloses Leben ins Grab, ohne die Liebe erfahren zu haben. Wer beklagt sich? Niemand. Wir wurden wegen Reichtums, wegen einer Stellung oder politischen Verbindung eingehandelt. Liebe war nicht einberechnet. Sie war nur ein Märchen, besungen von den Dichtern. Von mir erwartete man – wie von meiner Mutter – der Mutter meiner Mutter und wenn ich weiter und weiter zurückblickte, sah ich uns durch die Tradition festgelegt –, daß ich den Mann, den man für mich aussuchte, heiratete. Liebe, Zuneigung und Verbundenheit würden sich allmählich ergeben. Jahre würden vergehen, und dann würde ich einigermaßen überrascht feststellen: Ich liebe diesen Mann. Aber wen sonst hätte ich lieben sollen? Natürlich gab es niemand anderen.

Dann verwandelte sich die Sorge meiner Mutter in Ungeduld – wie ich es vorausgesehen hatte. Ich konnte ihr dies nicht vorwerfen. Jahre waren vergangen, und jetzt war ich alt – bereits sechzehn, nahm ab wie der Mond, hatte den Zenit meines Lebens bereits überschritten.

»Wer will dich jetzt noch heiraten?« war ihr ständiges Lamento. »Du bist zu alt. In deinem Alter hatte ich dich bereits geboren. Ich war gut versorgt, in einer guten Position. *Ich hatte*...«

»Hast du meinen Vater geliebt?«

»Was hat das damit zu tun?« Sie klang mißmutig, als ob ich von etwas Unaussprechlichem gesprochen hätte.

»Du liest zuviel Gedichte und belastest deinen Kopf mit dummem Zeug.« Dann fügte sie etwas sanfter hinzu: »Du hast ihn einmal gesehen, nur einmal. Wie kannst *du* dir einbilden, daß du ihn liebst, nachdem du ihn nur einmal gesehen hast?«

Das klang wie das Trommeln der *dundhubi,* die den Zweifel in Person ankündigte. Ich hatte ihr nichts von der zweiten, flüchtigen Begegnung erzählt.

»Glaub mir, Ardschumand, wenn du ihn zehn- bis zwölfmal gesehen hättest, könnte ich das verstehen. Die Liebe wächst langsam, aber bestimmt nicht dadurch, daß man einen Mann ein einziges Mal sieht.«

»Ich kann nichts dafür.« Wie hätte ich es ihr erklären können, da ich doch gegen meine eigenen Zweifel ankämpfen mußte.

»Wir haben jetzt genug von deinen Träumereien«, schalt sie. »Dein Großvater hat einen sehr anständigen jungen Mann gefunden. Ich habe ihn gesehen, auch deine Tante und deine Großmutter. Wir billigen ihn alle. Du wirst ihn heiraten. Er ist Perser, Jamal Beg. Deine Großmutter kannte seinen Vater in Ishfahan. Das ist eine angesehene Familie, und Jamal wird es im Dienste des Padishah noch weit bringen.«

»Ich heirate ihn nicht.«

»Auch das noch. O Gott, was habe ich getan, daß ich solch eine Tochter verdient habe! Wer hat dir diese Flausen in den Kopf gesetzt? Ich vielleicht? Ich habe dich mit aller Sorgfalt erzogen. Wenn ich so mit meiner Mutter gesprochen hätte, wären mir Prügel sicher gewesen. Du wirst ihn dir ansehen.«

»Nein, das werde ich nicht.«

»Bist du wahnsinnig?« schrie sie. Sie wurde blaß, und ihr

Gesicht verzerrte sich vor Ärger und Angst. »Du bist bereits drei Jahre über das heiratsfähige Alter hinaus. Du bist alt, sehr alt. Um deinem Großvater gefällig zu sein, hat Jamal zugestimmt, dich zu heiraten. Rette dich!«

»Du meinst, ich soll dich retten. Ich bin eine Schande für euch.«

»Ja, das bist du. Alle Frauen lachen über dich. Hörst du nicht, wie sie hinter deinem Rücken über dich tuscheln? Sie kichern, wenn du den Harem betrittst. Sie wartet auf Schahdschahan, und dieser Kerl hat eine andere geheiratet und sich aus dem Staub gemacht!« Sie seufzte. Es war ein Ritual. Ihre hübschen grauen Augen wurden feucht, eine Träne rann wie Morgentau ihre Wange hinunter. Das rührte mich immer wieder von neuem. Doch ich blieb unbewegt, hielt eisern an meiner Erinnerung fest.

»Er hat noch nie mit ihr geschlafen.«

»Wer erzählt dir solche Lügen? Das sind Lügen, die dich nur noch mehr zum Narren halten sollen. Daraus schöpfst du diese kindische Hoffnung.«

»Alle wissen es.«

»Ich nicht.«

»Alle, auch du. Am Morgen nach ihrer ersten Nacht, als die Frauen das Laken untersuchten, waren keine Blutspuren zu entdecken.«

»Das ist nicht immer der Fall. Die lange Reise...«

»Das bewies, daß sie nicht das war, was sie vorgab zu sein«, fügte ich grausam hinzu. »Es war kein Blut auf dem Laken. Sie erzählte ihren Hofdamen, Schahdschahan habe in ihrer Hochzeitsnacht nur einmal mit ihr gesprochen. Er habe sie angesehen und ihr dann den Rücken zugekehrt und gesagt: ›Ich kann nicht.‹«

»Wahrscheinlich warst du dabei, hast alles gehört und beobachtet.«

»Andere waren dabei. Seit dieser Hochzeitsnacht sind zwei Jahre vergangen. Wo sind die Kinder?«

»Das braucht Zeit, egal ob es sich um Prinzen oder gewöhnliche Männer handelt. Selbst Akbar konnte, trotz all seiner Frauen, erst dann einen Erben zeugen, nachdem er diesen *Pir*

Shaikh Salim Chisti aufgesucht hatte. Und selbst dann mußte die Kaiserin in einem *ashram* leben, bevor sie ein *Kind* empfangen konnte. Genauso ist es bei Schahdschahan. Wie dem auch sei, was hat das alles mit dir zu tun? Er ist verheiratet und du nicht. Was sich in seinem Bett tut, ist nicht dein Problem.«

»Ich halte mich an sein Versprechen. Er sagte, er würde zu mir kommen. Ich werde warten.«

»Welchen Beweis hast du, daß er dich bat zu warten?« Sie triumphierte jetzt, glaubte an ihren Sieg. »Los, zeig ihn mir! Wenn ich es vor mir sehe, daß er dich gebeten hat, auf ihn zu warten, dann werde ich nie wieder – Allah ist mein Zeuge – das Thema einer Heirat vor dir erwähnen. Ich werde mich darüber freuen, daß du eines Tages den Kronprinzen heiraten wirst.«

»Ich habe keinen Beweis, und du weißt das. Nur sein Wort.«

»Sein Wort! Isas Wort! Du glaubst diesem Gassenjungen... diesem Bauern, den dein Großvater vor seiner gerechten Strafe bewahrte.«

»Ich glaube Isa.«

»Was wäre«, fragte sie listig, »wenn ich dir beweisen könnte, daß er dich angelogen hat?«

»Ich würde dir nicht glauben.«

»Du würdest diesem Straßenjungen glauben und nicht deiner Mutter?« Sie schloß die Augen und fing an zu weinen, als ob meine Kühnheit sie verletzt hätte. Ich tröstete sie, doch ich konnte meine Worte nicht ungeschehen machen.

Ich glaubte Isa. Sie hatten ihn bei Tagesanbruch in der Straßenrinne gefunden. Er wartete auf den Tod. Man hatte ihn wie einen Paria hier ausgesetzt, mitten im Unrat. Sein Gesicht war blutverkrustet, ebenfalls sein Hinterkopf. Ich wußte nicht, wohin er gegangen war. Er wurde ins Haus getragen, und ich pflegte ihn. Als er wieder spechen konnte, erzählte er mir von seiner Begegnung mit Schahdschahan. Er griff nach dem Päckchen, doch es war nicht mehr da. Doch er trug noch den Ring, sein kostbares Geschenk von Dschahangir, am Finger. Wie konnte ich ihm mißtrauen? Ich wollte ihm glauben. Dieser Glaube unterschied sich nicht von unserem Glauben an Gott, auch wenn kein wirklicher Beweis existierte. Der Glaube hält uns aufrecht. Isa hatte mir die Wahrheit gesagt; unwiderlegbar, unerschütterlich. Er weinte, da er den Brief verloren hatte. Ich weinte ebenfalls. Der Brief hätte mich in der langen, schweren Zeit, die sich dahinzog, mich alt werden ließ, getröstet. Wer hatte den Diebstahl begangen? Wer wußte es? Dschahangir bestimmt nicht. Ich mißtraute meiner eigenen Familie, die aus Sorge um mich hoffte, mich aus der Qual des Wartens befreien zu können.

»Heute abend wirst du Jamal Beg sehen, und dann werden wir sehen, was mit dir geschieht.« Sie verließ den Raum und schimpfte vor sich hin, befremdet durch meinen Starrsinn.

Schahdschahan

Agra dhur hasta. Es lag fünfhundert Meilen südlich des Ortes, wo ich im Namen meines Vaters regierte, das weite Land von Hissan-Firoz, das zwanzig Meilen nördlich von Delhi begann und hier in Lahore endete. *Ranas Nawabs,* Grundbesitzer, Bauern und Händler zahlten mir alle den Zehnten. Mein Einkommen betrug achthunderttausend Rupien im Jahr; ich bezog zehntausend *zats.* Ich lernte das Handwerk des Königs. Doch ich fühlte mich ausgebrannt, allein. Die große Entfernung zwischen hier und Agra lastete schwer auf meiner Seele, eine große Fläche trennte mich von Ardschumand.

Meine Prinzessin wurde verärgert, mißtrauisch, böse. Mit dem Ablauf der Jahreszeiten wurde ihre Stimmung düsterer, so düster wie der Monsunhimmel, der den Tag in Nacht verwandelt. Weder die Schönheit Lahores, seine weiten baumgesäumten Avenuen, das kühle, angenehme Klima, die schönen Gärten, anmutigen Gebäude und Plätze, die Sänger und Musiker, die ich an meinem Hof versammelte, die Freundlichkeit der Einwohner, die fernen Berge und Täler hinter der Stadt, noch das Privileg ihrer Stellung, vermochten sie zu erfreuen. Ich konnte es ihr nicht verargen, denn in Wahrheit hatte sie die weite Strecke nur zurückgelegt, um unberührt in ihrem Bett zu liegen. In unserer Hochzeitsnacht hatte ich zwei Worte zu ihr gesprochen und seither nichts mehr. Sie wußte, daß ich nicht impotent war; andere Frauen genossen die geballte Lust meines Körpers – ich konnte meine Bedürfnisse nicht unterdrükken. Sie wußte auch, was zwischen uns stand: Ardschumand.

Ich hatte gehört, daß Ardschumand immer noch wartete. Wie konnte mich soviel Mut unberührt lassen? Sie demütigte mich mit ihrer Treue, machte mich wertloser als den Ärmsten in meinem Reich. Ihr Leben gründete auf dem Wort eines Sklaven: Er hatte ihr berichtet, ich liebe sie, und das war genug. Wer beobachtete uns? Vielleicht mein Vater? Wenn das stimmte, was berichtete ihm dann sein Geheimdienst über mein Leben hier in Lahore? Daß ich nicht mit meiner Frau schlief und mich statt dessen nach Ardschumand sehnte? Meine Seufzer, die im Palast wie die Brise, die durch Eukalyptusbäume strich, widerhallten, konnten von meiner Prinzessin gehört werden, und sie verfluchte Ardschumand. Ihr Leben war so zerstört und trostlos wie Chitor, nachdem es von Akbar erobert worden war.

Ehe? Ich hatte Ardschumand mein Wort gegeben, doch hier war ich, gefangen im Netz des Staates. Scheidung? Wie schnell würde ich durch diese Tür eilen, wenn sie für mich offenstünde. Ein gewöhnlicher Mann konnte die Worte dreimal aussprechen und war die lästige Frau los. Doch der Prinz mußte schweigen, sein Mund war auf Anordnung des Padishah verschlossen. Die Worte: »Ich verstoße dich« würden durch das Land getragen, bis sie das nächste erreichten, und sie wären das Signal für den Einmarsch starker Truppen. Ich konnte die persische Prinzessin beiseiteschieben, sie in einen entfernten Bergpalast verbannen, sie der Vergessenheit zurückgezogener Seelen ausliefen. Der Gedanke gefiel mir; ihr nicht. Bitterkeit hatte sie erfaßt, ließ sie nicht mehr los. Sie würde die Rolle der Ersten Frau spielen, unfruchtbar und ungeliebt, was konnte sie auch sonst tun? Die Prinzessin kannte meine Gedanken. Sie verstand: Sie ließ all ihre Speisen vorkosten – einmal, zweimal, dreimal. Ihre Eunuchen gestatteten niemandem, ihre Gemächer zu betreten, und wenn sie durch die Stadt ging, begleiteten sie ihre persischen Soldaten mit gezücktem Schwert. Sie bewegte sich im Schatten zweier Männer: des Königs der Könige und des Beherrschers der Welt. Sie waren Berge, und neben ihnen war ich ein Sandkorn.

Also wartete ich.

Und Ardschumand wartete.

Ardschumand

Ich erfuhr, daß er mir Gedichte und Briefe geschickt hatte, die in Seide verpackt waren, doch wie das gestohlene Päckchen erreichten sie mich nie. Sie lagen auch nicht zerknüllt, zertrampelt und staubig auf der Pandschab-Ebene, sondern landeten in den kühlen, parfümierten Händen Mehrunissas, wie meine Briefe an ihn. Sie gelangten nicht weiter als bis zur Stadtgrenze und kehrten dort schnell zurück. Zufällig stieß Isa auf sie. Er hatte gesehen, wie einer ihrer Eunuchen, Muneer, mein Päckchen aus der Hand eines der *diwan-i-qasi-i-mamalik* in Empfang nahm.

Erst vor kurzem hatte meine Tante endlich den Annäherungsversuchen Dschahangirs nachgegeben. Er war bereits ihre Marionette. Sie wählte für ihre Kapitulation den richtigen Zeitpunkt. Ich hatte sie schon vor einem Jahr gefragt, warum sie wartete, wenn sie ihn liebte? Ich konnte es nicht verstehen. An ihrer Stelle hätte ich schnell gehandelt. Es bleibt uns auf dieser Erde so wenig Zeit.

Sie erwiderte: »Dschahangir ist Herrscher. Er kann sich alle Wünsche erfüllen, wann immer er will. Wenn er nach Osten, Westen oder Süden oder Norden zeigt, marschiert seine ganze Armee auf, bis er ihr Einhalt gebietet. Doch es muß ein paar Dinge im Leben geben, die nicht einmal ein Herrscher leicht bekommen kann. Ich bin eines von diesen Dingen. In seinen Augen bekomme ich dadurch größeren Wert als der Thron selber. Wenn ich seinem Interesse sofort nachgegeben hätte – wie so viele seiner verstoßenen Frauen –, hätte er jedes Verlangen verloren. Er nennt mich bereits in seinen Gedichten *Nur Mahal.* Ich bin das Licht seines Palastes, die Kerze seines Herzens.«

Unser Haus stand ganz im Zeichen der Heiratsvorbereitungen. Schneider, Juweliere, Köche, Mullahs, Sänger und Tänzer, Girlandenflechter und Dekorateure strömten ein und aus. Der Herrscher befand sich im Freudentaumel; die Gedichte flossen nur so aus seiner Feder. Boten galoppierten die kurze Strecke zum Palast, um sie ihr ehrerbietig zu überbringen. Die Verse amüsierten sie. Ich glaube nicht, daß Mehrunissa den Herrscher ehrlich liebte, doch wenn sie ihn schon nicht liebte, um so mehr den goldenen Thron.

Mehrunissa war gänzlich mit dem Entwurf ihres Hochzeitskleides beschäftigt. Ihre Hose bestand aus der zartesten Varanasi-Seide, gewebt in ihrem eigenen Entwurf mit Goldfäden. Ihre *gharara* war auch aus Seide, so durchsichtig, daß sie fast unsichtbar war, mit erlesenen Goldfäden der Länge nach durchwirkt. Ihre Bluse war kühn geschnitten, enthüllte mehr von ihrem Busen, als daß sie verdeckte. Auch sie hatte Muster aus Gold. Sie würde eine erlesene rote *touca* tragen, die reich mit Diamanten und Perlen bestickt war. Ihr Schleier war so durchsichtig, daß er nicht eine Facette ihrer Schönheit verdekken würde. Dschahangir hatte ihr viele Geschenke geschickt: eine Perlenkette, jede Perle war so groß wie eine Traube. Eine Kette, die ihr bis zur Taille reichte, aus schwerem Gold und mit Smaragden besetzt. Sie würde auch Ohrringe tragen, und jeder Smaragd hatte die Größe eines Kieselsteins. Auch ihre Armspangen bestanden aus schwerem Gold und Smaragden, und ihre Fußspangen klirrten beim Gehen. An allen Fingern hatte sie Ringe und einen Nasenring. Das alles gefiel ihr sehr, und sie liebkoste die Steine und bewunderte sich ständig im Spiegel.

In einem der seltenen ruhigen Momente fragte ich sie: »Warum hast du unsere Briefe unterschlagen?«

»Der Herrscher befahl es.«

»Das glaube ich dir nicht.«

»Ardschumand, du gehörst zu meiner Familie, bist meine eigene geliebte Nichte. Warum sollte ich daran interessiert sein, zwischen dich und Schahdschahan zu treten? Eine Verbindung zwischen dir und dem Kronprinzen wäre zu unserem Vorteil. Bald bin ich die Herrscherin von Hindustan, und nichts wäre mir lieber, als daß meine Nichte mit Schahdschahan vermählt wäre und keine Fremde.«

Ihre Worte klangen aufrichtig, und ihr Lächeln war lieblich, doch ich glaubte nicht an die Ehrlichkeit ihrer Worte.

»Warum sollte Dschahangir uns davon abhalten wollen, einander zu schreiben?«

»Staatsangelegenheiten.« Sie spreizte die Finger in einer Geste der Hilflosigkeit, doch sie war zu klug, als daß sie nicht gewußt hätte, was sie sagte. Mehrunissa gab nicht einfach wieder, was andere sagten. »Die Prinzessin ist bereits sehr unglücklich. Sie schrieb dies ihrem Onkel, dem Schahinschah, in einem Brief...«

»Woher weißt du das?«

»Der Herrscher hat es mir gesagt. Natürlich hatte er ihn abgefangen. Er möchte nicht dem Schahanschah mißfallen... Er hat mit dir und Schahdschahan viel Mitgefühl. Er hat Verständnis für die Liebe, doch im Augenblick möchte er eure Beziehung nicht zu offen unterstützen.«

»Doch Muneer fängt die Briefe für dich ab.«

»Ich soll sie aufbewahren. Ich verspreche dir, daß ich sie nicht gelesen habe, nie lesen werde.«

»Dann gib mir seine Briefe an mich.«

»Nein. Wenn mir der Herrscher befiehlt, dies zu tun, tu ich es. Doch er hat es nicht getan.«

Hinter solch blassem Mitgefühl verbarg sich die Schlange der Täuschung. Sie konnte sich hinter dem Thron verbergen. Sicherlich diente es ihr zum Vorteil, wenn sie mich statt der persischen Prinzessin in ihrer Nähe hatte. Wenn das so war, sollte sie uns ermutigen, doch sie hielt unsere Briefe zurück. Ihr Verhalten verwirrte mich, erschreckte mich etwas. Mehrunissa strich zart über die Furchen auf meiner Stirn. Ich sah, wie sie amüsiert lächelte, als ob sie mit mir spielen würde.

»Ardschumand, du bekommst Falten, und das können wir uns nicht leisten.« Dann erkundigte sie sich mit ihrer sanftesten Stimme: »Wie findest du Jamal?«

Ich zuckte die Schultern. Ich konnte nicht einen Mann nur deshalb verurteilen, weil er nicht der eine war, den ich liebte. Jamal konnte sich sehen lassen. Er war stämmig, elegant gekleidet und redete gestenreich. Er lachte zu oft, als ob er dem *Itiam-ud-daulah* gefallen wollte, was er meines Wissens auch tat. Es würde für ihn von Vorteil sein, mich zur Frau zu nehmen. Wer sonst wäre so gnädig und würde eine sechzehn Jahre alte Frau heiraten? Wenn er bezüglich des Vorschlags, der ihm unterbreitet wurde, mißtrauisch oder ablehnend war, so zeigte er dies zumindest nicht. Sicherlich wollte ein Mann wissen, weshalb seine zukünftige Frau immer noch unverheiratet war. Vielleicht wußte er es. Schahdschahans Geist würde in der Ehe umgehen, doch Jamals Ehrgeiz war so groß, daß er bereit war, ihn zu ertragen. Er versuchte, mir in meiner Verborgenheit zu gefallen. Er trank nur mäßig, war meinem Großvater und Vater gegenüber immer aufmerksam, weil er wußte, daß ich ihn hinter meiner Gitterwand beobachtete. Ich tat dies, um meine Mutter zu besänftigen, die neben mir saß und mich auf sein hübsches Gesicht und seine guten Manieren aufmerksam machte, als ob er ein Schmuckstück wäre, das im Basar erworben werden mußte. Allmählich verstummte sie, als sie mein dickköpfiges Desinteresse bemerkte. Sie weinte, und ich versuchte, sie zu trösten.

»Wird uns der Herrscher je die Erlaubnis zur Heirat geben?« fragte ich meine Tante.

»Ich verspreche, ich rede mit ihm«, sagte Mehrunissa feierlich. »Ich verspreche dir, daß ich versuchen werde, ihn zu überzeugen, doch das braucht Zeit.«

»Wie lange? Ich habe vier Jahre gewartet, er hat vier Jahre gewartet. Wie lange noch? Ich kann es nicht mehr ertragen. Manchmal habe ich das Gefühl, ich sterbe.«

»Sei geduldig.«

»Wie lange? Tante, ich bin nicht wie du. Ich kann deine Liebe nicht verstehen. Wie konntest du die Ödnis dieser Jahre ertragen?«

»Ich habe dir das alles bereits erklärt. Hier, nimm!« Sie gab mir ihr Taschentuch, und ich trocknete meine Tränen. Der Kajalstift hinterließ dunkle Striche. Ich zerknüllte es. »Wartet er immer noch?«

»Ja.«

»Wie willst du das wissen?«

»Ich weiß es. Wenn du seine Briefe und Gedichte gelesen hättest, wüßtest du es auch.«

Ich konnte mir nicht vorstellen, daß sie sie nicht gelesen hatte. Ihre Neugier war übermächtig.

»Er hat sich nicht verändert. Bitte sprich mit dem Padishah.«

Alles, was ich tun konnte, war zu bitten. Der Schmerz demütigte mich. Nicht einmal ein Straßenbettler konnte so verzweifelt sein wie ich. Wenn ich den Herrscher darum bitten sollte, würde ich es tun. Ich würde vor Morgengrauen aufstehen und als erste draußen vor der Festung unter dem *jharoka-i-darshan* stehen, und wenn der Sekretär die Kette der Justiz herabsenkte, würde ich die Glocke läuten, meine Bittschrift anbringen und sie in den Himmel steigen sehen. Gerechtigkeit, Gerechtigkeit – der Chor der Armen.

»Habe ich dir nicht bereits versprochen, daß ich mit Dschahangir reden werde?« Sie entfernte die Kajalspuren auf meinen Wangen. »Er wird überzeugt werden. Nun geh. Ich habe zu tun.«

Endlich kam er.

Er ritt neben seinem Vater in unseren Garten. Seine Brüder folgten ihm. Es schloß sich ein ganzer Zug von Adligen an, die im hellen Sonnenschein wie seltene prächtige Vögel glitzerten und schimmerten. Samt und Rosenblätter schmückten die Hufe ihrer tänzelnden Pferde, Frauen wirbelten und tanzten vor ihnen her, die Musiker gaben sich ganz der Ekstase ihrer Musik hin. Die Fächer aus Pfauenfedern kühlten seine Stirn.

Dschahangir wollte vor dem Licht des Palastes seine Demut bezeugen, um die Tradition zu wahren. Der Bräutigam holte die Braut zu Hause ab. Man erzählte mir, dies sei eine Nachbildung von Schahdschahans Hochzeit. Die rauchige Luft war erfüllt von Parfüm, Gold und Geschenken. Tausend Adlige nahmen an der Zeremonie teil, jeder von ihnen trug Geschenke, die vorgeführt und aufgezeichnet und dann in die Schatzkammer, die Ställe, den Harem oder den Tiergarten gebracht wurden.

Das alles ließ mich unberührt. Ich konnte die Augen nicht von Schahdschahan abwenden. Seine Augen schweiften ständig zum Gitter hoch, da er wußte, daß ich dahinter wartete, und dann wußte ich, daß er sich nicht verändert hatte. Er blickte intensiv und fest in meine Richtung, seine schönen Züge konnten kaum seine Sehnsucht verbergen. Er wünschte, daß ich zu ihm komme, aber natürlich konnte ich die Zeremonie nicht verlassen. Heute abend sollte im Palastgarten ein großes Fest stattfinden. Das war unsere Chance, wenn auch nur eine kurze.

Schahdschahan

»Isa, bring sie mir! Schnell! Dorthin, in die dunkelste Ecke, wo man uns nicht erkennen kann.«

Dunkelheit. Mußte sich Liebe solcher List bedienen? Aber wo sonst konnten wir uns treffen? Der Garten war erleuchtet: Kerzen und Laternen bestrahlten die Mauern, die Pfade, hingen von den Bäumen. Die Lichter spiegelten sich in den Brunnen. Ein paar Adlige und Damen spazierten durch den Garten, beobachteten mich, verneigten sich, wenn sie vorübergingen. Ich wünschte mir, sie würden mich übersehen, vergessen, daß ich Schahdschahan war. Die Luft war von Musik erfüllt und der melodischen Stimme von Hussein, dem Hofsänger, der von Liebe und Eroberung sang. Wenn ich nur all die Leute hätte verschwinden lassen können; dann könnten wir hier an diesem verzauberten Platz alleine sein. Wir könnten zusammen den lieblichen Gesängen lauschen, doch so vernahm ich nur ihre rücksichtslose Grausamkeit und fühlte mich niedergeschlagen durch die Melancholie unserer vergeblichen Liebe.

Ich zog mich in den Schatten zurück. Sie schritt langsam hinter Isa her, tat so, als mache sie einen Abendspaziergang. Doch ich bemerkte die verhaltene Ungeduld ihrer Schritte. Ihre Augen durchdrangen den Schatten, blickten angstvoll, als ob sie befürchteten, ich könne nicht da sein. Sie hatte sich verändert. Erinnerung, du hast mich genarrt, sie mir als dreizehnjähriges Mädchen vorgegaukelt. Wie grausam! Warum hast du sie nicht größer werden lassen, den Körper des jungen Mädchens in den einer jungen Frau verwandelt? Du ließest nicht ihre Taille schmaler werden, hast nicht ihre Hüften gerundet, ihre Brüste üppiger werden lassen. Du hast mir nicht gesagt, wie sie geht – mit einem graziösen Schwung, ihr Rücken und ihre Schultern gerade. Wie anders sie sich bewegte als die übrigen Frauen – sie schien über der Erde zu schweben. Doch im Grunde war sie unverändert. Ihr *chouridar,* ihre *gharara, touca* und Bluse hatten das gleiche helle Gelb mit Silberschimmer, wie beim erstenmal, als ich ihr begegnete. Aber, o Erinnerung, warum soll ich dich verfluchen? Wenn du mir ihre neue Schönheit gezeigt hättest, wieviel grimmiger hätte ich über unsere Trennung gewütet, wieviel mehr bittere Trauer hätte mein Hirn zerfressen?

Ardschumand

»Wo ist er?«

»Hier.«

Ich sah nichts, nur die Dunkelheit hinter dem Licht. Wenn ich dorthin trat, wohin würde ich dann fallen? Mich fröstelte, der Flaum auf meinem Arm sträubte sich. Bis zu diesem

Augenblick hatte ich mich in Hoffnung gewogen, mich meinen Träumen hingegeben, die mich am Leben hielten. Am liebsten hätte ich Tag und Nacht mit Träumen verbracht. Ich ängstigte mich. Wie Wasser im Sand konnten sie sich vielleicht auflösen, wenn ich in den Schatten trat, mein Herz trocken und staubig zurücklassen. Vielleicht würde er mich, wenn er mich sah, nicht mehr länger lieben. Er würde vielleicht erstaunt sein, sich fragen, weshalb er diese Frau solange geliebt hatte. Was besaß sie, was ihn zuerst anzog und fesselte? Er würde mein Gesicht suchen, meine Augen und in mir eine andere Person sehen, nicht seine Liebste, Ardschumand, sondern eine alte Frau, ausgemergelt, verzweifelt. Er würde sich höflich verneigen und dann zurückziehen. Und für mich gäbe es nur noch die ewige Dunkelheit. Ich verharrte. Ich wollte mich umdrehen, davonlaufen. Angst hielt mich gefangen.

»*Agachi,* kommt.«

»Ich... ich... brauche Luft.«

»Er wartet.« Isa ging auf mich zu. Sein Gesicht wurde kurz von Licht angestrahlt, und ich sah für einen Moment die Traurigkeit seines Blicks. »Sehnsüchtig.«

Ich trat aus dem Licht in die Dunkelheit, doch in Wirklichkeit von der Dunkelheit ins Licht. Ich sah den Goldschimmer seines Gürtels und, wie ein drittes Auge, einen Stern, den glitzernden Diamanten in seinem Turban.

»Ardschumand.« Sein Flüstern und seine ausgestreckte Hand, die stark und bestimmt war, geleiteten mich zu ihm. Ich verfluchte die Dunkelheit, da ich sein Gesicht nicht sehen konnte. Bevor ich sprechen konnte, küßte er meine Hand, dann meine Handfläche, meine Finger. Sein Bart war weich und seidig. Dann führte ich seine Hand an meine Lippen und drückte sie an meine Wange. Trost und Frieden hüllten mich ein. Seine Berührung heilte mich.

»Ich hatte Angst.«

»Wovor?«

»Daß du mich anblicken würdest und deine Liebe dahinschmelzen würde.«

Er kicherte belustigt. »Und ich stand hier unter diesen Ästen, die mir ständig ins Gesicht schlugen, und zitterte vor

Angst, daß du nicht kommen würdest, daß du mir durch Isa eine Botschaft schicken würdest, ich solle wieder gehen.«

»Und wärst du gegangen?«

»Nein. Ich wäre für immer hier stehengeblieben, vor Schmerz erstarrt, hätte auf den Tod gewartet. Diese elenden Schatten – ich kann dich nicht sehen. Komm hierher. Hier ist ein Strahl der Laterne.«

Ich gehorchte. Er betrachtete mich schweigend und voller Zärtlichkeit, als ob er fürchtete, er würde mich nie wiedersehen.

»Du bist noch schöner geworden, doch deine Augen blicken traurig.« Er beugte sich vor und küßte sie. »Warum? Ich bin doch jetzt bei dir.«

»Für wie lange, Liebster? Du blickst mich an, als wäre es zum letztenmal.«

»Nein. Ich betrachte dich nur deshalb so intensiv, weil meine Augen nicht groß genug sind, deinen ganzen Liebreiz zu sehen. Ich möchte dich immer nur ansehen. Das wird nie enden, selbst wenn wir zusammen im Sonnenlicht stehen. Da, deine Traurigkeit ist verschwunden. Du bist glücklich. Wie sich deine Augen verändern. Sie machen mich schwach, wenn ich in sie hineintauche.«

»Nun bin ich dran. Du bist noch anziehender, als ich dich in Erinnerung hatte. Dein Gesicht hat sich verändert. Es ist stärker geworden, und ich hatte diese Spuren noch nicht gesehen.« Ich streichelte die kleinen, kaum sichtbaren Narben in seinem Gesicht. Sie gaben ihm ein verletzliches Aussehen.

»Ich war noch ein Kind, als ich die Krankheit bekam.«

»Ein Kind?« Ich mußte unwillkürlich lachen. »Es fällt mir schwer, mir das vorzustellen, ich wollte, ich hätte dich so sehen können. Ich kann deine Augen gar nicht sehen, sie sind im Schatten. Wie ist dir zumute?«

»Ich bin glücklich.«

»Ah, jetzt kann ich es sehen. Ich liebe dich.«

»Solange habe ich auf diese Worte gewartet. Sag sie bitte noch einmal.«

»Ich liebe dich.«

»Und ich liebe dich.«

Seine Lippen waren trocken und süß, sanft wie ein Rosenblatt. Seine Haut war kühl und duftend, sein Körper jung und muskulös. Wie konnte seine bloße Berührung einen solchen Aufruhr in mir verursachen? Es war dieselbe Erregung, die ich in meinem Blut fühlte, als ich die drei Frauen im Harem beobachtet hatte.

»Wie lange müssen wir noch warten?«

»Nicht mehr lange, meine Liebste. Bald wird mir mein Vater die Erlaubnis erteilen. Er wird sie mir geben müssen.«

»Ich habe mit Mehrunissa gesprochen. Sie versprach mir, sie wolle versuchen, ihn zu überreden, seinen Sinn zu ändern. Vielleicht hört er auf sie.«

Obwohl er sich nicht bewegt hatte, war mir, als zöge er sich zurück, als entgleite er mir.

»Was ist los? Du erschreckst mich. Warum erzittert man immer vor Furcht, wenn man so sehr liebt?«

»Weil die Liebe manchmal wieder vergeht oder nur eine Illusion ist. Doch du hast nichts zu fürchten, denn ich werde dich immer lieben.«

»Was ist es dann?«

»Wenn es ihr gelingen sollte, ihn in unserer Sache umzustimmen, wieweit wird ihre Fähigkeit dann reichen, meines Vaters Willen zu beugen?«

Wie schnell der Zauber verfliegt. Wir standen immer noch in unserem ganz besonderen Licht, doch wir wurden davon eingeschlossen. Er war kein gewöhnlicher Mann, frei wie ein Bauer oder ein Jäger. Er war der Kronprinz Schahdschahan.

»Über dich wird sie seine Meinung bestimmt nicht ändern können«, sagte ich grimmig. »Er liebt dich über alles. Er schreibt ja immer im *Dschahangir-nama* von seinem geliebten Sohn. Du bist sein Erbe. Er hat es schriftlich gegeben. Nicht einmal Mehrunissa kann etwas daran ändern.«

»Wer weiß? Und wenn ich dich habe, ist mir das auch gleichgültig.« Er sprach leichthin, konnte aber seine Sorge nicht verbergen. Der Thron war eine Gewitterwolke, in deren Schatten wir standen.

»Sie hatte mir gesagt, es sei auch zu ihrem Vorteil, wenn wir heirateten, da ich ihre Nichte bin.«

»Ja, ja.« Seine Stimme klang erleichtert. »Sie würde dir nie etwas zuleide tun. Wie froh bin ich, daß ich dich gefunden habe, meine Geliebte. Ohne Liebe ist die Welt ein einsamer Platz. Es ist, als ob man ständig durch die Wüste gehe. Ich weiß es, denn ich kann meine eigenen staubigen Fußspuren erkennen.«

»Mein Liebster, wie willst du entkommen? Du sagtest...«

»Ja, ich habe es geplant. Sei geduldig. Bald wirst du erfahren, daß Schahdschahan vom Herrscher die Erlaubnis erhalten hat, sich von der persischen Prinzessin scheiden zu lassen.«

»Ich werde wie bisher warten, auch wenn ich darüber alt und grau werde. Ich könnte nie jemand anderen lieben. Lieber würde ich sterben, als ohne dich zu leben.«

Isas Flüstern scheuchte uns auf. »*Agachi,* der Sekretär des Herrschers kommt.«

Wir starrten in den erhellten Garten. Der Sekretär ging geradewegs auf uns zu. Man hatte uns schon längst entdeckt und uns eine gewisse Zeitspanne eingeräumt. Sie war jetzt vorbei. Schahdschahan küßte mich flüchtig, voller Grimm. Er holte ein Päckchen aus der tiefen Tasche seiner *sarapa,* drückte es mir in die Hand und flüsterte: »Trag das immer bei dir – als Zeichen meiner Liebe.« Er ging in den Garten zurück und ging auf den Sekretär zu.

Der Atem war mir genommen, war mit ihm hinweggeweht. Mein Herz konnte nicht mehr schlagen, denn er hatte es, trug es mit sich, als er in der Menge untertauchte. Im Licht betrachtete ich, was er mir geschenkt hatte: Es war eine Rose. Die Blütenblätter bestanden aus Rubinen, die Blätter und der Stiel aus Smaragden, dazwischen schimmerten kunstvoll Diamanten wie Tautropfen. Ich küßte seine Liebesgabe.

Isa erzählte mir, daß bei dem Hochzeitsmahl hundert verschiedene Gerichte aufgetragen wurden. Das Essen wurde auf Goldplatten serviert, die von Sklavinnen getragen wurden. Auch die Teller, von denen wir speisten, waren aus Gold, und jeder Gast erhielt einen Goldpokal für den perlenden Limonensaft. Die Gerichte, die vor Dschahangir gestellt wurden, waren alle versiegelt, und die Siegel wurden in seiner Gegenwart aufgebrochen. Sklavinnen kosteten zuerst jedes Gericht, bevor sie es ihm servierten. Es gab fünfzig Lammbraten, die von

Gewürzjoghurt durchdrungen waren, Hunderte von Hühnern, die auf Tonöfen gebraten wurden, Hammelkoteletts, Hühnerbeine, allerlei Spieße, *pasinda, doh peesah, roghan josh, shaki korma, naan, chapati, paratas, burfi, badam pistas* und alle erdenklichen Früchte, die Hindustan hervorbringen konnte: Mangos, Trauben, Papayas, Holzäpfel, Granatäpfel, Wassermelonen, Orangen, Bananen, Guajaven, Birnen, Lychees, Zimtäpfel und Nungus.

Ich brachte keinen Bissen hinunter, konnte nicht einmal den Geruch des Essens ertragen, sondern mußte immer nur meinen Geliebten anblicken, der neben seinem Vater saß. Ich ließ ihn keinen Augenblick aus den Augen.

Der Herrscher war trunken vor Liebe zu Mehrunissa, sein Herz war wie besessen, als ob sie der kostbarste Schatz wäre, den er je für seine große Schatzkammer gewonnen hatte. Er hatte Wochen damit verbracht, ein langes, beredtes Gedicht für sie zu verfassen. Er las es uns allen laut vor. Es dauerte eine Stunde, und Mehrunissa wurde mit den herrlichsten Dingen der Welt verglichen: der Sonne, dem Mond, den Sternen, Diamanten, Rubinen, Granatäpfeln, Perlen und Elfenbein. Mein Herz war voller Neid, da er sich offen zu seiner Liebe bekennen konnte.

»Sie ist meine *Nur Jehan*«, betonte er feierlich, als er zum Ende seines Gedichts kam, und tat einen tiefen Schluck aus seinem goldenen Pokal, zu Ehren des Lichts der Welt, die jetzt ihr kokettes Benehmen aufgegeben hatte und sein Verhalten mit kritischem Blick betrachtete. Sie beugte sich zu ihm vor und flüsterte ihm etwas zu. Er stellte den Pokal zurück und küßte jede Stelle ihres Gesichts. Was auch immer sie ihm zugeflüstert haben mochte, es brachte Dschahangir zum Lächeln. Er erhob sich mit Hilfe der Sklavinnen. Dann zog er sich in Begleitung von Mehrunissa ins Schlafgemach zurück, das bereits von den Frauen hergerichtet worden war.

Nachdem mein Liebster aufgebrochen war, ging ich in den Garten zurück. Außer zwei einsamen Gestalten war weit und breit niemand zu sehen. Von den beiden saß die eine, und die andere stand daneben.

Die sitzende Gestalt war Prinz Khusrav. Da er sich nicht frei bewegen konnte, setzte er sich dahin, wohin ihn sein Wächter lenkte, und starrte blicklos in seine eigene Trübseligkeit. Ich setzte mich neben ihn.

»Wer ist das?« Er wandte sich mir zu und blinzelte, als ob ich in großem Abstand von ihm säße. Einen Augenblick lang dachte ich, er kenne mich, doch dann wurde sein Gesicht ausdruckslos.

»Hoheit, es ist die Begum Ardschumand.« »Ah, die Liebste meines hochverehrten Bruders.« Er streckte die Hand aus, berührte kühn meine Brust und amüsierte sich, als ich zusammenzuckte. »Mir sind einige Freiheiten gestattet. Man sagte mir, Ihr wäret eine schöne Frau. Das vermisse ich am meisten, den Anblick schöner Dinge: Mädchen und Frauen, Blumen und Bäume, den Anblick des Mondes, wie er sich von einer Silbersichel in einen großen Silberball verwandelt, das Licht der Morgendämmerung, bevor sich die Sonne am Horizont erhoben hat.« Er wischte sich die Tränen ab, die unwillkürlich seinen toten Augen entströmten.

»Weshalb habt Ihr Euch zu mir gesellt?«

»Ich war allein.«

»Ihr seid nicht nur schön, sondern auch klug. Wenn Ihr gesagt hättet, ›Weil Ihr allein wart‹, hätte ich Euch weggejagt. Seht Euch um: Beobachtet uns jemand?«

»Einige der Frauen.«

»Ich sage Euch, was sie zueinander sagen: ›Warum vergeudet Ardschumand ihre Zeit mit Khusrav, was kann er für sie tun? Sie ist töricht, denn der Padishah wird keineswegs davon entzückt sein.‹ Hat mein Vater seine Begierde nach dieser persischen Hure befriedigt?‹«

»Das ist grausam von Euch; sie ist meine Tante.«

»Blickt in meine Augen, wenn Ihr Grausamkeit sehen wollt.«

Er wandte sich schnell ab. »Doch man erzählte mir oft, er sei großzügig, denn schließlich hätte er mir ja auch das Leben nehmen können.«

»Hättet Ihr ihn verschont, wenn Ihr den Thron eingenommen hättet?«

Er lächelte hinterhältig. »Vielleicht.« Das klang recht hohl.

»Ich war ein glücklicher Junge, bis eines Tages mein Großvater Akbar den Traum in meinen Kopf setzte. Mit diesem Traum verurteilte er mich. Nun hasse ich ihn mehr als meinen eigenen Vater. *Allahu Akbar*«, flüsterte er ironisch. »Gott ist tot, und sein Jünger leidet. Seine liebevolle Umarmung war mein Untergang. Es wäre besser gewesen, wenn er mich verschmäht hätte. Ich wäre jetzt der Gouverneur irgendeiner Provinz und würde zufrieden die Großzügigkeit des Padishah genießen. Aber«, lächelte er kalt, »wie ein Hengst, der unbedingt der erste beim Rennen sein wollte, galoppierte ich zu schnell und stolperte.« Eine Zeitlang brütete er schweigend vor sich hin. Ich hatte das Gefühl, er wollte allein sein, und erhob mich.

»Wohin geht Ihr?«

»Nach Hause. Es ist schon spät.«

»Kommt. Ich zeige Euch etwas, das Akbar mir gezeigt hatte, als ich noch ein Knabe war. Es war sein Fluch und veränderte mein Leben.« Er stand auf und zerrte an seiner goldenen Kette, die um seine Taille geschlungen und von dem Soldaten gehalten wurde. »Ich weiß nicht, wer von uns beiden der Hund ist. Er ist nur ein Wächter und muß auf mein prinzliches Zerren reagieren. Doch ich kann die Kette nicht abstreifen, und insofern ist er mein Herr.«

Sie gingen in den Palast, und ich folgte ihnen durch viele hell erleuchteten Gänge, bis wir tief im Innern des Gebäudes waren. Hier wurden die Gänge schwer bewacht. Khusrav flüsterte dem obersten Wächter etwas zu, der mich daraufhin intensiv musterte und uns dann vorbei ließ. Wir stiegen die Stufen hinunter, und die Luft wurde kalt. Wir begegneten noch mehr Soldaten, bis wir schließlich die letzte Tür erreichten. Bei jedem Posten hatten wir unsere Namen in ein Buch eingetragen. Wir mußten all unseren Schmuck und unsere Waffen ablegen; Khusrav seinen Dolch und Gürtel, seine goldenen Armreifen und Ringe; ich meine Ketten, Ohrringe und sogar meine Fußspangen, obwohl nur die Goldrose wertvoll war.

»Ihr werdet jetzt«, sagte Khusrav, als sich die schwere Tür langsam öffnete, »das Kernstück des Reiches sehen. Dem

Besitzer dieses Raums gehört auch Hindustan.« Er wandte sich seinem Wächter zu. »Löse meine Kette. Hier kann ich nicht entkommen.«

Der Soldat befreite Khusrav von der Goldkette und blieb draußen, während wir hineingingen. Er gab mir eine Öllampe und schloß die Tür hinter uns. Es war kühl, still, als ob nie ein Lebewesen zwischen diesen Mauern gelebt hätte.

Ich hob die Lampe hoch und konnte ein Beben nicht unterdrücken. Tausende von Lichtern spiegelten sich in der gelben Flamme, als ob sie eine Ewigkeit darauf gewartet hätten. Der ganze Raum funkelte, und dahinter sah ich viele andere Räume, aus denen kleinere Feuer strahlten.

»Wie ist Euch zumute?« fragte Khusrav flüsternd.

»Ich habe Angst.«

»Ja, das stimmt. Zuerst empfindet man Furcht, denn hier gibt es unzählige Anlässe zum Fürchten. Damit könnte die Seele eines Herrschers gekauft werden, also was haben wir für eine Chance? Dieser Anblick raubt uns die Sinne, und Habgier erfüllt unsere Sinne. Irgendwo muß ein Handbuch liegen, reicht es mir.«

Ich nahm das große Buch hoch, es war in Leder gebunden und sehr schwer. »Laßt den Blinden wählen.« Er öffnete es aufs Geratewohl. »Lest. Erfüllt meine Ohren, während sich Eure Augen weiden.«

Ich ließ mich von seinem Finger leiten und las: »Siebenhundertfünfzig Pfund Perlen, zweihundertundfünfundsiebzig Pfund Smaragde, dreihundert Pfund Diamanten...« Ich blickte hoch. Sie waren aufgeschichtet, Reihe auf Reihe, wie Trauben in einem gewöhnlichen Basarstand. Darunter waren auch Halbedelsteine: Achate, Opale und Berylle, Mondsteine und Chrysoprase. Er blätterte wieder um und zeigte mit dem Finger auf eine bestimmte Stelle. Ich fuhr fort. »Zweihundert Golddolche, die mit Diamanten besetzt sind, tausend verzierte Goldsattel, zwei goldene juwelenbesetzte Throne, drei Silberthrone...« Erneut blätterte er ein paar Seiten um. »Fünfzigtausend Pfund Goldteller, acht Goldstühle, hundert Silberstühle, hundertfünfzig Goldbilder von Elefanten, mit Juwelen verziert..« Ich kam ins Stocken.

»Ich weiß, es ist schwer, so etwas zu lesen, ohne außer Atem zu geraten. Unsere Sehnsucht erstickt uns.« Er machte einen vorsichtigen Schritt nach vorn, hielt vor einer Kiste voller Rubine, die blutrot glitzerten, und tauchte seine Hand tief in die Steine. »Genauso habe ich es gemacht, als mich Akbar im Alter von zehn Jahren hierherbrachte. Ich erinnere mich, wie sich damals die Verderbtheit in mein Herz senkte, denn er zeigte mir alles und versprach mir, daß eines Tages alles mir gehören würde. Was für eine herzlose Grausamkeit!«

Er nahm meinen Arm und führte mich in die anderen Räume. Der Anblick solcher Reichtümer blendete mich, auch wenn er keine Habgier in mir erweckte. Es war zuviel, um es zu übersehen, und meine Augen weiteten sich bei dem Anblick solch immensen Reichtums.

Es gab Silberleuchter, Goldpokale, Silberteller und Spiegel, Kisten voller Topase, Korallen, Amethyste, Schatullen voller Ketten und Ringe, chinesisches Porzellan, Hunderte und Tausende von Silbertellern und Becher und Kisten voller ungeschliffener Diamanten. Sie alle waren staubig, leblos. Wenn das wirklich das Herz des Reiches war, dann war es aber ein kaltes. Es schlug nicht, gab nicht das Blut an sein Volk weiter, sondern lag ruhig und nutzlos herum.

»Ich würde jetzt gerne gehen.«

Er richtete seine blicklosen Augen auf mich. »Genau das hier hat sich die persische Hure erkauft.«

»Und hat nicht Akbar Euch genauso gekauft?«

»Ja«, gab er leise zu. »Wenn man soviel Pracht sieht, muß sich ja unser Wesen ändern.«

Wir erreichten die Tür, und er wandte sich noch einmal um, als ob er einen letzten Blick auf die Schätze werfen wollte. Vielleicht erinnerte er sich, daß der Knabe damals das gleiche tat. »Ihr habt nicht etwas berührt oder mit Euch genommen?« fragte er.

»Natürlich nicht«, erwiderte ich kurz angebunden.

»Seid nicht ärgerlich. Dieser Platz hier enthüllt all unsere Schwächen, und man könnte leicht glauben, ein kleiner Stein würde wohl nicht vermißt werden. Doch täglich wird alles gezählt, zusammengerechnet und noch mal zusammengezählt.

Wenn etwas fehlte, müßten wir das mit dem Leben bezahlen. Die Soldaten müßten Euch und mich suchen.«

Ich fügte mich den lüsternen Händen der Soldaten, die mich durchsuchten, da ich wußte, daß es keinen anderen Weg gab, herauszukommen. Khusravs Wächter legte wieder die Kette um seine Taille.

»So werde ich also wieder an die Kandare genommen«, spottete er. »Meine kleine Armee.«

Dieser unermeßliche Reichtum, der Blick in das goldene Herz des Großen Mughal verursachte mir Unbehagen. Statt süßer Träume hatte ich Alpträume. Diese Schätze zwangen einen dazu, den eigenen Wert einzuschätzen, der im Vergleich hierzu gleich Null war.

Ich sehnte mich nicht nach solchem Reichtum. Das konnte nur ein goldenes Gefängnis sein, aus dem man nie entfliehen konnte, eine erstickende Kruste um das Herz. Wie konnten in diesem kalten Raum Liebe und Treue und Vertrauen überleben? All das würde in diesem bodenlosen Brunnen des Reichtums untergehen.

Wir kehrten in den Garten zurück. Es war kühl geworden. Trotz der Wärme und Ruhe fühlte sich die Luft frisch an. Es war ein beglückendes Gefühl, wieder die Bäume, Blumen und Menschen zu sehen.

»Liebt Ihr Schahdschahan wegen der Schätze, die ich Euch gezeigt habe, jetzt mehr?«

Khusrav blinzelte mich an, in einer vorsichtigen und verdrehten Art, die er angenommen hatte, so als ob das Licht nicht klar sei und er sich bemühte, etwas zu sehen.

»Nein. Selbst wenn er kein Prinz wäre, würde ich ihn genauso lieben.«

Er verfiel in nachdenkliches Schweigen, wog meine Worte ab.

»Die Blindheit hat auch ihre Vorteile«, sagte er schließlich. »Gesichter können lügen, Stimmen nicht. Ich glaube Euch. Ist jemand in der Nähe?«

»Nein, niemand.«

»Da ich nicht sehen kann, lausche ich aufmerksam. Ardschumand, hört auf mich«, sagte er, indem er nach meinem

Handgelenk griff und es fest umklammert hielt. »Ihr glaubt, Eure Tante flüstere Euren Namen Ardschumand, Ardschumand meinem geliebten Vater ins Ohr, wenn sie zusammenliegen. Nein. Ich verrate Euch, welchen Namen sie ihm einflüstert als nächste Gemahlin für Schahdschahan: Ladilli, Ladilli, Ladilli.«

Kapitel XII
Das Tadsch Mahal
1047 (a. D. 1637)

Murthi saß mit geschlossenen Augen da und atmete flach. Er betete, wie er es immer tat. Der Lärm des Tages verstummte, Ruhe sank hernieder, milderte die harten Linien auf seinem stoppeligen Gesicht. Er wußte, die Vision würde kommen, noch nie hatte sie versagt. Sicher, sie hatte länger gebraucht als sonst, aber es gab auch soviel Ablenkung. Er lebte nicht mehr in seinem Dorf, in seinem eigenen Haus und freute sich an seiner Tätigkeit, Götterfiguren in Stein zu hauen. Vier Jahre waren bereits vergangen, seit Chiranji La und die anderen ihn damit beauftragt hatten, eine Durga für ihren Tempel zu fertigen. Ein- oder zweimal erinnerten sie ihn ehrerbietig daran, doch sie waren geduldig. Der Tempel wurde Ziegel um Ziegel errichtet, langsam und in aller Heimlichkeit. Er erhob sich in einem tiefen und dunklen Gehölz hinter der Stadtgrenze.

Der Boden war geweiht worden, die *pujas* wurden von einem Priester vollzogen, der Segen der Götter gesucht und ohne Zweifel auch erhalten. Der Herrscher Schahdschahan hatte unwissentlich die Ziegelsteine und den Marmor geliefert. All das war für das große Grabmal, das sich an den Ufern des Jumna erhob, erworben und von dort hierher gebracht worden. Der Lieferant, ein Hindu aus Delhi, kam schwer ins Schwitzen, als er alles für den Tempel im geheimen abwickelte. Es war kein Verbrechen, sondern einfach gefährlich. Die großen moslemischen Herrscher hatten Toleranz geübt, und Schahdschahan tat es ihnen gleich. Aber zweimal hatte er, angestachelt durch die Mullahs, Hindutempel in Varanasi und in Orcha niederreißen lassen. Der Zorn hatte sich gelegt, doch für wie lange, das wußten nur die Götter. Ein Tempel, der direkt vor seiner Nase entstand, würde ihn erneut in Wut versetzen. Doch Rambuj machte sich keine Sorgen, obwohl er ständig dem Tod ins Auge sah. Er knauserte mit dem Material für das große Grabmal. Anstelle eines ungeheuer teuren Marmorblocks lieferte er eine Platte und zahlte den Steinhauern *dastur*. An manchen Stellen würden sie Ziegelsteine mit Marmor verkleiden, sich hie und da eine Rupie verdienen. Natürlich würde der Übeltäter im Falle der Entdekkung hingerichtet werden.

Die Vision kam: Durga erstand vor ihm, wie sie auf einem Löwen mit Mähne sitzt und lächelt. Sie war die bösartige Form von Devi, Shiwas Frau, und ihre acht Arme hielten den Blitz und Donner der Zerstörung. Schon früher einmal hatte er sie in Stein gehauen. Er konnte keine Kopie davon machen, denn er war ein *Acharya,* und obwohl sich die Form der Göttin nicht veränderte, mußte jeder Stein einen leichten Unterschied in der Haltung oder im Ausdruck zeigen.

In einer Ecke der Hütte lag in eine grobe Sackleinwand gehüllt ein Marmorblock. Murthi enthüllte ihn ehrfürchtig. Er war quadratisch und roh, jede Seite reichte von Murthis Fingerknöchel bis zu seinem Ellbogen. Nach sorgfältiger Überlegung wählte er die glatteste Seite und bürstete den losen Splitt fort.

»Wasser.«

Sita reiche ihm ein Messinggefäß. Murthi goß es auf den Stein und reinigte die Oberfläche mit einer Kokosnußschale und Sand. Es war ein vollkommener Stein, der sorgfältig ausgewählt worden war. Er kam aus Makrana in Rajputana, wo die Männer Tag und Nacht Steine brachen, tiefe Löcher gruben und sie mit Schießpulver füllten, so daß ganze Hänge in die Luft gesprengt wurden. Die Steine wurden dann von Elefanten und Ochsenkarren nach Agra geschleppt. Es war ein ständiges Hin und Her.

Als die Oberfläche des Marmorsteins trocken war, wählte Murthi einen feinen Pinsel, einen kleinen Topf mit schwarzem Farbstoff und nach langem Zögern – wo sollte er beginnen? – und einem weiteren Gebet um die Hilfe von oben begann er mit der subtilen Arbeit, Durga aufzuzeichnen. Es würde viele Tage benötigen, bis er die Arbeit zu seiner Zufriedenheit fertiggestellt hätte; Wochen würden vergehen, bis er einen Meißel zur Hand nehmen und den ersten Schlag tun würde.

Er erinnerte sich, daß es Monate gedauert hatte, bis er die Zeichnung der *jali* in die unebene Oberfläche der Platte übertragen hatte. Ein Fehler, eine unregelmäßige Linie oder Kurve hätte den Stein verzerrt und seine fachkundigen Hände irregeleitet. Seine ursprüngliche Zeichnung war kunstvoll ausgearbeitet worden; die Kriechpflanze befand sich in einem Rahmen, und innerhalb dieses Rahmens hatte er zarte Blumen und Blätter etwas unterhalb der Oberfläche des Steins eingraviert. Diese würden mit farbigem Kleister gefüllt werden, der schließlich so hart wie Marmor werden würde. Allein dieser kleine Teil der *jali* – an den anderen Platten arbeiteten mehrere Männer – würde ihn sein Leben lang beanspruchen. Eines Tages würde das ganze Werk um das Grab der Herrscherin gestellt werden. Er wußte, er würde vielleicht nicht so lange leben, um das Werk zu vollenden, doch Gopi würde es weiterführen. Täglich erwarb er sich mehr Kenntnisse von der Kunst seines Vaters. Murthi strebte nach Vollkommenheit, betete darum. Es war seine Pflicht und Schuldigkeit, eine solch weite Strecke zurückzulegen, um die *jali* zu behauen. Wenn es die Götter nicht gewollt hätten, wäre er in seinem Dorf geblieben.

Baldeodas beobachtete seine Handwerker bei der Arbeit. Er nahm für sich selber in Anspruch, daß er die *jali* zeichnete. Das wurde von ihm auch erwartet, denn er war der Hauptbildhauer. Die Zeichnung mußte bis ins kleinste auf jeder Platte der *jali* ausgeführt werden: Nicht ein einziges Blatt oder Zweig oder eine Blume durfte anders sein. Seine Männer wußten das. Er ging von einer Platte zur anderen, betrachtete alle intensiv und kritisch. Er hatte Murthi gestattet, das Muster als erster zu erstellen. Die anderen sollten es dann in der jahrhundertealten Tradition geschickter Handwerker nachfertigen. Sie wichen nicht von der Vorlage ab, sondern hielten ihre Hände unter Kontrolle, ihre Leidenschaft zurück, so daß nachher niemand mehr sagen konnte, wer welche Platte behauen hatte. Es brauchte seine Zeit. Baldeodas wußte, daß im Koran stand: »Die Langsamkeit ist Gottes Werk, die Eile das des Teufels.« Er betete zu seinen Göttern. Wenn das Werk irgendwelche Unvollkommenheit aufwies, irgendeinen Riß zeigte, wäre er Schahdschahans Henker ausgeliefert. Er war ständig vom Tod bedroht. Die *ghats* rauchten über dem Jumna, die Asche der Toten machte die Luft grau und übelriechend.

Baldeodas mochte Murthi von allen am meisten. Der kleine Mann war ruhig, eigensinnig und stolz. Seine Arbeit würde vollkommen sein, schon deshalb, weil er keine Unvollkommenheit dulden konnte. Bei den anderen war er weniger sicher. Sie waren Nachbildner und verloren vielleicht das Interesse daran, wurden unkonzentriert und ließen den Meißel abgleiten und zerstörten die Symmetrie.

»Du mußt anfangen«, befahl Baldeodas Murthi.

Murthi kauerte auf der Marmorplatte. Seine Werkzeuge lagen ordentlich vor ihm ausgebreitet auf der Erde, die Griffe der Meißel waren mit *kun-kun* gekennzeichnet. Sie waren gesegnet. Murthi wählte seinen ersten Meißel, prüfte die Spitze, nahm ihn zwischen die Handflächen und neigte den Kopf im Gebet. Sein Gebet war kurz: »Maha Wischnu, führe meine Hände auf dieser langen Reise.« Gopi reichte ihm den Hammer, und Murthi setzte den Meißel behutsam am Stein an, oben an der linken Ecke, und schlug den ersten Marmorsplitter heraus.

Schahdschahan lachte. Es klang humorlos, gab lediglich seine Genugtuung wieder. Man hatte ihm berichtet, daß das Fundament gelegt sei und man jetzt mit der eigentlichen Arbeit am Grab beginnen könne. Es würde eine Höhe von zweihundertdreiundvierzig Fuß erreichen, und die Höhe würde die Breite um sechsundfünfzig Fuß überschreiten. Das Bauwerk war quadratisch angelegt, jede Seite maß hundertsiebenundachtzig Fuß, doch die sechsunddreißig Fuß breiten Schrägkanten ließen es achteckig erscheinen. Fünf Jahre hatte es gedauert, um aus der Tiefe, die sie ausgehöhlt hatten, zur Oberfläche zu gelangen. Nachdem das Grabmal vollendet wäre, würde noch die Säulenplatte fertiggestellt werden müssen. Sie würde die Illusion erwecken, daß das Grabmal schwebte. Schließlich war alles nur Illusion. Er hätte gerne gewußt, ob es noch zu seinen Lebzeiten fertiggestellt würde. Es mußte; er konnte nicht sterben, bevor es vollendet war. Niemand hatte sie so geliebt wie er. Niemand.

»Padishah, Isamail Afandi wartet«, verkündete Isa. Der Herrscher winkte ihn heran: Der Entwerfer von Kuppeln verbeugte sich ehrerbietig. Hinter ihm wurde von einem Lehrling ein Modell hereingetragen und sorgfältig vor den Herrscher gestellt. Es war ein Modell der Kuppel, das zwei Fuß hoch war.

»Hervorragend«, sagte Schahdschahan. »Sie ist vollkommen, Afandi. Ihr habt meine Anweisungen begriffen.«

»Ja, Padishah.«

Schahdschahan erhob sich von seinem Diwan und betrachtete die Kuppel von allen Seiten. Er schien Gefallen daran zu finden, doch dann verfinsterte sich sein Gesichtsausdruck. »Sie ist schön, doch wie kann sie ihr eigenes Gewicht tragen? In Holz sieht das leicht aus, doch in Marmor? Sie wird zusammenbrechen und einstürzen.«

»Padishah«, erklärte Afandi, der sich freute, seine Klugheit unter Beweis stellen zu können. »Seht!« Er hob die Kuppel hoch, um eine weitere darunter zu enthüllen. »Um die Höhe, die Ihr wünscht, zu erreichen, müssen wir zwei Kuppeln bauen. Die innere stützt die äußere, trägt die Last. Sie mißt hundertfünfundvierzig Fuß vom Boden bis zur Decke. Noch nie wurde eine Kuppel in dieser Höhe errichtet.«

Der Herrscher versetzte Afandi einen anerkennenden Klaps auf den Rücken, und Afandi strahlte. Was er berichtet hatte, entsprach nicht ganz der Wahrheit, doch das spielte keine Rolle. Er hätte seine Prahlerei fortgesetzt, wenn er nicht das verkniffene Lächeln des Herrschers bemerkt hätte, das ihn frösteln ließ. Schahdschahan musterte ihn nachdenklich, wobei er die Augen zusammenkniff.

»Afandi, Ihr seid klug. Es stimmt; noch nie wurde eine so hohe Kuppel gebaut. Doch ich habe das Grabmal von Sikander Lodi in Delhi studiert und die Kuppeltempel in Purjarpali. Die Doppelkuppel auf Lodis Grab wurde von der Tempelkuppel inspiriert. Es waren die Hindus, die als erste die Doppelkuppel konstruiert haben. Das Grabmal meines Großvaters ist, wie ich glaube, genauso gebaut.«

»Padishah, das stimmt«, flüsterte Afandi. »Ich habe diese Bauwerke studiert. Es war der einzige Weg, diese Höhe zu erreichen.«

»Gut, wir lernen ja immer von den anderen.«

1048 (a. D. 1638)

»Beeilt euch«, flüsterte er.

Er saß im *diwan-i-khas* und beobachtete, wie seine Arbeiter sich abmühten. Er fühlte sich ruhelos, ungeduldig. Sein Blick flog über das kleine, gewöhnliche Grab aus Ziegelsteinen, in dem Ardschumand ruhte. Die flache kleine Kuppel war viereckig und häßlich. Er war schmerzerfüllt bei dem Gedanken, sie hier zu wissen, in Reichweite und doch so weit entfernt, genau wie zu Anfang ihrer Liebesgeschichte. Das Schicksal spielte nach wie vor seine Tücken aus.

Einen flüchtigen Augenblick wünschte er sich, sie könnte sehen, wie der Tadsch Mahal sich erhob. Bei Tage war er leuchtender als die Sonne; bei Nacht war er so märchenhaft, daß die Menschen nicht mehr zum Mond hochblickten. Erneut fühlte er seine grenzenlose Einsamkeit. Er konnte sich nicht ganz genau erinnern, was er zu ihr bei der Hochzeit seines Vaters im Palastgarten gesagt hatte. Er erinnerte sich nur, daß er ihr zugeflüstert hatte, daß die Welt ohne sie wie eine Wüste sei, sein Leben aus staubigen Fußspuren bestünde. Nun war sie tot, und er würde nie mehr dieser Wüste entkommen. Natürlich hatte er sich nicht um eine neue Gefährtin bemüht, keine Frau konnte sie ersetzen. Schahdschahan lächelte grimmig über die Ironie des Schicksals: Er war der Herrscher eines Reiches und er war unglücklich, allein.

Er drehte sich auf dem Diwan so, daß er beobachten konnte, wie die späte Nachmittagssonne die Gitterfenster in Gold verwandelte, bevor sie sich in dunklen Mustern auf dem Fußboden verlor. Bei Zwielicht verwandelte sich das Licht in diesem Raum. Es wurde rot, seltsam magisch. Vor langer Zeit hatte er sich hier in diesem Raum ganz fürchterlich mit seinem Vater gestritten. Dschahangir war betrunken gewesen und erfüllt von der Liebe zu Mehrunissa, und Schahdschahans Bitten blieben ungehört. In seinem Zorn hatte er geschworen, die stumpfroten Wände dieses Raumes zu ändern. Gut, er hatte es getan, doch es war ein erbärmlicher Sieg. Das, was am Fluß gebaut wurde, war sein wirkliches Werk. Sein Name würde Jahrhundert um Jahrhundert weiterleben. Man würde sagen: Schahdschahan, Herrscher der Welt, der Große Mughal, hat dies gebaut. Oder: Hier ruht Ihre Kaiserliche Hoheit Ardschumand.

Ardschumand! Er weinte, überrascht, daß er so ohne weiteres Tränen vergießen konnte.

»Ich zerstörte sie.«

Die Worte strömten unwillkürlich aus ihm, als ob er nicht wissen wollte, was ihn seit so langer Zeit quälte. Doch auch Tränen konnten seine Pein nicht lindern.

Er hatte laut gesprochen, und Isa hatte seine Worte vernommen, ohne dies zu erkennen zu geben.

»Padishah, der *Mir Bakshi* bittet um eine Audienz.«

Der Finanzberater trat ein, verneigte sich. Er sah die Tränen und blickte zur Seite, verbarg seine Ungeduld. Der Herrscher wirkte abwesend. Es war bestimmt kein günstiger Zeitpunkt, doch der *Mir Bakshi* konnte nicht warten. Von früh bis spät, und bestimmt auch im Schlaf, war der Herrscher von diesem Grabmal besessen. Welche Zeit verblieb ihm da noch für die Staatsgeschäfte? Sie wurden vernachlässigt, Wolken des Untergangs zogen über das Reich. Seine Minister kämpften sich ohne die Führung des Herrschers durch.

»Padishah«, sprach der *Mir Bakshi* energisch, ohne Einleitung. »Die Dekkan. Die Ratten nagen. Wir müssen schnell handeln. Akbar sagte, ein Monarch sollte immer auf Eroberung aus sein. Wir blieben passiv, und jetzt erheben sie sich gegen uns.«

»Ihr sprecht immer von Akbar, Dschahangir, Babur«, brummte Schahdschahan. »Ist es denn so dringend?«

»Ja, wir müssen so bald wie möglich gegen Süden marschieren.«

»Ich kann Agra nicht verlassen«, sagte der Herrscher schneidend. Sein Ton erstickte jeglichen Protest.

»Wer wird dann das Heer befehligen, wenn nicht der Herrscher?« erkundigte sich der *Mir Bakshi* sanft. »Die Anwesenheit des Herrschers wird diese Ratten fügsam machen. Sie werden den Mut verlieren, wenn sie ihn an der Spitze seiner Armee sehen.«

»Ich kann hier nicht fort«, erwiderte Schahdschahan. »Aurangzeb geht an meiner Statt.«

»Padishah, Euer ältester Sohn sollte die Armee befehligen. Dara. Die Dekkan-Brut wird Aurangzeb für zu jung halten, für zu unerfahren. Sie werden ihn nicht respektieren.«

»Ich habe Euch gesagt, daß ich hierbleiben muß«, wiederholte Schahdschahan eigensinnig, verlor allmählich die Geduld. »Aurangzeb wird gehen, und Dara wird hierbleiben. Er ist mein geliebter Sohn. Ich kann ihn nicht in den Krieg schicken. Auch Ardschumand liebte ihn von Herzen. Sie würde mir nicht vergeben, wenn ihm Leid geschähe. Nach mir wird er Herrscher sein.« Er hielt einen Augenblick inne. »Kümmert Euch um das Heer, damit es innerhalb eines Monats abmarschbereit ist. Aurangzeb wird das Kommando haben.«

Der *Mir Bashi* zog sich zurück, unglücklich, aber erleichtert, daß endlich eine Entscheidung gefallen war. Aurangzeb, dieser eigenartig stille Knabe, verbarg seine Gedanken und schlich nur wie ein Schatten durch den Palast. Dara wurde von allen geliebt; er wäre der bessere Befehlshaber. Doch der Herrscher hatte angeordnet, daß Aurangzeb die Armee des Mughal anführen sollte. Der *Mir Bakshi* zuckte mit den Schultern; immerhin würde der Junge dadurch an Erfahrung gewinnen.

Sita stand in der Schlange, wartete auf ihre tägliche Lohnauszahlung. Sie war teilnahmslos, müde, zerstreut und zitterte. Der Winter war lange vorüber, doch sie fröstelte immer noch. Der Abend war diesig, verwandelte den orangenen Sonnenball in eine braune Lichtscheibe. Ihr Schweiß kühlte sie ab, die Kleider klebten ihr am Leib. Sie würde ein Bad nehmen, bevor sie das Nachtmahl zubereitete. Sie stand geduldig in der Schlange, zu apathisch, um sich vorzudrängen, um ihr Geld abzuholen. Sie konnte warten.

Manchmal hatte Sita das Gefühl, daß sie immer noch in ihrem Dorf lebte, wenn auch nur in Gedanken. Nichts hatte sich verändert, die Hütten, die Zisterne, der entfernte Tempel. Sie hatte immer noch die gleichen Eltern. In der Abenddämmerung, wenn die Kokosnußpalmen lange, dünne Schatten warfen und das knochendürre Vieh langsam von der Weide heimkam, half sie ihrer Mutter in der Küche das Nachtmahl zuzubereiten. Sie unterhielten sich leise über Tagesereignisse, über Ehen, Todesfälle, Geburten, Liebeleien, die Saaten, uralte Fehden und Sitas eigene Zukunft. Es würde noch Jahre dauern, doch im geheimen hatten Sita und ihre Mutter bereits eine Wahl getroffen, zumindest vorläufig. Die Mutter hatte die jungen Männer des Dorfes von ihrer Geburt an beobachtet, bis sie endlich eine letzte Wahl getroffen hatte.

Der Junge gehörte zu ihrer eigenen Kaste, war hübsch, verspielt. Auch er hatte ein Auge auf Sita geworfen. Scheu beobachteten sie einander, wechselten jedoch kein Wort miteinander, zufrieden, daß das Schicksal sie leitete. Beide Familien freuten sich über die Wahl ihrer Kinder. Dann war er plötzlich verschwunden, niemand wußte wohin. Eines Tages hatte er das Vieh auf die Weide getrieben, und es kehrte ohne ihn zurück. Das ganze Dorf begab sich auf die Suche nach ihm, doch man fand keine Spur. Man erzählte sich, er sei wohl einem wilden Tier zum Opfer gefallen. Sita war zumute, als ob sie von einer Klippe gestürzt wäre. Sie war von tiefer Trauer erfüllt und fügte sich voller Demut der zweiten Wahl: Sie würde seinen jüngeren Bruder Murthi zum Mann nehmen.

Die Schlange hatte sich aufgelöst. Der Schreiber blickte zu ihr hoch. Sein Berg von Münzen war geschrumpft und sein Buch verschmiert von den Eintragungen.

»Du bist . . . ?« fragte er schroff.

»Sita, Murthis Frau.«

Er blickte auf sein Buch hinunter, fand ihren Namen, hielt inne und blickte wieder zu ihr hoch. Sie war sehr hübsch, doch ihr Blick wirkte geistesabwesend. Ihre Haut war schmutzbedeckt, das verwaschene Braun des Jumna, der durch Agra floß. Der Fluß war schwach und langsam, wie der Puls eines Sterbenden. Die Frau, die vor ihm stand, erinnerte ihn daran.

»Du hast eine Zeitlang nicht gearbeitet.«

»Ich fühlte mich nicht wohl«, erwiderte Sita sanft. »Ich bekam ein Baby, einen Jungen, der starb. Ich war viele Tage sehr krank.«

»Ah«, erwiderte der Schreiber voller Mitgefühl.

Er blickte wieder in sein Buch und trommelte mit dem Stift gegen seine von der Betelnuß fleckig gewordenen Zähne. Neben ihrem Namen stand ein Betrag, der ihn verwirrte. Wer hatte ein Interesse an diesem Wesen? Sie war eine gewöhnliche Dörflerin. Sie verteilten sich in Scharen über die Welt und verließen diese wieder genauso, ohne eine Spur zu hinterlassen, wie das tote Baby dieser Frau, das von den Flammen verzehrt wurde. Doch er mußte der Anweisung in seinem Buch gehorchen. Er zählte einen Haufen Münzen ab, überprüfte ihn noch einmal und schob ihn ihr behutsam zu. Sie betrachtete den Haufen voller Erstaunen, ja voll Furcht.

»Sahib, ich habe nur einen Tag gearbeitet. Heute ist mein erster Tag.«

»Das Geld gehört dir«, sagte er. Dann überlegte er und legte die Hand auf den Haufen. »Du bist die Frau von Murthi, dem *Acharya?«*

»Ja.«

»Dann nimm das Geld. Es ist für die Tage, an denen du nicht arbeiten konntest. Sprich mit niemandem darüber.«

»Sahib, Ihr seid sehr großzügig. Doch ich befürchte, Ihr werdet Ärger bekommen.«

»Ich kann schon auf mich aufpassen«, erwiderte er milde,

recht prahlerisch, obwohl er noch vor einem Augenblick mit dem Gedanken gespielt hatte, das Geld zurückzuhalten. Sie würde nie erfahren, wer ihm die Anweisung gegeben hatte, doch allein der Gedanke, daß es entdeckt werden könnte, erschreckte ihn. Sollte sie ruhig in dem Glauben bleiben, sie hätte das Geld seiner Großzügigkeit zu verdanken.

Mit fiebrigen Fingern steckte sie die Münzen in ihren Beutel und verstaute ihn unter ihrem Hosenbund. Sie versuchte sich zu erheben, doch die Erregung ließ sie schwindlig werden; sie schwankte und fiel.

Kapitel XIII
Die Liebesgeschichte
1022 (a. D. 1612)

Isa

Wie die Erde spiegeln unsere Gesichter die Heftigkeit oder die Freundlichkeit der Natur wider, doch unsere Seelen sind verborgen. Im Ruhezustand zeigte Ardschumands Gesicht anhaltende Einsamkeit, eine schwermütige Traurigkeit, die sich wie der Morgennebel von ihrer Seele erhob. Ihr Elend verlieh ihrer strahlenden Schönheit einen herzzerreißenden Widerschein. Doch gelegentlich sah ich auch einen plötzlichen Funken in ihren Augen aufleuchten, wie ein Schuß bei Nacht, ein Blitz ihrer Augen, einen Hoffnungsschimmer. Sie hatte sich darin ergeben, daß sie verlieren würde, obwohl sie seit dem Treffen im Palastgarten erneut Hoffnung schöpfte. Das Schicksal wirbelte und warf sie herum.

Dann wurde sie wie ein Träumer, der erwacht, heiterer, wirkte wie neu belebt durch den Trost, den ihr die kurze Begegnung mit Schahdschahan bot und setzte ihr Leben fort. Sie lebte von Stunde zu Stunde, Tag zu Tag, stürzte sich hektisch in alle möglichen Aktivitäten: Reiten, Malen, Dichten, Besuch des Hospitals, das sie mit dem Geld, das Schahdschahan ihr für ihren Schmuck gegeben hatte, für die Armen erbaut hatte – als ob sie dadurch, daß sie so tat, als ob es ihr nichts ausmachte, das Schicksal überlisten könnte, um doch noch das zu erreichen, was sie sich sehnlichst wünschte.

Einmal wöchentlich kamen Bettler in die Straße, kauerten an der Böschung zwischen dem Abflußrohr und der Hauswand. Sie hatten Lepra, waren Krüppel, hatten schmerzverzerrte Gesichter und weinten. Jeder von ihnen hatte einen Napf. Glücklicherweise war ich vor Jahren gerade noch einem solchen Schicksal entgangen, und jetzt wollte ich nichts mit ihnen zu tun haben. Doch ich ging langsam hinter Ardschumand her, und jedesmal, wenn sie sich verbeugte, zog ich mit meinem Stock ihr Gewand von ihnen fort, weil ich nicht wünschte, daß sie auch nur zufällig mit ihnen in Berührung kam.

»Isa, hör auf damit.«

»*Agachi,* sie sind unrein. Ihr werdet von ihnen angesteckt werden.«

»Es sind doch nur meine Gewänder.« Verärgert zog sie ihren Saum aus meiner Reichweite und ging weiter wie bisher. Andere Bedienstete, die in schweren Tontöpfen Nahrung schleppten, gingen neben uns her. Ardschumand verteilte den Inhalt dieser Töpfe mit der Schöpfkelle in die Näpfe und drückte den Bettlern ungesäuertes Brot in die Hand. »Isa, du wirfst ihnen ihre Armut vor, ist es nicht so?«

»Ja, *Agachi.* Die meisten sind Schurken, sie leben sogar besser als die Gewürzhändler.«

»Wenn du einer von ihnen wärst, wolltest du nicht, daß man dich ernährte?«

»Ja, *Agachi,* aber...«

Sie ignorierte meinen Protest, wie üblich. Wenn sich Ardschumand auf eine Sache versteift hatte, konnte niemand, nicht einmal ihre Mutter oder ihr Großvater, sie davon abbringen. Sie hätte mich oder auch Muneer mit diesem Werk des Mitleids betrauen können, doch sie bestand darauf, es selbst zu tun. In der stickigen Hitze stanken die Bettler, und ich hielt den Atem an, wollte nicht ihr Elend einatmen, das die Luft verpestete. Ardschumand schien es nichts auszumachen. Eifrig verteilte sie Essen und bewegte sich stetig die endlose Schlange voran. Fliegen summten durch die Luft. Der Schleier schützte Ardschumand vor ihrer Belästigung.

»Wo schläfst du?« fragte Ardschumand eine junge Frau. Sie war sehr hübsch, doch sie hatte einen Arm verloren, und die

Lumpen, die sie einhüllten, konnten kaum ihre Blöße bedecken.

»Mal hier, mal da.«

»*Agachi,* es ist warm«, sagte ich kalt. »Die Sterne sind Schutz genug. Unzählige Male habe ich selbst...«

»Aber jetzt nicht mehr«, erwiderte sie. Sie wandte sich ab und griff wieder nach der Schöpfkelle. »Ich frage sie, nicht dich, Isa. Und bitte schmoll nicht. Nur ich habe dieses Privileg.«

»Doch Ihr macht selten davon Gebrauch, *Agachi.*«

Sie lachte. Dies ließ die Bettler rauh auflachen, als hätte sie diesen Dummköpfen einen Witz erzählt. Wenn ich nicht da wäre, um sie zu beschützen, wer weiß, was geschehen würde. Ich konnte nicht verstehen, warum sie sich um diese armen Teufel sorgte, obwohl sie es mir einmal erklärt hatte.

»Auch mein Großvater war arm.« Sie saß auf einer Steinbank unter einem Peepulbaum und zeichnete mit ihrem Fuß Muster in den Staub. »Ich kenne nur das angenehme Leben. Ich werde traurig, wenn ich die Leute sehe, die auf der Straße leben, hungrig und arm. Es sollte etwas getan werden, damit ihnen geholfen wird.«

»Das liegt in der Macht des Padishah.«

»Könige und Edelleute sehen so etwas nicht«, sagte sie trocken.

»Warum dann Ihr, *Agachi?* Sie werden diesen herrlichen Garten nicht betreten.«

»Ich denke an die Geschichten, die mein Großvater mir erzählte. Nachdem er auf seiner Reise hierher überfallen und beraubt worden war, hatte er tagelang nichts zu essen. Es war eine schreckerregende Geschichte, doch ohne Leiden. Eine Geschichte hat nicht viel Bedeutung. Ist der Liebesschmerz so anders als der Schmerz, den Hunger verursacht? Beides erweckt Verlangen im Körper, das befriedigt werden muß. Wie diese Armen hier bin ich gedemütigt worden. Ihr Körper schreit nach Nahrung, mein Herz nach Liebe. Isa, hattest du je nach dem einen oder anderen Hunger?«

Sie neigte ihr Haupt, blinzelte, weil das Sonnenlicht, das sich durch die Blätter stahl, sie blendete, und musterte mich sorgfältig. Wie ihre Tante besaß sie die verwirrende Gabe, den Eindruck zu erwecken, als ob sie Gedanken lesen könnte.

»Ich habe oft gehungert. Der Körper weigert sich zu sterben. Übrigens, als ich meinen Hunger nicht mehr ertragen konnte, stahl ich.«

»Der erste Herrscher, Babur, tat das gleiche. Und aus Liebe?«

»Zweimal, *Agachi*.«

»Und du hast aufgegeben. Schäm dich, Isa. Du solltest kämpfen.«

»Mein Schicksal legte mir die Niederlage auf. Die erste verlor ich, die zweite ist unerreichbar. Mit der Zeit kann die Liebe verblassen, doch sie endet nie. Sie blieb in mir, wie der Hunger in den Armen. *Agachi,* wenn Ihr es befohlen hättet, hätte ich diese Arbeit für Euch tun können. Eure Familie bleibt, wie es ja auch richtig ist, zu Hause.«

»Ich wollte es selber machen, nicht dir übertragen. Der Koran sagt, wir sollen Almosen geben und den Armen Gutes tun.«

»Aber sie sind nicht alle Moslems.«

»Sehr wenige davon«, erwiderte sie schroff. »Wir kümmern uns um unser eigenes Volk. Der Koran sagt nicht, wir sollten nur die Gläubigen ernähren.« Sie wandte sich um, um mich anzusehen, und ich sah, wie es in ihren Augen humorvoll blitzte. »Stimmt das nicht, Isa?«

»*Agachi,* es stimmt.«

»Bist du wirklich ein Moslem?«

»O ja, *Agachi*.«

Das brachte sie zum Lachen, als ob sie ein Geheimnis kannte, das nie enthüllt werden würde. Ich war ihr für ihre Aufrichtigkeit dankbar. Sie war die einzige, die eine solche Frage stellte, denn manchmal war sie genauso kühn wie ihre Tante. Doch ich konnte mir nicht vorstellen, daß ihre Tante, jetzt die Herrscherin Nur Jehan, unter praller Sonne den stinkenden Armen Essen austeilte.

Es war Mittagszeit, und abgesehen von unserer kleinen Gruppe und den Bettlern herrschte wenig Betrieb. Ein paar streunende Hunde, nur Haut und Knochen, lungerten geduldig herum, um einen Bissen zu erhaschen. Vor uns ritten zwei Reiter durch den Dunst. Die Hufe, deren Getrappel durch den Schmutz gedämpft war, wirbelten Staubwolken auf, die sich auf die Straße legten. Die Reiter trugen eine Kleidung, die mir nicht vertraut war: enge Hosen mit *jibas*. Ihre Beine steckten bis zu den Knien in Lederstiefeln. Ihre Gesichter waren so dunkel wie meines, doch ich wußte, das war nicht ihre Naturfarbe. Ihre Haut war wahrscheinlich viel heller, denn sie zeigte einen leichten Rotstich von der Sonne. Sie verhielten sich hocherhaben, als ob sie auf Wolken, nicht auf Pferden ritten. Als sie sich näherten, starrten sie mit kalten Augen auf uns herunter. Ardschumand, die bemerkte, daß ich abgelenkt wurde, blickte von ihrer Essensverteilung hoch.

»Wer sind sie?«

»Firingi.«

Sie verfielen in Trab, und ich sah, daß sie schwere Schwerter bei sich trugen.

»Ich habe von ihnen gehört«, sagte Ardschumand. »Sie beunruhigen ständig meinen Großvater wegen Handelskonzessionen. Er mag sie gar nicht. Er sagt, sie seien verschlagen und unehrlich und würden oft ihr Wort brechen. Er sagt, sie beklagten sich ständig und wollten, daß sich alle ihnen unterwürfen. Als der Padishah sie bat, sie sollten doch nicht darauf beharren, auf den Passierschein der Moslems, die auf ihren Schiffen eine Pilgerfahrt nach Mekka unternehmen wollten, das Bild der Frau, die ihnen gefiel, mit einem Stempel zu versehen, wollten sie nicht hören. Laß uns sie übersehen.«

»Ja, *Agachi*.«

Sie wandte sich wieder den Bettlern zu. Es waren nur noch drei übrig, doch ich konnte ihr nicht so ohne weiteres gehorchen. Die *Firingis* schwankten auf ihren Sätteln hin und her, und daraus schloß ich, daß sie Arrak getrunken hatten. Ihre grauen Augen waren rotumrändert und ihre Gesichter aufgeschwemmt. Sie unterhielten sich in einer seltsamen Sprache miteinander, es klang, als preßten sie die Worte durch die Mundwinkel, gleichzeitig mit ihrem Speichel. Wenn sie redeten, lachten sie, und einer schwenkte sein Roß in meine Richtung. Sie interessierten sich nicht für mich, sondern für die kurvenreiche Gestalt von Ardschumand. Ich ahnte Unheil. Die Sonne schien durch ihr durchsichtiges Gewand, und ihr schlanker, fester Körper zeichnete sich deutlich ab. Ich stand zwischen ihr und ihren lüsternen Blicken, doch plötzlich, ohne Warnung, spornte der Reiter vor mir sein Pferd und trampelte mich nieder. Im Fallen griff ich nach meinem Dolch...

Ardschumand

Ich hörte Isas Warnruf und wandte mich um.

Er war fast direkt unter das Pferd gefallen. Ich beeilte mich, ihm zu helfen, doch der dicke Firingi ritt mit seinem Pferd zwischen uns. Ich roch den Schweiß des Pferdes, und dann, schlimmer noch, den des Mannes – scharf und unsauber, schal von Staub. Es war unerträglich. Die Hitze hat ihre eigenen Gesetze, erfordert tägliches Baden. Er stammte nicht aus unserem Land und hatte seine eigenen Sitten, die wohl nur einmal im Jahr ein Bad erlaubten. Als einzige Waffe hatte ich die Schöpfkelle, und ich hieb damit auf das Pferd ein.

Die Schöpfkelle zerbrach mir in der Hand. »Geht weg!« Mein Befehl erregte nur die Heiterkeit der Männer. Sie lachten gemein. Der zweite Mann war größer, doch genauso abstoßend wie der erste, er hatte einen gelben, schmutzigen Bart. Ich versuchte den Rückzug, doch die Bettler standen mir im Weg. Ihr Hunger war größer als ihre Furcht. Die Diener gafften mit offenem Mund, und der arme Isa bemühte sich, auf die Beine zu kommen, doch die Reiter warfen ihn wieder nieder.

»Laßt uns in Ruhe!«

»Wir gehen nicht eher, bevor wir dein hübsches Gesicht gesehen haben«, sagte der dicke Mann, wobei er unsere Sprache entsetzlich entstellte. Plötzlich beugte er sich zu mir herunter und riß mir den Schleier vom Gesicht. Ich war ihren lüsternen

Blicken ausgeliefert. Mir war, als wäre ich geschlagen worden, der Schmerz hätte nicht größer sein können. Ich besaß keine Erfahrung, wie solche Männer zu behandeln waren. Mein Leben, bisher geborgen und beschützt, machte mich jetzt hilflos. Ich war zutiefst schockiert über das unflätige Verhalten dieser Männer und schämte mich, daß ich von so widerlichen Kreaturen angestarrt wurde. Kein Fremder hatte je mein Gesicht gesehen, und jetzt war ich den Blicken der Bettler und dieser üblen *Firingis* offen ausgeliefert. Sie lachten und machten ihre Witze, doch in meiner Verwirrung hörte ich nicht, was sie sagten. Schnell verwandelte sich meine Scham in Zorn. Mir war, als ob ich vergewaltigt und entehrt worden wäre.

»Geht weg!«

»Sie ist eine Schönheit.«

Zum erstenmal in meinem sanft dahinfließenden Leben wurde ich von einem neuen, unangenehmen Gefühl erfüllt: Haß. Es brannte schnell, eine Flamme, die meine Sinne einhüllte. Ich wollte sie töten, doch als einzige Waffe bot sich Isas Stock. Ich nahm ihn hoch und schlug damit einen der Reiter auf den Schenkel. Er schrie auf, und das Pferd scheute. Ich schlug es, schlug ihn, schlug den anderen. Der Dicke griff nach dem Stock, entwand ihn meinem Griff, er sah aus, als ob er mich vor Wut schlagen wollte.

»Wißt ihr, wer ich bin? Meine Tante ist die Kaiserin Nur Jehan.«

Der Name wirkte Wunder. Der Mann, der den Stock hielt, ließ ihn fallen, als ob er seine Hand verbrannt hätte. Ihr Gelächter verstummte, erstickt von Angst. Wortlos wendeten sie ihre Pferde und galoppierten die Straße hinunter, ohne einen Blick zurückzuwerfen. Ich sah ihnen nach, bis sie außer Sicht waren, wollte mich an jede Einzelheit erinnern.

Isa lag auf dem Boden und weinte. Die Tränen rannen in Bächen seine staubigen Wangen hinunter. Ich ging zu ihm, um ihm aufzuhelfen. Er stand nur widerwillig auf, hatte den Kopf gesenkt.

»*Agachi,* ich habe Euch im Stich gelassen.«

»Du warst tapfer. Du konntest gegen die beiden Männer nichts ausrichten. Wisch dir das Gesicht ab.«

»Ich werde sie töten.«

»Nein. Und erzähl nichts davon meiner Familie. Ich möchte nicht, daß sie erfährt, was passiert ist.«

»Aber *Agachi,* wenn Ihr es Eurer Tante erzählt, wird sie den Padishah informieren, und dieser wird die Männer auf der Stelle hinrichten lassen.«

»Nein, Isa. Meine Familie wird mir, wenn sie das erfährt, nie wieder gestatten auszugehen. Ich werde nie vergessen, was diese Männer getan haben. Eines Tages werden sie mir in die Hände fallen.«

Als ich später in meinem Gemach allein war, weinte ich heftig. Die Tränen waren vermischt mit Ärger, Demütigung. Ich wunderte mich, daß ich sie hatte solange zurückhalten können. Ich stand wie unter einem Fieberschock. Ich wollte niemanden sehen, gab vor, krank zu sein. Meine Mutter kam herein und befühlte meine Stirn. Sie war sehr heiß, und sie ließ mich in meinem verdunkelten Zimmer allein. Ich grämte mich, fühlte Schmerz, einen seltsamen Schmerz, der mit nichts vergleichbar war. Es war mir, als hätte ich eine tiefe innere Wunde, die an mir nagte. Ich hatte nicht den Wunsch, jemanden zu hassen. Wie wagten sie es, mich zu demütigen? War ich etwa eine Tempeltänzerin? Ein Tanzmädchen zum preiswerten Gebrauch? Waren alle *Firingis* so? Nach dem zu schließen, was mein Großvater von ihnen erzählt hatte, mußte es wohl so sein.

Gott schütze mich vor den Ungläubigen.

Die Menschen und nicht Gott sind der letzte Ausweg für Gerechtigkeit. Ich glaubte Khusravs warnendem Geflüster: Ladilli, Ladilli. Der Name lastete auf mir wie ein Stein. Mein Entzücken verwandelte sich in Verzweiflung. Es war möglich. Mehrunissa konnte mich nicht so ohne weiteres ihren Wünschen gefügig machen, doch sie konnte Ladilli kontrollieren und durch sie Schahdschahan. Mein Kopf fieberte, und mein Blut pulsierte so stark, daß ich nicht schlafen konnte. Mein Liebster hatte mir sein Versprechen gegeben, doch sein Schicksal entzog sich, genauso wie meines, seiner Kontrolle.

Mein Vater beriet den Herrscher in Finanzdingen. Ich

wandte mich an ihn und meinen Großvater. Bestimmt würde der Herrscher ihre Stimme durch die Einflüsterungen von Mehrunissa hören. Doch sie waren beide von meinem Alltag entfernt, mit wichtigeren Dingen beschäftigt als dem Herzeleid eines kleinen Mädchens oder der Sturheit einer Tochter, deren Anwesenheit ihre Mutter quälte, denn andere Männer waren ihr vorgeführt und wieder verworfen worden.

Es war eine Angelegenheit der Verschwörung, nicht der Diskussionen. Ich hing tagelang herum, wartete darauf, daß sie endlich allein wären, versuchte, nicht die Aufmerksamkeit meiner Mutter zu erregen. Zweifellos erriet sie, was ich wollte, denn eines Abends ließ sie die beiden ganz bewußt allein mit ihrem Wein und ihrer Wasserpfeife. Sie lehnten sich in die Kissen und unterhielten sich leise über Staatsangelegenheiten. Mehrunissas Position stärkte die ihre; der Herrscher hörte jetzt drei Stimmen, die die gleiche Sprache sprachen.

»Komm, Ardschumand, setz dich neben mich.« Mein Vater wies auf den Platz neben sich. Mein Großvater lächelte freundlich. Beide betrachteten mich sorgenvoll. Da sie den gleichen Gesichtsausdruck hatten, ähnelten sie sich sehr, auch wenn mein Vater jünger und größer war. Dabei war es nur die gebeugte Haltung meines Großvaters, die ihn kleiner erscheinen ließ. Trotz seines weißen Bartes konnte er es mit meinem Vater an Geist und Energie aufnehmen.

»Du weißt, warum ich zu dir gekommen bin?« fragte ich meinen Vater leise.

»Ja, deine Mutter hat es uns erzählt. Du weißt, du bist eine große Sorge für sie. Wenn ihr etwas Kummer macht, belastet sie mich damit.« Sie kicherten auf die übliche Art, wenn Männer sich über ihre Frauen beklagen. »Was können wir für dich tun?«

»Bitte, sprecht mit dem Herrscher. Schahdschahan möchte mich heiraten.«

»Wir sind uns dessen bewußt. Die ganze Welt weiß von seiner Liebe zu dir, auch der Herrscher. Ihr seid beide eigensinnige Kinder.«

»Wenn alle es wissen, warum handelt er dann nicht? Ich wünschte, ich wäre noch ein Kind, dann wüßte ich noch nicht von der Bedeutung der Zeit, die an mir vorbeirinnt.« Ich hielt inne, dann fuhr ich eilig und unsicher fort: »Man sagte mir, Mehrunissa wolle, daß Schahdschahan Ladilli als seine zweite Frau nimmt.«

Sie richteten sich auf: »Wer hat dir das gesagt?«

»Khusrav.«

»Seine Ohren sind scharf«, sagte mein Großvater. »Zu scharf.« Er sah meinen Vater an. Ich konnte nicht erraten, was er dachte, doch als er mich betrachtete, sah ich Mitleid in seinen Augen. »Das darf nicht geschehen. Wir reden morgen mit dem Herrscher. Es wäre nicht klug, Schahdschahan zu einer weiteren Ehe zu zwingen, die er nicht möchte. Das führt nur zu einem Bruch.«

»Und was ist mit Ladilli?«

»Ich bin sicher, deine Tante findet einen passenden Mann für sie.«

Ich ließ sie allein. Als ich sie vom Gitterfenster aus beobachtete, waren sie ins Gespräch vertieft. Ich fühlte Triumph. Sie würden Mehrunissa einen Strich durch die Rechnung machen, sei es auch nur deshalb, um einen Konflikt zwischen Vater und Sohn zu vermeiden. Meine Angelegenheit war zu einer politischen geworden, doch das kümmerte mich wenig.

Mehrunissa betrachtete ihre Niederlage nur als kleinen Rückschlag. Muneer hatte mich zum Palastharem geleitet. Er strotzte jetzt vor Reichtum. An jedem Finger trug er Goldringe mit riesigen Diamanten, Rubinen und Smaragden und Goldreifen am Arm. Er war dicker geworden, ein Spiegelbild seiner Wichtigkeit. Als oberster Eunuch meiner Tante hatte er eine ungeheuer machtvolle Stellung. Große Männer bezahlten Bestechungsgelder, um von ihm angehört zu werden, jedes Flüstern von ihm kostete hunderttausend Rupien, hatte ich gehört.

Meine Tante bewohnte eine Folge von Räumen, die auf den Jumna blickten, die besten im Palast. Eine sanfte Brise wirbelte die Papiere auf, die neben ihr auf dem reich bestickten Teppich lagen. Ihr silberner Schreibtisch, ein Geschenk des Rana von Gwalior, zeigte Szenen aus dem *Mahabharata*, und darauf lag der *Muhr Uzak*. Noch nie zuvor hatte ich das kaiserliche Siegel gesehen. Es war so hoch wie eine gestreckte Spanne und bestand aus Massivgold. Auf dem Griff befand sich ein großer Diamant, und die Seiten waren mit einer persischen Inschrift versehen. Es paßte bequem in die Hand des Herrschers, war aber für ihre Hand zu groß. Man benötigte Kraft, um ihn hochzuheben. Ich drückte ihn in Wachs und erhielt einen Abdruck des Mughal-Löwen über dem Namen Dschahangir. In diesem kalten Metallstück war die ganze Macht des Reiches konzentriert, und es lag jetzt immer auf Mehrunissas Schreibtisch.

Sie nahm ihn mir ungeduldig aus der Hand. »Das ist kein Spielzeug.« Sie verstaute ihn sorgfältig in der mit Samt ausgelegten Goldschatulle. Die Oberfläche war abgenutzt, das Gold fast verblaßt.

»Bist du glücklich?«

»Sehr. Wann können wir heiraten? Es muß bald sein.«

»Du bist immer so ungeduldig.«

»Ungeduldig? Seit wir uns das erste Mal sahen, haben wir fünf Jahre aufeinander gewartet.«

»Sprich nicht so laut. Ich machte ja nur Spaß.« Sie tätschelte meinen Kopf, als ob ich ein Kind wäre, das beruhigt werden mußte. Sie wühlte in ihren Papieren, blickte auf das eine oder andere, bis sie ein bestimmtes fand und es vorsichtig herauszog. Sie gab es mir nicht, doch sie erläuterte mir, was es enthielt. »Unsere Probleme haben dich nie unmittelbar betroffen. Dschahangir wünschte eine Verbindung mit Persien; das ist sehr wichtig für unseren Frieden. Wir wollen keinen Krieg mit Persien. Nachdem Schahdschahan mit der persischen Prinzessin verheiratet war, konnten wir sie ja nicht wieder nach Hause schicken. Schahdschahan hat mir erklärt...« Ich bemerkte, daß sich ihr gebieterischer Gesichtsausdruck plötzlich veränderte, »... daß die Prinzessin unfruchtbar sei. Sie kann keine Kinder bekommen. Natürlich wollte sie die Schuld Schahdschahan zuschieben, er habe nie mit ihr geschlafen, doch wie können wir so etwas glauben? Ich entschied, daß es das Beste wäre, die Ehe aufzulösen. Keine Scheidung, das würde der Schahinschah nicht billigen. Sie wird nach Persien zurückgeschickt. Natürlich war ich großzügig. Sie nimmt fünf Kamelladungen Goldmünzen mit, acht Kamelladungen Silbermünzen und den ganzen Schmuck, den sie vom Herrscher erhalten hat – insgesamt zwei Kamelladungen. Für den Schahinschah selbst haben wir genauso viele Geschenke mitgeschickt, einschließlich Elefanten, Pferde und fünfhundert Sklaven.« Sie betrachtete mich unter ihren langen wallenden Haaren und lächelte. »Bist du mit mir zufrieden?«

»Ja, Tante.« Ich saß ruhig da, doch eine fast unerträgliche Erregung hatte mich erfaßt. »Jetzt, da wir die Perserin los sind, wann können wir heiraten?«

»Ah, wie gierig du bist. Denk daran, Ardschumand, die Ehe ist nicht das einzige Ziel, das man anstrebt. Wenn der Mann ein Esel ist, muß man diese Last auch tragen.« Sie fügte dem nichts hinzu, meinte aber damit zweifellos Dschahangir, der es leid war, zu regieren, und der sich jetzt seiner Dichtkunst und Malerei und dem *Dschahangir-nama* zugewandt hatte und natürlich dem Wein nach wie vor huldigte. »Wir werden den Astrologen befragen. Er wird den Tag eurer Hochzeit festlegen.«

Die Hochzeit fand bei Tagesanbruch statt, fast auf den Tag genau ein Jahr nach Mehrunissas Hochzeit. Ich wollte, daß sie sofort stattfindet, doch die Sterne sagten, daß das der erste günstige Tag sei.

Mehrunissas Großzügigkeit war jetzt unermeßlich. Sie entwarf mein Hochzeitsgewand: eine gelbe *chouridar* aus Seide, reich mit Gold durchwirkt und mit einer gestickten Goldborte, eine Bluse nach dem gleichen Muster, aus einem zarten Material, das mehr von meinen Brüsten enthüllte, als das je der Fall gewesen war.

»Das sehen die Männer am liebsten«, sagte Mehrunissa, als ich protestierte. »Sogar Prinz Schahdschahan.«

Meine *touca* saß kostbar auf meinem Haupt. Das Material war hauchdünn und fein; sie wurde von einer schweren Goldbrosche wie ein Spinnennetz gehalten, mit einem großen lupenreinen Diamanten in der Mitte. Die *touca* wurde auch mit einer erlesenen Perlenkette durchwunden. Meine Tante gab mir aus der kaiserlichen Schatztruhe eine Kette aus Rubinen; das Gold und die roten Steine lagen in Reihen auf meiner Brust. Meine

Ohren schmückten winzige Goldlampen mit rubinroten Flammen. Meine Arme waren vom Ellbogen bis zum Handgelenk mit Goldspangen geschmückt und meine Knöchel mit zahlreichen kleinen Glöckchen. Sie malte auch mein Gesicht an, tat Goldpuder unter meine Augen.

Ich wußte, sie wollte mir für ihre teuflischen Machenschaften im Laufe der Jahre Abbitte leisten, und ich ließ sie glücklich gewähren.

Ich konnte in dieser Nacht nicht schlafen. Bei Sonnenaufgang würde Schahdschahan auf einem weißen Hengst in unseren Garten reiten. Ich war wie benommen, fürchtete, daß ich jeden Augenblick aufwachen würde, um festzustellen, daß sich nichts geändert hatte. Um mich zu beruhigen, wollte ich mich umsehen – nicht in unserem geschäftigen Haus – sondern draußen. In der Dunkelheit konnte ich die Umrisse des *pandals* im Garten aufragen sehen. Bald würden die Arbeiter ihn mit Blumen, Rosen und Jasmin, und Juwelen schmücken. Er stand da wie ein Denkmal für fünf lange Jahre des Wartens. Wenn die Hochzeitszeremonie vorüber war, würde der *pandal* wieder abgebaut werden. Ich wünschte mir, er könnte stehenbleiben, als dauerndes Symbol meines Glücks. Hier heiratete Ardschumand den Mann, den sie liebte.

Ich blieb lange so stehen und starrte in die Nacht hinaus, doch das Licht veränderte sich nicht. Vielleicht hatten die Kräfte, die die Sonne, den Mond und die Sterne bewegten, diesen schicksalhaften Tag gewählt, um ihre Bewegung einzustellen. Die Stille war beängstigend. Ladilli sah, daß ich alleine war, und kam zu mir herein. Seit einigen Tagen hatten wir uns nicht gesprochen, und das hatte sie befremdet. Ich wußte, ihr konnte man keinen Vorwurf machen, aber was außer Angst und Mißtrauen hätte ich sonst empfinden können? Sie setzte sich neben mich und nahm sanft meine Hand.

»Ardschumand, ich freue mich so für dich«, flüsterte sie. »Du verdienst alles Glück dieser Welt. Du warst die ganze Zeit so stark und tapfer. Ich weiß nicht, wie du alles ertragen hast. Ich hätte es nicht gekonnt.«

»Wenn du liebst, kannst du es auch.« Ich drückte ihre Hand, doch ich konnte sie nicht unbefangen umarmen.

»Werde ich das je? Daran zweifle ich.« Sie besaß eine geradezu lässige Beschaulichkeit. In ihr war eine sanfte, doch verletzliche Stille. »Ich werde heiraten, wen immer mir meine Mutter bestimmt. Was könnte ich sonst tun? Sie wird schreien und kreischen und jammern. Du weißt selbst, wie sie ihre Waffen einsetzt. Nach dem Tod meines Vaters habe ich keinen Vertrauten mehr. Ich werde tun, was man mir befiehlt.« Sie seufzte. Es war ein kleiner, weiser Ton, der keine Angst vor der Zukunft enthielt, denn sie akzeptierte diese, ohne zu fragen. Ich hatte gekämpft, die Schmerzen der Liebe und Enttäuschung ertragen. Das Leben würde Ladilli niemals zeichnen. »Wir sind wieder Freundinnen, einverstanden?«

»Ja«, erwiderte ich ruhig. »Es war mein Fehler, ich war ärgerlich.«

»Wer könnte dir das übelnehmen? Erst als ich merkte, daß du böse auf mich warst, erfuhr ich den Grund. Mutter sagte, es wäre so eine Idee von ihr gewesen, daß ich Schahdschahan heirate.« Sie zuckte mit den Schultern. »Ich glaube nicht, daß sie ernsthaft daran dachte.«

»Wenn es möglich gewesen wäre, hätte sie es arrangiert.« Ich schwieg, da ich wußte, wie leicht Ladilli aus der Fassung gebracht werden konnte. »Willst du mich besuchen?«

»Ja, so oft wie möglich. Wen habe ich sonst? Jetzt, da meine Mutter Herrscherin ist, ist das einfach. Sie ist sehr mit ihrer Arbeit beschäftigt, noch nie zuvor habe ich sie so zufrieden gesehen. Es ist nicht die Ehe, die sie so glücklich macht.« Sie schwieg und kicherte. »Ich kann immer noch nicht glauben, daß der Padishah, der Große Mughal, mein Vater ist. Natürlich ist er nicht so wie mein ...« Sie atmete tief und unterdrückte die Tränen. »Nein, es ist nicht die Ehe. Das allein könnte sie niemals zufriedenstellen. Was sie sich am meisten gewünscht hatte, ist, beschäftigt zu sein, nützlich, Macht zu besitzen. Nun ist sie glücklich, mit den Staatsangelegenheiten betraut zu sein. Sie stürzt sich voll hinein. Sie möchte sich mit den Männern messen und gewinnen. Die Frauen langweilen sie mit ihrem Geschwätz über Kinder und Kleider und Feste.«

»Ist sie mit mir zufrieden?«

»O ja«, sprudelte sie heraus und wurde dann kleinlaut.

»Ich glaube schon, auch wenn sie mir das nicht anvertraut. Du bist glücklich, und das sollte sie auch glücklich machen. Eines Tages bist du die Kaiserin Ardschumand.«

»Ja«, stimmte ich zu und fügte im stillen hinzu: *Inshallah*. Und wie würde sich Mehrunissa verhalten, wenn dieser Tag kam?

Schahdschahan ritt hinter Dschahangir. Ihre *sarapas,* die eine scharlachrot, die andere tiefrot, mit Goldfäden durchwirkt und mit Smaragden, Perlen und Amethysten geschmückt, breiteten sich üppig über den Rumpf der Pferde aus. Dschahangir verteilte Gold- und Silbermünzen an die Menge. Das frühe Sonnenlicht ließ die Diamanten in ihrem Turban funkeln, die Ketten, die sie um den Hals trugen, und die Goldscheiden ihrer Schwerter. Schahdschahan zeigte sein Glück feierlich und würdig.

Sie stiegen von ihren Pferden; die Musik verstummte. Es war so still, als ob die ganze Welt den Atem anhielte. Sie nahmen mir gegenüber Platz. Die Männer saßen auf der einen Seite und die Frauen auf der anderen, und dazwischen saßen die Mullahs. Wir saßen Angesicht zu Angesicht. Ich sah ihn, doch er konnte mich nicht sehen, da der schwere Schleier mein Gesicht verhüllte. Ich sah ihn nur wie einen verwischten Fleck durch das Gewebe, doch ich konnte meinen Blick nicht von ihm abwenden. Die Mullahs lasen aus dem Koran vor und erklärten, wir seien jetzt nach dem *nikha* Mann und Frau. Das Buch, das in Leder gebunden war und einen Goldschnitt hatte, wurde an Schahdschahan weitergereicht. Er trug seinen Namen ein, und dann wurde es mir weitergereicht. Unter seine schwungvolle Schrift setzte ich sorgfältig meinen Namen. Meine Mutter half mir aufzustehen und führte mich zum Haus zurück. Es war erst eine Stunde nach Tagesanbruch; am blassen Himmel waren noch Streifen der langen Nacht zu erkennen. Ich blickte zurück und sah, wie Schahdschahan formell Mehrunissa, meine Großmutter und andere Verwandte umarmte.

Dann ging ich schlafen, immer noch in meinem Hochzeitsgewand. Ich schlief traumlos und zufrieden. Als ich in der Abenddämmerung geweckt wurde, war mir, als ob ich alle Sorgen, alle Qual von mir geschüttelt hätte. Mein Körper fühlte sich so frisch an wie seit langem nicht, stark und leicht.

Mehrunissa hatte im Palast ein großes Hochzeitsfest arrangiert, und das Singen und die Trinksprüche dauerten bis spät in die Nacht hinein. Nach einer Weile wurde ich von meiner Tante, meiner Mutter und den älteren Frauen des Hauswesens weggeführt, um für das Brautbett vorbereitet zu werden. Sklavinnen badeten mich langsam, mit erfahrenen Händen streichelten sie meine Brüste, meine Schenkel und mein Gesäß, ließen ihre Fingerspitzen kundig über meinen Körper gleiten. Es war nicht nötig, mich zu stimulieren, denn meine Sinne waren in höchster Erregung. Ich wurde zärtlich abgetrocknet und parfümiert, mein Haar, mein Gesicht und meine Brüste wurden mit kostbaren Salben eingerieben. Man kämmte mein Haar, bis es wie die Schwingen des Raben im Sonnenlicht glänzte. Meine Augen wurden mit *kajal* umrandet und meine Lippen und Brustwarzen, die steil aufgerichtet waren, mit roter Paste bestrichen.

»Hab keine Angst«, flüsterte meine Mutter, als sie mich zum Bett führte. Es war aus Gold und ruhte auf den geschnitzten Beinen eines Löwen.

»Ich habe keine Angst. Andere Frauen müssen in ihrer Hochzeitsnacht einem Fremden beiwohnen, doch ich werde bei Schahdschahan liegen.«

Sie seufzte. »Das ist auch nicht anders. Es ist das erste Mal für dich, und die Liebe macht es auch nicht leichter. Die Frauen werden dir helfen, Lust zu empfinden.«

Ich lag entspannt auf dem Bett. Mein Körper war bedeckt, mein Haar wie das Gefieder eines Pfaus auf dem Kissen ausgebreitet. Auf beiden Seiten des Bettes warteten zwei Frauen schweigend. Zwei weitere Frauen fächelten mir Luft zu. Die warme, parfümierte Luft erregte mich, Weihrauch hüllte mich ein. Von draußen hörte ich eine sanfte Nachtmelodie, die auf der *sitar* gespielt wurde. Sie vermittelte Freude und Traurigkeit, war ein Widerhall meiner ruhigen, erwartungsvollen Stimmung. Während ich wartete, dachte ich an die Frauen, die ich bei ihrem lustvollen Spiel beobachtet hatte. Nicht mehr lange, und ich würde selbst die Freuden der Liebe kosten.

Mein Prinz beugte sich still über mich und küßte zärtlich mein Gesicht, meine Stirn, meine Nase, meine Augen und meinen Mund.

»Endlich«, lächelte er, »gehörst du mir.«

»Und du mir.«

Meine Augen verschlangen ihn; meine Hände berührten seinen Bart, der duftete und sich wie Seide anfühlte, verloren sich in dem Gelock auf seiner Brust. Ich lächelte. Noch nie zuvor hatte ich ihn ohne Kopfbedeckung gesehen. Mich überkam ein unwirkliches Gefühl, als ob er jede Sekunde wieder verschwinden könnte.

»Bist du glücklich?«

»Sehr. Und du?« Wir konnten uns nur mit knappen Worten ausdrücken, schnell und atemlos.

»Ja. Ich liebe dich. Wir werden nie mehr getrennt sein. Wo ich bin, bist auch du. Und wo du bist, bin ich an deiner Seite.«

»Ist das ein Versprechen?«

»Ja«

»Solange ich lebe, werde ich dir nicht gestatten, dein Wort zu brechen.«

»Das gilt für alle Zeiten.«

Die Frauen entkleideten ihn. Er legte sich neben mich, und seine Härte brannte wie Glut an meinem Schenkel. Wir blickten uns in die Augen, als die Frauen langsam damit anfingen, unsere Körper sanft zu streicheln. Es schien, als würde uns ein Gott mit unzähligen Armen umfangen. Ich blickte an uns hinunter und bemerkte voller Erregung die Unterschiede unserer Körper. Seiner war fest, dunkel, muskulös, meiner blaß, weich und gerundet. Mir war, als sehe ich mich das allererste Mal, als ob ich mir nie zuvor der Form und der Geheimnisse meines Körpers bewußt gewesen wäre. Zwei Frauen spielten auf meinem Leib mit wissenden Fingern. Langsam und erfahren erregten sie jede Stelle, streichelten meine Brüste, meine Brustwarzen, die Rundungen meines Leibes, glitten mit ihren Fingern zärtlich zwischen meine Beine und meine Schenkel entlang, bis ich fühlte, daß sogar meine Zehen Spielzeug der Lust waren.

Schahdschahan nippte an seinem Wein, und die Frauen beschäftigten sich mit seinem Körper genauso hingebungsvoll. Sie reizten seine Brustwarzen, umkreisten seinen Leib und streichelten langsam seinen Phallus. Unter ihren Händen schwoll er an, glänzte von dem Öl, mit dem sie ihn einrieben. Sie setzten ihre stimulierenden Bewegungen fort, bis seine Männlichkeit den höchsten Punkt erreicht hatte. Eine der Frauen nahm meine Hand und legte sie auf ihn, und ich fühlte die straffe Härte, hätte nie gedacht, daß zwischen den Beinen eines Mannes solche Stärke sein könnte.

Ihre Hände und Zungen liebkosten meinen Körper mit quälender Delikatesse, sie streichelten und saugten meine aufgerichteten harten Brustwarzen, bis sie schmerzten. Schahdschahans Berührung war hart und drängend. Er drückte meine Brustwarze und rollte sie vorsichtig zwischen seinen Fingern, dann drückte er stärker und beobachtete mit dem Anschein von Gedankenverlorenheit, wie qualvolle Lust mein Angesicht überschwemmte.

»Meine Erwählte, du wirst heute nacht köstliche Erfahrungen machen.« Mein Liebster sprach sanft. »Im Akt der Liebe sind Schmerz und Lust untrennbar miteinander verbunden. In der Lust liegt wie eine Schlange der Schmerz. Das ist Gottes Ausgleich in unserem Körper und unseren Herzen.«

Er beugte sich über mich, erst um zu küssen, dann zu beißen, und als ich stöhnte, in dem Fieber der Lust und Pein schwelgte, fühlte ich die drängenden Finger der Frauen tief in mir, als Gegensatz zu der Schärfe seiner Zähne auf meinen Brustwarzen. Ich spürte, wie mich eine der Frauen zärtlich mit Öl einrieb, die Lippen meiner Scham öffnete.

»Herr, sie ist bereit«, flüsterte eine der Frauen.

Er kniete zwischen meinen Beinen, blickte auf mich herunter und verschlang alles, was er in dem fahlen Licht sehen konnte. Die Frauen hoben meine Beine hoch. Verletzlich lag ich vor ihm, völlig seinen Blicken ausgeliefert. Eine Frau nahm meine Hand und führte sie zu seiner harten Männlichkeit.

»Es hat ein Auge, das nicht sehen kann. Führt es.«

Mein Prinz war erfahren. Er hatte Verständnis für meine Unschuld. Sanft ließ er sich über mich gleiten, erlaubte mir geduldig, ihn in die warme, weiche Höhle zwischen meinen Beinen zu lenken. Es war, als ob Feuer in mich eindränge, meinen Körper und meine Sinne verbrannte. Er drang tiefer ein. Ich fühlte jede kleinste Bewegung in mir, als er tiefer und tiefer in mich drang. Der Schmerz kam plötzlich und stark. Ich schrie auf. Es war ein Schmerz, der schnell verging, ausgelöscht und versüßt durch die wiederkehrende Lust.

Ich konnte nicht glauben, daß mein kleiner Körper solche Länge, solche Breite in sich aufnehmen konnte. Eine Welle überflutete mich, sanft wirbelte und leckte sie an mir und erhitzte meinen ganzen Leib. Wir glänzten vor Öl und Schweiß. Eine Frau trocknete unsere Gesichter.

Er begann sich langsam zu bewegen, auf und ab, niemals ließ er mich sein volles Gewicht spüren; nur das Gefühl seiner Berührung entzündete eine köstliche Lust in mir. Er hatte so zart begonnen, doch dann wurde sein Tempo schneller, und langsam verzog sich sein Gesicht in Ekstase. Sein Atem ging stockend. Als ob ich langsam meiner Sinne beraubt würde, wurde ich tief in seinen Körper gezogen. Das Gefühl wurde immer köstlicher, quälender, drängender. Schnell, schnell, schnell. Er beeilte sich jetzt, nahm mich in all seiner Härte und dann, als die Wellen der Lust uns zu verschlingen drohten, schrien wir beide auf, schrien unsere Lust hinaus. Dann verstummte er, schauderte. Ich konnte mich nicht bewegen, konnte nicht atmen. Er ließ sich auf mich fallen, und ich fühlte die Kraft der sterbenden Wellen meines Fühlens. Aber nach und nach wurden sie weniger, bis ich mich schließlich ruhig und heiter fühlte. Ich hörte immer noch den Klang des *sitar* von draußen, aus einer anderen Welt.

Bei Tagesanbruch, als wir uns aus den Armen des anderen lösten, kamen die Frauen herein, um die Laken zu begutachten. Sie waren zufrieden.

»Du kannst nicht mitkommen.«

»Doch, ich werde mitkommen. Liebster, du hast mir ein Versprechen gegeben, und ich kann nicht zulassen, daß du es brichst.«

Wir lagen zusammen auf dem Rasen seines Palastes, im hellen Mondlicht, das schwarze, scharfe Schatten warf. Ich lag in seinen Armen, wie ich es seit unserer Hochzeit jede Nacht getan hatte. Ruhe erfüllte mich. Ich konnte mir nicht mehr wünschen, nicht mehr erträumen, als daß es für immer wäre. Wir liebten uns oft. Taten es die anderen auch so leidenschaftlich, so gierig, als ob sie sich nicht an das letzte Mal erinnern könnten? Wir waren nie lange voneinander getrennt, eine Stunde, zwei höchstens, und ich fühlte mich einsam, bis er zurückkehrte. »Warum versuchst du, dein Versprechen jetzt zu brechen?«

»Sieh dich an«, forderte er mich auf und betrachtete die leichte Rundung meines Körpers. Ich folgte seinem Blick. Wie heiter mir zumute war. Mein Herz, mein Körper waren so erfüllt von unserer Liebe, und hier war das sichtbare Ergebnis. Er streichelte zärtlich und andauernd meinen gerundeten Leib. »Es wird ein langer, harter Feldzug sein. Ich kann es nicht wagen, dich mitzunehmen.«

»Es bleibt dir nichts anderes übrig, als mich mitzunehmen. Es macht mir nichts aus, wenn es hart und schwierig wird. Es ist mir gleichgültig, wenn ich keinen Komfort habe. Ich möchte unbedingt mit dir reisen.«

»Das Kind...«

»Auch es reist mit. Mein Liebster, wir dürfen uns niemals trennen. Du hast es versprochen, und jetzt mußt du es auch halten. Ein Prinz kann das gegebene Versprechen nicht zurücknehmen, ganz besonders nicht gegenüber seiner Frau. Wir werden zusammen in diesen Kampf ziehen. Ich kann nicht wieder allein leben. Nie mehr. Das wäre wie die vorangegangenen einsamen Jahre.«

»Das ist nicht das gleiche. Du trägst ein Kind in deinem Leib, bist meine Gemahlin. Du hast deine Familie, eine Position im Land.«

»Das Kind kann nicht mit mir reden oder mich so lieben, wie du es tust. Es wird mich nur daran erinnern, daß du nicht da bist. Ich möchte nicht zu meiner Familie flüchten, und was vermag schon meine Position im Land gegen den Schmerz in meinem Herzen? Der Titel ›Prinzessin‹ bedeutet keinen Trost, das hört sich kalt und distanziert an, hält die Menschen fern und erfüllt sie mit Mißtrauen.«

»Du bist verrückt«, lachte er, teils aus Stolz, teils aus Sorge. Ich versuchte, die Falten in seinen Augenwinkeln zu glätten. »Ich bitte dich, Liebste, bleib zurück. Es wird ein gefährlicher und schwerer Kampf. Die Mewar-Rajputs haben uns seit der Zeit, als meine Ahnen von den Bergen herunterkamen und dieses Land eroberten, bekämpft. Nicht einmal Akbar konnte sie besiegen. Er zerstörte Chitor, doch er konnte sie nicht vernichten. Ich fürchte, sie sind vielleicht unbesiegbar.«

Das Mondlicht fiel auf sein Gesicht. Es war dunkel und silbern, seine Augen tiefliegend und grüblerisch. Sein Bart wirkte seltsam fahl, ließ ihn plötzlich altern. Ich mußte seine Zweifel zerstreuen. Ich nahm sein Gesicht in meine Hände, küßte es und sah ihm in die Augen.

»Du darfst das nie sagen. Du bist Schahdschahan, der Herrscher der Welt. Ich weiß, daß du die Mewar-Rajputs besiegen wirst. Ich fühle es.« Obwohl er sanft lächelte, blieb der Zweifel in seinen Augen. Noch nie zuvor hatte ich solche Unsicherheit an ihm bemerkt. »Warum, glaubst du, hat Mehrunissa dich als Befehlshaber gewählt?«

»Ich bin der Kronprinz. Mein Vater möchte nicht mehr kämpfen.«

»Nein. Dschahangir tut nur, was sie ihm aufträgt. Er spielt den Herrscher im *diwan-i-khas* , doch sie hat den *Muhr Uzak* in der Hand. Ich sah ihn einst auf ihrem Schreibpult.«

»Ich habe gehört, daß er jetzt im Harem zu finden sei, doch ich dachte, das sei nur ein Gerücht.«

»Er befindet sich dort. Ich kenne meine Tante gut. Sie tat nur so, als füge sie sich in ihre Niederlage hinsichtlich unserer

Hochzeit. Das bedeutete in ihrem Leben nur einen Kampf unter vielen. Der Kampf geht weiter, und wir, mein Geliebter, merken nicht einmal, welche Kräfte um uns wüten. Sie gab dir vor General Mahabat Khan den Vorzug, die Mughal-Armee anzuführen, um dich zu testen. Sie denkt, du verlierst den Krieg. Sie weiß, daß du verlieren wirst. Wenn der große Akbar die Mewar-Rajputs nicht besiegen konnte, wie kann dann Schahdschahan, ein junger Mann mit wenig Kampferfahrung, sie besiegen?«

»Ich werde nicht verlieren«, sagte er grimmig, aufgestachelt durch die Herausforderung einer möglichen Niederlage. Seine Stimmung konnte genauso schnell wechseln wie die seines Vaters.

»Du kannst nicht verlieren, um unseretwillen.« Ich berührte meinen Leib. »Um seinetwillen. Wenn du besiegt wirst, nimmt Mehrunissas Macht noch mehr zu. Selbst wenn du gewinnst, verliert sie nicht viel an Macht. Sie wird lauthals frohlocken, weil sie dich als Führer ausgewählt hatte, doch dann wird sie dich nur noch aufmerksamer beobachten.«

Wir lagen ruhig da, und ich wartete auf seine Entscheidung. Mir war, als schwebte ich in dem fahlen Licht. Ich hatte nicht an sein Herz appelliert, sondern an seinen Verstand. Als Kronprinz dieses riesigen Reiches konnte er mit der Einsamkeit seines Herzens überleben, aber nicht mit der Einsamkeit seines Ehrgeizes. Das eine war eine traurige Angelegenheit, die andere eine Gefahr. Er brauchte keine Schmeichler, sondern einen echten Freund. Akbar hatte General Bairam Khan, der ihn führte. Schahdschahan hatte nur mich, die sich ehrlich um ihn sorgte. Wenn er nicht siegen wollte, sollte es mir recht sein. Wenn ja, dann war ich die einzige Person auf der Welt, der er wirklich trauen konnte.

Der Staat von Mewar liegt ungefähr dreihundert Meilen westlich von Agra, hinter Jaipur. Das Land der Rajputs war rauh und unerbittlich, Wüste und Gestrüpp, ohne Nutzen für irgend jemanden. Von allen Seiten fühlten wir uns von den strengen Granitforts, die aus den Felsen und der harten Erde sprangen, beobachtet. Was, um Himmels willen, verteidigten sie? Ihre kleinen Königreiche waren nicht größer als ein Feld, umfaßten einige Hügel und Wüstenstriche. Die Rajpute waren die einzige Hindu-Militärmacht, die ständig dem Großen Mughal trotzte. Viele waren erobert und durch unsere Methode der Versöhnung oder Heirat zu Freunden und Verbündeten gemacht worden, doch ein paar von ihnen waren immer noch aufsässig.

Die Ranas von Mewar hatten uns seit hundert Jahren bekämpft. Vor ungefähr fünfzig Jahren hatte Akbar die eiserne Festung der Ranas, die hoch auf dem Felsen lag, eingenommen. Die Seiten waren so glatt wie Eis, und er hatte ein Jahr gebraucht, bis er die Festung mit Hilfe von Feuerschutz nehmen konnte. Der Rana selbst hatte sie vor der Bestürmung aufgegeben, hatte sich noch tiefer in sein unwirtliches Königreich zurückgezogen. Akbar wußte es, doch die übriggebliebenen Rajputs hatten lang und heftig gekämpft, mit einer Verbissenheit, die er nicht verstehen konnte. Er hatte bei der Belagerung schwere Verluste erlitten und zornentbrannt zum ersten- und letztenmal während seiner Regierungszeit angeordnet, daß alle Verteidiger des Forts niedergemetzelt würden. Die Rajput-Frauen begingen natürlich *jauhar*, bevor die Festung eingenommen wurde. Ihre Scheiterhaufen waren das Symbol der Niederlage.

Einige Rajputs marschierten mit uns, zur linken Jaipur und zur rechten Malwar. Weniger bedeutende Fürsten folgten mit ihren wenigen Reitern, verdeckt durch den Staub. Wenn sie nicht mit uns kämpften oder gegen uns, dann fochten sie ununterbrochen gegeneinander. Ihre eigenen kleinen Fehden kosteten sie ihr Blut und ihre Einigkeit, doch es paßte uns, diese Fehden zu begünstigen, da sie dadurch davon abgehalten wurden, sich gegen die Mughals zu verbünden.

Ich blickte zurück. Ich führte hundertfünfzigtausend Mann und Tiere in den Kampf. Siebenundfünfzigtausend saßen zu Pferd und auf Elefanten - Rajputs, Jats, Mughals, Dogras. Hinzu kamen Musketenträger und Fußsoldaten. Elefanten zogen vierzig Kanonen über dieses schwierige Land. Neben meinen eigenen Kriegern folgten noch tausend Mann, die sich um die Verpflegung und Betreuung der Armee kümmerten. Fünfzigtausend Wagen mit Getreide folgten dem Zug und unzählige Stück lebendes Vieh, Ziegen und Hühner. Wenn die Verpflegung knapp wurde, würden wir bei den Dorfbewohnern für Nachschub sorgen, doch wir würden nicht plündern. Wir waren keine Eroberer mehr, sondern Regenten und konnten die Bauern nicht vor den Kopf stoßen. Es herrschte unaufhörlich Lärm: das Knarren der Sattelgurte der Elefanten, das Klirren der Zügel und Gebißstangen der Pferde, das Rattern der Karren, das Quietschen der Räder, das Surren der Peitschen, die *dundhubis*, die Hörner, die lauten Kommandorufe.

Vor mir schleppten fünf Elefanten die Mughal-Standarten. Wie immer ritt ich auf Bairam. Ich hatte meinen Elefanten nach Akbars General benannt. Es war ein kluges, tapferes Tier, das sich vor nichts fürchtete, und seine Stoßzähne waren mit Eisen beschlagen. Auf einer Seite führte ein Pferdeknecht mein Pferd Schaitan. Ardschumand fuhr in einem geschlossenen, vierrädrigen Wagen hinter mir. In ihm war Platz genug, daß vier Leute schlafen konnten, doch lediglich ihre Zofe Satium-nissa Khananam begleitete sie. Neben ihrem Gefährt ritt der Arzt Wazir Khan, der ständig in Bereitschaft war. Er schien sich offensichtlich nicht wohl zu fühlen, sah müde aus; er war es nicht gewohnt, solche Strapazen auf sich zu nehmen. Sicherlich hätte er es vorgezogen, Ardschumand im luxuriösen Palast zu betreuen, doch sie ließ sich nicht von ihrem Plan, mich zu begleiten, abbringen. Ich war stolz auf sie, auf ihre Treue und ihren Mut. Eine andere Frau wäre zurückgeblieben, hätte mir vom Balkon zugewinkt und sich dann wieder dankbar in den bequemen Palast zurückgezogen, zu ihren Damen. In ihrer

Begleitung mußte ich ja mutig und erfolgreich sein. Isa kümmerte sich um ihr Wohl, versuchte es ihr so bequem wie möglich zu machen. Täglich ritt er voraus, um zu erkunden, ob das Nachtlager kühl, sauber und bequem wäre, Badewasser und Essen bereitstünden. Dann ritt er zurück – bei dieser Hitze eine Strapaze –, um sich um ihr Wohl zu kümmern. Er war genauso besorgt um sie wie ich.

Wir waren zwanzig Tage von Agra entfernt – die Armee bewegte sich im Rhythmus von Bairam, der nie zur Eile angetrieben werden konnte –, als mir gemeldet wurde, daß sich der Rana von Mewar, nachdem er erfahren hatte, daß wir uns näherten, in seine befestigte Stadt Udaipur zurückgezogen habe. Damit hatte ich gerechnet. Er konnte es mit meinen Männern nicht aufnehmen, mußte also eine Strategie entwikkeln.

In dieser Nacht beriet ich mich mit den Befehlshabern von tausend Soldaten. Sie machten sich auf eine lange, geduldige Belagerung gefaßt, und das war der einzige Rat, den ich von ihnen erhalten konnte. Als sie sich zurückzogen, blieb ich allein zurück, in eine Decke gehüllt, und brütete vor mich hin. Es war eine kühle Nacht. Isa trat leise auf mich zu. Sein Gesicht war verhärmt und abgespannt. Es erschreckte mich.

»Isa, was ist los?«

»Ihre Hoheit... hat angefangen zu bluten.«

Kapitel XIV
Das Tadsch Mahal
1049 (a. D. 1639)

Hungersnot suchte das Reich heim. Der Monsunregen war ausgeblieben, und sogar die mit Schneewasser angefüllten Flüsse waren jetzt nur noch Bäche. Die Erde war staubig und hart und die Felder rissig und öde. Die Verbrennungsstätten waren Tag und Nacht in Funktion. Ständig hörte man die klagende, schaurige Musik der Trompetenschnecke. Immer mehr Tote wurden zu den Scheiterhaufen gebracht. Die Menschen aßen, was ihnen in die Hände fiel: Hunde, Wurzeln, Baumrinden, denn auf den Märkten gab es keine Nahrung zu kaufen. Wenn sie nichts mehr zu essen fanden, legten sie sich hin und starben. Die Straßen des Reiches waren übersät mit Toten und Kadavern: Männer, Frauen, Kinder, Vieh, Ziegen und Pferde. Was nicht auf dem Scheiterhaufen verbrannte, wurde von Schakalen, Hunden und Geiern gefressen. Bäume, Wiesen und Blumen verdorrten, starben ab, und die Landschaft nahm eine einheitliche Farbe an, ein düsteres Braun, die Farbe des Todes. Auch der Himmel zeigte die gleiche Farbe.

Das Grabmal stand verlassen da, erst ein paar Fuß hoch, der Marmor war staubüberzogen. Der Fluß dahinter versickerte, ein dünnes Rinnsal schalen Wassers. Das Flußbett war dem erbarmungslosen Sonnenlicht ausgeliefert wie der trockene Leib eines Reptils.

Sita lag auf dem Boden ihrer Hütte, geschützt vor den Sonnenstrahlen, aber nicht vor der Hitze, der man nicht entkommen konnte. Sie hing in den vier niedrigen Wänden, brütend, nach Luft ringend, abwartend. Sie war abgemagert, sie konnte ihre Knochen im ungewissen Licht erkennen. Die Kinder lagen neben ihr, schnieften und weinten, doch sie konnte sie nicht trösten. Sie wollten keine Liebe, nur etwas zu essen.

Murthi hockte vor der Hütte, seine dünnen Beine wirkten wie zwei abgebrochene Stöcke, die aus der harten Erde herausragten. Er blinzelte, beobachtete die Staubwolke, die auf ihn zuschwebte, und fragte sich, was sich wohl dahinter verberge. Auch die anderen Männer neben ihm starrten zum Himmel hoch, der sich verdunkelte.

»Er ist zurückgekehrt«, flüsterte Murthi heiser. Seine Stimme war schwach, doch er hatte nicht die Kraft, sie zu erheben und Sita zu rufen.

»Ja«, erwiderte sein Nebenmann bitter. »Was hat das für einen Nutzen für uns? Er sieht ja nicht, daß sein Volk vor Hunger stirbt; er kümmert sich nur um dieses Grabmal.«

»Ah, ich habe gehört, in Lahore hätten sich die Leute an ihn gewandt, und er hätte die Kornkammern geöffnet. Wir sollten ihn ansprechen, wenn er sich morgen früh am *jharoka-i-darshan* zeigt.«

»Bist du lebensmüde?«

»Was macht das schon für einen Unterschied, woran man stirbt? Ich sterbe jetzt vor Hunger. Wenn ich dafür, daß ich um Essen bitte, bestraft werde, ist es besser. Kommst du mit mir?«

Sein Nachbar aus dem Pandschab befühlte vorsichtig sein mageres Gesicht, als ob er sich überzeugen wollte, daß das Fleisch noch vorhanden wäre. Er wandte sich seiner Hütte zu. Ein Kind war bereits gestorben, das andere lebte kaum noch, und seine Frau war auch mehr tot als lebendig.

»Wir müssen noch andere gewinnen. Ich hörte, in Lahore hätte sich eine große Menge versammelt.«

»Es werden sich andere uns anschließen.«

»Du mußt uns führen. Du kannst dem Padishah das Bittgesuch vorlegen.«

Murthi war damit einverstanden. Er konnte es sich leisten, mutig zu sein; er wurde ja beschützt. Aber von wem? Er hatte keine Ahnung, doch in dem großen Fort über dem Fluß war jemand, der ihn schützte. Er hatte sich erkundigt, doch niemand beantwortete seine Frage: »Wer kümmert sich um mich, um uns?« Die Günstlinge des Herrschers zuckten nur mit den Schultern und wandten sich ab. Als Sita vor dem Beamten zusammengebrochen war, trug man sie fast leblos in ihre Hütte. Ohne daß Murthi ihn gerufen hätte, kam der *hakim*. Er trug seidene Gewänder und Juwelen, was seinen hohen Rang verriet. Er war der Leibarzt des Herrschers, und er versorgte Sita, verschrieb ihr Medikamente, die er ihr auch brachte. Murthi fragte ihn, nachdem er seine Ehrfurcht überwunden hatte: »Wer hat Euch geschickt?« Der *hakim* antwortete nicht. Er murmelte nur, er sei gerade unterwegs gewesen und habe gesehen, wie Sita umgefallen sei. Murthi wußte, daß er log, doch er war überaus dankbar.

Ein paar Tage später kam er wieder, um zu sehen, ob sich Sita erholt hatte. Sie hatte wieder Farbe gewonnen und fühlte sich gekräftigt. Dann wurde aus der Palastküche Essen gesandt: Fisch, Eier, Milch, Gemüse, alles in Hülle und Fülle. Murthi fragte nicht mehr, wem er dies zu verdanken habe. Statt dessen fragte er den *hakim*, indem er auf das aufstrebende Grabmal zeigte: »Bahadur, kanntet Ihr die Kaiserin?«

»Ja«, erwiderte der *hakim* und ließ den Blick lange auf dem Grabmal verweilen.

»Wie war sie?«

»Eine tapfere Frau«, sagte der Arzt. »Zu tapfer, wenn man dies als ein Verschulden betrachten möchte.«

Es war offensichtlich, daß er nicht weiter darüber sprechen mochte, doch seine Worte erfreuten Murthi. Ein Mann, der sie gekannt hatte, fand Worte der Ehrerbietung für sie. Mut war eine Tugend, die er nur mit mythischen Gestalten in Zusammenhang brachte: Bhima, Arjuna, nicht mit gewöhnlichen Sterblichen.

Als Schahdschahan aus dem *bargah* trat, ging am Horizont die orangerote Sonne auf. Isa wartete, Sekretäre, Soldaten und Höflinge warteten ebenfalls. Er ging über den Mamorboden, und die Trommel kündigte an, daß er sich dem *jharoka-i-darshan* näherte. Außer Isa hielt sich sein Gefolge im Hintergrund, wartete respektvoll hinter der Goldschranke. Schahdschahan setzte sich auf die Kissen, blickte hoch zum fahlen Horizont, dann auf das unvollendete Grabmal und schließlich auf das Volk. Es bevölkerte die ganzen Felder bis zum Fluß, bis zum anderen Ufer. Ihre Gesichter waren nach oben gewandt, dunkle Flecke in weißer Kleidung. Die goldene Kette der Gerechtigkeit wurde hinuntergelassen, ohne daß er es befehlen mußte. Einen Augenblick lang verharrte sie so, dann läutete die Glocke.

»Warum arbeiten sie nicht?«

»Sie verhungern«, erwiderte Isa barsch.

Schahdschahan bemerkte den Ton, doch er sagte nichts. Er musterte Isas Gesicht im zitronengelben Licht des anbrechenden Tages. Wie viele Jahre kannten sie sich schon? Er konnte sich kaum noch an den Anfang erinnern, an den königlichen Meenabasar und den Straßenjungen, der neben Ardschumand kauerte. Es war schwierig, sich in diesem Mann den Jungen vorzustellen. So lange waren ihre Leben miteinander verkettet, daß er Isa nie richtig gesehen hatte. Er wußte wenig von ihm. Isa diente ihm hingebungsvoll, überschritt aber nie die Grenzen zur Vertraulichkeit. Nie erwähnte er Ardschumand, ihr Name schien vergessen zu sein, er pflegte sie *Agachi* zu nennen. Schahdschahan hauchte *Agachi*, doch es gelang ihm nicht, es wie Isa auszusprechen, mit derselben Betonung... ja, Zuneigung. Hatte Isa sie geliebt? Möglich. Er wollte mit ihm über sie reden, etwas Neues entdecken. Jeder Mensch enthüllt nur einen Teil seines eigenen Wesens gegenüber dem einen, einen anderen Teil gegenüber dem anderen, doch nie alles gegenüber einer einzelnen Person. Doch Isa verhielt sich distanziert, formell. Sie waren schließlich, trotz ihres gemeinsamen Bandes, keine Freunde.

Der Sekretär nahm das Bittgesuch von der Kette der Gerechtigkeit und blickte zum Herrscher hoch. Wollte er sich selbst darum kümmern oder sollte es sofort den Beamten weitergereicht werden, die sich mit solchen Dingen beschäftigten? Der Herrscher war gedankenverloren, bemerkte ihn gar nicht. Isa streckte die Hand aus. Der Sekretär zögerte zu lange. Isa trat einen Schritt vor und griff wütend nach dem Papier. Der Sekretär war erbost über die Beleidigung. Er hätte gern protestiert, hielt es aber für klüger, seinen Mund zu halten. Isa entfaltete das Bittgesuch. Er schnalzte mit den Fingern, und ein Soldat brachte eine Laterne. Das gelbe Licht fiel auf die Bittschrift, auf das Gesicht des Herrschers, das bekümmert und müde aussah, als ob er allmählich von dieser Welt verschwinden wollte.

»Seine Hocherhabene Majestät, Bewohner des Paradieses, Zweiter Herr des Himmels, Großer Mughal, König der Könige, Schatten Allahs, Geißel Gottes, Herrscher der Welt...«

Ungeduldig drehte Isa das Blatt um. Der Sekretär schüttelte sich vor Entrüstung, wartete auf den günstigen Moment, zuschnappen zu können. Solche Frechheit, solche Respektlosigkeit würden bestraft werden. Doch der Herrscher lächelte schwach, schien sich zu belustigen und gestattete Isa, das Bittschreiben durchzulesen. Ein anderer Mann in Isas Position wäre dick und reich geworden, doch Isa hatte keinen Titel, keine großen Ländereien, keinen Reichtum, nichts. Der Herrscher konnte ihn zermalmen wie eine Fliege, doch er hielt sich immer zurück. Selten redeten sie sich direkt an. Manchmal schien zwischen ihnen sogar eine unterschwellige Feindschaft zu herrschen, mehr von Isas Seite als von der des Herrschers, aber sie waren niemals weit voneinander entfernt. Isa bewegte sich in Schahdschahans Schatten. Oder etwa der große Schahdschahan in seinem? Das Ganze verwirrte den Sekretär.

»...König Schahdschahan. Wir, Euer Volk, bitten Euch in aller Demut. Seit zwei Jahren gab es keinen Regen. Die Flüsse sind ausgetrocknet, das Getreide ist verdorrt. Es gibt keine

Nahrung. Wir können so nicht leben. Unsere Kinder bekamen seit vielen Tagen nichts zu essen, und sie sterben vor Hunger. Wir ernähren uns von Baumrinden und Wurzeln und werden wie unsere Kinder schwach und sterben. Wir appellieren an Eure Gerechtigkeit, an Eure Freigebigkeit: Gebt uns zu essen!«

Schahdschahan blickte hinab. Das Volk starrte schweigend zurück. Die Sonne war aufgegangen, brannte auf die Erde herunter, und ihr Strahl kroch über die nach oben gerichteten Gesichter, erhellte sie nach und nach.

»Wer ist ihr Anführer?« erkundigte sich der Herrscher.

Isa blickte hinunter. »Murthi hat als erster unterschrieben, dann folgen viele andere Namen.«

»Wer ist er?« Die Stimme des Herrschers hatte einen drohenden Unterton.

»Er meißelt die *jali*, die das Grabmal umgibt«, erwiderte Isa.

»Woher weißt du das?«

»Ich weiß es.«

Der Herrscher wartete. Isa fügte nichts hinzu. Schahdschahan ging der Sache zwar nicht weiter auf den Grund, merkte sie sich aber, da es ihn sehr interessierte. Den Sekretär aber noch mehr.

»Was hätte sie getan?« Das Flüstern des Herrschers drang nur an Isas Ohr.

»Sie hätte ihnen zu essen gegeben.«

»Dann gib ihnen zu essen. Öffne die Kornkammern, öffne die Schatzkammer, kauf Nahrungsmittel, wo immer du welche findest. Diejenigen, die Lebensmittel zurückhalten, sollen hingerichtet werden.«

Schahdschahan erhob sich von seinem Thron, hob seine Hand in einer unsicheren Geste, als ob er das Volk segnen wolle. Sie verneigten sich tief. Die Stille war vorüber, und er hörte ihr Gemurmel, als er sich in seine Gemächer zurückzog. Isa blieb noch einen Augenblick, beobachtete, wie sich die riesige Menge zerstreute. Sie konnten nicht wissen, wie der Herrscher entschieden hatte, doch bald wäre dies an den

Portalen des Forts zu lesen. Er blickte hinunter, konnte kein einzelnes Gesicht erkennen. Er hatte nur die Neugier des Herrschers wirklich wahrgenommen.

1050 (a. D. 1640)

Das Grabmal wuchs, Block um Block, wand sich nach oben, dem Himmel entgegen. Parallel zu jeder Wand wuchs das Ziegelsteingerüst. Zwei Gruppen von Steinhauern arbeiteten angestrengt um die Wette. Im gleichen schnellen Rhythmus entstand die Böschung, die sich der Höhe des Grabmals anpaßte. Sie wirkte wie eine zehn Meilen lange, schlammfarbene Schlange, die sich durch Mumtazabad schlängelte. Sie war so breit wie ein Wagen, doch an der einen oder anderen Stelle war sie breiter, so daß leicht ein zweiter durchfahren konnte, ohne umzukippen. Elefanten und Ochsen zogen die Marmorplatten und Wagenladungen von Ziegeln den Abhang hinauf, in einer endlosen Prozession. Oben schlangen Männer ein Seil um jeden Marmorblock und befestigten das Ende am Flaschenzug, der immer ein paar Fuß über der Höhe des Gebäudes angebracht war. Der Elefantentreiber trieb dann seinen Elefanten nach vorn, um den Block hochzuheben, dann langsam nach unten zu lassen und ihn auf den unteren Block zu setzen. Jede Platte paßte genau, war unbeweglich, schien zu stöhnen, als sie den ihr vom Schicksal zugewiesenen Platz einnahm.

Mit seinen schwieligen, zerschundenen Händen entfernte Murthi sorgfältig den Marmorstaub. Seit er mit seiner Arbeit angefangen hatte, waren drei Jahre vergangen, und er hatte in der Zeit einen viereckigen *jali* geschaffen. Es schien ihm, als ob der Stein nicht mehr als ein Schleier wäre, der die Zeichnung bedeckte und der nur von dem darunterliegenden komplizierten Muster entfernt werden mußte.

Murthi bewegte seine Hände, die steif vom Meißelhalten geworden waren. Jeden Tag begann er bei Tagesanbruch und hörte bei Einbruch der Nacht auf, machte nur eine kurze Pause für sein Mittagsmahl und eine weitere für eine Tasse Tee, die ein Verkäufer vorbeibrachte. Gopi kauerte am Feuer. Jedesmal wenn sein Vater einen Meißel abwarf, legte er ihn in die Kohlen, bis er kupferfarben glühte, dann ließ er ihn zu Boden fallen, bis er abkühlte. Gopi hatte die gleiche Geduld und hartnäckige Konzentration wie sein Vater. Er beobachtete, wie er das Muster aus dem Stein meißelte, Splitter um Splitter. Er lernte durch Beobachtung, aus der Praxis. Er zweifelte nie daran, daß er das Talent seines Vaters geerbt hatte und sein Nachfolger würde. Wie konnte es auch anders sein? Seine Vorfahren hatten dieses Handwerk ausgeübt; es lag ihm im Blut, und er konnte sich nichts anderes vorstellen. Sein Leben war dafür bestimmt, den Stein zu beherrschen. Wenn er Zeit hätte, würde er an einem kleinen, überflüssigen Marmorblock üben. Er hatte auf der flachsten Seite einen kleinen Tiger aufgezeichnet und geduldig damit begonnen, das Tier mit dem Meißel zu bearbeiten. Wenn es zu seiner Zufriedenheit ausfiele, würde er es auf dem Markt für eine Rupie verkaufen.

Murthi zog noch einmal an seiner gerollten Zigarette und warf sie dann weg. Er nahm seinen Meißel auf und fing behutsam an zu meißeln, immer im gleichen Takt. Nur das geübteste Ohr konnte die winzigen Abweichungen im Ton erkennen. Lauter, leiser, sanfter, härter. Anmutig, fast unbewußt. Ab und zu, wenn Murthi gut vorankam mit seiner Arbeit, erlaubte er seinen Gedanken, zu schweifen. Er dachte an seinen Vater, sein Dorf; dachte sehr unfreundlich an den Radscha, der ihn in diese fremde Stadt kommandiert hatte. Er hoffte, er war inzwischen gestorben. Dann kehrten seine Gedanken an seinen älteren Bruder zurück, wie er so geheimnisvoll verschwunden war, als ob die Erde ihn verschlungen hätte. Er erinnerte sich an sein lustiges Wesen, seine Kühnheit, seine Abenteuerlust. Er hatte nie den Wunsch verspürt, auf den Spuren seiner Ahnen zu wandeln, doch zweifellos hätte er es doch getan, wenn er älter geworden wäre. Was konnte er anderes tun. Murthi hatte sehr an seinem Bruder gehangen. Sie waren Freunde gewesen, noch nicht in dem Alter, da sich Feindseligkeiten, Zänkereien und Eifersüchteleien verhärteten. Er vermißte ihn immer noch, doch im Laufe der Jahre war die Erinnerung etwas verblaßt.

Aus dem Augenwinkel bemerkte Murthi die juwelenbesetzten Schuhe. Die Steine waren Perlen und das Material des Schuhs war Gold. Er blickte auf. Ein hochgewachsener, elegant gekleideter Mann stand vor ihm. Murthi bemerkte in seinem Blick ein triumphierendes Funkeln.

»Du bist Murthi, der Mann, der das Bittgesuch unterzeichnet hat?«

»Ja, *bahadur*«, erwiderte Murthi vorsichtig, denn der Mann konnte ja ein Beamter sein.

Nachdem Murthi seinen Namen unter das Bittgesuch gesetzt hatte, rechnete er mit Ärger. Zu ihrer großen Überraschung hatte es Erfolg. Die Kornkammern waren geöffnet worden, alle erhielten Nahrung im Überfluß. Der Herrscher öffnete auch die Schatztruhe und verschenkte eine halbe Million Rupien als Almosen. Das war vor einem Jahr gewesen, und langsam hatte er die Furcht verloren. Nun kehrte sie auf einmal zurück, sein Instinkt warnte ihn, sich vor diesem Mann in acht zu nehmen.

»Komm mit.«

»Warum? Wohin?«

»Du wagst es, mir Fragen zu stellen?« fragte der Mann barsch. »Ich bin der Sekretär des Herrschers. Los, komm.«

Im Zwielicht verwandelten sich die Marmorwände im *diwan-i-khas* in blasses Gold. Sogar die Edelsteine in den ziselierten Blumen zeigten ein anderes Licht. Topase wurden zu Diamanten und Jade zu Smaragd. Nichts behält von Anfang bis zum Ende sein ursprüngliches Wesen, dachte Schahdschahan, die Dinge veränderten sich unerwartet, grob und unvorhersehbar.

Er lehnte sich auf dem Diwan zurück, lauschte der Musik, bemerkte kaum die Frauen, ihr Parfüm, ihre Sanftheit. Sie tanzten zu seinem Vergnügen. Andere Frauen knieten neben ihm, füllten seinen Becher, strichen ihm über die Stirn, verschafften ihm mit ihrem Fächer Kühlung. Auf der anderen Seite saß sein Sohn Dara. Schahdschahan betrachtete ihn mit unverhüllter Zuneigung und legte einen Arm um die Schultern des jungen Mannes. Sie verbrachten viele Abende miteinander; der junge Mann war ein Trost für den älteren. Dara hatte ein offenes Gesicht, war aufgeweckt, intelligent und hatte die Augen von Ardschumand.

»Was soll ich deiner Meinung nach tun?«

»Nichts, Vater. Laß sie in Frieden. Das ist ihre Art der Anbetung, und es gab hier keinen Tempel, in dem sie beten konnten. Sie haben diesen Tempel ganz im geheimen gebaut, und er schadet niemandem.«

»Sie hätten mich darum bitten sollen.«

»Du hättest es wegen der Mullahs abgelehnt. Sie hätten verlangt, daß du ihn in Grund und Boden stampfst.«

»Sie tun es immer noch. Sie bestehen darauf.« Schahdschahan seufzte ärgerlich. Die Mullahs waren ihm ein ständiger Dorn im Auge; die Gottesmänner gönnten ihm keine Ruhe.

»Wie kommt es, daß Männer, die behaupten, Gott zu lieben, ihn so engstirnig sehen?« fragte Dara. »Das habe ich noch nie verstanden. Die Brahmanenpriester sind auch nicht anders. Auch sie sind stur in ihrem Glauben, und es ist unmöglich, mit ihnen über solche Dinge zu diskutieren, oder mit den Jesuiten. Wir sollten Akbars Beispiel folgen: Toleranz üben. Akbar glaubte, das sei der Eckpfeiler des Reiches. Wenn wir die Tempel der Hindus zerstören, werden sie sich gegen uns erheben. Sie sind unsere Untertanen, und sie müssen das Gefühl haben, daß sie in Frieden in unserem Reich leben und ihre Religion ausüben können.«

Schahdschahan kniff seinem Sohn in die Wange. »Du bist wie Akbar. Du wirst einmal so groß sein wie er.«

»Es genügt, sein demütiger Schüler zu sein. Er schrieb, die Gerechtigkeit müsse für alle Menschen gleich gelten: Moslems, Hindus, Buddhisten, Jains, Sikhs und Christen.«

»Ja, ja. Ich bin ja durchaus damit einverstanden. Doch selbst der Herrscher der Welt spürt den heißen Atem der Mullahs in seinem Nacken.«

Schahdschahan wußte, daß jede Macht ihre Grenzen hatte,

auch seine eigene. Sie endete hinter der Vorstellungskraft, wo sogar die Hand des Herrschers zauderte, sich zurückzog. Er konnte den religiösen Eifer seiner Mullahs prüfen, doch nur kurz. Wenn sie zu fordernd wurden, würde er die Zügel kurzfristig lockern, um sie abzulenken, um ihren Glauben zu stärken, daß er die Geißel Gottes sei. Es lag ihm nicht, zu verfolgen. Er blickte Dara an. Wäre er, wenn er an der Macht wäre, in der Lage, sie unter Kontrolle zu halten? Oder würde er sie durch seine erklärte Toleranz gegenüber allen Religionen gegen sich aufbringen? Akbar war stark, vernichtete nur diejenigen, die er nicht besänftigen konnte. War Dara ein zweiter Akbar? Schahdschahan glaubte es in seiner Liebe zu seinem Sohn. Dara hatte auch Ardschumands Mut geerbt. »Ich werde gestatten, daß der Tempel bleibt.«

Dara freute sich über das Urteil seines Vater. Er wußte, die Entscheidung war richtig. Die moslemischen Mughals regierten, doch dies war das Land der Hindus, und sie mußten die Freiheit haben, ihre Religion ausüben zu können.

Der Sekretär trat herein, verbeugte sich und verkündete: »Majestät, Seine Königliche Hoheit, Prinz Aurangzeb wünscht eine Audienz.«

Auf einen Wink seines Vater trat Aurangzeb herein. Einen Augenblick stand er an der Türschwelle und ließ seinen Blick durch den Raum schweifen. Die Sonne hatte ihn gebräunt, der Krieg ihn hart gemacht. Er war schlanker geworden, aufrechter, befehlerischer. Seine Augen verweilten am längsten auf seinem Bruder, und obwohl seine schwarzen Augen unergründlich waren, verzog er unmerklich den Mund voller Geringschätzung, dann jedoch mit dem Eindruck wehmütigen Neides. Aurangzeb verneigte sich und blieb stehen. Er wurde nicht aufgefordert, sich zu setzen, und er wußte, die Besprechung mit seinem Vater würde kurz sein. Das war immer so, als ob sein Vater ihm nicht viel zu sagen hätte, außer seine Befehle zu geben.

»*Shahbash*«, sein Vater klatschte in die Hände. »Du bist so wie ich einst war. Du hast diese Dekkan-Ratten so erschreckt, daß sie sich unterwarfen. Doch werden sie so eingeschüchtert bleiben?«

»Ja, das werden sie.«

»Warum bist du so sicher? Wir haben es alle versucht, doch in dem Augenblick, da wir ihnen den Rücken kehren, greifen sie wieder nach ihren Schwertern.«

»Weil ich Aurangzeb bin.« Es war eine überraschende, doch keine prahlerische Bemerkung. Er blickte seinen Vater an und schien noch größer zu werden. »Sie wissen, daß ich nicht freundlich oder nachgiebig sein werde. Sie wissen, daß sie von mir keine Schonung erwarten können.«

Schahdschahan musterte seinen dritten Sohn. Dieser glich einem Adler. Seine Augen blickten wild und funkelten, waren immer wachsam, die Nase erinnerte an einen Schnabel, und seine ganze Haltung zeugte von zurückgehaltener Herausforderung. Er fühlte Feindschaft, die im Zaum gehalten werden mußte. Schließlich, um zu einer Entscheidung zu kommen, nickte er.

»Sie müssen also ständig unter Beobachtung stehen?«

»Ja. Und streng regiert werden, sonst versuchen sie wieder ihre alten Tricks.«

»In Ordnung.« Schahdschahan war zufrieden. »Dann ernenne ich dich zum *Subadar* des Dekkan.«

Aurangzeb blinzelte überrascht. Er sah seinen Bruder an, der nichts sagte, aber zu lächeln schien. Aurangzeb bewegte sich nicht von der Stelle. Diese Ernennung, von jeher die Aufgabe des Kronprinzen, würde ihn von Agra, vom Hof und von der Macht fernhalten. Doch Entfernungen konnten abgeschätzt werden.

»Wie der Herrscher es wünscht.«

»Gut.« Schahdschahan erhob sich und umarmte Aurangzeb. Es war eine formelle Geste, ohne Zuneigung, ein Zeichen der Verwandschaft.

»Komm, schau dir das an und sag mir, was du davon hältst.« Er machte eine Geste zu dem offenen Himmel hinter dem Marmorbogen; das Grabmal erhob sich im Licht der Abenddämmerung.

»Ich habe es gesehen«, bemerkte Aurangzeb knapp. Er fand es verschwenderisch, extravagant, doch er schwieg.

»Für mich selbst habe ich auch ein Grabmal geplant. Dort!«

Schahdschahan wies auf das Ufer, dem das Tadsch Mahal gegenüberlag. »Es wird bis ins kleinste Detail das gleiche sein, doch es soll aus schwarzem Marmor erbaut werden. Eine silberne Brücke wird die beiden verbinden.«

»Ich sorge dafür, daß es gebaut wird«, sagte Dara.

Aurangzeb sagte nichts. Er machte eine Verbeugung vor seinem abgewandten Vater, dann blickte er bewußt lange und hart seinen Bruder an. Der Schleier lüftete sich, darunter lag Haß.

Kapitel XV
Die Liebesgeschichte
1023 (a. D. 1613)

Schahdschahan

Sie warteten über uns, starrten herunter; wir warteten unten, starrten hinauf. Ein voller Monat war vergangen, seit wir die Stadt belagert hatten. Wir umkreisten die hohen Wälle von Udaipur, das steil am Hang lag. Die Wälle waren auf allen Seiten glatt; eine einzige kurvenreiche Straße führte zu den schweren hölzernen Portalen hinauf. Ich konnte auf den Zinnen keine Gesichter erkennen; zweifellos hielten sie mich zum Narren. Von Zeit zu Zeit wurde ein Schuß abgefeuert, ein Mann fiel. Die Kanonen erwiderten das Feuer, doch die kraftlosen Schüsse prallten von den Wällen ab; die Verteidiger johlten. Meine Männer saßen oder lagen an den schattigen Stellen, die sie finden konnten, waren froh, daß sie am Leben blieben und unverletzt waren.

»Macht es wie Akbar!« riefen meine Befehlshaber. »Baut einen *sabat.*«

»Ich bin nicht Akbar, ich bin Schahdschahan. Ein *sabat* braucht ein Jahr und kostet mich genauso viele Menschenleben wie Akbar.«

Ein *sabat* ist ein langer, kurvenreicher Tunnel, der sich wie eine Kobra vom Boden erhebt und zu den Zinnen einer Festung hinaufführt. Er besteht aus Holz und Ziegelsteinen und wird mit Schlamm abgedichtet, ist breit genug, zehn Reiter aufzunehmen, die in aufrechter Haltung reiten. Abgedeckt wird er mit einem Dach aus Holz und Fellen. In den Wänden sind Schießscharten eingelassen, durch die ein andauerndes Gewehrfeuer auf die Verteidiger abgegeben werden kann. Es ist eine lebendige, bewegliche Festung. Die Männer, die sie bauen, arbeiten ungeschützt, und natürlich sterben sie. Akbar verlor zwanzig Mann pro Tag und das ein ganzes Jahr lang, denn so lange dauerte der Bau. Die starken Verluste machten ihn zornig.

»Untergrabt die Festung.«

»Der Boden ist zu steil, zu hart.«

Sie kehrten in ihre Zelte zurück, niedergeschlagen, enttäuscht. Ich hörte sie flüstern: Schahdschahan kann nicht befehlen. Ich hörte auch das Echo von Mehrunissas Geflüster aus Agra, das über das Land kroch, sich wie ein Fangarm langsam um mich schlang: Schahdschahan wird scheitern.

Ich umritt immer wieder die befestigte Stadt – wie oft? Jeden Tag hoffte ich, ich würde ein schwache Stelle entdecken, eine Schwäche, die ich prüfen und brechen konnte. Die Wälle waren unverändert; das schräge Gelände eignete sich schlecht als Kampfplatz für den Feind. Die Rajputs hatten genug Wasser und Nahrungsmittel für ein Jahr und genügend wilde Krieger, um sie länger als ein Jahr zu verteidigen. Ein Direktangriff den Steilhang hinauf würde den Verlust zahlreicher Menschenleben bedeuten, oder noch schlimmer, die Niederlage. Ich hörte schwache Musik und konnte einen kurzen Blick auf die hellen roten, gelben und blauen Gewänder der Rajputana-Frauen werfen, die auf mich herunterblickten, um meine Fortschritte zu beobachten. Die Farben schillerten im Sonnenlicht, ihre Helligkeit blendete, bildete einen starken Kontrast zu dem stumpfen Braun des Landes. »Akbar, führe mich, gib mir einen Mann-zu-Mann-Kampf, und ich werde siegen. Diesen Felsen kann ich nicht erobern.«

Jeden Tag bei Einbruch der Dämmerung kehrte mein Geliebter niedergeschlagen zurück. Ich liebte ihn, doch er bemerkte es kaum. Ich tröstete ihn, doch es kümmerte ihn wenig. Er ging ruhelos auf und ab, brütete vor sich hin. Seine Augen waren schwarz wie die Nacht und genauso gefährlich. Außer mir konnte sich niemand dem Prinzen nähern.

Wir lagerten anderthalb Meilen vor dem Fort. Mein Zelt war neben dem See aufgeschlagen. Um uns herum lagen die Ruinen eines verlassenen Palastes; die Wände waren eingestürzt und gebrochen, wie die Zacken einer Krone. Nachts, wenn ich in seinen Armen lag, hörten wir die Wildschweine, das Wild und die Tiger, die zum Wasser kamen, vorsichtig und wachsam. Später in der Nacht vernahmen wir von den dunklen, mit Dschungel bedeckten Hügeln den süßen Warnruf des Wildes, gefolgt von dem Geschnatter der Affen und kurzem, rauhen Röhren der Hirsche. Der Tiger war auf Jagd. Wir hörten sein entferntes, gedämpftes Gebrüll – sogar die Erde erbebte davon –, und dann die Stille, die Wiederkehr flüsternder Geschäftigkeit im Dschungel, nachdem die Gefahr vorbei war. Der Tiger hatte getötet.

Im Morgengrauen sahen wir in den Nebelschwaden, die vom Wasser aufstiegen, die Hirsche im See stehend, nach Grünzeug suchend, und anderes Wild, das trank, bevor die Hitze des Tages ausbrach. Die ersten zarten Sonnenstrahlen verliehen dem See Erhabenheit.

Diese Anblicke und Geräusche, die geregelten Bewegungen der Natur heilten mich. Sie trösteten mich und gaben mir meine Kraft zurück. Ich hatte tagelang Blutungen, weinte bitterlich, denn ich wußte, es war nicht mein Blut, sondern das des unschuldigen Kindes. Das Gesicht des *hakim* war ernst; er konnte nichts gegen das schwindende Leben ausrichten. Ich schwitzte, ich glühte, meine Haut war wie Kreide, mein Körper war mir viel zu schwer. Die Armee hielt sich zurück, war still und geduldig, und ich fühlte, wie mein Liebster meine Hand hielt, mein Gesicht küßte, Worte der Liebe und des Trostes flüsterte.

Der Tod hatte in meinem Gesicht seine Spuren hinterlassen, die nie mehr ausgemerzt werden konnten. Ich fühlte mich alt vor Kummer. Mit abgewandtem Gesicht hörte ich wie benommen das Knirschen der Wagenräder und den Tumult des Heeres, das sich fortbewegte. War ich zu alt, um ein Kind auszutragen? Fünf vergeudete Jahre, leere Jahre – ich raste über solche Vergeudung, über meine Unvollkommenheit, mein Versagen, ein Kind auszutragen.

»Es ist tot«, flüsterte Schahdschahan. »Bald machen wir ein neues.« Er fing meine stillen Tränen auf, küßte und kostete sie.

»Wenn ...«

»Nein, sag nichts. Dir ist kein Vorwurf zu machen. Ich habe dich an dein Versprechen gebunden. Auch nächstes Mal wird es nicht anders sein. Ich werde mit dir kommen, wir dürfen nie getrennt sein.«

»Ich hätte wissen müssen, wie eigensinnig du sein würdest.«

»Wie sonst hätten wir heiraten können?«

Er lachte und hielt mich im Arm. Vorher hatte ich seines Trostes und seiner Stärke bedurft; jetzt brauchte er meine, denn er war niedergeschlagen, wie ich es gewesen war.

»Ich höre Mehrunissas Geflüster«, sagte er, »und fange an, ihm zu glauben.«

»Sie können da drinnen nicht ewig überleben.«

»Ich kann nicht für immer hierbleiben. Sogar meine eigenen Männer machen sich über mich lustig. Ich sehe ihre Blicke, wenn ich vorbeireite, höre ihr Gemurmel. Sie wissen, ich bin besiegt.«

»Du bist es nicht, du bist es nicht.« Dieser Ausspruch von mir war zu einem Ritual geworden, bevor wir schlafen gingen. Ich flüsterte ihn, damit uns niemand hören konnte. Es war ein kleiner Trost. Unser Wille allein konnte nicht diese hohe Festung zum Einsturz bringen. »Was essen sie, was trinken sie?«

»Man sagte mir, sie seien für ein Jahr ausgerüstet. Eine Ewigkeit.«

»Ein Jahr ist nicht die Ewigkeit. Eines Tages müssen sie herauskommen.«

»Erst dann, wenn wir abgezogen sind. Man berichtete mir,

Mehrunissa werde bereits ungeduldig. Nur eine kleine Festung, und Schahdschahan kann sie nicht bezwingen. Soll ich Dschahangir schicken oder Mahabat Khan? Wenn sie anrükken, bin ich besiegt.«

»Was geschieht«, flüsterte ich, »wenn du abziehen würdest und die Rajputs sich wieder herauswagten?«

Er verstand.

Seine Augen glänzten, verloren ihre Düsterkeit. Er weckte Isa auf und befahl den Musikanten zu spielen, den Sängern zu singen. Wein sollte gebracht werden. Wir tranken und lachten, das Vergangene besaß nicht mehr die Macht, uns zu verletzen. Wir hatten es abgeschüttelt. Niemand verstand unsere Fröhlichkeit, man lächelte nachsichtig, da man annahm, wir lachten nur, um unsere Sorgen zu vergessen. Als die Tänzer und Sänger müde geworden waren, gaben wir ihnen einen Wink, sich zurückzuziehen, und kehrten in unser Schlafgemach zurück. Als wir uns liebten, war unsere Leidenschaft genauso groß wie beim erstenmal.

Schahdschahan

Ich geißelte die Erde.

Wie Tamerlan zerstörte ich. Einen Monat lang verwüstete ich das Land, ließ das Getreide, Vieh, Schweine, Hühner, Schafe, Ziegen, Kamele vernichten, und wenn sie mir Widerstand leisteten, metzelte ich auch die Menschen nieder. Meine Männer ritten gegen Osten, Westen, Norden und Süden, zerrten am Herzen des Landes, zermalmten seine Seele. Brunnen wurden vergiftet, Seen mit Tierkadavern gefüllt. Bei Einbruch der Dunkelheit wirbelte die versengte Erde Wolken von Staub und Rauch auf, die die Abendsonne verhüllten. Der *Rana* konnte von den Schutzwällen der Stadt beobachten, wie sein

Königreich vernichtet wurde. Feuer wüteten, Dörfer wurden dem Erdboden gleichgemacht, Bauern waren verzweifelt und verängstigt, beobachteten, wie meine Reiter ihr Korn, ihr Mobiliar, ihre Träume und ihr Leben zerstörten. Der Dschungel ging in Flammen auf, und die Tiere flohen.

Ich wußte, der *Rana* sah alles. Die Festung war ruhig, bekam Furcht, die starken Wälle schienen bei jedem neuen Feuer, das aufflackerte, ein Heim niederbrannte, eine Familie, Kinder, einen Hausstand auslöschte, zu schrumpfen, zurückzuweichen. Auch Krieger bestellten die Erde, tranken Wasser, aßen und liebten ihre Frauen und Kinder. Sie konnten nicht nur durch Tapferkeit am Leben gehalten werden, sie konnten sich nicht von Mut ernähren. Jetzt hatte ich den schwachen Punkt des *Rana* entdeckt. Wenn niemand von seinem Volk übrigblieb, nichts von seinem Land, gab es nichts mehr zu regieren. Er würde sich in einen Geisterfürsten verwandeln, der in einer Geisterstadt lebte, auf einem Geisterhügel.

Dreißig Tage lang bewies ich dem Rana meine Stärke. Jeden Tag, im Morgengrauen, nahm ich auf Bairam meinen Platz am Ausgangspunkt der Straße, die zu den Stadttoren führte, ein; bei Einbruch der Nacht zog ich mich wieder zurück. Die Hälfte meiner Streitkräfte setzte die Belagerung fort. Ich brauchte keine ganze Armee, um das Land zu verwüsten. Er konnte nicht entkommen, konnte nicht seine Reiter aufstellen, um das Land zu verteidigen. Eine ummauerte Stadt ist immer zu halten, doch sie kann nicht selber angreifen und wird schließlich zu einem Gefängnis. Ich wartete ab. Ich las im Koran, die Memoiren von Babur, Gedichte. Ich befahl den Musikern aufzuspielen; sie unterhielten mich, und vielleicht erfreuten sich auch die eingesperrten Menschen in der Festung an der Musik.

Eines Morgens öffneten sich die Tore; ein Abgesandter trat hervor, in Begleitung eines Dutzends Fußsoldaten. Sie waren nicht bewaffnet. Meine zahllosen Soldaten verstummten, verhielten sich so ruhig, daß ich die Schritte hören konnte, die sich auf der trockenen Erde näherten. Der Erste Minister des *Rana* war ein Brahmane. Er verbeugte sich und blickte zu mir hoch. Sein Blick konnte kaum seinen Hochmut verbergen. Auf seiner

Stirn trug er sein Kastenzeichen. Der Dummkopf wartete darauf, daß ich als erster grüßte. Ich schwieg.

»Der Fürst von Mewar entbietet dem Prinzen Schahdschahan seine Grüße. Er hat beobachtet, wie Ihr sein Königreich vernichtet habt, und das hat ihn betrübt. Er kann nicht die Härte von Prinz Schahdschahan verstehen, nicht begreifen, wieso er gegen ein friedliches Volk Krieg führt. Akbar würde nicht...«

»Ihr sprecht mit Schahdschahan, nicht mit Akbar. Während Ihr weiterschwafelt, setzen meine Männer ihr Werk fort. Was wünscht der Fürst von Mewar? Möchte er sich ergeben oder möchte er den Untergang seines Königreiches?« Ich kehrte zu meinem *Babur-nama* zurück. Wenn Babur meine Schlauheit besessen hätte, hätte er Farghani zurückerobern können. Aber dann hätte er sich nicht nach Süden nach Hindustan gewandt, sondern wäre hiergeblieben, um den Rest seiner Tage dieses kleine Königreich zu regieren.

»Kapitulation«, sprach der Erste Minister schnell und schroff. Das Wort entsetzte ihn. »Befehlt Euren Männern, einzuhalten.«

Ich sah den Sieg vor Augen. »Zuerst wird der Fürst von Mewar selbst an mich herantreten. Er darf reiten und kann eine Eskorte von ... hundert bewaffneten Reitern mit sich führen.« Wie Babur und Akbar verstand ich die Kunst der Versöhnung und erkannte die Notwendigkeit der Nachgiebigkeit. In den *Arthasastras* riet Kautilya, der politische Weise, dem Fürsten, sich nicht unnötig Feinde zu schaffen. Der Erste Minister zeigte keine Regung, doch sein Blick wurde sanfter, seine enge Brust dehnte sich, wie die eines Hahnes, der sich aufplustert, um zu krähen. Der Stolz seines Herrn würde respektiert werden; er würde wie ein Fürst aus seiner Festung reiten.

Ich wendete Bairam und ritt an meinen Männern vorbei. Sie machten mir respektvoll Platz und verneigten sich, ehrten meine Weisheit. Ich zwang mich, meinen Stolz und meine Erregung zu unterdrücken, und hielt nur kurz an, um eine knappe Botschaft zu übergeben: »Informiert meinen Vater, den Herrscher, daß Mewar besiegt ist.«

»Allahu Akbar.«

Ich konnte meinen Jubelschrei nicht mehr unterdrücken. Ich warf meine Arme hoch, umarmte die Sonne und den Himmel, die Erde und die Winde, den Dschungel und die Flüsse. Herrscher der Welt! Der Name paßte; nicht anders hätte ich geboren werden können. Mein Elefant war ein Streitwagen, der durch den Himmel jagte, und alle Menschen huldigten mir. Schahdschahan! Schahdschahan! Schahdschahan! Der trockene Wind flüsterte meinen Namen, die Vögel zwitscherten ihn vom Himmel, Bairams Füße trampelten in seinem Rhythmus. Ich fühlte mich überirdisch, gottgleich, die Welt war zu klein, um meine Freude zu fassen. Meine Hochstimmung hatte begonnen, als sich das Tor langsam geöffnet hatte, in der erwartungsvollen Stille knarrte. Es machte eine kühle Quelle in mir frei, die sprudelte, blubberte, bis sie aus meinen Lippen hervorquoll. Ich konnte mir nichts in meinem Leben vorstellen, das diesem glich; dahinter verblaßte alles andere. Es war, als ob ich bis jetzt nicht gelebt hätte. Nein, das stimmte nicht. Die erste Begegnung mit Ardschumand – das war noch großartiger, aber anders. Jenes war die Trunkenheit der Liebe gewesen; das hier war der Sieg.

Ardschumand

Schahdschahan zog seine Pantoffeln aus und ließ sich langsam und würdevoll auf die Kissen fallen. Er sah so jung aus, so stolz, mein Herz schmerzte vor Liebe. Widerstrebend wandte ich meinen Blick von ihm und blickte durch das Gitter auf die Menge im *diwan-i-am*. Die Adligen wurden gegen das zinnoberrote Geländer gedrängt; dann strömten sie auf den Platz dahinter, stellten sich auf die Zehenspitzen, um einen Blick auf meinen Prinzen werfen zu können. Khusrav, Parwez und Shahriyar, seine Brüder, standen hinter ihm. Ihre Gesichter waren verschlossen, düster, undeutbar. Was für Eifersüchteleien waren im Gange?

»Ich wußte, er würde Erfolg haben«, flüsterte mir Mehrunissa ins Ohr. »Er wird ein großer Fürst werden.« Sie nahm mich in die Arme, als wenn ich die Siegerin wäre. »Ich werde ihm immer helfen. Sag ihm, er kann sich auf mich verlassen.« Ich sah die berechnende Zärtlichkeit in ihrem Blick.

Ein Sieg bedeutete Macht, und man mußte mir schmeicheln, weil es ihr von Nutzen sein konnte.

Hinter dem silbernen Geländer stand ein zierlicher, verwirrter junger Mann, der Sohn des *Rana* von Mewar. »Was für ein wilder Knabe«, lachte Mehrunissa und machte sich über ihn lustig. Sein Turban konnte kaum seine Haarfülle fassen, thronte auf seinem Kopf wie ein unbeholfen geschlungenes Seil, das nach Rajputani-Art aufgerollt war. Sein Gewand war unmodisch, und obwohl er einen arroganten Gesichtsausdruck zeigte, war es offensichtlich, daß er sich fürchtete, die große Versammlung ihm Scheu einflößte. Karan Singh war ein liebenswürdiger, wenn auch ungebildeter junger Mann. Es war angenehm, solche Unschuld, solche Neugier zu erleben. Bei Hof verlieren sich diese Eigenschaften schnell. Während unserer Reise von Mewar nach Ajmer hatte er Schahdschahan alle möglichen Fragen gestellt. In Ajmer wurde unser erstes Kind geboren, während wir auf Dschahangir warteten. Wir hatten es vor neun Monaten voller Freude neben dem See gezeugt. Wir hatten um einen Sohn gebetet. Gott schenkte uns eine Tochter, Jahanara. Sie war ein hübsches Baby, und wir liebten sie. Dschahangir war siegestrunken – er betrachtete den Sieg als sein Werk –, hatte den Hof hierher gebracht, fünfzig Meilen von Mewar entfernt, um zu feiern. Ajmer war eine kleine dichtbevölkerte Stadt. Sie war schon ziemlich alt, hatte Häuser mit Flachdächern und war von den Taragarh-Hügeln umgeben. Es gab zwei ehrwürdige Moscheen: Arhai-din-ka-jhonpra und die Dargah. Mein Liebster ging in die Dargah, um für den Sieg und unsere Tochter zu danken. Akbar hatte in der Stadt ein kleines Fort errichtet, doch Dschahangir zog es vor, das kaiserliche Zelt am Gestade des Sagar-Sees aufzuschlagen. Den ganzen Tag wehte eine starke kühle Brise von den Hügeln.

Der Herrscher trat ein und bestieg den Thron. Er lächelte meinem Geliebten zu, klatschte vor Freude und Vergnügen in die Hände, und die Adligen taten es ihm schnell nach. Alle Gesichter leuchteten vor Glück.

»Ich freue mich über meinen Sieg über Mewar«, kündigte Dschahangir an. »Wo mein Vater Akbar scheiterte, errang ich den Sieg. Ich wünschte mir nur, er könnte hier meinen Sieg miterleben. Er wäre stolz auf mich gewesen, wie er es zu Lebzeiten nie war. Mein edler Geist wünscht nicht, diese alten Familien zu zerstören, ich möchte nur in Frieden und Harmonie mit ihnen leben. Aus diesem Grund allein habe ich vom *Rana* von Mewar nichts verlangt. . .«

Er blickte zu Karan Singh herunter. Karan verneigte sich unbeholfen. Es war nicht ganz korrekt, doch Dschahangir vergab ihm... »Ich habe mir von ihm lediglich gewünscht, er solle mir seinen Sohn, *Patrani* von Mewar, eine Zeitlang als Gast überlassen. Der *Rana* behält sein Königreich, und als einziges verlange ich von ihm Treue und Liebe. . .«

Mehrunissa kniff mich: »Ärgere dich nicht. Erlaube ihm, Herrscher zu sein. Wir wissen alle, daß Schahdschahan diese Worte gebrauchte. Sie gefielen Dschahangir, und deshalb solltest du auch damit einverstanden sein.«

»Zumindest sollte er den Namen meines Mannes erwähnen.«

». . . Ich bin stolz auf meinen Sohn Schahdschahan, der genau meine Anweisungen befolgt hat. Ich habe seine Apanage auf zehntausend *bat* und fünftausend *sowar* erhöht . . .«

»Gefällt dir das nicht? Du bist jetzt reich.«

». . . und erlaube ihm, ab heute den roten Gulabar zu tragen.«

»Ich habe dir ja gesagt, er würde deinen Prinzen nicht vergessen.«

Rot, doch nicht aus Blut – das war der Traum, der mich seit Jahren verfolgt hatte. Ich hatte gedacht, der Blutfleck auf dem Diwan habe die Deutung eines Traums gezeigt. Doch ich hatte mich geirrt. Ich lachte und klatschte in die Hände. Mein Liebster war jetzt offiziell als Kronprinz bestätigt. Erst das

Erbland von Hissan-Feroz und jetzt den Erbgulabar. Dschahangir überschüttete Karan Singh mit kostbaren Geschenken, und die Zeremonie ging weiter.

1025 (a. D. 1615)

Wann wurde mein Sohn Dara gezeugt? Eine Frau kann so etwas feststellen, nicht durch Berechnung, sondern aufgrund ihres Instinkts, durch die Liebe. In der Nacht dieses großen Ereignisses habe ich Dara empfangen. Es konnte nicht anders sein. Dara wurde in Freude, Glück, Lachen und Liebe gezeugt. Ich erinnere mich an die Umarmungen, die Küsse, die große Leidenschaft unseres Beisammenseins. Unsere Körper glühten vor Verlangen, unser Blut hämmerte. Was wir in dieser Nacht fühlten, übertrugen wir auf unser Kind. Aus dieser Vereinigung stammte sein Wesen.

Ich weiß nicht, wie es sein sollte, doch lange bevor wir unsere Kinder zur Welt bringen, schaffen wir ihr Wesen. Wenn sie im Mutterleib sind, zehren sie nicht nur von unserem Körper, sondern auch von unserem Geist, unserem Herzen und der Luft, die wir atmen. Dara verursachte mir keine Schmerzen, oder vielleicht nahm ich sie in meiner Glückseligkeit gar nicht wahr. Er kam schnell mit dem Sonnenlicht der Morgendämmerung. Er schrie nicht, sondern lag still in meinen Armen und blickte sich voller Neugier um. Er hatte Schahdschahans Augen.

Ich konnte ihn nicht den Ammen übergeben, die begierig darauf warteten, den kleinen Prinzen zu stillen. Es war eine Ehre für diese Frauen, daß der Prinz an ihren Brüsten saugte. Sie würden mit Reichtümern und Ehren belohnt werden, und ihre Stellung im Harem stieg. Doch ich führte seinen suchenden Mund an meine eigene Brust, wollte ihn selber stillen. Ich befahl den schwerbrüstigen Ammen, sich zurückzuziehen. Ich fand, ich mußte vorsichtig sein. Ihre Milch konnte vielleicht unser geliebtes Baby verändern, seinen Geist nach ihnen formen.

Als erster besuchte mich Schahdschahan. Sein Gesicht wirkte nach der durchwachten Nacht abgespannt und müde. Er hatte genauso gelitten wie ich, oder vielleicht sogar noch mehr. Er küßte mich voller Dankbarkeit, weil ich lebte und legte sich zufrieden und erschöpft neben mich. Dann musterte er unseren neugeborenen Sohn, behutsam und fragend. »Er ist genauso schön wie du.«

Er reichte ihm seinen Finger, und das Baby umklammerte ihn mit seiner kleinen Faust. Es schien, daß sie von gleichem Geist waren, sich auf Anhieb liebten, genauso wie es uns ergangen war. Beide lächelten einander bewundernd an, und als sich der Prinz hinunterbeugte, um seinen Sohn zu küssen, lachte Dara vergnügt.

»Dein Bart kitzelt ihn. Ich hoffe nur, er wird genauso stark und groß wie du.«

»Er ist mein Erbe«, flüsterte Schahdschahan, und dann flüsterte er in das zarte Ohr des Kindes: »Eines Tages wirst du der Große Mughal.« Mehrunissa blickte neugierig auf Dara herunter, den Kopf leicht zur Seite geneigt. Sie blinzelte, als ob sie durch einen Schleier blickte. Sie wollte ihn gerade in die Wange kneifen, ihre übliche Art der Zuneigung, was ihn zum Schreien bringen würde, doch ich hielt ihre Hand.

»Was überlegst du?«

»Ich habe ihn gerade bewundert«, lächelte Mehrunissa. »Ich finde, er gleicht Schahdschahan. Dschahangir freut sich sehr. Er hat ein Geschenk geschickt.« Sklaven taumelten unter dem Gewicht einer riesigen Goldwiege herbei. Sie hing an einer Stange, die auf beiden Seiten von zwei Ständern gehalten wurde. Sie war so hoch wie ein hochgewachsener Mann, und es war reichlich Platz für einen kleinen Jungen vorhanden. An den Seiten waren laufende Elefanten eingraviert. Mehrunissa küßte mich, zögerte etwas zu lange und preßte dann ihre Lippen auf Daras zarte Stirn. Unsere Gesten verraten uns mehr als unsere Worte. Ich beobachtete, wie Mehrunissa sich langsam, tief in Gedanken versunken, von meinem Bett entfernte.

Isa

Ich liebte Dara, als ob er mein eigener Sohn wäre. Wenn es meine Pflichten erlaubten, besuchte ich ihn. Wenn er mit Ardschumand oder dem Prinzen zusammen war, störte ich ihn nicht, doch wenn er unter der Obhut der Mädchen war, holte ich ihn weg, und wir gingen hinaus auf die Wiese, um zu spielen. Seine Haut und sein Haar waren weich, und er hatte viel Vergnügen an meinen Zärtlichkeiten, hielt meine Finger, als ob ich sein Vater wäre. Er war noch nicht in dem Alter, da er den einen vom anderen unterscheiden konnte. Doch bald war es soweit. Er glich Ardschumand, außer seinen dunklen Augen, die wie die seines Vaters waren.

Es war ein ruhiges, angenehmes Hauswesen. Wir lebten in Harmonie, und es war eine Erleichterung, nicht mit den Intrigen des Herrscherpalastes konfrontiert zu sein. Ich glaube, Ardschumand hätte gerne für immer hier gelebt, vergessen von ihrer Familie. Sie liebte ihren Mann inbrünstig und war so oft wie möglich mit ihm zusammen. Sie besaßen eine seltene Vertrautheit, da es ja die meisten Eheleute vorziehen, Fremde zu bleiben, abgesehen von den Augenblicken, da sie miteinander schlafen.

Doch Mehrunissa duldete keinen Frieden. Schahdschahans Sieg hatte ihre Macht nur noch vergrößert. Sie sonnte sich darin, und als der Dekkan erneut aufsässig wurde, flüsterte sie des Prinzen Namen in Dschahangirs Ohr.

1026 (a. D. 1616)

»*Agachi,* Ihr müßt hierbleiben. Ich kümmere mich auf der Reise um den Kronprinzen.«

»Nein, du bist nicht seine Frau. Wir haben uns ein Versprechen gegeben.«

Doch sie seufzte, als wir gemeinsam das Durcheinander der Vorbereitungen für die Entbehrungen im Dekkan beobachteten. Es wurde Winter, eine gute Zeit für den Feldzug, weiter südlich verbrannte die Hitze des Hochsommers die Haut.

»Doch erinnert Euch, was auf der Reise nach Mewar passierte. Euer Zustand erlaubt keine Reise.« Ihr Leib war schon wieder gerundet; sie bewegte sich steif und mühsam. Zu schnell hatte sie wieder ein Baby empfangen. Sie hätte ein oder zwei Jahre aussetzen sollen. Der *hakim* vertraute mir das an, nachdem er sie untersucht hatte. Er war besorgt und steckte mich damit an. Die Straße in den Süden war holpriger, unwegsamer und die Kämpfe vielleicht noch heftiger.

»Du redest wie eine alte Frau. Vielleicht möchtest du daheim bleiben, es bequem haben?«

»*Agachi,* ich folge Euch, wohin Ihr geht. Doch überlegt: Soll auch Dara die Reise mitmachen? Er ist zu jung.«

»Er wird sich daran gewöhnen«, seufzte sie, als ob sie endlose Reisen voraussehen würde.

Das Baby wurde im tiefer gelegenen Teil des Reiches geboren. Es war wieder ein Sohn – Shahshuja. Ardschumand, die von der Geburt erschöpft war, ließ ihn durch eine Amme stillen.

Die Landschaft, die Menschen und das Klima, alles war ungastlich. Die Hügel zeigten ein dumpfes Rot, waren scharf wie Zähne, erhoben sich über einen dichten Dschungel, in dem abgelegene Dörfer und kleine Fürsten zu finden waren.

Burhanpur war eine kleine befestigte Stadt in einem Dorf am Tapti-Fluß, auf dem ständig Boote zwischen Burhanpur und Surat verkehrten. Der Fluß klatschte gegen die Palastmauern, und von den Brüstungen aus konnten wir durch den Dunst die schwerfällige große Felsenfestung Asirgarh erkennen, die die höchste in Hindustan ist. Man benötigt einen ganzen Tag, um vom Flachland bis zum Tor zu gelangen. Akbar hatte zwei Jahre gebraucht, bis er sie eingenommen hatte, und auch dies war ihm schließlich nur durch List gelungen.

Der Palast war ein kleiner, einfacher Ziegelbau. Es gab hier keinen Sandstein oder Marmor. Der Dunst der Hitze war unerbittlich, brachte jeden Felsen und Busch zum Flimmern.

Humajun, Akbar und Dschahangir und jetzt Schahdschahan, alle waren gekommen, um in diesem Palast zu leben, um gegen diese kleinen Fürsten zu kämpfen, die ständig Unruhe stifteten. Warum konnten sie nicht friedlich die Herrschaft des Großen Mughals hinnehmen, statt sie immer wieder hierher zu locken?

Shahshujas Geburt war lang und schmerzhaft. Ardschumands Schreie und ihr Wimmern brannten mir im Herzen. Danach war sie müde und teilnahmslos. Sie lag in ihrem Raum und blickte hinaus zu den unveränderten Hügeln, dem trägen Fluß und dem grellen Himmel. Gelegentlich freute sie sich am Schatten einer vorüberziehenden Wolke, deren Bewegung kurzfristig die Hügel verdunkelte. Wir waren fünfhundert Meilen von Agra entfernt, und uns war allen zumute, als ob wir auf einer fremden, brennenden Welt lebten, in der wir die einzigen Lebewesen waren.

Ihr Körper gewann nicht sofort wieder seine schöne Form zurück, sondern blieb aufgeschwemmt, schwer, als ob das Kind immer noch in ihr wäre. Ich vermute, das störte sie – die Frauen achten auf solche Dinge –, doch sie sprach mit Schahdschahan nicht darüber. Wenn er von Besprechungen mit den Befehlshabern zurückkehrte, war sie lustig, lachte, redete und spielte mit Dara und Jahanara, erweckte den Eindruck, als ob sie den ganzen Tag in dieser heiteren Stimmung gewesen wäre. Doch Ardschumand kam nicht zur Ruhe. Nachdem sie so viele Jahre auf ihren geliebten Prinzen gewartet hatte, fielen jetzt seine Kinder eines nach dem anderen aus ihr heraus. Neun Monate später brachte sie Raushanara zur Welt. Das Mädchen wurde von einer Dörflerin gestillt, deren Baby gestorben war, und Ardschumand war dankbar für die Erholungspause. Doch ihre Zuneigung für Dara blieb unverändert. Sie nahm ihn ständig in den Arm und liebkoste ihn und bedeckte ihn mit Küssen. Auch Schahdschahan schien ihn gleichermaßen und beständig zu lieben. Die anderen Kinder musterte er nur, umarmte sie kurz und küßte sie. Der Favorit stand fest: Er hatte sich in ihrem

Herzen festgesetzt, und niemand konnte ihm diesen Prinzen rauben. Wie bewußt Eltern unter ihren eigenen Kindern die Wahl treffen!

»Isa, du gehst mit meinem Liebsten in den Kampf. Du mußt ihn gegen seine Feinde verteidigen.«

»*Agachi*, ich werde ihn begleiten, doch ich bin kein Krieger. Ich tue mein Bestes.«

»Wenn er stirbt, sterbe ich auch. Mein Herz bricht mir dann. Ich hasse diese Leute, die eine solche Gefahr für Schahdschahan bedeuten. Und doch hat er seinen Spaß daran, als ob es ein Spiel wäre, bei dem niemand wirklich stirbt. Er ist wie ein Kind, das Spaß an einem neuen Spielzeug hat.«

»Die Mughal-Armee ist kein Spielzeug, *Agachi.* Ihr solltet stolz sein, daß er ein so starkes Herr befehligt. Er wird wieder siegen.«

»Ich weiß, doch meine Angst bleibt bestehen. Ein zufälliger Pfeil, eine Lanze, eine Musketenkugel, und auch mein Leben ist beendet.«

So begleitete ich Schahdschahan in den Kampf, doch ohne die geringste Freude. Ich saß unbequem zusammengekauert auf seiner *howdah* hinter ihm. Bairam roch nach Krieg; er trug eine Kettenrüstung, und als wir losmarschierten, trompetete er mächtig. Die anderen Elefanten antworteten, und ihr Trompeten klang in den Hügeln wider. Der Boden erzitterte unter den Reitern, die wie Quecksilber über Hügel und in Schluchten flossen. Der Kampfplatz stand fest: eine Hochebene in der Nähe von Elhchpur. Die Armeen der Nizam-Shahi-Könige würden gegen uns antreten.

Als wir uns ihren Streitkräften näherten, blickte ich mich um, kaum ermutigt durch den Anblick der Tausende, die Schahdschahan anführte. Direkt neben uns ritt seine eigene militärische Eskorte, und dahinter folgte Mahabat Khan, der achtsame Schatten Dschahangirs. Der alte Gerneral zog kaltblütig in den Krieg; er lag mit gekreuzten Beinen und mit hinter dem Kopf verschränkten Armen in seiner *howdah.* Ich vermutete, seine Haltung sollte alle, die ihn so sahen, beruhigen und ermutigen. Zu unserer Rechten ritt der neugewonnene Freund des Prinzen, Karan Singh. Der Mewar-Prinz zog das Pferd vor. Unter seinem dunklen Turban trug er einen Metallhelm, und sein Körper war durch eine feinmaschige Kettenrüstung geschützt. Links ritt der alte Gefährte des Prinzen, Allami Sadu-lla Khan. Schahdschahan trug nur die leichteste Panzerrüstung, die aus zwei gutgepolsterten eckigen Metallschildern bestand, die seine Brust und seinen Rücken schützten und zwei kleineren Teilen, die seine Seiten abschirmten. Das Ganze wurde durch Goldverschlüsse zusammengehalten. Sein Helm war mit nickenden Federn geschmückt und mit Gold ausgelegt, und den Rücken schützte ein Kettenhemd. Seine Gewehre wurden von Gewehrträgern geschleppt, die neben Bairam einhertrotteten. Auch sie waren gut geschützt. Nur ich war nicht für den Kampf gerüstet, da ich meine übliche Kleidung trug und daher äußerst verletzbar war. Ich betete ständig.

Schahdschahan hob seinen rechten Arm, so daß ihn alle zu seiner Rechten sehen konnten und drehte das Handgelenk einmal. Einen langen Augenblick bewegte sich nichts. Dann trennten sich zehntausend Reiter von der Hauptarmee und galoppierten nach Süden. Er tat das gleiche mit der linken Hand, und weitere zehntausend Reiter galoppierten nach Norden. Dies war das Zeichen für die Büffelhörner, das Signal für den Angriff auf die Flanken unserer Feinde zu geben. Vor uns wurde die Kanone gezogen und marschierten die Musketenträger. Wir erreichten den Rand der Hochebene, und weit entfernt bewegte sich die feindliche Armee auf uns zu.

Schahdschahan hob beide Arme, und wir hielten. Eine bewährte Methode der Kriegführung war, den Feind einzukreisen, ihn zu enttäuschen, wenn er glaubte, er hätte durch den Angriff Erfolg. Die Barrikaden für die Musketenträger waren errichtet, und die Fußsoldaten griffen nach ihren Waffen. Weit entfernt, im Süden und Norden, würden zwanzigtausend Reiter den Feind einschließen.

Schahdschahan wandte sich nach mir um. Sein Gesicht wirkte ruhig, doch seine dunklen Augen leuchteten, ein Feuer brannte in ihnen. Er glich einem großen Tier, dem sich das Fell sträubte. Er war sprungbereit.

»Isa, fürchtest du dich?«

»Hoheit, ich kann nicht lügen. Ja. Ich bin den Krieg nicht gewöhnt.«

»Ich kann dir deine Ängste nicht nehmen. Jede Armee hat das gleiche Ziel: Sieg. Und ein Teil dieses Ziels ist es, den Befehlshaber zu töten. Wenn mich meine Männer nicht sehen – und sei es auch nur für einen kurzen Augenblick –, würden sie annehmen, ich sei tot, und den Rückzug antreten. Ich bin ihre Seele. Wenn ich sterbe, sterben sie geistig auch. Der Feind wird alles versuchen, mich zu treffen. Ich finde, du hast dir den falschen Elefanten ausgesucht.«

»Hoheit, Ihr hättet *Agachis* Bitte ablehnen und statt dessen verlangen müssen, daß ich bei ihr bleibe.«

»Wer kann Ardschumand etwas abschlagen? Kannst du es?«

»Nein, Hoheit.«

Seine Aufmerksamkeit wandte sich wieder dem Feind zu, der näher kam, ich betete von neuem. Die Feigheit ist etwas Elendes. Ich schwamm in Selbstmitleid, machte den Göttern die ausgefallensten Versprechungen; wenn sie mein Leben beschützten, würde ich ihnen jedes erdenkliche Opfer bringen. In diesem Augenblick war ich frei von jeder Heuchelei, meine Seele frei für die Prüfung. Ich konnte mich nicht an die Worte des Korans erinnern, auch nicht an die Bedeutung dieses Glaubens.

Im dunklen Heiligtum meiner Seele betete ich zu Shiwa. Ich bat um Vergebung für meinen Betrug: die Verleugnung meiner Götter wegen einer geheuchelten Konvertierung. Bestimmt würde Shiwa verstehen, daß in dieser moslemischen Welt ein kleiner armer Hindu wie ich seinen bescheidenen Ehrgeiz – zu überleben – nur dadurch verfolgen konnte, daß er sich rein äußerlich zu ihrem Glauben bekannte. Wenn ich am Leben bliebe, würde ich Buße tun, ich würde seiner göttlichen Gegenwart zu Ehren *homan* machen; seinem Tempel all meine Ersparnisse opfern; die Armen mit Nahrung versorgen, nach Varanasi, Badrinath pilgern, wohin er wollte. Voller Demut würde ich meinen Kopf kahlrasieren.

Meine Gebete wurden durch das immer lauter werdende Gemurmel der Männer unterbrochen. Die moslemischen Krieger fingen an zu rufen, erst leise, dann lauter: *Ba-kush, ba-kush,* die Hindus: *Mar, mar.* In meinem Fieberzustand schrie ich ebenfalls: *Mar, mar.* Schahdschahan wandte sich verblüfft nach mir um. »Isa, möchtest du auch töten? Wir geben dir ein Schwert.«

Plötzlich hatte ich sein eigenes Schwert in der Hand. In seiner Verwirrung hatte er wohl überhört – vielleicht hatte er es auch gehört und maß dem keine Bedeutung bei –, daß ich den Hindu-Schrei ausgestoßen hatte.

Der Feind kam uns entgegen, ein Gewirr von Staub, Pferden, Männern und Elefanten. Sie wollten uns anscheinend einfach überrollen und niedertrampeln. Sie hatten keine Strategie, den Zusammenstoß der beiden Streitkräfte zu verhindern. Schahdschahan lachte, als er sah, wie nah sie zusammendrängten, unfähig, mit den zwanzigtausend Reitern, die sie einschlossen, fertig zu werden. Sie hatten ein paar kleine Waffen, aber keine Kanonen. Als sie in Reichweite waren, hob Schahdschahan den rechten Arm und machte ein Zeichen nach vorn. Unsere Kanonen feuerten sofort. In den Reihen der Feinde wurden Furchen in Fleisch und Metall gegraben. Erneut wurde die Kanone abgefeuert, mehr Lücken entstanden. Die Schreie von Mensch und Tier wurden erstickt, waren nicht in der Lage, das Donnern der Gewehre und der Kanonen zu übertönen. Schahdschahan breitete beide Arme weit aus und streckte sie wieder langsam nach vorn, bis sich beide Handflächen berührten. In der dunstigen Ferne, die blau vor Rauch und braun vor Staub war, sah ich, wie die Reiter die Flanken des Feindes angriffen. Die Sonne blitzte auf Schwertern und Blut, Stahl drang auf Stahl ein, Elefanten trompeteten, Pferde wieherten. Männer hackten auf Männer ein, als ob sie Bäume waren, die gefällt werden müßten, Köpfe fielen, Körperteile wurden abgetrennt, Bäuche aufgeschlitzt. Alles war blutdurchtränkt, die Erde sog es auf, wurde stumpf und dunkel. Die Luft war erfüllt vom Kriegsgesang, vom Ruf zu töten: *Ba-kush, ba-kush; mar, mar.* Bairam stand unbeweglich; keiner der Feinde konnte uns erreichen.

Zur Mittagszeit war der Kampf beendet. Der Feind floh, ließ Waffen, Tote, verwundete Tiere und weinende Menschen zurück. Fünftausend von ihnen starben. Wir hatten einen Verlust von tausendachthundertfünfzig Mann. Die Mughal-Armee schritt übers Schlachtfeld, stieß Schwerter in Sterbende, eignete sich die Goldringe und sonstigen Wertsachen der Toten an. Ich blickte hoch; über uns kreisten Geier. Wie konnten sie wissen? Erreichte der Kampflärm auch ihre häßlichen Ohren? Flüsterten die Götter die Neuigkeiten durch den Wind? Sie kamen aus allen Richtungen, schlugen mit ihren Flügeln, als ob sie das Gemetzel gutheißen würden. *Shabash, shabash.*

1028 (a. D. 1618)
Ardschumand

Ein Goldsessel wurde neben den Thron des Herrschers gestellt, doch Schahdschahan blieb, wo er war. Er saß auf Kissen vor dem Thron. Auf der einen Seite stand ein riesengroßer Goldteller mit Edelsteinen, Diamanten, Rubinen, Smaragden und Perlen. Daneben stand noch ein Teller mit Goldmünzen. Seine Brüder standen hinter ihm und hinter diesen die Edlen des Hofes.

»Du bist so still«, sagte Mehrunissa.

»Ich bin sehr stolz.« Ich lehnte meine Stirn gegen das kalte Gitter. Ich hoffte, es waren keine Siege mehr nötig. Es war eine Erleichterung, den Dekkan zu verlassen und in die kühle Luft von Agra zurückzukehren, die nach der erstickenden Hitze im Süden richtig erfrischend war. Ich betete darum, daß das Reich viele Jahre Frieden hätte und wir unsere harmonische Liebe genießen könnten. »Doch ich bin etwas müde. Das ist die Aufregung. Jedesmal, wenn wir zurückkehren, wächst mein Prinz in der Achtung seines Vaters, doch ich hoffe, es herrscht jetzt Frieden im Land, damit wir ein normales Leben führen können.«

»Schahdschahan ist ein großer Anführer. Alles hängt von seinem Vater und den Unruhen im Land ab.«

»Bitte, Tante, schick nächstes Mal Mahabat Khan. Ich möchte eine Weile hierbleiben.«

»Wer hat dich gebeten, mit ihm zu fahren? Wenn Dschahangir in den Dekkan reisen würde, würde ich ihn mit Vergnügen wegschicken und hierbleiben.«

»Wir haben uns versprochen, uns nie zu trennen.«

Sie zuckte mit den Schultern. »Dann ist das dein Problem. Du bist verrückt, wenn du ihm überallhin folgen möchtest.«

»Er möchte es auch.«

»Bleib nächstes Mal in Agra.« Sie musterte mich durch den Schatten. »Du siehst müde aus.« Ihre Hand berührte meinen gewölbten Leib. »Schon wieder? Hört ihr beide denn nie auf? Ardschumand, du mußt dich erholen. Weis ihn ab.«

»Wie kann ich das?« Unwillkürlich liefen mir die Tränen herunter, verdarben diese große Gelegenheit. »Ich könnte es nicht ertragen, ihn traurig zu sehen.«

»Laß ihn traurig sein«, sagte Mehrunissa barsch. »Was glaubt er denn, was du bist? Eine Kuh? In fünf Jahren hattest du fünf Kinder.«

»Vier«, sagte ich geistesabwesend. »Das ist das fünfte. Das erste kam ja nicht zur Welt.«

»Das ist mehr als genug. Schick ihn zu einer anderen Frau, damit er seine Begierde stillen kann. Mein Gott, der Mann muß ein Stier sein, daß er dich so fordert.« Ihre Stimme wurde leiser: »Ich erlaube Dschahangir nicht, mehr als einmal im Monat bei mir zu liegen. Wenn er sich nicht beherrschen kann, soll er mit den Sklavinnen schlafen. Laß mich dir ein paar Sklavinnen schenken.«

»Nein. Ich werde meinen Mann so lange befriedigen, so lange er nur mich begehrt. Er hat sich keine zweite Frau genommen und verspürt auch keine Lust, mit einer anderen Frau zu schlafen.«

»Doch jedesmal empfängst du wieder ein Kind. Sieh dir deinen Körper an und vergleich ihn mit meinem.«

Ihre Taille war schlank, ihre Haut strahlte vor Gesundheit, ihre langen schwarzen Haare fielen ihr in dichten Flechten bis zur Taille; sie waren glänzend und fest. Ich konnte es nicht leugnen, sie sah jung aus; meine Jugend schien dahinzuschwinden wie ein Rosenblatt, das zwischen ein Buch gepreßt wurde, dünn, verbraucht, schwach. »Ich sehe nicht alt aus.«

»Doch du wirst es, wenn du weiterhin Babys bekommst. Siehst du denn nicht die Bauersfrauen. Sie sind dick, häßlich, schwerfällig, haben unzählige Bälger. Du siehst auch bald so aus.« Sie warf mir einen verschlagenen Blick zu! »Offensichtlich hast du auch deinen Spaß daran. Doch auch zuviel Spaß schadet.«

Ich konnte das nicht leugnen. Manchmal war es mehr als physischer Art. Ich konnte nicht die gleiche Glut der Leidenschaft erleben wie er, nicht mehr die Lust empfinden wie als junges Mädchen. Mein Körper war unzugänglich, als ob ich in einer anderen Welt lebte und die Berührung seiner Lippen und Hände nicht fühlen könnte, auch nicht die drängenden Bewegungen seines Körpers. Doch wenn ich zu ihm hochblickte, seine Lust erkannte, empfand auch ich Vergnügen. Wenn ich auch die Ekstase des Körpers heuchelte, die meines Herzens war echt. In der Nacht seines Sieges konnte ich meinem Körper nicht befehlen, auf seine Berührung zu reagieren. Mein Leib war passiv, schmerzte noch unter der Nachwirkung von Raushanaras Geburt. Das Wundsein dauerte länger als bei den anderen Geburten, mein Inneres brannte unter seinen Stößen. Der Kampf erregte ihn, meine Liebe beruhigte ihn. Ich liebte ihn, ich konnte ihn nicht abweisen.

»Mach es mit der Hand«, sagte Mehrunissa.

»Ich versuchte es, doch es macht ihm keinen Spaß.«

»Was für eine Art Mann ist er? Es ist ihnen egal, wie sie ihre Lust befriedigen, Hauptsache, sie werden befriedigt. Wie wär's mit Jungen, Ziegen, Kühen ...«

»Er möchte nur mir beiwohnen.«

Sie hob eine Augenbraue, verfiel dann in nachdenkliches Schweigen. Sie hatte das Kinn auf die Hand gestützt und musterte Schahdschahan. Ich sollte mit ihr nicht über unsere Liebe sprechen, denn dann wurde sie zu einer Staatsangelegenheit. Man konnte ja nicht wissen, ob sie nicht auch solche privaten Dinge für ihre eigenen Zwecke nutzte.

Der Schlag der *dundhubi* verkündete, daß sich Dschahangir näherte. Hinter ihm kam mein Vater und trug ein schweres, ledergebundenes Buch. Dschahangir ging langsam, stützte sich auf meinen Großvater. Er schien gealtert zu sein, während Mehrunissa immer jünger wurde. Er blieb stehen, um Luft zu holen, als ob er nicht genug davon bekommen konnte.

»Er sieht nicht gut aus.«

»Seine Gesundheit ist ausgezeichnet«, erwiderte Mehrunissa schroff. »Der Herrscher ist völlig in Ordnung, also verbreite keine Gerüchte, sonst bekommst du Ärger.« Ihr Ärger konnte nicht die Unsicherheit in ihrer Stimme verbergen. »Der Herrscher hat noch ein langes, langes Leben vor sich.«

»Natürlich«, erwiderte ich aufrichtig, und sie war vorübergehend getröstet.

Statt den Thron zu besteigen, ging Dschahangir auf Schahdschahan zu und küßte ihn herzlich. Sie umarmten sich voll großer Zuneigung, wandten sich dann, immer noch umschlungen, zu den Edlen um.

»Ich bin stolz auf meinen Sohn Schahdschahan. Erneut hat er sich als großer Krieger erwiesen. Er hat die Dekkan-Ratten vernichtet. Sie verloren einen Kampf, und wie immer feige, wenn sich der Große Mughal nähert, haben sie den Krieg, mit dem sie drohten, aufgegeben. Frieden, riefen sie Schahdschahan entgegen. Sie akzeptierten all meine Bedingungen, und die Schatzkammer fließt nun über von ihren Tributen.«

Der Herrscher redete eine Stunde lang, machte nur hie und da eine Pause, um Atem zu schöpfen – wie ein Ertrinkender – und den Edlen zu gestatten, ihre Begeisterung auszudrücken: *Zindabad* Schahdschahan, *zindabad!* Er wollte gerne sein Gedicht zum Ruhme Schahdschahans vortragen, doch er hatte es verlegt, und es konnte nicht gefunden werden.

Als die Ansprache beendet war, setzte sich Schahdschahan wieder auf seine Kissen. Kammerherrn trugen einen der Goldteller zum Herrscher, und er füllte seine hohlen Hände mit den Edelsteinen und ließ sie wie Wasser über Schahdschahans Kopf rinnen. Der Regenbogen von Edelsteinen prasselte auf meinen Geliebten herunter, wie Tau hefteten sie sich an seinen Turban, seine Ärmel, bildeten leuchtende Pfützen in seinem Schoß und um ihn herum.

Dschahangir griff erneut in den Teller, schüttelte Diamanten und Rubine auf ihn herab, bis der Teller leer war. Dann brachten andere Kammerherrn den Goldteller mit den Goldmünzen. Sie fielen wie Sonnenstrahlen. Schahdschahan hielt den Kopf gesenkt, als die Münzen auf ihn herunterprasselten, über ihn hinwegrollten. Das war das Symbol für die Liebe und das Vertrauen des Vaters. Hätte es in Dschahangirs Reich noch etwas Kostbareres gegeben, würde Dschahangir es hergenommen haben, um seinen Sohn damit zu beschenken.

Doch die überschwengliche Demonstration von Zuneigung war noch nicht vorüber. Dschahangir nahm das Buch, das mein Vater hielt, und hielt es über seinen Kopf, als ob es das höchste Symbol seiner grenzenlosen Macht wäre.

»Das kostbarste Geschenk, das ein Vater seinem Sohn machen kann, ist sein Gedankengut. Darin drückt er nicht nur seine Liebe aus, sondern auch seine Erfahrung, seine Beobachtungen und sein Wissen. Das ist die erste Abschrift des *Dschahangir-nama.* Schahdschahan wird darin Dinge finden, mit denen er nicht einig ist, doch das liegt an ihm. Doch er wird keine Unwahrheit in bezug auf meine Zuneigung zu ihm entdecken. In jeder Beziehung ist er der Erste unter meinen Söhnen, und ich bete zu Allah, daß mein kostbarstes Geschenk ihm Glück bringen wird. Andere Abschriften wurden in verschiedene Städte des Reiches gesandt, damit alle von der Liebe eines Vaters zu seinem Sohn erfahren.«

Schahdschahan nahm das Buch demütig in Empfang. Er küßte den Einband und die Hand seines Vaters. Dschahangir half ihm auf die Füße und führte ihn zu dem goldenen Sessel neben dem Thron. Er bat Schahdschahan, darin Platz zu nehmen, und ließ sich dann auf dem Thron nieder. Noch nie zuvor war es einem Prinzen bei Hof erlaubt worden, in Gegenwart seines Vaters zu sitzen. Auch seine Apanage wurde auf dreißigtausend *zat* und zwanzigtausend *sowar* erhöht.

Ich las das Buch als erste. Es war von seltener Schönheit.

Jede zweite Seite schmückten Zeichnungen, die meistens von Dschahangirs Lieblingsmaler, dem Hindu Bishandas, ausgeführt worden waren. Ich las es nicht nur zum Lobe meines Geliebten – zugegeben, ich hielt mich an diesen Stellen länger als an anderen auf, liebkoste mit meinen Fingern seinen Namen –, sondern versuchte auch, Dschahangir zu verstehen. Er schrieb über vieles: Laila und Madjnun, seine Kraniche, die, einen Monat alt, eingefangen wurden, und die er eigenhändig aufgezogen hatte. Sie hatten ihn in alle Teile des Reiches begleitet, so daß er ihre Gewohnheiten beobachten konnte, wie sie einander pickten, um eine Veränderung anzuzeigen, wenn sie ihre Eier ausbrüteten, wie die Mutter ihre Jungen mit Grashüpfern und Heuschrecken fütterte. Er erzählte, wie er bemerkt hatte, daß ein Stern vom Himmel gefallen war. Er war zu seiner Aufschlagstelle geeilt, hatte ihn ausgegraben und entdeckt, daß er aus Metall war. Er besaß ein Schwert, Alamgir, das aus diesem Stern gemacht worden war. Um das wahre Wesen des Mutes festzustellen, hatte Dschahangir befohlen, daß die Eingeweide eines Löwen untersucht würden, um die Quelle seiner Tapferkeit zu entdecken, doch er konnte keine physische Erklärung finden. Nichts in seinem riesigen Reich war unwichtig für ihn, Wunder oder alltäglicher Verwaltungskram, Naturwunder oder Methoden des Schweinezüchtens. Aus dem *Dschahangir-nama* erfuhr ich viel über meinen Schwiegervater. Es enthielt auch das Geständnis, daß er den Tod des Lieblingshöflings seines Vaters, Abdul Fazl, angeordnet hatte und den Kopf des Mannes in die Latrine werfen ließ. Sein Buch war aufrichtig, er bekannte sogar, daß er zuviel trank: täglich zwanzig Flakons Wein und vierzehn Opiumkörner. Er berichtete auch von der unerwiderten Liebe zu seinem Vater Akbar, eine echte Tragödie. Liebe kann verwunden, wenn sie einem vorenthalten wird oder wenn sie einem im Übermaß zuteil wird.

Es war zwölf Uhr mittags, als Aurangzeb geboren wurde, doch der Himmel war so finster wie bei Nacht. Die Erde war feucht vor Regen, und die Bäume, das Gras und die Pflanzen waren so leuchtend grün wie das Gefieder eines Papageis. Die Nächte waren vom endlosen Quaken der Frösche erfüllt. Der

Monsunregen wühlte die Erde auf, entwurzelte Bäume und fällte sie wie Zweige, veränderte den Lauf des Flusses, der am Palast vorbeidonnerte, mit großem Getöse, rot vor Schwemmsand, er sah aus wie mit Wasser vermischtes Blut. Wasser tropfte von Blatt zu Blatt, vom Dach in den Abfluß, sammelte sich in knöcheltiefen Pfützen in den Höfen. Und bei jedem Atemzug roch die Luft rein.

In so einem Hexenkessel, in einer Zeit, da die Nacht zum Tage wurde, von kalten blauen Blitzen erhellt, und da der Donner die Wände des Palastes erzittern ließ, tat Aurangzeb seinen ersten Schrei. Er schrie nicht aus Angst – seine Augen blickten keineswegs ängstlich; ohne mit der Wimper zu zucken, lauschte er dem Tosen der Natur –, sondern aus Ärger. Er wütete, seine geballte Faust schlug durch die Luft, als ob er dem Donner und Grollen da oben am Himmel drohen wollte. Er war ein sehr zartes Baby, ich dachte nicht, daß er überlebte, doch da war die Wildheit seines Geistes, der feste Entschluß zu überleben. Er schwebte damals zwischen Himmel und Erde, kämpfte gegen die Elemente in ihm und außerhalb. Wie konnte ich ihn lieben, da er doch den Stachel des Todes in sich trug? Ich wandte mich ab und ließ ihn von anderen stillen. Wenn er sterben sollte, würde ich nicht leiden.

Doch er lebte. Dschahangirs persönlicher Astrologe, Jatik Ray, erfolgsgewohnt, erstellte sein Horoskop. Im flackernden Kerzenlicht hüpften und tanzten die Schatten in brütender Feierlichkeit, und er machte seine Berechnungen. Das Papier war feucht, die Tinte rann wie schwarze Tränen über die Zahlen. Wir warteten. Mein neugeborener Sohn, den Satiumnissa auf dem Arm hielt, schien sich offensichtlich auch dafür zu interessieren; sein winziges, zerknittertes Gesicht zeigte Neugier. Ich hatte ein ungutes Gefühl, das ich nicht erklären konnte. Ich vermutete, das lag am Donner, der unsere Stimmung beeinflußte. Er verhielt sich abwartend, lauerte, war bereit loszubrechen, sobald der Blitz vorbei war. »Ich sehe Großes«, flüsterte Jatik Ray schließlich. »Seine Sterne sagen, daß er ein großer König sein wird. Er wird über ein Reich herrschen, das noch größer als dieses ist. Surya beherrscht sein Leben, er wird die Welt erschüttern.« Jatik Ray hielt inne, als ob er sonst nichts weiter über das Leben meines Sohnes voraussagen könnte.

»Sprich weiter«, forderte ihn Schahdschahan auf.

»Es wird ein trauriges Leben sein; ich kann nicht mehr darüber sagen, außer...«, versicherte uns Jatik Ray hastig, »daß es ein großes Leben sein wird.«

Er konnte nicht mehr sagen, klappte sein Buch zu und warf noch einen verstohlenen Blick auf das Kind, bevor er sich zurückzog.

»Bei jedem unserer Kinder sagt er das gleiche«, lachte Schahdschahan. »Sogar bei Jahanara. Ich glaube nur an seine Vorhersagen für Dara, da ich weiß, was er nach meinem Tod sein wird. Ich bin es, der ihre Geschicke bestimmt, nicht die Sterne oder die Zahlen, die dieser Dummkopf erstellt.«

Mit dem großen Reichtum, den der Padishah über meinen Liebsten ausgeschüttet hatte, dem Gold und den Edelsteinen, den dreißigtausend *jat* und den zehntausend *sowar* konnte ich es mir leisten, für die Armen Krankenhäuser und Schulen zu bauen. Die Krankenhäuser waren für die Frauen, denn sie benötigten die größte Pflege; sie waren weniger wert als die Kühe, die durch die Straßen Agras zogen, nach Obst und Gemüse und sonstigem Futter suchten. Welche Chance hatten sie, wenn selbst ich nicht verhindern konnte, daß ständig Schahdschahans Samen in meinem Leib aufging. Wie ich konnten sie nur stillschweigend protestieren und die Last in ihrem Leib wie das Joch der Knechtschaft ertragen. Mein eigener *hakim,* Wazir Khan, half ihnen in ihrem Elend, und ich besuchte sie täglich in Begleitung Isas. Doch nicht einmal ich konnte die Sitte ändern, daß nur Jungen eine Erziehung erhielten. Die Schulen waren nicht nur für die moslemischen Jungen, sondern auch für Hindus und Sikhs und alle anderen Religionen des Landes. Ich konnte die Mädchen nicht vor dem Gefängnis ihres Heims erretten und der Schufterei der Hausarbeiten.

Meine Aktivitäten hatten Mehrunissas Aufmerksamkeit erregt. Ich hörte ihr Geflüster, es enthielt eine Warnung: Sie benimmt sich bereits, als wäre sie die Herrscherin. Der Padishah kümmert sich um die Bedürfnisse des Volkes; es ist nicht ihre Aufgabe.

Mehrunissa, Mehrunissa, Mehrunissa. Die *dundhubi* trommelte ihren Namen feierlich durchs ganze Reich. Das Herz der Macht lag in ihrer Hand; sie brauchte nur einen Wink zu geben, und schon wurden die Abgaben erhöht oder gesenkt; ein weiterer Wink, und der Aufstieg oder Fall eines Beamten war besiegelt. Wenn sie es wollte, gedieh der Handel oder fror ein, wurden Gesetze erlassen oder abgeschafft. Dschahangir spielte immer noch die Rolle des Herrschers, hielt täglich mit seinen Ministern Versammlungen im *ghusl-khana* ab, zeigte sich im Morgendämmern am *jharoka-i-darshan* und wiederum spät am Nachmittag. In dieser Stunde, wenn der Schatten der Festung sich über die Felder senkte, kam er, um sich die Elefantenkämpfe oder die Hinrichtungen anzusehen. Die Bestrafungsmethoden entsprachen der Schwere der Verbrechen; das Zerschmettern des Schädels durch einen Elefanten (man erzählte sich, Akbar habe einen Elefanten gehabt, der selbst entschieden hatte, ob ein Mann leben oder sterben sollte), Aufschlitzen des Leibes oder Tod durch das Schwert des Henkers, oder ... es gab viele, die alle auf diesem Feld ausgeführt wurden.

Doch Mehrunissa regierte. Die gemurmelten Worte der Edlen waren leise, heimtückisch, sie sollten nicht an Dschahangirs Ohr dringen, sondern nur von denen gehört werden, die empfänglich dafür waren, die das Ende ihrer Macht herbeiwünschten. Doch der Herrscher und die Kaiserin waren so eng miteinander verbunden, daß es unmöglich war, sie zu trennen.

Doch das waren nicht meine Probleme. Ich interessierte mich nur dafür, ob über meinen Liebsten geflüstert wurde, doch ich hörte nichts. Er stand nach wie vor in Dschahangirs Gunst, verbrachte viel Zeit in Gesellschaft seines Vaters. Mein Vater und Großvater standen voll hinter ihm, und wenn Mehrunissa anders darüber dachte, äußerte sie es nicht, zumindestens nicht den beiden gegenüber.

Meine Gleichgültigkeit hatte auch noch andere Gründe, ganz private, und da war etwas, das mich sehr beschäftigte.

Schahdschahans Samen in meinem Leib hatte bereits wieder Frucht getragen. Ich konnte mich nicht mehr daran erinnern, wann ich empfangen hatte. Bei Daras Geburt war ich von tiefer Freude erfüllt, doch bei den nachfolgenden Geburten kümmerte es mich nicht einmal, welche Jahreszeit herrschte. Ich sprach mit niemandem darüber, doch unter dem Vorwand, ich fühle mich nicht ganz wohl, schickte ich Isa nach Wazir Khan. Als er kam, befahl ich den Frauen, sich ans andere Ende des Raumes zu begeben, damit sie außer Hörweite wären, doch in Sichtweite, denn es war nicht gestattet, daß mich der *hakim* allein untersuchte. Ich lag auf dem Diwan und war durch einen schweren Vorhang vor seinen Augen geschützt. Er kniete sich neben mich und schob seine Hand durch die Öffnung. Ich hielt sie fest und hörte, wie er verblüfft einen Laut von sich gab. Ich hätte seine Hand bei der Untersuchung leiten müssen. Einige Frauen geben nur vor, krank zu sein, um die Liebkosung einer Männerhand zu spüren.

»Ich kenne die Symptome. Ihr braucht mich nicht zu untersuchen.«

»Schon wieder? Es ist zu früh, Hoheit. Ich hatte Euch gesagt, Ihr solltet wenigstens ein Jahr warten; Euer Körper muß sich erholen. Euer Geist ist sehr stark, doch leider kann da Euer Körper nicht mithalten.«

»Sagt dies meinem Gatten. Ich kann ihn nicht abweisen.« Ich drückte seine Hand. »Ich möchte, daß Ihr mir einen Trank gebt.«

Ich hörte den Verrat meiner eigenen Worte, das Hämmern des Bluts in meinen Wangen. Ich wollte den Samen meines geliebten Prinzen töten, meinen eigenen Herzschlag.

»Hoheit, es ist nicht ratsam, ihn jetzt noch einzunehmen. Hundert Tage sind bereits vergangen.«

»Ich selbst behalte mir das Urteil vor, was gut und schlecht ist, Dummkopf.« Ich wollte nicht grob sein, war aber unfähig, meine ängstliche Ungeduld zurückzuhalten, die Drohung dieses schweren Gewichts zermalmte meine Knochen, zerstörte mein Blut, meinen Leib.

»Euer Körper wird sich daran gewöhnen und wird das Kind jedesmal abstoßen. Das ist Eure sechste Empfängnis.«

»Und es wird die letzte sein. Bringt Euren Trank persönlich zu mir oder seid bereit, die Folgen meiner Verärgerung zu tragen. Nein, nein, es tut mir leid, meine Verzweiflung spricht aus mir. Ich werde Euch Gold schenken.«

»Hoheit, schon lange diene ich Euch. Ich werde tun, wie Ihr befehlt, nicht um des Goldes willen, sondern nur, weil Ihr es wünscht. Doch das nächste Mal werde ich es ablehnen, auch auf die Gefahr hin, daß Ihr mich hinrichten laßt. Eines Tages erholt Ihr Euch nicht mehr von der Übelkeit, die er in Eurem Körper hervorruft. Weist Euren Gemahl zurück.«

»Ja, es wäre besser, ihn abzuweisen, doch wie lange kann ich mich auf meine Erschöpfung berufen?«

»Ein bis zwei Jahre.«

Ich mußte lachen.

»Würdet Ihr so lange ohne Frau sein wollen?«

»Hoheit, ich habe vier Frauen, so wird keine von mir überbeansprucht. Schahdschahan sollte ...«

»Es reicht.«

Er verstummte sofort; behutsam zog er seine Hand zurück und ging.

Ich hörte einen eiligen ungleichmäßigen Schritt auf dem Marmorboden.

»*Agachi*«, rief Isa, »ich hörte, der Herrscher sei krank! Man sagt sogar, er liege im Sterben ..«

Kapitel XVI
Das Tadsch Mahal
1050 (a. D. 1640)

Das Grabmal war ein Skelett; seine spindeldürren, ausgebleichten Knochen hoben sich gegen den klaren Nachthimmel ab und gegen das stabile Ziegelgerüst. Es war leblos, kalt. Schahdschahan hatte sich Licht und Raum vorgestellt; statt dessen wirkte es bedrückend, tot. Es drückte ihn nieder. Er hatte versagt. Er schlug sich an den Kopf; die Diener fürchteten seinen Zorn. Afandi schwitzte und hustete den Staub, der in der Hauptkammer hing, heraus. Der Boden unter den Füßen war mit Schutt übersät, die Luft war feucht von Mörtel, ungeformtem Stein, dem Schweiß von Tausenden. Über ihm war die Kuppel wie ein zerschmetterter Schädel, enthüllte das Himmelszelt. Wenn sie fertiggestellt wäre, würde sie zwölfhundert Tonnen wiegen. Er betete. Er sah, wie sich die Lippen von Muhammed Hanif, Sattar Khan, Chiranji Lal, Baldeodas und Abdul Haqq stumm bewegten. Die anderen hatten sich verstohlen in den dunkleren Schatten zurückgezogen.

»Es ist bis jetzt noch nicht vollendet, Padishah«, sagte Isa.

Schahdschahan wirbelte herum, seine *sarapa* warf Schatten an den Wänden, wie die Flügel eines großen Vogels. Er bemerkte, wer gesprochen, wer sich eingemischt hatte, und seine Wut verrauchte. Die *sarapa* sank auf ihn nieder und lag ruhig, das Gefieder des Falken glättete sich.

»Das soll bald geschehen. Sehr bald. Hörst du mich, Hanif?«

Schahdschahan richtete seinen Blick auf den Schatten. Hanif, der oberste Steinhauer, löste sich widerstrebend aus dem Schutz der anderen.

»Padishah, so soll es sein. Sehr bald wird es vollendet werden«, sprach er leise und beruhigend.

Die Wände und Balkone waren fertig, aber da waren noch große Lücken für die *jalis* und die Fenster, doch dies unterlag nicht Hanifs Verantwortlichkeit. Andere müßten dafür Tadel einstecken. Die kleineren Kuppeln waren fast vollendet. Die Halle, in der die Männer standen, erhob sich bereits achtzig Fuß über ihnen, und ihre Stimmen dröhnten in dem weiten Raum.

Der Herrscher blickte sich um. Arbeiter drängten sich in den Ecken, blickten von den Balkonen auf ihn herunter, schauten von unten hoch, bewegungslos, schweigend, als ob jeder dunkle Körper für alle Ewigkeit in den weißen Stein gemeißelt worden wäre. Seine Anwesenheit hatte sie erstarren lassen, wie sie am Boden kauerten, knieten, standen, meißelten und schleppten. Erst, als er wieder gegangen war, bewegten sie sich, atmeten und flüsterten: der Padishah, der Padishah.

Sita schrie. Murthi, der draußen wartete, sprang auf und setzte sich dann wieder auf die Fersen. Die Frauen waren bei ihr. Er zog an seiner selbstgedrehten Zigarette, und bei jedem Zug atmete er tief durch; *kam, kam*. Es muß ein Junge sein. Ein Sohn reichte nicht. Sie schrie wieder. Gopi und Savitri schmiegten sich erschreckt an ihn. Er hielt sie in den Armen. Es ist nur ein Baby, beruhigte er sie – und tat damit Sitas Schmerzen ab. Es war seine Pflicht und Schuldigkeit, Kinder zu zeugen, die seiner Frau, sie zur Welt zu bringen. Er war stolz auf sich; seine Lenden waren kraftvoll. Mit ein bißchen Glück würde die Neuigkeit von der Geburt seinem Gönner zugetragen werden. Vielleicht erhielt er ein Geschenk, einen silbernen Becher oder vielleicht sogar einen goldenen für einen Sohn. Er hatte das Rätsel immer noch nicht gelöst; es bereitete ihm Kopfschmerzen. All die Jahre hatte er die schützende Hand seines Gönners gespürt, die er nicht sehen konnte, da sie unsichtbar hinter den Mauern der Festung verborgen war. Er schauderte, wenn er sich daran erinnerte, wie ihm durch die Hand des Sekretärs Schmerzen zugefügt worden waren.

Der Sekretär hatte ihn zu einer Ecke des Baugeländes geführt, wo sie ungesehen von den anderen waren.

»Wer bist du?«

»Murthi. Ich arbeite an der *jali.*«

»Dummkopf, ich habe dich nicht gefragt, was du tust. Kennst du Isa?«

»Nein. Wer ist Isa?«

»Ich stelle hier die Fragen, Tölpel. Isa, der Diener des Herrschers, sein Sklave, sein Lakai, der in seinem Schatten wandelt.«

»Bahadur«, sagte Murthi kühn, »wie könnte ich einen Mann in einer solchen Position kennen? Ich bin nur ein Steinhauer und arbeite für Baldeodas.«

»Du hast das Bittgesuch unterzeichnet.«

Einen Augenblick erwog Murthi, es abzustreiten, doch das konnte er nicht. Seine Kühnheit fiel in sich zusammen. Er hatte es für seine Frau getan, seine Kinder, die Kinder anderer Männer. Ein Mann konnte nicht sterben, ohne wenigstens eine kühne Tat vollbracht zu haben. Er hatte seine Tat vollbracht, nun mußte er auch die Folgen tragen.

»Ja. Habe ich den Herrscher verärgert?«

»Natürlich.«

»Doch er hat uns Nahrung gegeben.«

»Dadurch wird sein Ärger nicht geringer. Er sandte mich, um dich zu finden. Ich kann seinen Zorn besänftigen, wenn du mir erzählst, was du über Isa weißt.«

»Nichts, Bahadur. Ich weiß nichts über Isa, ich habe es Euch ja bereits gesagt.«

»Dann kann ich dir nicht helfen. Dann mußt du leiden. Komm.«

Der Sekretär packte Murthi am Arm und zerrte ihn vom Gelände, den Fluß entlang, bis sie zur Festung gelangten. Murthi blickte sich voller Entsetzen um. Niemand beachtete ihn, jeder widmete sich seiner eigenen Arbeit. Er wurde in den anderen Teil des Forts gebracht, zu düsteren und bedrohlichen Gebäuden und dort einem Soldaten übergeben. Er hörte nicht, was der Sekretär flüsterte, doch der Soldat packte ihn voller Grobheit, nahm einen Schlüssel von einer Wand und führte ihn in völlige Dunkelheit, wo zahlreiche Frauen und Männer lagen. Einige schrien, andere waren schweigsam, hoffnungslos. Er wurde in eine Zelle geworfen, die Tür fiel hinter ihm ins Schloß. Murthi befand sich in der Gesellschaft von Dieben, Mördern, Ehebrechern. Er weinte, wußte nicht, was er verbrochen hatte. Er meißelte Götterfiguren; wie konnten sie diese Ungerechtigkeit zulassen? Zwei Tage lang kauerte er hier, stumm, düster, immer voller Angst. Am dritten Tag öffnete sich die Tür, und ein Gefängniswärter rief:

»Murthi.«

Murthi schlurfte an seinen Mitgefangenen vorbei, sog ihren Gestank ein. Seine Füße klebten an dem schmutzigen Boden. Er fühlte sein Ende.

»Du bist Murthi? Beeil dich, ich habe nicht den ganzen Tag Zeit.«

Der Gefängniswärter führte ihn in ein helles, blendendes Sonnenlicht. Ein Soldat wartete. Diesmal behandelte man ihn nicht grob, sondern berührte ihn nur sanft.

»Folge mir!«

Er folgte dem Soldaten wie benommen und stand plötzlich vor dem Tor der Festung.

»*Chulo-ji, chulo*«, verscheuchte ihn der Soldat und kehrte ihm den Rücken.

Murthi stolperte weiter, erstaunt über das, was geschehen war. Dann, nachdem er sich von seiner Überraschung erholt hatte, fing er an zu laufen. Er rannte zum Fluß, hatte Angst, der Alptraum könne wiederkehren. Er sah, daß sich auf dem Platz unter dem *jharoka-i-darshan,* wo Schahdschahan auf seinem goldenen Thron saß und herunterblickte, eine Menge versammelt hatte. Es war Nachmittag, und Murthi ging weiter, um das Schauspiel zu beobachten. In der Mitte des Platzes stand ein Elefant, der sich vor einem befleckten Holzblock hin und her wiegte. Fliegen summten um den Block. Eine Gruppe von Männern, die eng anliegende Mützen trugen, kam aus der

Festung. Zwischen sich schleppten sie einen halbohnmächtigen Mann. Murthi starrte den Mann an, erkannte nur mit Mühe sein aschfahles, angstverzerrtes Gesicht. Es war der arrogante Sekretär. Der Mann wurde zu Boden geschleudert. Die Henker legten seinen Kopf auf den Block, hielten seine Arme und Beine fest. Er schrie auf, als der Schatten des Elefanten auf ihn fiel. Das große Tier hob auf Kommando seinen rechten Fuß, hielt ihn einen Augenblick hoch, um das Gleichgewicht zu finden. Dann setzte es seinen Fuß sachte, ganz langsam, auf den Kopf des Sekretärs. Die Henker sprangen behende zur Seite, als der Schädel zermalmt wurde. Murthi wandte sich um und drängte sich durch die Menge, zitterte vor Entsetzen. Es hätte genausogut er sein können, der von dem Elefanten zu Tode getrampelt worden wäre. Wer hatte ihr Schicksal umgekehrt? War es vielleicht der mysteriöse Isa? Murthi war fest entschlossen, herauszufinden, wer dahintersteckte.

»Hazor, du hast einen Sohn!« riefen ihm die Frauen zu.

Murthi strahlte, klatschte in die Hände und eilte hinein. Sita war erschöpft und müde, war schweißgebadet. Ihr Gesicht hatte den ruhigen, sanften Ausdruck eines Menschen, der einen furchtbaren Todeskampf mitgemacht hatte. Murthi sah sich das Kind an. Ein Junge. Nun war sein Alter gesichert.

1054 (a. D. 1644)

Isa beobachtete, wie sich Schahdschahan auf der Terrasse niederließ. Es war der Geburtstag des Herrschers. Zweimal im Jahr wurde, entsprechend dem Sonnen- und Mondkalender, das Gewicht des Herrschers in Gold aufgewogen. Das war eine Hindutradition, die *tuladana,* die Humayun vor über hundert

Jahren eingeführt hatte. Jeder nachfolgende Mughal hatte diesen Brauch gepflegt. Heute war Schahdschahans Mond-Geburtsdatum, und die Zeremonie wurde in der Intimität des Harems abgehalten; dagegen wurde die Sonnenzeremonie in der Öffentlichkeit vollzogen. Die Damen drängten sich um die Waage. Das Gestell bestand aus Gold und war so groß wie ein Mensch. Von der einen Seite des goldenen Querbalkens hing der Sitz für den Herrscher und auf der anderen eine große Waagschale für die Münzen. Sklaven warfen Beutel voll Goldmünzen in die Waagschale und häuften sie sorgfältig auf, bis der Herrscher langsam hochgehoben wurde. Die Damen riefen und klatschten in die Hände. Schahdschahan lächelte, und das Gewicht wurde gemessen. Er wog hundertundzweiundsechzig Pfund. Die Goldmünzen wurden an die Armen verteilt.

Doch Schahdschahans Freude dauerte nicht lange an. Es war, als ob das Licht in seinen Augen erloschen wäre. Er überließ die Frauen den Vergnügungen des Festes, sollten sie ruhig feiern und den Sängern lauschen. Er eilte die Gänge des Harems hinunter. Isa folgte ihm. Sie betraten ein Eckgemach. Mondlicht fiel durch die Gitter, versilberte den Marmor. Der *hakim,* der neben dem Diwan kniete, erhob sich sofort von seiner Wache bei der stillen Gestalt auf dem Diwan. Schahdschahan gab ihm ein Zeichen, den Raum nicht zu verlassen.

»Wie geht es ihr?«

»Majestät, sie atmet kaum noch, ich kann wenig für sie tun. Ich habe ihren Körper in kalte Tücher eingewickelt.«

Schahdschahan kniete an Jahanaras Seite. Er konnte den Anblick seiner geliebten Tochter, dem Ebenbild Ardschumands, nicht ertragen. Sie war entweiht worden. Ihr Gesicht und ihr Körper waren fürchterlich entstellt, die Haut schwarz; er konnte den Brandgeruch noch riechen. Vor zwanzig Tagen hatten ihre Kleider durch eine umgefallene Kerze Feuer gefangen, und zwei ihrer Kammerzofen waren umgekommen, als sie versucht hatten, die Flammen, die ihren Körper einhüllten, zu ersticken.

»Jahanara, Jahanara«, flüsterte er. Sie konnte nichts sagen, atmete kaum noch. Ihr Haar war verbrannt, ihr Schädel wies Brandwunden auf.

»Großer Reichtum erwartet Euch, wenn Ihr sie rettet.«

»Wir können nur zu Allah flehen«, erwiderte der *hakim* und betete darum, daß er sie retten könne – denn die Geschenke des Padishah würden ihn unermeßlich reich machen.

Auch Dara war anwesend. Tag und Nacht hatte er am Bett seiner Schwester gewacht. Sein Gesicht wirkte eingefallen. Er war im Gebet versunken. Isa stand neben dem Krankenlager, erinnerte sich an Ardschumands Schreie, die in den rauhen Dekkan-Hügeln verklangen. Wofür hatte sie all die Schmerzen ertragen? Hierfür, für ihr entstelltes Ebenbild, das hier auf dem Diwan einen schrecklichen Todeskampf ausfocht. Jahanara wimmerte, genau wie ihre Mutter es vor vielen Jahren getan hatte. Isa erinnerte sich an das fröhliche Kind, das er fast genauso liebte wie Dara. Mit jeder Woge des Schmerzes, die ihren zerstörten Körper durchlief, unterdrückte er seine Zuneigung. Man konnte ihr nicht helfen, ihr Körper war nicht aus Eisen oder Stein und wurde von der Übermacht der Schmerzen vernichtet.

Von draußen drang Lärm ins Gemach. Isa ging vor die Tür, um zu sehen, was los war. Mit schnellen Schritten, sein Schatten kam und ging an den Wänden, kam Aurangzeb auf ihn zu. Seine Kleider und sein Gesicht waren staubig, Schweiß furchte sein Gesicht, er dampfte vor Anstrengung und Erschöpfung. Er war schnell aus dem Dekkan herbeigeritten, eine Reise, die einem schwächeren Mann das Leben gekostet hätte. Aurangzeb ging aufrecht, als ob er kein Verständnis für Schmerz habe.

»Isa, lebt sie?«

»Das kann man kaum so nennen, Hoheit.«

Aurangzeb nahm den Dolch aus seinem Gürtel und reichte ihn Isa. Der Prinz verneigte sich vor Schahdschahan, übersah Dara und kniete neben Jahanaras Krankenlager. Seine schwarzen Augen schimmerten feucht. In seinem jungen, turbulenten Leben war sie seine engste Gefährtin gewesen. Er hielt die Perlenschnur in seinen gefalteten Händen und betete. Er weinte nicht und klagte nicht; er betete schweigend, ja grimmig. Er bemerkte nicht, daß ihn der Herrscher erstaunt betrachtete, als ob er einen Geist sehe. Das Erstaunen wich dem Argwohn. Die Augen des Herrschers verengten sich mißtrauisch. Dara flüsterte seinem Vater etwas ins Ohr. Aurangzebs plötzliches Auftauchen beunruhigte auch ihn.

»Wer hat dich gerufen?« fragte Schahdschahan.

Aurangzeb antwortete nicht. Er betete weiter. Schahdschahan respektierte das und wartete.

»Wer hat dich gerufen?«

»Niemand. Sie ist meine Schwester, und ich fürchtete um ihr Leben. Ich konnte nicht unnütz dort herumsitzen.«

»Bist du allein geritten?«

»Der Sohn des Herrschers kann nicht allein reiten.«

»Wieviel Mann haben dich begleitet?«

»Fünftausend Reiter.«

Schahdschahan hob spöttisch die Augenbraue.

»So viele? Befürchtet Aurangzeb, angegriffen zu werden, oder plant er selber einen Angriff?«

»Weder noch.« Aurangzeb sah seinen Vater an. Sein Blick war weder herausfordernd noch schmeichlerisch, sondern voller stolzer Würde, als ob sie ebenbürtig wären. »Meinem Stand entsprechen fünfzigtausend. Ich habe nur eine kleine Schar von Reitern mit mir geführt. Wem können sie schaden?«

»Niemandem«, erwiderte Schahdschahan kalt. »Du wirst sofort zu deinem Posten zurückkehren. Wie kannst du es wagen, ihn ohne meine Erlaubnis zu verlassen? Du und deine Männer, ihr werdet auf der Stelle zurückreiten. Wie lange hat deine Reise hierher gedauert?«

»Zehn Tage und Nächte.«

»So lange?« spottete Schahdschahan.

»Der Koran befiehlt, fünfmal am Tag zu beten.«

»Du kehrst in neun Tagen zurück und betest sechsmal am Tag. Und bleibe dort, bis ich, dein Herrscher, dir die Erlaubnis gebe, im Land herumzureisen. Geh jetzt.«

Aurangzebs Lippen wurden schmal. Es war unmöglich zu unterscheiden, ob er lächelte oder knurrte. Er verneigte sich vor seinem Vater, warf Jahanara einen langen Blick zu, wobei sich seine Gesichtszüge milderten, dann wandte er sich um und verließ den Raum. Isa folgte ihm und reichte ihm den Dolch.

»Hoheit, ich werde veranlassen, daß man Euch ein Essen und ein Bad bereitet.«

»Du hast gehört, was mein Vater gesagt hat«, erwiderte Aurangzeb. »Ich kann nicht bleiben.« Er zögerte, wandte sich noch einmal nach dem Gemach um, das er soeben verlassen hatte, als ob er Isa eine Frage stellen wollte. Doch er hielt sich zurück. Isa konnte sich denken, was er hatte fragen wollen. Der verblüffte Ausdruck war ihm so vertraut: Was habe ich getan? Warum liebt er mich nicht?

Doch Aurangzeb faßte nur nach Isas Arm, eilte dann den Flur hinunter. Sein Schatten wurde dunkler, bis er ganz hinter ihm verschwand.

1056 (a. D. 1646)

Ehrerbietig trug Murthi Durga zum Tempel. Er hatte sie in grobes indisches Sacktuch gehüllt. Sie war nicht schwer, doch Murthi blieb oft stehen, um Atem zu schöpfen. Er wollte nicht fallen, damit der Marmor nicht beschädigt oder einer ihrer Arme gebrochen wurde. Sie hatte so viele Jahre seines Lebens beansprucht. Es war weniger die Angst, daß er soviel Arbeit und Zeit vergeblich aufgewandt hatte, als Pietät, die ihn veranlaßte, sich um sie zu sorgen, denn wenn man Durga schadete, schadete sie einem; doch Güte wurde durch Güte belohnt.

Der Tempel war beinahe beendet. Er war winzig. Die Spitze berührte den unteren Zweig eines *Banyanbaumes*, und das Allerheiligste war kaum höher als ein Mensch. Das Sonnenlicht verwandelte die Marmorwände in gesprenkeltes Zitronengelb. Doch die untere Außenwand aus Ziegelstein, die mehr zur Wahrung der Tradition als zum Schutz gebaut wurde, mußte noch vollendet werden. Chiranji Lal und eine kleine Delegation warteten. Ein Priester hatte den ganzen Weg von Varanasi zurückgelegt, um das Götterbild zu segnen.

Reis, *ghee,* Milch, Honig, Quark, Weihrauch, Kokosnüsse, Bananen und Blumen lagen bereit. Der *puja,* der entsprechend seiner Bedeutung länger oder kürzer war, würde nicht Stunden, sondern Tage dauern. Der Brahmane war ein schlanker, junger Mann, voller Wissensdrang, doch ohne Erfahrung. Er war barfüßig, die heilige Schnur hing über seine Schulter bis zur Hüfte hinunter. Ein Haarbüschel auf seinem rasierten Schädel wirkte wie eine Quelle im Felsen. Musiker mit Flöten und *tablas* saßen auf einem ausgebleichten Teppich auf der einen Seite. Der Priester nahm die Figur der Göttin, enthüllte sie und stellte sie sorgfältig auf ihren Sockel. Durgas Arme ragten aus ihrem Körper wie Äste. Murthi hatte ihre Krone golden angemalt und den Saum ihres Sari in Blau mit Silber. Ihre Brüste waren üppig. Sie saß auf dem Löwen, als ob er ein Thron wäre. Ihr Ausdruck zeigte die zarteste Andeutung eines Lächelns. Man mußte genau hinsehen, um es zu erkennen, es war nur ein Hauch in den Mundwinkeln. Die Göttin stand halb im Schatten, halb im Sonnenlicht, spiegelte zufällig die geistige Teilung ihrer Welt wider. Murthi vernahm erfurchtsvolles Atemholen und fühlte unbändigen Stolz auf sein Werk. Dies war sein *dharma,* Götter in Stein zu meißeln – er, Murthi, der *Acharya.*

»Ich kann nicht hierbleiben«, bedauerte er, obwohl er dieser Zeremonie oft beigewohnt hatte. Alle *sastras* würden registriert werden, die Göttin in den Fluß getaucht und in Milch, Honig und *ghee* gebadet werden, Feuer angezündet werden, um den Reis und die *ghee* zu verzehren. Erst dann konnte die Göttin ins Allerheiligste gebracht werden. Zwischen diesem und dem Sockel würde eine dünne Kupferplatte angebracht werden; die Macht der Gottheit rührte von den in die Platte eingravierten Symbolen. Die Männer begriffen. Er war dazu bestellt, die *jali* zu errichten. Er erhielt den Segen von dem Priester und kehrte zu seiner Arbeit zurück.

Die *jali* lag auf der staubigen Erde, halb vollendet. Sie sah auch halb bekleidet aus, etwa wie der Priester; der untere Teil bestand aus rohem Marmor. Der anmutige Stiel hob sich von der häßlichen Masse so zart und zerbrechlich ab, daß man kaum glauben konnte, daß es der gleiche Stein war. Einer schwang sich nach oben; der andere war eine träge Masse.

»Wie geht's deiner Mutter?« fragte er Gopi, als er zu meißeln begann, tap, tap, tap.

»Sie weint und liegt mit fest geschlossenen Augen da.« Das Gesicht des Jungen war sorgenvoll.

»Sie ist erschöpft von der Arbeit, doch sie wird sich bald erholen. Sie ist nicht so stark wie sonst.«

Er arbeitete den ganzen Tag in konzentrierter Stille, bis es dämmerte. Er hatte kaum ein Blatt fertiggestellt. Es hob sich von der Masse ab, zeigte nur die Spitze, die sich einer unsichtbaren Brise beugte.

Sie schritten schweigend dahin. Murthi war steif von der Arbeit. Er roch den Rauch der Kochfeuer, fing den Geruch des Essens in der bewegten Luft ein. Mumtazabad war reinlich und ordentlich. Man hatte das Gefühl, es bestehe schon seit langem. Es vermittelte ihm ein vertrautes Gefühl, als wenn er in seinem eigenen Dorf wäre. Die Straßen, die Leute, sogar die Straßenköter waren ihm nun vertraut. Er fühlte Frieden. Die Göttin war vollendet; es blieb nur die *jali*. Noch ein paar Jahre, dann konnten sie in ihre Heimat zurückkehren, nicht reich, aber wohlhabend. Er wandte sich um, betrachtete die unvollendete Kuppel, die zwischen den Bäumen emporragte. Die Sonne war jetzt von einem leuchtenden Rosa. Das übrige Grabmal wurde durch das Ziegelgerüst verdeckt. Wenn er wieder zu Hause wäre, würde er seinen alten Freunden von diesem Wunderwerk erzählen. Sicher würden sie ihm nicht glauben. Männer mußten die Dinge sehen, bevor sie sie verstanden. Ein Entwurf im Schmutz war nur Schmutz, auch die Phantasie konnte ihn nicht in Marmor verwandeln, konnte nicht bewirken, daß er zum Himmel strebte. Er wünschte sich, das große Grab wäre vollendet. Er würde gerne sehen, an welcher Stelle man seine *jali* anbrächte, wie sie das Licht einfangen und brechen würde, wie die Schatten auf den Marmorboden fielen. Es war nicht wichtig, daß sein Name nie bekannt würde. Wer kannte schon die Namen der Weisen oder der Männer, die die großen Tempel von Varanasi bauten oder neben Hügeln und in Höhlen Götter meißelten? Das Leben bestand aus Pflicht.

Frauen drängten sich vor seinem Heim, kauerten vor dem Eingang, flüsterten und warfen neugierige Blicke ins Innere.

Sein Herz klopfte.

»Was ist passiert?«

»Sita liegt im Sterben.«

Er bahnte sich den Weg durch die Frauen. Sita atmete kaum noch. Ihr Gesicht war ruhig, blaß. Er kannte die Zeichen verlöschenden Lebens.

»Los!« befahl Murthi Gopi. »Lauf zum Fort. Sag den Soldaten, sie sollen Isa berichten, daß meine Frau Sita im Sterben liegt. Wir benötigen den *hakim*. Beeil dich.«

Kapitel XVII
Die Liebesgeschichte
1031 (a. D. 1621)

Ardschumand

Als mein Großvater starb, trauerte ich um ihn. Ein Teil von mir hörte auf zu existieren; war mit ihm gestorben. Unser Leben beginnt als ein Ganzes, als die Gesamtheit vieler Menschen: Vater, Mutter, Großeltern, Geschwister, Vettern. Und wenn sie dann einer nach dem anderen sterben, löst sich alles auf. Wir schrumpfen, wir vergehen, werden Stück um Stück gekürzt, bis nur noch wir selbst übrigbleiben.

Er starb während des Schlafs.

Man holte uns, und ich betrachtete sein ruhiges, friedliches Gesicht. Es fiel schwer, sich den jungen Mann vorzustellen, der von Persien gekommen war, um im Dienste des Großen Mughal Akbar sein Glück zu suchen. Der junge Mann war im Körper des alten Mannes verborgen, unter den Falten der Seidengewänder, verborgen durch den Kummer des Großen Mughal Dschahangir, der Kaiserin in Nur Jehan, dem Prinzen Schahdschahan, der Prinzessin Ardschumand und der Prinzessin Ladilli.

Prinzen, Edle, Ranas, moslemische Prinzen und Amirs eilten herbei, um dem großen Mann Ehre zu erweisen. Dschahangir hatte für seinen *Itiam-ud-daulah,* seine Regierungsstütze, seinen weisen Ratgeber und Gefährten, einen Monat Trauer angeordnet.

Ich küßte ihn, sein vertrauter Geruch war schon im Dahinschwinden, machte bereits bitterem Leichengeruch Platz. Mein Geliebter küßte ihn auch und vergoß Tränen. Der alte und der junge Mann waren zusammengewachsen, als ob der eine den Schutz des anderen suchte. Mehrunissa weinte am lautesten. Er war nicht nur ihr Vater, sondern auch ihr Freund, Ratgeber und Mentor gewesen. Er hatte ihr Schicksal gelenkt, wie Gott seines gelenkt hatte. Sie war mehr als eine Hinterbliebene, tagelang ging sie wie im Traum umher. Sie nahm weder Speisen noch Getränke zu sich, saß nur da und starrte auf die Wasser des Jumna. Viele Jahre hatte sie sich an ihren Vater angelehnt und konnte sich jetzt kaum selber helfen. Doch ihre niedergeschlagene Verfassung hielt nicht lange an. Obwohl der Tod immer lauerte, genoß Mehrunissa das Leben. Dschahangir erlaubte ihr, für den *Itiam-ud-daulah* ein Grabmal errichten zu lassen. Es sollte in der Innenstadt an den Ufern des Jumna gebaut werden. Sie verwandte ihre große Energie darauf, die Baumeister auszuwählen und den Entwurf zu bestimmen. Sie wußte, was sie wollte.

Dschahangir betrachtete es als eine Ironie des Schicksals, daß er geschickt den Fängen des Todes entkommen war, der statt seiner Ghiyas Beg getroffen hatte. Seine eigene Krankheit zog sich dahin, hinterließ ihre Spuren auf seinem Gesicht. Ständig sehnte er sich danach, weiter nach Norden zu ziehen. Seine Liebe gehörte Kaschmir. Er sehnte sich danach, in den Gärten, die er entworfen hatte, zu sitzen und seine Fische, von denen jeder mit einem Goldring versehen war, in den Springbrunnen zu beobachten. Doch er wollte nicht nur aus gesundheitlichen Gründen in den Norden gehen; voller Sehnsucht blickte er gen Norden zu den großen Bergen hinter ihren Schranken aus Fels und Schnee, zum Land seiner Vorfahren. Ich hatte gehört, wie man sich zuraunte, daß er dieses Land erobern wolle. Er träumte davon, Samarkand zu regieren.

In dem Jahr vor dem Tod meines Großvaters war auch ich unglücklich gewesen. Das hatte auch seine Gründe: Ich war erneut schwanger. Mein Körper schwoll wieder einmal an,

Verzweiflung bemächtigte sich meiner. Letztes Mal hatte der Trunk des Arztes gewirkt. Tagelang war mir übel gewesen, und ich hatte mich schwach gefühlt, ständig war der Diwan blutbeschmiert. Doch die Befreiung von dem Stein in meinem Leib war dann ein Trost in meinem betäubten Sinn.

Danach beschloß ich, mich meinem Liebsten ernsthaft zu verweigern. Wenn wir zusammen das Bett teilten, konnte er spüren, wie ich mich versteifte, wenn er meine Brüste streichelte – wie traurig sie aussahen, sie waren adrig wie Marmor und hingen müde unter ihrem Gewicht.

»Schon wieder?« flüsterte er rauh. Wie schnell die Zeit Beleidigungen weiterträgt, als ob sie vor kurzem erst geschehen wären. »Ich habe das Gefühl, neben mir liegt ein Leichnam.«

»Warum sagst du so grausame Dinge zu mir?«

»Weil du mich nicht mehr liebst.« Er sprach gehässig, triumphierend wie ein Junge, der wünschte, daß seine Anklage geleugnet werde.

»Ich liebe dich. Meine Liebe hat sich von dem Augenblick an, als ich dich das erste Mal sah, nicht geändert.«

»Warum weist du mich dann zurück?« Er legte sich zurück, sprach nicht mehr zu mir, sondern zur Decke über ihm, wollte, daß ich ihn um Verzeihung bitte. Oh, der Schmerz der Liebe!

»Wenn du mich noch liebtest, würdest du danach brennen, daß ich mit dir schlafe.«

»Ich bin müde. Ich habe vor kurzem ein Kind verloren, und mein Körper hat noch Schmerzen.«

»Ich frage mich, weshalb du mein Kind verloren hast«, sagte er täuschend unschuldig hinter seinen grausamen Forderungen nach unersättlicher Liebe. »Das ist jetzt das zweite Mal. Wie oft wird das noch geschehen?«

»Solche Dinge können jeder Frau widerfahren. Wer kann sie voraussagen?« flüsterte ich voller Angst. Ich wußte nicht, hatte er es erraten, oder wußte er es. Ich betete darum, daß er meine Weigerung nicht falsch aufgefaßt haben mochte.

»Ich weiß«, sagte er plötzlich. Sein Ärger war verraucht, und er hielt mich zärtlich umfangen. »Männer können nicht die Qual der Frauen verstehen. Ich begehre dich immer, kann meine Liebe nicht im Zaum halten. Immer wenn ich dich sehe, möchte ich nur dein Gesicht, deine Augen küssen, deinen Körper umarmen, zwischen deinen Beinen liegen.« Seine Lippen berührten meine. Sie waren zart wie Blütenblätter, sanft, vergebend, als ob ich es wäre, die gesündigt hatte.

»Wenn es dir besser geht, lieben wir uns wieder. Ich kann warten.«

»Es wird einige Zeit dauern. Der *hakim* meinte, ich müsse mich erholen, bevor ich ein weiteres Kind empfange.«

»Für immer?« Die Härte kam und ging, wie der Atem in der Kälte, und ich konnte seine Furcht, seinen Ärger nicht unter Kontrolle halten.

»Natürlich nicht. Es macht mir nichts aus, wenn du bei einer der Sklavinnen liegst, bis ich wieder für dich bereit bin.«

»So siehst du das also: Ich bin für dich nicht mehr wert, als mit einer Sklavin zu schlafen. Du bist zu gut für mich.«

»Bitte, verdreh mir nicht die Worte im Mund.«

»Was kannst du sonst meinen?«

Er saß aufrecht im Bett, sein Rücken war starr vor Wut. Ich berührte ihn, er zuckte zurück, als ob meine Finger glühende Kohlen wären. Doch wenn meine Berührung ihn verletzte, dann verbrannten seine Worte mich. Ich konnte ihn nur dadurch besänftigen, daß ich mich seiner Liebe unterwarf, doch das konnte ich nicht. Die Kraft seines Samens erschreckte mich; sie war unvorstellbar. Weder sein Vater, noch sein Großvater oder Urgroßvater konnten in solcher Geschwindigkeit eine Frau schwängern, ihren Leib anschwellen lassen wie einen Kürbis. Unsere wenigen angenehmen Stunden zu zweit waren jetzt verloren, zerstört durch seinen Ärger, verdorben durch meine Sturheit. Warum war die Liebe so schwierig, so fordernd, so auslaugend?

»Es ist genauso, wie ich sagte und nicht anders.«

Er wandte sich mir halb zu, verblüfft über meine laute Stimme. Ich forderte seinen Blick heraus, wollte meinen aber nicht senken.

»Dein Vater und dein Großvater lagen bei ihren Sklavinnen. Wenn du deine Lust nicht kontrollieren kannst, verströme deine Säfte in ihnen. Sieh mich an. Ich bin eine Frau, und ich liebe dich, doch du behandelst mich wie eine Zuchtstute in deinen Ställen. Kinder, Kinder, Kinder – wie kann ich mich um dich kümmern, wenn ich mein Leben damit verbringe, unter der Last deines Kindes, das wie ein Stein auf mir lastet, zusammengedrückt zu werden?«

»Vielleicht sollte ich eine zweite Frau nehmen.«

»Und eine dritte und vierte und fünfte. Akbar nahm sich vierhundert. Was hält dich zurück? Laß sie sich selbst erschöpfen.«

Er senkte den Kopf und war schweigsam. Schließlich wandte ich mich von ihm ab und schloß die Augen. Ich wollte mich nicht an unsere Worte erinnern, den Ärger in seinem Gesicht, den Klang meiner schneidenden Stimme.

»Ich kann es nicht«, sagte er sanft.

Bevor ich ihn umarmen und ihn um Vergebung bitten konnte, war er gegangen. Fünfunddreißig Tage wurde zwischen uns kein Wort gewechselt. Wir hatten versprochen, nie voneinander getrennt zu leben, und hier waren wir so eng beisammen, und doch schien das ganze Reich zwischen uns zu liegen. Diese Qual war noch schlimmer. Wenn wir fern voneinander gewesen wären, hätte ich gewußt, daß er mich immer noch liebte. Hier zog er sich zurück, tat geschäftig, warf nicht einmal einen Blick auf die Frauengemächer, wenn er kam und ging. Ich beobachtete ihn, nicht nur mit meinen eigenen Augen, sondern auch mit den Augen anderer: Isa, Allami Sa'du-lla Khan, Satium-nissa, Wazir Khan – alle beobachteten ihn. Weinte er? Flüsterte er meinen Namen? Hatte er auch das Gefühl, als ob wir lebende Leichname wären? Nein, erwiderten sie, und dabei klangen ihre Stimmen besänftigend gegenüber meinen Sorgen, er lacht und spielt. So tat ich es ihm gleich. Ich lud alle Frauen der Edlen in den Palast, damit sie mit mir zu Abend speisten. Tänzer und Sänger unterhielten uns jeden Abend. Ich lachte zu laut, redete zu viel, klatschte, bis mir die Handflächen weh taten. Ich wußte nicht, wie ich in solcher Leere, in solch hohler Fröhlichkeit leben sollte.

»Isa, du wirst im Garten an der Stelle, wo er immer zu sitzen pflegt, einen kleinen Stand errichten. Erledige es schnell, in aller Stille. Er muß bis heute abend fertig sein.«

Wie konnte ein Prinz sich in Demut vor einer Frau beugen? Er war aus Gold und Marmor und ich nur aus Fleisch und Blut, und nichts konnte so schrecklich sein wie der Schmerz, ohne Schahdschahans Liebe leben zu müssen. Ich würde mich willig der erniedrigendsten Demütigung unterwerfen. Der Schmerz konnte nicht schlimmer sein. Doch was war, wenn er mein Angebot ablehnte? Ich konnte den Gedanken daran nicht ertragen.

Ich zog meine gelbe *chouridar* und Bluse an und setzte die *touca* auf. Mein Silberschmuck war nicht mehr eine bloße Handvoll, sondern füllte ganze Schatullen aus. Ich wählte nur das, woran ich mich erinnerte. Isa stellte den Stand auf, legte einen Teppich darüber. Ich nahm meinen Platz ein und breitete meine Waren aus. Die Nacht war so ruhig; der Mond spiegelte sich wie ein Silberschwert im Wasser.

»Wird er kommen?« fragte Isa.

»Ich weiß nicht. Bete darum. Bring Wein. Befiehl den Musikanten, daß sie sich ruhig verhalten, bis er den Garten betritt.«

»Möchtet Ihr, daß ich bleibe?«

»Ja... nein... bleib dort.«

Er begab sich in den Schatten. Ich setzte mich und ordnete meine Schmuckstücke genauso nervös wie in der ersten Nacht vor so vielen Jahren. Die Vergangenheit kehrte immer wieder. Was war, wenn Schahdschahan nicht kam? Wenn er zum Jagen in den Norden oder Süden geritten war? Im Palast seines Vaters war? Mit einem Tanzmädchen sich vergnügte? Oder mit seinen Gefährten zechte? Wenn er hereinkäme, mich verlachte und in sein eigenes Bett ginge? Mein Kopf schmerzte angesichts all dieser Möglichkeiten. Nichts gab mir Hoffnung; nicht zweimal in meinem Leben verdiente ich solches Glück.

Ich bemerkte sein Kommen nicht. Er blieb an der Stelle stehen, wo der Mond Schatten warf. Er mußte einige Zeit so gestanden haben, dann ging er über den Rasen auf meinen Stand zu.

»Ah, mein kleines Basarmädchen, wieviel kostet dein Schmuck?«

»Zehntausend Rupien.«

»Ich habe keine. Bist du auch mit zehntausend Küssen zufrieden?«

»Von Schahdschahan wird ein einziger mehr als genug sein.«

In dieser Nacht erhielt ich zehntausend Küsse. In dieser Nacht empfing ich auch sein siebtes Kind.

Eines Morgens suchte mich Ladilli auf. Sie schien in dem frühen Morgenhauch zu schweben, unfähig, ihr eigenes Schicksal in die Hand zu nehmen. Ihre zarte Durchsichtigkeit, ein feiner Nebel, den man durchdringen, aber nicht vertreiben konnte, machte mich ungeduldig. Es war immer schwierig, ihre Stimmung einzuschätzen. Sogar ihren Ärger verbarg sie unter Sanftmut.

»Ladilli, was ist los? Wenn du dich hinsetzen willst, um zu seufzen, dann begib dich bitte in eine andere Ecke. Ich kann das Gewicht deines Atems fühlen.«

»Ich werde verheiratet.«

»Dann solltest du glücklich sein.« Ihr Gesicht war ausdruckslos. Sie war alt genug für eine Ehe, sogar noch älter, als ich es gewesen war, als ich Schahdschahan heiratete. Doch sie akzeptierte ihr Schicksal ohne Fragen. »Bist du's?«

Sie zuckte mit den Achseln. »Meine Mutter hat es mir heute morgen mitgeteilt. Ich heirate Shahriya.«

»Ah!« Ich wußte nicht, was ich sagen sollte.

Ich hatte Schahdschahans jüngeren Bruder nie gemocht; er beunruhigte mich. Bei Hofe war er als *Na-Shudari,* als Tunichtgut, bekannt. Sein Gesicht schien aus feuchtem Lehm zu bestehen, er schwitzte unablässig. Seine Gesichtszüge waren nicht angenehm. Seine Mutter war eine Sklavin, Dschahangir hatte sie mit Geschenken überhäuft und sie dann in die Abgeschiedenheit von Meerut geschickt. Er war eine grausame Wahl für Ladilli.

»Weigere dich.«

»Ardschumand, du weißt, ich kann es nicht. Mutter wird mich tagelang beschimpfen, ich kann das nicht ertragen. Ich finde es einfacher, ja zu sagen.« Sie ergriff meine Hand. »Sprich du mit ihr. Du bist stark, und Mutter hört auf dich.«

»Was kann ich ihr sagen? Gibt es jemand anderen, der dir gefällt?«

»Ja.« Ihre Wangen röteten sich. Unwillkürlich erfüllte mich dieses kurze, glückliche Aufflammen mit Traurigkeit. Es würde für immer ausgelöscht werden. »Er heißt Ifran Hassan, er ist ein Edler.«

»Ich habe noch nie von ihm gehört.«

»Er ist kein sehr bedeutender Mann. Er hat einen *jagir* in der Nähe von Baroda.«

»Hast du mit ihm gesprochen?«

»Natürlich nicht, doch ich weiß, er mag mich. Er hat mir dies geschickt.« Sie trug ein kleines silbernes Medaillon um den Hals. Es war rund und konnte geöffnet werden, doch innen war es leer. »Ich ließ das gleiche in Gold anfertigen und sandte es ihm.«

»Ich spreche mit deiner Mutter.« Behutsam löste ich meine Hand aus ihrer, wußte, daß ich damit mein Leben von ihrem trennte. Mehrunissa würde sich niemals umstimmen lassen. »Es wird schwierig sein. Dein Ifran Hassan gehört zum niedrigen Adel. Shahriya ist ein Prinz.«

Ich bedauerte sofort, was ich gesagt hatte. Sie fiel in sich zusammen, als ob sie dazu verurteilt worden wäre, für immer ein unerfülltes Leben zu führen. Ich konnte nur falsche Hoffnungen erwecken. In wenigen Tagen würde Mehrunissa ihre Wahl nachdrücklicher bestätigen.

»Du hast recht. Sie wird nicht einmal zuhören. Ein Prinz! Dieser Dummkopf!«

Das war der einzige Ausbruch von Ärger, den ich je an ihr erlebt hatte. Sie war selber verblüfft, wurde rot, stand auf und eilte hinaus.

Mehrunissas Wahl, meinen unehelichen Bruder als Schwiegersohn auszuwählen, mißfiel mir. Er war von einer Sklavin gezeugt worden und lebte fast vergessen. Ich sah ihn ein paarmal, wie er mit seinen Gefährten betrunken durch die Palasthöfe wankte. Sein Leben war düster gewesen, ohne Bedeutung, und nun hatte Mehrunissas Hand in diese dunkle Vergessenheit gegriffen und ihn ans Licht gezogen. Ich war als erste Wahl für Ladilli in Frage gekommen; ihre zweite Wahl hatte sie genauso sorgfältig getroffen. Es war mir gleich, wen Ladilli heiratete, doch ich konnte erkennen, was Mehrunissa dazu veranlaßt hatte, diese Wahl zutreffen. Sie würde Ladilli unter Kontrolle haben und durch Shahriya, den Herrscher Shahriya vielleicht, den Hanswurst-Kaiser, einen Idiotenkönig.

»Nicht einmal meine Tante würde das wagen«, sagte Ardschumand. »Du bist der Erstgeborene von Dschahangirs Söhnen.«

»Doch für wie lange?«

Ich wandte mich ratsuchend an ihren Vater Asaf Khan. Sein langes, undurchdringliches Gesicht war verschwiegen, geschult in den Winkelzügen der Politik. Ich liebte seine Tochter, besaß seine Loyalität. »Du siehst ja den Herrscher täglich. Bin ich sein Erstgeborener?«

»Ja.« Er antwortete knapp, ersparte sich jegliches überflüssige Wort. Ich fand darin keinen Trost. »Mehrunissa sammelt Feinde um sich.«

»Wer nicht? Doch sie hält Dschahangir, und ich halte nichts. Jetzt hält sie Shahriya und ich nichts. Mein Vater ist ein kranker Mann. Wen von uns wird er wählen?«

»Den, den sie wählt.« Ardschumand flüsterte. »Sie weiß, ich bin nicht wie Ladilli, ich leiste ihr Widerstand.«

Unsere friedliche Zeit war zu Ende. Mehrunissa hatte damit angefangen, mich an den Rand des Abgrunds zu drängen. Auf der einen Seite erblickte ich einen Abgrund ohne Grund, von dem keiner zurückkehrte, nicht einmal Prinzen, auf der anderen Seite einen unbezwingbaren Berg.

»Was soll ich tun?«

»Nichts«, sagte Asaf Khan ruhig. »Was kannst du tun? Du mußt abwarten. Wenn du plötzlich etwas unternimmst, bekommt Dschahangir Angst. Im Augenblick ist er mit seiner Gesundheit beschäftigt. Er sehnt sich nach Kaschmir.«

»Weiß er, was meine Tante macht?«

»Ja. Sie ist klug genug, ihn zu informieren. Er billigt Ladillis Heirat mit Shahriya. Er findet, sie geben ein gutes Paar ab. Er erzählte mir lachend: ›Überlegt, alter Freund, was Ihr alles gewonnen habt. Eure Schwester ist Kaiserin und ihre Tochter eine Prinzessin.‹«

»Und...«

»Mehr hat er nicht gesagt.«

»Hat er nichts von Ardschumand gesagt?«

»Nein. Vielleicht hielt er es nicht für nötig. Deute sein Schweigen nicht falsch.«

»Was sonst soll ich machen? Er übergeht Ardschumand und trifft damit mich.«

»Er ist zerstreut. Es ist schwer genug für uns, Mehrunissas Worte zu deuten. Laß uns abwarten und die Augen offenhalten. Ich unterstütze dich im *ghusl-khana.*«

Ich brauchte nicht lange zu warten.

Man erzählte mir, die Pracht von Ladillis Hochzeit sei sogar noch größer als meine eigene gewesen. Mehrunissa schenkte den Gästen Goldteller und Goldpokale, den Frauen Edelsteine und verteilte Gold- und Silbermünzen ans Volk, und das Fest dauerte drei volle Tage.

Ich wohnte ihm nicht bei, gab vor, krank zu sein. Ardschumand konnte auch nicht teilnehmen; das Kind, das sie gebar, starb eine Stunde nach seiner Geburt.

Kurz nach der Heirat trat Mehrunissa in Aktion. Ich bekam den Befehl, nach Süden zu marschieren.

Der Dekkan brodelte. Die ewige Hitze in diesem Teil Hindustans schien das Land zu dauernder Rebellion anzustacheln. Wer konnte aus solcher Entfernung regieren? Selbst wenn ich südwärts marschierte und diese Ratten ein zweites

Mal besiegte, welch größere Belohnung würde mir mein Vater geben? Konnte er mich ein zweites Mal in Gold und Diamanten baden? Er würde lediglich murmeln: *shabash*. Und wenn ich scheiterte, würde Mehrunissa triumphieren. Wie konnte ein Prinz, dem es nicht gelang, den Dekkan zu brechen, Hindustan regieren? Meine bisher errungenen Siege würden vergessen sein. Wenn ich besiegt zurückkehren würde, wären sie nichts mehr wert.

Die Entfernung von Agra war außerdem sehr groß. Ich würde nicht in der Lage sein zu erfahren, was bei Hof geflüstert wurde. Erst sehr viel später, wenn Asaf Khan mir die Neuigkeiten übermitteln würde, wüßte ich, was dort los war.

In Eile bat ich meinen Vater um eine Audienz. Der Hof schickte sich an, Vorbereitungen für die Reise nordwärts nach Lahore zu treffen. Kaschmir lockte, zog den Herrscher an; das Zentrum der Macht war noch weiter vom Dekkan entfernt als Agra. Dschahangir ruhte im *ghusl-khana;* ein weißes Tuch, gefüllt mit Eis, kühlte seine Stirn. Er hielt die Augen geschlossen, obwohl der Sekretär meine Ankunft angekündigt hatte. Er atmete durch den Mund, wie ein Löwe, der im Schatten sein Leben aushaucht, das letzte Mal nach Luft schnappt.

»Die Luft«, flüsterte mein Vater, »weigert sich, in diesen alten Körper einzudringen. Sie weicht mir aus. In Kaschmir... ah, Kaschmir... ist sie so süß, dringt in mich ein, ohne Angst.«

»Möchtest du, daß ich in den Dekkan zurückkehre?«

»Du hast meine Befehle erhalten. Warum kommst du her und fragst mich danach?«

Eines seiner Augen öffnete sich zögernd wie eine Gefängnistür. Ein Licht funkelte darin. »Ich weiß nicht, warum du mich ständig belästigst.«

»Das ist seit langer Zeit meine erste Audienz.«

»Ich habe das Gefühl, sie ist die hundertste. Möchtest du sonst noch etwas? Ich möchte mich wieder meinen Träumen hingeben, an den Springbrunnen meines Gartens zu liegen und ihrer beruhigenden Musik zu lauschen.«

»Wenn ich in den Dekkan marschieren soll...«

»Schwatz nicht darüber. Ich habe dir soeben gesagt, daß du

das Kommando übernimmst und dort bleibst, bis wir diese Ratten unterworfen haben. Wenn... wenn... was soll das Wenn? Das Wort des Herrschers ist kein Wenn. Das ist kein Basar, in dem du handelst und sagst, wenn...« Das Auge rötete sich und brannte wie ein Kohlenfeuer. Er schrie: »Ich befehle dir zu marschieren!«

»Majestät, ich bitte um Vergebung. Ihr nehmt Anstoß an einem Versehen meiner Zunge. Ich wollte Euer Kommando ja nicht in Frage stellen.«

»Das nehme ich auch nicht an.« Das Auge begann, seine Wildheit zu verlieren, schloß sich. »Ich nehme Anstoß, woran ich möchte.«

»Vergebt Ihr mir, Majestät? Ich kann es nicht ertragen, Euch zu verlassen in der Annahme, daß Ihr mir zürnt.«

»Ja, ja, ist schon gut. Komm her.«

Er beugte sich vor. Ich kniete vor ihm nieder, und er umarmte mich geistesabwesend. Wenn er nach Norden zog und ich gen Süden, sollte keine Bitterkeit zwischen uns herrschen, die den Nährboden für Mehrunissas Einflüsterungen bilden würde. Ja, würde sie sagen, er hält sich bereits für den Herrscher. Aus diesem Grunde stellt er ständig Fragen und krittelt herum.

»Vater, ich bitte Euch um Erlaubnis, meinen Bruder Khusrav mitnehmen zu dürfen. Seit vielen Jahren ist er an den Palast gekettet, und die Reise in den Dekkan würde eine Abwechslung in seinem eintönigen Leben bedeuten.«

Er schien zu zögern, als ob er überlegte, ob er das Auge nochmals öffnen sollte. Es blieb geschlossen, nur ein kleiner Lichtspalt schimmerte durch. »Und er ist dir aus den Augen, erinnert dich nicht ständig an seinen Verrat.«

»Warum nicht? Er ist eine Plage, weint ständig. Sein Anblick macht mich schwermütig, erscheint mir zusätzlich zu meiner Krankheit unerträglich. Nimm ihn mit.«

Ein paar Tage nach der Abreise meines Vaters in den Norden begannen wir unseren Marsch in den Süden. Mein Vater hatte die Absicht verkündet, daß er Lahore nur besuchen wolle, doch er konnte seine Absicht ändern; Kaschmir lockte ihn immer noch. Wir umarmten uns vor seiner Abreise. Er schien wieder kräftiger zu sein, doch wer wußte, ob wir uns wiedersehen würden? Khusrav wies er ab.

»Manzil mubarak.«

»Manzil mubarak.«

Ich sah Ardschumands Vater. Asaf Khan versprach, alle sieben Tage einen Boten in den Dekkan zu senden, der uns über den Gesundheitszustand des Herrschers informierte und über Mehrunissas Absichten. Die beiden waren aneinandergekettet. Wenn er starb, würde sie auf dem schnellsten Wege einen Nachfolger wählen; wenn er sich erholte, würde sie warten. Sie hatte meinen Bruder Parwez zum *subadar* von Lahore gemacht und Ladilli und Shahriyar mit auf die Reise genommen. Als Ardschumand, ich und die Kinder weiter nach Süden kamen, hatte ich das Gefühl, wir führen einen Fluß hinunter, weit über den Horizont hinaus.

Khusrav blieb nach wie vor an seinen Leibwächter gekettet. Sie hatten sich aneinander gewöhnt, und er wollte nicht von seinem einzigen Freund getrennt werden. Ich traute keinem von beiden und befahl Allami Sa'du-lla Kahn, eine beständige Wache für Khusrav bereitzustellen. Ich glaubte, Khusravs Augenlicht hatte sich gebessert. Auch wenn er noch nicht sein normales Augenlicht zurückgewonnen hatte, so konnte er zumindest doch sehen. Nach unserem ersten gemeinsamen Mahl befahl ich ihm, allein zu bleiben.

»Bruder, man hatte mir gesagt, ich dürfe nur aufgrund Eurer Zuneigung zu mir mit Euch reiten«, sagte er.

»Ich dachte, diese Reise könne die Eintönigkeit Eures Gefangenendaseins unterbrechen.«

»Gefangenschaft. In einem goldenen Gefängnis! Wie kann das eintönig sein? Ich höre alle Gerüchte und allen Klatsch, und in meiner ewigen Dunkelheit berechne ich die Bedeutung von jedem Gezischel und Geflüster. Warum? Damit beginne ich jede Überlegung. Warum? Warum hat Mehrunissa ihre Tochter mit diesem sabbernden Idioten Shahriyar vermählt? Doch wir kennen alle die Antwort darauf. Warum nimmt Schahdschahan seinen blinden Bruder mit in den Süden?«

»Ich habe es Euch bereits gesagt. Eßt nun. Und nehmt noch Wein.«

Isa füllte seinen Becher, Khusrav betrachtete die Flüssigkeit in dem goldenen Gefäß, doch berührte sie nicht. »Ich kann nicht lange in Eurer Gesellschaft bleiben, denn ich muß mit meinen Befehlshabern den Feldzug besprechen.«

»Ah ja, natürlich. Ich habe einen bedeutenden Bruder. Kommandos, Befehle – er hebt den Arm, und zehntausend Reiter setzen sich in Bewegung.« Er seufzte und vergoß Tränen. Sie kamen und vergingen, wie er wollte. »Wenn ich nur auch so klug wie Schahdschahan gewesen wäre. Ich lief blindlings ins Unglück... Ich amüsiere dich, oder? Damals war ich geistig blind, heute sind meine Augen blind. Zwei Formen der Blindheit. Welches Pech! Wenn die erste vor der zweiten eingetreten wäre, dann wäre ich noch im Vollbesitz meiner Sehkraft.«

»Du kannst sehen.«

»Ein wenig. Mißgönnst du mir das? Ein durchsichtiger, schemenhafter Schahdschahan sitzt vor mir. Er zeigt seine Ungeduld, vielleicht auch sein Unbehagen. Ich wirke genauso auf meinen geliebten Vater. Ich sitze da, starre ihn an, und er läuft davon. Wenn ich so klug wie Schahdschahan gewesen wäre, würde ich nun an der Spitze dieser vielen Männer reiten, die auf sein Geheiß hin sterben werden. Aber sind sie auch genug? Schahdschahan würde diese Menge viele Male – zwanzig-, dreißigmal – befehlen, doch er kann nicht. Noch nicht.«

»Ich bin der Erstgeborene.«

»Doch bist du auch Mehrunissas Erstgeborener? Das ist die Frage.«

Er flüsterte. »Du solltest fragen, was Khusrav tun würde.«

»Was würde Khusrav tun?«

»Töte sie! Und zwar schnell. Bevor sie in Aktion tritt. Schicke Reiter los.« Er umklammerte meinen Arm. »Ohne ihre Einflüsterung bleibst du Dschahangirs Erstgeborener bis zu seinem Tod. Und der wird, so Gott will, bald eintreten.«

»Sie wird zu gut bewacht. Nun bin ich an der Reihe zu fragen: Warum?«

»Weil ihr Tod ihn treffen würde. Er würde Tränen vergießen, weil ich Tränen vergossen habe. Er würde durch seinen Palast taumeln, blind vor Kummer. Er würde in einen Abgrund der Einsamkeit fallen, für immer.« Khusrav kicherte vergnügt und klatschte in die Hände. Er träumte Tag und Nacht von Dschahangirs Tod. Ich konnte es ihm nicht vorwerfen, doch ich glaubte ihm nicht.

»Wenn man fragt, warum, und eine Antwort erhält, muß man erneut fragen warum? Warum möchte Khusrav Mehrunissas Leben?«

»Um sein eigenes zu retten.« Er blickte mich an. »*Taktya takhta*. Bruder, ich möchte weder den Thron noch den Sarg.«

Die Hitze wurde glühend, das Gras verdorrte und starb; Felsen und Erde wurden widrig, der Himmel war ein brennender Schild. Ich träumte auch von Kaschmir, nicht wegen meines Vaters, sondern als Erleichterung von Khusravs glühendem Haß. Ardschumand lag in ihrer Sänfte. Auch die Fächer konnten die Hitze kaum lindern. Sie beklagte sich nie; sondern lächelte mir liebevoll zu. Ihr Lächeln hatte sich nicht geändert; es erhellte ihre Schönheit, auch wenn es jetzt langsamer aufzuleuchten schien. Doch wenn es da war, konnte ich meine Freude und meine Liebe nicht zurückhalten. Sie trug unser siebtes Kind unter dem Herzen. Wir diskutierten nicht mehr darüber, ob sie es in Agra bequemer hätte. Es würde mir nie gelingen, ihren Willen zu brechen, aber jetzt wollte ich es auch nicht. Ihre Anwesenheit bedeutete für mich ständigen Trost.

Ich hielt Dara immer an meiner Seite. Er ritt ein weißes Pony, und seine Neugier über dieses Land war ohne Ende. Ich lehrte ihn, denn seine Erziehung hatte begonnen. Die anderen Kinder blieben bei ihren Dienern, hinter Ardschumands Gefolge. Meine beiden anderen Söhne, Shahshuja und Murad, waren stille, gehorsame Jungen, lediglich Aurangzeb zeigte einen unabhängigen, störrischen Geist. Er reichte mir noch nicht bis zur Hüfte, doch er bat mich kühn um meine Erlaubnis, ihn an meiner Seite reiten zu lassen. Ich lehnte ab. Er war zu klein und müßte ständig beaufsichtigt werden. Wenn er sich in Gesellschaft von Dara befand, war er seltsam hölzern.

Dara begriff das Wesen der Macht. Sie floß, wo ich hinging, hielt inne, wenn ich anhielt. Sie rankte sich um mich, sichtbar von Horizont zu Horizont. Ich wußte, die Quelle war mein Vater, aber je größer der Abstand zwischen uns wurde, desto größer wurde meine Macht. Andere Männer regierten das Land, das wir durchquerten, *Ranas, Amirs, Diwans, Mir Bakshis,* doch solange ich in ihrer *suba* war, war meine Autorität größer als ihre. Die Reise verlief langsam; ein Prinz kann nicht unbemerkt reisen. Jeden Tag in der Morgendämmerung, mittags und gegen Abend, hielt ich hof, gewährte all denen, die mir ihre Ehre erweisen und Geschenke überbringen wollten, Audienz. Und jedesmal, wenn ich halten ließ, erwartete uns ein Fest, das ich nicht ablehnen konnte. So hörte ich endlose, sich wiederholende Litaneien der Ergebenheit und der Zuneigung. Die Worte waren immer die gleichen, nur die Sprecher änderten sich.

Zwei Tage vor unserer Ankunft in Burhanpur stießen wir unterwegs auf ein paar Soldaten: Es waren hundert Mann, die der *Mir Bakshi* befehligte. Sie wurden vom obersten *sadr* der *suba* begleitet. Sie warteten neben einer Säule von Menschenköpfen, die die Höhe zweier Männer hatte, und einen vergleichbaren Durchmesser. Sie bestand aus Schlamm und Ziegelsteinen und war mit Köpfen durchsetzt. Sie hatten weder Augen noch Fleisch, bestanden nur aus Knochen. Die Errichtung solcher Pfeiler war ein Brauch, der zuerst von Tamerlan eingeführt wurde. Dieser hier war von Akbar errichtet worden, ein Denkmal seiner Rache. Wir wahrten diese Tradition nicht mehr.

In der Nähe der Reiter lagen drei gefesselte Männer auf dem Boden.

Ich erlaubte dem *Mir Bakshi* und dem *sadr,* sich zu nähern. Sie kamen widerstrebend auf mich zu; meine Anwesenheit war ihnen nicht genehm. Der *sadr* machte eine flüchtige *kornish.* Der *Mir Bakshi* war ehrerbietiger. Ich übersah beide und ritt zu den Männern, die im Staub lagen. Sie lebten, waren mit Seilen gefesselt, barhäuptig. Blut klebte an der Seite des einen, im Bart des anderen. Der dritte sah unverletzt aus, war aber stärker gefesselt als die beiden anderen. Sie lagen verdreht da, die unbewegten Gesichter in den Schmutz gepreßt. Sie erwarteten von mir keine Gerechtigkeit.

»Hoheit, das ist eine unwichtige Angelegenheit«, sagte der *Mir Bakshi.* Seine Autorität war in meiner Anwesenheit geschmälert.

»Das sollte den Prinzen nicht kümmern.«

»Was haben sie getan?«

»Nichts, Lord!« rief einer der gefesselten Männer.

Auf ein Zeichen des *Mir Bakshi* versetzte ein Soldat dem Mann einen Hieb mit seinem Speer.

»Du versetzt erst dann Hiebe, wenn ich es befehle. In meiner Gegenwart geschieht nichts ohne meine Erlaubnis.«

Der *sadr* ritt nach vorn. Er kam mir zu nahe, ich gab ihm ein Zeichen, Abstand zu halten. Er tat nichts dergleichen, blickte mich mit finsterer Miene an.

»Diese Männer wollten den *thakur* in diesem Dorf töten.« Er zeigte auf die Hügel. »Wir verhinderten einen Mord. Zeigt dem Prinzen die Waffen.«

Drei rostige Schwerter fielen zu Boden, es folgte ein Dolch.

»Warum wollten sie den *thakur* töten?«

»Wer weiß, warum diese Bauern irgend etwas tun?« sagte er abweisend.

»Ich habe Euch eine Frage gestellt. Antwortet schnell. Ich dulde nicht die fromme Dreistigkeit eines Mullah.«

»Es war Neid«, flüsterte er, erkannte, daß ihn nur sein heiliger Stand vor einem plötzlichen Tod bewahrte.

»Redet«, wandte ich mich an den gefesselten Mann. Seine Augen erinnerten mich an einen gefangenen Tiger, voll hilfloser Wut, daß er auf so gemeine Weise ums Leben kommen sollte.

»Hoheit, dieser *thakur* ist ein Schurke. Er stürzt uns ins Elend...«

»Das ist kein Grund für einen Mord.«

»Nein, Hoheit.« Seine Augen waren eiskalt. »Ich hatte eine hübsche Frau, die der *thakur* begehrte. Er nahm sie gegen ihren Willen, hielt sie gefangen, mißbrauchte sie, und als er ihrer überdrüssig war, reichte er sie an seine Männer weiter. Sie starb unter ihrer Grausamkeit.«

»Warum hast du dich nicht an das Gericht gewandt?«

»Gericht?« Er sah verbittert aus. »Der *thakur* ist Moslem. Er ist ein Freund des *sadr* und des *Mir Bakshi.* Ich bin Hindu. Als ich zu ihnen ging, sagten sie mir, das sei nicht ihr Problem. Was konnte ich tun? Ich weinte, ich schrie, ich bettelte. Sie lachten mich aus. Als sie starb, versuchte ich mir selbst Gerechtigkeit zu verschaffen. Dieser Mann ist mein Bruder und das hier mein Vetter. Wir jagten dem *thakur* hinterher, doch wir wurden gefangen. Ihr könnt uns hinrichten.«

Wenn die Hoffnung geschwunden ist, werden die Männer kühn. Sein Blick war fest, er hatte nicht um sein Leben gewinselt. Ich respektierte ihn.

»Wie heißt du?«

»Arjun Lal. Mein Bruder ist Prem Chand, mein Vetter Ram Lal.«

Ich wandte mich an den *sadr*: »Sagt er die Wahrheit?«

»Er kam nicht wegen seiner Frau zu uns, er hat sich die Geschichte eben erst ausgedacht.«

»Natürlich weiß ich, daß er lügt. Was anderes kann man von einem Hindu erwarten?« Ich packte die Zügel meines Pferdes und tat so, als ob ich wegreiten wollte. »Wie war ihr Name?«

»Lalitha.« Sein Blick war kraftlos, voller Feindseligkeit, voller Abscheu, überlistet worden zu sein.

»Laßt sie frei, und richtet den *thakur* hin.«

Burhanpur hatte sich nicht verändert. Der rauhe Himmel, die Falken, das Rauhfutter, alles war noch gleich. Der Palast blickte immer noch verdrießlich auf die vertrauten purpurfarbenen Hügel, als ob er es bedauerte, daß er all die Jahre immer nur vor dieser einen Aussicht verwurzelt war.

Ardschumand gebar ein Mädchen. Es starb im Laufe der Woche. Isa sagte mir, sie sei matt und müde, doch wenn ich von meinen Geplänkeln mit den Dekkan-Ratten zurückkehrte, zeigte sie mir nur ihre Freude über meine Rückkehr. Sie redete wenig über ihren Verlust, sondern lachte und sang und lauschte entzückt meinen Berichten über unseren Erfolg.

»Jedesmal, wenn du gewinnst«, sagte sie zu mir, »denk an Mehrunissa. Ihre Macht sinkt, wenn deine wächst.«

»Welche Macht habe ich hier, so weit entfernt von meinem Vater?«

»Diese.« Sie wies auf die Hügel. »Du bist hier der Mughal. Du hast Männer, du hast Land; dein Vater kann sie dir nicht wegnehmen; nur du kannst sie ihm schenken. Das ist deine Eroberung.«

Sie sprach die Wahrheit. Hier war ich wirklich der Große Mughal. Alle übergaben mir ihre Forts und Gebiete. Ich nahm sie im Auftrag des Herrschers an, doch in eigenem Namen. Dadurch gestärkt, führten wir ein friedliches Leben; wir hatten einander, unsere Kinder. Lediglich die Hitze und die Fliegen waren unerwünschte Reisegefährten. Wir erhielten die Nachricht, daß sich der Gesundheitszustand meines Vaters gebessert habe, und die Boten von Asaf Khan hielten uns über die Hofangelegenheiten auf dem laufenden. Und Mehrunissa hielt sich zurück.

Was dauert an? Nichts. Das ganze Leben ist flüchtig.

Es war eine ruhige, windstille Nacht. Ardschumand schlief. Im Schlaf wurde sie wieder zu dem Mädchen, das ich zuerst gesehen hatte. Die Linien des Alters und der Müdigkeit waren aus ihrem lieblichen Gesicht verbannt, ließen es kindlich erscheinen. Ich betrachtete sie in der Dunkelheit, Nacht für Nacht, bis mich der Schlaf übermannte.

Im Morgengrauen wurde ich von Isa geweckt. Ich kroch aus dem Bett und folgte ihm auf den Flur. Ein Bote von Asaf Khan wartete, der Herrscher war auf den Tod krank.

Ich stand auf dem Balkon, beobachtete, wie die Sonne die Hügel berührte. Doch sie behielten eisern ihre rote Farbe, waren stolz auf ihre Herausforderung.

»Schick Allami Sa'du-lla Khan zu mir. Sag, er solle zwei Soldaten, denen man trauen kann, mitbringen.«

Khusravs Gemach war dunkel, das Licht hatte es noch nicht erreicht. Er schlief tief, sein Wächter ruhte in einer Ecke auf dem Boden. Im Schlaf veränderten sich auch seine Gesichtszüge. Er erschien nicht blind, sondern ganz gesund, der Gefährte meiner Kindertage, meiner Jugend. Er spürte meine Anwesenheit, wachte auf und setzte sich im Bett auf. Er blickte mir in die Augen und wußte, was ich ihm mitteilen wollte.

Er flüsterte: *»Taktya takhta?«*

Kapitel XVIII
Das Tadsch Mahal
1056 (a. D. 1646)

Das Grabmal war fertig. Es erhob sich aus dem Staub, Schmutz und den Trümmern, ragte aus der Erde, die rauh von Furchen, Löchern, Böschungen, zersplittertem Marmor war, zerbrochenen Ziegelsteinen und Bauholz. Es wirkte immer noch wie ein Skelett, das sich gegen den blauen Himmel abhob, eine Eissäule, die ihre Schatten über die Prozession warf, die sich von dem kleinen, als Notbehelf dienenden Gebäude am Ufer des Jumna näherte.

Die Mullahs führten die Kolonne an; sie lasen aus dem Koran. Dann kam Schahdschahan. Sein Haupt war im Gebet gebeugt, seine Finger zählten eilig die Perlen des Rosenkranzes. In kurzem Abstand hinter ihm gingen seine vier Söhne: Dara, Shahshuja, Aurangzeb und Murad. Dann folgte der Sarg: ein einfacher Block aus kaltem Marmor, ohne Schmuck, der auf den Rücken der Männer, die unter seinem Gewicht schwitzten, lastete.

Eine schräge Auffahrt führte zu dem Grabeingang, der neunzehn Fuß höher lag. Die Prozession begab sich langsam hinauf, die Luft war von ihrem Gemurmel erfüllt, und der Duft des Weihrauchs hing in der Luft, nachdem sie im Innern verschwunden war. Dann zerstreute er sich langsam, genauso wie die Menschenmenge, die sich versammelt hatte, um der Zeremonie beizuwohnen.

Nur Isa blieb zurück, blickte vom Marmorbalken auf den Fluß. Das Grab erschien ihm erdgebunden, unproportioniert; es war zu dünn, zu groß, irgendwie ausgelaugt. Natürlich war es noch unvollendet. Der breite Sockel mußte noch gebaut werden. Er war zweimal so lang und zweimal so breit wie das Grabmal, ein riesiger Marmorteich, auf dem das Grabmal schwimmen würde. Und dann kämen die Minarette und die zwei Moscheen und schließlich der Garten. Isa kannte seine schwindelerregenden Kosten: hundertsechsunddreißig Sack Gold waren aufgewandt worden für die Errichtung des Geländers, das den Sarkophag umgab und für die große Lampe, die von der Kuppel herunterhing. Genausoviel Silber war für die Türen verwendet worden. Alle erdenklichen Edelsteine und Halbedelsteine waren in unzähliger Zahl in die Blumen und Pflanzen, die das Innere schmückten, eingesetzt worden. Diamanten, Rubine, Smaragde, Perlen, Topase, Jade, Saphire, Türkise, Perlmutt, Heliotrop, Wunderstein, Karneol, Bergkristall, Malachit, Achat, Lapislazuli, Koralle, Mondstein, Onyx, Granate, Beryll, Chrysophas, Chalcedon und Jaspis. Sie waren von hervorragenden Juwelieren ausgewählt und mit mathematischer Präzision eingesetzt worden, nicht nur, um das wechselnde Licht zu reflektieren, sondern um die günstigste astrologische Konstellation auf den Sarg zu projizieren. Die ungeheure Menge Marmor war ein Geschenk der Rajput-Fürsten gewesen. Zwanzigtausend Arbeiter hatten Tag und Nacht gearbeitet und das über Jahre hinweg, und die Arbeit würde fortgesetzt werden, doch Isa wußte, daß der Mughal-Schatz unter seinen Füßen kaum angetastet worden war, als ob man eine Handvoll Wasser aus dem Jumna geschöpft hätte.

Er blieb vor dem Eingang zum *diwan-i-khas* stehen. Im Schatten stand der Pfauenthron. Er war von Schahdschahan errichtet worden, doch trotz seines Glanzes und des honigfarbenen Lichts, das seinen Sockel umspielte, wirkte er öde und verlassen. Er ruhte auf vier goldenen Löwenpranken. Der Sitz war ungefähr drei Fuß breit und fünf Fuß lang und mit Kissen bedeckt. Darüber hing ein Thronhimmel, der auch aus Gold war und von zwölf Pfeilern gehalten wurde. Jeder Pfeiler hatte den Durchmesser eines Männerarms. Sie waren mit Smaragden verziert. Über dem Himmel befanden sich zwei goldene Pfauen, die glänzender waren als die lebendigen Vögel. Ihr juwelenbesetztes Gefieder spiegelte jede Farbe in voller Leuchtkraft wider. Zwischen ihnen stand ein Baum, der Früchte aus Smaragden, Rubinen, Diamanten und Perlen trug. Der Hofjuwelier Bebadat Khan hatte für die Fertigstellung des Throns sieben Jahre benötigt.

Isa nahm auf dem Thron Platz, versuchte, die Macht des Großen Mughal zu fühlen, doch er fand ihn lediglich unbequem. Als er auf dem Thron saß, überkam ihn ein seltsames Gefühl, das vom Thron ausging – ein Frösteln, ein schreckliches Gefühl der Einsamkeit.

Murthi schenkte der Prozession keinen Blick. Er kämpfte mit dem Stein, wild, unergiebig, unermüdlich. Tap, tap, tap; mit jedem Splitter traf er sein eigenes Herz. Bald, sehr bald würde sein Werk vollendet sein. Er arbeitete intensiver, schneller, ließ nie nach. Mit jedem »tap« hörte er die Minuten, die Stunden, die Tage verrinnen. Er machte einen Wettlauf mit der Zeit; jetzt befand er sich mit ihr Kopf an Kopf. Ein weiteres Lebensjahr, ein weiteres Jahr, das ihn dem Tod näher brachte. Seine zupackenden Hände schmerzten, die Knöchel waren knorrig, taten ihm im Winter während der Regenzeit weh, und er mußte sie zwingen, den Meißel zu umklammern. Gopi arbeitete an der anderen Seite der *jali,* rieb den Marmor mit grobem Sand. Ganz oben zeigte der Marmor bereits den weichen Glanz von Glas. Murthi war stolz auf seinen ältesten Sohn. Er arbeitete mit der sturen Geduld seines Vaters. Auf und ab, auf und ab, auf und ab. Der jüngere Sohn kümmerte sich um das Feuer, spielte damit, warf Zweige und Splitter hinein, damit die Funken sprühten.

Murthi fühlte sich einsam ohne Sita. Zuerst überraschte ihn das; dann kam der Schmerz, überwältigte ihn. Es war, als ob sie noch immer herübergreifen könnte, ihm die Liebe wie Blut aus dem Herzen zog. Er erinnerte sich an ihre Jugend, an ihr Lachen im Dorf, ihre Schüchternheit an ihrem Hochzeitstag – alles war vorüber. Er hatte sie mit seiner bewußten Kälte zerstört. Man erwartete von ihr, daß sie Kinder gebar, und sie hatte ihn enttäuscht. Sie war müde geworden, nicht nur körperlich, sondern auch geistig. Oh, er hatte es nicht gewollt. Was konnte er dafür, daß er von vornherein wußte, daß sie keine Zuneigung für ihn empfand. Sie war für einen anderen ausgewählt worden und hatte ihn nur akzeptiert, als sein Bruder verschwunden war, als ob er ein liegengelassenes Stück wäre, das sie auf der Straße gefunden hatte. Alles, was er getan hatte, war, sie zu strafen, und damit hatte er sich selbst gestraft.

Der *hakim* war gekommen, doch es war zu spät. Er fühlte ihren Puls; er schlug nicht mehr. Mit ihrem Leben war ihr Alter dahingegangen, nur ihre Jugend und die Erinnerung blieben zurück. Es war, als ob alles unter der Oberfläche verborgen gewesen wäre und nun durchschimmerte. Murthi war vor ihr niedergekniet und hatte sie auf die Stirn geküßt. Er sah, daß sie graue Strähnen in den Haaren hatte, die er noch nie bemerkt hatte. Er sah nur ihre Schönheit, die Wölbung ihrer Wangen, ihre seidene Haut.

Die Frauen hatten sie gebadet und angekleidet. Sie kämmten ihr Haar, malten ihre Brauen mit *kun-kum* an, legten ihr eine Girlande um den Hals. Sie blieben zurück, beobachteten die Prozession, beruhigten das schreiende Baby, als die kleine Trauergemeinde durch die Straßen von Mumtazabad zum *ghat* zog.

Isa beobachtete, wie die Totenbahre vorbeigetragen wurde. Sie war ganz schlicht, bestand aus Stroh und Bambusstäben. Sie war leicht genug, daß nur vier Männer sie trugen. Er konnte einen Blick auf ihr Gesicht werfen, sah nur die Nase und die Augen; das übrige Gesicht war durch die Girlande aus Rosenblättern verdeckt. Er folgte nicht der Prozession zum *ghat*. Er stand abseits und hörte, wie die Priester die *sastras* murmelten, *ghee* und Reis verstreuten und den Scheiterhaufen anzündeten. Dies benötigte Zeit. Zuerst flackerte die Flamme im Sonnenlicht, schimmerte hell, wurde dann langsam dunkel und zischelte himmelwärts.

Isa erinnerte sich daran, daß der Tod einen beraubte.

Der Palast war geschlossen. Er war leer; die Soldaten, Sklaven, Höflinge, Sekretäre, Sänger und Diener waren hinausgetrieben worden. Es war totenstill. Staub lag überall, welke Blätter wirbelten über den Boden, Tauben gurrten leise.

Schahdschahan saß weder auf dem Thron, noch lag er auf dem Diwan oder dem Teppich. Er kniete auf dem kalten Fußboden. Er bewegte sich nicht, gab keinen Laut von sich. Er nahm weder Speise noch Trank zu sich. Er verharrte so acht Tage und acht Nächte. Seine Seele war ein schwarzer, melancholischer Ort, der keine Gedanken beherbergte. Sein Herz war gefühllos. Er vergoß keine Tränen, schlug sich nicht gegen die Schläfen, schrie nicht laut heraus. Isa beobachtete ihn, hielt schlaflose Wache.

Jede Stunde krümmte sich der Herrscher und kämpfte, um die dämonische Gewalt, die in ihm wütete, zu beherrschen. Mit jedem Vorüberziehen des Sturms sank er in sich zusammen, erschöpft, ermattet, erhob sich aber nie.

Zuerst dachte Isa, es sei ein Lichttrick. Sonnenlicht und Schatten wechselten sich an den Wänden des *ghusl-khana* ab, und jedesmal, wenn sie am Gesicht des Herrschers vorbeihuschten, nahmen sie etwas von ihm, als ob Wasser sein Bild von einer Schiefertafel abwaschen würde. Als der Herrscher das erste Mal niederkniete, hatte er sieben weiße Haare in seinem schwarzen Bart. Mit jeder Stunde, jedem Tag und jeder Nacht wurde der Bart weißer. Isa sah, wie die Jahre vorbeizogen, ihren Abdruck auf seinem Körper und Gesicht hinterließen, jedes einzelne Haar schneeweiß gefärbt. Falten kamen, erst eine, dann eine weitere, gruben Furchen in sein Gesicht. Am Ende des achten Tages hatte Schahdschahan das Gesicht eines alten Mannes, sein Bart war vollständig weiß. Er hob sein Gesicht der Sonne entgegen.

»AR-DSCHU-MAND!« Es war das Gebrüll eines tödlich verwundeten Tigers. »ARDSCHUMAND! ARDSCHUMAND!« Stunde um Stunde rief er ihren Namen, bis er ihn nur noch flüstern konnte. »Ardschumand.«

Isa hörte das Echo im Palast, als ob tausend Stimmen ihren Namen riefen, AR-DSCHU-MAND. Von den Ecken, den anmutigen Bögen, dem Pavillon wurde er von der sanften, kühlen Brise weitergetragen, schwebte auf und nieder, bis er schließlich verklang.

Schahdschahan winkte. Er konnte sich nicht erheben. Isa hob ihn hoch. Als der Herrscher stand, war Isa betroffen. Sie waren immer gleich groß gewesen. Jetzt konnte er auf den Herrscher heruntersehen. Er musterte Schahdschahan. Er schien zusammengeschrumpft, die Kleider schlotterten ihm sichtbar am Leib.

Der Tod war zehrend.

Auch Murthi sah kleiner aus. Er schleppte sich langsam von den verglühenden Flammen weg, gestützt von seinem Sohn. Asche wirbelte auf, senkte sich auf seine saubere weiße *jiba* und *dhoti*. Er bemerkte nicht das Grau auf seiner Kleidung.

»Sie ist gegangen«, sagte er zu Isa voller Bestürzung.

»Ich weiß.«

»Ich dachte, sie liebe nur dich. Deswegen behandelte ich sie nicht gut.«

»Hast du sie gefragt?«

»Nie. Du warst ein Geist. Wir sprachen nicht von dir. Manchmal schaute sie mich so seltsam an, daß ich mir vorstellte, sie wünschte sich, ich würde mich in dich verwandeln.«

»Ja, das hast du dir vorgestellt. Sie hatte mich vergessen. Wenn auch du vergessen, ihr vergeben hättest, wäre sie glücklich gewesen. Es ist zu spät. Doch du hast ihn und die anderen.«

Isa streckte die Hand nach seinem Neffen aus. Gopi schreckte zurück, überwand jedoch seine Unbeholfenheit und erlaubte Isa, seinen Kopf zu tätscheln. Er war zu groß dafür, die Geste kam einige Jahre zu spät. Isa zauberte eine Goldmünze aus der Luft und zeigte sie.

»Wie hast du das gemacht?«

»Als ich ein Junge war, wurde ich aus dem Dorf geraubt und an einen Zauberer verkauft. Ich kann mich noch an einige seiner Tricks erinnern. Hier, nimm sie!«

Gopi nahm sie ehrfürchtig entgegen. Auf der einen Seite war das kaiserliche Wappen eingeprägt, auf der anderen das Konterfei des Großen Mughal.

»Möchtest du irgend etwas?«

»Nichts«, erwiderte Murthi barsch und ging an Isa vorbei, ohne zurückzublicken.

Murthi hatte nicht vor, seinen Ärger so zu zeigen, doch er merkte, daß sein Bruder nicht gekränkt war. Seine Bitterkeit nahm zu. Vierzehn Jahre lang hatte er geschuftet. Welche Verschwendung! Sein Bruder hätte ihm einen bedeutenden Posten verschaffen, ihm Reichtümer geben können, doch er hatte ihm nicht geholfen. Isa war wohlhabend, gut ernährt, mit Juwelen behangen, in Seide gekleidet. Seine Hände waren zart, während Murthis Hände zerschunden und zerkratzt waren, er vor seinen Jahren gealtert war und an Körper und Seele litt.

Nach der Hinrichtung des Sekretärs war Murthi entschlossen herauszufinden, wer Isa war, denn der Sekretär hatte ihn über Isa ausgefragt. Jeden Abend erkundigte sich Murthi innerhalb und außerhalb des Forts: Wer ist Isa? Niemand wußte etwas Genaues. Ein Sklave, ein Freund, ein Minister, ein Zauberer, ein Astrologe; er hatte keinen Titel, kein *jagir,* kein *zat.* Nichts konnte erklärt werden. Also wartete er darauf, diesen Isa zu sehen. Wenn der Große Mughal kam und ging, konnte er einen Blick auf Isa werfen, doch er war zu weit entfernt. Immer standen Soldaten im Weg. Schließlich wollte es der Zufall, daß der Große Mughal zu den Arbeitsplätzen kam. Schahdschahan war gekommen, um die *jali* zu besichtigen. Baldeodas schmeichelte und kroch um ihn herum, erklärte und gab Hinweise. Die Bildhauer standen in ehrerbietigem Schweigen da. *Shabash,* sagte Schahdschahan zu jedem. Nur Baldeodas überhäufte er mit Lob.

»Wer ist Isa?« flüsterte Murthi einem Soldaten zu.

»Dort ist er.«

Murthi starrte ihn an, gaffte mit offenem Mund. Durch das Fleisch und die Seide sah er den Geist seines Bruders Ishwar. Sicher hatten die Jahre seinen Blick getrübt, sein Gedächtnis genarrt. Als der kaiserliche Zug sich entfernte, nahm Murthi allen Mut zusammen.

»Ishwar!« rief er.

Der Mann blieb stehen, wandte sich um. Er verließ seinen Platz neben dem Herrscher und ging auf Murthi zu. Isa bemerkte nicht, wie sich Schahdschahan umdrehte, um festzustellen, wer gerufen hatte.

»Du bist mein Bruder Ishwar.«

»Ja.«

Sie umarmten sich nicht. Es lag zuviel Zeit dazwischen. Isa wartete geduldig, wartete darauf, daß Murthi weitersprach.

»Du hast die Hinrichtung des Sekretärs veranlaßt?«

»Ja.« Isas Lächeln ließ Murthi frösteln. »Der Dummkopf glaubte, er könne dadurch, daß er dich ins Gefängnis setze, mich fangen. Er drohte mir, er werde dem Herrscher berichten, ich habe meinen Einfluß dazu benutzt, dir zu helfen, dich zu beschützen. Er war neidisch auf das Vertrauen, das der Herrscher zu mir hat, und versuchte, mir eine Falle zu stellen. Ich schleppte ihn zum Herrscher und befahl ihm, alles zu wiederholen. Als er alles vorgebracht hatte, fragte mich der Herrscher, was mit dem Sekretär geschehen solle. Ich sagte: ›Laßt ihn hinrichten.‹ Und er wurde hingerichtet, wovon du dich ja überzeugen konntest.«

»Wer bist du?« Murthi konnte sich schlecht vorstellen, welche Macht Isa hatte. Ein Mann war auf sein Wort hin hingerichtet worden. »Du hast keinen Rang, kein Amt.«

»Ich diene dem Herrscher.«

»Hast du je die Kaiserin gesehen? Wie war sie? Ich muß es wissen. Sag es mir...«

»Das würde zu lange dauern. Sie war tapfer. Sie liebte zu sehr.«

Anders als zu mir, ganz sanft, sprach er zu sich selbst – *Agachi.* »Schahdschahan wird mir nie Böses zufügen. Der Sekretär begriff nicht, wer ich bin.«

»Und wer bist du?«

»Ich bin die Erinnerung an die Kaiserin Mumtaz-i-Mahal.«

Im Vergleich zu Daras prachtvoller Ausstattung wirkte Aurangzeb karg. Er trug ein Gewand aus Baumwolle, keinen Schmuck, nicht einmal einen Ring.

Sie saßen im Harem in Gesellschaft von Schahdschahan. Die Frauen trugen keinen Schleier, mit Ausnahme von Jahanara. Sie saß verschleiert da, nicht aus Bescheidenheit, sondern um die schrecklichen Narben zu verbergen. Als sie genesen war, hatte sie Schahdschahan gebeten, Aurangzeb zu vergeben, und der Herrscher hatte ihr nachgegeben. Er gab seinem Drittgeborenen die *jagirs* und Titel zurück; ernannte ihn sogar zum *subadar* des Dekkan und erhöhte seine *zats*.

Schahdschahan beobachtete seine Söhne. Sie waren in jeder Hinsicht verschieden, nicht nur in ihrer Kleidung. Aurangzeb war ruhig und wachsam, Dara überströmend, offen, voller Esprit. Während des Festes sprach Dara über alles mögliche, unterhielt sich eifrig mit anderen Gästen. Er war wie Akbar, tolerant, um sein Volk besorgt, stellte sich energisch gegen den tyrannischen Einfluß der Mullahs.

»Glaubst du auch an *din-i-illah* wie Akbar?« erkundigte sich Aurangzeb höflich. Es war das erste Mal, daß er den ganzen Abend geredet hatte.

»Akbar glaubte von sich, er sei Gott. Das glaube ich nicht. *Din-i-illah* war eine Religion, die er seinen Gefolgsleuten vorschrieb, eine Mischung aus Islam, Hinduismus, Christentum und Buddhismus. Die Menschen können nicht in einer so verwirrenden Form Gott verehren. Ich glaube nur, sie sollten sich frei für ihren Glauben entscheiden, und wenn ich eine Aussöhnung der Glaubensrichtungen bewirken könnte, wäre ich sehr zufrieden.«

»Wir sollten dich einen Padishah-ji nennen«, bemerkte Aurangzeb und machte eine ironische Verbeugung.

»Und sollte ich meinen Bruder einen *hazrat-ji* nennen? Du bist für deine Frömmigkeit bekannt.«

Aurangzeb warf seinem Vater einen flüchtigen Blick zu. Der Herrscher hatte den Wortwechsel mitbekommen und brach seine eigene Unterhaltung ab, um Aurangzebs Antwort abzuwarten.

»Ja. Ich habe nur bescheidenen Ehrgeiz. Ich beuge mich den Befehlen meines Vaters. Wenn er sich freut, tue ich es auch. Ich kann mir deine Denkweise nicht aneignen. Ich bin ein ergebener Moslem. Wenn ich meinem Vater zu seiner vollen Zufriedenheit gedient habe, möchte ich mich an einen ruhigen Platz zurückziehen, wo ich beten kann.«

»Ich werde mich daran erinnern«, sagte Dara.

»Ich werde dich daran erinnern.«

»Seht, seht!« Sie wurden von den Frauen unterbrochen, die vom Fenster aus riefen und hinauszeigten.

Der Mond war wolkenfrei und der Himmel silbergrau. Der Tadsch Mahal spiegelte sich im Wasser. Sie betrachteten das Bild atemlos. Der reine weiße Marmor strahlte in ätherischer Schönheit. Es war, als ob eine schöne Frau in einen Spiegel blickte, der treu ihre Vollkommenheit widerspiegelte. Die Spiegelung schien von einem inneren Licht erhellt zu werden, das das umfließende Wasser so dunkel wie die Nacht erscheinen ließ. Sie hoben ihren Blick nicht zu dem Bauwerk selbst – die Kuppel wirkte wie eine riesige Perle am Nachthimmel –, sondern betrachteten nur sein Spiegelbild. Es füllte das Herz und das Auge, bewirkte Stille und den Wunsch zu beten. Als sie schließlich ihren Blick hoben, sah das Grabmal in dem kalten Licht melancholisch aus, schien trotz aller Pracht eine ewige Traurigkeit auszustrahlen.

Aurangzeb zog sich zurück, während der Herrscher noch in den Anblick des Spiegelbildes versunken war. Ein Blick hatte Aurangzeb genügt. Er verließ den Palast und ritt allein ins Stadtinnere, durch stille, schläfrige Straßen, bis er die Eingangstür der Moschee erreicht hatte. Er klopfte und betrat ein kleines, niedriges Gebäude. Der Raum war einfach ausgestattet, mit einem Teppich, einem Diwan, Kissen. Aurangzeb verbeugte sich tief vor dem Mann, der auf dem Diwan ruhte. Der Mann erhob sich eilig, überrascht, und verbeugte sich noch tiefer.

»Bleibt sitzen. Ich werde in Eurer Gegenwart stehenbleiben. Ein Mann Gottes verdient mehr Achtung als der Sohn des Herrschers.«

Scheich Waris Sarhindi folgte der Aufforderung des Prinzen nicht, er stand auf. Er war ein orthodoxer *sunni,* ein Mullah wie sein Vater Scheich Ahmad Sarhindi. Akbar hatte dem Vater Schwierigkeiten bereitet. Dschahangir hatte ihn ins Gefängnis werfen lassen. Jetzt erwies Schahdschahan dem Sohn wenig

Respekt, da er für die Sache seines Vaters eintrat: die Vorherrschaft des Islam und den Tod der Ungläubigen.

»Ich war mit meinem Bruder Dara zusammen. Alles ist zu üppig, auch das Essen.« Aurangzeb stieß hervor: »Wen werdet Ihr unterstützen?«

»Natürlich Eure Hoheit. Wir alle stehen hinter Euch. Ihr werdet den Glauben wiederherstellen, Ihr werdet die wahre Geißel Gottes sein.«

»Ich verspreche es.«

Kapitel XIX
Die Liebesgeschichte
1031 (a. D. 1621)

Ardschumand

Durch den Schlaf spürte ich, wie mein Geliebter aufstand. Ich wachte auf und hörte Geflüster. Die frühe Morgendämmerung, ein schwaches Licht, war herrlich kühl, doch viel zu kurz. Die Sonnenstrahlen würden schon bald einen Strom von Hitze herabschleudern, die nicht einmal bei Sonnenuntergang endete.

Ich erhob mich und sah hinaus. Mein Prinz stand auf dem Balkon, gedankenverloren. Dann wandte er sich ruckartig um und eilte den Gang hinunter. Er eilte auf den Westflügel zu, zu Khusravs Gemächern. Ich sah die Schatten der anderen, die ihm folgten. Isa kam zu mir.

»Isa, was ist los?«

»Der Herrscher ist sehr krank«, sagte er und zuckte mit den Schultern. »Wieder.«

»Was wollte mein Gemahl?«

»Allami Sa'du-lla Khan«, fügte er leise hinzu. »Und Soldaten.«

Ich eilte durch die Korridore. Allami Sa'du-llah Khan wartete mit zwei Soldaten vor Khusravs Gemach.

»Wo ist Prinz Schahdschahan?«

»In Khusravs Gemach, Hoheit. Soll ich ihn rufen?«

»Nein.«

Es war immer noch dunkel. Ich konnte kaum die beiden

Schatten, die verschwörerisch beieinander standen, erkennen. Ich hörte Khusravs heftiges Geflüster. Es war recht laut und füllte den Raum mit seinem spöttischen *»Taktya takhta?«*

Und dann kam nach einem kurzen Schweigen die unnachgiebige Antwort meines Gemahls: *»Takhta.«*

»Nein«, flüsterte ich.

Mein Liebster blickte mich an, doch er bewegte sich nicht. Seine Stimme klang hart, wie die Felsen, und seine Worte waren genauso.

»Geh, das geht nur mich an.«

Der Soldat rollte sich aus dem Schlaf, zog seine Waffe. Zuerst blickte er Khusrav an, dann mich. Er zögerte, wußte nicht, wie er sich verhalten sollte.

»Schlag zu, schnell«, flüsterte Khusrav. »Er ist unbewaffnet. Töte ihn, du Dummkopf.« Khusrav kroch auf allen vieren. Der Soldat zögerte immer noch. Er drehte den Kopf zur Tür und strengte den Blick an, als ob er durch die Wand sehen wollte. Er war ein ganz junger Mann, sein Gesicht wirkte noch schlaftrunken, sein Bart war schwarz und struppig. »Ich mache dich zum Gouverneur von Bengalen, wenn ich Padishah bin. Schlag doch zu.«

Mein Liebster wartete ab. Er hätte Hilfe holen können, doch er verhielt sich still. Der Soldat bemerkte jetzt die Männer draußen. Langsam lockerte er sein Schwert. Khusrav zischte voller Verzweiflung, voller Wut.

»Hoheit, das ist nicht Euer Schicksal«, sagte der Soldat. »Ich bin Eure Armee, doch ich bin nur ein einziger Mann. Es müssen zu viele Kämpfe gefochten werden, bevor Ihr Padishah werdet. Ihr habt bereits zu viele verloren. Gott hatte Euch dieses Amt nicht zugedacht.« Behutsam legte er sein Schwert und seinen Dolch auf den Teppich und ging auf Khusrav zu. Er kniete vor ihm nieder, nahm seine Hand und preßte sie an seine Stirn. Es war eine Geste der Liebe, des traurigen Abschieds. Khusrav beugte sich vor und umarmte den Soldaten.

»O Gott, meine Träume«, flüsterte Khusrav. Er ließ seinen Freund los und nahm ein paar Schmuckstücke von dem kleinen Tisch: Ringe, Goldketten, Armbänder. »Hier, behalte sie zu meinem Andenken.«

»Hoheit, dazu brauche ich nicht solche kostbaren Dinge.«

»Nimm sie. Es soll jemand noch einen Nutzen von dem verrückten Khusrav haben.«

Er warf den Schmuck dem Soldaten zu. Ein Ring fiel auf den Boden und rollte weg. Niemand kümmerte sich darum. Der Soldat erhob sich unbeholfen, seine Hände gefüllt mit Gold und Diamanten. Es hätten genausogut Steine aus dem Flußbett sein können. Er betrachtete Khusrav eine ganze Weile, versuchte, sich sein Gesicht einzuprägen – der Raum war jetzt hell. Dann richtete er seinen Blick auf Schahdschahan.

»Ich kann keinen Prinzen töten«, doch bevor mein Geliebter das Geständnis annehmen konnte, fügte der Soldat kalt hinzu: »Ich überlasse das Töten den Prinzen.«

Überrascht beobachteten wir, wie er das Gemach verließ. Er schritt mit der Würde eines siegreichen Mannes, Khusrav kicherte. »Ein kluger Mann. Er überläßt das Töten den Prinzen. Ohne uns, ohne unsere ehrgeizigen Pläne, werden Soldaten Männer. Zweifellos wird er in sein Dorf zurückkehren und seinen Kindern Geschichten über die Verrücktheit seines Prinzen erzählen.«

Khusrav kam ein Gedanke, und er berührte sanft Schahdschahans Schulter: »Tu ihm nichts, laß ihn gehen. Zumindest einer von uns hat heute nacht mit Ehre gesprochen. Heute nacht? Heute. Ich rede, als ob die Zeit wichtig wäre, und ich sollte genau sein.«

»Bitte laß uns allein«, wandte sich Schahdschahan an mich.

»Warum?« fragte Khusrav. »Möchtest du nicht, daß die schöne Ardschumand Zeugin meines Todes wird?« Er wandte sich mir zu und blinzelte. »Sie ist aus dem gleichen Blut wie die Hexe Mehrunissa. Sie hat dich geschickt.«

»Ich kam ohne ihren Befehl. Ich bin nicht wie mein Vater.«

Schahdschahan nahm meinen Arm, um mich zur Tür zu geleiten. Ich löste mich von ihm.

»Du darfst ihn nicht töten. Bitte, ich bitte dich darum, mein Geliebter, mein Gemahl. Du darfst ihn nicht töten.«

»Ich darf nicht? Ich muß es. Er hat immer noch einige Gefolgsleute; sein Schatten fällt über den Thron, laß ihn über einen Sarg fallen.«

»Schick ihn ins Exil. Laß ihn in Ketten legen. Bring ihn hinter Schloß und Riegel, doch töte ihn nicht.«

Schahdschahan blickte mich voller Ärger an. Ich wußte, er würde sich von mir nicht rühren lassen. Noch nie zuvor hatte ich ihn so entschlossen gesehen; es erschreckte mich.

»Was für eine Zuneigung hast du zu meinem Bruder?«

»Keine. Ich rede nur aus Liebe zu dir. Sein Tod bedeutet einen Fluch für uns, für unsere Söhne und die Söhne unserer Söhne. Betrachte ihn. Seine Blindheit quält uns bereits, sein Tod wird uns ganz zerschmettern. Wenn du ihn tötest, verstößt du als erster gegen das Timurid-Gesetz. Dein Vorfahre Tamerlan verkündete es vor dreihundert Jahren. ›Erhebe nicht die Hand wider deine Brüder, auch wenn sie es verdienten!‹ Seit damals hat sich ihm jeder Prinz unterworfen. Babur gab es Humayun weiter, Humayun Akbar und Akbar Dschahangir. Sie haben dieses Gesetz befolgt, was auch immer die Herausforderung war. Dieses Gesetz hat auch Khusrav vor dem Zorn deines Vaters beschützt. Khusravs Blut ist deines, du darfst es nicht verachten. Es wird unser Leben über Generationen hinweg beflecken.«

Schahdschahan fing an zu lachen. Er brüllte vor Lachen, umarmte und küßte mich.

»Ich wußte nicht, daß meine Angetraute genauso abergläubisch wie schön ist. Die einzige Folge wird sein, daß mir der Thron sicher ist.«

»Ich möchte ihn nicht um einen solchen Preis.« Ich stieß ihn von mir. Ich konnte die Angst, die in mir hochstieg, nicht unterdrücken. Sie hüllte mich wie Rauch ein. »An dem Tag, als wir uns begegneten, träumte ich von roter Farbe. Als ich aufwachte, hatte ich diese Farbe immer noch vor Augen. Damals wußte ich nicht, was das zu bedeuten hatte. Als ich dich traf, dachte ich, das sei das Karmesinrot des Kronprinzen. Ich irrte mich. Es war Blut. Liebster, es wird uns überschwemmen. Bitte verschone ihn.«

»Hör auf sie«, krächzte Khusrav. »Ich fürchte den Tod nicht. Jeden Tag bin ich aufgewacht in Erwartung von Meuchelmord. Doch sogar mein Vater beugte sich dem Gesetz Tamerlans. Er konnte mich nicht töten. Du darfst es auch nicht. Ich schwöre, ich verzichte auf den Thron, nicht um meinetwillen, sondern um deinetwillen.«

»Jeder bietet mir sein Leben nicht um seinetwillen, sondern um meinetwillen. Welche Großzügigkeit.« Schahdschahan wandte sich mir zu, nahm mich voller Behutsamkeit am Arm und führte mich von Khusrav weg. »Ich habe dir zugehört, wie es bei uns Tradition ist, doch ich kann ihn nicht am Leben lassen.«

»Und was«, rief ihm Khusrav hinterher, »wird aus Parwez und Shahriyar? Sollen sie auch sterben? Doch sie sind nicht hier, allein und hilflos dir ausgeliefert; sie sind in Lahore, umgeben von der Armee.«

»Nein. Bitte, Liebster, tu's nicht.«

»Ich muß. Geh jetzt.«

Ich weinte den ganzen Tag um meinen Gemahl, meine Kinder, mich selbst. Noch nie in meinem Leben hatte ich solche Angst empfunden wie diese, die mich jetzt von Kopf bis Fuß einhüllte. Sie schüttelte mich und preßte Tränen der Verzweiflung aus meinen Augen. Die rote Farbe in meinem Traum war Blut, sie war es immer gewesen. Ich hatte sie nach meinem Gutdünken als die Farbe des Turbans meines Liebsten gedeutet. Ich hatte den Blick nicht gesenkt und die blutigen Hände gesehen. Meine Tränen konnten sie nicht reinwaschen, sondern flossen und flossen und wurden auch zu Blut, nachdem sie seine Haut berührt hatten. Sogar meine Haare, mit denen ich sie trocknete, wurden blutrot.

Ich versuchte, meinen Tränen Einhalt zu gebieten, doch sie sickerten immer noch durch meine Finger. Selbst wenn ich plötzlich taub geworden wäre, hätte ich das Geflüster gehört. Die Soldaten waren in Khusravs Gemach gedrungen. Khusrav wandte sich nach Mekka, zur Sonne, kniete in stillem Gebet, erhob sich dann, um von seinem Fenster aus in die Welt zu sehen. Er wollte nicht in die Gesichter seiner Henker blicken, wie damals, als sie ihn geblendet hatten. Ohne Widerstand ließ er sich die Schlinge um den Hals legen. Sie nahmen seinen Körper und legten ihn in einen einfachen Sarg. Man sagte mir nicht, wo man ihn begraben hatte. Wie viele Ermordete barg die Erde?

Es war in Eile vollzogen worden, zu eilig. Mein Vater sandte erneut eine Botschaft: Dschahangir lebte. Danach folgte eine Botschaft von Dschahangir selbst:

»Ich habe Deinen Bericht erhalten, der mitteilt, daß Khusrav vor vierzig Tagen an einer Kolik gestorben ist. Ich bete darum, daß er Gottes Gnade findet. Ich habe alarmierende Nachrichten erhalten, daß der Schurke Schah Abbas, Schahinschah des verfluchten Königreichs Persien, auf Kandahar marschiert. Wir müssen ihm mit dem größten Heer, das ich befehligen kann, entgegenziehen. Du wirst sofort mit all deinen Streitkräften nach Norden marschieren.«

Khusravs Geist erhob sich aus seinem verborgenen Platz; ich spürte, wie er einen üblen Zauber um uns wob. In den Monaten nach seinem Tod fühlte ich ständig seine ironische Gegenwart. Sein Geist beobachtete meinen Schlaf, wartete auf mein Erwachen; hing mit den tiefen dunklen Wolken über den Hügeln, erfüllte das Land mit Schwermut. Alle im Palast fühlten ihn, und wir bewegten uns leise, ruhig, wollten Khusravs Geist nicht erschrecken. Ich betete nicht fünfmal am Tag, sondern ein dutzendmal. Ich las im Koran; konnte mich nicht von der Verzweiflung, die mich erfaßt hatte, befreien. Und jetzt kam Dschahangirs Befehl: Marschiere!

Mein Liebster reagierte nicht sofort auf die Aufforderung seines Vaters. Er ging auf dem Balkon hin und her, hielt inne, um auf die harten, unergiebigen Hügel zu blicken. Ich wußte, was er sah. Nicht einfach das Land, sondern sein Land. Er hatte gekämpft; Männer waren gestorben; diese Felsen und Schluchten und Forts waren sein Reich. Wenn er es verließ, würde es fallen, und ohne das Land müßte er sich seinem Vater unterwerfen. Und Mehrunissa.

»Ich erkenne dabei ihre Handschrift«, sagte er zu mir.

»Doch der Schahinschah marschiert auf Kandahar...«

»Ich weiß, aber weshalb möchte mein Vater meine Armee?«

»Du bist der kampferprobteste seiner Söhne.«

»Doch er sagt, ›das größte Heer, das ich befehligen kann‹,

nicht ›das du befehligen kannst‹. Warum bleibt er nicht auf seinem Krankenlager? Ich könnte den persischen Schurken selber besiegen. Wenn wir losziehen, verliere ich all das hier.«

»Und wenn wir nicht losmarschieren...?«

Meine Frage blieb unbeantwortet, wurde jedoch nicht überhört. Ich beobachtete ihn, wie er unsere Zukunft erwog. Wenn er den Gehorsam verweigerte, wäre Dschahangir wütend. Er war in die Enge getrieben, und tagelang tigerte er auf dem Balkon herum. Wie Khusrav lachen mußte. Es schien, als wenn sein Geist direkt nach Lahore geschwebt wäre und in Mehrunissas Ohr geflüstert hätte. Mein Vater schickte eine Botschaft, die besagte, daß Dschahangir alle *jagirs* von Schahdschahan auf Shahriya übertragen hatte, einschließlich Hissan Feroz, die traditionellen Ländereien des Kronprinzen. Sie hatte ihren dümmlichen, nichtsnutzigen Schwiegersohn eine Stufe höher zum Thron gehoben und sich ein Stück weitergebracht, nach Dschahangirs Tod die Regierung in Händen zu halten.

»Ich bin bereits verloren«, sagte Schahdschahan. »Sie hat zu schnell gehandelt. Ich kann nicht zuschlagen, wenn mein Vater stirbt. Sie wird Shahriya zum Herrscher erklären. Er ist jetzt der Favorit meines Vaters geworden.«

»Überleg dir, ob du nach Kandahar marschieren möchtest. Es wäre am besten, du würdest ihm mitteilen, du müßtest warten, bis die Regenzeit vorüber ist. Dann hätten wir Zeit gewonnen.«

»Was nützt uns ein Zeitaufschub, wenn ich ihn nicht zu meinem Vorteil nutzen kann? Ich kann nicht zulassen, daß mich mein Vater so einfach beiseite schiebt. Wie kann seine Liebe so erlöschen?«

»Meine Tante hat ihm die Liebe zu dir ausgetrieben.«

»Ich muß ihm schmeicheln, aber auch meine Stärke zeigen. Nach der Regenzeit werde ich nach Norden marschieren, und er muß mir das Kommando über das gesamte Heer übertragen. Und mir den *jagir* des Pandschab geben. Das wird mich gegen Mehrunissa und meine Brüder absichern.«

Dschahangir war keineswegs entzückt. Er zürnte mit meinem Geliebten. Er nannte ihn *bi-daulat,* schrieb dies sogar in den *Dschahangir-nama,* so daß alle wissen sollten, daß mein Liebster »der Schuft« war. Er befahl ihm, für immer in Burhanpur zu bleiben, doch sofort die Armee loszuschicken.

»Ohne mein Heer bin ich nichts mehr.«

Seit Khusravs Tod grollte der Donner am Himmel, schlich sich in mein Herz, ließ mich um meinen Liebsten bangen. Ich konnte Khusravs Namen nicht erwähnen, aus Angst, Schadschahan an den Fluch zu erinnern, der sich so schnell über unser Leben gelegt hatte. Wir waren verlassen in einem ruderlosen Floß, das blindlings auf die Ewigkeit zuraste. Doch wir liebten uns, und das war unser einziger Trost. Unsere Liebe war der Zauber, dem wir befehlen konnten; er hielt die Furcht in Schach. Durch unsere Berührung, unsere Lippen, unsere Körper vermittelten wir einander den Zauber, darin eingehüllt fühlten wir uns für die Umwelt unsichtbar.

»Es ist zu spät«, flüsterte er. »Ich weiß es. Mehrunissa hat ihr Gift verspritzt; es kann nicht mehr aufgefangen werden.«

»Schick Allami Sa'du-lla Khan sofort nach Lahore und bitte deinen Vater um Vergebung. Er wird sie dir gewähren, und dann können wir nach Kandahar marschieren.«

Er lächelte: »Wir? Wie oft muß ich dir noch sagen, daß du nicht mit in den Krieg ziehen sollst. Du könntest verletzt werden.«

»Nie werde ich dich allein ziehen lassen. Schick Allami Sa'du-lla Khan.«

Eine Stunde später ritt Allami Sa'du-lla Khan davon.

Die Wochen vergingen, und wir warteten. Der Regen überflutete die Täler, machte den Palast feucht und warm, erfüllte die Gemächer mit dem Geruch von Fäulnis. Meine Gemütsverfassung war nicht die beste: Ich war wieder schwanger, mit den üblichen Begleitumständen – Erbrechen, Mattigkeitsgefühl. Dann kehrte Allami Sa'du-lla Khan zurück. Die Wolke in seinem Gesicht war so dunkel wie die über unseren Häuptern.

»Dschahangir wollte mich nicht sehen. Ich wartete tagelang. Man gestattete mir nicht einmal, den *diwan-i-am* zu besuchen. Mehrunissa riet ihm, mich abzuweisen,und sie hat jedem bei

Hof befohlen, Euren Namen in Gegenwart Eures Vaters nie zu erwähnen. Ihr habt aufgehört, für Euren Vater zu existieren. Dieser *Na-Shudari* Shahriya streift jetzt mit dem roten Turban im Palast umher, droht, er würde Euch töten, wenn Ihr Euch je dort blicken lassen würdet.«

Allami Sa'du-lla Khan lachte humorlos. »Er fuchtelt mit dem Schwert herum, erschreckt jedermann und beschreibt, wie er Euch beim Zweikampf in Stücke hauen würde. Mehrunissa gibt ihren Beifall zu jedem Zeichen seiner Arroganz.«

»Und Ladilli? Wie geht es ihr?«

»Sie hat sich nicht verändert, wie ich hörte. Ich erhielt eine Botschaft von ihr, ich solle Euch ihrer Zuneigung versichern. Es war keine geschriebene Botschaft, für den Fall, daß sie ihrer Mutter in die Hände fiele. Sie hat jetzt zwei Kinder. Ich hoffe nur, daß sie später einmal nicht so abscheulich wie Shahriya aussehen.«

»Was ist mit ihm?«

»Er hat eine Krankheit. Er hat alle Haare verloren, und seine Augen tränen. Seine Haut scheint sich zu lösen wie das Fell einer Straßenkatze.«

»Arme Ladilli.«

»Genug«, befahl Schahdschahan. »Ich kann hier nicht herumsitzen und zulassen, daß mich Mehrunissa und mein Vater beleidigen und den Dummkopf von Shahriya herumposaunen lassen, daß er Herrscher wird. Wenn sie in Lahore sind, kann ich noch vor meinem Vater Agra erreichen. Ist der Staatsschatz immer noch dort?«

»Ja, doch er soll bald nach Lahore gebracht werden, damit die kaiserliche Armee bezahlt werden kann.«

Ich marschierte schnell nach Norden. Ich hatte mir gewünscht, Ardschumand möge mit den Kindern zurückbleiben, denn wir alle würden wenig Ruhepausen genießen können. Sie weigerte sich hartnäckig, obwohl das Kind in ihr von Tag zu Tag wuchs. Ich litt, wenn ich sah, wie beschwerlich alles für sie war. Es wurden ihr noch mehr Kissen untergelegt, um ihr die beschwerliche Reise zu erleichtern, doch jeden Abend brach sie vor Erschöpfung zusammen.

Es schien, daß gleich nachdem ich meinen Entschluß geäußert hatte, die Nachricht darüber meines Vaters Ohr erreicht hatte. Ich war nicht mehr der *bi-daulat,* nein, schlimmer, viel schlimmer, ich war der Usurpator. Ich verspürte kein Verlangen, den Thron vor der Zeit zu besteigen, ich wünschte nur, mein Schicksal zu bewahren, nicht, ihm vorzugreifen. Ich dachte, wenn ich den Staatsschatz abfing, könnte ich mit meinem Vater vernünftig reden. Sicherlich war es nicht möglich, mit Mehrunissa vernünftig zu reden. Sie wußte, daß, wenn ich einmal die Kontrolle erlangt hätte, für sie kein Platz mehr in meiner Nähe, in der Nähe meiner Familie oder des Throns wäre.

Man überbrachte mir die Neuigkeit, daß Kandahar an Schah Abbas gefallen sei. Das reiche Handelszentrum des Reiches befand sich nicht mehr unter unserer Kontrolle. Ich schwor, wenn ich regierte, würde ich es zurückerobern. Der Verlust Kandahars erregte noch mehr den Zorn meines Vaters. Seit Akbar war Kandahar von uns regiert worden, und Dschahangir hatte das Gefühl, daß er seinen Vater im Stich gelassen hatte. Natürlich war ich dafür verantwortlich; er würde in den Süden ziehen, um mit mir abzurechnen.

Man berichtete mir, er habe in den *Dschahangir-nama* geschrieben: »Was soll ich über meine eigenen Leiden sagen? Trotz Schmerzen und Schwäche muß ich noch reiten und aktiv sein und muß in dieser Verfassung gegen einen solch pflichtvergessenen Sohn vorgehen.«

Seine Worte trafen mich. Ich war durch seine Gleichgültigkeit provoziert worden, durch seine Unfähigkeit, seine Ohren vor Mehrunissa zu verschließen, sein Wort mir gegenüber zu halten, mir seine Liebe zu bewahren. Doch ich hatte kein böses Wort über ihn gesagt, und doch zürnte er mir nach wie vor.

1032 (a. D. 1622)

Es war am 25. Tag des März, als mir klar wurde, daß ich nicht erfolgreich sein würde. Agra war noch weit entfernt, und die ganze Stärke des Mughal-Heeres lag jetzt zwischen mir und Agra. Mein Vater hatte beschlossen, das Kommando nicht zu übernehmen. Er konnte nicht gegen seinen Sohn kämpfen, konnte nicht für meinen Tod verantwortlich sein. Er befolgte das Timurid-Gesetz. Doch ich hatte es gebrochen, und ich hörte das Echo von Ardschumands Worten. Sie hatte sie nie wieder ausgesprochen, doch ich wußte, sie erfüllten ihren Geist und ihr Herz. Genauso erging es jetzt mir. Die Armee wurde von meinem alten Lehrmeister General Mahabat Khan befehligt.

Er war ein erfahrener und kluger Befehlshaber. Er gab mir keine Chance, das Schlachtfeld zu wählen, sondern zwang es mir durch seine Geschwindigkeit auf. Balockpur war ein kleines Dorf am Ende einer Ebene, die von niedrigen Hügeln umgeben war, eine kahle und dürre Gegend, die wenig Schutz bot. Ich hätte die Hügel selbst gewählt. Meine Streitkraft war kleiner, konnte besser manövrieren, und meine schnellen Reiter hätten einen schnellen Angriff wagen können und sich dann wieder zurückgezogen. Doch er erkannte meinen taktischen Vorteil unter diesen Umständen. Die offene Ebene zwang mich, der Macht des Mughal von Angesicht zu Angesicht gegenüberzutreten.

Am Vorabend des Kampfes ritt ich alleine aus, es war mir unmöglich, die Stille des Zeltes zu ertragen: Die Hitze dort brachte mich zum Schwitzen. Ardschumand ruhte auf dem Diwan. Der *hakim* informierte mich, daß das Baby noch heute nacht zur Welt kommen würde. Ein gutes oder ein schlechtes Omen? Wenn es lebte, ein gutes, wenn es starb, ein schlechtes. Wenn es ein Junge war, ein gutes, wenn ein Mädchen, ein schlechtes. Wir klammern uns an Zeichen, glauben, daß sie unser Geschick durch ihre zufällige Gegenwart formen. Wenn mein Schweiß auf die Ameise tropfte, würde ich siegen, wenn er sie verfehlte, verlieren.

Es war keine klare Nacht. Der Halbmond war von niedrigen Wolken verdeckt und die Sterne sahen blaß und weit entfernt aus, als ob sie ihren Einfluß über mein Schicksal zurückgezogen hätten. Wenn sie doch näherrückten, die Erde durch ihre Kraft bewegten, auf mein Geheiß das Schicksal bestimmten! Das war ein müßiger Wunsch. Interessierte sie mein Geschick wirklich? Konnten sie überhaupt diese Armeen sehen, die auf den Einbruch des Tages warteten. Ich studierte den Himmel so aufmerksam, wie ich das Gelände studiert hatte. Wo war mein Stern? Dort hinter dem entferntesten Stern. Sein Licht strahlte auf mich herab, bedeutete Glück für meine Sache. Doch dann drängte sich unheilvoll, obwohl kein Wind herrschte, nicht einmal die leichteste Brise, eine Wolke zwischen den Stern und mich. Vielleicht war es nicht mein Stern gewesen, sondern der von Mahabat Khan.

Von den niedrigen Hügeln, die uns umgaben, schien der nächstliegende der höchste zu sein, ein Klumpen aus Erde, Findlingen und Gestrüpp. Ich stieg die Anhöhe hinauf und blickte auf das Dorf, das von der Armee besetzt war. Ich konnte die Bewegungen meiner Männer, Pferde, Elefanten erkennen, die geflüsterten Stimmen, gemurmelten Gebete, die Kochfeuer, deren zahllose Funken über die schwarze Erde sprühten. Die Armee bewegte sich dahinter, und der Anblick des Feldlagers beruhigte mich. Diese Männer hatten schon seit vielen Jahren für mich gekämpft; wir würden erneut siegen.

Ich blickte nach Norden zur Mughal-Armee, hielt den Atem an. Ich sah sie unscharf in der Ferne, so ausgedehnt, daß selbst der Himmel ein Teil ihrer Macht zu sein schien. Die Feuer erhellten den ganzen Horizont, so weit ich sehen konnte, und erhoben sich dann immer höher zum Himmel, flackerten und flimmerten bösartig, winkten mich in meinen Untergang. Wie würde er angreifen? Mit den Arni-Büffeln? Er war stark genug, mich mit Tausenden von Reitern einzukreisen. Würde er geduldig auf meinen Angriff warten und mich umarmen, wie früher, wenn wir zum Angriff übergingen? Wie würde sich der alte Mahabat Khan verhalten?

Unter mir knirschte Kies. Isa bahnte sich seinen Weg durch Geröll und Gestrüpp, bis er neben mir war. Er verneigte sich, dann wandte er sich um und betrachtete die Mughal-Armee und schätzte unsere Chancen ein. Sein Gesicht zeigte keine Regung.

»Hoheit, es ist ein Mädchen, doch es hat nicht überlebt.«

Ich wußte, das war ein schlechtes Omen. Ich senkte meinen Kopf, um für das Baby zu beten.

»Wie geht es Ardschumand?«

»Es geht ihr gut, doch sie ist müde. Der *hakim* sagte, sie müsse schlafen. Ihr habt einen Besucher. Mahabat Khan bittet um Audienz.«

Der alte Mann war in leutseliger Stimmung. Er hatte zwei Becher Wein getrunken und lehnte an einem Tamariskenbaum. Neben ihm standen seine Soldaten, ein Dutzend insgesamt, wachsam und argwöhnisch.

»Hoheit, ich hätte drinnen gewartet, doch die Umgebung war nicht geeignet für ein Treffen mit einem Prinzen. Ich trinke im allgemeinen keinen warmen Wein – wie verwöhnt ich jetzt bin –, doch Ihr hattet keinen gekühlten.«

»Das Boot kann nicht täglich hierherkommen. Entschuldigt bitte. Habt Ihr eine Botschaft von meinem Vater?«

»Keine. Oh, er ist in guter gesundheitlicher Verfassung, beklagt sich ständig über seinen Schlingel von Sohn.«

»Ich dachte, ich sei ein *bi-daulat.*«

»Das auch. Das hängt von seiner Laune ab. Sie neigt zu Extremen, schlimmer denn je.« Er spuckte aus. »Er hört nur noch auf diese... Frau. Ich diene nicht mehr einem Herrscher, sondern einer Herrscherin. Stündlich erhalte ich ihre Botschaften. Greift an, zerstört Schahdschahan. Ich muß siegen. Ob ich mehr Männer brauche? Mehr Kanonen? Ich kann befehlen, was ich will.« Er ging einen Schritt auf mich zu. Ich hörte Allami Sa-du'lla Khans warnendes Grunzen und das Klirren seines Schwerts. Mahabat Khan hob die Arme. »Ich habe kein Schwert dabei, ich möchte lediglich ganz privat mit Eurer Hoheit reden.«

Wir entfernten uns von den anderen, aber nicht zu weit. Ich war gegenüber meinem alten Gefährten auf der Hut. Er war erfolgreich, da er eine schlaue und nützliche Mentalität hatte; er ließ die Falle zuschnappen, wenn man es am wenigsten erwartete.

»Ich bin Soldat«, lachte er. »Kein Meuchelmörder. Dieses Geschäft überlasse ich anderen. Ihr könnt morgen nicht gewinnen. Ich möchte meinen ehemaligen Schüler nicht demütigen, denn wir waren einst Freunde. Wenn Ihr Euch ergebt, dann wird Euch Mehrunissa mit großem Respekt behandeln, wie sie mir versicherte.«

»Mehrunissa! Und mein Vater? Ihre Versprechungen interessieren mich nicht. Was hat er befohlen?«

»Daß wir Euch am Leben lassen sollen.« Ich blickte in seine Augen. Sie waren scharf wie das Sternenlicht in dunkler Nacht. »Ihr gehört zur Timurid-Linie.« Ich spürte die Traurigkeit seines Seufzers. »Ihr hättet Khusrav nicht töten dürfen. Das war schlecht.«

»Ich kann selber mein Schicksal in die Hand nehmen.«

Er stand ruhig da und wartete auf meine Entscheidung. Ich war ihm dankbar für seine Höflichkeit. Er hätte auch einen Boten schicken können, hätte sich nicht selber zu bemühen brauchen. »Ich kann mich nicht ergeben.«

»Das habe ich erwartet. Es würde mich sehr enttäuschen, wenn Schahdschahan vor einer Schlacht kapitulieren würde.« Er kicherte. »Auch wenn er weiß, daß er nicht gewinnen kann.«

»Allah wird uns geleiten.«

»Allah geleitet uns alle, einige in den Abgrund, andere auf die Spitze der Berge. Wer kennt schon Seinen Willen?«

Wir gingen durch das Dorf, zurück zu seinen Männern. Alles

war friedlich. Das Vieh weidete, kümmerte sich nicht um unsere Anwesenheit, war gleichgültig gegenüber dem bevorstehenden Kampf. Kleine Zicklein saugten Milch von ihren Müttern, Kinder starrten dem Prinzen und dem General der Mughal-Armee hinterher, die dahinschlenderten, als ob sie bei Hof wären.

»Werdet Ihr mit uns essen?«

»Nein. Ich muß zu meinen Männern zurückkehren. Es gibt heute nacht noch viel zu tun. Ich muß versuchen, mich an alles zu erinnern, was ich Euch beigebracht habe. Ich hoffe, Ihr seid nicht zu klug für einen alten Mann.«

»Ein gerissener alter Mann.« Ich kicherte.

»Und Ihr seid ein schlauer junger Mann. Seit ich Euch das erste Mal unterrichtete, sind einige Jahre vergangen, in denen Ihr Euch Erfahrung aneignen konntet. Erfahrung ist nicht mehr als Instinkt; er leitet Euch besser als tausend Worte der Belehrung.«

»Ich werde es mir merken.«

Ardschumand

Als er zurückkehrte, schlief ich, tief eingetaucht in das Opium der Erschöpfung. Es lastete auf mir, hüllte mich in angenehme Finsternis. Kein Licht, kein Ton, keine Berührung konnten mich erreichen, doch irgend etwas drang tief in diese schwarze Wärme, sagte mir, daß er kam. Bedienstete, Mädchen, Isa, der *hakim,* keiner hätte mich stören können, doch seine Anwesenheit tat es, als ob er in meinen Schlaf eingedrungen wäre und mich sanft zurück ans Licht trüge. Er kniete schweigend neben mir nieder, sah mit dunklen, sanften Augen auf mich herunter. Er berührte meine Wange, dann beugte er sich herab und küßte mich, streichelte mein Haar. Das war seine Lieblingsgeste der Zuneigung. Er streichelte mich sanft, beruhigend.

»Man sagte mir, es sei eine Tochter gewesen. Ich bin traurig, daß sie nicht am Leben blieb.« Wir hielten uns lange Zeit umfangen und trösteten uns gegenseitig. Es war Allahs Wille, daß sie nicht überlebte.

»Wir haben genügend Kinder. Ich wollte dich nicht wecken. Ich kam nur, um nach dir zu sehen. Du mußt wieder schlafen.«

»Bald. Dafür ist immer Zeit, mein Geliebter.« Er runzelte die Stirn, und ich glättete sie wieder. »Wir werden morgen gewinnen. Mahabat Khan hat mich aufgesucht. Er wollte, daß ich mich ergebe. Er gehorcht den Befehlen deiner Tante.«

»Sie ist also beunruhigt. Wenn du gewinnen solltest, dann hast du alles gewonnen. Welcher Platz wäre dann noch für sie übrig?«

»Wenn ich verliere, verliere ich alles.«

»Nicht alles. Gibst du mich so schnell auf?«

»Du würdest bei einem besiegten Prinzen bleiben?« Er lächelte auf mich herunter.

»Wird dieser besiegte Prinz ein anderer sein? Wird sich seine Liebe ändern? Ändern sich seine Augen? Seine Berührung? Sein Herz?«

»Nein.«

»Dann bleibe ich bei ihm. Ohne Schahdschahan ist die Welt für mich unwichtig.«

Ich erwachte über dem Lärm der Männer, die sich für die Schlacht vorbereiteten, den Anweisungen und Kommandos, dem Quietschen von Sattelgurten, die befestigt wurden, dem Klirren von Schwertern, die geschärft wurden, der Bewegung der Kanonen, den Hufschlägen nervöser Pferde. Viel lieber hätte ich das Geschnatter der Krähen und Papageien gehört, den süßen Gesang des *bul-bul* bei seiner Morgen-*raga,* das Schimpfen der Eichhörnchen, das Geräusch von Besen, die über den Hof fegten, die Schreie der Obsthändler vor meinem Fenster. Ich fühlte mich unbehaglich, haßte diese harmonischen Töne, die bedrohlich klangen.

»Isa.« Er kam sofort, obwohl ich nur geflüstert hatte. Er hörte mich immer. »Wo ist mein Liebster? Rufe ihn.«

»*Agachi,* er ist schon aufgebrochen. Er kam zu Euch herein, doch Ihr habt tief geschlafen.«

»Warum hast du ihn allein ziehen lassen, Schuft? Ich habe dir doch befohlen, immer an seiner Seite zu sein.«

»Er schickte mich zurück. Er wollte, daß ich hierbleibe und Vorbereitungen treffe.«

»Wofür?«

»Für die Flucht, wenn sie nötig wird. *Agachi,* Ihr müßt ruhen.«

»Ich wäre froh, wenn man endlich damit aufhören würde, mir etwas zu befehlen. Ruhen, ruhen, ruhen – das schwächt mich nur noch mehr. Bereite meine Sänfte vor, ich möchte dem Kampf beiwohnen.«

»Das wäre nicht...«

Unser Feldlager war klein ohne die Armee, bestand nur aus mir, den Kindern, den Dienern und ein paar Soldaten, die zu meinem Schutz bestellt waren. Meine Söhne brannten darauf, einen günstigen Ausgangspunkt zu finden, von dem aus sie alles sehen konnten. Sie hatten keine Vorstellung, wie ernst die Sache war. Sie glaubten, daß ihr Vater, wie alle Väter, unbesiegbar sei, und sie wollten die Flucht der Mughal-Armee miterleben.

Der Weg war durch Findlinge behindert und die meisten der niedrigen Hügel waren unbegehbar. Schließlich fanden wir einen günstigen Blickpunkt, ungefähr eine halbe Meile von der Ebene entfernt. Dara und Shahshuja kauerten vor mir. Aurangzeb stand in einiger Entfernung, ruhig, aufmerksam, doch in beunruhigender und aufmerksamer Haltung. Er erwartete weder Sieg noch Niederlage. Ich lag auf Kissen gebettet und spähte durch den schweren Vorhang auf den herannahenden Staubsturm. Aus dieser Entfernung konnte ich nicht viel erkennen, nur das Gedränge von Menschen und Tieren, doch ich konzentrierte mich auf den Mittelpunkt unserer Streitkräfte, wußte, daß da irgendwo versteckt im Staub Schahdschahan auf Bairam ritt.

Unsere Armee war so kümmerlich. Mein Mut sank. Die

Streitkräfte des Mughal reichten bis hinter die Ebene. Sie ließen die Erde erbeben, überrollten sie wie eine riesige Welle. Als die beiden Armeen aufeinanderstießen, hörte ich die schwachen Schreie der Soldaten, die uns nur als Geflüster erreichten. Zwei Reitergruppen preschten davon; sie mußten eine weite Strecke zurücklegen, um der Mughal-Armee in die Flanke zu fallen; ihre Flügel breiteten sich weit aus wie der Schatten eines großen Vogels. Kanonen feuerten; der Kampf hatte begonnen. Auf beiden Seiten fielen Menschen und Tiere, formierten sich wieder, griffen an, fielen, formierten sich, griffen an. Die Reiter, die nach Osten und Westen geritten waren, kamen nicht weit – eine halbe Meile, vielleicht sogar weniger –, dann wechselten sie die Richtung und griffen die Mughal-Armee an. Sie wollten die großen Flügel beschneiden, und einer davon schien unter dem Ansturm abzubröckeln, zu schwanken und zurückzufallen. Der andere blieb in fester Formation. Staub wirbelte uns entgegen, ein gelbbrauner Nebel, der die Kämpfenden einhüllte. Die Männer drängten vorwärts, schwangen die Schwerter und schwenkten die Schilde, schrien. Sie drängten ständig und ermutigend nach vorn, doch schließlich verloren wir auch sie aus der Sicht.

Den ganzen Tag beobachtete ich und wartete. Es gab nur noch Lärm und Blut. Keine Seite zog sich zurück, beide hielten ihre Position. Wie die Gezeiten würde der eine Teil zurückweichen und dann wieder auftauchen, zurückweichen, wieder auftauchen. Unsere Linie schwankte, fiel aber nicht. Ich wußte, wenn sie auseinanderbrach und sich verstreute, bedeutete das, daß Schahdschahan gefallen war.

Die Dämmerung brach früh herein, brachte keine angenehme abkühlende Brise, sondern war heiß und staubig, verwandelte das Sonnenlicht in ein undurchsichtiges Gelb, das über der Erde lastete. Wir gaben unseren Beobachtungsposten auf. Die Männer würden für heute aufhören, um sich zu erholen, ihre Toten einzusammeln, an ihren Wunden zu sterben oder die zu verbinden, die nicht ernsthaft waren. Als wir das Dorf erreichten, begannen die ersten, tropfenweise zurückzukehren. Sie waren verkrustet von Schweiß und Staub, geschwächt über Willen und Kraft hinaus. Einige schleppten ihre Kameraden, die vor Schmerz stöhnten, einige ließen sich fallen und lagen an Ort und Stelle in totenähnlichem Schlaf, andere stolperten weiter und weiter. Einige würden mit Sicherheit sterben; welche Chance hatten sie, mit diesen blutigen Schrunden in ihren Körpern zu überleben?

Die Nacht war hereingebrochen, die Feuer wurden angezündet und das Essen bereitet, bevor mein Geliebter zu mir kam. Seine Augen waren gerötet; sein Gesicht sah genauso aus wie das der anderen – staubig, erschöpft, sein Bart hatte die gleiche Schmutzfarbe wie die Erde. Ich holte Wein, und er trank dankbar. Ich rieb sein Gesicht mit einem Handtuch ab. Es wurde braun vor Schmutz, doch die kalte Berührung wischte auch etwas von seiner Erschöpfung hinweg.

Zuerst wandte er sich an Isa: »Hast du alles vorbereitet?«

»Ja, Hoheit.«

Dann berührte er entschuldigend mein Gesicht, eine Geste, die um Vergebung bat.

»Wir müssen schnell aufbrechen. Es bleibt nicht mehr viel Zeit. Im Morgengrauen werden sie wissen, daß ich besiegt worden bin.«

Kapitel XX
Das Tadsch Mahal
1067 (a. D. 1657)

Gopi kauerte neben der Marmortafel und meißelte behutsam ein zartes Ästchen heraus. Dann bürstete er den Stein mit einer harten, schwieligen Hand und fuhr fort, die Blume, eine Ringelblume, behutsam aus dem Marmor zu meißeln. Er glich in seiner Haltung, seiner Geduld, seiner Kunstfertigkeit seinem Vater. Neben ihm erhitzte Ramesh die Meißel und schärfte sie. Sie arbeiteten im Schatten eines *gulmohar*-Baumes, außerhalb der Mauer, die den Tadsch Mahal umgab.

Seit der Fertigstellung des Grabmals waren zehn Jahre vergangen. Doch die Arbeit ging weiter. Eine große Säulenplatte war errichtet worden, die dem Grabmal den Anschein der Schwerelosigkeit gab. An den vier Ecken standen die zarten Minarette, hoch und schlank wie Palmbäume. Sie gefielen dem Herrscher, verliehen der Säulenplatte Gleichgewicht und Harmonie, die sonst wie eine Marmorwüste schien. Auf beiden Seiten des Monuments waren die Moscheen. Sie waren klein und bescheiden, als ob sie sich ehrehrbietig vor dem Glanz des Grabmals verneigten.

Doch es war nicht entworfen und errichtet worden, um im Staub zu stehen. Der Herrscher hatte den *bagh* mit gleicher Sorgfalt und Umsicht in Auftrag gegeben. Er sollte am Fuß des großen Grabmals liegen. Der Garten war in vier Abschnitte geteilt; die erhöhten Steinwege verliefen von Norden nach Süden und von Osten nach Westen, liefen bei zwei Lotosspringbrunnen aus Marmor zusammen. Zwischen den Wegen lagen breite Kanäle. Die ruhigen Flächen klaren Wassers spiegelten das schimmernde Grabmal wider, doch um das Auge nicht abzulenken, befanden sich nur an den Kanälen, die von Norden nach Süden verliefen, Springbrunnen. Schahdschahan scheute bei der Anlage des Gartens keine Kosten, damit er des Grabmals würdig sei. Unterirdische Leitungen, große Behälter und Ziehbrunnen versorgten mit ihrem ständigen Zustrom Bäume und Pflanzen mit Wasser; Mango-, Orangen-, Zitronen-, Granatapfel-, Apfel-, Guaven- und Grapefruitbäume, Rosen, Tulpen, Lilien, Iris, Ringelblumen. Den größten Teil der Wasserversorgung besorgten Leitungen aus Ton, die unter den gepflasterten Wegen vergraben waren. Um sicherzugehen, daß jeder Springbrunnen die genau gleiche Menge Wasser erhielt, so daß ihr Strahl die gleiche Höhe erreichte, wurde das Wasser nicht direkt in die Kupferrohre, die sie versorgten, geleitet. Statt dessen befand sich unter jedem Springbrunnen ein Kupfergefäß. Das Wasser floß den Kanal entlang, füllte jedes Gefäß, und erst dann floß es in die Kupferrohre und sprang hinauf in die Luft. Das Wasser für die Springbrunnen und den Garten wurde von Ochsengespannen vom Jumna heraufgeschleppt, in die Brunnen gefüllt und in die Wasserbehälter weitergeleitet. Von dort aus floß es herunter. Der Wasserdruck nahm ab, wenn es zum südlichen Ende des Gartens strömte. Das war eine wohlüberlegte Berechnung. Schahdschahan wünschte, daß in der Nähe des Grabmals nur Blumen gediehen, doch weiter weg sollten Bäume stehen, zum Schutze der Frommen.

Gopi blickte kein einziges Mal zum Tadsch Mahal hoch. Er hielt den Kopf gesenkt, und wenn er ihn manchmal hob, richtete er es ein, zu vermeiden, daß sein Blick auf das aufragende Monument fiel. Es erfüllte ihn immer noch mit Bitterkeit.

Sein Vater konnte die *jali* nicht mehr zu Ende bringen. Er war alt und schwach geworden, seine Hände konnten den Meißel nicht mehr halten. Sie waren steif geworden und zu unbeweglichen Klauen verkrümmt; so arbeitete Gopi an dem kurzen Stück, das noch verblieben war, weiter. Im Vergleich zur umfangreichen Tapisserie der Arbeit seines Vaters war es nur ein kärglicher Rest, doch auch dieser konnte nicht übereilt werden. Alles mußte ganz genau sein. Er hatte ein Jahr benötigt, um den letzten Teil fertigzustellen, und dann meißelte er in den Marmorrand, als ob er Kreide wäre, ein Blumenmotiv – ganze Ringelblumen und Lilien mit Stielen und Blättern. Sie waren gefüllt mit einer Mischung aus *safeda* und *hirmich* und Farbpigmenten. Das war das gleiche Material, das bei den Fresken, die er in den Höhlen gesehen hatte, verwendet wurde. Sie waren vor Jahrhunderten von Künstlern, die längst vergessen waren, gemalt worden. Die Füllung war so hart wie Marmor und so poliert, daß sie wie Stein schimmerte. Gopi lächelte, als er daran dachte, wie ungeheuer stolz sein Vater auf die Vollendung ihres Werkes gewesen war. Er hatte Gopi gelobt, als ob er die ganze Arbeit allein getan hätte. Gopi hatte den Eindruck, daß der Vater nach dem Tod der Mutter weicher geworden war, träumerisch, nur noch mit einer anderen Welt in Verbindung stand.

Zu viert hatten sie eine stille Pilgerfahrt zu dem kleinen Tempel unternommen, um Dank zu sagen. Ein paar andere Leute hatten daran auch teilgenommen, heimlich, vorsichtig, denn trotz seiner geringen Bedeutung und geschützten Lage schien er ein nicht ganz ungefährlicher Platz zu sein. Duga war mit Safran und *kun-kum* eingerieben, in Seide gehüllt und mit einer goldenen Kette mit Diamanten geschmückt worden. Sie opferten Früchte und Blumen, und die Opfergaben wurden gesegnet und zurückgegeben. Als sie wieder aufbrachen, sah Murthi friedlich aus.

»Wir kehren in unser Dorf zurück«, verkündete er. »Deine Mutter hat es sehr vermißt. Wenn sie nur mit uns kommen könnte. Doch zuerst müssen wir zu unserer *jali* gehen. Ich möchte sehen, wohin sie gestellt wird, wie die Lichter auf sie fallen.«

Arbeiter hüllten die *jali* in grobes Sackleintuch und hoben sie behutsam auf einen Wagen. Sie blickten dem Wagen nach, bis er in der Menge von Arbeitern und Tieren verschwunden war. Gopi bemerkte, wie sein Vater in sich zusammensank, als ob der Wagen ein Stück von ihm davontrug. Die *jali* bedeutete siebzehn Jahre seines Lebens und seine ganze Kunstfertigkeit.

»Wenn sie sie aufgestellt haben«, sagte Murthi, »werden wir gehen.«

Sie bereiteten sich auf die lange Heimreise vor. Es würde eine anstrengende und schwierige Reise werden, doch Murthi war entschlossen, sie zu unternehmen. Als sie aussortiert hatten, was sie nicht mitnehmen, und das verpackt hatten, was sie mitnehmen wollten, Sitas Schmuck; er sollte der Tochter als Morgengabe dienen, Murthis Werkzeug, einen kleinen Lederbeutel voller Rupien, gingen sie zum Tadsch Mahal.

Sie näherten sich den Soldaten, die den Tadsch Mahal bewachten, doch bevor sie an ihnen vorbeigehen konnten, wurden sie von ihnen aufgehalten.

»Wohin wollt ihr?«

»Hinein, um es zu sehen.«

Die Soldaten betrachteten Murthi, seine Söhne und seine Tochter. Es bestand kein Zweifel; ihre Gesichter, ihre Kleidung, ihr Gebaren verrieten, wer sie waren.

»Ihr könnt nicht hineingehen.«

Murthi war betroffen. »Aber warum nicht?«

»Ihr seid Hindus. Es ist nicht erlaubt. Geht jetzt weiter.«

»Ja, ich bin Hindu, und was ist falsch daran?« fragte Murthi. »Ich habe siebzehn Jahre an diesem Grabmal gearbeitet. Man hat mich nie gefragt, ob ich Hindu sei. Ich meißelte die *jali,* die jetzt das Grabmal der Kaiserin umgibt. Ich möchte sie mir nur ansehen, sonst nichts. Dann gehe ich friedlich von hier fort.«

»Du kannst nicht hineingehen. Du kannst sie von hier aus sehen.«

»Ich möchte nur meine *jali* ansehen. Das Licht...«

»Ich habe es dir gesagt. Du kannst unmöglich hineingehen. Hindus dürfen hier nicht hinein.«

Murthi wich nicht von der Stelle. Er war hartnäckig, doch die Soldaten ebenfalls. Sie stellten sich ihm in den Weg, nicht drohend, sondern ärgerlich, daß der Dummkopf nicht verstehen wollte. Gopi zupfte den Vater sacht am Ärmel, doch dieser stieß seine Hand zurück. Murthi betrachtete das Gebäude, versuchte, durch die weiten Marmorwände zu blicken.

Erst als es dämmerte, als das Licht schwach wurde und das Grabmal in ein verschwommenes, blaßrotes Licht gehüllt war, ließ er sich wegführen. Sein Gesicht war faltig, er war schwach und hinfällig geworden. Er mußte sich auf seine Söhne stützen; seine Tochter führte ihn. Die Reise nach Guntur war vergessen. Murthi legte sich in der Hütte nieder, konnte nicht aufbrechen. Sein Geist war an ein Stück Marmor gebunden, das er zum Leben erweckt hatte. Er fühlte, nur wenn er einen Blick darauf warf, konnte er sich davon lösen.

Gopi ging auf seinen Onkel Isa zu. Als er in Isas prachtvoll ausgestattetem Gemach im Palast saß, überlegte er, wie verschieden doch die beiden Brüder waren. Es war möglich, daß nur der Glanz seiner Position Isa veränderte. Sein Gesicht war voller, sein Körper stärker, und er gab sich selbstbewußt.

»Vater stirbt.«

»Ich schicke ihm den *hakim.*«

»Nein. Der *hakim* kann ihn nicht heilen. Du kannst es. Er möchte seine *jali* betrachten, doch man läßt ihn nicht eintreten. Bitte, könntest du den Herrscher um Erlaubnis bitten, damit dein Bruder hineingehen kann?«

Isa blickte zum Fluß hinunter, zum Tadsch Mahal. In der Mittagssonne wirkte er hart, der Marmor hob sich grell vom Himmel ab, und der Tadsch Mahal stand isoliert und allein da. Er benötigte einen Gefährten, der genauso schön wäre, doch es gab keinen auf der Welt. Isa hatte lange über das Grabmal nachgedacht; es hatte Leben, es atmete. Er stellte sich vor, wie der Stein sich hob und senkte, wenn er seufzte. Er erkannte, daß dieser allein war. Das Monument war ein vollkommenes Werk in einer unvollkommenen Welt, und das war eine schwere Bürde. Vielleicht würde Schahdschahans eigenes Grabmal, ein Widerschein in Schwarz, eines Tages sein Gefährte werden. Aber warum Schwarz – eine üble Farbe? Vielleicht wünschte der Herrscher, die Welt an seine Schuld zu erinnern? Sein Grabmal war genauso für alle Ewigkeit gedacht wie der Tadsch Mahal, doch es würde ein Leichentuch sein, kein seidener Schleier. Am Tage würde es häßlich aussehen, im Sonnenlicht gedrungen und mißlungen wirken; in der Nacht würde es aufhören zu bestehen, während der Tadsch Mahal wuchs und funkelte, mit dem Licht genauso spielte wie mit dem Wasser. Nicht einmal der Fluß würde das Schwarz reflektieren. Es würde seine Strafe sein, unter der schwarzen Farbe zu ächzen und zu leiden, in alle Ewigkeit in der Finsternis zu verweilen. Der Herrscher wollte, daß die Welt wisse, daß er die einzige Person, die er je geliebt, zugrunde gerichtet hatte.

Hätte sich ihr Leben anders abspielen können? Isa konnte es nicht sagen. Wenn sie sich weniger geliebt hätten, hätten sie sich gar nicht geliebt. Die Liebe konnte nicht wie die Nahrung in Portionen geteilt oder wie das Wasser reguliert werden, damit es nicht überlaufe. Wäre es möglich gewesen, noch mehr zu lieben und dadurch das Leben auszuhauchen?

»Dein Bruder stirbt an gebrochenem Herzen«, brach Gopi das Schweigen.

»Dafür weiß ich kein Mittel. Was kann ich tun?«

»Du hast die Macht, Männer hinrichten zu lassen. Du kannst deinen Bruder retten.«

»Macht? Was verstehst du unter Macht? Glaubst du, dadurch, daß er der Große Mughal ist, besitzt er unbeschränkte Macht? Seine Macht ist beschränkt, da er nur ein Mensch ist. Er kann wohl das Leben nehmen, aber es nicht geben, er kann den Lauf der Flüsse ändern, aber er kann keinen Tropfen Wasser hervorbringen. Er kann dich zu einem Adligen machen, aber er kann dir keinen inneren Adel geben. Er kann so tun, als sei er ein Gott, doch er ist keiner. Wenn er ein Gott wäre, könnte er die Toten zum Leben erwecken, und das Grabmal wäre nie erbaut worden. Er besitzt auch nicht die Macht, die Gesetze der Götter zu ändern oder jene, die sie auferlegen. Wir sind Hindus, wir können nicht in das Grabmal hineingehen.«

»Nicht einmal du?« fragte Gopi voller Ungläubigkeit.

Isa antwortete nicht.

Murthi wurde immer schwächer, abgehärmter. Der Tod zehrte an seinem Körper, seinem Gesicht, meißelte ihn, wie er den Marmor gemeißelt hatte, formte einen Leichnam aus Knochen, Fleisch, Blut und dem Herzen.

Isa ging mit seinem Neffen zu dem Totenverbrennungsplatz. Er beobachtete, wie Gopi den Scheiterhaufen anzündete, die Worte des Priesters wiederholte. Sein Bruder war geschrumpft, verloren unter der Masse der Blumen. Die Flammen züngelten hoch, erfaßten Holz, Kleidung und Fleisch. Er blieb, bis nur noch Asche übrigblieb. Seine Neffen kauerten neben dem Scheiterhaufen und warteten darauf, daß sich ihr Vater in den Rauchwolken erhebe.

»Wirst du jetzt in euer Dorf zurückkehren?« fragte Isa Gopi.

»Weshalb? Ich kann mich nicht mehr besonders gut an das Dorf erinnern. Ich wollte nur mitgehen, da es der Wunsch meines Vaters gewesen war. Ich muß hier Arbeit finden, um meinen Bruder und meine Schwester zu ernähren.«

»Es gibt dort noch eine Menge Arbeit«, sagte Isa und zeigte auf den Tadsch Mahal.

Gopi wollte ablehnen, das Monument verfluchen, doch er schwieg. Es hatte seinen Vater und seine Familie ernährt und würde jetzt auch ihn ernähren.

»Ich arbeite, solange dort Arbeit ist.«

Das Verlangen des Herrschers nach Frauen hatte nie nachgelassen. Sklavinnen, Tempeltänzerinnen, *nautsch*-Mädchen, Prinzessinnen, Begums, die schönsten, die wollüstigsten, sie alle lagen bei ihm Tag und Nacht. Er konnte nie befriedigt werden. Ein Dämon lebte zwischen seinen Beinen; er hatte einen Trank zu sich genommen, um seine Potenz zu erhöhen, und dieser hatte den Harnweg blockiert. Er konnte keinen Urin lassen und wand sich in Agonie. Er klammerte sich an Isa, wie ein Kind, das sich vor den Dämonen fürchtet, bis ihm der *hakim* eine große Dosis Opium gab.

Während er schlief, ging Isa zu den Zinnen des Lal Quila und blickte auf Delhi hinunter. Er hörte, wie das Geraune bereits durch die Stadt ging: Der Herrscher liegt im Sterben. Türen wurden geschlossen, Geschäfte verriegelt, *chai-* und *paan-*Bedienstete verschwanden im Dunkel der Nacht. Als Dara die Nachricht erhalten hatte, ritt er schnell herbei, die Hufe seines Pferdes hallten in der ruhigen Stadt wider, bis weit hinein ins Reich. Sie gelangte auch Shahshuja, dem *subadar* von Bengalen, Murad, dem *subadar* von Gujerat und Aurangzeb, dem *subadar* des Dekkan, zu Ohren. Isa spürte, wie sie in ihren fernen Palästen aufgerüttelt wurden.

In der Dunkelheit sah er, wie sich unten auf der Wiese Menschen unter dem *jharoka-i-darshan* versammelten. Einer, zwei, zehn, hundert. Im Palast eilten die Adligen lautlos in den *diwan-i-am* und starrten zu dem leeren Thron unter dem goldenen Thronhimmel hoch.

Alle blickten ostwärts. Die Dunkelheit wich, der Himmel überzog sich mit zartem Gold; die Morgendämmerung kam, doch der Herrscher erschien nicht. Die Adligen und das Volk warteten, auch dann noch, als die Sonne voll am Himmel stand und auf sie niederbrannte.

Isa kannte ihre Gedanken: Der Herrscher ist tot. Und er hörte, wie das Volk unten weinte, denn er war ihnen ein gerechter und weiser Vater gewesen. Sie weinten auch, weil sie nicht wußten, was auf sie zukam.

Schahdschahan erwachte an seinen Schmerzen, entblößte die Zähne und flüsterte Isa zu: »Agra... Agra... Ich muß sie sehen.«

»Man darf ihn nicht bewegen«, sagte der *hakim*.

»Mach ihn gesund«, baten Dara und Jahanara, doch der *hakim* war ohnmächtig.

Dara befahl einem Sekretär: »Gib eine Proklamation heraus. Kaiser Schahdschahan ist zur Zeit krank. Er wird bald wieder genesen sein. Schick sie in alle Teile des Reiches.«

Der Sekretär kam dem Befehl nach. Er ließ einen Anschlag an den Toren des Lal Quila anbringen, und Boten reisten quer durch Hindustan. Doch gleichzeitig ritten andere Boten eilig zu Daras Brüdern: »Der Herrscher liegt im Sterben, und Prinz Dara hat die Regentschaft übernommen.«

Zwei weitere Tage und Nächte verbrachte der Herrscher in einem totenähnlichen Schlaf. Als er schließlich erwachte, spürte er keine Schmerzen mehr, doch sein Gesicht war gezeichnet von der Erschöpfung.

»Agra. Ich muß zu ihr gehen. Isa«, befahl er, »sag dem *Mir manzil,* er soll die Reisevorbereitungen treffen.« Dann blickte er Dara an und sah den ängstlichen Ausdruck in seinen Augen: »Dara, was ist los?«

»Meine Brüder haben ihre Absicht kundgetan. Sie glauben, du seist tot. Shahshuja nennt sich jetzt Sikander der Zweite, und Murad hat Münzen prägen lassen.«

»Und Aurangzeb?« Schahdschahan konnte seine Furcht nicht verbergen.

»Nicht«, erklärte Dara. »Er hat kein Wort gesagt, rückt aber jetzt mit seiner Armee an.«

»Seiner Armee? Seiner...!« schrie Schahdschahan. »Meine *bi-daulat*-Söhne. Ihre Habgier übertrifft ihre Zuneigung. Führ mich zum Thron, ich muß mich zeigen.«

Die Adligen wurden herbeigerufen, und die *Ahadis* formierten ihre Reihen um den *diwan-i-am*. Schahdschahan stieg, gestützt von Dara und Isa, die Treppen zum Alkoven hoch und ließ sich langsam auf dem Pfauenthron nieder. Die Adligen bemerkten die Spuren seiner Krankheit: das Zittern seiner Hände, seine Anstrengung, sich aufrecht zu halten. Er hatte die Kraft verloren. Sie bemerkten auch die Autorität von Dara.

»Mir geht es gut«, sprach der Herrscher, doch sie konnten ihn kaum verstehen. »Mein geliebter Sohn, der einzig treuergebene Prinz Dara, hat die Regenschaft inne, bis ich kräftig genug bin, meine Pflichten wieder zu übernehmen.«

Isa sah, wie sich ein dunkler, bedrohlicher Schleier auf die zum Thron gewandten Gesichter senkte. Er konnte ihre Gedanken lesen: Ist Dara stark genug? Isa wußte, als er das sah, daß der Herrscher einen Fehler gemacht hatte. Aus Liebe hatte er das Reich auf den Treibsand geteilter Loyalität gestellt.

»Ich befehle meinen Söhnen unter Androhung von Strafe, an ihre Posten zurückzukehren. Ich bin immer noch Padishah von Hindustan.«

Die Reise nach Agra dauerte zehn Tage. Sobald sie dort eingetroffen waren, eilte der Herrscher zu dem großen Grabmal, und die Silbertüren schlossen sich hinter ihm. Er kniete vor dem Sarkophag und küßte den eisigen Marmor.

»Meine Geliebte, meine Geliebte...« Sein Flüstern hallte bis zur Kuppel hoch. »Was soll ich tun? Unsere Söhne stellen sich gegen mich. Sie gehorchen nicht den Befehlen ihres Vaters, des Herrschers. Meine Worte sind wie Sand im Wind. Ich werde krank, und sie wenden sich gegen mich. Unser geliebter Dara ist meine einzige Stütze; unsere Liebe bewirkte, daß er treu zu mir hält. Ich habe ihn in den Kampf gegen seinen Bruder Shahshuja geschickt und habe große Angst. Im Krieg fürchtete ich nie um mein Leben, doch für meinen Sohn zittere ich wie ein Feigling. Behüte ihn... leite ihn... gib ihm deine Stärke, meine geliebte Ardschumand.«

Schahdschahan hielt solange am Grab Wache, bis Dara ihn dort aufsuchte, siegreich. Shahshuja war besiegt worden und floh jetzt zurück nach Bengalen. Dara lachte vor Freude, und seine Heiterkeit erfüllte die Grabstätte.

Der Herrscher behielt seine kniende Haltung bei. »Und Aurangzeb?«

Dara schwieg. »Er hat sich jetzt mit Murad zusammengetan. Aurangzeb hat Murad zum Herrscher erklärt.« Er kicherte. »Ich werde Murad genauso leicht wie Shuja besiegen.«

»Doch er hat Aurangzeb an seiner Seite«, sagte Schahdschahan behutsam. Er wandte sich an Isa: »Glaubst du, Aurangzeb würde es zulassen, daß Murad Herrscher wird?«

»Majestät, wer kann genau sagen, was Aurangzeb denkt?«

»Dann muß ich die Armee gegen sie führen. Nur meine Erfahrung und meine Anwesenheit können Aurangzeb besiegen.«

»Nein!« rief Dara. »Ich werde eines Tages regieren, und ich muß Aurangzeb bekämpfen.« Er kehrte seinem Vater den Rücken und stapfte ärgerlich aus dem Grabmal, wie ein Kind, dem man seine Spielsachen genommen hatte.

Schahdschahan fühlte sich gekränkt. Er wandte sich an Isa. »Habe ich unrecht?«

»Nein, Majestät. Nur Ihr könnt Aurangzeb besiegen. Dara hat nicht die Erfahrung.«

»Doch ich habe ihn verletzt.«

»Das geht vorüber.« Noch während Isa sprach, fühlte er, daß der Herrscher unschlüssig wurde, und er empfand Furcht.

Es war so, wie er gesagt hatte. Während Schahdschahan und Isa im Grabmal warteten, besiegte Aurangzeb Dara an den Ufern des Chambal. In dem einen Tag dauernden Kampf starben Tausende, und als Dara den Rückzug antrat, floh seine Armee. Aufgelöst und entmutigt kehrte er nach Agra zurück. Sein Vater vergab ihm und tröstete ihn liebevoll. Aurangzeb hatte sich jetzt gegen den törichten Murad gewandt. Er hatte ihn gefesselt und auf einen Elefanten verfrachtet, der ihn zu einem unbekannten Gefängnis brachte. Gleichzeitig wurden drei ähnliche Elefanten in die anderen Himmelsrichtungen geschickt.

»Das Ungeheuer«, tobte Schahdschahan. »Der Betrüger. Von Anfang an wollte er Herrscher werden.«

»Er hat gelobt, auch mich in den Kerker zu werfen«, sagte Dara niedergeschlagen. »Er haßt mich.«

»Wir werden den *bi-daulat* besiegen. Wir werden wieder eine Armee aufstellen.«

Dann, als ob er den Schicksalsmächten trotzen wollte, die sich gegen ihn erhoben hatten, verkündetete er: »Dara ist jetzt Herrscher von Hindustan.«

Isa beobachtete, wie sich die neue Armee auf der staubigen Ebene von Agra formierte. Die Sonne funkelte auf Helmen und Lanzen, Kanonen und Gewehren. Die Männer und Tiere tummelten sich in großer Zahl, doch er wußte, es war eine Scheinarmee. Alle Fleischer, Köche und Zimmerleute aus Agra waren zusammengetrommelt worden. Sie bedeuteten für Aurangzeb keinen Gegner.

Und Aurangzeb, der den Fuß seines Kriegselefanten an einem Erdpfosten befestigte und versprach zu siegen, besiegte Dara nur, weil ihn dessen Befehlshaber Khallihillah Khan verriet. Dara floh nach Westen, während Aurangzeb in Richtung Agra marschierte.

Schahdschahan blickte von den Zinnen herunter. Die Soldaten blickten zu ihm hoch. Keiner rührte sich von der Stelle. Vom Dach der Moschee wurde die Kanone abgefeuert. Er zuckte nicht zusammen, als der Schuß die Wände des Forts erschütterte und im Wallgraben aufprallte.

»Bi-daulat«, schrie er und zeigte der Armee, die den Padishah, den Großen Mughal, den Herrscher von Hindustan, Schahdschahan, Herrscher der Welt, umgab, die Faust: *»Bi-daulat.«*

Sein Schrei wurde ignoriert; die Armee verharrte an Ort und Stelle.

»Was habe ich getan?«

»Ihr seid krank geworden«, sagte Isa, »und Aurangzeb möchte Herrscher werden.«

»Nun, er kann es erst, wenn ich tot bin«, sagte Schahdschahan müde und verdrießlich. »Ich bin drei Tage krank, und ganze Armeen marschieren auf. Was glaubte er, würde mit mir in diesen drei Tagen geschehen? Daß ich sterben würde? Der *badmash.«*

»Er behauptet, er sei nur gekommen, um Euch beizustehen«, sagte Isa. »Euch gegen Eure anderen Söhne zu schützen.«

»Er ist ein Lügner. Wo ist Dara? Wenn er nur auf mich gehört hätte, hätte mich mein geliebter Sohn retten können. Aurangzeb wußte, daß Dara mir nie etwas zuleide tun würde.«

»Ich weiß«, sagte Isa leise. »Dara kämpfte, um Euch zu beschützen, doch er besaß nicht Aurangzebs Erfahrung in der Kriegskunst. Wer weiß, wo er jetzt ist? Majestät, Ihr habt Dara zu sehr geliebt und Aurangzeb nicht genug. Ihr habt Dara den Traum eingegeben, daß er Herrscher werde, aber dadurch, daß Ihr ihn immer um Euch hattet, habt Ihr ihn geschwächt. Jede Liebkosung, jeder liebevolle Kuß minderte seine Kraft, gegen Aurangzeb bestehen zu können. Und jeder Kuß, jede Liebkosung stärkte Aurangzebs Haß. Jetzt haßt er Dara.«

»Isa, ich verfluche dich, weil du mich zu spät gewarnt hast.

Gewarnt? Du wirst die heiligen Worte über unseren Gräbern lesen. O Gott, wo ist Dara?«

»Er flieht.«

»Wir müssen ihm Zeit lassen – Zeit zu entkommen, Zeit, eine neue Armee aufzustellen und Aurangzeb zu besiegen.«

Die Rosenkranzperlen des Herrschers klirrten, zählten die Zeit fort. Man konnte ihr Geräusch bis über den Fluß hören. Sein einziger Trost war jetzt Gott, und er ging zu ihm in die Mina-Masjid-Moschee, nur dort gab es Frieden für einen Herrscher.

Taktya takhta.

Es war in sein Herz eingegraben. Er konnte es nicht herausreißen. Sein eigenes Geflüster hallte über die Jahre wider, konnte nicht zurückgenommen werden. In der Kürze der Worte lag die Schnelligkeit der Ereignisse. Die Autorität des Herrschers war geschwunden. Er war ein Geist, der hinter dem Thron flüsterte, doch keiner hörte ihn.

Schahdschahan verließ die Mina-Masjid-Moschee. Auch das Gebet hatte ihm keine Linderung gebracht; das Alter nagte an ihm, grub Furchen in sein Gesicht.

»Ich fordere Aurangzeb auf, zu mir zu kommen und mit mir die Angelegenheit zu erörtern. Dann muß er auf seinen Posten zurückkehren.« Einen kurzen Augenblick wütete Schahdschahan, wild und gefährlich, dann beruhigte er sich genauso schnell wieder. »Ich werde ihn bitten, in den Dekkan zurückzukehren, in Frieden von dannen zu ziehen. Ich will ihm vergeben.«

Isa ging. Er trug Alamgir, das Schwert, das aus einem Stern geschmiedet worden war. Der Griff war aus Gold, mit Smaragden geschmückt. Am Knauf war ein Stein, der die Größe einer geballten Faust hatte. Die Schneide bestand auch aus Gold, war mit Perlen, Diamanten und Smaragden besetzt. Die türkische gebogene Klinge verlor nie ihren Glanz oder ihre Schärfe. Alamgir: Eroberer des Universums.

Aurangzeb wartete in Daras Palast am Jumna, der Residenz des Prinzen Schahdschahan und seiner Gemahlin Ardschumand, auf Isa. Isa wurde von Erinnerungen überwältigt. Seit vielen Jahren war er nicht mehr hier gewesen. Aurangzeb stand an der Stelle, wo Ardschumand ihren Silberschmuck ausgebreitet und das Herz des Prinzen zurückerobert hatte. Er trampelte achtlos auf dem Gras. Er nahm das Schwert von Isa entgegen und zog es aus der Scheide. Die Sonne sang auf der Klinge.

»Alamgir, sehr klug gedacht. Was schickt mein Vater noch, Isa?«

»Er fordert Euch auf, mit ihm die Angelegenheit zu erörtern.«

Isa amüsierte Aurangzeb. Er lächelte und wandte sich dem Fort zu.

»Zweifellos möchte er, daß ich an meinen Posten zurückkehre. Er befiehlt mir, dahin zu gehen, dorthin zu gehen. All die Jahre bin ich für ihn hierhin und dorthin geeilt, um Kandahar anzugreifen, Samarkand. Ich marschierte über kalte Berge, brennende Wüsten, alles auf seinen Befehl hin. Ich war ein pflichterfüllter Sohn, oder, Isa?«

»Ihr sprecht, als ob Ihr keine Pflichten mehr hättet.«

»Doch«, erwiderte er mit Feuer in der Stimme. Er ließ das Fort nicht aus den Augen, blickte mit brütender Sehnsucht hinüber. »Wessen Fehler ist es? Meiner? Ich hätte ihn geliebt, doch er schenkte seine ganze Liebe diesem Usurpator Dara.«

»Hoheit, Dara hat nicht den Thron geraubt. Der Herrscher...«

»Auch du redest nur Gutes von Dara. Du hast ihn geliebt, als wenn er dein eigener Sohn gewesen wäre. Warum? Weil meine Mutter ihn liebte. Der Erstgeborene – ich sah, wie sie ihn mit ihrer Zärtlichkeit überschüttete. Er empfing all ihre Küsse; wir anderen Kinder waren vergessen.«

»Wie gut, daß Ihr soviel zu tadeln findet, Hoheit.«

»Isa, du hast eine spitze Zunge. Vielleicht verlierst du sie eines Tages.«

»Glaubt Ihr, daß ich das Kind, das ich einst auf den Armen getragen habe, fürchte?«

»Du vertraust zu sehr auf meine Zuneigung zu dir.«

»Hoheit, diesen Fehler werde ich nicht noch einmal begehen.«

»Ah, Isa.« Aurangzeb lächelte voller Vergebung, auf kameradschaftliche Art, gab ihm einen Klaps auf den Arm. Es war eine steife, formelle Geste. Für Isa war der Mann Aurangzeb auch nicht anders als das Kind Aurangzeb. »Ich würde dir kein Leid zufügen, doch Dara hat mir Unrecht getan. Er haßt mich. Er hat meinen Vater gegen mich aufgehetzt, wie Mehrunissa Dschahangir gegen diesen aufhetzte. Wenn ich mich hier zurückziehe, kehrt er zurück. Und wir werden erneut kämpfen, und ich werde erneut gewinnen. Der Dummkopf versteht nichts von Kriegführung; er kennt nur seine törichte Toleranz gegenüber allen Menschen. Er würde die Hindus noch mehr lieben als die Moslems, ihnen die Freiheit geben, ihren Gottesdienst frei auszuüben, ihnen erlauben, diese üble Religion zu verbreiten und den echten Glauben zu unterdrücken. Ich kann nicht zulassen, daß das geschieht. Wir müssen die Hindus vernichten, damit sie sich niemals wieder erheben können.«

Aurangzebs Eifer ließ Isa erschauern. Er glaubte von sich, er sei der wahre Glaubensverteidiger, die wahre Geißel Gottes. Babur, Akbar, Dschahangir und Schahdschahan hatten das auch geglaubt, aber nicht so.

»Dann werdet Ihr Euer ganzes Leben keinen Frieden finden«, sagte Isa. »Wenn Ihr Euren Untertanen den Krieg erklärt, dann erklären sie Euch den Krieg. Der Thron kommt ins Wanken und wird einbrechen, denn er steht nur auf dem Sockel, den Akbar errichtet und Eurer Vater und Großvater gefestigt haben. Sie verfügten, daß alle Menschen gerecht behandelt werden sollten. Wenn Ihr Haß sät, werdet Ihr Haß ernten. Was Ihr tun werdet, hallt durch die Zeit wider, genauso wie das, was sich in der Vergangenheit ereignet hat, heute widerhallt. Es gibt kein Entkommen vor den Folgen Eures Handelns. Aurangzeb wird ein Name sein, der von den nachfolgenden Generationen gehaßt werden wird.«

»Ihr sprecht wie Dara, der Dummkopf.«

»Hoheit, vielleicht bin ich auch ein Dummkopf.«

»Dann vergeude ich meine Zeit. Kehr zu meinem Vater zurück und bringe ihm meine Botschaft – er soll mir das Fort übergeben.«

»Er wird es ablehnen.«

»Dummkopf, rede du nicht anstelle des Herrschers.«

»Und sprecht Ihr nicht, als ob Ihr schon Herrscher wäret, Hoheit.«

»Deine Vertraulichkeit ärgert mich. Ich werde nicht immer daran denken, daß du mich als Kind auf den Armen getragen hast.«

Isa kehrte ins Fort zurück und erstattete Schahdschahan Bericht. Er kannte seinen Herrscher gut; Schahdschahan lehnte das Ansinnen Aurangzebs ab.

»Wir müssen Dara mehr Zeit lassen. Er wird eine Armee aufstellen. Ich weiß, er wird mich retten.«

»Majestät, er kann Aurangzeb nicht besiegen. Nur Eure Kunstfertigkeit kann es, und diese ist in diesen Mauern gefangen. Dara fehlt es an Erfahrung.«

»Ah, doch Gott steht auf seiner Seite. Isa, du warst immer ein Quälgeist. Hat Aurangzeb dir mitgeteilt, was mit mir geschehen würde?«

»Nein, Majestät.«

»Er beabsichtigt, mich zu ermorden, ich weiß es. *Takhta*«, flüsterte er vor sich hin, und einen Augenblick lang glaubte er, seine Stimme klinge wie die von Khusrav. Zu spät. Er hätte auf Ardschumand hören sollen.

Gopi, Ramesh und Savitri kauerten aneinandergedrängt in der Hütte. Die Straße war ruhig, die Stille stauberfüllt. Sie hatten gesehen, wie die Soldaten das Fort umringten. Sie wußten nicht, was hier vor sich ging; ein Gewitter schien sich über ihren Köpfen zusammenzubrauen. Zwei Tage lang hielten sie sich verborgen, wie jeder in der Stadt. Aber am dritten Tag wagte sich Gopi, getrieben von Hunger, zum Basar, um Nahrungsmittel einzukaufen. Er ging schnell, heimlich, doch die Soldaten schenkten ihm keine Beachtung. Einige Stände boten Waren an. In aller Eile erledigte er seine Besorgungen.

Ein hochgewachsener, schlicht gekleideter Mann betrat, umringt von Soldaten, den Basar. Er hätte ein ganz gewöhnlicher Bürger sein können, wenn da nicht die Autorität in seinem Auftreten gewesen wäre. Er blieb stehen und blickte sich hochmütig und besitzergreifend um.

»Wer ist das?« fragte Gopi einen Soldaten.

»Prinz Aurangzeb, der Sohn des Herrschers.«

Zwei moslemische Priester näherten sich dem Prinzen und verneigten sich ehrfürchtig vor ihm. Ihre Gesichter glühten vor fanatischer Frömmigkeit. Ein dritter Mann folgte, trug einen Jutesack. Gopi beobachtete, wie sie den Jutesack ergriffen und ihn vor Aurangzeb leerten. Gopi wurde übel vor Bestürzung. Er sah, wie die Durga seines Vaters dem Prinzen vor die Füße rollte, immer noch mit der Kette mit Diamanten geschmückt, mit *kun-kum* bemalt, in Seide gehüllt.

Die Diamantenkette wurde abgenommen und einem Sklaven gereicht, und die Priester holten einen großen, eisenbeschlagenen Holzhammer. Aurangzeb nahm ihn in beide Hände und schwang ihn über den Kopf. Mit dämonischer Kraft hieb er damit auf Durga ein, so daß der Marmor in tausend Teile zersplitterte.

Als Gopi sah, wie die Splitter in den Staub fielen, empfand er das erste Mal in seinem Leben tiefe, blinde Angst, die sich ruckartig in Haß auf Aurangzeb verwandelte.

Kapitel XXI
Die Liebesgeschichte
1032 (a. D. 1622)

Ardschumand

Mein Geliebter mußte Abschied von Bairam nehmen, und dies brach ihm fast das Herz. Das alte, mit Narben übersäte Tier war der geliebteste und getreuste Gefährte, den er hatte, genauso sanft wie Isa, so treu wie Allami Sa'du-lla Khan und im Kampf so klug wie Mahabat Khan. Doch seine eigensinnige Treue und seine unerschütterliche Ablehnung, sich aus der Fassung bringen oder hetzen zu lassen, waren die Gründe, weshalb wir uns von ihm trennen mußten. Er schien zu verstehen, daß es so sein mußte; er schlang den Rüssel um Schahdschahans Leib, in liebevoller Umarmung, und Tränen standen in seinen klugen, von Falten umgebenen Augen. Er hatte meinen Liebsten klaglos quer durchs Reich getragen, ihn in unzähligen Schlachten begleitet, mutig wie ein echter Krieger. Schahdschahan umklammerte seinen Rüssel und weinte wie ein Kind. Er bat den *mahout,* dessen ganzes Leben unter dem Kommando des Prinzen stand, nach seinem alten Freund zu sehen und darauf zu achten, daß er es gut hatte.

Die überirdische Stille des Landes verstärkte jeden Laut, so daß der Lärm unserer Flucht ohrenbetäubend war. Obwohl die Männer nur flüsterten, klang es, als ob sie schrien. Todmüde nach dem langen Kampf taumelten und kletterten sie umher, um die Pferde zu satteln, verdrießliche Kamele aufzuwecken, die *shamiyanas* zusammenzulegen, die Wagen zu beladen mit dem Nötigsten , die Verwundeten, die Kanone und die Elefanten zurückzulassen.

Als wir das Lager verließen, wandte sich Schahdschahan noch einmal im Sattel um; Bairam hob seinen Rüssel zu den Sternen hoch und ließ einen gewaltigen Trompetenstoß des Kummers, der Wut und des Verlustes ertönen, der so durchdringend war, daß er bestimmt in jede Ecke des Reiches drang und den Menschen kundtat, daß ihr Prinz floh, weil er besiegt war.

Das Land war silbergrau, leer. Das Mondlicht stahl die grelle purpurrote Wirklichkeit von den Hügeln und Bäumen, Findlingen und Schluchten, verwandelte sie in eine Illusion. Wir trieben durch Nebel und ritten durch Schatten. Wir konnten nicht erkennen, wohin wir ritten, noch woher wir gekommen waren.

Nur die Kinder hatten Spaß an diesem Unternehmen. Isa weckte sie auf und kleidete sie an, und obwohl sie etwas nörgelig waren, genossen sie die Aufregung und die Heimlichkeit. Die kleinen Mädchen klammerten sich ängstlich an mich. Dara akzeptierte als unser ältester Sohn die Niederlage mit Gelassenheit, obwohl er nicht wußte, was das bedeutete. Seine kleinen Arme um meinen Hals wirkten auf uns beide tröstlich, zeigten mir seine Liebe. Shahshuja war gleichmütig und teilnahmslos; als wir uns aus Balockpur entfernten, blieb Aurangzeb wach, sein Gesicht war ernst. Er nahm die Niederlage als persönliche Beleidigung. Seine Augen waren feucht, doch er gestattete sich keine Tränen. Weder suchte er Trost, noch gab er welchen.

Nur fünftausend Reiter, treuergebene Soldaten, flohen mit uns. Die übrige Armee zerstreute sich wie Rauch vorm Wind in der Nacht. Einige würden in den Dekkan zurückkehren, andere zu ihren Dörfern im Norden. Mein Geliebter konnte sie nicht länger halten. Er konnte sie nicht länger bezahlen, und sie ließen seine Sache im Stich. Ich war davon überzeugt, daß sich viele Mahabat Khan anschließen würden; der Große Mughal würde sie gut dafür bezahlen, daß sie seinen Sohn jagten.

Als der Morgen anbrach, lagen viele Meilen hinter uns. Mit

dem Tageslicht kam die unerbittliche Hitze, drückte Pferde und Menschen nieder, unser Weg war gesäumt mit Ausrüstungen, Schwertern, Schilden, Musketen, Lagerausrüstungen. Wir konnten nicht rasten, konnten nicht, wie die Männer und Tiere, an denen wir vorbeizogen, im Schatten ruhen. Die Nachricht von unserer Niederlage eilte uns rasch voraus. Alle wußten davon. Dörfer waren wie ausgestorben; wir erhaschten Blicke von ängstlichen Menschen, die unser Vorbeiziehen von drinnen beobachteten und darum beteten, daß wir nicht in ihrer ärmlichen Hütte Obdach suchten. Das Land sah wie ausgestorben aus, eingehüllt in einen trügerischen Frieden, doch ich wußte, daß der Frieden eine Ewigkeit weit entfernt von uns war. Ein endloses Reich war zu einer Handvoll Erde zusammengeschrumpft. Wohin konnten wir gehen, wo uns verstecken? Die Erde war bloßgelegt; Dschahangirs Augen erspähten jeden Flecken, jeden Winkel. Es gab keine geheimen Plätze; Augen beobachteten, Ohren hörten, Zungen verrieten. Die Besiegten stießen auf Feindseligkeit. Wir zogen südwärts. Zwei Tage und zwei Nächte bewegte sich unsere Kolonne langsam, mühselig vorwärts, jeder Schritt fiel noch schwerer als der vorhergehende. Pferde gerieten ins Stolpern und fielen, stöhnten tief, als sie starben. Die Männer gingen zu Fuß weiter, blickten sich furchtsam um, befürchteten, im Staub die Armee des Mughal zu erblicken. Doch der Horizont blieb frei.

Mein Liebster ritt an der Spitze und suchte überall Zuflucht. Doch er konnte keine finden; Paläste waren verschlossen, Forts verbarrikadiert. *Ranas, Nawabs, Amirs,* Edle, alle übersahen uns, als ob Dschahangir seine Hand ausgestreckt und ihre Augen verschlossen hätte. Ich konnte es ihnen nicht übelnehmen. Der Zorn eines Herrschers oder die Dankbarkeit eines schwachen Prinzen – da gab es keine Wahl. Jeden Tag hatte sich bei seiner Rückkehr die Erschöpfung und Verzweiflung noch tiefer in sein Gesicht gegraben. Er war von Kopf bis Fuß in Staub gehüllt, was ihn veränderte, seine stolze Autorität in Steifheit verwandelte. Ich wußte, ich bedeutete eine Last für ihn, einen Klotz am Bein.

»Reite zu. Du kommst schneller voran ohne uns.«

»Nein.« Er lag neben mir, erholte sich kurz im stickigen Schatten meines Mitleids; wir schmiegten uns aneinander. Seine Augen waren blutunterlaufen vor Staub und Erschöpfung, und ich befeuchtete sie behutsam, rieb ihm das Gesicht ab.

»Wir werden in Sicherheit sein, kein Leid wird uns zugefügt werden. Weder der Herrscher noch Mehrunissa werden uns ein Haar krümmen.«

»Ich weiß.« Ein Lächeln breitete sich über sein müdes Gesicht, traurig, unerträglich traurig. »Sie werden das Timurid-Gesetz nicht brechen. Ich habe es getan.«

»Das ist vorbei. Wir können nicht ungeschehen machen, was geschehen ist.«

»Würdest du die Schuld für mich auf dich nehmen?«

»Wir sind eins. Laß uns nicht mehr daran denken. Khusrav ist tot. Du lebst. Du mußt dich in Sicherheit bringen.«

»Ich kann dich nicht im Stich lassen. Oder möchtest du verlassen werden?«

»Nein. Aber wir halten dich auf.«

»Mahabat Khan ist nur zwei Tage zurück.« Er lächelte liebevoll.

»Der alte Tiger ließ mir Zeit. Er mußte von unserer Flucht gewußt haben, auch von unserem Aufbruch. Dschahangir hat ihm Parwez geschickt.«

»Nicht Shahriya? Da hätte er etwas Erfahrung sammeln können«, sagte ich bitter.

»Mehrunissa möchte sein Leben nicht aufs Spiel setzen. Der zukünftige Herrscher muß wohlbehalten bleiben, verborgen im Harem.«

Er küßte mich. »Geht's dir gut?«

»Ja, immer wenn ich bei dir bin.« Ich sagte nicht die Wahrheit, doch es erfreute ihn, und er schloß die Augen, lehnte sich an mich, als wir im Wagen weiterratterten.

Er schlief, und ich wachte über ihn. Die Furchen in seinem Gesicht waren immer noch vorhanden, die kurze Entspannung reichte nicht aus, sie zu vertreiben. Ich versuchte, sie mit meinen Fingern zu glätten, doch sie kamen sofort zurück, und er bewegte sich. Ich wußte, daß mein eigenes Gesicht ähnlich zerfurcht war. Obwohl ich nicht gekämpft hatte, spürte ich, daß ich innerlich zugrunde ging. Mein Körper schmerzte, fröstelte. Ich hatte mich noch nicht von der letzten Geburt erholt, die sehr schwierig gewesen war. Jedes Kind raubte mir ein Stück Kraft, und jedesmal benötigte ich längere Zeit, um mich zu erholen. Nach Daras Geburt war ich stark und hatte mich schnell und fröhlich wieder erholt. Jetzt wurde ich immer niedergeschlagener. Ich wollte nur noch schlafen und mich erholen, wollte mich in ein warmes, beruhigendes Bad legen, mich nicht bewegen, wenn eine kühle Brise das Fieber in meinem Körper kühlte. Wie lange? Ich konnte nicht den Schleier der Ewigkeit durchdringen, der vor uns lag.

Schahdschahan erwachte im Morgengrauen. Er sah nicht erholt aus, sondern ermattet. In seinem Schlaf waren Dschahangir, Mehrunissa, Mahabat Khan, Parwez und eine Gruppe von Reitern herumgegeistert.

»Wohin sollen wir gehen?«

»Ich weiß nicht. Niemand wird uns verstecken. Vielleicht können wir nach Burhanpur zurückkehren. Ich genieße dort immer noch Ansehen.«

»Doch für wie lange? Deine Soldaten werden ihnen gesagt haben, daß wir besiegt sind. Die Dekkan-Fürsten würden uns bereitwillig an Dschahangir verraten, um in seiner Gunst zu bleiben.«

»Alle Prinzen würden es so machen, nicht nur die aus dem Dekkan.«

Er seufzte. »Mahabat Khan wird annehmen, daß wir nach Burhanpur zurückkehren. Wenn wir nach Westen ziehen, können wir vielleicht bei einem der Rajput-Fürsten Unterschlupf finden.«

»Bei welchem? Jaipur reitet mit Mahabat Khan, auch Malwar.«

»Wir reiten nach Mewar.«

»Karan Singh wird nie vergessen, daß du seinen Vater besiegt hast.«

»Vielleicht erinnert er sich auch an unsere Freundlichkeit ihm gegenüber. Ich schicke einen Boten voraus, der ihn bitten wird, uns vor meinem Vater Schutz zu gewähren. Vielleicht gefällt es ihm, dem Herrscher zu trotzen.«

»Oder uns zu töten.«

»Jeder würde das tun, Liebste. Verrat ist die natürlichste Eigenschaft aller Menschen. Ich würde jedem mißtrauen, der behauptete, dem sei nicht so. Unser Überlegen hängt von der Erwünschtheit oder, anders ausgedrückt, von unserer Anwesenheit ab, und beides entzieht sich unserer Kontrolle. Das kann sich von Minute zu Minute, von Tag zu Tag ändern. Vielleicht sind wir an einem Tag willkommen, am nächsten unwillkommen, das hängt von den Stürmen ab, die im Herzen und im Geist der Menschen wüten. Sie betrachten uns und überlegen: Was können wir gewinnen? Der Gedanke verfolgt sie Tag und Nacht, und da sie uns beobachten, müssen wir sie beobachten. Bin ich es wert, unterstützt zu werden? Bin ich wertlos? Ich kann großen Reichtum, große Ehre versprechen, doch sie wissen, je verzweifelter ein Prinz wird, desto größer ist seine Großzügigkeit.«

Sein Gesicht enthüllte die Verzweiflung seiner Worte. Der kleinste Flecken Erde wäre uns als grenzenloser Raum erschienen, in dem wir hätten Zuflucht finden können. Wir brauchten nur soviel Raum, wie im Herzen eines Menschen Platz hätte. Wenn es ein starkes Herz wäre, könnten wir uns für immer verbergen; wenn es ein schwaches wäre, würden wir in Ketten gelegt werden.

»Dann schick einen Boten zu Karan Singh. Vielleicht lockt er uns dort in einen Hinterhalt. Doch welche Wahl haben wir?«

»Keine. Ich schicke auch Allami Sa'du-lla Khan und ein paar Männer, die wir entbehren können, damit sie südwärts nach Burhanpur ziehen. Mahabat Khan wird ihnen folgen, während wir westlich nach Mewar zurückkehren.«

Nur hundert Reiter begleiteten uns auf dieser Reise. Die übrigen ritten unter Allami Sa'du-lla Khans Kommando nach Süden. Einen Monat, wenn möglich länger, würden sie Mahabat Khan, Parwez und die Mughal-Armee so weit wie möglich von Mewar wegführen. Dann würden sie sich auflösen und sich, nachdem sie die Verfolger abgeschüttelt hätten, wieder sammeln, um sich zu ihrem Prinzen in Udaipur zu gesellen.

Wir hatten nicht mehr das sichtbare Auftreten eines Kronprinzen, seiner Prinzessin und einer königlichen Familie. Nachdem sich mein Schahdschahan seiner reichen Kleidung und seiner Juwelen entledigt hatte, sah er wie ein Edler sehr niedrigen Ranges aus, der sich auf die Reise begeben hatte, um reiche und mächtige Verwandte zu besuchen. Er mußte ja niedriggestellt sein, denn er hatte nur eine Gemahlin. Auch die Soldaten trugen nicht mehr die Farben des Prinzen, sondern sahen aus wie Banditen. Wir reisten etwas gemächlicher, nachdem wir erfahren hatten, daß die Mughal-Armee südwärts zog, doch wir waren nach wie vor auf der Hut. Die *subas,* durch die wir kamen, gehörten dem Mughal, und die ganzen Rajput-Königreiche standen unter seiner Oberhoheit. Wir begannen unsere Reise bei Morgengrauen und beendeten sie bei Einbruch der Nacht, bewegten uns lautlos durch Dörfer, umgingen die Städte und Forts, hielten uns im Schatten der Hügel und des Dschungels. Wir schlugen unser Lager in Schluchten oder tief im Wald auf, verborgen vor der Sonne und den Blicken der Menschen.

Die Kinder litten. Sie schliefen unruhig und die mangelnde Bequemlichkeit entmutigte sie. Sie befanden sich wie in einer Falle, stritten, kämpften miteinander und versöhnten sich wieder, wählten Feinde und Verbündete wie kleine Könige. Dara und Jahanara kämpften gegen Aurangzeb und Raushanara, und manchmal kämpften Shahshuja und Aurangzeb Seite an Seite. Dara und Aurangzeb kämpften nie zusammen. Sie wählten nur die aus, die mit ihnen den anderen bekämpften. Schahdschahan erlaubte den Jungen, mit den Soldaten zu reiten; das war eine behelfsmäßige Schule, in der sie die Kunst der Kriegsführung lernen würden. Aurangzeb war der eifrigste; Dara zog Isas Gesellschaft vor und die paar Bücher, die wir noch bei uns hatten. Alle Kinder lasen den Koran und den *Babur-nama* und *Jahangir-nama.* Es war ein bitteres Vergnügen, daß wir dieses Testament der Liebe für Schahdschahan mit uns trugen, während wir von den Armeen dessen, der es verfaßt hatte, verfolgt wurden.

An der Grenze von Mewar empfing uns der *sisodia* Karan Singh persönlich mit seinen Reitern. Karan Singh stieg vom Pferd und berührte Schahdschahans Knie; sie umarmten sich voll großer Zuneigung. Mein Geliebter konnte seine Erleichterung darüber, daß er in dieser trostlosen Welt doch noch einen Verbündeten gefunden hatte, nicht verbergen.

»Ihr könnt bleiben, solange Ihr wollt«, verkündete Karan Singh.

»Ich bleibe nur solange, wie es für uns alle sicher ist. Wir brauchen Erholung, Ardschumand ist sehr müde und schwach, und ich muß ihr Zeit geben, ihre Kraft wiederzugewinnen.«

»Sie wird sich in meinem Seepalast in Jag Mandir erholen. Ihr Mut ist nicht geringer als der meiner Vorfahrin, der Königin Padmini, die ihre Frauen lieber *jauhar* machen ließ, als sich gefangennehmen zu lassen. Ich werde Ardschumand genauso ehren, wie ich sie ehrte.«

Natürlich kannte ich die Legende von Königin Padmini. Vor über dreihundert Jahren hörte der Pathan-König Al-ud-din Khilji von Padminis großer Schönheit. Sie war die Gemahlin des Onkels des regierenden Rana Bhim Singh. Al-ud-din Khilji griff Chitor an und sagte, er würde sich erst dann mit seinem Heer zurückziehen, wenn er Padmini gesehen hätte. Es war für einen Moslem unmöglich, eine Hindu-Prinzessin direkt anzusehen, doch um Khilji gefällig zu sein und um die Belagerung zu beenden, erlaubte der Rana dem Pathan-König, Padmini in einem Spiegel zu betrachten. Khilji verliebte sich so heftig in das Spiegelbild Padminis, daß er sein Versprechen brach und seine Anstrengung, Chitor einzunehmen, verstärkte. Doch gerade, als er dem Sieg nahe war, führte die Prinzessin alle Rajput-Frauen in eine unterirdische Höhle, und sie begingen *jauhar*.

Die Rajput-Männer zogen ihre safrangelben Roben an und starben im Kampf.

Wir ließen den Staub und Schmutz und die harte Straße hinter uns und wurden zu dem Palast geführt, der wie eine Marmorwolke im Wasser wirkte. Er lag tief und friedlich auf der Oberfläche des Sees, und als die Galaboote uns dorthin brachten, konnte ich mir keinen friedlicheren Zufluchtsort vorstellen. Ich sehnte mich nach seiner Stille, der Wohltat des plätschernden Wassers, der kühlen Brise auf meiner brennenden

Haut, dem kalten Marmor unter meinen Füßen und der staubreinen Luft.

Jag Mandir war kein hinduistisches, sondern ein moslemisches Bauwerk. Mein Liebster betrachtete es mit großem Interesse, und als wir uns hier niedergelassen hatten, verbrachte er viele Tage in der Gesellschaft Karan Shighs und erforschte jeden Winkel des Palastes. Der *sisodia* hatte den roten Sandsteinpalast im Lal Quila und den genauso prachtvollen, doch verlassenen Palast von Akbar in Fatepur Sikri studiert. Roten Sandstein konnte er hier nicht bekommen, also nahm er Marmor. Das Licht, das auf dem Stein spielte, und das Spiegelbild des Palastes im Wasser, das keine Unvollkommenheit aufwies, erfreuten meinen Geliebten. Wenn wir im Mondschein auf dem Balkon lagen und zum fernen Ufer blickten, verwandelte sich das Bild in Silber. Er konnte sich stundenlang in den Anblick vertiefen und verliebte sich in seine Schönheit.

Tage und Wochen verbrachten wir in völliger Ruhe und in Frieden. Kampf, Niederlage und die Strapazen unserer Reise, all das war jetzt weit entfernt, schien unwirklich. Hier war unsere Wirklichkeit: Wir konnten nichts anderes voraussehen. Wir erwachten bei sanftem Morgenlicht, das in unser Schlafgemach schien, badeten ausgiebig und genüßlich im *hamam,* ließen uns parfümieren, und ich ruhte in der kühlen Brise bis zur Dämmerung, wir lauschten den Sängern, die von großen Rajput-Fürsten erzählten und ihrer Tapferkeit, und wie sie gegen den Mughal Akbar kämpften – so verbrachten wir unsere Tage. Wenn es im Palast ruhig wurde, ruhten wir beieinander und liebten uns bis zur Erschöpfung und Befriedigung. Auch wenn die Umstände noch so verwirrend waren, unsere Liebe änderte sich nie. Seine Zärtlichkeit und Leidenschaft ließen nie nach, vergingen nie. Wir sprachen nicht von unserer Zukunft, denn wir wußten, wir hatten keine. Wir sprachen nicht wehmütig von der Zeit, als er noch Kronprinz von Hindustan gewesen war. Wir lebten nur in der Gegenwart, freuten uns an dem Mond, den Sternen, der Schönheit des Nachthimmels, den Farben von Morgen- und Abenddämmerung. Doch wir wußten, es war alles nur ein Traum. In der Ferne spann Mehrunissa ihre Fäden. Obwohl Karan Singh uns versteckte, waren die anderen auch nicht blind und wußten von unserer Anwesenheit in Jag Mandir. Wir hörten flüsternde Stimmen, die zu ihr sprachen, und mein Vater schrieb uns, daß die Edlen sich voller Unbehagen rührten, unglücklich über ihre unermüdliche Verfolgung meines Geliebten wären.

Ich wußte, daß Schahdschahan sich bemühte, seine Sorgen vor mir zu verbergen. Wenn er sich unbeobachtet fühlte, legte er die Stirn in Falten und blickte sehnsuchtsvoll zu dem Reich, das uns umgab, hinaus. Am hundertsten Tag unseres hiesigen Aufenthalts suchte uns Allami Sa'du-lla Khan auf. Er sah dünner und müde aus. Er hatte Mahabat Khan bis nach Mandu geführt, dann schien die Mughal-Armee den Trick bemerkt zu haben. Sie machte kehrt und begab sich auf die Suche nach uns. Es würde nicht mehr lange dauern, bis sie unsere Zuflucht entdeckte. Ich verbrachte jeden Tag in atemloser Furcht, wartete auf das Signal, daß wir unsere zurückgezogene Insel verlassen müßten. Jeden Abend betete ich darum, daß uns noch ein Tag geschenkt würde. Ich hatte meine Kraft wiedergefunden, doch meine Stimmung verdüsterte sich, als ich bemerkte, daß ich erneut schwanger war. Ah, wenn wir doch nur das Vergnügen von den Folgen trennen könnten, wieviel süßer wären dann die Freude und die Lust daran. Ich verschwieg es meinem Liebsten; sein Gesicht war angespannt und hager geworden, auch er lag auf der Lauer, wartete auf die Gefahr, die sich uns näherte.

Sie kam bei Nacht, während wir schliefen. Isa rief uns, und obwohl wir noch benommen waren, hörten wir die Dringlichkeit in seiner Stimme. Er hielt eine Laterne in der Hand, und in dem fahlen, gelben Schein sah ich die Kinder, die sich den Schlaf aus den Augen rieben. Er hatte sie reisefertig gemacht, bevor er mich aufweckte, um mir etwas länger Ruhe geben zu können.

Der listige Mahabat Khan hatte kehrtgemacht, war in Richtung Ajmer gezogen und bewegte sich jetzt rasend schnell auf Udaipur zu.

»Er ist nur noch einen Tagesritt von hier entfernt«, sagte Karan Singh, als wir die Gänge hinuntereilten; unsere Schatten krochen hinter uns her, verließen nur unwillig diesen

Zufluchtsort. »Seine Männer galoppieren, und werden nicht rasten, bis sie hier sind. Ich werde ihnen meine Armee entgegenschicken.«

»Nein. Ihr habt genug für uns getan. Ein Tag ist mehr, als wir benötigen. Wir werden ihm wieder entkommen.«

In der Nacht, in der wir aufbrachen, schien kein Mond. Der Himmel war dunkel von Wolken, die Regen ankündigten, und Jag Mandir war nur noch eine flache, schattenlose Masse, die sich aus dem Wasser erhob. Es gab kein Spiegelbild, keine Schönheit, und wir verloren sie aus den Augen, noch lange bevor wir die Küste erreichten. Der Palast gehörte bereits der Erinnerung an. Es war alles nur ein Traum gewesen. Die Verzweiflung hatte schnell wieder von uns Besitz ergriffen.

Wir ritten durch den Monsun. Der Regen fiel in Strömen, verdunkelte die Welt um uns herum. Wir waren eine zusammengekauerte, mutlose Gruppe, die von allen anderen Lebewesen isoliert war. Alle anderen suchten vor der Nässe Schutz und Erleichterung, doch wir zogen weiter. Der Staub verwandelte sich in Schlamm, der Schlamm in Pfützen, die Pfützen in Ströme, die Ströme schwollen zu Bächen an, und die Bäche wurden reißende Sturzbäche. Sie brausten, donnerten achtlos durch ihre Sandbänke, vernichteten sie und löschten alles Leben auf beiden Seiten aus, wurden mit der Zeit flacher, bis sie zu einem breiten See wurden, der Dörfer und Felder überschwemmte. Die Wasser waren verunreinigt durch die Toten; Vieh, tote Männer, Frauen, Kinder, Straßenköter; ihr Gestank erfüllte die Luft. Die Fäulnis, nicht nur von Leichen, sondern auch von morschen Bäumen, aufgeweichter Erde und durchnäßter Kleidung erschütterte uns. Schimmel und Moder bildeten sich auf den durchnäßten Diwans, die *shamiyanas* rissen, unsere Kleidung zerriß schnell.

Die ganze Welt bestand aus Schweiß, Hitze und Regen. Sogar meine Haare fühlten sich an, als ob sie auf meinem Kopf verfault wären; sie fielen mir wie Wurzeln, die sich verzweifelt an die Erde klammern, ins Gesicht und in den Nacken.

Ich konnte nicht nach Norden ziehen, mein Vater wartete dort. Ich konnte nicht nach Osten ziehen; Mahabat Khan eilte auf uns zu. Nach Westen konnte ich auch nicht ziehen; Persien lag im Krieg mit uns. Vielleicht würde uns der Schahinschah Obdach geboten haben, wie er es bei meinem Urgroßvater Humayun getan hatte, um Dschahangir zu ärgern, doch es wäre töricht gewesen, mich so weit von meinem Vater zu entfernen.

Es hätte zu lange gedauert, bei seinem Tode rechtzeitig zurück zu sein, um den Thron zu beanspruchen. Ich mußte mich innerhalb der Grenzen des Reiches bewegen.

Also zogen wir in Richtung Süden. Im Dekkan würden wir Zuflucht finden, wenn auch nur vorübergehend, und Ardschumand konnte sich erholen. Sie hätte in Jag Mandir in der Obhut Karan Singhs bleiben können, doch die Trostlosigkeit, die lange, endlose Verfolgung ohne sie durchzustehen, war mir unvorstellbar. Ich brauchte ihren Trost, ihren Mut, ihre Liebe: Dies konnte ich von niemandem sonst auf der Welt erwarten. Ohne sie war ich wirklich allein; ohne sie würde ich verzweifeln. Wenn ich ihr bezauberndes Gesicht betrachtete, ihre sanfte, samtene Stimme hörte, die mich immer noch an Weihrauch erinnerte, die Liebkosung ihrer Finger auf meinem Gesicht und meinen Lippen fühlte, würde ich für kurze Zeit unsere verzweifelte Lage vergessen, und eine Minute oder eine Stunde lang waren meine Sorgen vergessen. Weder beklagte sie sich, noch bäumte sie sich auf, während meine Männer beides taten. Ich konnte es ihnen nicht vorwerfen. Sie folgten Dschahangirs *bi-daulat,* und ihre Belohnung würde dürftig sein. Verrat lauerte in jedem Herzen, außer dem von Ardschumand.

Unser Weg war mühsam. Wir konnten die überschwemmten Flüsse nicht überqueren, also ritten wir nach Süden und nach Norden und suchten eine Stelle, wo wir übersetzen konnten. Obdach fanden wir in einer Dorfhütte, einem verlassenen

Fort, einer Höhle. Der Herrscher der Welt hatte nur noch die Macht über solch kleine Behaglichkeiten.

Der Regen hörte auf, und die Sonne prallte auf die Erde. Ein paar Tage lang ritten wir durch eine zartgrüne Landschaft voller Blumen und Sträucher und neugeborener Tiere. Doch diese gesegnete Zeit war zu kurz. Nach dem orkanartigen Regen litten wir unter unerträglicher Hitze. Wir entledigten uns unserer Rüstung und behielten nur unser Schwert und unsere Schilde, ein dürftiger Schutz bei einem Kampf. Die Tage vergingen ohne Höhen und Tiefen, und wir zogen weiter südlich. Am neunzehnten Tag hatten wir den Außenbezirk von Mandu erreicht.

Wir konnten nicht weiterziehen. Ardschumand hatte Blutungen. Der *hakim* brachte sie so gut wie möglich zum Stillstand und erlaubte ihr nicht, weiterzuziehen. Ich betete. Die Blutung hörte auf, doch das Kind konnte nicht gerettet werden. Ich weinte, nicht wegen des Kindes, sondern wegen Ardschumand, die so bleich und so müde war. Wenn ich gekonnt hätte, hätte ich ihr mein Leben, mein Blut gegeben. Ich blieb viele Tage bei ihr, ungeachtet der Gefahr. Zehn Tage vergingen, bevor sie wieder aufsitzen konnte. Isa und ich, wir kümmerten uns um sie und fütterten sie. Langsam kehrten ihre Farbe und ihre Kraft zurück. Wir konnten nicht weiterziehen, bevor sie wiederhergestellt war.

Ich durfte mir diesen Luxus nicht gönnen. Allami Sa'du-lla Khan suchte mich auf in Begleitung eines Soldaten, der damit beauftragt worden war, über Mahabat Khans Vorgehen Bericht zu erstatten.

»Hoheit, Mahabat Khans Abstand zu uns hat sich auf wenige Tage verringert. Er nähert sich jetzt Indore.«

»Ardschumand darf nicht reisen.«

»Sie muß.«

»Muß? Du sagst, sie muß, wenn ich sage, sie kann nicht? Vergebt mir, mein Freund, wenn ich Euch Befehle gebe, als ob ich ein Prinz wäre.«

»Ihr seid ein Prinz, Hoheit«, lächelte Allami Sa'du-lla Khan gequält. Seine Zähne waren rot von der Betelnuß. Er war mager geworden wie wir alle; dick kann man nur bei Hof werden. Wie lange kannte ich ihn schon? Es schien ein Jahrhundert zu sein, und er hatte nie in seiner Treue geschwankt. Ich wußte, er war nicht sehr wohlhabend, und es überraschte mich immer wieder, daß er so einem verarmten Prinzen treu geblieben war. Mehrunissa hätte ihn für seinen Verrat fürstlich belohnt.

»Eines Tages werdet Ihr Padishah sein. Bis dahin müssen wir uns beeilen. Wir können nicht nach Süden ziehen. Mahabat Khan hat einen Trupp unter dem Befehl Eures Bruders Parwez vorgeschickt. Wir können nicht umkehren. Wir können nur ost- oder westwärts ziehen, und es gibt nur ganz enge Durchgänge an Mahabat Khans Arni-Büffeln vorbei.«

»Schlägst du vor, ich solle mich ergeben?«

»Nein. Wer weiß, was Mehrunissa vorhat? Euer Vater wird Euch kein Leid zufügen, doch sie gehört nicht zur Timurid-Linie. Sie könnte ihn überreden, Euch zu töten.« Er zuckte die Schultern.

»Westlich, würde ich vorschlagen.«

Wir überlegten. Die Wahl war jämmerlich. Ich fühlte die Last der Niederlage schwer auf meinen Schultern lasten.

Als wir unseren Rat abhielten, näherte sich ein Soldat, und einen Schritt hinter dem Soldaten schritt ein schmaler, kleiner Mann. Er hielt sich in einiger Entfernung.

»Hoheit, dieser Mann sagt, er wünsche Euch zu helfen.«

Ich betrachtete das bärtige Gesicht. Er blickte kühn zurück, wartete darauf, daß ich Erkennen zeige. Seine Kleidung war abgetragen, sein Turban staubig. Er stand so da wie ein Mann, der es gewohnt war, eine Waffe zu tragen, auf der Hut, argwöhnisch, gehetzt.

»Wer seid Ihr? Weshalb wollt Ihr mir helfen?«

»Prinz Schahdschahan erinnert sich nicht an mich? Nun, macht nichts. Es war ein unbedeutender Vorfall im Leben des großen Prinzen.«

»Ihr verspottet mich mit Eurer Schmeichelei.«

»Nein, Hoheit. Ich würde doch nicht den Mann, der mir das Leben rettete, beleidigen.« Er sah, daß ich immer noch verwirrt war. »Mein Name ist Arjun Lal. Vor vielen Jahren seid Ihr auf Eurer Reise nach Burhanpur unterwegs auf einen

Mann, seinen Bruder und dessen Vetter gestoßen. Sie sollten hingerichtet werden, weil sie vorhatten, einen *thakur* zu ermorden. Ihr habt meiner Bitte um Gerechtigkeit Gehör geschenkt und statt dessen die Hinrichtung des *thakur* befohlen.«

»*Shabash.* Ich erinnere mich. Wurde er hingerichtet?«

Der Mann lächelte humorlos. »Nicht durch die offiziellen Stellen. Ich wurde verprügelt und freigelassen. Der *thakur* durfte weiterleben... für eine Weile.«

»Ich möchte nichts mehr hören. Laß es Euer Geheimnis sein. Wie kann ich Euch jetzt helfen?«

»Ich kann Euch helfen. Ich kann Euch in Sicherheit bringen. Ich kenne diese Hügel und Schluchten gut; sie sind meine Heimat. Ich kenne einen Platz, wo Ihr bleiben könnt, bis Ihr und Eure Prinzessin unbeschadet weiterreisen könnt.«

Ich hatte keine Wahl. Bei Einbruch der Nacht brachten wir Ardschumand langsam und vorsichtig in ihrer Sänfte westwärts. Der Bandit führte uns über einen verschlungenen Pfad durch Schluchten, ausgetrocknete Flußbetten und in eine tiefe Höhle, die endlos zu sein schien. Schließlich tauchten wir auf der anderen Seite auf, weit entfernt von Mahabat Khan und meinem Bruder. Sie konnten unseren Weg monatelang suchen, ohne ihn zu finden. Wir verweilten in einem winzigen, verborgenen Dorf, bis Ardschumand wieder zu Kräften gekommen war.

»Wenn ich Herrscher bin, kommt und wünscht Euch, was Ihr wollt. Es wird Euch gewährt werden.«

»Hoheit, wenn ich dann noch am Leben bin, bitte ich Euch nur um Gerechtigkeit. Ich bin ein Bauer und möchte auf mein Land zurückkehren.«

»Ich werde nicht vergessen, was Ihr für uns getan habt.«

Wie konnte ich die Tage, Monate, Jahre markieren und zählen? Wir rissen Obdach und Behaglichkeit an uns, wie andere nach dem Schlaf greifen. Wir lebten von dem, was wir in Städten und Dörfern ergattern konnten. Prinzen, die ich einst bekämpft und erobert hatte, gaben mir jetzt nach Belieben ihre Unterstützung, bis sie ihnen ungelegen war und sie sie wieder zurückzogen. Die Reihen meiner Männer nahmen ab oder zu, je nachdem, was für Verbündete ich gewinnen konnte. Ich,

Schahdschahan, erbat die Gunst gemeiner, niedriger Männer, ungerechter Männer. Ich war verschwenderisch mit meiner Liebe, übermäßig dankbar für das Dach über unserem Kopf, die Nahrung für unseren Leib, doch still in meinem Gelübde, Verrat zu rächen.

Wir bewegten uns ostwärts, machten nur kurze Pausen und horteten unsere armseligen Vorräte, bis wir erfuhren, daß Mahabat Khan und mein Bruder näher rückten. Die Zahl derer, die mit ihnen ritten, verringerte sich nie – über dreißigtausend Reiter, fünfzig Kriegselefanten, dreizehn Kanonen und unzählige Kamele, die die Vorräte schleppten. Sie bewegten sich mit der langsamen und steten Würde von Ebbe und Flut, die wußte, daß sie sich schließlich behaupten, erobern und ertränken würde.

In Surguja, tief in den Hügeln, kämpfte ich wieder mit Mahabat Khan, nicht freiwillig, sondern aufgrund eines Verrats. Es geschah im zweiten Winter. Wir genossen die Gastfreundschaft des *Nawab,* eines großzügigen, freundlichen Gastgebers. Er war ein Musikliebhaber, und viele Abende lauschten wir den Männern und Frauen, die sich in seinem Palast versammelten, um ihn zu unterhalten. Und was er uns alles gab: Geschenke, Nahrung, Gärten, in denen wir spazierengehen konnten, Pferde und Elefanten. Er war nicht überschwenglich, doch liebevoll besorgt, wie um einen verlorenen Sohn. Er war alt und hatte nur Töchter. Er hatte genügend Frauen, denen er beiwohnte, so oft es seine nachlassende Manneskraft erlaubte, doch es war sein Unglück, daß er keinen männlichen Erben hatte. Ich glaubte mich geliebt und wäre den Winter über in diesem abgeschiedenen Königreich geblieben, wenn mir nicht Malik Ambar eine Warnung hätte zukommen lassen. Ambar war der abessinische General, der die vereinigten Heere der Dekkan-Fürsten, die ich vor Jahren besiegt hatte, befehligte, und mein ehemaliger Feind hatte einen Boten nach Surguja geschickt. Der Bote hatte Mahabat Khan unser Versteck verraten. Ambar schickte mir die Nachricht, daß Mahabat Khan bereits auf uns zuritt.

Es war zu spät. In aller Eile verabschiedeten wir uns von unserem Gastgeber, doch die Mughal-Armee war bereits ein paar Meilen vor Surguja. Sie hatte ihre Elefanten und Kanonen zurückgelassen, um schneller zu sein. Ich konnte angesichts so vieler Reiter mit nichts anderem als der Niederlage rechnen. Ich schickte Ardschumand, die Kinder und Isa vor. Sie sollten schnell davonreiten und nicht eher haltmachen, bis ich sie mit meinen Männern eingeholt hätte. Ich konnte nicht sagen, wo das sein würde.

»Hoheit, es sind zu viele«, warnte Allami Sa'du-lla Khan. »Wir sollten uns auch aus dem Staub machen.«

»Sie werden uns einholen. Das Beste, was wir tun können, ist, ihnen kleine Stiche zu versetzen, wie Fliegen, die die Elefanten belästigen. Das Gelände ist unser einziger Vorteil. Eine so große Armee kann unmöglich inmitten von Hügeln und Schluchten kämpfen.«

»Welchen Unterschied macht das aus? Wir haben nur zweieinhalbtausend Mann. Und wie viele von ihnen werden desertieren, wenn sie sehen, gegen welch starkes Heer sie kämpfen sollen.«

»Doch wir werden schnell sein. Ich lernte von Malik Ambar, wie eine kleinere Armee eine große überlisten kann. Wir verbergen uns in den Hügeln – ja, wie Banditen –, werden sie schnell schlagen und uns zurückziehen. Ich werde sie verwirren, sie verringern.«

Wir teilten unsere mageren Truppen in fünf Gruppen, jeweils fünfhundert Reiter, eine erbärmlich kleine Zahl gegen die große Armee. Doch ein ganzer Fluß kann bereits durch einen kleinen Baumstamm, der seinen Lauf behindert, umgeleitet werden. Wir würden nicht kämpfen, sondern plötzliche Angriffe machen, schnell reiten, um die Flanken des Feindes zu treffen, und bevor die Armee sich umwandte, wären wir in den Schluchten verschwunden, wo sie uns nicht verfolgen konnten.

Die Mughal-Armee kam, und unwillkürlich erfüllte mich Stolz. Es war eine beeindruckende Heereskraft, diszipliniert und angeführt von Mahabats Klugheit. Doch wie alle großen Armeen war sie von ihrer Unbesiegbarkeit überzeugt.

Ich griff die rechte Flanke an, hieb auf Männer und Pferde ein, und als man den Befehl erteilte, gegen mich zu kämpfen, war ich bereits in die schattigen Täler entflohen. Dann griffen meine anderen Befehlshaber einer nach dem anderen ein anderes Glied des schwerfälligen Ungeheuers an, das nur um sich schnappen, aber die Insekten, die es umschwirrten, nicht vernichten konnte. Drei Tage und Nächte verfolgten wir trotz unserer Müdigkeit und schwerer Verluste an Männern und Pferden Mahabat Khan. Am vierten Tag gebot er Einhalt, und mit der gleichen Würde, mit der er vorwärts marschiert war, zog er sich jetzt in die flache Ebene zurück und hoffte, ich ließe mich dazu bewegen, im freien Feld zu kämpfen.

Zehn Tage später holte ich Ardschumand und die Kinder in Jaspur ein. Sie waren genauso müde wie ich. Die Kinder hatten sich mit der ganzen Spannkraft der Jugend an das Elend gewöhnt, den Ritt durch die rauhe Landschaft, die nächtliche Durchquerung schlafender Dörfer und dunkler Hügel. Wir mußten viele Tage haltmachen, um die Geburt eines weiteren Kindes abzuwarten. Es war ein Junge, den wir Murad nannten. Zu unserer Überraschung lebte er. Doch wir hatten jetzt keine Zeit mehr, zu verweilen. Ardschumand gab nach wie vor keinen Laut der Klage von sich. Wir hatten über dreihundertundfünfzig Mann in der Schlacht verloren; das war ein harter Verlust. Wir ließen die Verwundeten in Jaspur, dann ritten wir weiter nach Osten. Mahabat Khan würde zurückkehren, wahrscheinlich mit einer kleineren Armee, denn er war ein kluger Mann, der schnell eine Kampfstrategie erfaßte.

Beim Kampf war das Gelände günstig für mich gewesen, doch jetzt behinderte es mich. Die steilen Hügel und die tiefen Täler erschwerten das Vorankommen. Täglich legten wir nur ein paar Meilen zurück, wir bewegten uns wie eine geblendete Schlange, die versucht zu entkommen.

1035 (a. D. 1625)

Im dritten Winter erreichten wir Bengalen. In diesem Land herrschte kein Winter. Es dampfte vor Feuchtigkeit, und der Boden war übersät mit zahllosen kleinen Flüssen, die alle unpassierbar waren, es sei denn, man nahm sich zu einem unerschwinglichen Preis einen Bootsführer. Ardschumand ertrug das Klima nicht. Sie bekam Fieber, das stieg und fiel und sie frösteln ließ, als ob sie im nördlichen Schneegebiet wäre. Ihr Diwan war naßgeschwitzt. Mit ihren Schweißausbrüchen schwand auch ihre Kraft.

Man berichtete mir von einem Fort an den Ufern eines dieser Flüsse. Es besaß einige Annehmlichkeiten, Medikamente, und da es am weitesten von Dschahangir entfernt war, wählte ich es als Unterschlupf für Ardschumand. Es war ein kleines Gebäude, das aus dicken Ziegelwällen bestand, in denen Öffnungen für die Kanonen angebracht waren, und es zeigte aufs Meer. Das Meer selbst war allerdings außer Sichtweite, doch unterhalb der Wälle lagen große Schiffe mit hohen Masten auf dem Wasser. Ich hatte solche Schiffe noch nie zuvor gesehen. Das Fort war ganz anders als unseres; es war karg, ohne jegliche Verzierung. Die Erbauer hatten nicht auf Schönheit geachtet, sondern nur auf reine Zweckmäßigkeit. Doch es würde Schutz bieten und Erholung für meine Ardschumand.

Isa

Prinz Schahdschahan, Allami Sa'du-lla Khan und ich, wir ritten mit fünfzig Reitern ein. Das Fort enthielt noch ein paar niedrige Gebäude und im Mittelpunkt die Kirche. Von unseren

Leuten gab es nicht viele, aber eine große Zahl von *Firingis*. Sie trugen dicke Kleider, die den Gestank ihrer Leiber bewahrten, denn sie waren kein Volk, das an die reinigende Kraft des Wassers glaubte. In meinen Augen sahen sie nicht anders aus als die Männer, die vor vielen Jahren meine *Agachi* in Agra beleidigt hatten. Sie trugen alle Bärte und Gewehre.

Sie betrachteten Schahdschahan ohne die geringste Freundlichkeit. Er ritt aufrecht, übersah ihre feindselige Haltung. Trotz der Jahre der Entbehrung war seine Autorität ungebrochen, sie gehörte genauso zu ihm wie seine Knochen. Sie war mit seiner Person verbunden, war sogar für den Unwissendsten sichtbar. Doch diese Männer schenkten ihm kaum Anerkennung, ihre Gesichter waren mürrisch und so kalt, wie die Luft heiß war. Der Befehlshaber des Forts war ein großer, stämmiger Mann. Er trug keine Kopfbedeckung, und seine Haare reichten ihm bis zur Schulter. Er befand sich in Begleitung seiner Priester, kleiner, hinterhältiger, argwöhnischer Männer, die von Kopf bis Fuß in Schwarz gekleidet waren. Sie erinnerten mich an die Mullahs; hatten den gleichen fanatischen Blick. Um den Hals trugen sie Holzkreuze, mit denen sie ständig spielten. Sie schienen mehr Ansehen zu haben als der Befehlshaber, und in ihrer Arroganz schienen sie auf Prinz Schahdschahan, der auf seinem Pferd saß, herabzublicken. Der Befehlshaber machte eine knappe Verbeugung, denn er wußte, wer sich ihm näherte. Die Priester trafen keine Anstalt, ihm zu huldigen.

»Ich möchte eine Zeitlang den Schutz Eures Forts in Anspruch nehmen«, wandte sich Schahdschahan an den Befehlshaber. »Meine Gemahlin ist krank, und ich habe erfahren, daß Ihr hier Medikamente habt, die sie heilen können.«

Der Befehlshaber wollte gerade antworten, doch ohne Erlaubnis trat einer seiner Priester vor und wandte sich an den Prinzen.

»Ich sehe sie nicht, ich sehe nur Soldaten.«

»Ich sage die Wahrheit«, sagte Schahdschahan geduldig. »Sie befindet sich in ihrer Sänfte. Wir holen sie, doch Ihr könnt ihr nicht ins Gesicht sehen. Wir waren viele, viele Tage unterwegs, und auch die Kinder benötigen Ruhe.«

Langsam sammelten sich immer mehr *Firingis* um den Prinzen, betrachteten ihn voller Neugier, in die sich Abneigung mischte. Sie versuchten nicht, ihre Überheblichkeit zu verbergen. Ich hatte nicht gewußt, daß so viele von ihnen in diesem Fort am Flußufer lebten. Sie beteten eine Frau an und zwangen alle, die sich ihnen näherten, das gleiche zu tun. Ich habe nie verstanden, warum man andere dazu zwingt, einen solchen Kult zu betreiben, wie sie es tun. Erwächst dies aus – nicht Glauben, sondern – Furcht? Die Furcht vor Einsamkeit, ein Verdacht, Gott – könne nicht so existieren, wie sie ihn sich vorstellen, und der Glaube, daß sie dadurch, daß sie ihre Anhänger vergrößern, die Gewißheit haben, keine Narren zu sein?

»Das wäre möglich«, sagte der Priester ruhig und blinzelte. »Doch das hängt vom Prinzen ab.«

»Ich tue, was Ihr wollt.«

»Ihr werdet unsere Kultstätte besuchen und für Eure Sicherheit danken. Die heilige Mutter wird Euch große Gnade erweisen.«

»Der Prinz kann das nicht tun«, sagte Schahdschahan. »Ich fordere Euch ja auch nicht auf, in der Moschee zu beten. Warum solltet Ihr mich dann auffordern, in Eurer Kultstätte zu beten?«

»Das ist unsere Bedingung. Wenn Ihr nicht bereit seid, sie zu erfüllen, müßt Ihr wieder gehen.« Er sprach schnell, als ob er in einem Geplänkel gesiegt hätte und wartete, was Schahdschahan tun würde. »Wenn Ihr es Euch anders überlegt, kann Eure Gemahlin mit Medizin versorgt werden.«

Schahdschahan sah den Befehlshaber ungläubig an; der Mann zuckte nur mit den Schultern. Er gehorchte dem Priester. Dann wandte der Prinz seinen Blick wieder dem Priester zu. Sein Blick hatte sich verfinstert, und seine Erschöpfung war verflogen. Er musterte den Priester: ein gedrungener Mann mit einem rötlichen Bart, sein Gesicht hatte die Farbe einer verfaulten Tomate und seine Augen blinzelten. Doch sein Mund zeigte seine Stärke. Seine Lippen waren zusammengepreßt und fest, zeigten keine Schwäche. Der Prinz blickte streng, doch nur, um sich den Mann einzuprägen.

»Was würde meine Bekehrung zu Eurer Religion für mich bedeuten?« erkundigte sich Schahdschahan. Ich wußte, seine Milde war trügerisch; innerlich tobte er. »Etwas anderes als die Medizin, die ich möchte?«

»Erlösung«, erwiderte der Priester eifrig.

»Ah ... Erlösung.« Er sprach das Wort voller Befremden aus. »Erlösung wovon? Kann Euer Gott all mein Elend zunichte machen? Ist das die Erlösung?«

»Von Euren Sünden. Wenn Ihr beichtet, wird Euch vergeben werden, und Ihr werdet einen Zustand der Seligkeit erreichen.«

»Aber was ist, wenn ich ... erneut sündige?«

»Durch die Beichte wird Euch vergeben. Doch Ihr werdet durch die Gnade Gottes das Wesen der Sünde begreifen und nicht mehr sündigen.«

»Für Menschen wie mich ist es nicht einfach, aufzuhören zu sündigen. Doch das hört sich als gutes Geschäft an. Jede Sünde wird vergeben. Und der Götze, den Ihr anbetet, vergibt die Sünden?«

»Es ist kein Götze«, erwiderte der Priester scharf. »Die Heilige Jungfrau Maria ist das Symbol des allmächtigen Gottes.«

»Sie ähnelt sehr den Hindu-Göttern. Ihr hüllt sie auch in Seide. Worin besteht der Unterschied? Ich sehe keinen. Ich kann einen Tempel betreten und beten, und all meine Sünden werden mir vergeben. Diese Vergebung wird durch Euch vorgenommen. Oder spricht Eure Jungfrau die Worte der Vergebung?«

»Ihr spottet meiner.«

»Und Ihr behandelt mich, Prinz Schahdschahan, wie einen Narren. Ich bitte um Obdach, und Ihr versucht, mit mir einen Handel zu machen. Die Gesundheit meiner Gemahlin ist kein *saman* auf dem Markt. Da ich Eure Hilfe benötige, glaubt Ihr, Ihr könnt mich zu Eurer Religion bekehren. Mein Vater und mein Großvater erlaubten Euch freie Religionsausübung – tatsächlich versuchtet Ihr auch am Hofe des Großen Mughal Akbar Eure Tricks, und er verlor die Geduld – und Ihr besitzt nicht einmal die Höflichkeit, mich mit dem Mitgefühl zu behandeln, das Eure Religion verspricht. Ich sehe nicht einmal einen Becher Wasser, der, dem Brauch gemäß, in diesem Land sogar dem ärmsten Bettler angeboten wird.«

»Und was wollt Ihr tun, Prinz Schahdschahan?« Der Priester amüsierte sich über Schahdschahans kalte Wut. »Wollt Ihr Soldaten entsenden? Ihr habt zu wenige. Euer Vater wird sich freuen zu erfahren, wo Ihr Euch verborgen haltet. Geht, bevor wir einen Boten zu dem Großen Mughal senden, der ihm berichtet, daß sich sein Sohn in dieser *suba* versteckt hält.«

»Und meine Gemahlin?«

»Wir können ihr nicht helfen.«

Der Priester wandte sich ab und entfernte sich. Die anderen standen herum und starrten uns voll stiller Herausforderung an, erwarteten eine Reaktion von Schahdschahan. Er sagte nichts, sondern ließ seinen Blick langsam durch das Fort schweifen, über die Gesichter, die ihn musterten. Er gab seinem Pferd die Sporen, und wir folgten ihm hinaus, um die anderen zu treffen. Auf dem kurzen Ritt sagte er kein Wort, warf keinen Blick zurück auf die Tore des Forts, die sich hinter uns schlossen, oder die Männer, die auf uns herunterblickten. Ich wußte nicht, was er dachte, sein Gesicht war wie eine Maske aus Stein. Die Kinder begrüßten uns; die Jungen waren begierig, das unbekannte Fort zu erforschen. Er beachtete sie nicht, außer Dara. Als er vom Pferd stieg, nahm er Dara an der Hand und ging mit ihm zu Ardschumand, die in ihrer Sänfte saß. Meine Aufmerksamkeit und Zuneigung waren ein dürftiger Ersatz für seine, aber ich führte die anderen so nah ans Fort heran, wie wir das, ohne sie zu gefährden, tun konnten. Es war nicht möglich, das Verhalten dieser *Firingis* zu beurteilen. Aurangzeb hob die Arme, er wollte von mir hochgehoben werden, damit er besser sehen konnte. Er drehte sich um und warf einen Blick auf die geschlossene Sänfte.

»Hoheit, Euer Vater hat viele Sorgen. Sie beschäftigen ihn und lassen ihm wenig Zeit, sich um Euch zu kümmern, wie er es gerne täte.«

»Und Dara?«

Mir fiel nicht sofort eine Erwiderung ein. Aurangzeb sah mich an. Schmerz war in seinem Blick zu lesen. Dann verschleierte ihn der sanfte Dunst der Selbstbetrachtung. Keine Erklärung würde das Kind befriedigen, nur die Liebe seines Vaters.

»Er ist der älteste und muß zu Rate gezogen werden. Wenn Ihr älter seid, wird Euer Vater solche Dinge mit Euch besprechen. Hoheit, Ihr dürft nicht vergessen, daß Euer Vater Euch hätte bei Eurem Großvater in Agra zurücklassen können. Doch er wollte, daß Ihr bei ihm seid.«

»Meine Mutter wollte es.«

»Euer Vater auch. Er konnte Euch nicht allein lassen.«

»Weshalb nicht? Allah hätte über uns gewacht.«

Das war eine seltsame Antwort. Man hatte ihn genau wie den anderen den Koran gelehrt, doch sein Glaube war stärker. Sein Trost war Allah, ein kalter Ersatz für Liebe.

Wir zogen nordwärts, um dem unangenehmen, schweren Klima zu entrinnen. Es klebte an meiner *Agachi* wie ein schweißdurchtränktes Totenhemd, machte sie matt.

Wir überquerten den Damador und wandten uns ostwärts, bis wir die Ufer des Jumna erreichten. Obwohl wir von Agra weit entfernt waren, erfüllte uns der Anblick des Flusses mit Sehnsucht. Wir konnten uns vorstellen, wie das gleiche klare Wasser am Fort vorbeifloß, sich durch die vertraute Stadt schlängelte. Wir dachten an die Sehenswürdigkeiten und Düfte und Freunde, die wir dort hatten. Es waren so viele Jahre vergangen, seit wir sie gesehen hatten, und wir verfielen in ein trauriges, nachdenkliches Schweigen, das lange dauerte. Schahdschahan tauchte seine Hand in den Fluß und ließ das Wasser seiner Stadt, seiner Heimat, durch die Finger rinnen.

Ardschumand badete im Fluß. Sie tauchte wieder auf, als ob es der Ganges wäre, erfrischt und gekräftigt. Ihre Heiterkeit kehrte zurück, genauso ihr Lachen. Sie sprach über all die Dinge, die sie als Kind in Agra getan hatte, plauderte über ihre Eltern und Großeltern, als ob sie sie jeden Augenblick sehen würde. Noch nie zuvor waren wir so nah der Heimat gewesen, und es drängte uns dorthin. Das Bedürfnis zurückzukehren war übermächtig; das Bedürfnis, in dem kühlen Palast am Jumna auszuruhen, zu reiten und auf dem Feld hinter dem Fort Polo zu spielen, im Dämmerlicht am Wein zu nippen – ein Luxus, den Schahdschahan sehr vermißte – und zu plaudern, bis der Mond aufging und die Welt erhellte. Wie genau wir uns an die kleinste Einzelheit unseres früheren Lebens erinnerten; unsere Jugend war ein Traum, an den man sich erinnerte, und wir beschenkten uns gegenseitig damit, indem wir ihn uns immer wieder erzählten.

Schahdschahan blickte Richtung Norden nach Agra und verbrachte viele Stunden allein mit Ardschumand. Sie saßen zusammen am Fluß, und wir befürchteten, daß er zu müde war, um weiterzumachen. Er sehnte sich danach, nach Norden zu reiten, zu den vertrauten Wällen des Roten Forts, sich vor den großen Toren in den Staub zu werfen und einzutreten.

Doch es sollte nicht sein. Mahabat Khan war immer noch unterwegs. Die Mughal-Armee, die befürchtete, Schahdschahan könnte das Fort angreifen, versperrte uns den Weg und marschierte südwärts auf uns zu. Wieder einmal war die Rast zu kurz; wir kehrten um und begaben uns schnell nach Süden. Wir kehrten auf den Weg zurück, auf dem wir bereits hergeritten waren, umgingen diesmal das Fort der *Firingis,* bis wir die Grenze des Reiches erreicht hatten, das Ende unserer Welt. Dort wandten wir uns westwärts. Wir nahmen einen Weg, der nicht breiter als ein Seil war. Auf der einen Seite lag Hindustan, auf der anderen das Land, wo ich geboren worden war. Ich blickte oft nach Süden; das Dorf war mir nur noch nebelhaft in Erinnerung. Ich erinnerte mich nur an das lebhafte Grün dort, das sanfte, ruhige Leben. Ich sprach mit meiner Herrin nicht über solche Dinge; mein altes Leben war zu weit entfernt. Ich wußte, ich konnte nicht zurückkehren. Was war mit meinem Bruder Murthi? Mit Sita? Sie hatten mich bestimmt vergessen. Meine Eltern waren wahrscheinlich tot. Das Leben dort war jetzt bestimmt ganz anders und stumpfsinnig. Das Karma hatte mich aus diesem sicheren Leben gerissen und mir dieses Wanderleben bestimmt.

In der Nähe von Kawardha kämpfte Schahdschahan erneut gegen Mahabat Khan. Es war keine Schlacht, nur ein kurzes Geplänkel, ein Berühren der Schwerter, denn beide Männer waren erschöpft. Wir zogen uns zurück, und Mahabat Khan behielt seine Position, obwohl er uns mit seiner Übermacht hätte überwältigen können. Auch Tiger ziehen sich, nachdem sie ihre Wildheit gezeigt haben, vom Kampf zurück.

Schahdschahan war heiter. Er saß in seinem *shamiyana* und beugte sich über das Dokument, das er in seiner schönen Handschrift anfertigte. Er beauftragte mich, Allami Sa'du-lla Khan zu holen, und als wir zurückkehrten, warteten wir, bis er seinen Brief beendet hatte. Er war an den Eroberer, Beherrscher der Welt, Herrn der Flüsse, Herrn der Meere, den Bewohner des Paradieses, den Padishah, Herrscher von Hindustan, den Großen Mughal Dschahangir gerichtet.

»Vater«, las Schahdschahan, ohne aufzusehen, »ich, der unglücklichste Eurer Söhne, bitte Euch um Vergebung. Für meine vergangenen Missetaten bin ich so behandelt worden, wie ich es redlich verdient hatte. Ihr mußtet mich ja für einen höchst undankbaren Sohn halten, der Eurer Liebe und Ehre keine Achtung entgegenbrachte. In diesen letzten Jahren, als ich durch Euer großes Reich gereist bin, habe ich gründlich über mein schlechtes Benehmen gegenüber Eurer Freundlichkeit nachgedacht und fühle mich nicht in der Lage, so weiterzumachen. Ich bin unserer Feindschaft müde, genauso geht es meiner Gemahlin und meinen Kindern, und wir wünschen nichts sehnlicher, als mit meinem geliebten Vater in Frieden und Harmonie zu leben. Ich lege Euch mein Leben zu Füßen, verfahrt damit, wie Euch beliebt.«

Er versiegelte den Brief und reichte ihn Allami Sa'du-lla Khan.

»Du mußt ihn ihm persönlich übergeben«, befahl Schahdschahan.

»Sie wird es nicht gestatten. Ich werde ihn ihrem *wazir* geben müssen, dem Eunuchen Muneer. Ob Ihr Vergebung bekommt oder nicht, hängt von Mehrunissa ab.«

»Sie wird bereit sein, den Brief zu lesen. Mahabat Khan ist zu mächtig geworden. Jedes Jahr der Verfolgung hat seine Macht vergrößert.«

Allami Sa'du-lla Khan zuckte mit den Schultern. »Mehrunissa ist nicht Euer Vater. Wer weiß, wie sie über Euch oder Mahabat Khan denkt? Doch Hoheit, ich werde mein Möglichstes tun. Ich werde allen bei Hofe zuflüstern, daß Ihr Euch ergeben habt, und so wissen alle, daß Ihr nicht länger die Schuld tragt.«

Wir warteten gespannt in der Nähe von Burhanpur. Es war unmöglich, den Verbleib Dschahangirs festzustellen. Wenn er sich in Agra befand, würden wir Mehrunissas Antwort bald in Händen halten, wenn er in Lahore war, später, und wenn er sich in Kaschmir aufhielt, viel später. Aus der langen Zeit, die das Antwortschreiben benötigte, bis es uns erreichte – einhundertachtzehn Tage –, schlossen wir, daß er irgendwo zwischen Lahore und Kaschmir war. Die Antwort war nicht von seiner Hand geschrieben, sondern in der Handschrift Mehrunissas, so unverhüllt war ihre Macht. Sie vergab. Ihre Friedensbedingungen waren milde. Schahdschahan würde seine Forts abtreten und sich mit dem Gouvernement von Balaghat begnügen, einer abgelegenen und unwichtigen *suba.*

Er würde ihr außerdem Dara und Aurangzeb als Geiseln übergeben. Schahdschahan nahm ihre Bedingungen sofort an, und wir warteten auf den kaiserlichen Boten, damit er den *firman* bringe, damit die Friedensbedingungen besiegelt wären. Als er kam, legte Schahdschahan seine Stirn darauf und zeigte so seine Demut und seinen Gehorsam gegenüber dem Herrscher. Aber er war nach wie vor argwöhnisch gegenüber Mehrunissas Tricks in bezug auf sein Leben, also beschlossen er und Ardschumand, im Dekkan zu bleiben.

Mahabat Khan sandte eine Eskorte von zehntausend Reitern, die die beiden Prinzen geleiten sollte. Ardschumand befahl mir, sie zurück an den Hof zu begleiten. Sie umarmte sie beide mit der gleichen Zuneigung, küßte ihre Gesichter und Hände. Schahdschahan küßte sie auch, doch ich bemerkte Aurangzebs abgewandtes Gesicht.

»Isa, du kümmerst dich um sie. Beschütze sie vor allem Leid.«

Als wir uns entfernten, wandte sich Dara noch oft nach seinen Eltern um, Aurangzeb nicht ein einziges Mal.

Kapitel XXII
Das Tadsch Mahal
1068 (a. D. 1658)

Verrat, Verrat, Verrat. Das Wort hatte seinen Eigengeruch, scheußlich wie die Verwesung einer menschlichen Seele. Es verdunkelte die Luft und erfüllte jeden Atemzug mit Verzweiflung. Es konnte nicht abgeschüttelt werden; sein Gewicht war unerträglich. Es konnte das Schicksal verformen und es auf neue Pfade quälen. Es war ein kleines Wort, doch konnten seine Folgen gewaltig sein. Wenn der verratene Mann unbedeutend war, würde der Schlag nur einen Mann treffen, eine Familie, ein Dorf, dann würde er sich wieder auflösen und vergessen werden. Wenn der verratene Mann ein Prinz war, dann würde dieser Akt, wie der Pulsschlag der Erde, in die Ewigkeit reichen.

Ist Verrat ein Urbedürfnis aller Menschen? Isa erinnerte sich an Schahdschahans Glauben: nach Belieben oder Nichtbelieben, *taktya takhta.* War sogar das Leben von Königen, die von solcher Großzügigkeit umgeben waren, auf eine so starre Wahl reduziert?

»Dara. Rette Dara. Rette deinen Bruder«, hatte der Große Mughal Schahdschahan seiner Tochter Jahanara befohlen. »Aurangzeb liebt dich. Er hört auf deine Bitte, auf meine nicht. Was ich liebe, zerstört Gott. Das ist der Fluch meines Lebens.

Mein geliebter und wertgeschätzter Sohn – ich hatte gehofft, er könne in Frieden König werden, doch niemand kann die Geheimnisse des Herrn ergründen. Ich bin jetzt machtlos, mehr zu tun, doch ich bete darum, daß sein Leben verschont wird und er überlebt, um Herrscher von ganz Hindustan zu werden. Wessen Schuld ist es, daß das Schicksal dem Befehl eines Herrschers getrotzt hat? Des Herrschers? In seiner Liebe war er töricht. Ist das ein Verbrechen? Sollte er für immer dafür büßen, daß er zuviel geliebt hatte? Ich liebte Dara zu sehr, Aurangzeb nicht genug. In solch achtloser Verteilung liegt der Niedergang eines Königs, nicht in den großen Armeen, die er befehligt, oder der Macht, die er ausübt, sondern in der sorgfältigen Abmessung der Liebe. Deshalb hält mich Aurangzeb für schuldig; dafür werde ich bestraft, und allein dafür wird Dara den höchsten Preis zahlen. Ah, wenn er doch entkommen wäre, wenn er doch nicht von denen, denen er vertraute, verraten worden wäre. Vertraute? Hat er nicht gerade das Leben des Mannes, der ihn verriet, vor meinem Zorn gerettet? Ich hatte sogar angeordnet, daß er von den Elefanten zu Tode getrampelt werde, doch mein hochgeschätzter Dara stellte sich zwischen mich und diesen Lumpen. Er bat mich, nachsichtig zu sein, und ich ließ mich von seiner sanften Stimme einlullen und vergab Malik Jiwan. O Gott, wie bedaure ich das jetzt. Wenn Jiwan damals gestorben wäre, wäre jetzt Dara sicher unter dem Schutz des Schahinschah. Statt dessen liegt er in Aurangzebs Verlies. Durch solch kleine Taten, so wie der Sand Korn für Korn den Fluß verzehren kann, kann das Schicksal Menschenleben ändern. Beeil dich, Jahanara. Aurangzeb wird auf dich hören. Benutze seine Liebe zu dir, um Dara zu retten. Benutze seine Liebe, wie Aurangzeb meine mangelnde Liebe benutzte. Ich habe bereits Shahshuja verloren, der von Banditen in Bengalen umgebracht wurde, und Aurangzeb hat durch Verrat Murad gefangen. Gott allein weiß, wo er ihn gefangenhält. Vier Elefanten mit passenden *howdahs* verließen Aurangzebs Lager bei Tagesanbruch. Auf welchem saß Murad? Das weiß nur Aurangzeb. Und so hat das Kind meiner geliebten Ardschumand seine Brüder aus dem Weg geräumt.

Wie kann soviel Gemeinheit aus soviel Schönheit und Liebe entstehen?

Schahdschahan war zerstreut, gereizt, in Tränen aufgelöst. Er starrte über den Jumna zum Tadsch Mahal. Sie waren durch Wasser getrennt; beide waren in Marmor eingekerkert. Die Schranken des Herrschers waren die juwelenbesetzten Wände seines Palastes.

Schahdschahan hatte innerhalb von drei Tagen vor seinem Sohn kapituliert, doch sie konnten nicht versöhnt werden. Aurangzeb ging nicht in den Palast, und Schahdschahan weigerte sich hartnäckig, einen Fuß davorzusetzen. Isa und Jahanara wollten, daß sie sich trafen, sich umarmten. Schließlich war der Herrscher einverstanden, doch er befahl seinen tatarischen Sklavinnen, im Hinterhalt auf den *bi-daulat* Aurangzeb zu warten. Wenn Vater und Sohn sich in den Armen hielten, würden die Frauen zuschlagen. Doch wie konnte ohne Liebe Vertrauen bestehen? Aurangzeb hatte keines. Er fing eine Botschaft seines Vaters an Dara ab: »Mein hochgeschätzter, mein geliebter Sohn.« Das erfüllte ihn mit bitterer Melancholie. Die Macht änderte sich, die Liebe nicht. Er kehrte dem Fort den Rücken und verfolgte Dara.

»Beeilt euch«, befahl Jahanara.

Die Pferde fühlten die Peitsche und sprengten nach vorn. Ihre Augen quollen hervor vor Erschöpfung, ihre Mäuler dampften, und ihre Flanken waren streifig vor Striemen und Schweiß. Die mondbeschienene Straße von Agra nach Delhi führte direkt zum Horizont. Acht Reiter ritten als Eskorte voraus. Isa neben der Sänfte. Männer, Frauen und schlafende Tiere schreckten vom Straßenrand hoch, um die vorbeigaloppierenden Pferde zu beobachten, kauerten sich dann wieder zum Schlafen nieder.

Der Große Mughal Aurangzeb erwartete Jahanara und Isa auf den Zinnen des Forts von Delhi. Es war von seinem Vater erbaut worden, und das Werk war noch nicht vollendet. Das

Gerüst stand noch, als der Herrscher vom Delhi-*darwaza* hinunterblickte. »Kommt und seht«, befahl er.

Unten hatte sich eine große Menge versammelt. Kaiserliche Soldaten bildeten einen engen Pfad durch die Menge, die sich bis in die Stadt erstreckte. Die Menschen saßen auf Bäumen, klammerten sich an Dächer, waren seltsam schweigsam und abwartend. Milane zogen ihre Bahnen, Geier kauerten in ernster Würde an den Ufern des Flusses. Der Himmel zeigte ein blasses Blau. Dazwischen wurde eine Prozession vorbereitet. Ein kranker, abgemagerter Elefant, aus dessen Seiten Eiter floß, schwankte schwächlich hin und her. Die *howdah* war offen. Dahinter saß ein Sklave mit einem Hinrichtungsschwert; die Grausamkeit des Schwertes beruhte nicht auf seiner Schärfe, sondern in dem verkrusteten Blut auf ihm. Der zweite Elefant war ein starkes, gesundes Tier, das reich geschmückt war. Seine *howdah* war aus juwelenbesetztem Gold, und seine Stirn war mit Gold und Smaragden geschmückt, seine Stoßzähne mit Gold überzogen.

»Holt ihn«, befahl Aurangzeb.

Dara tauchte aus dem Verlies auf, blinzelte in der Sonne. Er war grausam an Ketten gefesselt, seine Kleidung zerrissen und elend, sein Gesicht und sein Körper schmutzbedeckt. Er stolperte, und die Soldaten schleppten ihn zu dem kranken Elefanten. Trotz der Würdelosigkeit blieb er ruhig.

Isa stöhnte.

Jahanara weinte. »Mein Bruder, vergib meinem Bruder. Sein einziges Verbrechen bestand darin, daß er den Befehlen seines Vaters gehorchte, den er so sehr liebte. Er war ein guter und gehorsamer Sohn und ein freundlicher Bruder uns allen gegenüber. Ich bitte dich nicht, ich flehe dich an wie die ärmste Person im Land – sieh, ich knie nieder und küsse deine Füße, nicht um seiner Freiheit willen, sondern um sein Leben zu erflehen. Kerkere ihn im entferntesten Teil dieses riesigen Reiches ein. Schließe ihn zwischen den Felsen der Berge oder in den tiefsten Wäldern ein. Bau ein Fort und bewache es, damit er nie entkommen, nie wieder dein Gesicht erblicken kann, wie du es mit unserem Bruder Murad getan hast. Du hast Dara besiegt, ihn in Ketten gelegt, ihn schurkisch behandelt.

Nun erweise ihm, wie Allah es tut, Gnade. Du behauptest, du habest mich immer sehr geliebt. Betrachte ihn mit den Augen meiner Liebe. Laß die Liebe deinen Haß mäßigen. Ich will dir mein ganzes Leben mit meiner Liebe und Ergebenheit dienen. Wenn du mich liebst, vergib ihm.«

»Sollte Liebe Gegenstand solcher Bedingungen sein?« fragte Aurangzeb ruhig.

»Manchmal sind sie erforderlich, um sie zu bewahren. Die Liebe ist eine sehr zerbrechliche Angelegenheit, und wenn wir anderen nicht befehlen, sie zu respektieren, würde sie sich in Staub auflösen. Sie kann nicht mißbraucht werden.«

»So willst du also unsere Liebe dazu benutzen, deinen Bruder zu retten?«

»Was sonst habe ich? Ich habe keine Armeen, kann keine Waffen benutzen. Ich bin deine Schwester. Ich bin eine alleinstehende Frau. Wir haben das gleiche Blut. Aurangzeb, als ich krank war, dem Tode nahe, bist du meilenweit geritten, um an meiner Seite zu knien. Das war ein Akt der Liebe. Vollbring einen weiteren für mich, vergib Dara.«

»Und als ich zu dir kam, wies mich mein Vater hinaus wie einen räudigen Hund, der sich hineingeschlichen hatte, um nach einem Happen Zuneigung zu schnappen. Nicht einmal das habe ich von ihm erhalten. War ich nicht auch gehorsam? Habe ich nicht allen seinen Launen nachgegeben? Ich habe meinem Vater ergebener gedient, als es Dara je tat, doch wegen Dara konnte er mich nicht sehen. Dara türmte sich zwischen uns wie eine dunkle Wolke auf, die die Sonne vor den Augen der Anbeter verbirgt. Sag mir, meine geliebte Schwester, wer hat sich für Khusrav eingesetzt?«

»Unsere Mutter.«

»Hat ihn das gerettet?« Aurangzeb blickte Jahanara in die Augen. Seine Augen zeigten keine Unsicherheit, funkelten in dem harten Gesicht wie glühende Kohlen. Jahanaras graue Augen füllten sich mit Tränen. Sie konnte seinem Blick nicht standhalten.

»Hat ihn das gerettet? Auch meine Mutter weinte, wie du es jetzt tust. Hat das Khusrav gerettet?«

»Nein.«

»Warum also sollte ich dir Beachtung schenken? *Taktya takhta.* Das waren die Worte meines Vaters für Khusrav – eine grausame Wahl für einen blinden Prinzen. Er hatte keine Wahl. Jetzt gebe ich Dara keine solche Wahl: Der Sarg ist sein Schicksal. Sag meinem Vater, wenn du ihn siehst, daß ich ihn nur nachahme.«

Sein dünnes Lächeln verspottete sie. »Kann ein Sohn mehr tun, um seinem Vater zu schmeicheln, indem er das gleiche tut wie er?«

Aurangzeb blickte wieder auf den Hof hinunter. Die Soldaten traten einen Schritt zurück, ließen Dara los. Er taumelte, hielt sich jedoch aufrecht. Er blickte sich um, bemerkte jetzt die Personen, die um ihn herumstanden: Soldaten, Edle, Diener, Sklaven und Henker, und dahinter im Palast fühlte er die unsichtbare Anwesenheit der Frauen. Sogar über diesem gewaltigen Hin und Her konnte man deutlich das Gesumme der Fliegen um seinen Kopf hören. Sie setzten sich auf ihn, er schüttelte sich, sie flogen auf und kamen wieder, marterten ihn in seiner Hilflosigkeit. Schließlich hob er den Kopf, um zu seinem Bruder hochzublicken, der auf den Zinnen des Lahore-*darwaza* stand. An seiner Rechten stand seine Schwester Janahara, verängstigt, weinend, aufgelöst, links der treue Isa. Das Sonnenlicht glänzte auf den Tränen, die seine Wangen benetzten. Aurangzeb selbst war eine schwarze Gestalt, an der die Sonne abprallte. Dara seufzte; die Menge bewegte sich unbehaglich, in schweigendem Mitgefühl.

Das war ein Zeichen. Aurangzeb beachtete es nicht. Er wollte genießen, sich weiden; der Haß durfte nicht zu schnell sterben, doch nichts rührte sich in seinem Herzen. Es blieb ruhig und düster, unfähig, sich am Elend des Bruders zu weiden. Er konnte Dara nicht erkennen, sondern blickte auf einen Fremden hinunter, der gerade eben in sein Leben getreten war. Aurangzebs Fäuste ballten und streckten sich entsprechend seinem langsamen Pulsschlag. Plötzlich erkannte er deutlich, daß er seinen Bruder in Ketten gefesselt hielt, in Haß, nur als Geisel für Schahdschahans Liebe. Dieser Haß konnte ihn von dem Bedürfnis, geliebt zu werden, befreien, obwohl der Neid blieb, scharf und bitter. Doch das war eine kleine

Gefühlsregung im Vergleich zu seinem ungeheuren Haß. Er fühlte sich durch dieses Wissen unterhöhlt. Er konnte Dara vergeben, ihn sogar freilassen. Es lag in seiner Macht. Er war der Große Mughal – nicht sein Vater. Alles hätte gelöst werden können, wenn nur sein Vater gekommen wäre. Wenn Schahdschahan schnell herbeigeritten wäre, ihn so gebeten hätte wie Jahanara, wenn er ihn nur einmal mit der gleichen Liebe umarmt hätte, wie er Dara oft umarmt hatte, hätte er Dara das Leben geschenkt. Das Geschenk des Lebens war Gnade genug; Dara hätte seine Freiheit niemals zurückgewonnen, sondern den Rest seines Lebens hinter Steinmauern verbracht, wie sein Bruder Murad.

Aurangzeb hob die Hand.

Dara wurde zu der Rampe geführt. Der ausgezehrte Elefant stapfte auf ihn zu, und Dara wurde in die offene *howdah* gehoben und in der richtigen Position angekettet. Hinter ihm saß der Henker, mit gezücktem Schwert. Der Elefant wiegte sich unsicher hin und her.

Die Edlen machten schweigend den Weg frei. Der Verräter Malik Jiwan schritt hindurch. Er war hochgewachsen, arrogant und reich gekleidet. Aurangzeb hatte ja seinen Verrat fürstlich belohnt. Er erwartete Beifall, zögerte, als er die unheilverkündende Ruhe wahrnahm. Er wollte die Stufen zu dem Lahore-*darwaza* hinaufsteigen, um an Aurangzebs Seite Schutz zu suchen. Alamgir, Beherrscher der Welt – Aurangzeb hatte für sich den Namen des heiligen Schwertes gewählt –, hielt ihn mit einem Fingerzeichen an. Malik Jiwan näherte sich dem reich dekorierten Elefanten und bestieg ihn. Sobald er sich in der *howdah* niedergelassen hatte, wurden die Tore geöffnet.

Langsam bewegten sich die beiden Tiere durch das Tor und den Pfad hinunter zwischen den hohen Wällen. Die Soldaten schauten ein einziges Mal, dann wandten sie die Köpfe ab. Aurangzeb ärgerte sich über ihr Mitleid. Hätte ihn Dara, der geliebte, sanfte Dara, anders behandelt, wenn er der Sieger gewesen wäre? Er sah seine Schwester an. Jahanaras Gesicht war abgewandt, zeigte jetzt genausowenig Gefühl wie seines. Die Elefanten stapften durch das zweite Tor. Die Menge begann sich auf beiden Seiten zu rühren, ihre Seufzer schwollen zu einem Sturm an. Aurangzeb hörte den ersten Schrei, eine traurige, intensive Wehklage. Er widerhallte in allen Kehlen, als Dara durch die engen Straßen der ummauerten Stadt zog. Die Basare waren geschlossen; der Handel hatte aufgehört. Die Menschen weinten ganz unverhüllt beim Anblick ihres Prinzen.

»Warum ist unser Vater nicht gekommen?« wandte sich Aurangzeb an Jahanara.

»Hättest du Dara beim Anblick deines Vaters vergeben?«

»Vielleicht. Wenn er mich darum gebeten hätte.« Er beobachtete, wie Dara in der Masse untertauchte. »Warum konnte er mich nicht so lieben, wie er Dara geliebt hatte? Was hatte ich getan, daß er keine Zuneigung für mich empfand? Oder war es der Wunsch unserer Mutter? Ja. Sie haßte mich.«

»Du glaubst ja selber nicht, daß sie dazu fähig gewesen wäre.«

Jahanara war matt, teilnahmslos, abgelenkt durch die Schreie der Menge, die immer stärker wurden. Ihre Kindheit war besudelt und vernichtet worden, verbrannt und mit Blut befleckt. »Unsere Mutter hätte geweint, wie ich es tue, wenn sie miterlebt hätte, wie ein Sohn den anderen vernichtet. Sie liebte uns alle so sehr.«

Die Menge weinte um Dara und verfluchte Malik Jiwan. Tierische Schreie des Schmerzes und der Wut erfüllten die Stadt, tönten aus allen Kehlen, unheilvoll. Die *tamasha* wurde lauter, sie hörten das Vorrücken der Soldaten, Schwerter schlugen auf Schilde, schlugen das Volk zurück. Aurangzeb fühlte sich unbehaglich.

»Sie möchten deinen Verräter töten. Sie trotzen dir.«

»Das dauert nicht an. Sie werden begreifen, wer regiert, nicht ihr sanfter Dara, sondern ich.«

Er gab ein Zeichen.

Ein Soldat eilte hinaus, um die Prozession zurückzuholen, bevor sie weitergehen konnte. Aurangzeb fürchtete sich nicht vor dem Volk, sondern vor dessen Liebe zu Dara. Man durfte dem Volk nicht erlauben, lange um Dara zu weinen.

»Komm, wir müssen unseren Bruder nach seinem Triumphzug durch Delhi in Empfang nehmen.«

Jahanara und Isa folgten dem Herrscher über die Wiesen zum *diwan-i-am.* Aurangzeb stieg zum Alkoven über dem Audienzsaal empor, und Jahanara zog sich in die Frauengemächer zurück. Isa blieb in einiger Entfernung stehen. Die Edlen versammelten sich unter der säulenförmigen Sandsteindecke. Aurangzeb ließ sich auf dem goldenen Thron nieder und lehnte sich in die Kissen zurück.

Die Fliegen setzten sich in Massen auf die Geschwüre des Elefanten. Nichts schreckte sie ab, weder sein schwerfälliger, schwankender Gang noch das Weinen der Menge. Als der Schatten des Elefanten auf Gopi fiel, spürte er den Geruch des Verfalls, des Todes; es war ein flacher, übler Geruch, der ihm in die Nase stieg. Er hielt den Atem an und blickte auf in die Augen von Prinz Dara. Er war überrascht, der Prinz blickte ihn ebenfalls an. Der Blick war nicht verschleiert durch Empörung oder Furcht, war ernst und aufmerksam. Er fand etwas von Bedeutung in Gopis Gesichtszügen, hielt sie für würdig, von einem Prinzen gemustert zu werden, dann schweifte sein Blick ab, suchte ein anderes Gesicht. Wonach suchte er? Einen Retter? Von der Menge konnte er nichts erhoffen, nur Mitleid und Tränen, auch er mußte weinen. Wie verworren war doch das Schicksal von Prinzen und ihrem Volk! Wie alle anderen, die zusahen, weinte er um Dara und um sich selbst. Daras Regierung hätte kein Joch bedeutet, wäre sanft und liebevoll gewesen und vor allem tolerant gegenüber den vielen Religionen im Land. Aurangzeb hatte bereits seine Absicht kundgetan. Wie Tamerlan würde er die Geißel Gottes sein. Er würde die Menschen mit seinem Eifer vernichten, Tempel und Kirchen ausmerzen, als ob er durch diese Gewaltakte seine Untertanen Allah näherbringen könnte. Die Menge weinte um die Zukunft, da sie wußte, daß die Ereignisse dieses Tages maßgebend für zahllose Jahre sein würden.

Die Soldaten kehrten zurück, und die Elefanten schlugen langsam den Weg zum Fort ein. Als Malik Jiwan vorüberzog, nahm Gopi eine Handvoll Kot und bewarf damit die goldene *howdah.* Der Verräter wurde mit Schmutz bespritzt. Er zuckte davor und vor dem Zorn des Volkes zurück. Eine kaiserliche Wache versetzte Gopi mit dem Speerschaft einen Hieb, nicht stark, aber ausreichend, um jeden weiteren Ungehorsam zu unterbinden. Es war ein graubärtiger, korpulenter Mann, der in der Hitze schwitzte. Sein Helm war matt, und der Kettenpanzer hing unordentlich an ihm herunter, war rostig.

»Was geschieht mit dem Prinzen?«

Der Soldat deutete mit dem Finger auf seine Kehle. Gopi zuckte zusammen. Er war ein *Acharya,* der Götterfiguren meißelte, und Gewalt erschreckte ihn.

Der Soldat beruhigte ihn. »Das ist ihr *karma.* Der Bruder tötet den Bruder. Wie könnte es anders sein, da Schahdschahan seinen Bruder Khusrav tötete? Ich war Khusravs Wächter und diente ihm treu, doch damals in Burhanpur ließ ich ihn im Stich, als ich ihn hätte gegen seinen Bruder schützen sollen. Die Erinnerung daran quält mich. Schahdschahan war damals ein tapferer Prinz, der Ruhm umstrahlte ihn... bis zu diesem Tag. Seine schöne Gemahlin Ardschumand bettelte und weinte, um meinen Prinzen Khusrav zu retten, doch Schahdschahan ließ sich nicht bewegen.«

»Habt Ihr sie gesehen?« Gopi konnte nicht glauben, daß ein gewöhnlicher Soldat das Gesicht von Mumtaz-i-Mahal gesehen hatte.

»Ja. Kurz. Sie hatte wunderschöne, riesengroße Augen, mein Freund, und wenn sie einen damit anblickte, fing man Feuer. Sie brachten einen zum Träumen, man wünschte sich, sie zu besitzen. Ich wagte es, sie zu begehren, und das erschreckte mich.«

Der Soldat erinnerte sich an ihre sinnliche Ausstrahlung und ihre Angst. Gopi sah sie nur in Marmor geformt, durch seine Hand.

»Was geschah dann?«

»Ich blieb nicht, um Zeuge seines Todes zu sein. Schahdschahan ließ mich frei gehen. Ich kehrte in mein Dorf Sawai Madhapur zurück, konnte aber nicht lange untätig sein. Es gab dort keinen Regen, und mein Land war nutzloser Staub. Ich kehrte zurück, um Schahdschahan zu dienen, und jetzt diene ich Aurangzeb. Doch ich werde allmählich zu alt, und die Zeiten werden schlecht.«

Die Menge zerstreute sich, und der Soldat kehrte mit seinen Kameraden zum Fort zurück. Gopi ging durch den verlassenen Basar. Über der Stadt lag eine unheimliche Stille, die sie plötzlich verlassen erscheinen ließ.

Gopi schleppte sich an den Ufern des Jumna entlang, in Richtung Agra. Chiranji La, der alte Mann, hatte ihn nach Delhi bestellt. Er hatte den Hindu-Tempel außerhalb von Agra errichtet, er hatte auch seinen Vater beauftragt, die Göttin Durga in Stein zu hauen. Nun wollte er, daß Gopi eine neue Durga meißelte. Sie hatten die Angelegenheit des langen und breiten besprochen, doch aufgrund der unsicheren Zeiten war es zu keinem Entschluß gekommen. Es waren gefährliche Zeiten für die Hindus, und wenn sie dabei ertappt wurden, wie sie einen weiteren Tempel errichteten, wäre Aurangzebs Vergeltung schnell gefolgt. Seine Mullahs spionierten eifrig alle Ungläubigen aus, meldeten sogar, wenn die Handflächen zum Gebet zusammengepreßt wurden. Gopi war erleichtert, daß er seiner Verpflichtung enthoben worden war.

Es war eine lange Reise nach Agra. Er ging immer den Fluß entlang, manchmal zu Fuß, und wenn möglich, ließ er sich von einem Ochsenkarren mitnehmen. Die Reise gab ihm Gelegenheit nachzudenken. Er fühlte sich unbehaglich und unsicher. Er trug die Verantwortung für seine Schwester und seinen Bruder; ihr Leben und ihre Zukunft lagen in seiner Hand. Sie konnten in Agra bleiben, er hatte ja Arbeit dort. Am Grabmal gab es immer etwas zu tun, es mußte etwas repariert oder zusätzlich angebracht werden, die Tore mit Marmor verkleidet werden. Ein Mann seiner Kunstfertigkeit war immer sicher, Arbeit zu finden.

Prinzessin Jahanara beabsichtigte, gegenüber dem Lal Quila eine riesige Marmormoschee zu errichten. Doch abgesehen davon erinnerte er sich daran, wie Aurangzeb die Durga, die sein Vater so sorgfältig gemeißelt hatte, einfach zerschmetterte. Er hatte das Gefühl, als ob sein eigenes Leben unter dem

Hammer liege. Er dachte an das Heim, das er vor so vielen Jahren als kleiner Junge verlassen hatte, auch wenn die Erinnerung verschwommen war. Er konnte sich an Felder, Heiterkeit und die Sicherheit seiner vergessenen Familie erinnern. Dort würde es auch Arbeit geben, natürlich nicht so gut bezahlt, doch zumindest hätte er dort eine gewisse Stellung. Am Hof eines Radschas konnte er Lakshmi oder Ganesch oder Shiwa in Stein meißeln. Dann empfand Gopi eine ungeheure Einsamkeit. Er war im heiratsfähigen Alter, aber nach dem Tod seiner Mutter hatte er niemanden, der eine Braut für ihn suchte. Natürlich mußte sie aus der gleichen Kaste wie er kommen. Welche Aussichten hatte er, hier in Agra eine *Acharya*-Familie zu finden? Und dann war da noch die Last seiner Schwester. Sie war auch im heiratsfähigen Alter, und je schneller sie in den Haushalt ihres Ehemannes kam, desto besser.

»Wir kehren in unser Dorf zurück«, verkündete er unvermittelt seinem Bruder und seiner Schwester, als er ihre Hütte betrat. »Ich werde Onkel Isa bitten, mit uns zu kommen. Er ist ein alter Mann, und jemand muß sich um ihn kümmern.«

Nachdem Gopi diesen Entschluß gefaßt hatte, fühlte er sich etwas erleichtert. Nach der Mittagsmahlzeit ging er mit seinem Bruder den staubigen Fußpfad zum Tadsch. Als sie näher kamen, nahm dieser an Umfang und Höhe zu, und als sie dort angelangt waren, drückten seine Mauern sie mit ihrer eisigen Pracht nieder. Er leuchtete in dem grellen Sonnenlicht, zwang sie, ihre Augen vor dem grellen Glanz zu schützen. Der Tadsch schwankte im Wind, als ob er aus Seide gemacht wäre. Gopi blieb überrascht stehen. Im Laufe der Jahre hatte er sich an die Soldaten gewöhnt, die das Monument bewachten. Heute war es verlassen. Aurangzeb hatte dadurch, daß er die Soldaten zurückzog, die Wichtigkeit des Tadsch geschmälert.

Kapitel XXIII
Die Liebesgeschichte
1036 (a. D. 1626)

Isa

Dschahangir beobachtete unser Näherkommen. Er stützte sich auf den Thron, sein Gesicht lag im Schatten des Alkovens. Ich sah das Funkeln in seinen Augen, als er sich vorbeugte, um die beiden Jungen zu mustern. Vor vier Jahren hatte er seine Enkel das letzte Mal gesehen, und er schien neugierig und erwartungsvoll; vielleicht suchte er in ihnen die Züge von Schahdschahan.

Die Seidenbanner, die im *diwan-i-am* hingen, wurden von einer sanften Brise bewegt. Die Edlen waren hinter der zinnoberrot gefärbten Schranke zusammengedrängt, die Federn auf ihren juwelengeschmückten Turbanen wippten und bewegten sich, als sie sich umwandten, um unser Näherkommen zu beobachten. Ich hörte undeutliches Gemurmel. Wie wird Dschahangir die Söhne seines *bi-daulat*-Sohnes begrüßen? Freundlich oder grausam? Rechts vom Alkoven, hinter der *jali*, spürte ich die Anwesenheit Mehrunissas. Dschahangir würde nur ihren Wünschen entsprechend handeln. Wenn sie sagte: Freundlichkeit, dann würde uns diese zuteil werden. Und wenn nicht....

Ich hatte versucht, herauszufinden, in welcher Stimmung sie sich befand, bevor ich mit Dara und Aurangzeb den Palast betrat, doch niemand beantwortete meine Fragen. Vielleicht brütete sie ärgerlich über dem Ungehorsam von Schahdschahan und ihrer Nichte Ardschumand – Ardschumand, die vom gleichen Blut war wie sie und mit ihrem Gemahl den Aufstand geprobt hatte. Sie hatte in Ardschumand eine Verbündete erwartet, nicht eine Feindin.

Die feierliche *gurz baradar* näherte sich der Holzschranke und öffnete das Tor. Wir gingen hindurch, wurden von ihm durch die Silberschranke geleitet, hinter der sich die Anführer und hohen Beamten aufhielten. Er blieb im Bereich der Goldschranke stehen. Dort erwiesen wir dem Großen Mughal Dschahangir *kornish*.

Nach vier Jahren der Flucht – Unbequemlichkeit, Obdach im Freien, Argwohn, fremden Festungen und Entbehrungen – wirkte seine Pracht umwerfend auf mich. Ich konnte den kühlen Geruch von Diamanten, Perlen und Smaragden riechen, er war süßlich und leicht. Staub und Schmutz, unsere ständigen Begleiter, waren unter seidenen persischen Teppichen verborgen, und die Knochen der Leute, die uns umgaben, waren in weiches Fleisch gehüllt. Mir war, als ob der Staub uns immer noch die Kehle zudrückte und der Schmutz uns immer noch einhüllte.

Solches Unbehagen ließ unsere Bewegungen steif erscheinen, als ob wir eben erst nach einem langen Ritt vom Pferd gestiegen wären. Wir blickten uns voller Ehrfurcht am Hof des Großen Mughal um. Vom Ende des Reiches bis zum Mittelpunkt, auf die Sonne selbst zu blicken und die Wärme ihrer Nähe zu fühlen, das war eine geistige Reise, die wir erst vollenden mußten. Wir erlebten bestimmt einen Traum, und wenn wir erwachten, wären wir wieder bei Schahdschahan und Ardschumand in Burhanpur.

Die Jungen standen getrennt von uns. Der zehnjährige Dara war einen Kopf größer, stolzer und aufrechter als der siebenjährige Aurangzeb. Er sah auch mutiger aus. Sein Gesicht bebte vor unterdrückten Tränen, aber er gestattete ihnen nicht, herabzufließen. Sie trugen prinzliche Gewänder, blaßblaue und blaßgrüne Seidenturbane, von denen jeder mit einem großen Smaragd geschmückt war, weite seidene *takauchiyas* aus steif gewobener Seide und Goldfäden um die Hüften, ihre Pantoffeln waren mit Perlen verziert.

Unsere Reise von Burhanpur hatte vierzig Tage gedauert. Wir hatten uns langsam in Begleitung von Mahabat Khan vorwärts bewegt. Trotz ihrer Nähe verzichteten die Söhne Schahdschahans darauf, sich miteinander zu unterhalten. Ihre Sehkraft hatte einen Mangel: Sie bemerkten alles außer der Anwesenheit des anderen. Ich versuchte, sie zur Freundschaft zu bewegen, denn sie waren noch zu jung für solche Feindschaft, doch die Natur selbst verschwor sich, sie zu Feinden zu machen. Wie sich Schahdschahan und Ardschumand auf Anhieb geliebt hatten, so hatten sich Dara und Aurangzeb auf Anhieb und instinktiv – denn dies ist ein geheimnisvoller Teil unseres Wesens – gehaßt. Von beiden war Dara der umgänglichere, der zugänglichere. Er machte den Versuch, sich mit seinem jüngeren Bruder anzufreunden, doch die reservierte Kälte von Aurangzeb entmutigte ihn sofort, und trotz meiner Bemühungen konnte ich sie nicht versöhnen. Ich glaubte, vielleicht stellten sie die Reinkarnation ehemaliger Feinde dar, denn die Seele muß ja ihre Erinnerung in jedes neue Leben mitnehmen.

Dara war ein fröhlicher Prinz; er lachte gern und freute sich am Leben. In seinem Wesen ähnelte er Ardschumand. Er war genauso sanft und warmherzig, und er vermißte sie mehr, als es Aurangzeb tat. Ich sah in ihm auch Teile von Schahdschahan und sogar seinem Großvater Dschahangir. Seine Neugier war grenzenlos; die Blumen, die Tiere, die Tempel, die Menschen, die Geheimnisse Gottes und Seiner Werke, all das faszinierte ihn. Er suchte oft meine Gesellschaft, denn ich kannte die Orte, durch die wir ritten, besser als der alte General Mahabat Khan. Für ihn war das Land eine leere Seite, auf die eine Geschichte von Strategie, Eroberung und Herrschaft geschrieben werden mußte. Dara mied seine Gesellschaft.

Aurangzebs Sicht der Welt war begrenzt. Er war ein ernster Junge, zog seine eigene Gesellschaft vor und ritt schweigend neben dem General her. Ab und zu zeigte er Neugier, doch diese beschränkte sich auf die Bewegungen der Soldaten, die uns begleiteten. Er lauschte eifrig den erregenden Geschichten von Kampf und Tapferkeit, von Angriffen und Rückzügen, der Eroberung anderer Länder. Wenn der General innehielt, befahl Aurangzeb: weiter. Bei diesen Geschichten allein zeigte er die ganze Gier eines Jungen nach erregenden Erlebnissen. Aber dann plötzlich zog er sich wieder zurück zu seinem dunklen Brüten. Manchmal bemerkte ich, wie er den prächtigen Aufzug von Mahabat Khan mißbilligend musterte, ebenfalls den Glanz seiner Eskorte nicht guthieß. Wenn diese Blicke heimlich waren, so war sein äußeres Gehabe für sein Alter erstaunlich. Jeder fromme Moslem betete fünfmal täglich, und während Mahabat Khan dieses Ritual pflichtschuldig beachtete, war Aurangzeb übereifrig. Niemand durfte sich rühren, bevor der Prinz seine Gebete beendet hatte. Diese intensive Offenbarung von Eifer veranlaßte mich zu der Bemerkung: »Im Kampf bleibt keine Zeit zum Gebet, Hoheit.« Aurangzeb erwiderte ernst: »Im Kampf ist immer Zeit dafür.«

Sogar bei Hof zeigte er seine Gleichgültigkeit. Während sie auf das Zeichen ihres Großvaters warteten, blickte sich Dara voller Vorfreude um – nach einem langen Exil kehrte er in eine vertraute Welt zurück –, doch Aurangzeb starrte nur, ohne eine Miene zu verziehen, seinen Großvater an.

Dschahangir erhob sich steif, ein alter Löwe, der versucht, auf die Füße zu kommen. Niemand konnte ihm helfen, denn der Monarch saß allein in dem Alkoven, und erst als er die Stufen heruntergewankt war, ging ihm ein Sklave entgegen. In den letzten vier Jahren war er schnell alt geworden. Die Zeit hatte sein Gesicht und seinen Körper aufgeschwemmt, tiefe Furchen in seine Wangen und seine Stirn gegraben. Seine Haut war durchsichtig geworden, rötlich, und seine blutunterlaufenen Augen blickten trübsinnig. Er bewegte sich langsam, zog sein rechtes Bein nach und schien sich mit dem Atmen noch schwerer zu tun. Obwohl wir nur ein paar Schritte von ihm entfernt waren, blieb er zweimal stehen, um nach Luft zu ringen, die er gierig einsog, er keuchte wie eine Maschine, die rostig geworden war. Doch der Große Mughal hatte nichts von seinem Glanz eingebüßt. Das kaiserliche Emblem in seinem Turban – ein großer Smaragd in einer Goldbrosche mit Diamanten –, die Perlen um seinen Hals, die Goldspangen an seinem Arm und der Goldgürtel um seine Taille, alles zeugte von seiner Pracht. Der Duft von Sandelholz umgab ihn.

Er blieb vor seinen Enkeln stehen. Sein Gesicht enthüllte wenig, als er sie genauso sorgfältig musterte wie einst die Kraniche, deren Gewohnheiten er studierte und notierte. Seine Hände waren steif, die beringten Finger wirkten wie Klauen, zitterten wie im Fieber.

»Welcher bist du?« fragte er Dara.

»Dara, Majestät, Sohn des Prinzen Schah...«

»Ich weiß, wessen Sohn du bist. Der *bi-daulat.*« Er seufzte tief auf. »Ein Vater muß die Bürde des Verrats durch seinen Sohn tragen. In meinem hohen Alter wünsche ich mir nur den Frieden. Statt dessen habe ich in den letzten vier Jahren meine Kraft dafür verbraucht, gegen meinen eigenen Sohn Krieg zu führen, Euren Vater.« Er betrachtete Aurangzeb, übersah die steife Haltung des Jungen. Der Pfauenfedernfächer blies die warme Luft in unsere Gesichter. »Doch ich bin froh, daß er Vernunft angenommen hat, solange ich noch lebe. Wir haben Frieden im Reich, doch durch ihn und seinen Ungehorsam haben wir Kandahar an diesen persischen Banditen verloren.« Er hätte weitergeschimpft, doch er besann sich des Anlasses und schwieg. »Das gehört der Vergangenheit an, und wir müssen uns mit diesem Verlust abfinden, bis wir es zurückerobern können.« Langsam breitete er die Arme aus, wie ein Adler, der seine mächtigen Flügel ausbreitet. »Kommt.«

Dara eilte als erster dem Herrscher entgegen, ließ sich von ihm umarmen und auf beide Wangen küssen. Aurangzeb folgte und nahm auch die Küsse seines Großvaters entgegen. Die Edlen hinter uns riefen: »*Shabash, shabash.*« In ihren Rufen entdeckte ich Erleichterung. Dschahangir hatte durch die freundliche Behandlung seines eigenen Fleisches und Blutes jeden Rat, den ihm Mehrunissa wohl gegeben hatte, außer acht gelassen. Sie gehörte nicht zur Timur-Linie.

Die Jungen wurden auf den Teppich gesetzt, und Sklaven brachten Schalen mit Diamanten, Smaragden und Rubinen. Dschahangir griff mit der hohlen Hand in die unschätzbaren Steine und streute sie über die beiden Jungen. Ein Sklave brachte zwei goldene Degenscheiden und metallene *pulquars* mit juwelenbesetzten Griffen. Jeder Knabe erhielt eines als Geschenk. *khandars* von gleicher Schönheit wurden in ihre

Schärpen gesteckt. Aurangzeb konnte dem Drang, die Waffen zu untersuchen, nicht widerstehen und begann gedankenlos, das Schwert aus der Scheide zu ziehen. Ein Gemurmel von seiten der Soldaten, die den Herrscher bewachten, ließ mich hastig nach dem Arm des Knaben greifen. Er blickte sich überrascht um und begriff nur langsam, daß er nur eine Schwertlänge vom Herzen des Reiches entfernt war. Der Befehlshaber der *Ahadi* nahm die Waffen vorsichtig an sich und legte sie aus der Reichweite von Aurangzeb.

»Wie geht es meinem Sohn?« wandte sich Dschahangir über die Köpfe der Jungen an mich.

»Majestät, er entbietet dem Padishah seine Liebe und Ehrerbietung.«

»Warum ist er dann nicht selbst gekommen?« fragte Dschahangir verdrießlich. Die Zeremonie ermüdete ihn, und seine Reizbarkeit zeigte sich langsam.

»Majestät, Prinz Schahdschahan wünscht nur, Euch nach besten Kräften zu dienen, und als gehorsamer Sohn wagte er es nicht, seinen Posten zu verlassen.«

»Burhanpur ist nicht seine Provinz, sondern meine. Er hätte nach Balaghat gehen sollen.« Er kicherte. »Das ist ein elender Platz für einen höchst elenden Sohn.« Er rang nach Luft, und der *hakim* eilte zu ihm, um ihm einen Trank zu reichen. Dschahangir machte uns ein Zeichen, uns zurückzuziehen. »Sie sollen jetzt die Herrscherin begrüßen. Ich werde ruhen; obwohl mein Körper hierbleiben muß, durchstreift mein Geist die kühlen Täler von Kaschmir.« Dann fügte er schneidend hinzu: »Ich habe mich nur hierher geschleppt, um sie zu empfangen.«

Wir verneigten uns, und er zog sich zurück, nicht in den Alkoven, sondern zu dem Ruhelager, das im Garten für ihn errichtet worden war.

Mehrunissa empfing uns in Dschahangirs Palast. Wir gingen durch die prächtigen Sandsteinhöfe zu ihren Gemächern, die auf den Jumna zeigten. Sie räkelte sich auf einem Diwan, mit dem Rücken zur *jali,* durch die das Sonnenlicht und die kühle

Brise in den Raum drangen. Staatspapiere waren sorgfältig neben ihr aufgestapelt, und auf dem Tisch vor ihr lag der *Muhr Uzak*. Muneer, der noch dicker und verschlagener geworden war, und die Bedeutung seiner Position durch die Fettrollen an seinem Körper demonstrierte, stand unterwürfig und argwöhnisch neben ihr. Seine Abneigung gegen mich hatte sich in keiner Weise gemildert, und ich konnte seinen Triumph spüren, daß mein Herr vor seiner Herrin kapitulieren mußte.

So sehr Dschahangir alt geworden war, so alterslos war Mehrunissa. Sicher, ihre Augen zeigten leichte Schatten, doch ihre Schönheit war immer noch bemerkenswert. Ihr langes, schwarzes Haar, das ihr bis zur Taille reichte, zeigte kein graues Haar, und ihre Taille war immer noch so schmal, daß sie von zwei Männerhänden umspannt werden konnte. Ihre Autorität zeigte sich durch ihre aufrechte Haltung und in dem Schweigen, das sich die zu eigen machen, die an der Macht sind, um die anderen zu demütigen. Macht ist Schweigen, denn der Mächtige braucht nicht zu verhandeln, er befiehlt nur. Diese Waffe verlieh ihr eine eigenartige Gelassenheit.

Die Jungen verneigten sich, und wie Dschahangir musterte sie die beiden eingehend. Sie waren die zukünftigen Herrscher, wenn Schahdschahan nach seines Vaters Tod den Thron bestieg. Oder betrachtete sie Dschahangirs Sohn und seine Enkel als gefallene Läufer, die man beiseite schob? Sie unterstützte immer noch Shahriyas Anspruch und besaß den Ehrgeiz, Hindustan noch eine Generation lang durch Ladilli zu regieren. Sie gab ein Zeichen; die Knaben nahmen Platz. Muneer holte *jellabies, metais* und *lassi*. Dara traf sorgfältig seine Wahl von der Goldplatte; Aurangzeb übersah die Süßigkeiten, nippte nur an dem *lassi*. Nur recht verschwommen war ihnen Mehrunissas Position klar, sie schienen mehr Ehrfurcht vor ihrer Schönheit als vor ihrer Macht zu haben.

»Wie geht es Ardschumand?« fragte Mehrunissa.

»Majestät, sie hatte eine schwere Zeit. Das dauernde Reisen hat ihre Gesundheit nicht gebessert. Aber sonst geht es ihr gut, und sie versichert ihre Tante ihrer Zuneigung.«

»Zuneigung?« Eine Augenbraue wurde hochgezogen. »Schahdschahan entbietet seinem Vater seine Liebe; Ardschumand hat nur Zuneigung für die Herrscherin. Ist sie böse auf mich, Isa?«

»Das kann ich Euch nicht sagen, Majestät.«

»Obwohl du jeden Winkel ihrer Seele kennst, sogar besser als ihr Gemahl? Du warst immer sehr diskret und zu moralisch, im Gegensatz zu Muneer, der für *baksheesh* alles tut. Es war alles Schahdschahans Schuld; sie fiel auf ihn selbst zurück.«

»Aber hat nicht der Padishah...«, ich hielt inne, da ich wußte, ich sprach wirklich von ihr, »den *jagir* von Hissan Feroz zurückgenommen und ihn Shahriya gegeben? Schahdschahan fühlte sich betrogen.«

»Ein Titel, ein Stück Land – er hat dem zuviel Bedeutung beigemessen.«

»Ein Reich, Majestät, ist auch nicht viel mehr als ein Titel, ein Stück Land. Doch der Prinz wünscht nichts anderes, als mit Euch Frieden zu haben.«

»Pflegt er immer noch seine ehrgeizigen Pläne?«

»Wovon sonst würde der echte Sohn des Mughals träumen, Majestät?«

Sie errötete. »Deine spitze Zunge wird dich noch den Kopf kosten. Shahriya ist ebenfalls ein echter Sohn des Padishah und ein gehorsamerer als Schahdschahan.« Sie schwächte ihre scharfe Bemerkung durch ein süßes Lächeln ab. »Das Mißverständnis gehört der Vergangenheit an, und wir hegen keinen Groll gegen Schahdschahan. Sag ihm das.«

»Ich werde ihm Eure Zuneigung... und Eure Vergebung überbringen, Majestät.«

»Ich hoffe, er behält sie für viele Jahre in seinem Herzen.«

Ihr Blick war fest, doch sie konnte ihren Verdruß nicht verbergen. Sie spürte bereits eine Veränderung der alten Ordnung, fühlte, wie ihr die Macht unbemerkt entglitt. Es war Zeit, Zugeständnisse zu machen, etwas nachzugeben, im Austausch für das Versprechen der Sicherheit, wenn sie keine großen Armeen mehr befehligte. Wir betrachteten die beiden Jungen. Sie waren eingeschlafen, lagen ausgestreckt und verletzlich da, genauso wie andere Kinder, die durch die Aufregung ermüdet wurden.

»Sie werden sicher sein.« Die unausgesprochene Frage schwebte zwischen uns. Sie hielt inne und fuhr dann fort.

»Auch ich werde mich dem Timurid-Gesetz beugen. Wird es Schahdschahan?« Ich gab keine Antwort. »Isa, warum zögerst du zu antworten? Ist er nicht ebenfalls der Nachfahr von Tamerlan, der Sohn seines Vaters? Oder gelten die Timurid-Gesetze nicht für den Herrscher der Welt?«

»Er wird sich ihnen unterwerfen.«

»Auf das Wort eines Sklaven hin?« Sie spottete. »Ardschumand konnte Khusrav nicht retten. Warum sollte ich glauben, daß du meinen Schwiegersohn rettest?« Sie lehnte sich in ihre Kissen zurück. »*Taktya takhta.* Diese Worte enthalten Genauigkeit, eine starke Wahl. Wenn es zwischen ihnen nur eine dritte Möglichkeit gäbe, ein Entkommen.«

»Es gibt das Exil. Der Schahdschahan wird immer dem Sohn des Mughals Obdach gewähren.«

»Exil. Für wie lange? Für immer? Nein, Verbannte kehren immer an der Spitze einfallender Truppen zurück. *Taktya takhta.* Shahriya hatte keine Ambitionen auf den Thron, doch ich zwang sie ihm aus Eigensucht auf. Und jetzt habe ich ihn mit dem Sarg konfrontiert. Er ist ein Schwächling, zu leicht entzückt, zu kindisch. Er hätte nicht die Stärke besessen, dieses Reich zu regieren, ich schon.«

»Natürlich.«

»Deine Zunge, Isa – hüte sie. Ich bin immer noch Herrscherin, und du bist ein Sklave, der weit entfernt vom Schutz seines Herrn ist.«

»Ein Diener.«

»Das ist das gleiche.« Sie wandte sich wieder ihren Träumereien zu, ihren ehrgeizigen Plänen und Geständnissen. Es waren keine müßigen Worte; ich sollte sie Schahdschahan übermitteln. Sie feilschte um Shahriyas Leben.

»Sollte Schahdschahan Herrscher werden, wird sich Shahriya gerne mit einem Gouverneursposten begnügen: Lahore, den Pandschab, so weit entfernt, wie es Schahdschahan wünscht. Ladilli wird dafür bürgen, daß er keine weiteren Ambitionen hegt, den Thron zu besteigen.« Das Licht, das durch die *jali* fiel, milderte ihre Gesichtszüge. Die Sonne wirkte wie goldüberzogen, verwandelte sie von einer Kaiserin in eine alternde Frau. »Ladilli schickt Ardschumand ihre Liebe. Sie liebte sie immer, als ob sie ihre Schwester wäre. Sie spricht ständig von ihr: Ardschumand ist so stark, Ardschumand ist so tapfer.«

»Ich werde ihre Wünsche Ihrer Hoheit übermitteln.«

»Liebe. Isa, du bringst deine Botschaften immer durcheinander. Liebe.« Sie hielt plötzlich inne. »Welchen Preis zahlte Ardschumand für ihre Liebe! Ein Kind nach dem anderen, Jahre der Entbehrung. Sie hätte so bequem hier leben können, neben mir, statt mit diesem... Schahdschahan durchs ganze Reich zu reisen.« Sie lachte trocken. »Zumindest hätte sie sich von seinen maßlosen Forderungen erholen können. Vor Jahren schon hatte ich ihr gesagt... doch das spielt jetzt keine Rolle mehr. Sie wird sich an meinen Rat erinnern. Doch aufgrund ihrer Liebe befolgte sie ihn nicht. Babys, Totgeburten, Babys, Totgeburten. Der Schmerz! Eines war mehr als genug für mich. Ich kann Schmerz nicht ertragen. Ich hasse ihn. Wenn man daliegt, schreit und wimmert wie ein Tier. Wofür? Ein Kind.« Sie blickte auf ihren Körper herunter. Unter ihrem seidenen Gewand waren ihre Brüste immer noch rund und fest, die Brustwarzen rot angemalt, ihr Bauch über ihrem *chouridar* flach und fast ohne Falten, ihre Beine schlank und stark.

»Sie ist jetzt bestimmt dick und schwerfällig.«

»Die Schönheit Ihrer Hoheit ist unverändert.«

»Isa, deine Ergebenheit ist durchschaubar. Die Natur hat noch nie eine Frau anders behandelt als die andere. Letzten Endes behandelt sie uns alle gleich unfreundlich.« Sie gab mir ein Zeichen, mich zurückzuziehen. »Isa, versuch, dich daran zu erinnern, was wir besprochen haben, und gib es genauso wieder.«

»Wie immer, Majestät.« Ich ging zu den Jungen.

»Laß sie. Wenn sie aufwachen, schicke ich sie in ihre Gemächer.«

Ich vermißte Dara und Aurangzeb; ich sehnte mich danach, sie in meine Arme zu schließen. Viele Monate waren vergangen, und wie eine Festung mit Rissen hatte ich das Gefühl, ich habe zwei gezackte Risse in meinem Herzen. Ich wurde von meinem Geliebten getröstet und durch die anderen Kinder, doch jedesmal, wenn ich sie betrachtete, vermißte ich meine beiden ersten Söhne.

Der sanfte Lauf des Tapti hinter dem Palast beruhigte mich. Stunde um Stunde starrte ich von meinem Balkon aus in das klare, blaue Wasser. Unten arbeiteten die Leute langsam; die Bauern striegelten die Ochsen, bis ihre schwarzen Häute wie Felsen glänzten; die Frauen schlugen ihre Wäsche auf die Steine, tack, tack; Jungen plätscherten im Wasser und schwammen nackt, ihre Körper glänzten golden im Sonnenlicht. Zum Norden hin, wo der Fluß sich krümmte, säumten kleine weiße Tempel das sandige Flußufer. Ich überlegte, daß sie schon von Anbeginn der Zeiten dort gestanden haben könnten, und das vermittelte mir ein Gefühl des Friedens, nach all den Jahren unserer Flucht. Jenseits des Flusses erstreckten sich die Felder zu den fernen, diesigen Hügeln.

Während ich ruhig war, war es Schahdschahan keineswegs. Er spürte, daß die Zeit kam, da er nordwärts marschieren mußte, um den Thron einzunehmen, und täglich blickte er in diese Richtung. Er hatte auf den Zinnen des Asirgarh-Forts Männer postiert. Von diesem günstigen Ausgangspunkt konnte man bis hinter das Tal, fast bis nach Agra sehen. Jetzt hatte unser Warten einen Zweck. Der Frieden hatte seine Hand gestärkt; er war nicht länger der *bi-daulat.* Mein Vater schrieb uns, daß bei Hofe die Edlen ganz offen den Anspruch meines Geliebten unterstützten. Shahriya war aufgrund von Mehrunissas Begünstigung unbeliebt. Nur Parwez blieb, doch er wollte seinen Bruder nicht um den Thron bringen. Nur Shahriya hatte, wie einst Khusrav, den Traum von grenzenloser Macht geträumt. Er steckte alle, die in seine Nähe kamen, an wie eine Krankheit, die unheilbar war; denn wenn man der Große Mughal war, war man der Beherrscher der Welt. Verehrung war ein berauschendes Gift; es vergrößerte die Bedeutung der Menschen, ließ sie glauben, sie seien Götter.

Ich konnte meine Befürchtungen nicht unterdrücken. Wie belastend sich der Titel anhörte, wie einengend die Position war. Ich hatte weder den Wunsch noch die Fähigkeit, Mehrunissas Rolle zu spielen. Ich wäre zufrieden, wenn ich hier am Tapti bleiben könnte – oder an einem anderen noch kühleren Fluß, denn ich fand die Sommerhitze hier unerträglich –, um voller mühelosen Behagens zu beobachten, wie die Zeit verging. Mein Geist war nicht mehr kampfbereit, ich verspürte kein Verlangen, mich mit den ewigen Intrigen bei Hof auseinanderzusetzen. Unsere Flucht hatte mir einen Geschmack von Freiheit gegeben, hatte mich von kleinlichen Eifersüchteleien, streitenden Frauen, dem Protokoll befreit. Wenn wir nur hierbleiben könnten – doch ich wußte, das konnte niemals sein.

1037 (a.D. 1627)

Der Bote kam im Winter. Er befand sich in Begleitung von tausend Reitern, und Schahdschahan empfing ihn im Palast. Seine Botschaft war kurz: Dschahangir war in Kaschmir gestorben. Zumindest war sein Wunsch erfüllt worden. Sein Geist würde sich freuen, in den Bergen herumwandern zu können, und wenn er atmete, würde er die klare, kühle Luft genießen. Mein Geliebter ordnete im ganzen Reich eine hundert Tage dauernde Trauer an. Ich betete, daß Dschahangir den Frieden gefunden hatte, nach dem er sich gesehnt hatte. Obwohl mein Liebster um den Tod seines Vaters trauerte, wußte er, daß er schnell handeln mußte. Wir gingen zu der großen Masjid-Moschee in Asirgarh, wo er sich, indem er aus dem Koran vorlas, zum Herrscher erklärte. Er betete: »Herr, schenke Deine große Gnade dem Glauben des Islam und den Bekennern dieses Glaubens, durch die dauernde Macht und Majestät des Sklaven des Sultans, dem Sohn des Sultans, dem Herrscher, dem Sohn des Herrschers, dem Beherrscher von zwei Kontinenten und dem Beherrscher von zwei Meeren, Krieger für die Sache Gottes, dem Herrscher Abdul Muzaffar Schahabuddin Mohammed Schahdschahan Ghazi.«

Es war nur eine Geste, und er verschwendete keine Zeit. Seine Männer waren bereit, und wir marschierten Richtung Norden, nach Agra. Unsere Reise erfolgte nicht länger heimlich, wir ritten im Triumph durch das gaffende Land. *Rajas* und *Nawabs* und *Umaras,* die Gouverneure der *subas,* alle kamen, um dem Großen Mughal Schahdschahan Ehre zu erweisen. Jetzt flatterte uns nicht mehr der kleine rote Wimpel eines Prinzen des Reiches auf den Elefanten voraus, sondern das Banner des Herrschers.

Ich fühlte mich nicht sehr verändert. Das Land fing nicht an, für uns zu blühen, die Menschen waren nach wie vor scheu und arm. Die *Adhivasi*-Familien hatten nach wie vor ihr Lager im spärlichen Schatten karger Bäume aufgeschlagen und beobachteten uns mit jahrhundertealtem Mißtrauen. Die Sonne brannte nicht weniger erbarmungslos, weil der Mughal vorüberzog; die Flüsse stellten ihren Lauf nicht ein. Ich war Herrscherin. In der Abgeschiedenheit meiner Sänfte sagte ich es mir laut vor, als ob ich mich aus einem Traum reißen wollte. Doch Ardschumand schlummerte unverändert weiter.

Trotz Schahdschahans Kühnheit war mit einer Herausforderung von Shahriya zu rechnen. Mehrunissa hielt sich im verborgenen auf der Lauer, lenkte ihren Schwiegersohn, stellte Armeen auf und schlug die Kriegstrommeln.

Das Zepter zu ergreifen, statt hinter meinem Vater hinter dem kaiserlichen Banner herzureiten, bedeutete, das Beben der Erde zu spüren. Ich verabscheute, mißtraute der Ehrung. Diese Männer sollten ihren Kopf in die Hand nehmen, als ob sie einem Gott huldigten. Das stieß mich ab. Ich gebot diesem Brauch sofort Einhalt. Eine Verneigung würde ausreichen. Das war mein erstes Gesetz, und als ich es aussprach, hörten alle Männer im Reich auf, vor mir *kornish* zu machen. Nicht einmal als Prinz und Gouverneur hatte ich solche Macht besessen. Damals war mein Wort kein Gesetz, mein Vater stellte mich in den Schatten. Jetzt tat das keiner. Mein Atem, meine Gedanken, mein Herzschlag waren jetzt nicht mehr die eines Prinzen.

Doch Hand in Hand mit dieser gewaltigen Macht kam ihr Gefährte, tiefe Einsamkeit. Ich bewegte mich in einer anderen Welt als die übrigen Sterblichen; sie waren neben mir, umgaben mich, doch der Abstand zwischen uns war unermeßlich. Meine alten Gefährten betrachteten mich mit neuen Augen. Was las ich in ihren Gesichtern? Ehrfurcht, Furcht, Achtsamkeit, Unterwürfigkeit? Einst gingen sie als Freunde auf mich zu, jetzt verbeugten sie sich unterwürfig; nicht vor mir, Schahdschahan, sondern vor dem Großen Mughal. Sogar Allami Sa'du-lla Khan veränderte sich. Meine zweite Handlung bestand darin, ihn zu meinem *vakil* zu machen. Er war mir all diese Jahre treu ergeben gewesen, und ich glaubte, er besitze die Eigenschaften, die Akbar für einen Premierminister für erforderlich hielt: Weisheit, edle Gesinnung, Freundlichkeit, Festigkeit, Großherzigkeit, ein Mann, der in der Lage war, mit jedem in Frieden zu leben, der gegenüber Beziehungen und Fremden offen und aufrichtig war, unparteiisch gegenüber Freund und Feind, vertrauenswürdig, energisch, weitsichtig, geschickt in seinen Geschäften, gut unterrichtet in Staatsgeheimnissen, schnell bei Abschlüssen und unbeeindruckt von der Vielfalt seiner Aufgaben. Doch sogar er zeigte jetzt, trotz seines bedeutenden und wichtigen Amtes, mir gegenüber große Unterwürfigkeit.

Die einzige wirklich ehrliche Gefährtin, die ich hatte und die mir gegenüber unverändert blieb, so durchsichtig und klar wie Wasser, war meine geliebte Ardschumand. Für sie war ich nie ein Prinz gewesen, war auch jetzt kein Herrscher. Ich war ihr Gemahl, ihr Liebhaber, mein Herz war nach wie vor mit ihrem verwoben. Unsere Liebe basierte auf Vertrauen. Ohne sie konnte ich nicht atmen, in ihrer Gegenwart war meine Einsamkeit wie weggeblasen. Ich entfernte mich nie weit von ihr, sondern wartete gerade noch jenseits des Lichts meiner Gefährtin, düster und schwer wie eine Nacht ohne Wind. Auf unserem Ritt nach Norden war sie mir von neuem Trost. Die Pflichten eines Monarchen beanspruchten bereits meine Zeit. Vor Tagesanbruch mußte ich mich am *jharoka* den Edlen und Gemeinen zeigen. Der Anblick meines Gesichtes bedeutete den Fortbestand der Regierung, und das beruhigte sie. Der Vormittag verging mit Audienzen für Edle und Minister und die Regierungsdiener. Obwohl ich erst gekrönt würde, wenn wir in Agra wären, wurde ich durch die offensichtliche Unterstützung, die mir zuteil wurde, ermutigt.

Doch Shahriya machte weiterhin seinen Anspruch geltend, wurde von Mehrunissa angetrieben. Wie konnte sie das Zepter loslassen? Nur diejenigen, die die Macht verlieren, können wirklich die Würze dieser Belustigung erkennen. Ich konnte mein Unbehagen nicht verdrängen. Zuerst hatte Khusrav gedroht, jetzt Shahriya. Ich mußte schnell handeln, sonst würde das Reich durch Krieg erschüttert werden, und es würde erst Frieden geben, wenn einer von uns gesiegt hätte.

»Schick ihn ins Exil«, riet mir Ardschumand und streichelte meinen Arm. Wir saßen nach der Abendmahlzeit allein in ihrer *khargah*. Die Diener hatten sich zurückgezogen, und sie schenkte mir Wein ein. Diese Zeit genoß ich am meisten, wenn ich neben ihr auf dem Diwan ruhte und den Zikaden lauschte. »Befiehl, daß man ihn festnimmt, und dann schick ihn weg.« Sie war eine Wohltat gegenüber meiner Unnachgiebigkeit, und ich würdigte ihr Mitleid.

»Doch er wird zurückkehren. Wenn ich an seiner Stelle

wäre, würde ich es auch tun. Ich würde eine Armee aufstellen und mich dem Kampf stellen. Wie kann ein Mann Gesicht und Herz abwenden und auf die große Chance, der Große Mughal zu werden, verzichten? Das ist der reichste Thron auf der Welt.«

»Dann halte ihn gefangen.« Sie suchte in meinem Gesicht eine Antwort und fand sie viel zu leicht. »Doch du wirst es nicht tun, nicht wahr? Er ist ein Tölpel, und seine Anhänger werden ihn verlassen. Nach kurzer Zeit sind seine ehrgeizigen Pläne gestorben.«

»Ich fürchte nicht seinen Ehrgeiz, sondern den Mehrunissas. Er wird nie enden. Ich kann ihre Macht nur brechen, indem ich...«

»Nein, mein Liebster. Verschone ihn. Es ist nicht seine Schuld. Sein Blut ist dein Blut und Khusravs, und wenn du es vergießt, wird es unser Leben von neuem beflecken.«

»Wenn Khusrav am Leben geblieben wäre, wie wäre dann die Lage heute? Ein weiterer Thronaspirant, noch mehr Krieg? Das Reich darf durch diese Thronkämpfe nicht geschwächt werden.«

»Er gehört zu unserer Familie.«

»Die Königswürde kann keine Rücksicht auf Familie nehmen.«

Obwohl ich barsch war, hatte ich recht, und meine Ardschumand fand es widerlich. Sie duckte sich, als ob ich sie geschlagen hätte. »Wenn ich gegenüber Shahriya Mitleid walten lasse, erhebt sich jeder emporgekommene Prinz gegen meine Autorität. Sie denken, Schahdschahan fehlt es an Mut.«

»Laß sie das ruhig annehmen. Dann vernichte sie. Doch die Pflicht eines Königs ist es, zu seinem Volk wie ein Vater zu sein.«

»Auch ich habe den Rat meines Großvaters gelesen«, sagte ich schroff. »Ein König muß auch ein großes Herz haben, so daß der Anblick von etwas Unangenehmem ihn nicht beunruhigt, schrieb Akbar. Shahriya begeht Verrat an mir, dem Padishah, und muß sterben.«

Ich hatte gesprochen. Ich war das Gesetz. Ich beobachtete sie und wartete, doch sie machte keinen weiteren Versuch, mich abzubringen. Meine Macht schüchterte sie ein, obwohl ich das nicht wollte. Ich wollte den Weisungen Akbars folgen: Mitleid und Gerechtigkeit in allen Dingen. Doch der Thron und meine Person mußten geschützt werden. Das Königtum ist ein Licht, das von Gott ausgeht, ein Strahl der Sonne, der das ganze Universum erhellt. Ich trug den *kiyan khura,* der den Königen von Gott geschenkt wird. Er darf nicht bedroht werden.

Ardschumand konnte das nicht verstehen. Durch ihre Liebe zu mir hatte sie all ihre eigenen ehrgeizigen Pläne aufgegeben. Einige Frauen im Harem unterhielten einen Handel, sammelten Reichtümer; andere bettelten winselnd um weite *jagirs* oder verschwenderische Geschenke. Nichts befriedigte ihre Habgier. Ardschumand liebte mich; ihr Leben begann und endete damit. Wie eine *sunyasi* hatte sie wenig Bedürfnisse. Die einfachsten Notwendigkeiten, Essen, Trinken, ihre Liebe – das genügte ihr. Ein König kann solch geistigen Reichtum nur bewundern, doch seine Pflicht erlaubt ihm nicht, ihn sich zu eigen zu machen. Er kann den heiligen Mann um seine Einfachheit beneiden, denn die Last eines Königs ist groß, doch er kann nicht zulassen, daß seine Untertanen wie Schafe herumwandern. Es war mir nie möglich, die Taten des Gautama zu verzeihen. Siddhartha war der Prinz des Reiches, der Gemahl seiner Frau, der Vater seines Kindes, und er vergaß seine Pflicht, um Asket zu werden. Er verriet seine Frau, sein Kind, seine Pflicht, seine Untertanen. Es wäre sicher doch seine Pflicht gewesen, die Last seiner Königswürde auf sich zu nehmen. Zweifellos entschuldigt ihn ein Buddhist, indem er sagt: »Er wurde der Erleuchtete«, doch ich kann ihm nicht vergeben. Was braucht die Welt: mehr Götter oder bessere Könige?

Ardschumand beobachtete mein Gesicht, um meine Gedanken zu erraten. Ihre Intuition, der Zauber der Frauen, die Macht, die größer als die eines Königs ist, sagte ihr, daß ich nicht umgestimmt werden konnte. Sie hatte für Khusrav Tränen vergossen, doch für Shahriya hatte sie keine.

»Du hast dich bereits verändert.«

Ihr Gesicht lag im Schatten, war abgewandt; ich erkannte ihre Traurigkeit. Ich ging aus dem Licht, die gelben Flammen beleuchteten sie allein, ließen sie wie Gold und voller Geheimnis erscheinen. Ihr düsteres Gesicht rührte mein Herz. Ich wünschte mir, ihren Mund, ihre Augen und Wangen zu berühren, ihre samtene Weichheit zu fühlen, doch als ich meine Hand hob, wandte sie sich ab.

»Ich kann doch nicht mehr der Junge sein, dem du das erste Mal im königlichen Meenabasar begegnet bist, vor so vielen Jahren. Die Welt bleibt nicht stehen. Der Augenblick kann nicht festgehalten werden, wir können ihn nicht verewigen. Weder bin ich der Junge von damals, noch du das Mädchen. Ich bin Herrscher, ich muß mich verändern. Ich habe dieses Amt inne, ich habe die Macht. Das Kind von damals wäre nicht in der Lage gewesen zu regieren; der Mann von heute kann es. Das Leben stählt das Herz und den Geist. Wir würden unberührt und unverändert bleiben, wenn da nicht die Taten anderer Menschen wären: ihr Verrat, ihr Ehrgeiz, ihre Liebe, ihre Grausamkeit. Und wir unsererseits verändern durch unsere Taten ihr Leben und ihr Schicksal. Wenn wir zwei Dorfbewohner wären, würden wir ein einfaches und sorgloses Leben führen. Aber das war nicht unser Schicksal.«

Sie hielt den Kopf gesenkt, war niedergedrückt durch die Last meiner Worte, ihr langes, glänzendes Haar berührte den Diwan.

»Was würdest du dir wünschen?«

»Nichts mehr; es ist zu spät. Wir sind nicht länger ein Junge und ein Mädchen. Du bist Herrscher und ich die Kaiserin. Gibt es da ein Entkommen? Vielleicht verändere ich mich auch in den kommenden Jahren. Ich wünsche es mir nicht, doch du sagst, wir können kein Leben führen, das von den Handlungen der anderen unberührt und unverändert ist. Doch meine Liebe zu dir wird sich nie verändern. Sie kann nicht gestohlen, befleckt werden, und vielleicht bleibe ich allein durch die Kraft der Liebe das Mädchen, das du damals auf dem Basar zum erstenmal gesehen hast.« Sie nahm meine Hand und küßte sie wie zum Abschied.

»Bleib heute nacht hier.«

Ich erhob mich: »Ich werde zurückkehren.«

Nein. Dann nicht heute nacht. In einer anderen. Ich

möchte nicht, daß der Traum von damals wiederkehrt. Er enthüllt sich Stück um Stück – zuerst Blut und dann ein Gesicht, das ich nicht kenne, das sich aus dem Nebel löst.

In dieser Nacht kehrte ich nicht zu ihr zurück. Ich schickte ihrem Vater in Lahore eine Botschaft. Es war die dritte während meiner Regentschaft: Laß Shahriya und seine Söhne hinrichten. Ich wollte nicht von der Rache seiner Söhne verfolgt werden, denn nach moslemischem Gesetz konnten sie vom Gericht Gerechtigkeit für den Tod ihres Vaters fordern. Ich blieb wach. *Taktya takhta.* Kann irgendein König den Thron erreichen, ohne blutige Fußspuren zu hinterlassen? Nur wenn er Glück hat und nur einen Sohn. Ich gelobte, daß ich zu gegebener Zeit das Schicksal meiner eigenen Söhne kontrollieren würde. Sie würden nicht das Blut des anderen vergießen.

An dem Tag, an dem wir in Agra eintrafen, starb Shahriya, zusammen mit seinen beiden Söhnen. Ich fragte nicht, wie es geschehen war; dem Befehl des Herrschers war gehorcht worden. Das Land hatte nur einen König.

Die Stadt hieß mich willkommen. Männer, Frauen und Kinder, Edle und Bettler und Soldaten säumten die Straßen. Ich ritt durch sie hindurch, trunken von dem Tumult ihrer Zurufe – *zindabad,* Padishah, *zindabad* –, dem Trommelschlag und der heiteren Musik. Rosenblätter wehten auf mich herunter, und ich verteilte Goldmünzen an das Volk, damit es feiere und sich vergnüge. Ich ritt durch den Hathi Pol-*darwaza* des Lal Quila, stieg ab und küßte die Erde. Mehr als vier Jahre waren vergangen, seit ich das letzte Mal einen Fuß hinter die Mauern des Forts gesetzt hatte. Ich blickte mich um, ob sich etwas verändert hatte, doch ich stellte wenig fest. Der düstere, rote Sandstein des Palastes hob sich nach wie vor undeutlich vom klaren, blauen Himmel über den Wällen ab. Doch der Garten war noch prachtvoller. Er war die Leidenschaft meines Vaters gewesen, und er hatte ihn noch ausgedehnter verbessert und vergrößert, noch mehr Blumen anpflanzen lassen und viel Zeit auf ihre Pflege verwandt.

Im *diwan-i-am* warteten die Edlen und Befehlshaber des Reiches. Ich bemerkte, daß Karan Singh unter ihnen war, geschmückt mit Juwelen und golddurchwirkten Gewändern.

Er stand hinter der zinnoberroten Schranke. Der *sisodia* von Mewar freute sich über meine Position. Durch meine Macht hatte sich auch seine Macht vergrößert. Er wollte sich vor mir verneigen, doch ich umarmte ihn. Hinter einer entfernten Säule verborgen stand Mahabat Khan. Es fehlte ihm nicht an Mut, er verhielt sich nur aus Taktgefühl so. Er war alt geworden; sein Bart war grau, und die Tränensäcke unter seinen Augen waren ausgeprägter, doch sein Gesicht besaß nach wie vor die Würde eines Befehlshabers.

Ein paar Monate zuvor hatte sich zwischen ihm und meinem Vater eine seltsame Episode ereignet. Untätigkeit bringt auf dumme Gedanken, und so ging es Mahabat Khan, nachdem er meine Verfolgung eingestellt hatte. In einem Anfall von Verrücktheit oder Langeweile war er in das Lager meines Vaters gedrungen und hatte den Herrscher gefangengenommen. Dann ergriff er Mehrunissa und führte sie beide in sein Lager und hielt sie als Geiseln fest. Niemand wußte, was er damit erreichen wollte. Einen Tag lang hatte er das Reich in seiner Handfläche, doch dann gelang es Mehrunissa zu entkommen. Sie stellte die Mughal-Armee auf und führte sie persönlich gegen Mahabat Khan in den Kampf. Sogar als General war Mehrunissa siegreich. Bei dem Geplänkel tötete sie ein paar Männer, doch ich vermute, nachdem Mahabat Khan wieder zur Besinnung gekommen war, floh er vom Schlachtfeld. Ich schwor mir, ich wollte mehr über diese Angelegenheit erfahren.

Er zitterte nicht oder duckte sich, als ich entschlossen auf ihn zuging. Ein paar Schritte vor ihm blieb ich stehen; sein Blick war fest, doch ich sah seine Traurigkeit. Ich erinnerte mich, wie mich sein starker Arm als Junge beim Schwertkampf geführt hatte, meinen schweren Schild höher gehoben hatte, wie er mich heiser in der Kriegskunst unterrichtet hatte. Er hatte immer noch die gleiche Ausdünstung: nach Schweiß, Staub, Schießpulver, Metall und Blut. Ich wußte, daß er im stillen sprach: *Inshallah.* Wenn ich seinen Tod befahl, würde er sterben. Er verneigte sich; ich registrierte es.

»Majestät sehen gut aus«, sagte er und konnte nicht widerstehen, hinzuzufügen: »Zweifellos habe ich dazu beigetragen, daß er in so guter Verfassung ist.«

»Das stimmt.« Ich tätschelte meinen Bauch. »Das viele Reiten ließ mich nicht weich und rund wie eine Frau werden. Was wünscht Ihr?«

Er versuchte, meine Gedanken zu lesen, wog sorgsam seine vergangenen Taten ab. Er konnte nicht sagen, auf welche Seite die Waage sich senken würde.

»Ich bin ein alter General. Als junger Mann diente ich Eurem Großvater und als Mann Eurem Vater. Ich bin nur das, was man mir befiehlt zu sein. Ich erwarte Euren Befehl.«

»Führ meine Armeen, alter Freund. Ich trage es Euch nicht nach, daß Ihr mir vier Jahre lang keine Ruhe und keinen Frieden gelassen habt. Wenn Ihr dem Befehl meines Vaters entgegen gehandelt hättet, könnte ich Euch nicht achten. Ihr könnt genausogut einem dritten Herrscher in gleicher Treue dienen wie den beiden vorherigen.« Ich wandte mich langsam ab. »Und diesen Unfug mit meinem Vater erklärt Ihr mir später.«

Er errötete. Noch nie hatte ich einen Mann so verwirrt erlebt. Ich vermutete, daß er keine Erklärung dafür geben konnte und sich selber über sein Fehlverhalten wunderte. Die Menschen wundern sich am meisten über ihre eigenen Taten.

Das erste Mal in meinem Leben ging ich durch die Goldschranke und stieg die Stufen zu dem Alkoven hinauf. Er war eng und so düster wie ein Sarg. Die Einfassung und die Säulen sollten die Macht des Herrschers vor neugierigen Blicken schützen. Ich legte mein Schwert neben mich und ließ mich auf dem Thron nieder. Es war der Sitz meines Großvaters gewesen, ein einfaches Möbelstück, bedeckt mit Blattgold und eingelegt mit Edelsteinen. Er war halbkreisförmig und niedrig, war kein wirklicher Widerschein der Macht und des Glanzes des Großen Mughal. Wie die Sonne hätte er Strahlen des Ruhms verbreiten sollen, statt dessen war er gedrungen und wie eine flachgetretene Kröte. Der *chatr* über meinem Kopf war aus massivem Gold, mit Diamanten bestückt. Der Himmel aus Blattsilber spiegelte verschwommen die versammelten Edlen, und das Holzdach war schon moderig. Es würde erneuert werden.

Ich blickte hinunter: Ganze Reihen von Gesichtern blickten

zu mir hoch. Von einer solchen Erhöhung ändert sich die Sicht. Die Welt war geschrumpft; ich hatte an Ruhm zugenommen, und ich blickte in die Seelen der Menschen. Der Thron fühlte sich bequem an. Ich machte es mir in seinen Kissen bequem und fühlte, wie mein ganzes Wesen in die Rolle des Monarchen schlüpfte. Doch gleichzeitig fühlte ich auch ungewollt eine bleierne Isolation. Weder links noch rechts würde ich Gefährten finden; das Lachen hatte aufgehört, und das Schweigen hielt hof. Ich blickte über die zahlreichen Edlen, meine Augen suchten unauffällig Ardschumand hinter der *jali;* ich bildete mir ein, ihr Gesicht im Schatten erblickt zu haben, und ihre kaum sichtbare Anwesenheit gab mir Trost. Unter mir standen meine Söhne: Dara, Shahshuja, Aurangzeb und Murad. Sie blickten ehrfurchtsvoll zu mir hoch, verneigten sich dann hastig. Nicht einmal sie konnte ich umarmen; es war ihnen nicht erlaubt, den Alkoven zu betreten. Dara und Aurangzeb waren gewachsen – sie waren keine Kinder mehr, sondern Jugendliche. Dara blickte mit verhaltener Zuneigung zu mir hoch – unsere Trennung hatte ihn betrübt –, Aurangzebs Gesicht war steinern.

Ich war wirklich der Herrscher von allen.

Die Formalitäten mußten erfüllt werden: die Lesung aus dem Koran in der *masjid* und der Schwur des Gehorsams gegenüber meiner Person. Diese Zeremonien benötigten eine Woche. Prinzen und Edle machten mir ihre Aufwartung, brachten kostbare Geschenke für die Schatzkammer mit. Sie floß bereits über; niemand konnte den Reichtum, der in den Räumen unter dem Harem aufbewahrt wurde, schätzen. Jeden Tag starrte ich darauf, Blut und Muskel des Reiches, mein Blut und mein Muskel. Es war unmöglich, daß solcher Reichtum nicht die Habgier der Menschen weckte.

Ein Herrscher kann Freunde, Gunsterweisungen und Feinde nicht vergessen, und ich hatte viele, an die ich denken mußte. Jeder mußte gerecht behandelt werden. Ich bestellte Ardschumands Vater, Mir Saman, und befahl Mehrunissa, in Agra auf mich zu warten. Sie kam widerwillig. Ardschumand und ich empfingen sie in der privaten Atmosphäre des Harems, saßen allein auf dem Balkon.

In der Nacht vor ihrem Kommen gab ich Ardschumand das machtvollste Geschenk, das ein Herrscher einer vertrauenswürdigen Gefährtin machen kann. Sie nahm die Goldschatulle zögernd entgegen, ließ sie in ihrem Schoß liegen und blickte mich an.

»Öffne es.«

»Was ist es?«

»Du wirst ja sehen.« Sie blieb ruhig. »Natürlich ist es mein Herz. Nichts Geringeres kann ich meiner Kaiserin anbieten.«

Sie spähte hinein, erwartete vielleicht einen Edelstein, dann runzelte sie die Stirn und nahm den schweren Gegenstand langsam aus der Schatulle.

»Vor vielen Jahren sah ich das auf Mehrunissas Tisch. Als ich es berührte, wurde sie ärgerlich.«

»Du behältst den *Muhr Uzak*. Er ist das Symbol meiner Macht und meines Vertrauens. Du wirst mit deiner Freundlichkeit und Liebe mein Urteil mildern; wirst mir helfen, nicht ungerecht zu sein, wenn Allah mich so verblenden sollte.«

Sie hielt das Siegel einen Augenblick, dann reichte sie es mir. Das Metall hatte sich durch ihre Berührung erwärmt.

»Mein Liebster, du bist der König, nicht ich. Ich habe nicht den Wunsch, wie Mehrunissa zu regieren. Ich weiß, du wirst zu deinem Volk sanft und freundlich sein, wie du es all die Jahre zu mir gewesen bist.«

Ich öffnete ihre Handflächen und gab ihr das Siegel zurück.

»Ein Herrscher braucht eine Kandare. Du mußt meine Führerin sein, mir sagen, was gut und was schlecht ist.«

»Wenn du willst. Und...«, fügte sie ernst hinzu, »...wenn du mir zuhörst.«

»Das, was du hältst, und deine liebliche Stimme werden mich veranlassen, zuzuhören.«

Sie legte den *Muhr Uzak* auf den Goldtisch neben dem Diwan. Alle konnten ihn hier sehen. Er war in ihrer Reichweite, nicht in meiner, Mehrunissa bemerkte das kaiserliche Siegel sofort; es war kostbarer und mächtiger als Gold oder Armeen. Sie zeigte keine Demut, nur Resignation; sie akzeptierte ihre Niederlage und erwartete meinen Befehl.

Ich war wie erstarrt. Die ganzen Jahre des Elends und, noch

schlimmer, der Verlust der Liebe und des Vertrauens meines Vaters waren ihr Werk. Sicher, mein Vater war schuld. Um ihre Liebe zu gewinnen, hatte er sich von mir abgewandt, doch ich konnte es ihm nicht übelnehmen. Sie hatte seine Schwäche genutzt, um ihre eigenen ehrgeizigen Pläne voranzutreiben, und ich hatte gelitten. Auch war sie schuld daran, daß ich das Gewicht meiner Macht benutzen mußte, um Shahriyas Leben auszumerzen. Wie oft hatte ich in den letzten vier Jahren Mehrunissas Namen verflucht. Mit meinen täglichen Gebeten hatte ich alles Gift, das ich im Herzen trug, auf sie herabgerufen, und ich konnte sie jetzt nicht ohne Bitterkeit ansehen.

Ardschumand erhob sich sofort und umarmte ihre Tante. In ihr war Vergebung. Meine Ardschumand sah älter als ihre Tante aus. Ihr Körper war in den Jahren der Krankheit und der Geburten dicker geworden und ihr Gesicht von der Erschöpfung gezeichnet. Und doch war sie für mich die unvergleichlich schönere der beiden Frauen.

»Majestät«, Mehrunissa verneigte sich. Sie erkannte blitzschnell, daß ihre Nichte sie vor dem Sturm beschützen würde. »Ich entbiete demütig dem Großen Mughal meinen Respekt. Natürlich wäre ich gerne in Lahore geblieben, um den Tod meines Gatten, Eures Vaters, zu betrauern, doch ich mußte ja Eurer Aufforderung Folge leisten.«

Sie nahm neben Ardschumand Platz, seufzte vor Trauer, obwohl ihre Trauer sie keineswegs daran gehindert hatte, sich prächtig herauszuputzen.

»Ich wünschte mir nur, ich hätte noch einmal das Gesicht meines Vaters vor seinem Tode sehen können. Vier Jahre lang hatte ich ihn nicht gesehen.«

»*Inshallah*«, sprach sie sanft. »Er hat seinen Frieden. Mein einziger Wunsch ist, nach Lahore zurückzukehren, um ein Monument seiner Größe zu bauen.«

»Sonst nichts?«

»Darüber können wir später sprechen«, sagte Ardschumand, um mich zu besänftigen. »Wie geht es Ladilli? Geht es ihr gut?«

»Sie trauert.« Mehrunissa sprach dies ohne jeden Vorwurf

aus. »Sie liebte Shahriya hingebungsvoll, und sein Tod hat sie tief getroffen.«

»Du hast sie nur mit ihm verheiratet, um Macht zu gewinnen.«

»Kann man mir das übelnehmen?« Ihr aufrührerischer Geist flammte wieder auf. »Mir war es nicht zugedacht, eine schwache, dumme Frau zu sein, die ihre Jahre und ihre Energie im Harem vergeudet. Meine Juwelen zu zählen, meinen Körper zu parfümieren und endlos darauf zu warten, daß mein Gemahl mich besuche – das war kein Leben, das mir zusagte. Euer Vater gab mir nur allzu bereitwillig dies...« Sie zeigte auf den *Muhr Uzak.* »Er sagte: ›Mach damit, was du willst!‹ Er wollte sich nur amüsieren. Die Bürden des Staates ermüdeten ihn und lenkten ihn von seiner Liebhaberei, der Malerei und natürlich dem Trinken, ab. Sein Geist war geschwächt. Ich konnte nicht zulassen, daß das Reich durch seine Nachlässigkeit zerstört wurde. Ich regierte so gut ich konnte. Ihr versteht die Macht so gut wie ich. Ich konnte sie nicht leichten Herzens aufgeben. Was bleibt für mich jetzt noch zu tun übrig? Ich werde wie eine Kerze sein, die durch die lange, einsame Nacht flackert, und niemand wird meine Flamme bemerken.«

Mehrunissa erwartete mein Urteil. Die Stille verkrampfte die Muskeln ihres Gesichts. Ich sah Ardschumand an. Ihr Wunsch würde mein Befehl sein. Sie legte zärtlich den Arm um Mehrunissas Schultern.

»Ihr werdet ein großes Grabmal für Dschahangir bauen. Es wird so schön werden wie das, das Ihr für meinen Großvater habt errichten lassen.«

Das war meine Vergebung.

Es gab noch andere, die ich nicht vergessen konnte. Am folgenden Morgen bestellte ich Mahabat Khan zum *diwan-i-khas.*

»Ihr begebt Euch in den Dschungel, der Mandu umgibt, und sucht einen Banditen namens Arjun Lal, wenn er noch lebt. Wenn Ihr ihn gefunden habt, überbringt ihm die Grüße des Herrschers Schahdschahan und sagt ihm folgendes: ›Schahdschahan hat seine Treue nicht vergessen, und aus Dankbarkeit gibt er ihm alle seine Ländereien zurück und noch zweimal soviel. Von nun an wird er in Frieden mit dem Herrscher leben!‹«

Der *wazir* schrieb diesen Befehl nieder, und noch einen weiteren: »Ihr nehmt zwanzigtausend Mann nach Bengalen. An den Ufern des Hoogli findet Ihr ein *Firingi*-Fort. Ihr werdet es dem Erdboden gleichmachen und diejenigen, die nicht im Kampf sterben, bringt Ihr in Ketten gefesselt zum Palast. Einen aber möchte ich unbedingt sehen. Einen Priester mit einem roten Bart, der die Farbe von Karotten hat. Er wird nur so lange leben, bis er mich von Angesicht gesehen hat.«

Der *wazir* schrieb diese Befehle nieder. Ardschumand besiegelte beide.

Kapitel XXIV
Das Tadsch Mahal
1069 (a. D. 1659)

Isa weinte. Tränen ließen das Sonnenlicht glasig erscheinen, lösten die Gesichter der Menschen auf und verzerrten den Marmor- und Sandsteinpalast in eine groteske Gestalt. Die Stille war erdrückend. Eine Eiswand von Männern umgab ihn – Soldaten, Edle, Prinzen und ein Herrscher. Und ein Prinz, ganz für sich, wie aus einer anderen Welt. Er blickte mit einem Anflug des Bedauerns um sich. Er kannte seine eigene Sterblichkeit, wußte, daß alles, was er sah, vergehen würde. Starben die Menschen oder starb die Welt? Unser Verständnis der sterblichen Dinge, dachte Isa, ist dürftig. Als Dara starb, entschwand er unserer Sicht. Oder ist das ein überheblicher Gedanke? Vielleicht verschwinden wir aus Daras Sicht? Das Rätsel linderte den Schmerz in seiner Brust. Es war ein Abzug, doch wovon? Wenn die Seele zu Brahma zurückkehrte, dann bedeutete das Dauer und die Welt Nichtdauer. Wir werden also entfernt, nicht der Tote. Diese Schlußfolgerung konnte ihn nicht trösten. Alle Menschen aller Religionen sehnten sich nach Trost; jeder Glaube beruhte darauf. Es wird uns Trost versprochen, doch ohne Beweis, und wir glauben, weil wir müssen.

Die Stille beunruhigte den Herrscher. Aurangzeb betrachtete die düsteren Gesichter. Er sah den Kummer, konnte aber nicht verstehen, daß er die Ursache davon war. Er war der Sieger; dort stand der Schurke. Doch die Stille vertauschte ihre Positionen, und irgendwie spielte ihm allein der Anschein einen Streich. Er unterdrückte einen unangenehmen Gedanken – wenn er in Ketten vorgeführt würde, wären die Gesichter freudig. Er hatte Dara gerecht abgeurteilt. Der Herrscher war der Schatten Allahs, die Geißel Gottes. Dara war gescheitert. Er hatte ganz offen seine Zuneigung zu den Hindus gezeigt. Er hatte gefehlt. Der Tod erwartete ihn.

Instinktiv wußte Aurangzeb, daß das Blut nicht in der Öffentlichkeit vergossen werden konnte. Die Stimmung der Menge war unbeständig, die Wut um ihn herum kaum unterdrückt; ein einziger Tropfen würde den Bann brechen. Er vermied es, Dara anzublicken. Statt dessen machte er ein Zeichen, ihn abzuführen. Die Wärter stießen Dara zu dem Verlies unter dem Palast. Der Henker blickte hoch; der Herrscher nickte.

Es war kühl unter dem Palast. Eine Brise wehte vom Jumna her. Dara atmete den Geruch von Staub und Wasser ein. Er fühlte die natürliche Erleichterung von der Hitze, die den ganzen Morgen auf seinem Rücken gebrannt hatte. Die Stufen hinunter nahmen kein Ende. In Nischen flackerten Kerzen. Als er vorüberging, bildeten sich Schatten und lösten sich wieder auf. Je tiefer sie hinuntergingen, desto stärker wurde die Dunkelheit, desto stärker brannten die Flammen. So weit vom Sonnenlicht entfernt, schien die Zeit stillzustehen. Ein Raum aus Stein, ein schmutziger Boden, ein Holzblock. Dara empfand tiefe, hoffnungslose Einsamkeit. Er sehnte sich in diesem Augenblick nach Trost, doch keiner der Menschen, die er liebte, war ihm nahe. Er sah das Gesicht seiner Mutter ganz deutlich vor sich, von unten, als ob er noch ein Kind wäre, das auf ihrem Schoß lag. Ihr Parfüm umgab ihn, Moschus und Rosen. Sie warfen ihn in den Schmutz, legten seinen Kopf auf den Block. Er schmiegte sich an ihre weiche Schulter.

Tack! Tack, tack, tack.

Schahdschahan hörte den Waschfrauen zu, die ihre Wäsche gegen die Steine schlugen. Büffel lagen ausgestreckt im Fluß. Sein Herz erklang, war wie eine Bogensehne, die von unsichtbarer Hand gespannt wurde. Im Dunst des Sonnenlichts und des Staubes wankte der Tadsch Mahal; nur die Kuppel blieb so, wie sie war, wurde von der Luft getragen. Er stöhnte: Ardschumand, Ardschumand, beschwor sie, sich von der Last des Marmors zu befreien und zu ihm zu kommen. Bei Nacht kam sie oft. Er träumte, sie liege neben ihm und vertreibe seine Einsamkeit.

Manchmal wachte er auf und bemerkte, daß er den Kopf so hielt, als ob er sich an ihre Schulter geschmiegt hätte. Dann verlangte er nach einer Frau, Fleisch, um sich in seinem einsamen Bett trösten zu lassen. Die Frauen warteten auf sein Zeichen, kannten seine Bedürfnisse und legten sich unter ihn. Wenn er einen Schrei ausstieß, galt er nicht ihnen, das wußten sie.

Isa wandte sich um. Ein Soldat rief ihn an. Ein anderer stand neben ihm und trug eine Goldschale, die in seiner Hand wie ein Feuerball glühte.

»Was wollt ihr?«

»Wir wollen zu Schahdschahan.«

»Seiner Majestät«, berichtigte Isa, doch die Soldaten beachteten es nicht. Das Land hatte nur eine Majestät – Aurangzeb. Isa gab ihnen die Erlaubnis nicht, doch sie schritten kühn in den Saman Burj. Schahdschahan ruhte auf dem Diwan vor der Mamorbalustrade und blickte hinaus. Mit dem Rücken lehnte er sich gegen eine Säule. Die unzähligen Diamanten, die in die Wände des Raumes eingelegt waren, gaben sein Spiegelbild wider. Er schenkte den Soldaten keinen Blick, sondern starrte auf die Schale. Angst breitete sich auf seinem Gesicht aus, seine Augen traten aus den Höhlen. Er wandte den Kopf ab, und Isa erkannte in diesem Augenblick, was die große Schale enthielt.

»Geht weg.« Er bewegte sich schnell auf die Soldaten zu und

stieß sie weg. Ein Dolch wurde ihm an die Kehle gepreßt, eine Schwertspitze berührte seine Brust.

»Wer bist du, daß du uns Befehle gibst? Der Padishah Aurangzeb hat seinem Vater ein Geschenk gesandt. Hier ruhen seine Liebe und sein Trost, sagte der Padishah.«

Der Soldat hob den Deckel.

Daras blicklose Augen starrten sie an.

Gopi wanderte vorsichtig durch die Portale ins grelle Sonnenlicht. Der Garten war verlassen; niemand bewachte das Grabmal. Er blickte den langen, engen Kanal entlang; die Springbrunnen waren stumm. Das auffallend weiße Bild spiegelte sich in dem dunklen Wasser. Er lauschte dem schläfrigen Summen der Insekten. Er hörte keinen menschlichen Laut. Sie waren entfernt, jenseits des Flusses, hinter den hohen Mauern. Die Welt hatte ihre Augen geschlossen; das Grabmal gehörte ihm. Er zögerte im Schatten des Tores. Er ging hinunter, rechnete immer noch mit einem Anruf, die brutale Autorität eines kaiserlichen Soldaten, der ihn zurückdrängte. Er konnte nicht glauben, daß er im Garten war, solche Schönheit vor sich sah – die grünen, bewässerten Wiesen, die Rosenbeete, die Kannas, die Ringelblumen.

Für die Moslems war die Ringelblume eine Todesblume, und sie waren hier in reichem Maße vorhanden und in allen Farben. Den Garten umrahmten alle möglichen Bäume: Mango- und Limonenbäume und Zypressen. Zypressen waren auch auf dem Mamor des Grabmals eingemeißelt, es war der Baum Tamerlans.

Gopi ging den Fußpfad neben dem Springbrunnen entlang und beobachtete sein Spiegelbild, das sich über dieses heitere Bild legte. Das Bauwerk zeichnete sich undeutlich ab, als er sich näherte. Aus der Ferne – er hatte es immer nur von seinem Standplatz hinter der Mauer aus gesehen – war es nicht so großartig erschienen. Als er in seinen Schatten trat, spürte er den Zauber. Seine Zartheit war eine Illusion, sollte den Anschein der Zerbrechlichkeit erwecken. Es türmte sich über ihm auf, und er bog den Kopf zurück, um zu der Kuppel hinaufzublicken. Als er sich der Säulenplatte näherte und die Stufen zu der Tür hinaufeilte, entschwand sie seinem Blick. Das zerbrechliche Marmorgitterwerk erstreckte sich hoch über ihm. In einer Ecke des Gewölbes hatten Bienen ein schwarzes, aufgeschwollenes Nest gebaut. Er stieß die Silbertür auf und sah die *jali*.

Gopi blieb auf der Schwelle stehen und ließ den Anblick auf sich wirken. Das Licht brach durch das Marmorflechtwerk des westlichen Fensters, weich, gedämpft. Es umspielte die *jali* und veränderte die ganze Struktur des Steins zu etwas Zartem, Durchsichtigem, Leuchtendem, bis der Stein selbst zu einer Quelle des Lichts wurde. In der Dunkelheit, überlegte er, würde er aus sich selbst strahlen. Die Intarsien, Blätter und Blumen in Rot, Grün, Blau leuchteten wie die Glühwürmchen, die nachts die Gärten erleuchten. Er wußte instinktiv, an welchem Abschnitt sein Vater sein Leben erschöpft hatte, ihn zu meißeln. Er wurde davon angezogen, seine Finger streichelten den glatten Marmor, berührten jeden Teil wie den Leib einer Frau. Er versuchte, durch den kalten Stein seinem Vater näherzukommen. Traurigkeit erfüllte ihn. Sein Vater hatte ein solch schönes Werk vollbracht, doch es war ihm nie vergönnt gewesen, es zu betrachten und zu küssen.

Zuletzt betrachtete er den Sarkophag im Inneren. Vorsichtig betrat er die Einfriedung und ging umher, ohne den Marmorblock zu berühren. Er konnte das seltsame Verhalten der Moslems nicht verstehen: Sie errichteten Monumente für ihre Toten, doch der Körper war vergänglich, nach dem Tod wertlos. Er blickte zu der goldenen Lampe hoch, die nicht angezündet war, und zu der hohen Kuppel. Er seufzte beim Anblick der Pracht, hörte das leise Echo, das ihn verspottete. Er fühlte sich jetzt ganz ruhig, da er wußte, daß er genügend Zeit hatte, das Bauwerk zu betrachten. Aus Achtung vor dem Geist des Grabmals streifte er gemächlich durch die Kammern, studierte das Lichtmuster, staunte über die ungeheuren Mühen, die aufgewandt worden waren. Und von jeder Kammer aus konnte er durch die Fenster auf die *jali* seines Vaters blicken. Er besaß sie jetzt, endlich, nach so vielen Jahren. Sie gehörte seinem Vater und ihm. Seine Kindheit war ein Opfer dieser Arbeit gewesen, genau wie andere Kindheiten, Leben und Todesfälle – sein Bruder, sein Vater, seine Mutter. Auch ihr Geist war in dem Grabmal, zusammen mit dem von zahllosen anderen, die all die Jahre daran gearbeitet hatten, um etwas so Einmaliges hervorzubringen.

Gopi berührte die Wände, seine Fingerspitzen streichelten die Diamanten und Rubine, Smaragde und Perlen, die in die Blumen eingelegt waren. Jeder einzelne Stein war von unschätzbarem Wert.

Plötzlich wurde ihm bewußt, daß er gekommen war, um sich zu verabschieden. Der Mut, das Grabmal zu besuchen und seine Angst vor Strafe zu überwinden, war diesem Wunsch entwachsen. Er hatte nicht gewußt, was ihn erwartete, und er wünschte sich jetzt, es wäre ein Geheimnis geblieben. All die Jahre hatte er sich vorgestellt, es sei so hohl wie eine Schale, nicht gefüllt mit solcher Pracht. Wie konnte er gehen? Wie konnte er in ein Dorf zurückkehren, an das er sich kaum erinnerte, tausend Meilen südlich? Er konnte nicht den Geist seiner Mutter und seines Vaters im Stich lassen. Nein, er machte sich selber etwas vor. Es war das Grab, das er nicht im Stich lassen konnte. Er fühlte, daß es seiner Kunstfertigkeit bedurfte und er sich nach seiner Schönheit sehnte.

Gopi trat ins Sonnenlicht hinaus, ging die Treppen hinunter und den Pfad zum Torweg hinauf. Er warf keinen Blick zurück. Er war in Gedanken versunken; sein Leben mußte sich ändern, um seiner neuen Liebe Platz zu machen. Er konnte nicht zu Fremden zurückkehren, er wäre heute in dem kleinen Dorf zwischen den grünen Feldern ein Fremder. Er hatte hier eine Familie, einen Bruder, eine Schwester, einen Onkel – distanziert, aber freundlich. Sie würden bleiben. Er würde nicht vergessen, daß er ein Acharya war. Das war seine Identität, sein Beruf, und wenn es die Götter wollten, würde er eine Frau seiner eigenen Kaste finden, die er heiraten konnte, auch eine Frau für Ramesh und einen Mann für Savitri.

Er ging zu seinem Platz hinter der Mauer zurück, unter den Schatten des Limonenbaumes. Dann betrachtete er, wie es schon sein Vater und der Vater seines Vaters getan hatten, den Marmorblock. Er war einen Fuß hoch, einen Fuß breit und einen Fuß tief. Er schloß die Augen, sah den Gott im Stein, nicht Durga, sondern Ganesh, den Gott des Glücks, der Gelehrsamkeit und des Wohlstands.

1076 (a. D. 1666)

Die Jahre vergingen; Staub und Alter lasteten auf ihnen. Der Palast wirkte wie eine verzauberte Ruine auf den massiven Wällen des Lal Quila. Er sah verlassen aus. Nur bei Nacht leuchteten winzige Lichtpunkte in den Marmornischen. Soldaten bewachten ihn und gestatteten niemandem den Zugang. Sie hatten ein träges Amt; das Reich war verfallen, der Lärm verebbt, und nur die Stille und die paar Soldaten waren übriggeblieben, die im Palast umgingen.

Schahdschahan war zwischen Marmor und Sonnenlicht begraben. Er hatte sich nach seinem Tod gesehnt; das Leben hatte für ihn jeglichen Sinn verloren, war auf ein bloßes Existieren reduziert. Isa las ihm täglich aus dem *Ain Akbari* oder dem *Babur-nama* vor, und gelegentlich hörte er sich die Briefe des Herrschers, seines Sohnes, an. »Ich möchte nicht Eurer Mißbilligung ausgesetzt sein«, las Isa vor, »und kann es nicht ertragen, daß Ihr Euch ein falsches Bild von meinem Charakter macht. Meine Thronbesteigung hat mich nicht, wie Ihr Euch vorstellt, mit Anmaßung und Stolz erfüllt. Ihr wißt aus mehr als vierzigjähriger Erfahrung, was für ein belastender Schmuck eine Krone ist und wie sich ein Monarch mit traurigem und wehem Herzen vor dem Blick des Volkes verbirgt. Ihr scheint zu denken, daß ich weniger Zeit und Aufmerksamkeit auf die Festigung und Sicherheit des Königreiches verwenden sollte und daß es besser für mich wäre, Pläne für eine Vergrößerung ins Auge zu fassen und auszuführen. Ich bin wirklich weit davon entfernt abzuleugnen, daß Eroberungen die Herrschaft eines großen Monarchen auszeichnen sollten, und ich gebe zu, daß ich dem Blut des großen Tamerlan, unseres verehrten Vorfahren, Schande bereite, wenn ich nicht versuchen würde, die Grenzen meines jetzigen Reiches auszudehnen. Doch man kann mir keine ruhmlose Untätigkeit vorwerfen. Ich bitte Euch zu überlegen, daß die größten Eroberer nicht unbedingt die größten Könige sind. Die Nationen der Erde sind oft durch unzivilisierte Barbaren unterworfen worden, und die ausgedehntesten Eroberungen sind in einigen wenigen Jahren in Stücke zerfallen. Ein großer König ist der, der es sich zur Hauptaufgabe macht, seine Untertanen gerecht zu regieren.«

»Ich möchte nicht seinen Briefen ausgesetzt sein«, sagte Schahdschahan verdrossen. »Sie lassen nur immer wieder von neuem vergessenen Kummer aufleben. Ich bin ein alter Mann. Er sollte mich aus seinen Gedanken verbannen, wie er mich aus seinem Leben verbannt hat.«

»Majestät, er sucht Vergebung«, sagte Isa sanft.

»Von mir? Acht Jahre sind vergangen, und er bittet immer noch einen alten Mann, einem Herrscher zu vergeben? Welchen Nutzen hat meine Vergebung?«

»Ihr habt sie nicht gewährt.«

»Wie kann ich? Er ermordete zwei meiner Söhne, warf den dritten ins Gefängnis. Wie kann ein Vater vergeben? Sag es mir, Isa. Ardschumands Söhne liegen im Grab; ihr Gemahl sitzt in diesem Gefängnis. Es gibt keine Vergebung.«

Isa verfolgte das Thema nicht weiter. Jedesmal endete es auf dieselbe Weise. Man würde nicht auf ihn hören. Jahanara, die sich liebevoll um ihren Vater kümmerte, würde auch nicht vergeben.

Sofort nach Erhalt des Briefes wollte sich Schahdschahan in die Mina *Masjid* zurückziehen. Wenn er um Aurangzebs Tod betete, wurde er nicht erhört. Wenn er seinen eigenen erbat, wurde er nicht erhört. Er verbrachte die Zeit damit, der Musik zu lauschen, zu essen, zu trinken und nachts die Sklavinnen zu gebrauchen. Seine Leidenschaft war nicht gemindert – ihre Körper und Parfüms und ihre Weichheit hielten ihn aufrecht. Die Lust beruhigte seinen ruhelosen Geist.

Eines Tages, als Isa ihn wecken wollte, sah er, daß seine

Gebete erhört worden waren. Schahdschahan lag auf seinem Diwan und starrte in die blasse, rosa Morgendämmerung, die langsam die Kuppel des Tadsch Mahal erhellte. Isa schloß ihm die Augen, küßte sanft die eingefallenen Wangen und umarmte den Leichnam seines Herrschers. Nachdem er sich von ihm verabschiedet hatte, rief er Jahanara.

Er ging bei Nacht, als die Bestattungsfeierlichkeiten vorüber waren. Schahdschahan lag neben Ardschumand, eingeschlossen in einen einfachen Marmorblock. Im Innern des Grabmals war es dunkel. Isa roch den Weihrauch und trat auf Rosenblätter, die noch den Boden bedeckten. Er kniete nieder und küßte den kalten Stein, hinter dem sich Ardschumand verbarg. Seine Lippen verweilten, wurden ebenfalls kalt, und seine Tränen flossen den Marmor entlang. Er konnte nicht sagen, wie lange er bei dieser letzten Zärtlichkeit verharrt hatte. Er bemerkte Laternenlicht und hörte Schritte einer einzelnen Person. Schnell zog er sich in eine Ecke zurück.

Isa erkannte den Herrscher im gelben Lichtschein. Aurangzeb stand unbeweglich da, blickte auf die beiden Grabstätten. Er setzte die Laterne ab und kauerte vor dem Grab seiner Mutter nieder. Er legte erst seine Stirn auf den kalten Stein, dann seine Lippen. Die gleiche Zeremonie vollzog er am Grabmal seines Vaters. Als er sich wieder erhob und umwandte, entdeckte er Isa.

»Isa, habe ich dich überrascht?«

»Nein, Majestät. Ihr seid ja ihr Sohn.«

Die Flamme flackerte, erleuchtete Aurangzebs Gesicht. Isa hatte ihn seit vielen Jahren nicht mehr gesehen. Die Augen glänzten allzu stark, verrieten Sorgen. Bevor das Licht verschwand, bemerkte Isa ebenfalls den Blick unendlicher Einsamkeit, der sich im Gesicht eines jeden Monarchen zeigte.

»Ich habe ein letztes Mal sein Gesicht gesehen – er schien nicht gealtert zu sein.«

»Ihr hattet Glück. Er hat Eures nicht gesehen.«

»War das meine Schuld? Sein Leben war ein Echo vergangener Dinge. Er blickte nicht auf das Gesicht seines Vaters.«

»Der Vorwurf ist also im Grab begraben.«

»Vorwurf. Ich konnte keinen anderen Weg wählen. Ich vernichtete meine Brüder aus den gleichen Gründen, aus denen er seine Brüder vernichtete. Doch er machte mir dies zum Vorwurf und verfluchte mich. Das war nicht gerecht.«

Dann, etwas leiser: »Doch ich habe ihn verschont und Murad auch. Manchmal frage ich mich, ob alles anders gelaufen wäre, wenn sie gelebt hätte?«

»Hättet Ihr auf die Stimme Eurer Mutter gehört, wenn sie Euch gebeten hätte, Dara zu verschonen?«

»Vielleicht, doch wir waren unser ganzes Leben mit Konflikten konfrontiert. Der Ausgleich der Liebe – *Inshallah.*« Er nahm die Laterne. »Und du, Isa?«

»Ich liebte Euch alle gleichermaßen, Majestät, keinen weniger als den anderen.«

»Im Gegensatz zu so vielen anderen hast du nichts von uns genommen. Ich werde für den Rest deiner Tage für dich sorgen.«

Als der Herrscher gegangen war, nahm Isa seine Wache wieder auf.

Kapitel XXV
Die Liebesgeschichte
1037 (a. D. 1627)

Ardschumand

Die Übelkeit setzte bereits wieder im ersten Monat der Regentschaft meines Geliebten ein. Wie immer trat sie ohne Warnung auf, im bleichen, milden Morgenlicht; in der dunklen Nacht hatte sie in meinem Leib zusammengeknäuelt auf der Lauer gelegen. Ich konnte den Gedanken an noch ein Kind nicht ertragen. Dieses lag wie ein schwerer, sperriger Stein in meinem Leib und legte sich mir aufs Gemüt. Tagelang war ich so schwermütig, daß ich glaubte, ich lebte in einem Alptraum. Ich hatte mich in dem abgedunkelten Raum vergraben, unfähig, selbst meinen eigenen Körper anzusehen. Hinter den Wänden meines Gemaches hörte ich flüsternde Stimmen, undeutliches Gemurmel.

Die Hand meines Geliebten, sein Kuß auf meinen Lippen, erweckten mich aus der Dunkelheit. Ich sah sein Gesicht, sorgenzerfurcht, seine Augen waren rot vor Schlaflosigkeit. Ich lächelte und erleichterte ihm dadurch die Last seines Schuldgefühls. An dem Tag, als er in Agra Herrscher geworden war, hatte er meinen willigen Körper genommen. Man konnte ihm meine eigene Lust nicht vorwerfen. Ich wurde immer noch schwach, wenn er mich nur ansah, und mein Blut raste bei seiner Berührung. Wir hatten viele Monate widerstanden, aber in dieser Nacht war unsere Vereinigung Teil der wilden Feierlichkeiten.

»Der *hakim* hat Ruhe angeordnet«, flüsterte mein Geliebter. »Niemand darf dich stören.«

Ich konnte meine Enttäuschung nicht verbergen. »Wie lange haben wir auf dein Herrscheramt gewartet, und nun kann ich es nicht genießen, sondern muß Tag und Nacht in meinem Krankenzimmer bleiben.«

»Du wirst dich bald erholen.«

»Neun Monate sind nicht bald. Das ist ein Leben lang. Ich habe das Gefühl...« Ich konnte meine Vorahnung nicht aussprechen. Sie hatte sich wie ein undurchsichtiger Schleier über mein Herz gelegt.

»Was?«

»Nichts. Ich habe das Gefühl, nichts hat sich geändert. Ich bin nach wie vor eine Prinzessin. Ich bleibe eingeengt.«

»Doch du bist nicht länger Prinzessin Ardschumand Banu. Du bist jetzt die Kaiserin meines Herzens, meiner Seele und meines Reiches. Du bist die Erwählte des Palastes.«

»Das ist ein hübscher Name. *Mumtaz-i-Mahal.* Doch er liegt mir seltsam auf der Zunge. Liebster, laß die anderen mich so nennen. Ich möchte nur das sein, was ich immer für dich war – Ardschumand. Ich bin immer noch die gleiche Frau.«

»Es soll sein, wie du es wünschst, meine Liebste.« Er küßte mich und erhob sich. Ich spürte, wie er meinem Blick entschwand, und ich fürchtete mich, doch ich sagte nichts. »Doch von nun an kennt dich die Welt als meine Kaiserin Mumtaz-i-Mahal.«

Solche Größe war unverdient. Als ich in der stillen, drükkenden Hitze lag, vergaß ich den Namen. Meine Sklavin badete mich, Isa brachte mir zu essen und kümmerte sich um mich. Ich verfluchte dieses ungeborene Kind, das mich so sehr behinderte. Es wütete in mir, gönnte mir keinen Frieden und keine erholsame Ruhe, und stundenlang lag ich da und nahm nur verschwommen die Personen wahr, die sich um mich kümmerten.

Vielleicht hörte es meine Flüche. Gott vergebe mir. Eines Morgens fühlte ich, wie es aus meinem Körper glitt, ein Geist, der seine irdische Hülle verläßt. Ich schrie nicht; das Blut konnte nicht gestillt werden, und während die Minuten vergingen, fühlte ich, wie mich eine Leichtigkeit erfaßte, mich dahintrieb, als ob auch ich aus meinem Fleisch geschlüpft wäre. Erst dann klammerte ich mich hartnäckig an meinen Körper und schrie. Isa kam, sah das Blut auf dem Diwan und eilte, um den *hakim* zu holen. Er gab mir einen Schlaftrank und stillte die Blutung mit seinen Kräutern. Ich schlief viele Tage, und als ich erwachte, fühlte ich mich gestärkt.

Doch ich konnte meine Ungläubigkeit nicht ganz verdrängen. Ich wachte auf und erwartete ein anderes Dach über mir, andere Geräusche außerhalb, ein anderes Land, andere Gesichter, andere Gerüche. Ich empfand die Gerüche dieses Landes und konnte genau sagen, wo ich mich befand, von der sanftesten Brise, die den Duft von Reis, Weizen, Pfeffer, Senf in sich trug, dem Geruch nach feuchtem Dschungel oder ausgetrockneter Wüste. Jasipur, Mandu, Burhanpur, der Jumna, der Tapti, der Ganges; jeder Ort hatte seinen Eigengeruch. Hier war es ein Gemisch aus Fluß, Männern, Rüstung, Elefanten, Pferden und dem süßen Duft nach Macht.

Ich genoß den Frieden und die Dauer. Der Gedanke, immer unterwegs sein zu müssen, heftig gerüttelt in einer Sänfte und das von früh bis spät, ging mir noch immer nach. Doch die Kaiserin des Großen Mughal blickte, nachdem sie einmal geweckt worden war, einem vergnüglichen Tag entgegen. Ich wurde gebadet, angekleidet und parfümiert, was ungewöhnlich viel Zeit in Anspruch nahm, denn genauso war es Brauch bei meiner Vorgängerin gewesen. Unzählige Frauen und Eunuchen dienten mir, gaben mir schon nach wenigen Tagen das Gefühl, eingeengt und erstickt zu werden. Ich war daran gewöhnt, daß sich nur eine Sklavin um meine Toilette kümmerte und Isa für alle anderen Bedürfnisse sorgte. Wir ertranken in Dienstpersonal, Formalitäten, Ritualen. Es war, dachte ich, wirklich viel anstrengender als unser karges Leben während der Zeit unserer Flucht. Nie zuvor hatte ich im Palast gelebt, und ich fand es schwierig, mich an das Leben hier zu gewöhnen. Mein Kommen und Gehen wurde registriert, jedes Wort, das ich sagte, wiederholt, jede Geste gedeutet. Man erwartete von mir, daß ich mich mit der Erhabenheit einer Herrscherin zwischen den anderen Frauen des Harems verhalte, aber ich konnte nicht genug Interesse aufbringen, diese Rolle zu spielen.

Dschahangirs Konkubinen lebten mit ihren zahlreichen Dienern immer noch im Palast; jede von ihnen fühlte sich noch bedeutender als die andere. Der Harem wurde weiterhin von jenen mürrischen Tatarenfrauen beherrscht, die mir nur ungern ihre Achtung erwiesen. Zum Erstaunen aller, doch zu meiner eigenen Erleichterung, mußte ich mich nicht gegen andere Nebenfrauen behaupten. Sicher, ich wäre die Herrscherin geblieben, doch die Eifersüchteleien hätten meine Seele verstört. Wen mein Gemahl zu seinem nächtlichen Vergnügen ausgewählt hätte und wen nicht, würde wie bei Akbar und Dschahangir Verdrießlichkeit, Kämpfe und Bitterkeit verursacht haben.

Aus Gewohnheit schlief ich im Zelt, das auf dem Rasen aufgestellt worden war. Als ob ich aus dem Geschlecht der Timur wäre, konnte ich kein festes Dach über meinem Kopf ertragen. Das war gut so, denn bereits im ersten Monat seiner Regierung begann mein Liebster, den Palast umzubauen. Die Schatzkammer floß über. Er konnte seine Ungeduld, zu bauen und den Ruhm des Großen Mughal zu vergrößern, nicht unterdrücken. Schahdschahans Vater hatte Gemälde und Gärten geliebt, er selbst fand Geschmack an prachtvollen Bauten. Das Holzdach des *diwan-i-am* wurde abgerissen, und Arbeiter begannen, es durch den roten Sandstein der Säulen und des Forts zu ersetzen. Es wurde auch an anderen Teilen des Palastes begonnen zu arbeiten. Schahdschahan benutzte den Stein, den er so sehr liebte, weißen Marmor. Er erinnerte sich immer an die Audienzen bei seinem Vater in dem schwach erleuchteten und düsteren *diwan-i-khas,* und hatte all diese Jahre seine Sehnsucht bewahrt, ihn in einen hellen und schönen Raum zu verwandeln, der eines Herrschers angemessen war.

Die Ausübung der Macht verjüngte meinen Geliebten. Seine Energie war unerschöpflich. Er stand vor dem Morgengrauen auf, um sich am *jharoka-i-darshan* zu zeigen, er kümmerte sich geduldig um die Bittgesuche, die an der Kette der

Gerechtigkeit befestigt waren. Dann kehrte er an meine Seite zurück, um ein oder zwei Stunden zu dösen, und verbrachte dann den restlichen Vormittag im *diwan-i-am,* um andere Bittsteller anzuhören und die Streitigkeiten, die zwischen seinen Edlen entbrannten, zu schlichten. Nach einer leichten Mahlzeit empfing er seine Minister, um über die Führung des Reiches zu beratschlagen. Er empfing sie im *diwan-i-khas* oder im *ghusl khana.* Nachdem die offiziellen Angelegenheiten erledigt waren, wandte er sich seinem Bauwerk zu. Seine Leidenschaft für Einzelheiten erforderte den Einsatz zahlreicher Handwerker. Er ließ sie aus allen Teilen des Landes kommen, Moslems und Hindus gleichermaßen, denn die Fähigkeiten und der Sinn für Schönheit sind nicht auf einen Glauben beschränkt. Sie kamen aus Multan, Lahore, Delhi, Mewar, Jaipur und einige sogar aus der Türkei, aus Isfahan und Samarkand. Gegen Abend suchte mein Liebster meine Gesellschaft. Wir verbrachten ein bis zwei Stunden damit, Elefantenkämpfe auf dem Feld unten zu beobachten, dann zogen wir uns ins Zelt zurück, wurden dort nur von einigen Dienern und Isa versorgt, während die Hofmusikanten und Sänger uns unterhielten. Beim abendlichen Mahl waren wir mit den Kindern und anderen Verwandten und Freunden im Palast zusammen.

Wenn der Herrscher seine Untertanen lieben muß, so gilt das gleiche für die Herrscherin. Ich besaß jetzt unbeschränkten Reichtum. Es war immer eine Tradition der Mughal-Herrscher gewesen, einen großen Ledersack voll Geld bereitzuhalten, hunderttausend *dams,* um ihn an die Bedürftigen zu verteilen. Einer stand am Eingang des Palastes. Ich vergewisserte mich, daß er geleert und täglich wieder aufgefüllt wurde. Ich brauchte nicht mehr länger um Spenden zu bitten. Ich war Herrscherin, und wenn mein Liebster Paläste schuf, baute ich bescheidenere Plätze: Schulen, Hospitäler für die Kranken, Heime für die Heimatlosen. Jede Woche verteilte ich, immer noch in Begleitung von Isa, aber unter der Eskorte von Soldaten, Essen an Arme. Als ich mich etwas eingewöhnt hatte, fand ich meine neue Position eigentlich nicht unangenehm.

Im achten Monat von Schahdschahans Regierung kehrte Mahabat Khan aus Bengalen zurück. Wir beobachteten die Staubwirbel seiner nahenden Armee. Dahinter kamen in Ketten die Überlebenden des *Firingi*-Forts. Es war Sommer und die Hitze unerträglich. Ich hatte mit denen, die weder meinem Liebsten gegenüber noch mir gegenüber Mitleid in unserem Elend gezeigt hatten, kein Erbarmen. Ich konnte ihnen ihre beleidigende Behandlung vor so vielen Jahren, als ich fast noch ein Kind war, nicht vergeben. Sie hatten tausend Meilen zurückgelegt, aneinandergekettet, leidend unter den Folgen ihres schroffen Benehmens.

Am meisten frohlockten der *sadr* und die Mullahs. Sie glaubten, mein Geliebter würde endlich einen Feldzug zur Vernichtung der Ungläubigen beginnen. Die Christen ärgerten sie jedoch nur am Rande, und ihre Bestrafung befriedigte sie. Die Hindus waren ihr Hauptfeind und sie erwarteten, daß Schahdschahan die Waffen gegen sie ergreife. Er tat nichts, diesen Glauben zu zerstreuen. Wenn seine Rache mißdeutet wurde, aber sie besänftigte, dann hatte sie doppelten Effekt.

Mahabat Khan betrat den *diwan-i-khas,* um seinem Herrscher Bericht zu erstatten.

»Majestät, ich fand den Banditen Arjun Lal, einen kühnen Schurken, der schwer zu finden war. Er ging meinen Streitkräften viele Tage aus dem Weg, obwohl ich ihm übermitteln ließ, daß ihm nichts geschehen würde. Schließlich fing ich ihn an einem Wasserlauf, und er hätte immer noch die ganze Armee bekämpft.«

Er hielt inne, um seinen eisgekühlten Wein zu kosten. Er konnte seinen Genuß daran nicht verbergen. Ein Vorteil bei Hof war die tägliche Versorgung mit Eis, das vom Himalaja herunter zum Jumna gebracht wurde.

»Ich schrie ihm die Grüße des Herrschers Schahdschahan zu. Das beruhigte ihn. Natürlich hatten sie in diesem wilden Land noch nichts von Eurer Thronbesteigung erfahren. Er nahm Euer Friedensangebot an, und gab ich ihm sein Land zurück und noch zweimal soviel dazu.«

Er ging auf den Balkon und blickte auf das Feld zwischen dem Jumna und dem Fort hinunter.

»Ich habe Euren Priester – lebend. Der Befehlshaber des Forts starb im Kampf. Er war ein guter Mann.« Er wollte ihm seinen Respekt nicht versagen. »Er starb in Ausübung seiner Pflicht.«

»Wie viele andere wurden getötet?«

»Ein paar hundert. Die Übriggebliebenen brachte ich mit. Es waren viele dabei, die sich zu diesem Christentum bekehrt hatten, und ich wollte sie nicht zurücklassen, damit sie ihre Religion nicht weiter verbreiteten.«

Die Gefangenen lagen erschöpft am Boden, seltsam still. Sie blickten nicht zum Palast hoch; sie hatten keine Hoffnung mehr, und damit war auch die Neugier verschwunden. Sie warteten auf den Tod. »Gebt ihnen eine Chance. Sie müssen ihrer Religion entsagen oder sterben.«

Der *wazir* wurde beauftragt, den Befehl des Herrschers vorzulesen. Wie schnell Männer und Frauen ihren Gott im Stich lassen, wenn ein anderer ihnen das Leben schenkt, ist das nicht Beweis genug für seine Wunderkräfte? Der christliche Gott hatte sie während des langen Marsches nicht beschützt; viele waren unterwegs gestorben, und er hatte sich gegenüber ihrem Schmerz, Hunger und Durst gleichgültig verhalten. Nun half ihnen ein anderer, der Gott des Großen Mughal und der Islam, und sie huldigten ihm. Nur die *Firingi*-Priester widerstanden. Sie standen abseits und schüttelten herausfordernd ihre Köpfe.

»Hol sie!«

Der Priester, der sie anführte, hatte einen karottenfarbenen Bart, der mit grauen Fäden vermischt war. Er machte keine Verneigung, und die anderen, die von ihm ihre Anweisungen erhielten, taten es ihm nach. Ihre Hände waren gefesselt. Der Anführer, der ein ausgezehrtes und wildes Gesicht hatte, besaß ärgerlich blitzende Augen, die wie zwei wilde, gequälte Flammen funkelten.

»Ihr erinnert Euch an mich?«

»Ja.« Der Priester hatte eine brutale, rauhe Stimme. Er war es gewohnt zu befehlen, und es fiel ihm schwer, demütige Worte zu gebrauchen. »Ihr habt ein Sakrileg begangen...«

»Sicher. Und Ihr natürlich nicht. Seit unserer ersten Begegnung habe ich Euer Heiliges Buch gelesen. Es sagt, die Menschen sollten Mitleid mit dem anderen haben und noch einiges Interessante mehr. Wie wir glaubt Ihr an ein Danach, ein Paradies, das Ihr Himmel nennt. Doch diese Belohnung hängt von den Taten auf dieser Welt ab. Werdet Ihr in den Himmel kommen, Priester, wenn Ihr sterbt?«

»Ja. Ich habe ein gottesfürchtiges Leben geführt und Sein Loblied gesungen. Gott wird mich für meine Liebe belohnen.«

»Ihr seid wählerisch in Eurer Liebe. Ihr liebt Gott, doch nicht die Menschen. Kommt Euch das nicht seltsam vor, da doch Euer Gott behauptet, alle Menschen zu lieben?«

»Nur diejenigen, die seine Lehren befolgen.«

»Dann ist auch er wählerisch in seiner Liebe. Er stellt Bedingungen für sein Mitgefühl.«

»Und verhält sich eurer Gott nicht ebenso?«

»Ja. Und das hat mich immer verwirrt. Doch ich bin nicht...«

Schahdschahan zögerte. Ein unbedachtes Wort, und unsere eigenen Priester würden aufhorchen, und er müßte ihren Ärger besänftigen.

»Ich bin ein echter Gläubiger, doch die Pflicht eines Herrschers ist es, alle seine Untertanen gleich zu lieben. Ich kann mir nicht den Luxus leisten, nur Gottes Diktat zu folgen. Ich höre auch auf mein Gewissen. Und Ihr?«

»Gott ist mein Gewissen.«

Ich konnte meinen Ekel nicht unterdrücken. Dieser Mann und unsere eigenen Priester waren aus dem gleichen Holz: stur, pedantisch, engstirnig. Die reichen Säfte des Lebens und der Liebe waren aus ihren Herzen geflossen; zähe Seelen baumelten in ihrem Körper.

»Und er sagte nichts von Mildtätigkeit gegenüber denen, die sie suchen? Mein Gott befiehlt Mildtätigkeit.«

»Benötigt ein Prinz Mildtätigkeit? Sie ist nur für die Armen gedacht.«

»Eine feine Unterscheidung, da ja auch Prinzen arm sein können. Habt Ihr jetzt keine Angst vor mir?«

»Ich rechne nicht mit Gottes Bestrafung für meine Tat.« Er sah mich dreist an. »Und ich fürchte mich nicht vor Eurer.«

«Dann sollte ich Euch nicht von Eurer Verabredung mit Gott abhalten.«

Schahdschahans Worte erfüllten den Priester mit Stolz. Er würde als Märtyrer enden, und der Herrscher war das Instrument seiner Erlösung.

»Glaubt Ihr, daß Euer Gott die Macht hat, Euch zu retten?«

»Er wird meine Seele vor der ewigen Verdammnis retten. Er ist allmächtig.«

»Priester, Ihr seid genauso töricht wie die anderen Menschen. Ihr glaubt, die Macht zu besitzen, die Euch über Euer Schicksal erhebt. Der Unterschied zwischen Euch und mir ist sehr subtil. Ich weiß von der Sterblichkeit der Macht; als Priester betrügt Ihr Euch selbst, indem Ihr an die Unsterblichkeit der Macht glaubt. Wenn Euch die Klinge trifft und Gott Eure Seele nicht entgegennimmt, wohin geht Ihr dann?«

»Er wird meine Seele empfangen.«

»Doch noch nicht gleich. Ihr werdet zwei Jahre lang eingekerkert und täglich gefoltert werden. Am Ende Eurer Gefangennahme werdet Ihr das Reich des Großen Mughal verlassen.« Der Herrscher straffte sich. Dieser Mann war nicht nur ein Priester, sondern auch ein *Firingi* und ein ständiger Störfaktor für den Thron. »Sonst wird die Mughal-Armee Surat dem Erdboden gleichmachen und Euer Volk vertreiben.«

Ich war auch enttäuscht, denn zum erstenmal wünschte ich mir nicht, daß mein Liebster Milde zeige. Ich sandte Isa zum Herrscher, der den Alkoven verließ und zu mir kam. Ich redete erst, als er neben mir saß.

»Hättest du nicht energischer sein sollen?«

»Ich kann einen Mann Gottes nicht hinrichten lassen, auch wenn er sich benimmt, als wenn er ein Mann des Teufels wäre. Sein einziges Verbrechen ist mangelndes Mitleid, und das kann uns alle betreffen. Ich habe ihn und sein Volk genug bestraft.«

»Doch werden sie daraus lernen? Sie werden zu dreist.«

»Möchtest du, daß ich an ihm ein Exempel statuiere?« Er wartete und strich sich behutsam über den Bart. Sein Gesicht war undurchdringlich, sogar für mich. Es zeigte die Züge eines Herrschers, unbeweglich, wartete hinter der Maske. Sein Schweigen ermöglichte Überlegungen.

»Nein. Es tut mir leid. Ich ließ mich durch meinen Ärger auf den Mann hinreißen. Es mißfällt mir.«

»Doch das genügt nicht. Wenn man ein Exempel statuiert, wird nur die Gerechtigkeit verzerrt. Und sein Tod würde uns manche Schwierigkeiten bringen. Wir brauchen die *Firingi*-Schiffe, um die wahren Gläubigen nach Mekka zu transportieren. Die Landstrecke ist hart und gefährlich.«

»Du hast recht, doch ich konnte vor dir meine Gefühle für diesen Mann und sein Volk nicht verbergen.«

Er erhob sich und kehrte zum Thron zurück. Ich wußte, er hätte meinem Wunsch nachgegeben, wenn ich unbedingt darauf bestanden hätte. Die Wächter führten den Priester und die anderen aus dem *diwan-i-am*. Der unsaubere Geruch ihrer Körper und die üble Ausdünstung blasierter Heiligkeit verschwanden mit ihnen. Ich war nicht die einzige, die enttäuscht wurde; die Mullahs waren es auch. Alle Priester dürsten nach Blut.

1039 (a. D. 1629)

Die Zeit verstrich angenehm und ruhig. Wir blieben auch im Sommer in unserem Palast in Agra. Ich verspürte kein Verlangen, in den Norden nach Kaschmir zu reisen, um der Hitze zu entgehen. Ich genoß es, dazubleiben, wo wir waren.

Im Frühling hielten wir den königlichen Meenabasar – ein Echo aus unserer Vergangenheit – in den Gärten des Palastes ab. Ich konnte mein kindisches Vergnügen, meinen Schleier wieder einmal abzulegen, nicht unterdrücken, vielleicht einfach deshalb, weil mich dies an unsere erste Begegnung erinnerte. Wenn ich an diesem Tag meinen Schleier getragen hätte, wäre mein Leben ganz anders verlaufen. Ich hätte ihn wohl lieben können, aber er nicht mich. Wie kann man ein Kleidungsstück lieben?

Die Frauen der *omrahs* versammelten sich vor Morgengrauen im Palast. Diesmal war ich kein verlorenes, einsames Mädchen unter Mehrunissas Obhut. Jetzt versammelten sie sich um mich, unzählige Gesichter, Frauen, die kicherten und lachten. Die Luft war erfüllt von der Erwartungsfreude auf den Abend. Ich wollte nicht die Augen aller blenden, was konnte ich dem Herrscher von Hindustan verkaufen? Silber, nicht Gold und Diamanten, hieß der Zauber, der mein Leben verändert hatte. Isa fand, es gezieme einer Kaiserin nicht, solch minderwertiges Metall zu verkaufen.

»Isa, ich werde ihn erneut bezaubern. Wir werden zu einem Augenblick vor zweiundzwanzig Jahren zurückgehen.«

Die Vergangenheit kehrte wie im Traum wieder, und ich stellte es mir amüsant vor, noch einmal das Mädchen zu spielen, das in aller Unschuld wartete, was das Schicksal für es bereithielt. Doch unerklärlich fühlte ich eine Düsternis, eine Trübheit, die mein ganzes Wesen erfüllte, mich in einem kühlen, klammen Nebel gefangenhielt.

»Was ist Euch?« riß mich Isa aus meinen Gedanken.

»Ich weiß nicht. Einen Augenblick lang war mir kalt.«

»*Agachi,* Ihr könnt von Glück reden, wenn Euch in dieser Hitze kalt ist.« Er blickte mich besorgt an. Ich war ernst, lächelte nicht und fürchtete mich. »Fühlt Ihr Euch nicht wohl?«

Ich war dankbar für seine vertraute Gegenwart. Er war der Schatten meines Lebens. Nur einmal hatte er mich, aus Ehrerbietung, mit »Majestät« angeredet. Ich hatte ihn sogleich verbessert. Seine Vertrautheit erinnerte mich daran, daß ich nicht immer eine so hohe Position gehabt hatte.

Als Kaiserin hatte ich einen Stand in der günstigsten Lage: am Eingang, im Kreis der Laternen und Kerzen. Ich blickte zu der schattigen Stelle hin, wo ich einst gestanden hatte, hinter dem Licht. Dort stand eine Frau, die Frau eines niedriggestellten *omrah.* Ich war enttäuscht. Irgendwie hatte ich gehofft, ein junges Mädchen dort zu sehen, eine zweite Ardschumand. Die *dundhubi* kündigte seine Ankunft an; auch mein Herz machte solch einen dröhnenden Schlag. Kaiser Schahdschahan, strahlender als sein Vater Dschahangir, gutaussehend und selbstsicher, betrat den königlichen Basar. Sein Turban war aus scharlachroter Seide und Gold, und der Diamant in der Brosche, die die lange Pfauenfeder hielt, war so groß wie ein ehrfurchtsvoll geöffneter Mund. Er trug eine lange Perlenkette, jede Perle hatte die Größe eines Taubeneis; sein Goldgürtel war geformt wie ein Kettenpanzer und mit Smaragden verziert, sein *jam khak* hatte einen goldenen Griff, war ebenfalls mit Smaragden bestückt, genauso wie der Griff und die Scheide seines *shamsher.* Seine *sarapa* aus Varanasi war schwer durch die Goldfäden, die in Blumen und Blättern verwoben waren. Das Ganze war übersät mit Edelsteinen, passend zum Muster. In seiner Begleitung befanden sich Allami Sa'du-lla Khan, Mahabat Khan und mein Vater. Ohne zu zögern ging er auf meinen Stand zu, und mit spöttischem Ernst musterte er mein Angebot, ein dürftiges Häufchen an Silberschmuck. Es war derselbe, den er vor zweiundzwanzig Jahren gekauft hatte.

»Wie lautet Euer Name?«

»Ich bin Ardschumand, Majestät.«

»Wer ist Euer Vater?«

»Er ist der Sohn von Ghiyas Beg, dem *Itiam-ud-daulah.* Ihr starrt mich an. Habt Ihr noch nie zuvor eine Frau gesehen?«

»Vor solcher Schönheit muß ich mich beugen. Befehlt Ihr mir, mich abzuwenden?«

»Nein. Das ist der königliche Basar und es ist Euer Vorrecht. Wollt Ihr nicht etwas von meinem Stand kaufen?«

»Welchen Wert hat Geld für jemanden wie Euch?«

»Die Armen benötigen es mehr als ich. Ich werde es ihnen schenken.«

»Welchen Armen?«

»Hat Majestät sie nicht vor dem Fort gesehen? Sie kauern an den Wänden.«

»Ja, ich habe sie bemerkt. Ich kaufe alles, was Ihr zu verkaufen habt... das heißt, wenn Ihr mir alles verkaufen wollt.«

»Alles ist zu verkaufen. Ein armes Basarmädchen behält nichts für sich. Doch es muß Euch gefallen.«

»Es gefällt mir, alles zu kaufen. Wieviel kostet es?«

»Hunderttausend Rupien.«

Der Herrscher lachte laut auf: »Der Preis ist gestiegen, doch ich mache das Geschäft. Ich möchte Euch wiedersehen.«

»Wenn Ihr es wünscht.«

Es war sein Wunsch.

Eine Stunde nach Mitternacht kam er zu mir. Ich schlief, doch bei seinem Kuß erwachte ich sofort. Der schwache Schein der Lampe beleuchtete ihn spärlich. Er hatte sich entkleidet und entledigte sich seiner letzten seidenen Hülle, als er sich neben mich legte. Sein Körper hatte sich wenig verändert, er war immer noch fest und muskulös. Ich fühlte seine Härte an meinem Schenkel.

Es war – wie lange? – Monate, fast ein Jahr jetzt her. Wir hatten einander widerstanden, obwohl das für ihn leichter war. Ich hatte die Konkubinen ausgewählt, bei denen er lag. Sie waren hübsch, stammten aber nicht aus edlen Familien. Sie kamen aus der Türkei, aus Kaschmir und Bengalen, aus dem Pandschab, waren Moslems und Hindus. Sie blieben im Harem, führten ein angenehmes Leben, und ich sorgte dafür, daß keine häufiger als einmal zu ihm bestellt wurde. Nicht immer konnte ich meine Eifersucht zurückhalten, da er ständig Bedürfnisse hatte. Ich konnte ihn nicht befriedigen, da ich mich vor einer neuen Schwangerschaft fürchtete. Der *hakim* achtete genau darauf, daß ich meine Abstinenz aufrechterhielt.

Doch diese Nacht war anders. Ich konnte meinem Verlangen nach ihm nicht länger widerstehen. Mein Körper schmerzte und sehnte sich danach, ihn wieder einmal in mir zu fühlen. Seine Küsse schmeckten nach Wein, und seine Hände, die mich so lange nicht berührt hatten, streichelten meine Brüste, meine Brustwarzen. Er erforschte mich, als ob ich ein frisches, junges Mädchen wäre, das ihm ins Bett gebracht worden war. Auch er konnte sein Verlangen nicht mehr verbergen, sogar nach all den Jahren. Ich hielt sein Geschlecht in der Hand; wie herrlich und hart es sich anfühlte. Ich hatte seine Stärke vergessen.

»Ich habe dich vermißt«, flüsterte er. »In meinem Herzen und in meinem Sinn sehe ich in jeder Frau dich. Ich rufe immer nur deinen Namen – Ardschumand.«

»Mein Geliebter, ich habe dich in meinem Herzen gehört. Ich kann in deiner Gegenwart immer noch nicht atmen. Mein ganzes Sein ist ein Teil von dir geworden, und meine Sehnsucht nach dir war unerträgliche Qual. Beeil dich. Dring in mich ein, mein Liebster, und nimm keine Rücksicht.«

Ich schrie auf, nicht aus jungfräulichem Schmerz, sondern aus Lust, als ich fühlte, wie er in mich eindrang, langsam, behutsam, nach und nach, bis er mich ganz ausfüllte. Ich wünschte mir, er würde nie mit dieser köstlichen Bewegung innehalten; ich wollte ihn festhalten und jeden Teil seines Körpers fühlen, wie er sich über mir auf und ab bewegte. Meine Gier war unersättlich, doch nur allzuschnell spürte ich, wie sie nachließ, als mein Leib verging vor Lust an unserem Liebesakt. Ich war wie trunken und schläfrig, hörte ihn wie aus weiter Ferne flüstern: Ardschumand, Ardschumand. Dann ruhte er neben mir. Wir hielten uns umfangen und schliefen. Als ich erwachte, war er schon aufgestanden. Es war fast Tag, und ich hörte, wie die *dundhubi* sein Erscheinen auf dem *jharoka-i-darshan* ankündigte.

1040 (a. D. 1630)

Jede Handlung hat ihre Folgen. Nachdem wir schon längst nicht mehr daran denken, folgt das Echo; heftig oder sanft, es fordert das Schicksal heraus. Unser Fleisch ist unsere Schwäche; wir müssen seiner Gier nachgeben. Durch seine Schwäche hat Gott uns ungerechte Strafen auferlegt. Ich weinte, ich raste; nicht einmal eine Kaiserin war mächtiger als der Samen ihres Mannes. Ich war nichts anderes als ein Tier der Erde, in dem jeder Samen aufging. Gebete und Tränen und die Säfte des *hakims* konnten nicht verhindern, daß das Kind in meinem Leib wuchs. Andere Frauen befriedigen Nacht für Nacht ihre Lust mit ihren Männern, ohne daß sich etwas in ihrem Leib rührt. Doch nach nur einer Liebesnacht mit meinem geliebten

Gemahl war ich bereits wieder schwanger. Es war meine vierzehnte Schwangerschaft.

Nachdem sich meine mit Verzweiflung gemischte Raserei gelegt hatte, wurde ich ruhig. Das überraschte meinen Geliebten, den *hakim* und Isa. Sie erwarteten, daß meine düstere Stimmung bis zur Geburt anhalten würde. Ich konnte mir selbst nicht erklären, weshalb ich plötzlich bereitwillig mein Schicksal annahm. Diese Stimmung erfaßte mich in aller Ruhe, besänftigte meinen aufgewühlten Geist. Die Wintertage vergingen wie im Flug. In der Morgendämmerung wurde ich vom Zelt zum Balkon des Palastes gebracht. Dort ruhte ich auf einem Diwan, während Isa mir vorlas, oder wenn ich müde war, betrachtete ich die Szene unter mir, die sich immer wieder veränderte. Im Morgengrauen nahmen die Leute ein Bad und verrichteten ihr Gebet, im Laufe des Morgens besorgten sie ihre Wäsche und arbeiteten, die Ochsen und Elefanten gönnten sich am Nachmittag nach ihrer Arbeit Ruhe, und im Dämmerlicht nahmen die Leute erneut ein Bad und widmeten sich dann dem Gebet.

Doch während ich mich in ruhiger Gemütsverfassung befand, war der Frieden des Reiches gefährdet. Die Prinzen an den Grenzen des Reiches hatten sich trügerisch ruhig verhalten, warteten ab, wie die Stimmung ihres neuen Herrschers sein würde. Sie glaubten, er sei zu sehr mit seinen Pflichten beschäftigt, und der aufrührerische Geist des Dekkan flammte wieder auf. Die Tausende von Menschen und der unermeßliche Reichtum, der auf dieses rauhe, unfruchtbare Land verteilt wurde, hätten daraus einen blühenden, üppigen Garten machen können. Doch seine Forts, Wüsten und die Vindhya-Berge waren Schranken, die den reichen Süden vor der Eroberung bewahrten. Wir wußten, dahinter lag Reichtum, ein Reichtum, der so groß wie der des Großen Mughal war.

Schahdschahan konnte Dara nicht entsenden. Der älteste Sohn eines jeden Königs hatte sich seine militärische Erfahrung im Dekkan geholt, doch Dara war noch ein Kind. Auch Mahabat Khan konnten wir nicht schicken. Bereits einmal hatte der General eine Tendenz gezeigt, Unheil anzurichten, wenn er zuviel Macht besaß, und mein Geliebter wollte ihm nicht die ganze Mughal-Armee anvertrauen.

Schahdschahan gesellte sich zu mir auf den Balkon und setzte sich neben mich, blickte zum Fluß hinüber, der sich in der drückenden Hitze dahinschlängelte; seine Sandbänke waren weiß und ausgebleicht. Er sah verzagt aus.

»Ich hatte gehofft, die Unruhen würden sich legen. Unsere Kraft wird durch diese nutzlosen Kriege verbraucht«, seufzte er. »Doch die Ratten nagen weiterhin an den Grenzen meines Reiches, bedrohen meinen Frieden, und man soll sich nicht an Schahdschahan als den König erinnern, der sie aus dem Reich entlassen hat. Das soll ein anderer tun. Ich muß persönlich nach Süden marschieren, um sie zu unterwerfen.« Er nahm meine Hand und führte sie an seine Lippen.

»Möchtest du, daß ich mit dir komme?«

»Ja. Vor einem Jahr oder länger können wir nicht zurückkehren. Ich könnte es nicht ertragen, so lange von dir getrennt zu sein.«

»Der *hakim* möchte nicht, daß ich reise. Und die Reise wird anstrengend sein.«

»Ich bin nicht länger der *bi-daulat,* der vor den Heeren seines Vaters flieht. Wir werden langsam reisen, und wenn du dich ausruhen mußt, werden wir an einem Ort so lange wie erforderlich bleiben.« Er strich sanft über meinen gewölbten Leib. Sein Gesicht drückte seine Liebe und seine Traurigkeit aus. »Es tut mir leid.«

»Weshalb? Wegen des Kindes? Ich wollte dich in jener Nacht unbedingt haben. Ich hatte dich begehrt und zu lange gewartet. Ich bin froh, daß wir eine so schöne Liebesnacht hatten.« Ich küßte seine Hand. »Befiehl dem *Mir Manzil,* er soll für mich die luxuriöseste Sänfte herstellen, die ich für meine Bequemlichkeit benötige.«

Der *Mir Manzil* führte den Befehl wörtlich aus; er stellte eine Sänfte her, die den Glanz einer Herrscherin widerspiegelte. Sie war so groß wie ein Raum mit persischen Teppichen und vielen Diwans, die mit den weichsten Federn gefüllt waren. Das Dach und die Säulen waren aus Blattgold und mit Edelsteinen verziert. Doch nicht einmal die vielen Diwans konnten die unebenen Straßen vollständig mildern, der Herrscher konnte der Erde nicht befehlen, flach und weich zu sein.

Obwohl ich nicht ritt, folgten meiner Sänfte die üblichen sieben Elefanten. Auf jedem saß ein goldfarbener und himmelblauer *meghdambar,* der mit Samt und Seidenkissen ausgestattet war, doch sie waren auf dieser Reise nicht besetzt. Diesmal befand ich mich nicht in der Mitte der großen Kolonne, sondern reiste dicht hinter meinem Geliebten.

Jeden Tag, zwei Stunden bevor die Morgendämmerung die Schwärze der Nacht ablöste, begannen wir unseren Marsch nach Süden. Als erstes verließen die schweren Kanonen das Lager. Sie wurden von hundert Elefanten gezogen. Es folgten dreißigtausend *siphais*. Auf einem großen, von Ochsen gezogenen Wagen war das königliche Galaruderboot festgebunden. Bei Flußüberquerungen brachte es uns bequem an andere Ufer.

Eine Stunde vor der Morgendämmerung erhob sich mein Geliebter. Zur Begleitung der *dundhubis* und *sanjs* und *karanas* zeigte er sich am *jharoka*, bevor er seinen Elefanten bestieg. Kleine Signalgewehre wurden abgefeuert, um seinen Standort anzukündigen, und seine Befehlshaber, Edlen und ihre Damen riefen: *»Manzil mubarak!«*

Seit der Regentschaft Dschahangirs hatte sich an der Marschordnung wenig geändert, mit Ausnahme natürlich meiner eigenen bedeutenderen Stellung. Hunderttausend Reiter und ihre Pferdeknechte folgten uns mit allem Gepäck und den Nahrungsmitteln, und die Kolonne benötigte einen ganzen Tag, um einen bestimmten Punkt zu überqueren.

Die Reise nach Süden war gemächlich. Mein *hakim,* Wazir Khan, ritt neben meiner Sänfte, und wenn er fand, daß ich müde war, befahl er der Kolonne zu halten. In dieser Hinsicht besaß er genausoviel Macht wie der Herrscher, aber zum Glück ermüdete ich nicht so leicht, wie er erwartet hatte. Doch je mehr wir uns Burhanpur näherten, desto mehr wölbte sich mein Leib, und es fiel mir in der trockenen, staubigen Hitze schwer, zu atmen, da das Kind auf mich drückte. Ich wollte nicht verweilen, sondern weitereilen, dieses wilde, unfruchtbare Land hinter mich bringen, der Wüste entfliehen und die Annehmlichkeiten Burhanpurs erreichen. Ich beruhigte mich selbst, indem ich mir die kühlen Wasser am Tapti vorstellte, der am Palast vorbeifloß, und die leisen Geräusche der Menschen, die am Flußufer arbeiteten. Ich wollte, daß das Kind dort geboren werde in Ruhe, nicht hier auf der Straße, auch wenn ich in der Sänfte allen erdenklichen Luxus und Komfort zur Verfügung hatte.

Im Hochsommer langten wir in Burhanpur an. Wir fühlten uns nach der unruhigen Reise wie im Himmel. Wazir Khan hatte nicht mehr die besorgte Miene wie auf der Reise. Er war beruhigt durch meine Gelassenheit, lächelte und scherzte mit mir. All die Jahre hatte ich ihn reichlich in Bewegung gehalten.

Unsere Ankunft erfolgte rechtzeitig. Ich hatte mich erst ein paar Tage erholt, als ich die ersten Geburtswehen bekam. Sie waren schneidend und grausam, schlimmer als bei meinen vorherigen Geburten, und ich konnte meine Schreie nicht unterdrücken. Zum erstenmal erschreckten mich diese natürlichen Schmerzen. Sie ergriffen von meinem Körper Besitz und beraubten ihn all seiner Kraft. Ich schwitzte, als ob ich aus jeder Pore blutete, und jeder Tropfen schwächte mich noch mehr.

»Wo ist mein Liebster?« fragte ich Isa zwischen den Wehen. Sie kamen zu schnell, und mein Flüstern war heiser von meinen Schreien.

»Er ist in Asigarh.«

»Schick jemanden, der ihn holt. Beeil dich.« Meine Dringlichkeit erschreckte ihn. Ich konnte es nicht erklären. Ich hatte noch viele Tage und Jahre vor mir, meinen Geliebten zu sehen, doch irgend etwas in mir gab mir den Befehl.

»*Agachi,* es geschieht sofort.«

Wie einsam wir in unserem Schmerz sind. Unsere Liebe, Freude, ja sogar unser Kummer, können mit anderen geteilt werden, doch der Schmerz ist ein Dämon, mit dem man alleine fertig werden muß. Er kann nicht vertrieben werden; er klammert sich mit einer eigenen Kraft an uns. Den ganzen Nachmittag und die ganze Nacht griff er unentwegt an, jedesmal noch heftiger, hielt an wie das Aufbäumen einer sterbenden Schlange. Meine ganzen Sinne waren nach innen gerichtet, verstummten unter dem Angriff.

»Das muß ein großes Kind sein, ein Junge.«

Ich hörte die Worte des *hakims* nur ganz verschwommen. Isa und die Sklavin hielten mich fest. Die anderen Frauen hantierten außerhalb meiner Sichtweite. Schatten schwankten im Schein der Lampe, beugten sich über mich, beobachteten und warteten wie Raubvögel, die in den Bäumen hockten.

Dann spürte ich das Kind. Es schlug und drückte gegen die Wände meines Leibes. Die Hände des *hakims* griffen blindlings durch das zarte Netzwerk, faßten hinein und hielten fest. Ich betete nur darum, daß er mich davon befreien würde, damit ich wieder an die kühle, reine Luft tauchen konnte, statt in diesem dunklen Morast, in dem ich ertrank, zu verbleiben. Doch es sollte nicht sein. Wir kämpften mit dem Kind. Ich drückte, Wazir Khan zog. Und dann, als meine ganze Kraft verbraucht war und ich die Hoffnung aufgab, so müde war, daß mir alles gleich war, schlüpfte das Kind heraus. Ich fühlte Erleichterung, eine Befreiung, und das Gefühl des Ertrinkens ließ nach.

Danach muß ich eingeschlafen sein. Ich wachte auf und sah, daß Isa meine Hand festhielt.

»Was ist es?«

»Ein Mädchen, *Agachi.* Fühlt Ihr Euch wohl?«

»Ein Mädchen. Ich habe darum gebetet. Wir haben genügend Söhne.« Mein Körper fühlte sich fremd an, unwirklich. Ich wußte nicht, was ich auf seine Frage antworten sollte, außer daß ich unsagbar müde war.

»Isa, ich bin so müde. Wo ist mein Liebster?«

»Er kommt. Schlaft jetzt. Wenn er kommt, wecke ich Euch.«

»Nein. Ich möchte nicht schlafen.« Verschwommen sah ich sein Gesicht hinter dem Netz. »Mein Freund Isa.« Ich konnte mir auch nicht erklären, warum ich ihm gerade jetzt meine Zuneigung kundtun wollte.

»Euer Sklave.«

»Diener«, verbesserte ich ihn. »Und mein Freund. Ich werde dich vermissen.«

»Doch ich verlasse Euch ja nicht.« Er klang beunruhigt, hielt meine Hand immer noch fest. »Ihr fühlt Euch sehr kühl an.«

»Mir ist kühl. Wird man mich baden?«

»Nein. Der *hakim* fand, man sollte bis morgen damit warten.«

»Ja, das ist gut so.« Ich kämpfte, um wach zu bleiben, die Müdigkeit zu verdrängen, die begonnen hatte in mich hineinzukriechen. »Isa, versprich mir eines. Du sollst immer bei meinem Geliebten bleiben.«

»Ich verspreche es. Und bei Euch auch, *Agachi.*«

»Ja, natürlich, und bei mir auch. Aber immer bei ihm, Isa.« Ich fühlte, wie er sich abwendete, als ob er gehen wolle und faßte seine Hand fester. Ich dachte, allein dies hielte mich auf der Welt zurück.

»Geh nicht.«

»Ich bleibe. Der Herrscher ist hier.« Behutsam löste er seine Hand aus meiner und trat beiseite.

Mein Liebster beugte sich zu mir herunter. Der Staub und Schweiß seines Rittes von Asigarh klebten noch auf seinem Gesicht. Ich fühlte mich beim vertrauten Anblick seines Bartes, seiner Nase, seines Mundes und seiner Augen beruhigt. Seine Berührung tröstete mich.

»Ich kann dich nicht sehen.«

»Bringt Licht!«

Ich sah den Schein der Lampe, doch immer noch blieb er außerhalb meines Gesichtsfeldes. Ich zog ihn zu mir herunter und erkannte schemenhaft die Konturen seines Gesichtes. Es sah bestürzt aus; sein Gesicht war eingefallen, vor Verzweiflung. Ich spürte, wie er mich umfangen hielt, mich näher an sich drückte. Was konnte der Große Mughal nicht befehlen? Er konnte Licht bringen lassen, doch nicht die Dunkelheit vertreiben. Sie kroch immer näher. Obwohl sein Gesicht dicht vor mir war, schien er vor mir zurückzuweichen.

»Bleib.«

»Ich bin hier, bei meiner geliebten Ardschumand. Was hast du?«

»Schlaf«, flüsterte ich. »Ich muß bald schlafen. Bleib bei mir.«

Er küßte meine Augen, meine Wangen, meine Lippen. »Ich hatte den gleichen Traum. Warum läßt er mich nicht ruhen? Er kommt immer wieder und wieder. Ich sah... ich sah ein Gesicht. Es war deutlich, mit seltsamen Augen, doch ich wußte nicht, wessen Gesicht es war. Ein Mann. Er war gutaussehend und ein Prinz. Doch es war nur ein Gesicht. Der Kopf hatte keinen Körper. Er lag in einer Wüste, ein Stein. Was soll das bedeuten?«

»Beruhige dich, Liebste. Es ist nur ein Traum.« Sein Griff verstärkte sich, hielt mich so fest, daß ich nicht entgleiten konnte. Ich hörte, wie er nach dem *hakim* rief. Sie redeten, ich verstand die Worte nicht.

Der Schlaf umfing mich immer mehr, und ich kämpfte immer noch dagegen an.

Ich fühlte, wie er sich abwendete, als ob er gehen wollte, und faßte seine Hand fester.

»Mein Geliebter, bald werde ich einschlafen. Ich kann nicht mehr lange dagegen ankämpfen.« Sein Atem auf meinem, um ihn mir einzuhauchen, war süß und kühl. »Du mußt mir etwas versprechen.«

»Alles, was du möchtest.«

Schahdschahan

Ich fühlte, wie mir die Tränen die Wangen herunterrannen, in die Beuge ihres Halses. Sie kitzelten sie; sie lächelte ein wenig. Sie versuchte, mein Gesicht zu trocknen, konnte jedoch ihre Hand nicht bewegen.

»Mein geliebter Prinz, bitte, heirate nicht mehr. Versprich es mir. Sonst kämpfen meine Söhne mit ihren, und es gibt viel Blutvergießen. Achte darauf, daß sie einander lieben ... behandle sie gleich ... wie deine Untertanen.«

»Ich verspreche es.«

»Und versprich...«

Sie brauchte Trost, Versprechen, die sie in ihrem ewigen Schlaf begleiteten und die der Große Mughal Schahdschahan, ihr Geliebter, gegeben hatte. »...daß du deine Ardschumand nicht vergessen wirst.«

»Nie, nie, nie.«

»Küß mich.«

Durch die Tränen spürte sie meinen Mund auf ihrem. Mein Kuß war nicht sanft, sondern fordernd, enthielt all die Leidenschaft und Wildheit unserer Jugend.

Mit meiner Liebe nahm ich ihr den letzten Atemzug.

Epilog

1148 (a. D. 1738)

Die Luft, die metallisch hart und kalt von Tod war, hing staubig und übelriechend über dem Land, erstickte die Hoffnung. Der vibrierende Himmel verbrannte die Augen der Menschen, und die Sonne hatte aufgehört, sich zu bewegen. Geier kauerten wie in Stein gehauene Götterbilder, die auf die Huldigung warten, auf dem Boden. Die glänzende, silberne Schwüle saß auf ihrem Baum und flüsterte den Blättern melancholische Geheimnisse zu, und Papageien, leuchtend wie Smaragde, spähten boshaft hinab. Der Fluß war überschwemmt von Leichen, die langsam in die Ewigkeit glitten.

Das Reich des Großen Mughal war gefallen.

Die persischen Soldaten ritten durch das Unterholz, das sich hinter ihnen zu schließen schien, atmeten den Geruch der Verwesung ein und den bitteren Geruch ihres eigenen Körpers. Einen Augenblick lang ruhten sie auf ihrem Schwert. Ihre Rüstung war dunkel von Rost und Blut. Dann setzten sie ihren Weg fort. Sie ritten durch ein Tor und fanden sich in einem riesigen Hof wieder. An seinen Wänden befanden sich Kammern aus rotem Sandstein. Da waren noch drei andere Tore, das eine am Nordwall war ein massiver Bogen, der mit Marmor und persischer Schrift ausgelegt war. An dem großen Tor, um das sich Wein rankte und das von Vogelmist beschmutzt war, traurig machtlos, ihnen den Eintritt zu dem, was dahinter lag, zu verwehren, hielten sie an, um zu der Inschrift hochzublicken. Der Staub und Schmutz der Jahre hatten sie ausgebleicht, und ungeduldig gingen sie unter dem Bogen durch, in den großen überwucherten Garten.

»Was ist das?« fragten sie.

»Ein Grabmal. Der Tadsch Mahal«, erwiderte einer.

Ohne Schatten schwebte er über der Erde, lediglich festgehalten von dem dünnen Faden ihrer Vorstellungskraft. Er war so weiß wie die Mittagssonne, und sie bedeckten ihre Augen vor seinem Glanz. Er schien zu leben, im leuchtenden Licht zu wanken, furchtlos gegenüber diesen armseligen Eroberern. Er stand da vom Urbeginn der Zeit und würde bis zum Ende der Zeiten hier stehenbleiben, während alle, die ihn betrachteten, zu dem Staub wurden, von dem sie kamen. Er strebte nach oben, erlesen, ohne Grund; kein Mensch war mutig genug, ihn zu zerstören. Seine Unbesiegbarkeit beruhte auf dem Wissen, daß das, was er enthielt, für alle wertlos war. Dieses Wissen verlieh ihm eine melancholische Heiterkeit; seine Unsterblichkeit war der Staub im Inneren, der Staub von Träumen und den Leidenschaften, die alle Menschen empfinden mußten, wenn sie außerhalb der Grenzen ihres sterblichen Körpers weiterlebten.

Die Soldaten lauschten. Alle Bewegungen und Geräusche hatten aufgehört, sie waren allein; sie hatten ihre Welt verlassen und eine andere betreten. Am Himmel zeigte sich kein einziger Vogel, die Affen kauerten hinter dem Tor, keine kleinen Tiere huschten durch den überwucherten Garten. Die Sonne war verdeckt, und es war dumpf-kühl. Der Duft der Limonenbäume hing in der Luft, obwohl sie keine sahen, und sie bildeten sich ein, Stimmen zu hören und Weinen. Springbrunnen führten zu dem Bauwerk, jetzt schwarz und leer, wie erloschene Feuerstellen, und die gepflasterten Wege auf beiden Seiten waren rissig und mit Unkraut überwuchert. Die Soldaten hielten schließlich am Sockel des Grabmals und hoben den Kopf, blickten in das Himmelsauge und betrachteten die Kuppel als Teil davon, denn sie war genauso hell wie die Sonne.

Sie stiegen die engen Stufen hinauf, ihre Füße hinterließen eine wild durcheinanderlaufende Spur im Sand. Sie näherten sich den schwarzen Türen, die in der reichverzierten Marmorfassade wie faule Zähne wirkten, und blickten zu der Inschrift hoch.

»Was steht da?«

»Der reinen Herzens ist, soll in die Gärten Gottes eingehen.«

Ein Soldat stieß die Tür mit dem Schwert auf, und sie hörten das hohle Echo wie eine Antwort. Das Schwert hatte die große Tür zerkratzt, und sie betrachteten die Stelle und flüsterten einander zu: Silber. Die Tür ließ sich leicht öffnen. Die Düsterkeit war von Staub durchdrungen und dem Kot der Fledermäuse doch darunter, wie eine Ranke aus Rauch, mischte sich süßlicher Weihrauchgeruch. Sie blickten sich um, um zu erfahren, woher der Geruch stamme, doch es war, als käme der zarte Duft von Geistern. Sie berührten die Wände. »Juwelen«, flüsterten sie; dann brachen sie in Lachen aus, und ihr Gelächter drang bis zu der hohen Kuppel, hallte dort wider.

Einer der Soldaten schlug mit dem Schwertgriff nach einer Marmorrose. Der Marmor splitterte ab, und darunter zeigte sich ein Rubin. Das Echo hörte sich wie ein Seufzer des Schmerzes an. Sie sahen hoch und erblickten die riesige Goldlampe, die von der Mitte der Kuppel herabhing. Ihre Herzen wurden von Habgier erfaßt. Man hatte ihnen versprochen, sie dürften plündern, und hier bot sich die Gelegenheit.

Hinter dem Marmorgitter, das so zart wie ein Schleier war, so fein, daß das gedämpfte Licht wie Wasser hindurchflutete, sahen sie den Sarkophag. Er befand sich in der Mitte, direkt unter der Kuppel. Er bestand aus schneeweißem Marmor und war mit glänzenden, farbigen Blumen und Blättern und Juwelen geschmückt. Daneben stand noch ein Sarkophag. Obwohl er höher war, lag er demütig im Schatten.

»Was steht hier?«

»Hier liegt Ardschumand Banu, genannt Mumtaz-i-Mahal, die Erwählte des Palastes. Allah allein ist mächtig.«

»Wer war sie?«

»Eine Kaiserin.«

Glossar

Acharya	Handwerkerkaste
Adhivasi	Waldbewohnerstamm
Agachi	Anrede für die edle Frau (türkisch)
Ahadi	militärische Eskorte der Mughals
akhbar	Sicherheits-, Geheimdienst (Bericht)
Amir	Titel des Befehlshabers über 1000 zat
araak	alkoholisches Getränk, Arrak
ashram	Wohnung eines Priesters oder Heiligen
awrang	Thron
badmash	Schurke
bagh	Garten
bahadur	Held oder Sieger
bakshi	Zahlmeister
Ba-kush	töte! (türkisch)
banduq-chis	Gewehrträger
banyan	Baumart
beatilha	Schleier
beedi	gerolltes Tabakblatt, Zigarettenart
Begum	Titel der Dame (persisch)
bhaji	Zwiebel/in Butter gebackene Kartoffel
bi-daulat	Schuft, Lump
bindi	Gemüse
brinjal	bitterer Kürbis

bul-bul	Singvogel
bund	Böschung, Erdbefestigung (Straße)
bunia	Ladenbesitzerkaste
burgah	Zelt
chai	Tee
changar	Horn (Musik)
chapati	ungesäuertes Brot
char-aina	platierter Marmor
chati	Tongefäß
chaugar	Polo
chital	Wild, Hirsch
chokra	Schelm; hier u. a. Straßenjunge
chola	königliche Dynastie Südindiens
chombu	Messinggefäß
chouridar	Damenhose
chowk	Marktplatz
chulo-ji	geh weg!
chunam	Mauerverputz
dacoits	Banditen
dam	Kupfermünze, ¼ Rupie
dandu	Kinderspiel
darshan	Segen
darwaza	Tor oder Tür
dastur	Kommissionsgebühr (ev. Bestechung)
dekshi	Kochtopf
devadasi	Tempeltänzer
dhal	Schüssel mit gekochten Linsen
dharma	Ehre und Pflicht (religiös)
dhoti	Lendenschurz
dhur hasta	weit weg
din-i-illah	Akbars religiöse Philosophie
diwam	Erster Minister
diwan-i-am	Halle der öffentlichen Audienzen
diwan-i-khas	Halle der privaten Audienzen
diwan-i-qasi-i-mamalik	Sicherheitsdienst des Mughal
do-ashiyana manzil	Reisezelt

doudh	Milch
dundhubi	Kesseltrommeln
Durga	Göttin, Frau des Shiwa und Zerstörerin des Büffeldämons
Firingi	Fremder, Ausländer (meist Portugiese)
firman	Vertrag, Erlaß
garbhagriha	Heiligtum, Allerheiligstes
gazul	Liebeslieder
gharara	steifer, runder Rock
ghat	Verbrennungsplatz
ghazi	militärischer Führer moslemischen Glaubens
ghee	ausgelassene Butter, Butterfett
ghusl-khana	Ankleideraum
gilli	Kinderspiel
gopuram	Spitze des Hindutempels
gul mohar	Pfauenbaum
gunny	hessisch
gurudwar	Sikhtempel
gurz baradar	Zepterträger
hakim	Arzt
hamam	Bad
haram	Frauenquartier
hazari	1000 Soldaten
hazoor	Art der Anrede
hazrat-ji	heiliger Mann
hirmich	weiße Bleifarbe für Kosmetik
homan	Feuerzeremonie der Hindus
howdah	Sitz mit Baldachin auf Elefanten
huqqa	Wasserpfeife
Inshallah	so Gott will!
Itiam-ud-daulah	Stütze der Regierung
izat	Zufall
jagir	Landlehen

jali	Abschirmung, Gitter
jamdad	Dolch
jam khak	Messer
jauhar	Massenselbstopferung der Rajput-Frauen
jetal	25 dams
jezail	Gewehr
jharoka-i-darshan	Aussichtsbalkon
jiba	langes, loses Hemd
jizya	Steuer für Nicht-Moslems
kajal	schwarze Farbe zum Umranden der Augen
Kali	Göttin des Todes
karana	Trompete
khargah	Zelt
khaudar	Schwert
kismet	Schicksal, Glück (religiös)
kiyan khura	Heiligenschein
kornish	Art der Ehrfurchtsbezeigung
kos	halbe Meile
kun-kum	farbiges Pulver, meist von Frauen zur Verzierung der Stirn gebraucht
kurta	Rock
kutcha	schlecht, wertlos
lakh	hunderttausend
Lal Quila	das rote Fort
langour	Affenart
lantana	harte Scheuerbürste
lassi	Yoghurtgetränk
lota	Gefäß
mahout	Elefantentreiber, -wärter
maidan	Wiese, offenes Feld
manzil mubarak	sichere Reise
mar	töte! (Hindu)
masjid	Moschee

mata	nicht bindende Form der Eheschließung
meghdambar	Thron auf einem Beförderungsmittel
metai	Süßigkeiten
Mir Bakshi	oberster Zahlmeister, Finanzminister
Mir Saman	Handelsminister
Muhr Uzak	kaiserliches Siegel
mullah	religiöser Führer der Moslems
namaste	Gruß mit zusammengepreßten Handflächen
nautch	Tanz
nawab	Moslemprinz
neem tree	Baum mit medizinischen Eigenschaften
nikha	formelle religiöse Eheschließung
nilgai	Wildrasse, Hirschart
nimbu pani	Limonensaft
omrah	Versammlung der Amirs
paan	Betelblatt
Padishah	Herr (Form der Anrede)
palanquin	gedeckte Sänfte mit vier Trägern
pandal	bei Heiratszeremonien aufgestellte Sitzgelegenheit
patka	Schärpe
patrani	Erbe des Rajput-Königreiches
pi-dog	Mischling, Straßenköter
pir	moslemischer Heiliger
pitambar	Thron auf einem Elefanten
pradhan	Erster Minister eines Rajput-Fürsten
puja	Ritual der Verehrung, Anbetung
pulquar	zweischneidiges Schwert
punkah	Fächer
purdah	Abschließung und Verschleierung der Frauen

qamargah	Art der Jagd
raga	Liedart
Rana	Titel eines Fürsten oder Prinzen
rishi	Weiser
ruth	geschlossener, vierrädriger einfacher Wagen
saag	Spinat
sabat	bewegliche Bedeckung für Angriffe
sadr	religiöser Minister
safeda	Pflanzenfarbstoff
saman	Haushaltsmöbel
sambar	großes Wild
samosa	gewürzte Pastete mit Füllung
sankah	Muschelschale
sarapa	Mantel
sastra	Wedische Hymne
serais	befestigte Umschließung für Reisende
shabash	gut gemacht
shamiyana	großes Zelt
shamsher	geschwungenes persisches Schwert
siphai	Fußsoldat
sisodia	Prinz von Mewar
sowar	Gehaltsskala, basierend auf der Anzahl der Fußsoldaten
suba	Provinz
Subadar	Gouverneur
sunyasi	Hinduasket
suttee	Hinduzeremonie, lebende Verbrennung der Witwe mit ihrem verstorbenen Ehemann
tabla	zweiseitige bespannte Militärtrommel
takauchiyas	Kummerbund
tamasha	Tumult, Gedränge, Fest, Gelärme
tanduri	Tonofen
tank	von Menschen angelegter See

telwar	gebogenes Schwert
thakur	Großgrundbesitzer
thali	Halskette für die Hochzeit
touca	Kappe, Kopfbedeckung moslemischer Damen
tuldana	Schwert
tuval	Handtuch
vakil	Oberster Ratgeber
Veda	antiker religiöser Text der Indo-Arier
vibuthi	geheiligte Asche
wazir	Sekretär
zat	Zahlskala für Befehlshaber von 5000 Reitern
zenana	Frauengemächer
zindabad	lang lebe!

Dynastie der Großen Mughals
خاندانِ مغلیه
Akbar
1542–1605
r 1556–1605
Jahangir (Salim)
1569–1627
r 1605–1627
Murad
Daniya
Khusrav
Parwez
Shah Jahan
(Khurrum)
1592–1666
r 1627–1658
Shahriya
Jahanara
(Begum Sahib)
1614–1681
Dara Shukoh
1615–1659
Shahshuja
1616–1660
Raushanar
1617–1671
~ ~ = Verbindung durch H

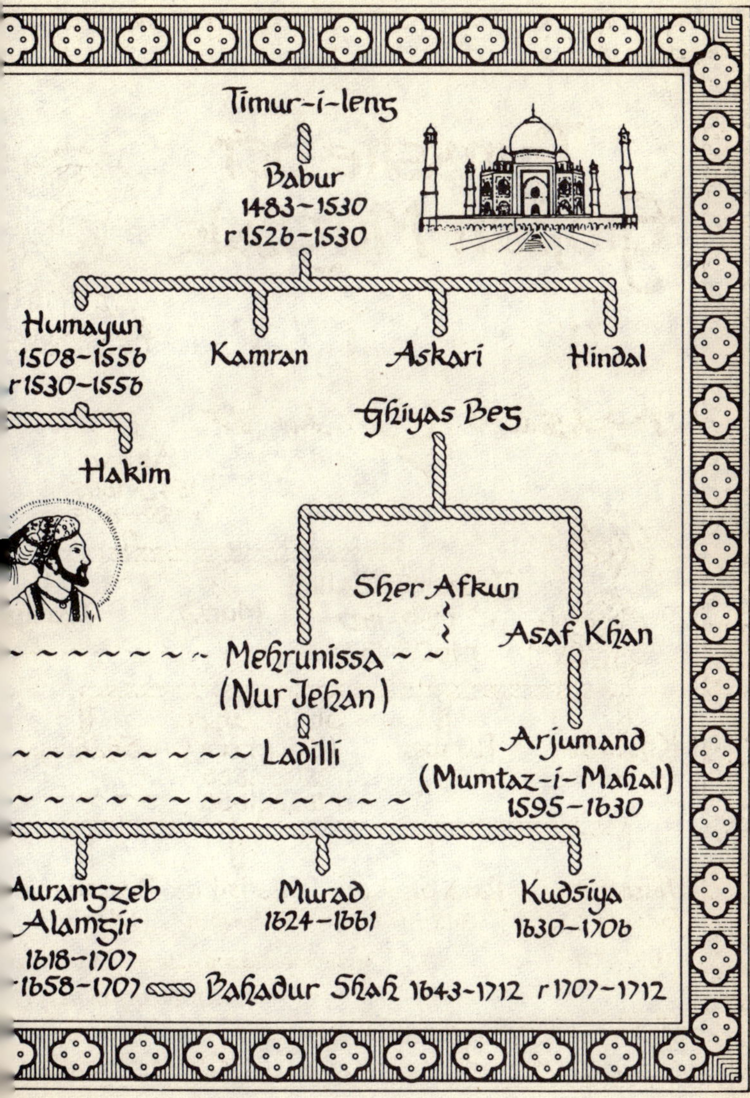
Timur-i-leng
Babur
1483-1530
r 1526-1530
Humayun
1508-1556
r 1530-1556
Kamran
Askari
Hindal
Ghiyas Beg
Hakim
Sher Afkun
Asaf Khan
Mehrunissa
(Nur Jehan)
Ladilli
Arjumand
(Mumtaz-i-Mahal)
1595-1630
Aurangzeb
Alamgir
1618-1707
1658-1707
Murad
1624-1661
Kudsiya
1630-1706
Bahadur Shah 1643-1712 r 1707-1712

Alice Ekert-Rotholz

Füchse in Kamakura
Japanisches Panorama
Band 11897

Fünf Uhr Nachmittag
Roman
Band 11898

Die Pilger und die Reisenden
Roman
Band 11899

Die letzte Kaiserin
Roman
Band 11895

Wo Tränen verboten sind
Roman
Band 11433

Fischer Taschenbuch Verlag

fi 1945 / 1

Valmai Howe
Sarahs Herz
Roman
Aus dem Amerikanischen
von Anne Steeb und Bernd Müller
Band 10870

Sarah Ashton ist ein ungewöhnliches Mädchen aus einer ungewöhnlichen Familie. Ihr Vater ist ein überzeugter Kommunist und Streikorganisator im Australien der sechziger Jahre, der seine stille und duldsame Frau ausbeutet, seine Schwiegermutter, eine vornehme und herzensgute Aristokratin, verachtet und seine hochintelligente Tochter zu manipulieren versucht. Seit man bei Sarah einen hohen Intelligenzquotienten festgestellt hat, ist sie Objekt und Opfer des väterlichen Ehrgeizes. So drängt er sie, gleich nach dem Ende der High-School eine »solide« Ausbildung als Krankengymnastin anzufangen. Aber Sarah beginnt, eigene Wege zu beschreiten, und nimmt zunächst mit ihrer Freundin Emma einen Sommerjob in einem exklusiven Sanatorium an. Dort lernt sie Leon, einen merkwürdigen Arzt mit mysteriöser Vergangenheit, kennen. Zwischen beiden entwickelt sich eine stürmische Liebesaffäre, die im Lauf der Jahre, die nun folgen, immer schwieriger wird. Sarah wird stets aufs neue bedrängt von Leidenschaften, echten und falschen Rücksichten und Erwartungshaltungen, die an sie herangetragen werden, bis sie versteht, welche Art von Freiheit zum Erwachsenwerden führt.

Fischer Taschenbuch Verlag

fi 1606 / 2

Martha Gellhorn

Liana

Roman

Aus dem Englischen von Regina Winter

Band 11183

Eine tropische Insel in den Antillen. Vergangen ist die »Pracht« kolonialer Herrlichkeiten. Aber das neue Zeitalter des Massentourismus ist noch nicht angebrochen. Der Geschäftsmann Marc Royer ist bestimmt der mächtigste Mann auf Saint Boniface, aber auch einer der unsympathischsten. Da er keine »standesgemäße« Frau findet, ehelicht er seine Hausangestellte und Geliebte, die blutjunge Mulattin Liana. Liana hat nur für ihn da zu sein. Er dressiert sie beinahe wie ein Tier. Um ihr etwas »Kultur« beizubringen, engagiert er Pierre Vauclain, den einzigen Lehrer der Insel. Pierre ist ein sensibler, zurückgezogen lebender Intellektueller. Lange bevor es Wirklichkeit wird, vergiftet das Gerücht die Atmosphäre zwischen den dreien, aber dann passiert es doch: Liana verliebt sich in Pierre; Pierre, der nie im Ernst daran dachte, für immer auf der Insel zu bleiben. In dieser bittersüßen Liebesgeschichte gelingt es Martha Gellhorn ganz ohne Beschönigung, eine Welt heraufzubeschwören, die mittlerweile untergegangen ist. Diese Karibik spätkolonialer Trägheit ist im Zeitalter von Hotelanlagen mit Swimmingpools, Landepisten für Düsenjets, Boutiquen und Restaurants und Mercedes-Taxi fahrenden Einheimischen in jeder Hinsicht untergepflügt worden.

Fischer Taschenbuch Verlag

fi 1607 / 2

Sophia Farago

Maskerade in Rampstade

Roman

Band 11430

Auf die dringende Bitte ihres Jugendfreundes George Willowby reist die selbstbewußte junge Adlige Sophia Matthews von Winchester nach Rampstade Palace in York, dem Herzogsitz von Georges Großmutter. Kurz vor der Ankunft dort eilt ihr nach einem Kutschenunfall ein stattlich wirkender Straßenräuber-Hauptmann zu Hilfe und geleitet Sophia bis zum nahe gelegenen Adelssitz Grandfox Hall, wo sie gastfreundliche Aufnahme findet. Jojo, der Straßenräuber, verabschiedet sich allerdings am Portal. Nach diesem Zwischenfall erreicht Sophia Rampstade Palace. George bittet sie, sich gleich gegenüber der kränklichen reichen Herzogin als seine Verlobte auszugeben, damit diese ihn in ihrem Testament zum Haupterben bestimmt. Dadurch glaubt er sich seinem Cousin und Erbschaftsrivalen, dem benachbart wohnenden Earl of Cristlemaine, im Vorteil. Die auf sympathische Weise selbstbewußte Sophia geht mit spielerischer Leichtigkeit darauf ein und amüsiert sich vor allem auf einem inzwischen stattfindenden Maskenball, auf dem auch Jojo, der Straßenräuber, wieder auftaucht...

Fischer Taschenbuch Verlag

fi 645 / 4

Sophia Farago

Die Braut des Herzogs

Roman

Band 11495

Der Herzog von Wellbrooks ist einer der tonangebenden Dandys im London der Regency-Zeit. Damals lag England im Krieg mit Napoleon, ein Kampf, der erst in Waterloo endete. In den adligen Zirkeln von London geht indessen das gesellschaftliche Leben seinen gewohnten Gang: Debütantinnen-Bälle, Tea-Partys, Wettrennen mit Pferden. Auch Wellbrooks frönt allerlei Vergnügungen in einer Zeit, die für ihren lockeren Lebensstil noch heute berühmt und berüchtigt ist. Erschien der vermögende, gutaussehende und hochadlige Wellbrooks auf einem der zahllosen Debütantinnen-Bälle, so war ihm die Aufmerksamkeit der Damenwelt gewiß. Die Mütter drängten sich um ihn, um ihm ihre jungen Töchter vorzustellen – denn der unverheiratete Wellbrooks war zweifellos der begehrenswerteste Junggeselle Londons. Um diesem Ansturm auf seine Person zu entgehen, macht Wellbrooks auf Anraten seiner lebensklugen Großmutter der ihm völlig unbekannten Miss Olivia Redbridge einen Heiratsantrag, mit der Absicht einer Vernunftsehe. Olivia lebt bei Bath auf dem Lande, führt den Gutshaushalt ihres verwitweten Vaters und ist mit dem mondänen Treiben in der Hauptstadt überhaupt nicht vertraut. Als Olivia nun zur Ballsaison erstmals nach sechs Jahren wieder nach London kommt, und die beiden sich kennenlernen, sind sie voneinander sehr beeindruckt...

Fischer Taschenbuch Verlag

fi 644 / 5

Wyndham Lewis
Rache für Liebe

Roman

Aus dem Englischen von Hans Rudolf Rieder;
bearbeitet von Bernd Rüther

Band 9552

Den »profundesten politischen Roman der englischen Literatur seit Joseph Conrads *Nostromo*« hat die FAZ Wyndham Lewis' 1937 erschienenen Roman *Rache für Liebe* genannt. Er spielt in England und Spanien kurz vor Ausbruch des Spanischen Bürgerkriegs und ist eine fulminante sarkastische Abfertigung einer ganzen Gesellschaftsschicht, des sich links gerierenden schicken Völkchens von Londoner Künstlern und Intellektuellen. In ihrer Mitte setzt sich Percy Hardcaster in Szene, ein Berufskommunist, der auch Verleumdung und wenn nötig Schlimmeres als Mittel der Selbstpropaganda einsetzt. Mit seiner Flucht aus einem spanischen Gefängnis, bei der ihm ein Bein zerschossen wird, beginnt der Roman, mit seiner erneuten Inhaftierung, einer mehr, schließt er: die Gefängnisaufenthalte seines Helden als Rahmenhandlung – ein zynischer Einfall des Romans. Was dem Buch über die Aspekte des Ideologischen und Gesellschaftssatirischen hinaus seine beeindruckende Dimension gibt, ist die Konsequenz, mit der es das Thema der Täuschung durchspielt.

Fischer Taschenbuch Verlag

fi 1253 / 1

Barbara Wood

Bitteres Geheimnis
Roman
Band 10623

Der Fluch der Schriftrollen
Roman
Band 12031

Haus der Erinnerungen
Roman
Band 10974

Herzflimmern
Roman
Band 8368

Lockruf der Vergangenheit
Roman
Band 10196

Das Paradies
Roman
Band 12466

Rote Sonne, schwarzes Land
Roman
Band 10897

Seelenfeuer
Roman
Band 8367

Spiel des Schicksals
Roman
Band 12032

Sturmjahre
Roman
Band 8369

Traumzeit
Roman
Band 11929

Barbara Wood/
Gareth Wootton
Nachtzug
Roman
Band 12148

Fischer Taschenbuch Verlag

fi 1720 / 8